Knaur

Von der Autorin ist außerdem erschienen:

Wo das Meer den Himmel umarmt

Über die Autorin:

Luanne Rice hat in den USA zahlreiche Romane veröffentlicht und gilt dort als Bestsellerautorin. In Deutschland erschien von ihr »Wo das Meer den Himmel umarmt« und »Wo die Sterne zu Hause sind«. Sie stammt aus Connecticut und lebt heute mit ihrem Mann in New York City.

Die amerikanische Originalausgabe erschien 2001 unter dem Titel
»Firefly Beach« bei Bantam Books, New York

Besuchen Sie uns im Internet:
www.knaur-taschenbuch.de

Deutsche Erstausgabe 2002

Redaktion: Gisela Menza
Umschlaggestaltung: ZERO Werbeagentur, München
Umschlagabbildung: Zeta Düsseldorf/Photonica Hamburg
Satz: Ventura Publisher im Verlag
Druck und Bindung: Clausen & Bosse, Leck
Printed in Germany
ISBN 3-426-61321-2

4 5 3

Luanne Rice

Wo Träume im Wind verwehen

Roman

Aus dem Amerikanischen
von Ursula Bischoff

Knaur

Für Bill und Lois,
Bob und Anne

Danksagung

Meinen ganz herzlichen Dank sagen möchte ich Carol Cammero, Rosemary McGinn, Jim Silvia, Jan Watson, Emily Andrews, Lisa Billingsley, Gerry Chylko C. Ss. R., William »Rip« Collins C. Ss. R., Ed Dunne C. Ss. R., Maureen Gaffney R. S. M., Inge Hanson, Jayne Libby, April Fishgold, George Rose und all meinen Freunden von Westbrook, Old Saybrook, Old Lyme und New York.

Prolog

Dezember 1969

Im ganzen Haus roch es nach Weihnachtsplätzchen. Butter, Zucker, Ingwer und Lebkuchengewürz. Ein köstliches Aroma erfüllte die warme Küche, im Radio erklangen Weihnachtslieder. Ein untrüglicher Instinkt sagte Caroline und Clea, dass ein glanzvolles Ereignis bevorstand. Es war ein verschneiter Winterabend, und die Schwestern, fünf und drei Jahre alt, durften länger aufbleiben, um ihrer Mutter beim Backen zu helfen. Sie durften die fertigen, abgekühlten Plätzchen mit weißem Zuckerguss, silbernen Perlen und roten und grünen Streuseln verzieren.

Immer wenn die beiden Mädchen irgendwo eine Krippe sahen, dachten sie an ihre eigene Familie, denn sie würden bald Zuwachs bekommen. Ihre Mutter erwartete ein Baby. Die Mädchen freuten sich schon auf das neue Brüderchen oder Schwesterchen. Die Wiege stand bereit wie die Krippe im Stall zu Bethlehem. Wenn es ein Junge werden würde, sollte er Michael heißen, hatte die Familie beschlossen, und ein Mädchen Skye. Caroline und Clea hofften insgeheim auf eine Skye.

Es läutete an der Tür.

Augusta Renwick, die Mutter der Mädchen, wischte sich die Hände an der dunkelgrünen Schürze ab. Beim Anblick der mehligen Fingerabdrücke auf dem ausladenden Bauch

lachten die beiden und liefen aufgeregt mit ihrer Mutter zur Tür. An einem Abend wie diesem konnten alle erdenklichen Wunder geschehen. Vielleicht war der Weihnachtsmann verfrüht gekommen, oder ein Paar stand vor der Tür, das ein Nachtquartier suchte, wie einst die Heilige Familie. Der Vater der Mädchen war nicht da, er malte die winterliche Hafenidylle in Newport, aber vielleicht war er ja vorzeitig nach Hause zurückgekehrt, um sie zu überraschen.
Es war ein Fremder. Er hatte eine Waffe.
Der Mann drängte sie mit erhobenem Lauf ins Haus. Die Waffe zitterte in seiner Hand. Er schloss die Tür hinter sich, als wäre er ein wohlerzogener Besucher und kein Einbrecher. Caroline und Clea klammerten sich Schutz suchend an die Beine ihrer Mutter. Deren Stimme klang ruhig und klar, als sie den Mann bat, ihre Kinder zu verschonen, sie gehen zu lassen, ihnen nicht weh zu tun.
Der Mann begann zu weinen.
Er richtete den Lauf auf Caroline, dann auf Clea und danach auf Augusta. Die schwarze Waffe schwang in der Luft hin und her, als besäße sie ein Eigenleben. Immer wieder kehrte sie zu Caroline zurück. Sie starrte in die Mündung, in das hässliche kleine Loch, und wusste, dass sich eine Kugel darin verbarg. Aber noch schrecklicher als das Gewehr war der weinende Mann. Bis zu diesem Augenblick hatte Caroline nicht gewusst, dass auch Erwachsene fähig waren, Tränen zu vergießen. Sie hatte weder ihren Vater noch ihre Mutter jemals weinen sehen. Der Anblick schnürte ihr die Kehle zu. Sie umklammerte das Bein ihrer Mutter. Die Augen des Mannes huschten immer wieder zu einer gerahmten Fotografie des Hauses hinüber, in dem sie lebten. Firefly Hill hatte als Studie für ein berühmtes Gemälde ihres Vaters gedient.
»Er hat sie mir weggenommen!«, sagte der Mann leise. »Er

hat mir ihre Liebe gestohlen, hat mir alles gestohlen, was mir jemals wichtig war, und deshalb werde ich ihm nun das wegnehmen, was er liebt.«

»Was soll das heißen? Wovon reden Sie überhaupt? Sie irren sich, es muss sich um eine Verwechslung handeln …«, begann Augusta; ihre Stimme klang kraftvoller als seine.

»Ich rede von Ihrem Mann, Mrs. Renwick. Eine Verwechslung ist ausgeschlossen. Es geht um Ihren Mann und sonst keinen. Er befindet sich gerade bei meiner Frau. Zweifeln Sie an meinen Worten? Er hat mir den Menschen weggenommen, den ich liebe, und deshalb werde ich Gleiches mit Gleichem vergelten.«

»Was wollen Sie ihm wegnehmen?« Caroline spürte, wie die Hand ihrer Mutter auf ihrer Schulter zitterte.

»Seine Töchter.«

Augusta atmete schwer. Caroline hörte einen schrillen Aufschrei und konnte nicht glauben, dass er aus dem Mund ihrer Mutter stammte. Sie drückte sich noch enger an ihre Beine, Gesicht an Gesicht mit Clea. Clea sah verängstigt und verschreckt aus, ihre Unterlippe zitterte, war vorgeschoben wie früher als Baby, und sie hob zögernd den Daumen zum Mund. Caroline gab Cleas Daumen einen kleinen hilfreichen Schubs, und schon war er im Mund verschwunden.

»Lassen Sie die beiden gehen«, sagte Augusta ruhig. »Sie haben Ihnen nichts getan. Es sind doch noch Kinder, sie trifft keine Schuld. Bitte erlauben Sie, dass sie sich in Sicherheit bringen. Sie können nicht ernsthaft wollen, dass ihnen ein Leid geschieht. Ich sehe doch, dass Sie ein Herz haben. Sie weinen, Sie zeigen Gefühle. Die Mädchen sind noch so klein …«

»Wir haben einen Sohn«, erwiderte der Mann. Er zog seine Brieftasche heraus und klappte sie auf. Ein Foto steckte darin, und als er es herausnahm, wäre es um ein Haar zu Boden geflattert. Als der Blick des Mannes darauf fiel, keuchte und schluchzte er. »Mein Junge, o Gott!«

Caroline erspähte das lächelnde Gesicht eines kleinen Jungen ungefähr in ihrem Alter. Er hatte blonde Haare und große blaue Augen, und er sah seinem Vater sehr ähnlich. »Er ist ihr Stolz und ihre ganze Freude. Wir waren glücklich miteinander. So glücklich. An dem Tag, als er geboren wurde …« Der Mann ließ den Kopf hängen und weinte hemmungslos.

»Wie heißt er, Mr. …? Wie heißt Ihr kleiner Junge?«, fragte Caroline plötzlich.

»Joe. Joe Connor heißt er. Komm her!« Der Mann packte Caroline grob am Arm und entriss sie ihrer Mutter. Er hielt sie mit eiserner Hand fest, und sie hörte ein Klicken, das von der schwarzen Waffe kam.

»Nein!«, schrie Augusta. »Bitte, Mr. Connor! Tun Sie ihr nichts!«

»Mund halten!«

Caroline hatte nie gehört, dass ihrer Mutter von irgendjemandem befohlen worden wäre, den Mund zu halten, und sie zuckte bei den Worten zusammen, als hätte ihr jemand eine Ohrfeige versetzt. Während sie den Mann ungläubig anstarrte, fragte sie sich, ob er wohl vor lauter Kummer den Verstand verloren hatte. Seine Augen waren abgrundtief traurig, trauriger als Caroline sie jemals auf einem Gemälde oder bei einem lebenden Menschen gesehen hatte. Und da sie so gramerfüllt waren, hatte sie keine Angst. Der Mann tat ihr vielmehr Leid.

»Sag nie wieder Mund halten zu meiner Mommy!«, wies Caroline ihn mit fester Stimme zurecht.

»Ich will meine Schwester wiederhaben!«, rief Clea weinend und streckte die Arme nach Caroline aus, während ihre Mutter sie zurückhielt.

»Joe würde nicht wollen, dass Sie so etwas tun, Mr. Connor«, sagte Augusta. »Er würde nicht wollen, dass Sie meine kleinen Mädchen erschrecken, dass Sie Ihre Waffe auf sie richten … Bitte, ich tue alles, was Sie verlangen. Ich werde dafür sorgen, dass mein Mann Ihre Frau nie wieder sieht. Ich gebe Ihnen mein Wort.«

»Wozu soll das Wort einer Frau gut sein, die ihrem Mann gleichgültig ist, weil er eine andere liebt? Sie können mir genauso gut versprechen, dass dieses Jahr nie zu Ende geht. Es ist vorbei. Ich habe nichts mehr zu verlieren.«

Caroline stand reglos da, während der Mann ihren Arm umklammerte. Sie betrachtete das Gesicht ihrer Mutter. Es fiel in sich zusammen, schmolz dahin wie eine brennende Kerze. Ihr Blick war erloschen, ihr Mund bebte, und Tränen liefen über ihre Wangen. Caroline sah, wie ihre Mutter weinte – nun schon der zweite Erwachsene –, und der Anblick ihrer Tränen machte ihr furchtbare Angst, mehr noch als die Drohung des Mannes.

»Nehmen Sie mich«, flehte Augusta. »Lassen Sie Caroline gehen. Nehmen Sie mich, mich und mein ungeborenes Kind, wenn Sie schon jemanden umbringen müssen. Aber lassen Sie das Mädchen gehen!«

Die Stimme ihrer Mutter wurde bei dem Wort »gehen« lauter. Sie stieg empor wie ein Schrei, wie der Wind, der in den Bäumen auf dem Hügel heulte.

»Das Mädchen gehen lassen«, wiederholte der Mann, plötzlich blinzelnd und die Tränen hinunterschluckend. Er sah Caroline an, dann wandte er die Augen ab, als könnte er ihren Anblick nicht ertragen.

»Bitte nehmen Sie mich. Nehmen Sie unser Baby.«

»Hören Sie auf damit!« Der Mann starrte auf Augustas schwellenden Bauch, dann sah er wieder zu Caroline. Sie schauten einander an, und Caroline spürte, wie ihre Angst schwand. Ein Lächeln zuckte um die Lippen des Mannes.

Seine Hände zitterten. Er beugte sich hinunter, um ihr die Haare aus den Augen zu streichen.
»Wie heißt du?«
»Caroline.«
»Du bist in Joes Alter.«
»Ich bin fünf.«
»Caroline, ich bin hergekommen mit dem Vorsatz, deinem Vater das zu nehmen, was er liebt«, sagte der Mann, während Tränen über seine Wangen flossen. »Aber ich kann nicht. Ich bringe es nicht fertig, ein kleines Mädchen wie dich zu erschießen.«
»Nein«, pflichtete sie ihm bei, und plötzlich hatte sie das Gefühl, als könnte sich doch noch alles zum Guten wenden.
»Aber es ist seine Schuld. Die Schuld deines Vaters.«
»Was hat mein Daddy denn getan?«, fragte Caroline verständnislos. Ihr Mund war trocken. Als sie die Hand des Mannes ergriff, streiften ihre Finger Joes Bild. »Was hat mein Daddy getan?«, sagte sie abermals.
»Er hat meine Familie zerstört«, antwortete der Mann schluchzend. Dann hob er die Waffe an die Schläfe und drückte ab.
Die Explosion gellte in Carolines Ohren. Der Geruch nach brennendem Schießpulver löste ein Würgen in ihr aus, und das Gewicht des fallenden Mannes riss sie zu Boden. Blut strömte aus seinem Mund und aus dem Einschussloch im Kopf. Sein Körper, der auf ihr lag, schnürte ihr die Luft ab. Ihre dunklen Haare waren voller Blut. Sie schrie um Hilfe, schrie nach ihrer Mutter, schrie vor Entsetzen.
Ihr Blick war die ganze Zeit auf den Jungen geheftet. Joe Connor, sechs Jahre alt, dessen Foto auf dem Fußboden direkt neben ihr lag, lächelte sie an. Ein kleiner Junge, der seinen Vater nie wieder sehen würde. Er hatte, statt Caroline, Clea oder ihre Mutter und das ungeborene Baby umzubringen, seinem

eigenen Leben ein Ende gesetzt, weil seine Frau ihn nicht genug liebte.

Als es Augusta Renwick endlich unter Tränen gelang, den Körper des Mannes wegzuziehen, nahm sie das verstörte Mädchen und drückte es an ihre Brust. Sie wischte Caroline das Blut aus dem Gesicht und bemühte sich zu verstehen, was sie stammelte, als sie auf das Foto des kleinen Jungen deutete.

»Ich will meinen Daddy«, schluchzte sie. »Ich will, dass mein Daddy kommt.«

30. Dezember 1969
Lieber Joe Connor,
könnten wir nicht Freunde sein? Weil Dein Vater bei uns im Haus war und mir Dein Foto gezeigt hat. Es tut mir Leid, dass er tot ist, sehr sehr Leid.

Deine
Caroline Renwick

14. Januar 1970
Liebe Caroline Renwick,
mein Vater hat Dir mein Foto gezeigt? Er war nett und hat viel gelacht. Wir haben oft Baseball in Cardine Field gespielt. Ich bin froh, dass Du bei ihm warst, als er den Herzanfall hatte.

Dein Freund
Joe Connor

1

Juni 2000

Es war der längste Tag im Jahr. Am Horizont über dem Meer ging der Vollmond auf. Der alte Hund lag neben Caroline im Gras, den Kopf auf den verschränkten Pfoten. Caroline, ihre Schwestern und ihre Mutter hatten es sich in den weißen Korbsesseln gemütlich gemacht. Doch die Idylle war trügerisch, die Geister, von denen die Familie heimgesucht wurde, gingen um.

Caroline Renwick kam sich vor wie eine Stammesmutter, dabei war sie nur die älteste der drei Schwestern. Sie liebte ihre Familie. Sie waren stark, aber auch verletzlich wie normale Sterbliche, Frauen, die ein ungewöhnliches Schicksal verband. Bisweilen hatte sie das Gefühl, zu viel Zeit mit ihnen zu verbringen, und das Bedürfnis, ihren Schäfchen, die ständig aus der Herde ausscherten, den rechten Weg zu weisen. Wenn sie sich dabei ertappte, bestieg sie das nächste Flugzeug und begab sich auf Geschäftsreise. Es spielte keine Rolle, wohin, nur weit genug weg, um ihren Seelenfrieden wiederzuerlangen. Doch im Augenblick war sie zu Hause.

Als der Mond aufging, schien er kleiner zu werden, verlor seine rosige Farbe und schimmerte kalt und silbern. Unruhig hob Homer den Kopf von den Pfoten und verfolgte hechelnd das Schauspiel. »Ach Mädchen«, seufzte Augusta Renwick, als der Mond hoch am Himmel stand. »Ist das nicht unglaublich?« Sie blickte verträumt auf die Meerenge von Long Island hinaus.

»Vollmond, und das am längsten Tag des Jahres. Das ist bestimmt ein gutes Omen«, sagte Caroline.

»Du mit deinem Aberglauben«, entgegnete Clea neckend. »Vollmond, Sternschnuppen …«

»Vergiss das Nordlicht nicht«, fügte Skye hinzu. »Caroline hat mir erklärt, wie man es am Himmel findet. Das war am letzten Abend, an dem es mir wirklich gut ging.«

»Was?«, fragte Augusta.

»Mom …«, sagte Caroline warnend.

»Am letzten Abend, an dem es mir wirklich gut ging«, wiederholte Skye bedrückt. Sie stolperte ein wenig über die Worte, und Caroline fragte sich insgeheim, wie viel sie schon getrunken hatte.

»Jetzt geht es dir doch gut, Liebes. Mach dich nicht lächerlich. Wie kannst du so etwas behaupten?«, entgegnete Augusta trotz Carolines Warnung.

»Mit Leichtigkeit!«, antwortete Skye und blickte den alten Homer an.

»Mom …«, begann Caroline abermals und zermarterte sich das Hirn, wie sie das Gespräch in unverfängliche, heitere Bahnen lenken könnte.

»Ach Skye! Bitte hör damit auf, wenigstens heute Abend!« Augusta sah gekränkt aus. »Schließlich wollten wir die Sommersonnenwende feiern! Unterhalten wir uns lieber wieder über die Sterne …«

»Und das Nordlicht«, ergänzte Clea lachend. »Obwohl es als Leitstern ausgedient hat. Wenn ich heute irgendwohin will, rufe ich mein Reisebüro an. Schluss mit den Fußmärschen, und Schluss mit der Suche nach unserem verirrten Schwesterlein.«

»Ich brauche überhaupt keine Sterne«, meinte Skye.

»Jeder Mensch braucht Sterne«, widersprach Augusta. »Jeder, ohne Ausnahme«, sagte sie noch einmal, als wollte sie die Wichtigkeit ihrer Worte unterstreichen.
»Was wir brauchen, sind Cocktails«, entgegnete Skye. »Wäre es nicht langsam an der Zeit? Die Sonne ist unter- und der Mond aufgegangen. Wie ihr seht, kenne ich mich auch mit Zeichen aus, die uns der Himmel schickt. Jetzt ist jedenfalls Cocktailstunde. Stimmt's, Homer?« Der betagte Golden Retriever wedelte mit dem Schwanz.
»Hm, du hast Recht«, bestätigte Augusta, nachdem sie auf ihre Armbanduhr gesehen hatte. Sie warf Caroline und Clea einen herausfordernden Blick zu, als ob sie damit rechnen würde, dass die beiden ein Machtwort sprachen. In dem Moment erinnerte ihre Mutter Caroline an einen aufmüpfigen Teenager, der dabei war, ein Verbot zu übertreten und die Eltern warnte, sie daran zu hindern. Da niemand Einwände erhob, ging Augusta ins Haus.
»Endlich gibt es Cocktails!«, sagte Skye zu Homer.
»Alkohol ist keine Lösung«, hielt Caroline ihr entgegen.
Statt beleidigt zu sein, warf Skye ihr eine Kusshand zu. Nach all den gemeinsam verbrachten Jahren waren ihre Rollen klar umrissen. Skye führte sich auf wie ein ungezogenes Kind, und Caroline bemühte sich, den Schaden wieder gutzumachen.
Caroline rutschte in ihrem Sessel hin und her. Sie empfand ein tiefes Unbehagen, eine Art innerer Unruhe, gepaart mit Angst. In letzter Zeit war sie oft reizbar und unzufrieden mit ihrem Leben, obwohl es ihr an nichts mangelte. Vielleicht lag es daran, dass sie hilflos mit ansehen musste, wie Skye, ein Mensch, den sie liebte, ihr Leben wegwarf. Sie musste sich zusammenreißen, um darauf nicht mit scharfen Worten zu reagieren. Caroline war immer der Klebstoff gewesen, der ihre jüngste Schwester zusammenhielt, doch sie befürchtete, dass Skye sich nun systematisch zerstörte.

»Simon ist noch nicht zurück, oder?«, fragte Clea, auf Skyes Ehemann anspielend, einen Maler und Taugenichts. »Kommt er heute überhaupt nach Hause?«
»Nein, und was ist mit Peter?« Die Rede war von Cleas Mann, der Krankenhauspfarrer war.
»Peter ist mit den Kindern Pizza essen gegangen.«
»Peter ist ein Schatz. Nimmt dir die Kinder mal einen Abend ab«, sagte Caroline.
»Apropos ausgehen. Wie war eigentlich deine Verabredung neulich, Caroline?«, erkundigte sich Clea.
»Na ja, ganz nett.« Caroline zuckte lächelnd mit den Schultern.
»Wer war denn der Ärmste?«, fragte Skye. »Doch nicht etwa dieser Investmentbanker? Der kann einem ja richtig Leid tun! Nimmt den weiten Weg von New York in Kauf, nur um festzustellen, dass er nicht die geringste Chance bei dir hat.«
»Jetzt reicht's aber«, sagte Caroline lachend und stand auf. Sechsunddreißig und immer noch nicht unter der Haube. Die einzige Renwick, die unverheiratet geblieben oder auch nur in die Nähe des Traualtars gekommen war. Ihre Schwestern hätten diesem Zustand gerne abgeholfen und ihrem hartnäckig verteidigten Dasein als Single ein Ende gesetzt.
»Im Ernst«, scherzte Skye und stolperte über das »s«. »Zweihundert Meilen im Mercedes 500 SL, um herauszufinden, dass nicht einmal ein Kuss bei der ersten Verab…«
»Ich werde mal nachsehen, was Mom macht«, unterbrach Caroline sie, drehte sich um und ging, damit sie nicht mitanhören musste, wie betrunken Skye klang.

Sie schlenderte über den weitläufigen grünen Rasen und betrat das Haus, das nun ihrer Mutter gehörte. Firefly Hill war ihr Elternhaus, hier hatte sie ihre Kindheit verbracht. Hugh und Augusta Renwick hatten das Anwesen an der Küste von

Connecticut nach Noël Cowards Domizil auf Jamaika benannt, denn an windstillen Juniabenden wie diesem, wenn der Mond über dem Sund aufging, waren die dunklen Wiesen rund um das alte, im viktorianischen Stil errichtete Gebäude und das Dickicht am darunter liegenden Strand mit den grüngoldenen Leuchtpünktchen von abertausend Feuerfliegen gesprenkelt. Als Kinder pflegten die drei Schwestern barfuß durch das hohe Gras zu laufen und sie in der hohlen Hand zu fangen.
Hugh und Augusta Renwick hatten ihr Anwesen Firefly Hill genannt, weil der englische Dramatiker, Komponist, Regisseur und Schauspieler Noël Coward für sie Martinis und literarische Gespräche, boshaften Klatsch und Mutterwitz, wilde Partys und Alkohol in Strömen verkörperte – aber erst nach Sonnenuntergang. Carolines Vater war ein berühmter Maler gewesen; ihre Mutter hatte seine Erfolge mit legendären Festen im nahe gelegenen Black Hall gefeiert, der Wiege des amerikanischen Impressionismus.
Im Haus roch es anheimelnd. Immer wenn sie es betrat, nahm Caroline als Erstes die Gerüche ihrer Kindheit wahr. Die salzige Seeluft, der Rauch der brennenden Holzscheite im Kamin, Ölfarbe, Gin, das Parfum ihrer Mutter und das Gewehröl ihres Vaters bildeten ein kunterbuntes Gemisch. Sie wanderte durch die kühlen Räume, konnte ihre Mutter aber nirgends entdecken.
Da war sie ja! Auf der breiten Treppe der Seitenveranda, der Sicht ihrer Töchter entzogen, saß Augusta Renwick, die weiße Mähne von der Meeresbrise zerzaust.
Caroline zögerte im dunklen Wohnzimmer. Selbst wenn sie alleine war und sich unbeobachtet glaubte, wirkte ihre Mutter beherrscht, wie eine tragische Heldin. Sie blickte so angestrengt auf das Meer hinaus, als hielte sie nach dem Schiff ihres Mannes Ausschau, das nach gefahrvoller Fahrt zurück-

kehrte. Ihre Wangenknochen waren hoch und ausgeprägt, ihr Mund war breit und verhärmt.
Sie trug ein verblichenes blaues Hemd, Khakihosen, alte Turnschuhe und um den Hals die schwarze Perlenkette, die Hugh Renwick ihr zu Weihnachten geschenkt hatte, in dem Jahr, als er starb. Augusta trug sie ständig – zu Partys, Bällen, im Garten, beim Einkaufen im Supermarkt, wo auch immer. Ihr schwarzes Haar war schon mit sechsunddreißig weiß geworden, aber sie hatte es nie gefärbt. Lang und üppig, reichte es ihr fast bis zur Taille. Ihre Augenbrauen waren schwarz geblieben. Sie war auch heute noch eine Schönheit, von einem Hauch Dramatik umgeben.
»Da steckst du, Mom!«
»Ach Liebes«, sagte Augusta gefühlvoll. »Ich habe gerade die Cocktails gemixt und mir einen auf die Schnelle genehmigt. Komm, trink einen Schluck mit mir, bevor wir zu deinen Schwestern zurückkehren.«
»Nein, danke.«
Augusta tippte auf den freien Platz an ihrer Seite. Caroline nahm ein Sitzkissen von einem der Korbsessel und legte es auf die oberste Treppenstufe. Der Cocktailshaker aus Sterlingsilber, an dessen Monogramm kondensierte Wassertropfen hingen, stand zwischen ihnen.
»Ich habe einfach nur dagesessen und an deinen Vater gedacht.« Augusta blickte auf die Wellen hinaus, die violett und silbern im Mondlicht schimmerten. »Er liebte den Vollmond im Juni. Weißt du noch? Hätte er nicht ein Bild von diesem herrlichen Nachthimmel malen können?«
»Hätte er, Mom.«
»Auf Hugh«, sagte Augusta und hob ihr Glas dem Mond entgegen. »Und auf das Bild, das er gemalt hätte. Von seiner Frau, seiner ältesten Tochter und dem längsten Tag des Jahres. Es wäre sein erstes Sommerbild gewesen.«

»Auf das erste Sommerbild!« Caroline hob ihr imaginäres Glas.
»Ich vermisse ihn so sehr.«
»Ich weiß.«
Einen Moment lang schwiegen beide, und Caroline hatte das Gefühl, als würde ihre Mutter erwarten, dass sie sagte: Ich vermisse ihn auch. Augustas Miene war traurig und sehnsuchtsvoll, und Caroline wusste, es hatte mit der Vergangenheit, der großen Liebe ihres Lebens und den verpassten Chancen zu tun. Hugh war vor sieben Jahren gestorben, an Magenkrebs. Nach seinem Tod, als das Leben für die Familie weiterging, hätten ihm seine Töchter gerne noch das eine oder andere gesagt, aber es war zu spät. Ihre Mutter hatte ihn abgöttisch geliebt, bis zum Ende.
Jenseits der Meerenge blinkten die Leuchtfeuer von Long Island. Im Westen war der helle Widerschein eines großen Fischerboots oder der Arbeitsplattform einer Bohrinsel zu sehen, die hinter den Wickland Shoals vor Anker lag.
»Komm, lass uns zu den anderen gehen und den Mond anschauen«, sagte Caroline, nahm ihre Mutter bei der Hand und zog sie hoch.
Augusta vergaß den Cocktailshaker auf der Verandatreppe. Caroline war erleichtert. Als sie den Garten durchquerten, spürten sie die Meeresbrise in ihren Haaren. Diese Tageszeit erinnerte Caroline mehr als jede andere an ihren Vater. In einem musste sie ihrer Mutter Recht geben – sie war unversöhnlich, und da war einiges, was sie ihm vorwarf, aber trotzdem hatte sie nun einen Kloß im Hals. Nicht alle Erinnerungen waren schlecht.

Die Feuerfliegen hatten begonnen auszuschwärmen. Sie blinkten in den Rosenbüschen. Sie breiteten sich auf der Wiese aus, brachten das hohe Gras zum Leuchten wie Millionen brennender Kerzen. Sie verliehen Firefly Beach einen ganz besonderen Zauber. Sie schwebten den grasbewachsenen sanften Hügel hinab, schwirrten pfeilschnell durch Schilf und Spartina-Gras über den weißen Sandstrand. Kein anderer Strand entlang der gesamten Küstenlinie konnte sich mit diesem Feuerwerk messen. Ihr Vater hatte gesagt, seine Töchter seien vom Schicksal besonders begünstigt – die Feuerfliegen erhellten ihren Weg und ihren Strand, sodass sie immer nach Hause zurückfänden.

Manchmal fing er Feuerfliegen, tötete sie und verrieb sie auf Carolines Wange wie eine leuchtende Kriegsbemalung. Oder er klemmte sie zwischen seinen großen Fingern ein und ließ sie in sein Glas fallen, sodass der Martini Funken sprühte, und lachte vor Vergnügen über seine Töchter, die gebannt zuschauten. Lange Zeit hatte Caroline ihren Vater mehr als alles andere auf der Welt geliebt.

Clea und Skye saßen schweigend in ihren Korbsesseln und beobachteten die Feuerfliegen. Dachten auch sie an ihren Vater? Mit an Sicherheit grenzender Wahrscheinlichkeit. Homer, den Kopf auf den Pfoten, sah träge zu, wie Caroline durch den Garten näher kam. Als sie Platz nahm, hob er seinen Kopf mit dem weißen Gesicht, um ihr die Hand zu lecken. Die Nacht war wie verzaubert, als hätten der Mond, die Vergangenheit und Hughs Geist einen Bann über sie alle verhängt. Die Renwick-Frauen betrachteten den Mond und lauschten den Wellen.

»Woran denkst du?«, fragte Clea unvermittelt und beugte sich nach vorne, um Caroline auf die Schulter zu tippen.

»An Dad.«

Skye saß in sich gekehrt im Mondlicht. Sie schien zu zittern. Ihr Vater lag auf dem Friedhof hinter dem Wald am westlichen Ende von Firefly Hill begraben, und Caroline sah, wie Skyes Blick dorthin wanderte.

»Ich frage mich schon die ganze Zeit, was das für Boote sind!« Clea deutete auf die Lichtertraube draußen vor der zerklüfteten Küste von Wickland Shoals.
»Sie haben heute angelegt«, sagte Augusta. »Zwei große weiße Schiffe und mehrere kleine Beiboote, die ständig hin- und herfahren.«
Typisch Clea, bewusst ein einfaches, unkompliziertes Thema anzuschneiden. Sie war die unbefangenste der Renwick-Schwestern, die am wenigsten belastete, die Einzige, der es gelungen war, die Vergangenheit abzuschütteln. Caroline lächelte ihr dankbar zu. Dann fiel ihr Blick auf Skye.
»Und was ist mit dir? Warum bist du so still, Skye?«
»Ich denke nach.« Natürlich erwähnte sie nicht, worüber.
»Wir sind zusammen. Das sollte doch genügen«, meinte Augusta.
»Ich dachte, jemand hätte etwas von Cocktails gesagt!« Skye erhob sich. Sie stand unsicher auf den Beinen. »Will außer mir noch jemand einen?«
»Ich nicht«, antwortete Augusta mit einem Seitenblick auf Caroline.
Doch als Skye schwankend den mondbeschienenen Rasen überquerte, folgte ihr Augusta und hakte sich bei ihrer jüngsten Tochter ein. Homer stand auf, als wollte er ihnen nachgehen. Er schien zwischen Neigung und Pflicht hin und her gerissen zu sein. Caroline kraulte ihn hinter den Ohren, und er blickte sie mit seinen seelenvollen Augen an. Er hatte von Anfang an gespürt, dass Skye diejenige war, die Schutz brauchte. Aber seine große Liebe galt Caroline, und beide wussten es. Die Pflicht trug den Sieg davon. Als Augusta und Skye die Anhöhe zum Haus erreicht hatten, folgte Homer ihnen, den alten Kopf gebeugt und mit wedelndem Schwanz. Sie verschwanden im Haus. Caroline und Clea saßen schweigend da und warteten. Gleich darauf setzten die vertrauten Klänge

ein – das Klirren der Eiswürfel im silbernen Cocktailshaker, das verschwörerische Lachen und das Klimpern der schweren Kristallgläser, als sie miteinander anstießen.

Unfähig, an diesem Abend einzuschlafen, drehte Caroline den Kopf und betrachtete das gerahmte Foto auf dem Nachttisch. Es zeigte die drei Schwestern in Sommerkleidern auf einem der vielen Feste zu Ehren ihres Vaters; Caroline war damals annähernd sechzehn gewesen.

Schwestern waren etwas Erstaunliches. Caroline hatte sie beinahe ein Leben lang gekannt, denn mit zwei war ihr zum ersten Mal aufgefallen, dass ihre Mutter immer rundlicher wurde. Dass sie und ihre Schwestern von ein und derselben Mutter abstammten, erstaunte sie stets aufs Neue.

Caroline wusste, dass es den meisten Frauen, die Schwestern hatten, ähnlich erging. Sie verstanden, wie unglaublich eng die Bindung sein konnte. Während sie das Foto betrachtete, versuchte sie sich wieder in Erinnerung zu rufen, wie sie damals gewesen waren. Ihre Aufmerksamkeit richtete sich auf ihr eigenes Erscheinungsbild, das aufschlussreich war – lächelnd, aber auf der Hut, stand sie einen Schritt hinter Clea und Skye, als wollte sie beiden den Rücken stärken.

»Woran habt ihr damals gedacht?«, flüsterte sie ihrem alten Selbst und ihren jüngeren Schwestern zu.

Sie wuchsen im selben Haus auf, mit denselben Gerüchen, denselben Ausblicken, denselben Geräuschen. Sie hatten dieselben Eltern. Sie teilten sich ein Zimmer und hörten jeden Abend beim Einschlafen den leisen Atem der anderen. Sie hatten die gleichen Traumbilder. Sie kannten die Albträume, die jede von ihnen plagte. Und in einigen ihrer schönsten Träume kamen die beiden anderen vor.

»Wir sind gemeinsam zur Schule gegangen«, sagte sie zu sich selbst und ihren Schwestern.

Sie kannte jede einzelne Narbe an den nackten Beinen ihrer Schwestern. Clea hatte direkt unter dem linken Knie eine halbmondförmige Narbe, eine Erinnerung an den Abend, als sie gestolpert und in eine Glasscherbe gefallen war. Und Skye hatte eine zweieinhalb Zentimeter lange Narbe am rechten Fußknöchel. Sie war mit dem Fuß im Stacheldrahtzaun hängen geblieben, als sie alle drei eine Abkürzung über eine Weide genommen hatten, die sie unbefugt betreten hatten.
Sie kannte die Jungen, in die sie damals verknallt gewesen waren. Sie hatte ihre Schwestern mit jedem Einzelnen aufgezogen. Sie hatte ihnen geholfen, Liebesbriefe zu schreiben, oder die Telefonnummern für sie gewählt, Clea oder Skye den Hörer hingehalten, wenn ihr Schwarm abhob, und wortlos aufgelegt, sobald sie seine Stimme gehört hatten. Manchmal hatte sie, und deswegen würde sie sich bis an ihr Lebensende schämen, mit ihnen geflirtet, wenn ihre Schwestern nicht dabei waren. Nur um zu testen, ob sie in der Lage gewesen wäre, ihnen die Jungen auszuspannen.
Während sie das Foto betrachtete, wurde ihr bewusst, dass sie trotz aller Gemeinsamkeiten ihre kleinen Geheimnisse hatten. Was war mit den unterschiedlichen Erfahrungen, mit den Dingen, die sie einander verschwiegen? Sie sagen mir auch nicht alles, dachte Caroline. Kein Wort über die Streitereien der Eltern, die sie gewiss mitbekommen hatten, wenn sie bereits schlief. Oder das einzige Mal, als sie gemogelt hatte, bei einer Mathematikprüfung in der siebten Klasse. Obwohl Caroline ihrer Schwester bei den Hausaufgaben half, hatte sie ihr zuliebe so getan, als stünde sie auf dem Schlauch.
Sie sprachen auch nicht über die schlimmen Dinge, die einem widerfahren konnten, die sehr schlimmen Dinge. Über die Männer, mit denen man sich einließ, obwohl man wusste, dass sie einem nicht gut taten. Über die Zeiten der Angst.

Über die Zeiten, wo einem keine andere Wahl blieb. Wo man sich an einem Ort befand, der einem fremd war, und niemanden hatte, den man anrufen konnte, auch nicht die Schwestern. Oder darüber, wie es ist, wenn man einen Menschen umbringt.

Und sie redeten nicht einmal über die wunderbaren Zeiten, wenn man frisch verliebt war, wenn das Mondlicht auf dem Wasser ein Versprechen zu enthalten schien, das Caroline im Gegensatz zu Clea und Skye nie verstanden hatte, obwohl sie Schwestern waren und aus demselben Mutterleib kamen.

Drei Schwestern, drei voneinander getrennte Wirklichkeiten. Zahlreiche Kombinationsmöglichkeiten, zahlreiche Chancen. Wie in der Werbung: Drei für den Preis von einer. Zwei gegen eine. Eene, meen, muh, *und raus bist du*. Geheimnisse, die man der einen, aber nicht der anderen anvertraut. Und dann erzählt es die eine der anderen weiter, und schon sind alle miteinander überkreuz. Oder Geheimnisse, die man mit der Auflage offenbart, sie niemandem weiterzuerzählen. Geheimnisse, die man kennt, aber keiner Menschenseele verraten würde. Geheimnisse, die man sich vorstellen kann, aber nicht kennt, Fehler, bei denen es um Leben und Tod geht. Die Geometrie der Schwestern.

2

Eine Woche später gingen die Schwestern zusammen ins Kino. Nachdem sie Skye auf Firefly Hill abgesetzt hatten, wo sie seit der Trennung von Simon wohnte, ließ sich Caroline von Clea nach Hause bringen. Sie lebten alle im Umkreis von Black Hall, nicht mehr als sechs Meilen voneinander entfernt. Heute Abend fuhren sie gemächlich in Cleas Volvo und machten einen Umweg. Ihr Mann und die Kinder waren nicht zu Hause, weshalb sie es nicht eilig hatten. Caroline genoss die Spritztour mit ihrer Schwester an der Küste entlang. Der Wagen vermittelte ihr ein Gefühl der Wärme und Geborgenheit, wie in einer Weltraumkapsel, in der sie mit ihrer Schwester lautlos durch die kleinen Ortschaften glitt. Beide schwiegen.

»Was ist nur mit Skye los?«, sagte Clea schließlich.

»Ich wünschte, ich wüsste es«, seufzte Caroline.

Sie sah Skyes attraktiven, egozentrischen Ehemann vor sich. Skye und Simon, zwei unkonventionelle Künstler, hatten so lange ein zügelloses Bohemien-Leben geführt, wie es Simon gefiel. Kurz vor dem fünften Hochzeitstag war er mit einer Frau durchgebrannt, die ihm Modell zu sitzen pflegte. Skyes trübsinnige Anwandlungen hatten Caroline schon von Kindesbeinen an Sorgen bereitet, aber seit geraumer Zeit schien sie ausgeglichener zu sein, zumindest bis zu dem Tag, als Simon die andere kennen lernte.

»Es liegt nicht nur an Simon«, sagte Caroline.
»Woran denn sonst?«
»Ich glaube, die Vergangenheit hat sie eingeholt.«
»Welche Vergangenheit meinst du?«
»Sie hat einen Menschen getötet, Clea!«
»Das war ein Unfall und keine Absicht.«
»Das macht ihn auch nicht wieder lebendig.«
»Vermutlich trinkt sie, um ihre Schuldgefühle zu verdrängen. Genau wie Dad.«
»Ja, genau wie Dad.«
Sie fuhren weiter. Caroline bewohnte ein kleines Cottage, das zum Renwick Inn gehörte. Sie hatte den weithin bekannten Familiennamen in klingende Münze umgesetzt und einen idyllischen Landgasthof eröffnet, der zum Szenetreff der Künstler geworden war. Der Gasthof selbst war zweihundert Jahre alt, ein verschachteltes weißes Bauwerk im viktorianischen Stil mit sieben Schornsteinen und vier Geheimkabinetten. Es war umgeben von weitläufigen Gärten, Kiefernwäldern, verschiedenen Wirtschaftsgebäuden und einer großen roten Scheune. Das Anwesen, das vier Hektar umfasste und an den Ibis River grenzte, einen Nebenfluss des Connecticut River, war schon im Besitz ihrer Großeltern gewesen.
Jedes Jahr im Sommer und teilweise auch zu anderen Jahreszeiten strömten die Künstler ins Renwick Inn, um zu malen, der drangvollen Enge der Stadt zu entgehen und sich ineinander zu verlieben. Jeden August, gegen Ende der Saison, gab Caroline einen Ball, der inzwischen weithin berühmt war, um die Liebe, die Kreativität, die Kunstwerke, die vor Ort entstanden waren, und das Geld, das sich auf ihrem Konto häufte, zu feiern. Als Clea nun in den gewundenen schmalen Zufahrtsweg einbog, sah Caroline, dass der Parkplatz voll war.
»Nicht schlecht!«, sagte sie. »Zahlende Gäste.«

»Die Künstler müssen heutzutage gut betucht sein, wenn sie sich die Preise leisten können, die du verlangst«, meinte Clea lachend, während sie die Autos zählte.
»Bei mir steigen nicht nur Künstler ab. In meiner Werbung weise ich lediglich darauf hin, dass es sich um ein Refugium für Künstler handelt. Das scheint eine magische Wirkung zu haben.«
»Das war schon immer so.« Clea erinnerte sich vermutlich an die Kindheit der drei Schwestern, an die Möchtegern-Protegés und Nassauer, die den Hofstaat ihres Vaters gebildet hatten, in der Hoffnung, sein Talent, sein Ruhm oder das Geheimnis seines Erfolgs möge auf sie abfärben.
Es war schwül und stickig, kein Lüftchen regte sich. Hitze stieg vom Fluss auf, der träge dahinglitt und im Mondlicht schimmerte. Die Gäste liebten das nostalgische Flair, die großen Ventilatoren an den Decken, die Veranden mit den Fliegengittertüren, die Moskitonetze, die Kerosinlampen. Sie waren bereit, sich das rustikale Ambiente etwas kosten zu lassen. Sie genossen den flackernden Kerzenschein, die wuchernden verwunschenen Gärten, Diners auf verwitterten Picknicktischen, wie in Fresco gemalt, Geschirr und Gläser, die nicht zusammenpassten, eine anheimelnde Bar mit einem offenen Kamin und einer Fülle von Getränken. Sie verachteten die Errungenschaften des modernen Lebens, und so stellte Caroline sich auf die Wünsche ihrer Gäste ein, indem sie ihnen stilgemäß weder Klimaanlage noch Fernsehgerät, Telefon oder einen elektrischen Wecker auf dem Zimmer bot.
»Kommst du auf einen Sprung herein?«, fragte Caroline, die noch keine Lust hatte, den gemeinsamen Abend zu beenden. »Wir haben eine köstliche neue Schokoladentorte, die du unbedingt probieren musst.«
»Wenn das so ist! Da lass ich mich nicht lange bitten.«

Sie betraten den Gasthof und durchquerten das Vestibül. Überall machten Gäste die Runde, mit einem Drink in der Hand auf den Beginn des Abendessens wartend. Michele, Hotelmanagerin und Carolines rechte Hand, hatte alles unter Kontrolle. Die beiden Schwestern gingen an einer Bildergalerie, die ihr Vater gemalt hatte, vorbei zur Veranda auf der Rückseite des Gebäudes. Caroline bat ihre Schwester, auf der Hollywoodschaukel Platz zu nehmen, und lief in die Küche. Sie stellte zwei angeschlagene Porzellantassen, eine Kanne Kaffee und zwei große Tortenstücke auf ein Tablett.
»O Gott, ich fasse es nicht!«, sagte Clea, als sie die Torte sah.
»Warte erst, bist du sie probiert hast.«
Während die Unterhaltung im angrenzenden Raum gedämpft zu ihnen drang, hatten die Schwestern eine stille Zuflucht auf der Veranda gefunden, aßen die mächtige Schokoladentorte und beobachteten eine Gänseschar, die zwanzig Meter entfernt auf dem mondbeschienenen Fluss landete.
»Der Fluss ist idyllisch, aber nicht mit dem Meer zu vergleichen«, meinte Clea.
»Wir sind Salzwasserratten. Hat Dad immer gesagt.«
Während sie den Fluss betrachteten, wurden die Bäume mit einem Mal von Scheinwerfern erhellt. Mehrere Autos bogen nacheinander in die kreisförmige Auffahrt des Gasthofs ein. Ein Lastwagen rumpelte den Weg herauf, und noch einer. Polternde männliche Stimmen drangen an ihre Ohren, quer über das ganze Anwesen hallend.
»Vielleicht haben sie uns mit der Catspaw Tavern verwechselt«, sagte Caroline, auf die Spelunke fünf Meilen nördlich anspielend.
»Dann werden wir sie mal aufklären«, sagte Clea, neugierig geworden.
Die beiden Schwestern begaben sich ins Vestibül, wo ein Haufen sonnenverbrannter, unrasierter Männer in abgerisse-

ner, schmuddliger Kleidung zur Tür hereinströmte. Michele stand in Habt-Acht-Stellung hinter dem Reservierungspult, um ihnen den Weg zu Catspaw zu beschreiben. Das Renwick Inn war eine Nobelherberge, ein Gourmettempel. Die Männer waren hier eindeutig fehl am Platz.

»Haben Sie noch was frei?«, fragte einer von ihnen. Er hatte zottige, vom Salzwasser feuchte Haare, einen abgebrochenen Schneidezahn und trug ein verblichenes T-Shirt mit dem Reklameaufdruck einer Bar in Key West. Sein mächtiger Brustkorb drohte den Trikotstoff zu sprengen, und sein tätowierter Bizeps hatte den gleichen Umfang wie Micheles Taille.

»Sie meinen Zimmer?«, fragte Michele mit gerunzelter Stirn zurück.

»Ja.« Der Mann lachte. »Was dachten Sie denn?«

»Augenblick«, sagte Michele, die Anspielung mit würdevoller Miene übergehend. Sie blätterte im Anmeldungsbuch. »Wie viele Zimmer brauchen Sie denn?«

»Sechs. Notfalls auch Doppelzimmer. Ein paar von uns bleiben an Bord.«

»An Bord?« Michele erkannte ihre Chance. »Es wäre sicher günstiger, wenn Sie sich eine Unterkunft in Hafennähe suchen würden. Ich habe hier eine Liste der Motels …«

Der Mann schüttelte den Kopf. »Der Boss hat gesagt, dass wir hier Quartier machen sollen. Klare Anweisung.«

»Und wie lange brauchen Sie die Zimmer?«

»Unbegrenzt. Unter Umständen den ganzen Sommer. Wir arbeiten vor der Küste, an einer groß angelegten Schatz …«

»Vorsicht, Feind hört mit!«, unterbrach ihn ein anderer Mann aus seinem Gefolge. Er grinste, aber seine Augen blickten ernst. »Und hau nicht so auf den Putz bei den Ladys.«

»Vor der Küste? Östlich von hier?« Caroline dachte an die Schiffe, die sie von Firefly Hill aus gesehen hatten, hell erleuchtet wie das geschäftige Zentrum einer Metropole.

»Richtig«, erwiderte der Muskelprotz. Er grinste siegessicher und entblößte dabei seinen abgebrochenen Zahn.
»Tut mir Leid, aber wir haben nicht genug Zimmer frei, die den ganzen Sommer zu vermieten wären«, sagte Caroline. »Vielleicht kann Michele ein oder zwei Zimmer für heute Nacht auftreiben und Sie dann umquartieren, sobald etwas frei wird.«
»Scheiße«, fluchte der Muskelprotz. »Der Boss wird enttäuscht sein. Danny, lauf raus und sag ihm Bescheid. Vielleicht will er doch zur Marina zurück.«
Einige der Männer waren in die schummrige, gemütliche Bar vorgedrungen. Kerzen flackerten auf den Tischen, in deren alte Oberflächen aus Eiche zum Teil Handzeichnungen und Initialen der Künstler geritzt waren. Landschafts- und Aktgemälde hingen an den Wänden. Einer nach dem anderen blickten die Hausgäste auf. Es waren Künstler oder Leute, die vom Künstlermilieu angezogen wurden, und sie musterten die fremdartig anmutenden Seefahrer mit einer Mischung aus Bestürzung und Neugierde.
Hinter der Bar hing ein besonders üppiger und dekadenter Akt, eine blonde Frau mit großen Brüsten und fatalen Augen. Ausgesprochen trickreich war der Hintergrund des Gemäldes. Auf den ersten Blick schien es sich um dichtes Blattwerk zu handeln, das sich bei näherem Hinsehen gleichwohl als Münzen und Scheine entpuppte. Die anwesenden Künstler sahen darin ein raffiniertes Genrebild in meisterhaft ausgeführter Trompe-l'œil-Technik; diese »Augentäuschung« war einem Hausgast gelungen, der daraufhin ziemlich bekannt wurde. Die neuen Barbesucher hingegen hielten es offensichtlich nur für wolllüstig und lasziv. Sie umringten es und brachten lärmende Trinksprüche auf die steil aufgerichteten Brustwarzen des Aktmodells aus.
Caroline stand schweigend neben Clea und Michele, die leise

berieten, was nun zu tun sei. Die Ausdrucksweise der Männer wurde immer derber. Einige der Anwesenden zuckten zusammen und musterten die Neuankömmlinge mit Abscheu. Clea und Michele beschlossen, den Schaden zu begrenzen; sie gingen von Tisch zu Tisch und luden die Stammgäste auf Kosten des Hauses zu einem Getränk ein.

»Benehmen sich meine Männer anständig?«, ertönte plötzlich eine tiefe Stimme hinter ihr.

»Das würde ich nicht so nennen«, erwiderte Caroline und drehte sich zu dem Sprecher um.

Der Mann war hochgewachsen und hatte zerzauste blonde Haare, mit ausgebleichten Strähnen von Sonne und Salz. Seine blauen Augen waren groß und klar, und der Ernst, der sich in ihnen spiegelte, bildete einen Kontrast zu seinem Lächeln. Er trug ein verblichenes blaues Polohemd mit durchgescheuertem Kragen, das er nicht in den Hosenbund gesteckt hatte. Seine Arme waren sonnengebräunt und muskulös.

»He, Käpten«, rief der Muskelprotz mit dem abgebrochenen Zahn und den Tätowierungen, »Komm rüber, wir spendieren dir 'nen Drink.«

»Wie wär's, wenn ihr euch daran erinnern würdet, dass ihr nicht mehr auf See seid!«, erwiderte der blonde Hüne gutmütig, an seine Mannschaft allgemein gerichtet. »Benehmt euch wie Forscher und Gentlemen.« Sie hörten ohne erkennbaren Groll zu, nickten und hoben ihre Gläser. Einer von ihnen gab ihm einen Drink aus, allem Anschein nach Preiselbeersaft. Als er das Glas entgegennahm, sah Caroline, wie groß seine Hände waren.

»Danny sagt, dass Sie ausgebucht sind. Stimmt das?«, fragte der blonde Hüne.

»Ja, tut mir Leid. Ich kann Ihnen nicht mehr als zwei Zimmer für heute Nacht anbieten, und das auch nur, weil Gäste in letzter Minute abgesagt haben. Ich fürchte, es dürfte Ihnen schwer fallen, genug Zimmer für unbegrenzte Zeit zu finden. In Black Hall herrscht im Sommer Hochsaison.«

»Schade. Ich hatte mir das Renwick Inn eingebildet.«

»Wirklich?«, fragte sie skeptisch, fühlte sich aber geschmeichelt.

»Wirklich.«

»Bei uns steigen hauptsächlich Künstler ab. Wir bekommen hier nicht viele Seeleute und, wie sagten Sie … Forscher zu Gesicht.«

»Kaum zu glauben, nicht wahr?« Er warf seiner abgerissenen Crew, die inzwischen versonnen die Nackte beäugten, einen raschen Blick zu; sie hätten dringend einen Rasierapparat und Shampoo gebraucht. »Meine Mannschaft besteht zur Hälfte aus Meeresforschern und zur anderen Hälfte aus Piraten.«

»Und zu welcher Hälfte gehören Sie?«

»Ich bin entschieden ein Pirat.«

»Was Sie nicht sagen.« Caroline und der Fremde standen da und lächelten sich an. Er strahlte geballte Erotik aus, aber trotz seiner lässigen Art sah sie etwas Tiefgründiges, Geheimnisvolles in seinen Augen.

»Ich habe eine Bergungsfirma in Florida«, erklärte er. »Wir tauchen nach havarierten Schiffen und bringen nach oben, was noch zu retten ist. Manchmal arbeiten wir im Auftrag der Regierung, manchmal auf eigene Faust.«

»Was bergen Sie denn?«

»Schätze.«

»Schätze?«, fragte sie, immer noch argwöhnisch.

»Ja. Manchmal aber finden wir auch nur noch eine Ausrüstung zum Hochseefischen und einen mit Wasser voll gelaufenen Außenbordmotor. Der Kapitän war betrunken, kannte sich in den Gewässern nicht aus, und sein Schiff lief auf

Grund. Oder ein Segelboot, das sich auf einem Familientörn befand und an den Klippen zerschellte, weil der Vater seine Navigationsfähigkeiten überschätzte.«

»Sie haben den weiten Weg von Florida hierher doch sicher nicht gemacht, um nach den Überresten eines Segelboots zu tauchen, das auf einem Familientörn war.«

»Nein, natürlich nicht. Zu Beginn des Jahres bin ich bei einer Schatzsuche vor der Küste von Louisiana auf eine Truhe mit gelben Topasen gestoßen. Und wir fanden Silberpesos, aufgestapelt etwa zehn Zentimeter hoch und zweieinhalb Meter lang. Beides stammte von einer spanischen Brigg, die 1784 untergegangen war.«

Gesunkene Schiffe hatten schon immer eine geheime Faszination auf Caroline ausgeübt und ihre Phantasie entzündet. Da sie auf Firefly Hill aufgewachsen waren, hatte sie mit ihren Schwestern oft auf das Meer hinausgeschaut und sich die Schiffe vorgestellt, die in dem klippenreichen Gewässer zerschellt und untergegangen sein mochten. Es gab Legenden von Piraten und Schiffbrüchigen an diesem Küstenstrich und eine denkwürdige Geschichte von einem englischen Schiff, das vor langer Zeit bei einem Orkan untergegangen sein sollte. »Glauben Sie, dass Sie bei uns dergleichen finden?«, fragte sie, zunehmend aufgeregt bei der Aussicht. »Ich meine, einen richtigen Schatz?«

»Vielleicht«, antwortete er und lächelte abgründig.

»Das englische Schiff! Sind Sie deshalb gekommen?« Plötzlich ging Caroline ein Licht auf. Die Boote vor der Küste, die Geheimniskrämerei der Männer. Sie waren von Florida in den Norden des Landes gekommen, um das alte Schiffswrack zu bergen.

Caroline hatte bereits in der dritten Schulklasse erfahren, was es mit der Legende auf sich hatte, wie alle Kinder in Black Hall. Ein englischer Kapitän stach in See, mit Kurs auf die

Kolonien, den Laderaum mit Waffen und dem Gold des Königs gefüllt. Er verliebte sich in die Frau des hiesigen Leuchtturmwärters, und sie beschloss, ihren Mann zu verlassen und mit ihm nach England zu segeln. Doch das Schiff ging während eines Orkans unter, der über die Wickland Shoals hinwegfegte.

»Kennen Sie den Namen des gesunkenen Schiffs?«, fragte Caroline schließlich.

»Ja, *Cambria«,* antwortete der blonde Hüne und musterte ihr Gesicht.

»Dachte ich's mir doch!« Sie blickte ihm in die Augen. Aus irgendeinem unerfindlichen Grund hatte sie plötzlich das Gefühl, als würde sie ihn kennen, schon seit langer Zeit und sehr gut. Sie wurde von einer merkwürdigen Vorahnung ergriffen, die sie erschauern ließ; ihre Nackenhaare sträubten sich.

»Wie kommen Sie ausgerechnet auf die *Cambria?* Das ist doch nur eine Legende. Man hat schon vorher nach dem Schiff gesucht und keine Spur von ihm gefunden. Falls es kein Seemannsgarn ist, müsste sie vor etwa dreihundert Jahren untergegangen sein.«

»Es ist kein Seemannsgarn.«

»Woher wollen Sie das wissen? Die Geschichte kursiert nur hier in unserer Gegend. Ich habe nirgendwo etwas darüber gelesen.«

»Sie haben es mir erzählt.«

»Ich?«

»In einem Ihrer Briefe haben Sie von einem Schiff geschrieben, das in Sichtweite Ihres Hauses untergegangen sei. Die *Cambria.* Das hat man Ihnen in der Schule erzählt, und Sie konnten die Stelle vom Fenster Ihres Schlafzimmers aus sehen. Sie sind doch Caroline Renwick, oder?«

Sie spürte, wie sich die Röte auf ihrem Hals ausbreitete. Einem Impuls gehorchend, streckte sie die Hand aus. Seine

Hand fühlte sich rau und schwielig an, und sein Griff war fest und zupackend. Jetzt erkannte sie ihn. Die Ähnlichkeit mit dem Foto war immer noch groß, das Lächeln und das Leuchten in seinen Augen hatten sich nicht verändert, und sie wunderte sich, dass sie ihn nicht auf Anhieb wiedererkannt hatte, als er zur Tür hereinkam.

»Joe! Joe Connor.«

»Ich hätte vorher anrufen sollen. Aber wir haben ziemlich kurzfristig beschlossen, gen Norden zu fahren.«

»Joe«, sagte sie abermals, um Fassung bemüht.

»Das Renwick Inn. Ich habe mich immer gefragt, ob du etwas damit zu tun hast. Oder zumindest deine Familie.«

»Kaum zu glauben, dass wir uns nie persönlich begegnet sind, obgleich wir uns so lange kennen. Und ausgerechnet jetzt tauchst du wie der Blitz aus heiterem Himmel auf …«

»Ja, seltsam, wie das Leben so spielt«, pflichtete er ihr bei, noch immer lächelnd. Doch am Ausdruck seiner Augen erkannte sie, dass er auf Distanz ging. Die Herzlichkeit und Offenheit, mit der er ihr anfangs begegnet war, wurde von ihrer gemeinsamen Vergangenheit getrübt, von der Geheimniskrämerei, die mit seiner beruflichen Tätigkeit einherging, oder von anderen Schatten in seinem Leben. Er blickte sich um und nickte seinen Männern in der Bar zu.

»Das kann man wohl sagen. Merkwürdig, dass du in meinem Gasthof übernachten willst, vor allem, wenn man bedenkt …«

»Was bedenkt?«

»Alles. Alles, was geschehen ist.«

»Das ist Schnee von gestern. Du führst einen Gasthof, und ich suche ein Quartier für meine Mannschaft.«

»Für deine Mannschaft? Nicht für dich?«

Joe schüttelte den Kopf. »Ich bleibe an Bord eines der Schiffe, an der Fundstelle, wie die meisten meiner Männer. Aber wir

brauchen eine Basis an Land. Duschen, eine Bar, ein Restaurant.«
»Die Bar scheint ihnen zu gefallen.« Caroline sah, wie der Barkeeper die Stirn runzelte, als er einen doppelstöckigen Southern Comfort nach dem anderen ausschenkte. »Ich kann mich nicht erinnern, wann das letzte Mal der Alkohol in solchen Strömen floss.«
»Sind dir meine Männer zu ungehobelt?«, fragte Joe mit einem leicht scharfen Unterton. »Gut, dass ihr ausgebucht seid. Keine Sorge, wir möchten deinen Gasthof nicht durch unseren Anblick in Verruf bringen. Wir werden austrinken, zahlen und gehen.«
Caroline strich sich die Haare zurück. Sie fühlte sich befangen, aus dem Gleichgewicht gebracht. Er würde bald gehen, und eigentlich müsste sie froh darüber sein. Die Begegnung mit ihm wühlte schlimme, leidvolle Erinnerungen auf. Sie hatte hart an sich gearbeitet, um den alten Schmerz aus ihrem Leben zu verdrängen, und hatte keine Lust, ihm abermals Tür und Tor zu öffnen. Deshalb war sie selbst verblüfft über ihre Entgegnung.
»Ich sagte bereits, wir haben noch zwei Zimmer frei.«
»Tatsächlich? Gut, dann nehmen wir sie.«
Clea trat näher. Ihre grünen Augen blickten besorgt.
»Einer von den Männern ist Leo Dumondes Frau gegenüber zudringlich geworden, und Leo hat ihn aufgefordert, mit ihm nach draußen zu gehen, um sich mit ihm zu prügeln. Er meint wohl, er könnte Dad das Wasser reichen.«
Caroline seufzte. Für solche Kindereien fehlte ihr im Moment die Geduld. Leo Dumonde war ein abstrakter Expressionist aus New York, dessen Finanzinvestitionen bekannter als seine Bilder waren, und einer der Maler, der ein Leben wie Hugh Renwick führen wollte, so wie er es sah – mit leichter Hand malen, mit harten Bandagen kämpfen. Raue Schale, zahllose

Affären, alkoholische Exzesse und genug männliche Freizeitbeschäftigungen wie Jagen und Fischen, um auch für die Sportpresse eine Schlagzeile wert zu sein.

»Ihr Vater war ein ganzer Kerl, ein Original«, sagte Joe. »Leo Dumonde ist nichts weiter als eine schlechte Kopie. Er würde sich mit keinem meiner Männer nach draußen trauen.«

»Sie kannten unseren Vater?«, fragte Clea blinzelnd.

»Nur vom Hörensagen; ein Mistkerl ohnegleichen.«

Cleas Lächeln verflüchtigte sich.

»Clea, darf ich dir Joe Connor vorstellen?«, sagte Caroline scheinbar gleichmütig, während alle ihre Sinne geschärft waren.

»*Der* Joe Connor?«

»Ich denke schon.« Grinsend schüttelte er ihr die Hand.

»Wie nett, wir wollten Sie schon lange kennen lernen.«

»Er hat eine Bergungsunternehmen«, erklärte Caroline, »und beabsichtigt, den Schatz der *Cambria* zu heben. Danach kehrt er nach Florida zurück.«

»Stimmt«, bestätigte Joe. »Das Renwick-Territorium ist zu gefährlich für meinen Geschmack. Oder war es zumindest, solange Hugh lebte.«

»Die Renwick-Töchter kommen ganz nach ihrem Vater«, erwiderte Caroline heftig. Die Wunde, die Joe mit seiner Zurückweisung hinterlassen hatte, schmerzte noch genauso wie mit fünfzehn. Verwundert, dass er sie immer noch verletzen konnte, spürte sie, wie sich ihre Augen mit Tränen füllten. Er war damals ihr Freund gewesen und hatte sie aus seinem Leben ausgeklammert, ohne ihr eine zweite Chance zu geben – nicht einmal wegen ihres eigenen Fehlverhaltens, sondern wegen der Sünden ihrer Väter.

»Das solltest du nicht vergessen.«

»Wie könnte ich«, sagte Joe sanft.

Caroline schloss die Bürotür hinter sich und ging zu ihrem Schreibtisch. Ihre Hände zitterten und ihr Herz hämmerte, als wäre sie gerade einen steilen Pfad hinaufgestiegen. Clea war nach Hause gefahren, und Caroline war froh, alleine zu sein. Sie zog die Vorhänge zu und setzte sich.

In der Bar ging es hoch her. Sie hörte laute Stimmen, aufgekratztes Gelächter. Ein Abend im Renwick Inn, an dem Trubel herrschte, eigentlich ein Grund, zufrieden zu sein. Viele Freunde und Bekannte aus alten Zeiten stiegen bei ihr ab. Manche wussten, dass sie die Besitzerin des Landgasthofs war, aber oft war die Überraschung groß, wenn sie es herausfanden. Wie dem auch sei, es spielte keine Rolle. Caroline betrachtete solche Begegnungen als glücklichen Zufall, eine wundersame Übereinstimmung von privaten und geschäftlichen Interessen. Joe Connor stand auf einem anderen Blatt.

Langsam öffnete sie die oberste Schublade ihres Schreibtisches. Sie war in einem chaotischen Zustand, voll gestopft mit Kugelschreibern, Quittungen und Aktennotizen. Weit nach hinten greifend, fand sie in einem Stapel Papiere das Gesuchte. Sie zog das vergilbte Foto heraus und legte es auf den Schreibtisch.

Es zeigte Joe, als er in die erste Schulklasse ging. Er lächelte, ein vorderer Schneidezahn fehlte. Er hatte blonde Haare und eine widerspenstige Locke über der Stirn. Das Foto hatte braune Flecken, und auf dem Gesicht des Jungen sah man schwarze Sprenkel. Es waren Blutspritzer, und sie stammten von seinem Vater.

Caroline hatte James Connors Hand gehalten, als er sich erschoss. Unter dem Leichnam eingequetscht, hatte sie das Bild seines Sohnes aus der Blutlache gezogen, die sich auszubreiten begann. Nun saß sie stumm an ihrem Schreibtisch und betrachtete Joes Gesicht.

Ihre Mutter hatte ihr erlaubt, ihm zu schreiben. Wider besseres Wissen hatte Augusta ihr geholfen, seine Adresse in Newport herauszufinden, und ihr sogar die Briefmarke gegeben. Caroline, damals fünf Jahre alt, hatte dem sechsjährigen Joe Connor geschrieben, wie sehr sie den Tod seines Vaters bedauere. Die Waffe oder das Blut erwähnte sie mit keiner Silbe. Sie wollte nur ihre Anteilnahme am Schicksal eines Kindes zum Ausdruck bringen, das seinen Vater verloren hatte. Ihre Mutter hatte ihr geholfen, die Worte in Druckbuchstaben zu schreiben, und der Brief war kurz gewesen.

Joe hatte ihn beantwortet. Er bedankte sich für den Brief. Sie erinnerte sich noch gut an die ungelenke Druckschrift des Erstklässlers und seine verwirrenden Worte. »Ich bin froh, dass Du bei meinem Vater warst, als er den Herzanfall hatte.« Caroline schrieb zurück. Sie wurden Brieffreunde und führten eine rege Korrespondenz. Zu Weihnachten, zum Geburtstag und zum Valentinstag schickten sie sich gegenseitig Karten. Im Laufe der Jahre begann Joe Fragen zu stellen, die das Schicksal seines Vaters betrafen. Aus den Fragen ging hervor, dass man ihm die Wahrheit verschwiegen hatte, dass er eine völlig falsche Vorstellung vom Tod seines Vaters hatte.

Joe glaubte allem Anschein nach, dass ihre Väter miteinander befreundet gewesen waren. James Connor hatte Hugh Renwick angeblich in Newport kennen gelernt, wo dieser häufig auf Motivsuche ging. Obwohl sie grundverschieden voneinander waren, hatten sie hin und wieder ein Glas miteinander getrunken. Irgendwann hatte James die Renwicks besucht und in ihrer Küche einen tödlichen Herzanfall erlitten.

Zu Augustas Bestürzung waren Joes Briefe schließlich mit schöner Regelmäßigkeit eingetroffen. Die Freundschaft zwischen den beiden wurde enger, vor allem, als sie das Teenageralter erreichten. Der Name Connor als Absender wirkte auf sie wie ein rotes Tuch. Schließlich verbot sie Caroline, den Briefwechsel fortzusetzen. Sie konnte Joe Connor nicht

ausstehen, er erinnerte sie jedes Mal aufs Neue an die Untreue ihres Mannes.
Dann blieben die Briefe aus. Caroline hatte seit Jahren nicht mehr an diesen Teil der Geschichte gedacht, aber die Erinnerung besaß noch die gleiche Macht. Sie spürte, wie sich die Röte auf ihrem Hals ausbreitete. Joe hatte schließlich doch noch die Wahrheit erfahren, aber nicht von Caroline.
Joes Mutter hatte sich geschämt, ihm zu sagen, wie sein Vater wirklich gestorben war, aber eines Tages ließ ein Verwandter versehentlich eine Bemerkung fallen, ein Onkel oder Cousin, Caroline wusste es nicht mehr genau. Und so erfuhr Joe zu guter Letzt, dass sein Vater Selbstmord begangen hatte. Der Herzanfall war eine Lüge gewesen, genau wie die Geschichte von der Freundschaft ihrer Väter.
James Connor war im Beisein von Menschen gestorben, die seine Feinde waren. Das war schrecklich und lastete schwer auf dem heranwachsenden Jungen. Aber noch schlimmer war für ihn der Verrat, den sie begangen hatte. Bei dem Gedanken daran füllten sich Carolines Augen heute noch mit Tränen. Sie waren Freunde gewesen. Und schon bei den ersten Briefen, die er schrieb, hatte sie geahnt, dass es besser gewesen wäre, ihm reinen Wein einzuschenken.
Das Ende vom Lied war, dass er ihr nicht verzeihen konnte. Sie hatte die Wahrheit gekannt und sie ihm verschwiegen. Er war siebzehn und hatte das Bedürfnis gehabt, so viel wie möglich über seinen Vater in Erfahrung zu bringen, aber Caroline hatte eine entscheidende Tatsache für sich behalten: Ihr Vater hatte eine Affäre mit seiner Mutter gehabt, und deswegen hatte sich sein Vater umgebracht. Sie hatte ihm das Wichtigste vorenthalten, was Freunde auszeichnet – absolute Ehrlichkeit.
Mit der Wahrheit hatte man es in der Renwick-Familie noch nie so genau genommen, aber das war keine Entschuldigung.

Während sie an ihrem Schreibtisch saß und das blutbespritzte Bild betrachtete, dachte sie an den Joe Connor, der draußen in ihrer Bar stand. Wären sie auch heute noch Freunde gewesen, hätte sie ihm einen Drink spendiert, sich erkundigt, wie es ihm in der Zwischenzeit ergangen war, und sich gefreut, ihn endlich persönlich kennen zu lernen. Aber so wie die Dinge nun standen, war er nichts weiter als ein Gast unter vielen.

20. September 1972
Lieber Joe Connor,
stell Dir vor, ganz in der Nähe unseres Hauses ist ein Schiff untergegangen, die Cambria! *Sie kam vor langer Zeit aus England, mit Schätzen beladen. Meine Schwestern und ich suchen am Strand nach alten Münzen. Falls wir welche finden, schicke ich Dir eine. Firefly Beach ist verzaubert. Statt eines Leuchtturms gibt es hier Feuerfliegen. Gehst Du schon in die vierte Klasse? Ich bin in der dritten. Die* Cambria *war eine Schonerbark. Sie liegt im Schlamm auf dem Meeresgrund begraben.*

Deine
Caroline Renwick

16. Oktober 1972
Liebe Caroline,
warum schreibst Du immer Lieber Joe Connor? Hier wohnt kein anderer Joe. Schiffswracks sind Klasse, solange man nicht selbst damit untergeht. In Newport gibt es jede Menge davon. Viele sind Barken. (Das ist ein Spitzname für die Schonerbark.) Ja, ich gehe in die vierte Klasse. Wie viele Schwestern hast Du?
Halt weiter nach Schätzen Ausschau.

Dein Freund
Joe

PS: Natürlich liegt das Schiff im Schlamm auf dem Meeresgrund begraben. Der sorgt dafür, dass es sich nicht in seine Bestandteile auflöst. (Bei den Drittklässlern heißt das »verrotten«.)

3

Joe Connor fuhr in seinem Pick-up zu den Docks hinunter. Er spürte, wie dick die Luft vom Nebel wurde, der vom Meer hereinzog. Hinter ihm kehrte ein Fahrzeug-Konvoi zum Schiff zurück. Bill Shepard saß neben ihm auf dem Beifahrersitz, aber Joe wünschte, er wäre allein. Er war nicht auf die Begegnung mit Caroline Renwick vorbereitet gewesen oder vielmehr auf seine eigene Reaktion. Er stand immer noch unter Spannung, als hätte er gerade einen Schwarzen Speerfisch an Land gezogen oder beim Angeln verloren. Seine Hände auf dem Lenkrad zitterten. Er brauchte dringend etwas zu trinken, und dabei hatte er sich vor zehn Jahren vom Alkohol losgesagt.

Zum einen war sie schön. Etwa einsfünfundsiebzig groß, schlank, mit unglaublichen Kurven und einem Körper, von dem ein Seemann ein Leben lang träumt. Ihr Gesicht gehörte auf die Titelblätter der Modemagazine, blass wie Porzellan, mit großen graublauen Augen, hohen Wangenknochen und einem vollen Mund, der ausschaute, als wäre er bereit zu lächeln, aber nicht gleich. Ihre Haare, lang und lockig, verliehen ihr zusammen mit dem zarten Teint ein geheimnisvolles Aussehen, das Joe an dunkle irische Frauen erinnerte, an Flüstern und Leidenschaft und Fingernägel, die sich in seinen Rücken krallten.

Doch zum anderen, und das war vorrangig, war sie Caroline, Caroline Renwick.

Sie verband eine gemeinsame Vergangenheit – mit zahlreichen Briefen und, als er die Wahrheit herausgefunden hatte, eiskalter Wut. Er hatte im Metropolitan Museum of Art das berühmte Porträt gesehen, das ihr Vater von ihr gemalt hatte, *Mädchen im weißen Kleid*. Doch zu dem Zeitpunkt hatte er die Renwicks bereits gehasst wie die Pest. Die Lügen waren ans Tageslicht gekommen.

»Netter Schuppen, das Renwick Inn«, sagte Bill gähnend und blickte aus dem geöffneten Fenster.

»Ja.«

»Stimmt es, dass wir uns dort einquartieren, als eine Art Versorgungsbasis an Land?« Bill war neu in Joes Crew, ein Taucher, den sie gegen Ende der letzten Bergungsaktion in die Mannschaft aufgenommen hatten. Er war jung und ehrgeizig, aber entschieden zu redselig. Joe war nicht erpicht auf private Kontakte zu seinen Männern. Sie verrichteten ihre Arbeit, er zahlte ihr Gehalt, und fertig.

»Ja, das ist richtig.«

»Hübsche Käfer, die Besitzerin und ihre Schwester, alle Achtung. Sind die mit dir befreundet, Boss?«

»So würde ich es nicht sehen. Aber wir kennen uns eigentlich ganz gut.«

»Ich hätte nichts dagegen, sie näher kennen zu lernen, diese Caroline. Heißes Geschoss. Brandheiß. Wenn nur diese Neuengland-Tour nicht wäre – abweisender Blick, spielt die Spröde. Schon bemerkt?«

»Das ist keine Tour, das ist ihre Art«, erwiderte Joe barsch.

»Ja, ja, die stillen Wasser!«, sagte Bill mit seinem schleppenden Südstaaten-Akzent lachend. Er hatte einen gehetzten Blick und einen Ton, der seinen Worten oft eine herablassende Note verlieh. Joe spürte, wie ihm die Wut auf den Magen schlug, und hatte das Gefühl, Caroline verteidigen zu müssen, ohne zu wissen, warum.

»Hör mir jetzt genau zu. Wenn du dich betrinken willst, dann nicht im Renwick Inn. Und wenn du an der Reihe bist, dort zu übernachten, halt dich von Caroline und ihren Schwestern fern!«

»Schwester«, korrigierte ihn Bill. »Ich hab nur eine gesehen.«

Es gibt zwei, dachte Joe, sich an Carolines Briefe erinnernd. Doch er hielt es nicht für nötig, Bill davon in Kenntnis zu setzen.

»Ich werde es noch einmal jedem einzeln einbläuen, nicht nur dir, dass die Renwicks absolut tabu sind. Sagen wir, es sind Freunde der Familie.«

»Schon kapiert. Aber trotzdem sind sie scharf wie die Hölle. Ein Jammer!«

»Finde ich auch.«

Sie näherten sich dem Wasser. Je salzhaltiger die Luft wurde, desto leichter fiel Joe das Atmen. Auf hoher See fühlte er sich stets wie befreit. Alles, was ihn an das Land band, alle Probleme und Sorgen fielen von ihm ab. Er genoss die Bewegung der Wellen unter seinen Füßen und das Gefühl, dass der Wind und die Gezeiten mehr Macht besaßen als der Mensch. Das war immer so gewesen, seit damals, als er die Brieffreundschaft abgebrochen hatte, die ihn mit Caroline verband. Er hatte vor dem Leben die Flucht ergriffen und eine Refugium auf dem Meer gefunden.

Die Straße wurde kurvenreich, die Küste zerklüftet. Joe fragte sich insgeheim, wie Firefly Hill wohl aussehen mochte, der Ort, an dem sich sein Vater erschossen hatte. Er konnte ihn auf der Karte ausmachen – hatte es Millionen Mal getan –, aber ihm physisch so nahe zu sein, ließ ihn erschauern.

Auf den USGS-Karten war die kleine Stadt Black Hall eingezeichnet und die Spitze der Landzunge, die wie ein angewinkelter Ellbogen in den Long Island Sound ragte; sie hieß Hubbard's Point. Firefly Hill war ein winziger Strich auf der Karte, das Apostroph in »Hubbard's Point«, die höchste Erhebung an der Küstenlinie zwischen New London und Fairhaven. Firefly Hill war der Name, den die Familie dem Privatstrand gegeben hatte. Joe erinnerte sich an Carolines Erklärung, dass es dort Feuerfliegen statt eines Leuchtturms gab.

Joe hatte in sechs oder sieben Weltmeeren getaucht, ein Vermögen damit verdient und sagenhafte Kunstschätze gehoben. Aber die *Cambria* war sein Heiliger Gral, sein Atlantis. Während der letzten Bergungsaktion im Bosporus, als seine Laderäume mit türkischem Gold und ganzen Fässern mit russischen Rubinen gefüllt waren, hatte er in seiner engen Kabine gesessen und sich die Nächte damit um die Ohren geschlagen, die Schatzsuche im Wrack der *Cambria* bis ins Kleinste zu planen. Anschließend hatte er sich die Bergungsrechte für das havarierte Schiff gesichert und seine Ausrüstung, seine Mannschaft und seine Flotte in die Gewässer nördlich von Florida gebracht.

War der Grund der, dass die *Cambria* vor der Küste von Black Hall gesunken war? In Sichtweite von Firefly Hill? Während Joe angestrengt auf die in Nebel gehüllten Serpentinen vor ihm blickte, dachte er: Black Hall sollte auf den Seekarten mit einem Totenkopf und gekreuzten Gebeinen markiert sein. Er hätte vielleicht weniger heftig reagiert, wenn er damals nicht jedes Mal so glücklich gewesen wäre, den Poststempel der kleinen Ortschaft auf Carolines Briefen zu sehen. Er war verbittert, weil sie ihn hintergangen und ihm die Wahrheit vorenthalten hatte. Aber sie hatte schon vor langer Zeit mit ihrem Brief sein Interesse für die *Cambria* geweckt, und nun war er hier. Im Renwick-Territorium.

Die Renwicks hatten sein Leben geprägt, mehr, als ihm lieb war. Hugh Renwick war nach Newport gekommen, um zu malen. Joes Mutter hatte damals ein Zubrot in einer Hummerfabrik verdient, eine einfache, hübsche Fischersfrau mit rauen Händen und wunden Füßen vom langen Stehen, und als der Maler mit der Staffelei auf dem Dock sie gefragt hatte, ob sie nicht ein Glas mit ihm trinken wolle, hatte sie sich geschmeichelt gefühlt.

Die Affäre war nicht von langer Dauer gewesen, doch für seine Mutter war es Liebe auf den ersten Blick. Als sein Vater dahinter kam, brach es ihm das Herz. Sie trauerte ihr ganzes Leben einem Mann nach, den sie nicht haben konnte, und im Verlauf der Jahre und Ereignisse war sie bitter geworden. Sie heiratete später noch einmal, bekam einen weiteren Sohn und begann ein neues Leben. Aber sie hörte nie auf, Hugh Renwick zu lieben, und sie war nie für Joe da gewesen, wenn er sie brauchte.

Obwohl seit der Tragödie viele Jahre vergangen waren, kannte er nicht die ganze Geschichte, die mit dem Tod seines Vaters verbunden war. Die Renwicks waren die Einzigen, die wussten, was sich in ihrem Haus wirklich abgespielt hatte. Als strenggläubige Katholikin hatte seine Mutter sogar die Tatsache, dass er seinem Leben von eigener Hand ein Ende bereitet hatte, so lange wie möglich unter den Teppich gekehrt. Das Versteckspiel und die Schuldgefühle, die sie wegen ihres Seitensprungs und der fatalen Folgen für seinen Vater empfand, hatten die Wahrheit in ein düsteres Geheimnis verwandelt, das sie mit ins Grab nahm. Joe spürte, wie Bitterkeit in ihm aufstieg. Er hätte am liebsten kehrtgemacht und Caroline gebeten, ihm die Fragen zu beantworten, die ihn quälten. Doch die vielen Jahre des Schweigens standen zwischen ihnen.

Er bog in den sandigen Parkplatz am Moonstone Point ein und stellte seinen Pick-up direkt neben dem Büro des Dockmeisters ab. Die Hälfte der Fahrzeuge, die auf dem verwahrlosten Gelände standen, gehörte Joes Crew, und die Nachzügler trafen nun ein. Die meisten befanden sich bereits auf der *Meteor,* dem Forschungsschiff, das seine Männer als »Mutterschiff« bezeichneten. Über CB-Funk setzte sich Joe mit dem größten Beiboot in Verbindung.

»*Meteor,* hier Patriot Eins, wir sind auf dem Dock. Over!«, sagte er ins Mikrofon.

»Roger! Alles klar, Patriot«, ertönte eine Stimme. »Wir holen euch. Over!«

»Aber dalli, wenn's geht.« Joe spürte wieder den alten Druck in seiner Brust. »Ich bin schon so lange hier, dass ich mir wie eine Landratte vorkomme. Over.«

»Keine Bange, Skipper. Wir sind schon unterwegs. Over und Ende.«

Joe schaltete das Funksprechgerät aus, lehnte sich im Sitz zurück und wartete. Er hörte zu, als Bill die Fundstelle beschrieb, die sie früher am Tag in Augenschein genommen hatten. Das Projekt versprach aufregend zu werden. Joe begann sich automatisch zu entspannen, als er tief die salzige Luft einatmete.

Vergeudetes leben, zerstörte Hoffnungen. Mit dem gesunkenen Schiff kehrte die Macht von Träumen zurück, die so alt waren wie die Menschheit. Sie hatten die Lebenswege eines Schiffskapitäns und seiner Gefährten bestimmt. So sah Joe es: Den Schatz an Bord eines gesunkenen Schiffs zu heben kam einer persönlichen Begegnung mit den Toten gleich, mit ihren Familien, ihren Gewohnheiten, ihren brüchigen alten Skeletten.

Er hörte den Motor des Beiboots aufheulen und das Schwappen der Wellen gegen den Rumpf. Joe nahm seine Kartentasche und seinen Seesack und stieg aus dem Wagen. Die See war dunkelgrau und kabbelig. Am Horizont türmten sich dichte Wolken. Ein großer Mako-Hai pflügte durch die Wellen und schlängelte sich an das Hafenbecken heran.

Dan Forsythe, der Fahrer des Beiboots, trug eine orangefarbene Öljacke über seinen Khakishorts. »Hallo, Käpten!«, rief er.
»Hallo, Dan!« Joe kletterte die Leiter hinunter. Es herrschte Ebbe, der Meeresspiegel befand sich auf seinem tiefsten Stand, und das Gefälle zwischen Dock und Wasseroberfläche war groß. In Gedanken war Joe schon bei der Arbeit, berechnete die morgigen Gezeiten und Strömungen, dachte an die Bergungsaktion.
»Raue See. Ich hoffe, das macht uns keinen Strich durch die Rechnung«, meinte Dan. »Wollen wir morgen versuchen die Schonertakelung achtern zu stabilisieren?«
»Nur wenn sich der Boden nicht verschoben hat«, antwortete Joe.
Sie legten ab und fuhren durch den Hafen, in dem sich zahlreiche Vergnügungsdampfer befanden, aufs offene Meer hinaus. Nach und nach gingen die Lichter in den Häusern entlang der Küste an. Joes Blick wurde davon angezogen wie ein Magnet; er konnte nichts dagegen tun.
Er versuchte sich auf die Arbeit zu konzentrieren, aber Black Hall lenkte seine Aufmerksamkeit ab. Welches Licht gehörte zu Firefly Hill? Er wischte sich die salzige Gischt aus den Augen und musterte die Salzmarschen und Felswände aus Granit. Die Häuser glitten vorüber, und Joe dachte an Caroline, an die Schatten und den Kummer in ihren wunderschönen graublauen Augen, an ihre Unerbittlichkeit und an ihre Geheimnisse. Er hatte sie zum ersten Mal gesehen und konnte sie nicht mehr aus seinen Gedanken verbannen.
Aber das war ihm noch nie gelungen.

»Sag schon, wie ist er denn so?«, fragte Skye.
»Kann Mom dich hören?« Clea wollte sichergehen, dass ihr Gespräch nicht belauscht wurde.

Sie telefonierten miteinander. Es war schon spät, aber Clea hatte auf Firefly Hill angerufen, sobald sie zu Hause war, nachdem sie im Renwick Inn Joe Connor kennen gelernt und sich von Caroline verabschiedet hatte. Die Neuigkeit, dass Joe Connor aus heiterem Himmel auf der Bildfläche erschienen war, war zu wichtig, um sie Skye vorzuenthalten.

»Nein, Momm ist nebenan. Erzähl schon, spann mich nicht auf die Folter!«

»Er ist ein erwachsener Mann. Irgendwie seltsam, findest du nicht? Obwohl inzwischen einige Jahre vergangen sind, hatte ich mir eingebildet, Joe Connor würde immer noch wie der kleine Junge auf dem alten Foto aussehen, das Caroline ständig mit sich herumgeschleppt hat.«

»Sechs Jahre alt, mit einer widerspenstigen Locke über der Stirn und Zahnlücke.«

»Er ist attraktiv«, sagte Clea. »Wie man sich einen echten Seebären vorstellt. Strahlend blaue Augen, ziemlich groß und muskulös, was bei Männern vermutlich gang und gäbe ist, wenn sie schwere Schatztruhen vom Meeresgrund hochhieven.« Sie sprach leise, da sie Peters Gefühle nicht verletzen wollte. Als Krankenhauspfarrer musste er keine schwere körperliche Arbeit verrichten. Er besuchte die Kranken und sprach den Hinterbliebenen Trost zu, und Clea liebte ihn mehr, als sie es nach menschlichem Ermessen für möglich gehalten hätte. Er befand sich im oberen Stockwerk und las Mark und Maripat eine allerletzte Gutenachtgeschichte vor.

»Was macht er beruflich? Ist er Fischer wie sein Vater?«, fragte Skye.

»Nein, er hat ein eigenes Bergungsunternehmen. Erinnerst du dich an die Boote, die wir bei Mom gesehen haben? Die gehören ihm. Er ist Schatzsucher.«

»Was hattest du für einen Eindruck von Caroline, als sie erfahren hat, wer er ist?«

»Hm, sie …«, begann Clea, wurde aber von dem Geräusch klirrender Eiswürfel abgelenkt. »Was war denn das? Skye, trinkst du etwa immer noch?«
»Nur einen Schlummertrunk. Ich bin wieder in meinem alten Zimmer gelandet. Stell dir vor, einunddreißig Jahre alt und kehrt ins Elternhaus zurück! Ich komme mir wie ein Versager vor.«
»Das redest du dir nur ein.« War Skye wirklich so deprimiert, wie sie plötzlich klang? Oder war das bloß der typische Katzenjammer unter Einfluss von Alkohol? Clea wusste aus eigener leidvoller Erfahrung mit ihrem Vater, wie viel Unheil Alkohol anrichten konnte.
»Jetzt erzähl schon, Clea. Wie hat Caroline auf die Begegnung reagiert?«
»Sie war zu Tode erschrocken.«
»Weil sie ihn geliebt hat«, sagte Skye mit gefährlich leiser Stimme.
»Unsinn. Sie war doch erst sechzehn, als sie den Briefwechsel eingestellt haben. Das war nur eine vorübergehende Schwärmerei.«
»Und ich sage dir, dass sie ihn geliebt hat. Mehr als alles in der Welt!«
Clea hörte wieder die Anspannung in Skyes Stimme; sie saß reglos da und lauschte.
»Früher redete Caroline dauernd über ihn. Ich erinnere mich genau. Und sie trug noch ewig danach sein Bild bei sich. Sie nahm es sogar auf unsere grässlichen Jagdausflüge mit, jedes Mal, wenn Dad uns in der Wildnis alleine ließ.«
»Ich weiß.«
»Sie verwahrte es in ihrem Rucksack, in einer der wasserdichten Innentaschen.«
»Hör auf, dich zu quälen, Skye!« Clea spürte, wie ihr Herz zu hämmern begann.

»Joe würde es verstehen.«
»Was verstehen?«
»Mich«, sagte Skye. »Caroline. Was auf dem Redhawk passiert ist. Das Universum.«
»Er ist ein liederlicher Pirat mit Löchern in den Schuhen und kein Orakel.« Clea spürte, wie Ärger in ihr aufwallte.
»Wo liegt sein Piratenschiff vor Anker, wenn er nicht gerade die Küste vor Moms Haus unsicher macht?«
»*Meteor* heißt es. Der Name stand an der Seite des Pick-up, mit dem er zum Gasthof gekommen ist. Und ich vermute, er ankert am Moonstone Point. Wieso fragst du? Willst du ihm etwas erzählen?«
»Ja. Dass es möglicherweise ein Unfall war. Dass sein Vater vielleicht gar nicht die Absicht hatte, sich umzubringen.«
»Skye!«
»Könnte doch sein!« Skyes Stimme klang plötzlich weinerlich; die Trunkenheit machte sie sentimental. »Du verstehst doch, warum ich zu dem Schluss gekommen bin, oder?«
»Hör zu, Skye, du hast zu viel getrunken. Leg dich ins Bett und schlaf dich aus, morgen Früh geht es dir besser.«
»Ich denke, ich würde ihm damit helfen. Das ist mein Ernst.«
Unterdrücktes Schluchzen ertönte am anderen Ende der Leitung.
Clea ließ den Kopf sinken. Sie versuchte sich zu konzentrieren und beschwichtigende Worte zu finden, die Skyes vom Alkohol verzerrten Kummer lindern und sie dazu bringen würden, schlafen zu gehen. Doch bevor sie den Mund aufmachen konnte, hatte Skye den Hörer aufgelegt.
Clea saß stumm da und dachte nach, was sie nun tun sollte. Ob Skye etwas Verrücktes anstellen würde? Bitte geh ins Bett, betete sie. Geh schlafen, Skye. Als sie die Treppe hinaufstieg, beschloss sie, nach ihren Kindern zu sehen. Lange Zeit hatten sie und ihre Schwestern die Vergangenheit erfolgreich

verdrängt. Sie hatten sich eine Beschäftigung gesucht, die sie rund um die Uhr forderte, um der Notwendigkeit zu entgehen, sich ihr stellen zu müssen. Clea hatte eine Familie, die sie brauchte. Und wenn ihre Familie glücklich war, gestand sie es sich auch zu. Glück hatte eine läuternde Wirkung.

Auf Zehenspitzen betrat sie die Zimmer ihrer Kinder und küsste sie, ohne sie aufzuwecken. »Träum was Schönes«, flüsterte sie Maripat ins Ohr und wünschte, die Träume ihrer Tochter wären frei von Angst. Sie küsste Mark und wünschte ihm das Gleiche. Plötzlich hatte Clea das Gefühl, dass sie Skye sofort anrufen musste. Panik stieg in ihr auf, sodass sie sich mehrmals verwählte.

Augusta war am Apparat. Clea hörte die Wärme und Zufriedenheit in der Stimme ihrer Mutter, weil sich eine ihrer Töchter meldete, trotz der späten Stunde und obwohl der Anruf Skye und nicht ihr galt. Sie eilte zur Treppe, um ihre Jüngste ans Telefon zu rufen. Nach einer Weile kehrte sie zurück und sagte, Skye melde sich nicht, vermutlich sei sie weggegangen. Clea spürte, wie ihr das Herz bis zum Hals schlug. Ihre Hände fühlten sich klamm an. »Danke, Mom«, sagte sie und blies Küsse in den Hörer, als wäre alles in bester Ordnung. Dann rief sie Caroline an.

»Ich glaube, ich habe gerade etwas Dummes gemacht. Ich habe mit Skye telefoniert. Sie war völlig außer sich, und ich fürchte, sie hat sich ins Auto gesetzt und ist zum Dock hinuntergefahren. Sie ist betrunken.«

»Du hast sie einfach auflegen lassen?«

»Was hätte ich denn sonst machen sollen?«

»Ich weiß. Tut mir Leid. Es ist nicht deine Schuld.«

»Aber ich mache mir trotzdem Vorwürfe«, sagte Clea.

Die Stadt war klein. Jeder kannte Skye, und man benachrichtigte Caroline. Sie sagte umgehend Clea Bescheid und raste ins General Hospital, das sich an der Küste befand. Alle drei Renwick-Schwestern hatten dort das Licht der Welt erblickt. Da sie nicht wusste, was sie erwartete, versuchte sich Caroline mit klopfendem Herzen Mut zu machen, indem sie sich vor Augen hielt, dass Skye in dieser Klinik geboren war.

»Sie lebt«, teilte ihr der Polizist mit.

Caroline nickte. Ihre Knie wurden schwach vor Erleichterung.

»Sie ist sturzbetrunken. Anders kann man sich den Unfall nicht erklären. Sie wird sich wegen Trunkenheit am Steuer verantworten müssen.«

Caroline las das Namensschild – Officer John Daugherty. Sie kannte ihm vom Sehen, da er in der Stadt Streife fuhr, und manchmal kam er mit seiner Frau zum Abendessen in ihren Gasthof. »Haben Sie meine Schwester gefunden?«

»Ja, habe ich.«

»Vielen Dank.«

»Sie hat unverschämtes Glück gehabt. Das Auto ist der reinste Schrotthaufen; sie hätte mausetot sein können.«

Sie standen draußen vor der Eingangstür zur Notaufnahme. Es wehte eine sanfte, warme Sommerbrise. Streifenwagen fuhren im Eiltempo vor, mit lautlos blinkendem Blaulicht, als wäre das Krankenhaus Schauplatz eines Verbrechens. Officer Daugherty hatte gutmütige Augen und eine ruhige Stimme. In seinem Ton schwang das leise Bedauern mit, das Caroline von den Polizisten kannte, die manchmal in den Gasthof gekommen waren, um ihr mitzuteilen, dass man Hugh betrunken am Steuer aufgegriffen habe.

»Dass sie lebt, hat sie nur dem Gelände zu verdanken«, sagte er. »Sie ist mit Tempo 120 von der Fahrbahn abgekommen. Gott sei Dank befindet sich neben der Moonstone Road Sumpfland. Die Räder sind im Morast versunken und haben durchgedreht. Trotzdem hatte sie genug Geschwindigkeit drauf, um die Leitplanke umzunieten und einen Totalschaden an ihrem Wagen zu verursachen.«

»Moonstone Road sagen Sie?«

»Ja. Sie war auf dem Weg zum Dock. Ich weiß natürlich, dass sie mit Simon Whitford verheiratet ist, aber das war nicht der Name, den sie genannt hat, als ich an die Unfallstelle kam.«

»Und wie lautete der Name?«

Der Officer senkte die Stimme, auf Diskretion bedacht. »Joe«, sagte er. »Sie hat nach jemandem verlangt, der Joe heißt.«

Caroline fand Skye in einer ringsum von Vorhängen abgeschirmten Kabine in der Notaufnahme.

Skye Renwick Whitford sah mit ihren weißen Bandagen, den weißen Laken und der perlweißen Haut wie ein Engel aus, wären da nicht die purpurfarbenen, schwarzen und roten Prellungen gewesen. Ihre hellen Wimpern lagen auf den hohen Wangenknochen. Sie wirkte schmal und zerbrechlich, glich eher einem Kind als einer erwachsenen Frau. Bei ihrem Anblick wurde Caroline von ihren Gefühlen überwältigt, sodass sie über sich selbst den Kopf schütteln und um Fassung ringen musste.

Sie liebte ihre kleine Schwester von ganzem Herzen, so sehr, dass es schmerzte. Caroline blieb neben ihrem Bett stehen und betrachtete sie. Skye lag bewegungslos da. Atmete sie überhaupt noch? Erleichtert sah Caroline, wie sich ihr Brustkorb hob und senkte. Skyes schmaler Mund war leicht geöffnet unter der kühlen grünen Sauerstoffmaske, die Oberlippe wies eine Schnittwunde auf und war geschwollen. Ihre bläulichen Augenlider zuckten im Traum.

Caroline nahm behutsam Skyes Hand. Es war die Hand einer Bildhauerin, rau wie die eines Arbeiters. Unter ihren schmutzigen Fingernägeln befanden sich Farb- und Tonreste. Als Caroline die kleine Hand an ihre Lippen führte, roch sie Terpentin.

»Skye«, flüsterte sie, »kannst du mich hören?«

Skye antwortete nicht.

»Das war keine Absicht, oder?«, sagte Caroline beschwörend. »Du warst zu schnell unterwegs, hast die Kontrolle über den Wagen verloren und bist von der Straße abgekommen!« Nach einer Weile versuchte Caroline es noch einmal: »Skye? Warum wolltest du zu Joe?«

Ein Blick auf Skyes Gesicht ließ Caroline verstummen. Ihre Augen waren geschlossen, aber unter ihren Lidern quollen Tränen hervor und liefen über ihre Wangen. Bewegten sich ihre Lippen unter der Maske? Die Sauerstoffzufuhr war laut und mutete unwirklich an. Skye hob die Hand und zog die Maske weg.

»Ich habe es nicht bis zum Dock geschafft«, flüsterte sie.

»Nein.«

»Jetzt klingt es bestimmt albern, aber in dem Augenblick machte es Sinn.«

»Sag es mir trotzdem.«

»Ich hasse es, nüchtern zu werden«, flüsterte Skye. »Mein Kopf schmerzt, und ich komme mir idiotisch vor. Bring mich hier raus.«

»Das kann ich nicht. Zumindest nicht im Moment.«

»Vielleicht hat sein Vater einen Fehler gemacht und die falsche Person erschossen.« Skye berührte ihr lädiertes Gesicht.

»Die falsche Person«, wiederholte Caroline benommen. Sie spürte, wie Übelkeit in ihr aufstieg. »Wen hätte er denn erschießen sollen?«

»Mich.«

»Du warst doch noch gar nicht auf der Welt. Mom war mit dir schwanger!«

»Ich wünschte, er hätte mich stattdessen erschossen. Dann wäre ich gar nicht erst geboren.«

»Wenn du nicht geboren wärst, wärst du nicht meine Schwester geworden«, erwiderte Caroline, ihr Gesicht dicht neben Skyes. »Dann hätten Clea und ich dich nie kennen gelernt. Sag so etwas nicht!«

»Ich wäre keine Mörderin.«

»O Skye!« Carolines Augen füllten sich mit Tränen. Es lief immer auf das Gleiche hinaus. Wie hätte es auch anders sein können?

Skyes Körper krümmte sich; vielleicht hatte sie Schmerzen, Entzugserscheinungen oder bekam die Nachwirkungen des Narkosemittels zu spüren. Ihre Stimme klang erstickt, ihre Worte waren kaum zu verstehen. Caroline wünschte, ihr Vater wäre hier. Wenn er Skyes Qualen mit angesehen hätte, hätte er ihr mit seinen rauen Händen liebevoll über den Kopf gestrichen und ihr gesagt, dass sie sich endlich selbst vergeben müsse. Sein Fehltritt hatte sie überhaupt erst dahin gebracht, wo sie sich heute befand. Caroline drückte Skyes Hand. Sie überlegte krampfhaft, was sie sagen sollte, suchte nach tröstlichen Worten, aber sie fühlte sich selbst viel zu aufgewühlt.

»Joe soll kommen«, sagte Skye.

»Warum? Was willst du von ihm?«

»Zwischen uns besteht eine besonders enge Verbindung. Spürst du das nicht?«

»Früher schon.«

»Nein, jetzt. Mehr als jemals zuvor!« Skyes Stimme war kaum zu vernehmen.

Caroline hielt ihre Hand und schwieg.

Später, im Wartezimmer, senkte sie den Kopf, damit niemand ihr Gesicht sah. Wie hatte es nur so weit kommen können?

Mit einsdreiundneunzig war Hugh Renwick ein stattlicher großer Mann und bärenstark. Seine Lebensphilosophie entsprach seiner Statur.
Er liebte die Natur über alles, war exzentrisch als Jäger, Künstler und Mensch und legte Wert darauf, seinen Töchtern alles beizubringen, was andere Männer ihre Söhne lehrten. Er stattete sie mit Kompass und Schweizer Armeemessern aus. Er zeigte ihnen, wie man sich an den Gestirnen orientiert, Fährten im unwegsamen Gebirge liest und jagt, um in der Wildnis zu überleben.
Ein Fremder war in sein Heim eingedrungen. Die Gründe zählten nicht. Seither war Hugh überzeugt, dass hinter jeder Ecke ein Schurke lauerte, und bestand darauf, dass seine Töchter lernten, sich selbst zu verteidigen, auch wenn seine Affäre mit James Connors Frau die Ursache des Angriffs war.
Sie fuhren landeinwärts nach Norden, durch Kiefernwälder und an Wiesen mit gelben Blumen vorbei. die Landstraße folgte einem träge dahinströmenden braunen Fluss, und als Skye klein war, forderte er sie auf, die roten Scheunen und schwarzen Kühe zu zählen, damit sie beschäftigt war. Ihr Vater war so berühmt, dass alle Welt sich um ihn riss, aber bei solchen Ausflügen gehörte er ihnen alleine.
Als sie nach New Hampshire kamen, zum Redhawk Mountain, luden sie ihre Campingausrüstung aus. Die Bäume waren hoch, und magere grüne Raupen hingen an silbernen Fäden von den Ästen und Zweigen. Ihr Vater half ihnen, die Zelte aufzustellen; dann nahm er die Jagdwaffen aus den Futteralen. Die Kaliber.22-Gewehre waren schwer, vor allem, als die Mädchen noch klein waren, aber ihr Vater brachte ihnen bei, wie man sie langsam hebt und mit Bedacht zielt.
Hughs Gesicht war, wenn sie am Lagerfeuer saßen, von Sorge überschattet, weil er drei Töchter hatte und die Welt ein unerbittlicher Ort war.

Caroline hatte zwischen Clea und Skye Platz genommen, ihm zugehört und den nächtlichen Geräuschen in der Wildnis gelauscht. Er hatte ihnen eingeschärft, dass es wichtig sei, schießen zu lernen, um sich gegen Raubtiere aller Art zu wehren. Seine Töchter waren feinfühlig und gutherzig. Von anderen konnte man das nicht behaupten, und in einer Welt, in der es hieß, fressen oder gefressen werden, wimmelte es von üblen Zeitgenossen. Als anschauliches Beispiel dafür, dass er mit seiner Einstellung Recht hatte, führte er den Mann an, der in ihr Haus eingedrungen war. Er hatte dabei so sanft gesprochen, als hätte er ihnen eine Gutenachtgeschichte erzählt. Das Feuer prasselte. Ihre Schwestern hatten sich an sie gekuschelt, und ihr Vater hatte sie an sich gezogen. Er wusste, dass sie die Natur liebten und genau aufschrieben, welche Vögel sie gesehen hatten. Jede hatte eine eigene Gartenparzelle auf Firefly Hill. In gewisser Hinsicht glich die Pirsch einer Wanderung unter freiem Himmel. Je lautloser man sich bewegte, desto mehr Tiere bekam man zu Gesicht. Und wenn es an der Zeit war, eines zu töten, wurde man eins mit ihm. Die Jagd löste eine geheimnisvolle Spannung aus, weckte schlummernde, von den meisten Menschen längst vergessene Instinkte, bewirkte tief im Innern ein unvorstellbares Aufbäumen des Lebens. Für Hugh Renwick besaß die Jagd den gleichen Reiz wie das Malen – den Rausch der Macht als Herr über Leben und Tod.

Caroline glaubte nicht eine Minute daran. Sie war dreizehn, Clea elf und Skye acht. Wenn sie ihrem Vater zuhörten, die Gesichter glühend im Feuerschein, waren die drei Mädchen nicht Herr über Leben und Tod, sondern verängstigt. Aber sie vertrauten ihm blind. Er war liebevoll und leidenschaftlich um ihr Wohl besorgt, und wenn er meinte, dass sie schießen lernen mussten, galt sein Wort als Gesetz.

Das erste Tier, das Caroline erlegte, war ein Eichhörnchen.

Es saß auf dem Ast einer Eiche, den gebogenen Schwanz hoch aufgerichtet. Sie zielte, wie sie es von ihrem Vater gelernt hatte, und drückte auf den Abzug. Das Eichhörnchen überschlug sich. Wie ein Spielzeug im Regal fiel es vom Ast hinunter. Es lag auf dem Boden, mit einem schwarzen Loch in seinem Fell. Caroline war speiübel.
Ihr Vater wollte, dass sie ausschwärmten, den Berg erkundeten und alleine jagten. Wenn ein solches Maß an Unabhängigkeit für Caroline schon erschreckend war, konnte sie sich vorstellen, was ihre jüngeren Schwestern dabei empfanden. Sie gewöhnte sich an, Skye zu folgen. Sie suchte sie und schlich ihr nach, in fünfzig Meter Entfernung, um ein Auge auf sie zu haben, als wäre Skye ihre Beute.
Einmal überquerte Skye eine schmale Hängebrücke, die über einen Fluss führte. Auf halber Strecke verlor sie den Halt und stürzte in die Tiefe. Caroline warf ihr Gewehr hin, schleuderte ihre Schuhe von sich und sprang ihr nach. Es war Frühlingsanfang, und der Fluss, der aus dem Norden kam, war eisig von der Schneeschmelze. Das Wasser schwappte über ihr zusammen, ihre Gliedmaßen waren wie erstarrt und mit dem abgestorbenen Laub des letzten Winters bedeckt. Die schwere Wollkleidung zog sie nach unten. Vor ihr verschwand Skye immer wieder unter Wasser. Als es Caroline endlich gelungen war, die Arme um Skye zu schlingen, näherten sie sich bereits den Stromschnellen. Die brodelnden weißen Strudel zischten in ihren Ohren. Sie spuckte einen Mund voll kaltes Wasser nach dem anderen aus. Geblendet von der eisigen Gischt, erhaschte sie einen flüchtigen Blick auf eine Szene, die einem Albtraum zu entspringen schien – Schlangen sonnten sich auf den abgeflachten Felsen, an denen sie vorbeigeschwemmt wurden. Sie prallten gegen Baumstämme, die im Wasser trieben, zerrissen sich die Kleider an Zweigen, während Caroline mit der einen Hand Skye

umklammerte und mit der anderen versuchte nach Ästen und Schlingpflanzen zu greifen.
Als sie in rasendem Tempo flussabwärts trieben, auf den Wasserfall zu, spürte Caroline die glatten Steine unter Wasser. Die Strömung drohte die Schwestern in den tiefen, wirbelnden Schlund des Flusses zu spülen, sie einzusaugen und wieder auszuspeien. Zerklüftete Felsen versperrten ihnen den Weg, zu glitschig, um sich daran fest zu halten. Der Fluss riss sie mit sich. Caroline überlegte, wie hoch die Wasserfälle sein mochten. Sie war überzeugt, dass der Sturz in die Tiefe nicht mehr aufzuhalten war, und sie fragte sich, ob sie beide sterben würden.
Doch plötzlich glättete sich der Fluss. Die Stromschnellen gingen in einen breiten, geruhsam dahinfließenden Strom über. Das Tosen wich der Stille, und sie hörten die Vögel zwitschern. Überwältigt von dem Gefühl, mit dem Leben davongekommen zu sein, lachte Caroline vor Freude laut auf. Sie umarmte Skye. Aber Skye erwiderte ihre Umarmung nicht. Ihre Lippen waren blau. Ihre Jacke und die Stiefel zogen sie hinab, und sie war schwer wie ein nasser Mehlsack. Caroline gelang es, sie ans rettende Ufer zu ziehen. Skye lebte, ihre Augen waren offen. Aber sie waren starr, blinzelten nicht und blickten Caroline nicht an.
»Skye, wir haben es geschafft, wir sind in Sicherheit!«, rief Caroline und rieb die kleinen Hände ihrer Schwester.
»Hast du sie gesehen?« Skyes Stimme war kaum hörbar, wie erfroren. »Die Schlangen auf den Felsen?«
»Ja, aber …«
»Ich will nach Hause, Caroline«, sagte Skye, unfähig, ihre Gefühle länger zu beherrschen. Sie begann hemmungslos zu schluchzen. »Bring mich nach Hause! Bitte bring mich nach Hause!«
Aber das war nicht möglich. Caroline wäre nicht in der Lage

gewesen, ihrem Vater etwas auszureden, was er sich in den Kopf gesetzt hatte. Der Sturz in den eisigen Fluss gehörte dazu, wenn man lernen wollte, sich gegen die Härten des Lebens zu wappnen. Die Schlangen auf den Felsen waren ein anschauliches Beispiel dafür, dass man sich hüten sollte, sich in Gefahr zu begeben. Caroline lernte an jenem Tag eine noch beunruhigendere Lektion: Dass nicht jeder erfreut, beglückt und dankbar war, am Leben zu sein. Ihre Schwester empfand offenbar nicht so wie sie. Und andere auch nicht.

Hugh hatte sich mit seiner Lebensphilosophie auf dem Holzweg befunden, das wusste Caroline inzwischen. Ihr Vater war tot, offiziell einem Krebsleiden erlegen, aber er war bereits etliche Jahre vorher gestorben, an gebrochenem Herzen. Unfähig zu ertragen, was Skye am Ende widerfuhr, seinem kleinen Augenstern, seiner hübschen Tochter, hatte er sich von seiner Familie abgeschottet und zu Tode getrunken. Dieses Wissen erfüllte Caroline inzwischen mit größerer Bitterkeit als die Jagdausflüge. Weil Skye seinem Beispiel folgte.

14. März 1973
Lieber, einziger Joe,
ich habe zwei Schwestern, Clea und Skye. Clea ist besser als eine beste Freundin, und Skye ist süß, unser Nesthäkchen. Ich wünschte, wir gingen alle in dieselbe Klasse. Manchmal haben wir einen Heidenspaß daran, uns in einer erfundenen Sprache zu unterhalten, die niemand versteht. Es ist schwer zu erklären, aber ich kenne meine Schwestern so gut, dass ich weiß, was sie denken, und umgekehrt. Das hört sich an wie Zauberei, aber damit hat es nichts zu tun. So ist das eben, wenn man Schwestern hat.

Deine Freundin
Caroline

19. Juni 1973
Liebe Caroline,
er ist mit Sicherheit kein Zauberwesen, aber ganz niedlich. Ich meine Sam, meinen kleinen Bruder. Er ist wirklich noch klein, ein Baby, gerade erst zur Welt gekommen. Kreischt die ganze Nacht wie eine Seemöwe. Ich hab ihn neulich in meinem Boot mitgenommen, und meine Mutter hat die Küstenwache gerufen. Sie hat sich große Sorgen gemacht, weil er nicht schwimmen kann (er ist ungefähr so groß wie eine Flunder), aber sie hat keine Ahnung. Der Kleine liebt das Wasser. Und Boote auch. Ich schwöre Dir, er wollte rudern.

Bis bald
Joe

4

»Mom gibt zu, dass Skye zu viel getrunken haben könnte«, sagte Clea stirnrunzelnd. Sie war am gestrigen Abend, während Caroline am Bett ihrer Schwester gewacht hatte, zu Hause bei ihrer Familie geblieben, wenngleich telefonisch erreichbar. Deshalb hatte sie nun ein schlechtes Gewissen, wie man ihrem Ton entnehmen konnte, der eine Spur zu forsch war.

»Was heißt hier zu viel! Spricht sie von einem Fingerhut Wodka?«, sagte Caroline.

Es war noch früh am Tag, und sie befanden sich auf dem Weg nach Firefly Hill, um Augusta abzuholen und mit ihr ins Krankenhaus zu fahren. Clea saß am Steuer des Volvo, und als sie die Landzunge umrundeten, fiel Carolines Blick auf die großen weißen Schiffe am Horizont. Sie erinnerten sie an Skyes letzte Worte in der vergangenen Nacht.

»Hast du Skye erzählt, dass Joe Connor hier war?«, fragte Caroline.

»O mein Gott, ja! Warum?«

Caroline verschlug es vor Entrüstung die Sprache. Sie fühlte sich müde und ausgelaugt, nachdem sie die Nacht im Krankenhaus verbracht hatte. Sie hasste solche Dreiecksgeschichten unter Geschwistern, wenn zwei beispielsweise etwas wussten, was die Dritte nicht erfahren durfte. Wenn sie

Clea unter dem Siegel der Verschwiegenheit etwas anvertraute und Skye es ihr kurz darauf unter die Nase rieb. Oder wenn sie Skye etwas erzählte und Clea zwei Stunden später anrief, um ihr die große Neuigkeit mitzuteilen. Geheimnisse unter Schwestern waren bedenklich und selten zu bewahren.

»Weil sie auf dem Weg zu ihm war«, sagte sie schließlich beherrscht.

»Wie bitte?«

»Sie meint, wenn sie nicht geboren wäre, wäre das alles nicht passiert.«

»Sie war betrunken. Ich dachte, sie würde sofort zu Bett gehen. Als sie mich nach Joes Schiff fragte … Ich wäre nie auf die Idee gekommen, dass sie sich ins Auto setzt. Der Gedanke, dass ich an ihrem Unfall schuld bin, ist mir unerträglich.«

»Mach dir keine Vorwürfe, Clea.«

»Ich kann aber nicht anders. Ich hätte sie davon abhalten müssen, einfach den Hörer aufzulegen. Oder sie dazu bringen müssen, Mom an den Apparat zu holen.«

»Schuldgefühle bringen nichts, wie wir wissen. Also hör auf damit.«

Sie waren auf Firefly Hill angekommen. Die Schwestern blieben im Wagen sitzen, blickten auf die Eingangstür und fragten sich, in welcher Stimmung ihre Mutter wohl war. Würde sie den Krankenbesuch nach allen Regeln der Kunst inszenieren, mit Inbrunst und einem Strauß frisch geschnittener Löwenmäulchen aus dem eigenen Garten? Oder würde sie die Leidende mimen und sich auf ihre Arthritis oder Migräne konzentrieren, um nicht wahrhaben zu müssen, dass es mit ihrer jüngsten Tochter rapide bergab ging?

Die ersten Sonnenstrahlen lugten durch die hohen Schleierwolken, die den Himmel bedeckten. Nicht kräftig genug, um dunkle Schatten zu werfen, tauchten sie Haus und Garten in ein allumfassendes gedämpftes Licht. Eine Kaltfront näherte sich, und es wehte ein rauer Wind. Augusta tauchte am Küchenfenster auf. Sie war angezogen und zur Abfahrt bereit. Als sie Clea und Caroline erblickte, winkte sie ihnen munter zu.

»Auf in den Kampf«, sagte Caroline und öffnete die Wagentür.

»Habt ihr Homer gesehen?«, rief Augusta und blickte sich suchend um.

Der alte Hund verschwand von Zeit zu Zeit. Niemand wusste, wo er sich herumtrieb. Oft blieb er stundenlang weg, manchmal sogar die ganze Nacht, aber er kehrte jedes Mal zurück. Caroline verkniff sich eine Antwort; sie wusste, dass gegen Augustas Verteidigungs- und Verdrängungsmechanismen kein Kraut gewachsen war. Schweigend ging sie ihrer Mutter entgegen, um sie mit einem Kuss zu begrüßen. Dann fuhren sie ins Krankenhaus.

Die Klinik war eine Oase der Ruhe und ganz in Blau gehalten. Das Licht im Schwesternzimmer der psychiatrischen Station hatte eine gedämpfte violette Tönung. Monitore blinkten und summten im Gleichtakt. Die Schwester in weißer Tracht, die einen Rollwagen mit Medikamenten durch den Korridor schob, sah aus, als zöge sie im beschaulichen Zeitlupentempo ihre Bahn durch blaue Fluten.

Am anderen Ende des Gangs erklang plötzlich ein unheimliches, schauriges Heulen, wie von einem Menschen, der Todesqualen litt. Caroline, wie ihre Mutter und ihre Schwester zur Salzsäule erstarrt, kam es vor, als hätten sie sich unbefugt Zutritt zu einer gespenstischen Unterwasserwelt verschafft. Aus einem unerfindlichen Grund fuhr ihr der Gedanke durch den Kopf, was es wohl für ein Gefühl sein mochte, nach einem versunkenen Schatz zu tauchen.

Als die Dienst habende Schwester sie mit einer Geste zum Eintreten aufforderte, nahmen Caroline und Clea ihre Mutter in die Mitte und betraten Hand in Hand Skyes Zimmer. Beim Anblick ihrer Schwester, die reglos und noch bleicher als am Vorabend dalag, atmete Caroline tief ein, wohingegen ihre Mutter nach Luft rang. Caroline wusste, dass der Augenblick der Wahrheit gekommen war. Augusta hatte nicht genug Zeit gehabt, um die Situation zu beschönigen, zu verschlüsseln oder neu zu erfinden. Der Realität schutzlos ausgeliefert, betrachtete sie Skye in ihrem Krankenhausbett. Mit zitternden Fingern berührte sie ihre schwarzen Perlen, als besäßen sie magische Kräfte, während Tränen über ihre Wangen liefen.

Der Herzmonitor leuchtete grün in dem abgedunkelten Raum. Caroline und Clea ließen ihrer Mutter den Vortritt. Diese beugte sich über Skye und küsste sie auf die bandagierte Stirn. Augusta weinte lautlos, ihre Schultern zuckten unter dem Nerzmantel. Ihr zerbrechlicher Körper erbebte unter dem Ansturm der Gefühle, doch Caroline sah, wie sie ihn bezwang. Sie wischte die Tränen fort und straffte die Schultern.

»Skye. Ich bin's«, sagte Augusta mit fester Stimme.

»Sie kann dich nicht hören«, flüsterte Clea.

»Skye! Wach auf! Wach auf, Liebes. Ich bin's, deine Mutter.« Augusta sprach in einem Ton, als würde sie eine Nachricht auf dem Anrufbeantworter ihrer Töchter hinterlassen und wüsste, dass sie im Hintergrund lauschten, aber keine Lust hatten, ans Telefon zu gehen.

»Mom, sie ist mit Schmerz- und Beruhigungsmitteln voll gepumpt«, sagte Clea.

»Mit Caroline hat sie gesprochen!« Augustas Stimme klang gekränkt.

»Nur kurz«, entgegnete Caroline, bemüht, die Tatsache herunterzuspielen, dass sie bei Skye gewesen war und ihre Mutter nicht. So war es immer gewesen, und Augusta reagierte sehr empfindlich, was diesen Punkt betraf. Caroline spürte wieder den vertrauten Druck in ihrer Brust. Skye war verletzt und in Schwierigkeiten, ihre Mutter brachte sie zur Weißglut, weil sie nur ihre eigenen Bedürfnisse im Sinn hatte, und Clea machte einen Kotau, weil sie nirgendwo anecken wollte. Caroline hätte am liebsten die Flucht ergriffen, die Tür hinter sich zugeknallt und sich auf schnellstem Weg zum Flughafen begeben, um die nächste Maschine zu besteigen, ganz gleich, wohin, nur weg.

»Wenn sie ihren Schlaf braucht, wollen wir sie nicht länger stören«, erklärte Augusta. Sie klang verärgert. »Morgen wird sie schon mit mir reden. Wir können ja Peter besuchen. Er hat doch Dienst, oder?« Ohne ein weiteres Wort räumte sie den Platz an Skyes Bett.

Caroline und Clea rückten zusammen. Als ihre Mutter das Zimmer verlassen hatte, machte sich der alte Groll wieder bemerkbar. Wir drei gegen den Rest der Welt, dachte Caroline und hielt Cleas Hand, während sie Skye betrachtete. Wie gehabt. Drei Schwestern auf einem einsamen Berggipfel, die von ihrem Vater auf die Jagd geschickt wurden, jede für sich, und sich an den Händen hielten, sobald er ihnen den Rücken kehrte. Sie hatten immer aufeinander Acht gegeben.

Als sie Augusta vor dem Schwesternzimmer einholten, hörten sie die Stationsschwester sagen, dass Peter Skyes Arzt bei der Visite begleite, und dieser sei noch mit einem anderen Patienten beschäftigt.

Augusta hob die dunklen Brauen. Ihre Verärgerung war augenfällig. Stumm und verächtlich sah sie zu, wie die Krankenschwestern ihrer Arbeit nachgingen. Was erwartet sie denn von ihnen, dachte Caroline. Dass sie Skyes Arzt drängen, die Visite zu beenden? Oder Cocktails servieren?

»Ich drehe durch, wenn sich der Doktor nicht beeilt«, sagte Augusta. Sie flüsterte nicht mehr, sondern sprach in normaler Lautstärke, und die Schwestern, die geschäftig im Gang hin und her eilten, wandten sich um und blickten sie an.
»Wenn ich hier noch lange herumstehen muss, können sie mich gleich in die Klapsmühle sperren.«
»Mutter, pssst«, sagte Clea warnend.
»Was ist das für ein Arzt, der die Mütter seiner Patienten warten lässt!«, fuhr Augusta fort. »Eine Unverschämtheit ist das.«
Caroline und Clea tauschten bange Blicke. Wenn ihre Mutter derart gebieterisch wurde, war sie hochgradig besorgt. Sie weigerte sich, Dinge zu akzeptieren, die ihr missfielen, die kleinen Ärgernisse im Leben, die ihr gegen den Strich gingen. Sie zog es vor, die Realität durch ihre eigene Brille zu betrachten, und sah darin eine Möglichkeit, ihre geistige Gesundheit zu bewahren. Clea legte den Arm um Augustas schmale Schultern und schmiegte sich an den Pelzmantel, den ihre Mutter übergeworfen hatte; darunter trug sie Jeans und Turnschuhe. Caroline spürte, wie ihre Wut verebbte.
»Das ist Absicht«, sagte Clea. »Die Ärzte machen sich einen Spaß daraus, die Mütter auf die Folter zu spannen, bevor sie sich herablassen, mit ihnen zu reden. Genau wie Pfarrer. Das hat Peter im Theologiestudium gelernt.«
Augusta schüttelte den Kopf und presste die Lippen zusammen. Sie fand das Ganze nicht zum Lachen, setzte vielmehr ihre würdevolle Mine auf und blickte hoheitsvoll die Gänge hinunter, als würden sie ihr gehören. Wie Caroline hatte auch Augusta Renwick die Klinik mit großzügigen Spenden unterstützt. Seit Hughs Tod hatte sie an Eröffnungsfeiern, Aufsichtsratssitzungen oder Veranstaltungen teilgenommen, in die ihr Schwiegersohn, der Pfarrer, einbezogen war. Ihrer jüngsten Tochter in der psychiatrischen Abteilung einen

Besuch abzustatten gehörte gewiss nicht zu ihren Gepflogenheiten.
Endlich tauchte Peter auf. Er trug dunkle Hosen, und sein weißer Kragen kennzeichnete ihn als Priester. Mit einem anderen Mann im Gespräch, kam er auf sie zu. Er küsste Augusta und Caroline zur Begrüßung auf die Wange, dann zog er Clea in seine Arme. Sie standen einen Moment lang eng umschlungen da, flüsterten miteinander und blickten sich tief in die Augen, bis sich allmählich ein Lächeln auf Cleas besorgtem Gesicht ausbreitete. Dann stellte Peter ihnen Dr. Jack Henderson vor, den Chefarzt der Suchtstation.
»Guten Tag. Ich freue mich, Sie kennen zu lernen«, sagte Dr. Henderson.
»Ganz meinerseits«, erwiderte Augusta argwöhnisch.
»Hallo, Jack«, sagte Clea und machte einen Schritt auf ihn zu.
Augusta erschauerte, vermutlich bei dem Gedanken, dass ihnen der Arzt zu nahe treten und etwas Persönliches über ihre Familie erfahren könnte. Caroline kannte ihn vom Sehen. Sie war ihm bei einer Retrospektive auf das künstlerische Werk ihres Vaters begegnet.
»Hallo«, sagte Caroline und reichte ihm die Hand.
»Kennt ihr euch?«, fragte Augusta.
»Ich bin Kunstsammler und habe Bilder Ihres verstorbenen Mannes erstanden«, antwortete Dr. Henderson.
»Tatsächlich?« Augustas Miene hellte sich auf. »Freut mich zu hören. Dann wissen Sie vermutlich auch, dass Skye ganz nach ihm geraten ist. Eine Künstlerin vom Scheitel bis zur Sohle.«
Der Arzt nickte.
»Eine geniale Künstlerin, Doktor. Absolut brillant, und das sage ich nicht nur, weil ich ihre Mutter bin.« Augustas Blick wanderte, Bestätigung suchend, von einem zum anderen.

Ihre Augen schimmerten feucht, als wäre sie den Tränen nahe. »Sie ist Bildhauerin. Ihr wurde schon vor Jahren große Anerkennung in der Kunstwelt zuteil, obwohl sie noch so jung ist. Stimmt's, Mädchen?«

»Stimmt«, pflichtete Clea ihr bei. Caroline schwieg. Sie spürte, wie sich ihre Mutter an sie lehnte, und nahm ihre Hand, um sie zu stützen.

»Sie ist ungemein begabt …« Augustas Stimme klang erstickt. Sie griff sich an die Kehle, dann riss sie sich zusammen. »Aber im Moment ist sie blockiert.«

»Blockiert?«

»Ich bin kein Künstler und kenne mich auf dem Gebiet nicht so genau aus. Aber ihr Vater pflegte zu sagen, dass er sich umbringen würde, wenn er nicht mehr malen könne. Ein Künstler, der seine Kunst nicht auszuüben vermag … Sie leidet sehr darunter. Stimmt's, Caroline? Man sieht es ihr regelrecht an.«

»Mom …«

»Das ist der einzige Grund«, fuhr Augusta unbeirrt fort, als wäre sie bemüht, nicht nur ihre Zuhörer, sondern auch sich selbst zu überzeugen.

»Mom, lass uns warten, bis Skye aufwacht. Dann kann sie selbst mit Dr. Henderson sprechen«, sagte Caroline beschwichtigend.

Augusta schüttelte Carolines Hand ab.

»Eine kreative Blockade«, wiederholte sie mit zitternder Stimme. »Das erklärt alles. Sie hat Angst, dass sie nicht mehr arbeiten kann. Und außerdem hat ihr Mann sie verlassen. Es ist schrecklich, einfach grauenhaft …«

»Hm, ja«, sagte Dr. Henderson.

»Und wer könnte unter solchen Umständen der Versuchung widerstehen, sich ab und zu ein Glas zu Gemüte zu führen? Alkohol beflügelt schließlich die Phantasie, wie Sie sicher wissen! Mein Gott, konnte Hugh ’ne Menge vertragen! Skye hat auch in dieser Hinsicht viel von ihm geerbt, vielleicht zu viel. Wenn sie sich nur mäßigen würde …«

»Wie bitte?«, sagte Dr. Henderson.

»Vielleicht können Sie ihr ja klar machen, dass es besser wäre, *in Maßen* zu trinken«, meinte Augusta aufgeräumt, dem Arzt ihre Problemlösung auf dem Silbertablett servierend. »Auf halbe Sachen lassen sich die Renwicks nicht gerne ein …«

»Mom!«, unterbrach Caroline ihre Mutter, in der Hoffnung, sie zum Schweigen zu bringen.

»Ich glaube, Mäßigung würde Skye gut tun. Wenn Sie den Alkoholkonsum nur ein wenig einschränken könnte. Ich meine, sich mit Cocktails und Wein zum Abendessen begnügen. Findet ihr nicht auch?« Augusta sprach mit dem Arzt, als beriete sie sich mit einem Kollegen über einen Fall.

»Ich fürchte, das reicht nicht aus«, entgegnete Dr. Henderson.

»Wie bitte?«

»Mäßigung hat selten die gewünschte Wirkung bei Alkoholikern. Der einzige Weg ist vollständige Abstinenz.«

»Skye ist keine … *Alkoholikerin«,* protestierte Augusta schockiert und gekränkt.

Sich bei Caroline und Clea unterhakend, funkelte sie den Arzt wütend an. Im Kreis ihrer Familie fühlte sie sich sicher. Er sollte sehen, dass die Renwicks Menschen waren, die wie Pech und Schwefel zusammenhielten. Er sollte begreifen, dass sie bei aller Exzentrik nicht verrückt, nicht aus dem gleichen Holz wie Alkoholiker geschnitzt waren. Sie hatten schlimme Zeiten durchgemacht, aber an solchen Herausforderungen waren sie gewachsen. Caroline litt mit ihrer Mutter. Sie wusste, dass sie verletzlich war und sich große Sorgen um Skye machte.

»Gestern Nacht hat Ihre Tochter mir etwas von einem Jagdunfall erzählt«, sagte Dr. Henderson.

»Dann wissen Sie ja Bescheid«, erwiderte Clea, die Peters Hand hielt.
In diesem Augenblick ertönte der Piepser des Arztes. Er blickte entschuldigend in die Runde, schüttelte Augusta zum Abschied die Hand und eilte den Gang entlang. Alle schauten ihm nach. Caroline hatte erwartet, dass ihre Mutter erleichtert über seinen unvermittelten Abgang sein würde, aber sie sah noch blasser aus. Auf ihrer Stirn glänzte ein Schweißfilm.
»Augusta, setz dich einen Moment hin«, meinte Peter besorgt und führte sie zu einer Sitzgruppe am Ende des Gangs.
»Es war ein Unfall«, sagte Augusta ruhig, beinahe schicksalsergeben. Tränen liefen über ihre Wangen. Ihre Hände zitterten.
»Ja, das war es«, stimmte Caroline leise zu.
»Skye war doch noch ein Kind«, fuhr Augusta zu Peter gewandt, mit weit aufgerissenen Augen fort. »Sie hätte nie eine Schusswaffe in die Hand bekommen dürfen. Habe ich das nicht immer gesagt?«
»Ja, das hast du, Augusta«, erwiderte er beruhigend.
»Skye könnte keiner Menschenseele etwas zu Leide tun. Auch dem jungen Mann nicht. Es war ein Jagdunfall, und damit basta! Niemand hat das Recht, etwas anderes zu behaupten, und es wurde nie Anklage erhoben.«
»Dass Skye kein schlechter Mensch ist, wissen wir. Das behauptet auch niemand«, sagte Caroline.
»Er hat sie als Alkoholikerin bezeichnet!«
»Sie trinkt«, entgegnete Caroline.
»Genau wie Dad«, fügte Clea hinzu. »Er hat damit angefangen, nachdem es passiert war.«
»Es war ein Unfall, eine Tragödie, die sich vor langer Zeit ereignet hat. Aber das ist kein Grund, weshalb Skye ein Leben lang dafür büßen sollte.« Verwirrt blickte sie Caroline an. »Oder?«

Caroline schüttelte den Kopf. Sie sah den jungen Mann wieder vor sich. Sie hatte den Schuss gehört und Skyes Aufschrei, und sie war als Erste zur Stelle gewesen. Es war Herbst, ein herrlicher Tag mit strahlend blauem Himmel und gelbem Laub, das den Waldweg bedeckte. Er lag auf der Erde, Blut floss aus der Wunde in seiner Brust. Seine Augen waren hell und klar. Sein Name war Andrew Lockwood, und er war fünfundzwanzig Jahre alt.

»Dann sag mir, warum!« Augusta blickte Caroline an. Caroline erinnerte sich, dass sie ihre Jacke ausgezogen und sie auf das Einschussloch gepresst hatte. Sie spürte noch heute sein heißes Blut, sah die unausgesprochene Frage in seinen Augen und hörte Skye, die wie ein kleiner Vogel mit hoher monotoner Stimme stammelte: »Was habe ich getan, was habe ich getan.«

»Warum? Weil sie ihn getötet hat, Mom«, erwiderte Caroline leise. »Nicht absichtlich, aber das spielt keine Rolle.«

7. Januar 1977
Lieber Joe,
ich erinnere mich an einen Brief, den ich Dir geschrieben habe, über Clea und Skye und dass es wunderbar ist, Schwestern zu haben. Aber das ist nicht immer der Fall. Habe ich meinen Vater erwähnt? Er ist Maler. Ein berühmter Maler, genauer gesagt. Er will, dass wir lernen, »wie es im Leben zugeht«. (Jungen haben es in dieser Beziehung leichter, wenn Du es genau wissen willst) (Sagt er.) (Ich werde noch verrückt vor lauter Klammern.)Mädchen müssen abgehärtet sein und lernen, auf sich selbst aufzupassen. Deshalb nimmt er uns auf den Redhawk Mountain zum Jagen mit. Er liebt uns sehr, weißt Du.
Er will, dass wir so viel wie möglich lernen, damit wir einen Vorgeschmack auf das wirkliche Leben bekommen. Wir zelten, fischen und jagen. Wir machen eine Art Überlebenstraining

draußen in der Wildnis. Die Jagd gehört dazu, aber ich hasse sie. Töten fällt mir sehr schwer – er wäre bestimmt ärgerlich, wenn er wüsste, wie sehr ich es hasse, auch wenn es nur Eichhörnchen sind, die daran glauben müssen.
Nachts ist der Wald stockfinster und kann einem Angst einjagen. Manchmal haben wir große Angst, vor allem Skye. Ich liebe sie sehr, Joe. Mir kommen schon die Tränen, wenn ich nur den Brief schreibe, weil ich nicht weiß, wie ich weiterleben soll, wenn Clea oder Skye etwas passieren würde. Sie sind die besten, liebsten Schwestern auf der ganzen Welt. Schreib bald zurück. Ich glaube langsam, Du könntest mein bester Freund werden.
Alles Liebe
Caroline

2. Februar 1977
Liebe Caroline,
jagen stelle ich mir Klasse vor. Dein Dad ist ein toller Mann. Ich würde gerne Dein bester Freund sein. Unter einer Bedingung. Du musst mir das Schlimmste erzählen, was du auf dem Berg erlebt hast.
Alles Liebe
Joe

4. März 1977
Lieber Joe,
willst Du das wirklich wissen? In Ordnung, ich sage es Dir. Das Schlimmste sind meine Gefühle. Mein Vater hat Skye gezwungen, schießen zu lernen. Sie wollte nicht. Ich bin unvorstellbar wütend auf ihn. Er hat etwas Unwiderbringliches zerstört. Es macht mir Angst, wie sehr ich ihn inzwischen hasse. Jagen ist nicht Klasse, ist nicht so, wie Du meinst. Es ist grauenvoll. Möchtest Du trotzdem mein bester Freund sein? Wenn nicht,

kann ich es Dir nicht verdenken. Nicht einmal ich selbst würde das wollen.

Caroline

21. März 1977
Liebe Caroline,
offensichtlich bist Du völlig durcheinander, Du hast Deinen Brief dieses Mal nicht mit »Alles Liebe« unterschrieben. Das ist zwar eine Kleinigkeit, doch wir besten Freunde können ziemlich empfindlich sein. Ich kenne Skye nicht, aber da sie Deine Schwester ist, ist sie bestimmt schwer in Ordnung. Dein Vater sollte die Jagd sausen lassen und lieber wieder malen. Oder noch besser, auf Schatzsuche gehen. Er könnte Dir beibringen, wie man Dublonen aufstöbert.

Alles Liebe
Joe

PS: Das sollte ein Scherz sein, um Dir ein Lächeln zu entlocken. Also – lächeln!
PS zum Zweiten: Du dachtest wohl, ich hätte die *Cambria* vergessen!
PS zum Dritten: Lächeln, C.

5

Caroline war in Gedanken.
Das erkannte Michele Brady auf den ersten Blick an der Art, wie sie geistesabwesend den Gasthof betrat, an den Gästen vorbeiging, die im Gesellschaftszimmer frühstückten, und die telefonischen Nachrichten von Micheles Schreibtisch nahm, ohne mehr als flüchtig »Guten Morgen« zu sagen. Caroline sah fantastisch aus, wie immer – ärmelloses schwarzes Leinenkleid, schwarze Sandalen, silberne Ohrringe, silberne Halskette. Sie lächelte, aber es wirkte gezwungen.
Oder schmerzlich, dachte Michele besorgt. Aus bestimmten Telefongesprächen war ersichtlich, dass Skye offenbar wieder in der Klinik war. Dieses Mädchen bereitete Caroline ohne Zweifel eine Menge Kopfzerbrechen. Und nicht nur sie, sondern ihre ganze Familie. Sogar Clea, überall in der Stadt als mustergültige Ehefrau und Mutter bekannt, rief Caroline dauernd an, weil sie Probleme hatte. Und Augusta strich sich nicht einmal Butter auf ihren Toast, ohne Caroline vorher telefonisch um Rat zu fragen.
Michele war seit zehn Jahren Carolines rechte Hand. Mit zweiundvierzig war sie um einiges älter und hatte das Gefühl, sie unter ihre Fittiche nehmen und beschützen zu müssen. Sie erzählte ihrem Mann Tim oft von Carolines exzentrischer Familie und ihren neuesten Horrorgeschichten. Er war

Englischprofessor an einem College in Connecticut. Tim pflegte das Gesicht zu verziehen und mit seinem typischen trockenen Humor zu sagen, Skye sei Neuenglands Antwort auf Zelda und Scott Fitzgerald, das amerikanische Traumpaar der wilden zwanziger Jahre. Oder er verglich die Renwicks mit drei Primadonnen, die miteinander auf der Bühne standen und zur gleichen Zeit in verschiedenen Opern sangen.

Michele konnte nicht anders, sie musste einfach lachen, wenn Tim die Familie beschrieb, aber Caroline lag ihr trotzdem am Herzen. Caroline hatte sie im selben Jahr als Assistentin eingestellt, als sie den Gasthof eröffnete. Sie hatten während der letzten zehn Jahre in verschiedenen Büros gearbeitet, aber Seite an Seite, und obwohl Caroline nicht zu Vertrauensseligkeit neigte, hatte Michele regen Anteil an den wichtigsten Ereignissen in ihrem Leben genommen. Sie hatte miterlebt, wie sich Caroline von einem ... nun ja, verrückten Renwick-Mädchen in eine kluge und allerorts respektierte Geschäftsfrau verwandelte. Caroline war immer loyal und herzlich gewesen, und diese Eigenschaften hatten sich ausgezahlt.

Michele war für die Vermittlung der Telefongespräche zuständig und folglich auch mehr oder weniger zwangsläufig in Carolines Liebesleben, Geschäftsleben und Familienleben eingeweiht. Und sie war Zeuge, wie sich das Renwick Inn im Laufe der Zeit dank Caroline von einem Refugium für verschrobene Künstler zu einer Nobelherberge gemausert hatte, die Gäste aus aller Welt anzog. Einige kamen wegen der reizvollen Landschaft, andere, um das Ambiente zu genießen, und wieder andere, weil der Name der Besitzerin Renwick lautete.

Carolines Vater genoss einen Ruhm, der sonst nur Schauspielern und Politikern vorbehalten war. Er war ein Künstler, dessen Bilder in den Museen von New York, Paris und London hingen und der mit seiner ungezügelten Lebensweise zum erklärten Liebling der Klatschreporter wurde. In einem Porträt, das im *Esquire* erschien, wurde Hugh Renwick »der Hemingway unter den Landschaftsmalern des 21. Jahrhunderts« genannt. Der Verfasser führte seine Tapferkeit im Zweiten Weltkrieg an, seine alkoholischen Exzesse, seine Seitensprünge, seine Gewalttätigkeit, sowie seinen Hang zur Selbstzerstörung, und er beschrieb, wie sein Talent alles – und alle Menschen – in seinem Leben zu vereinnahmen schien.

Während der Recherche hatte sich der Journalist auf ein Zechgelage mit Hugh Renwick eingelassen, gemeinsam mit dem Fotografen, der in seinem Metier gleichermaßen bekannt war. Die Eskapaden im Rausch waren in den Artikel eingeflossen. Sie fotografierten ihn in Jagdkleidung mit einem Gewehr in der Hand, irgendwo in den Wäldern, die an eine Bucht in Maine grenzten. Hugh hatte ihnen die Geschichte von einem Einbrecher erzählt, die dem Ganzen erst die richtige Würze verlieh. Der Mann sei in sein Haus eingedrungen, habe seine Familie als Geisel genommen und sich am Ende selbst das Hirn aus dem Schädel geblasen.

Michele erinnerte sich an Hughs grenzenlose Wut. Sie schwang unausgesprochen in jeder Zeile des Porträts mit, das in der Zeitschrift erschienen war – der Mann war in *sein* Haus eingedrungen, hatte *seine* Töchter bedroht. Er konnte sie nicht vierundzwanzig Stunden am Tag schützen, aber ihnen verdammt noch mal beibringen, wie man mit einer Waffe umgeht. Was sich auf dem Redhawk Mountain zugetragen hatte, der Jagdunfall, in den seine Tochter Skye verwickelt war, tat ihm Leid. So weit sich Michele erinnerte, war der Name des Mannes, der dabei ums Leben gekommen war, in dem Artikel nicht genannt worden. Die Sorgen und Selbst-

zweifel, unter denen Hugh gelitten hatte, waren dem Rotstift zum Opfer gefallen, sodass nur Wut und Macho-Gehabe blieben.
Michele wusste, dass diese Form der Berichterstattung einseitig war. Hugh Renwick hatte sich bisweilen jämmerlich gefühlt. So sehr er die Jagd auch geliebt hatte, das Leben bedeutete ihm mehr. Er liebte die Natur. Seine Töchter waren sein Ein und Alles. Die Welt konnte seinen Leidenschaften keinen Dämpfer aufsetzen; er hatte sich diesen Rausch der Sinne und die Fülle des Erlebens für jedermann gewünscht, vor allem für seine Familie. Doch nach dem Jagdunfall hatte er sich verändert, war in sich gekehrt. Michele hatte beobachtet, wie er um den jungen Mann trauerte, Tag für Tag, wenn er in einer dunklen Ecke der Bar im Renwick Inn trank, schweigend, mit gesenktem Kopf.
Die Künstler, die dort logierten, pflegten ihn anzusprechen. Er war höflich, und hin und wieder ließ er sich zu einem Drink einladen. Er konnte in der Bar sitzen, stundenlang auf einen Fleck zwischen seinen Ellbogen starren und das Ansteigen und Absinken des Whiskeypegels in seinem Glas beobachten. Obgleich er es vorzog, in ihrem Gasthof zu trinken, konnte er Carolines Gegenwart nicht ertragen. Es hatte Michele in der Seele wehgetan, mit anzusehen, wie sie Zugang zu ihm gesucht hatte, wie sie sich immer wieder bemüht hatte, mit ihm zu reden. Er reagierte ungehalten, sogar streitsüchtig auf ihre Annäherungsversuche, als hätte sie ihn stets aufs Neue an sein Versagen erinnert, das Kostbarste in seinem Leben zu schützen. Mehr als einmal hatte Michele ihn sagen hören, er habe Skyes Leben zerstört
Drei seiner Bilder hingen in der Bar. Hugh hatte sie gemalt, als seine Töchter klein waren. Schwungvoll und unverfälscht, ließen sie keinen Zweifel aufkommen, wie sehr er seine Kinder geliebt hatte. Es waren Jagdszenen vom Red-

hawk Mountain, und in jeder war eines der Mädchen in einer anderen Jahreszeit dargestellt, mit einem anderen erlegten Tier und einer anderen Waffe. Clea hielt im Frühling eine Regenbogenforelle in der einen und eine Angelrute für künstliche Fliegen in der anderen Hand. Skye posierte in einer Herbstlandschaft mit einem großen Jagdmesser und einer sich windenden Schlange.

Die Jagdszenen waren meisterhaft, aber das Winterbild von Caroline verschlug dem Betrachter den Atem. Sie wiegte einen kleinen Rotfuchs in den Armen. Blut tropfte aus seiner Schnauze. Auf dem Berg lag Schnee, und Carolines Wangen waren gerötet. Der Wind hatte ihr die schwarzen Haare ins Gesicht geweht, aber ihre Augen blickten durch den Vorhang hindurch, waren klar, blau und verstört. Ihre linke Hand umklammerte das Gewehr, mit dem sie den Fuchs getötet hatte. Ihr Vater hatte das Mitleid und die Reue, die sie empfand, in dem Bild eingefangen; die Liebe zu seiner ältesten Tochter überflutete das Porträt. Michele bekam jedes Mal eine Gänsehaut, wenn ihr Blick darauf fiel.

Caroline trat aus ihrem Büro. Sie hatte ihre Brille mit den Halbgläsern aufgesetzt, die ihr das Aussehen einer Bibliothekarin mit Sex-Appeal verlieh.

»Was ist denn das für eine Nachricht?«, fragte sie mit einem flüchtigen Blick auf ein Blatt Papier.

»Moment«, sagte Michele und las, was sie aufgeschrieben hatte. »Ach ja, der Typ kam in aller Herrgottsfrühe und hat ziemlich komplizierte Erklärungen hinterlassen, wie Telefonate zwischen Festland und Schiff funktionieren. Ich glaube, es war einer der Seeleute, die gestern Abend hier waren und sich in der Bar einen genehmigten. Sie haben Zimmer sechs und neun, aber ich schätze, jetzt ist er draußen auf seinem Schiff.«

»Hat er gesagt, was er wollte?«

»Nein. Nur, dass du anrufen sollst.«
»Danke.« Caroline ging in ihr Büro und schloss die Tür.

Caroline wählte die Nummer der Hafenzentrale und bat, mit der R/V *Meteor* verbunden zu werden. Während sie wartete, blickte sie aus dem Fenster auf den Ibis River und die Silberreiher, die im flachen Wasser auf und ab stelzten. Ein Eisvogel näherte sich im Sturzflug und tauchte, und sie verrenkte sich den Hals, um zu sehen, was er an die Oberfläche beförderte.
»Hier Forschungsschiff *Meteor*. Over«, ertönte eine Männerstimme. In der Leitung knisterte es infolge der atmosphärischen Störungen.
»Hochsee-Vermittlung hier. Ich habe einen Anruf für einen Mr. Joe Connor.«
»Moment«, sagte der Mann.
Eine Minute verging, dann war Joe am Apparat. Die Vermittlung klinkte sich aus.
»Caroline hier. Ich habe deine Nachricht erhalten.«
»Alles in Ordnung mit deiner Schwester?«
»Warum fragst du?« Caroline war verblüfft, dass er bereits Bescheid wusste.
»Sie hat gestern Abend im Hafenbüro eine Nachricht hinterlassen, dass sie mich sofort sehen müsse. Es sei wichtig.«
»Hast du mit ihr gesprochen?«
»Nicht persönlich. Sie hat gesagt, sie sei auf dem Weg, aber sie ist nicht aufgetaucht. Ich wusste nicht, wo sie zu erreichen ist. Deshalb habe ich bei dir angerufen.«
»Sie ist im Krankenhaus.«
»O Gott, nein! Was ist passiert?«
»Sie hatte einen Autounfall.«
»Wie schrecklich. Ist sie okay?«
»Kann man noch nicht sagen.« Carolines Augen füllten sich

mit Tränen. Seine Stimme klang mitfühlend. Mit ihm über Skye zu sprechen machte ihr wieder bewusst, dass sie sich einmal sehr nahe gestanden hatten. Von Freundschaft konnte keine Rede mehr sein, aber die Erinnerung an ihren Briefwechsel war machtvoll.

»Warum wollte sie mich sehen? Weißt du das?«

»Sie war durcheinander.« Caroline hatte keine Lust, ihm Einzelheiten zu erzählen.

»Tut mir Leid. Richte ihr doch bitte aus, dass ich ihr gute Besserung wünsche.«

»Danke, mache ich«, sagte Caroline.

Der Traum war völlig real gewesen, sie hatte sich wieder auf dem Berg befunden.

Sie konnte den Pulverdampf riechen. Die Bergluft war frisch und kalt, das goldgelbe Laub fiel wie Sternschnuppen zu Boden. Skye, die unmittelbar hinter ihr war, hielt den Atem an. Caroline kroch durch das Unterholz, bis sie das Wild entdeckte, das Skye erlegt hatte. Groß, braun und zusammengekrümmt lag es da. Sie wollte es nicht anschauen, aber sie zwang sich dazu, um ihrer Schwester willen.

Es war ein Mensch. Ein Mann in einer rehbraunen Cordjacke. Seine Haare schimmerten rötlich in der Sonne. Seine Augen waren weit aufgerissen, fassungslos. Ihre Blicke trafen sich, als Caroline sich neben ihn hockte. Sie wusste, dass sie ihm in die Augen schauen musste und nicht wegsehen durfte. Deshalb nahm sie nur flüchtig die Wunde in seiner Brust und das Blut wahr, das wie eine Quelle daraus hervorsprudelte. Caroline hörte, wie Skye hinter ihr wimmerte und zu schluchzen begann. Sie spürte, wie der Hund des Mannes, ein junger Golden Retriever, sie mit seiner feuchten Nase anstieß und versuchte seinen Besitzer und die Fremde, die sich über ihn beugte, abzulecken. Sie spürte die eisige Luft, als sie

den Reißverschluss ihrer roten Jacke öffnete und sie auszog. Und sie spürte sein Blut auf ihren Fingern, unglaublich heiß, als sie die Jacke auf seine Wunde presste.
»Habe ich ihn erschossen? Sag doch! Sag doch! O Gott, was habe ich nur getan?«
Caroline, die ihre Schwester noch nie im Leben ignoriert hatte, ignorierte sie nun.
»Wie heißen Sie?«, fragte sie und blickte in die Augen des Mannes.
»Andrew«, murmelte er. Er war nicht viel älter als Caroline, etwa im gleichen Alter wie die jüngeren Lehrer an ihrem College.
Seine Augen waren hell und klar. Sie blickten ruhig und sanft, Caroline versichernd, dass er glaubte, dass sie ihr Bestes tun würde, um ihm zu helfen. Zuerst war keine Spur von Angst in ihnen gewesen. Jede Sekunde schien länger als ein Herzschlag zu währen. Caroline spürte, wie das Blut stoßweise seinem Körper entwich, ihre Jacke tränkte, zwischen ihren Fingern im Boden versickerte. Ihr Lagerplatz war nur fünf Meilen weit weg, direkt an dem unbefestigten Weg, aber die Entfernung war viel zu groß. Sie würden es nie im Leben schaffen, rechtzeitig Hilfe zu holen. Die Zeit stand still – für Caroline und Skye Renwick, für Andrew und seinen Hund.
»Ich dachte, er wäre ein Reh«, schluchzte Skye.
Der Himmel war strahlend blau. Ein herrlicher Tag. Der Hund ließ sich nicht davon abbringen, am Blut des Mannes zu schnüffeln und ihn abzulecken.
»Homer«, sagte Andrew schwach.
»Das ist noch ein ganz junger Hund, oder?«, fragte Caroline, die den rundlichen Körper und das verspielte goldfarbene Gesicht bemerkte. Er war noch nicht ausgewachsen.
»Ja«, antwortete Andrew.
»Ruf ihn, Skye. Ruf einfach Homer«, sagte Caroline. Der

Hund hatte Blut an der Schnauze, und sie dachte, Andrew würde es mit der Angst zu tun bekommen, wenn er das Blut entdeckte.

»Homer!« Skye bemühte sich, brachte aber nicht mehr als ein Krächzen zu Stande. »Komm her.«

Der Hund lief zu ihr. Andrew wandte seine Augen von Caroline ab. Sie folgten dem Hund, der sich entfernte, dann kehrten sie zu Caroline zurück.

»Ich werde sterben, oder?«

Caroline wusste, dass es so war. Sie sah, wie seine Lippen weiß wurden, und hatte das Gefühl, dass sein Blut langsamer floss. Sie hörte, wie ihre Schwester hinter ihr weinte, wie der Hund zu Andrew zurückkehrte und sich zwischen sie drängte, um seinem Herrn näher zu sein. Caroline dachte an Joe Connor, an die Lektion, die sie gelernt hatte. Es war wichtig, die Wahrheit zu sagen, wenn es um den Tod ging. Es war das Mindeste, was man einem Menschen schuldig war.

»Ich glaube, ja«, sagte sie.

»O Gott!« Andrews Augen weiteten sich vor Angst. Sie konnte den Anblick kaum ertragen. Caroline presste ihre Jacke fester gegen die Wunde in seiner Brust, aber sie wusste, dass es nichts nützte. Er rang die Hände. Homer wimmerte wie ein Mensch, ein abgrundtiefes Weinen. Skye stand so dicht hinter ihr, dass sie das Zittern ihrer Beine an ihrem Rücken spürte.

»Das wollte ich nicht«, schluchzte Skye. »Ich dachte, er wäre ein Reh.«

»Homer«, sagte Andrew.

Der Hund leckte Andrews Gesicht. Caroline sah, dass ihm die schlichte Geste ein Trost war. Während sein Leben zwischen ihren Fingern zerrann, sah sie, dass ihm die Anwesenheit des Hundes half, seinen Frieden mit der Welt zu machen. Sie erkannte es daran, wie er seine Augen schloss und das

Hier und Jetzt von sich abgleiten ließ. Er machte die Augen nicht wieder auf.

»Einen großen Strauß«, sagte Joe Connor zu der Frau an dem Blumenstand neben der Straße.

»Nur Zinnien und Sonnenblumen, oder wollen Sie auch Wildblumen?«

»Alles.«

Er sah ihr zu. Sie stand unter dem gelb-weiß gestreiften Sonnenzelt und zog einzelne Blüten aus großen mit Wasser gefüllten Eimern. Schwergewichtig und braun gebrannt, trug sie ein verblichenes rotes Hauskleid und hatte ein Kopftuch um die braunen Haare gebunden. Sie runzelte die Stirn. Einer unglücklichen Frau bei der Arbeit zuzuschauen, erinnerte Joe an seine Mutter.

»Haben Sie die Blumen selbst gepflückt?«, fragte er.

»Ja, und gepflanzt auch«, antwortete sie und lächelte stolz.

»Sie sind schön.« Joe griff in seine Tasche. Der Strauß kostete fünf Dollar, und er reichte ihr einen Zwanziger. Sie machte Anstalten, ihm das Wechselgeld herauszugeben, aber Joe schüttelte den Kopf. Die Frau spähte zu ihrem Mann hinüber, doch der saß auf einem Stapel Milchkartons und war in die Sportseite vertieft. Sie bedankte sich mit einem Kopfnicken, steckte das Geld aber in den Karton mit dem Bargeld statt in ihre Tasche.

»Sie sollten Ihre Frau zum Essen ausführen!«, rief Joe.

Der Mann blickte ihn verdutzt an und brummte dann etwas vor sich hin. Joe hätte ihm am liebsten einen Fausthieb verpasst, der ihn von den Milchkartons fegte.

»Gehen Sie in ihr Lieblingsrestaurant, und bestellen Sie Hummer.«

»Klar, Mann! Sonst noch was?«

Joe brauste davon. Er hatte Probleme im Dunstkreis unglücklicher Frauen. Er hasste es, wenn Frauen die Stirn runzelten. Er hatte mit ansehen müssen, wie sich seine hübsche, lebenslustige Mutter in eine verbitterte, vom Leben gezeichnete und enttäuschte Frau verwandelte, in einen Schatten ihrer selbst. Sie hatte Doppelschichten in der Hummerfabrik gearbeitet und in ihrer Freizeit vergebens darauf gewartet, dass Hugh Renwick anrief. Und sie hatte sich in Schuldgefühlen vergraben, als ihr Mann tot war. Nach einigen Jahren, in denen sie todunglücklich gewesen war, hatte sie wieder geheiratet.

Joe hätte am liebsten wild um sich geschlagen und alle, die seine Mutter jemals verletzt hatten, einen Kopf kürzer gemacht – die Besitzer der Hummerfabrik, die ihr eine Knochenarbeit aufbürdeten, zu hart für eine Frau; Hugh Renwick, weil er seiner Mutter und seinem Vater das Herz gebrochen hatte. Joes Vater war in der Küche der Renwicks gestorben, ohne Freunde und ganz allein. Und was war mit der goldenen Uhr? Sein Vater hatte sie getragen, als er starb; er hatte sie Joe immer zum Spielen gegeben, aber seine Mutter hatte sich nie die Mühe gemacht, sie zurückzufordern. Die fehlende Uhr war ein Symbol all dessen, was Joe verloren hatte.

Um nach allem, was geschehen war, mit Caroline befreundet zu bleiben, hätte es eines Wunders bedurft. An Joes siebzehntem Geburtstag hatte ihn sein Onkel Marty auf eine Sauftour mitgenommen. Joe war noch minderjährig, aber das war nicht der springende Punkt. Sie hatten auf Barhockern gesessen und Whiskey gekippt, und zu vorgerückter Stunde hatte ihm sein Onkel die Wahrheit über den Tod seines Vaters gestanden. Er sei vor lauter Eifersucht nicht mehr bei Sinnen gewesen, habe sich mitten in der Küche der Renwicks umgebracht, im Beisein der Kinder. Caroline hatte also mit angesehen, wie sein Vater starb, hatte seine letzten Worte gehört.

Wie konnte jemand, der sich als Freund bezeichnete, ihm dieses Wissen vorenthalten, zumal es eine solche Tragödie in seinem Leben war? Seine Freundschaft mit Caroline war ein für alle Mal zu Ende. Der Whiskey hatte damals den Schock der Erkenntnis gedämpft, und so sorgte Joe dafür, dass er auch weiterhin reichlich floss. Er suchte Vergessen auf dem Meer, bei seiner Forschungsarbeit, im Alkohol, um seine Empfindungen, seine Wut zu verdrängen. Später gab er Letzteres auf, aber das Meer und die Arbeit boten ihm immer noch eine Fluchtmöglichkeit.

Joe verdrängte den Gedanken an die Frau am Blumenstand und erledigte seine Besorgungen. Es galt, Vorräte für die *Meteor* einzukaufen, Briefe zur Post zu bringen, Päckchen zu verschicken. Seine Taucher hatten Holzsplitter gesammelt und Rost abgekratzt, die er zur Analyse nach Woods Hole sandte, um das Alter des Schiffs zu bestimmen. Für heute hatte er geplant, das Wrack zum ersten Mal zu betreten, wenn Tide und Strömungen stimmten, und deshalb beeilte er sich, zurückzukommen. Es gab nichts Besseres als einen Tauchgang, um sich von seinen Gefühlen und Empfindungen abzulenken.

Doch vor seiner Rückkehr aufs Meer musste er noch etwas erledigen. Er fuhr die Main Street hinunter, verließ das kleine Geschäftsviertel und kam in die Außenbezirke der Stadt. Er bog in den schattigen Parkplatz des General Hospital ein, das an der Küstenstraße lag.

»Ich möchte Blumen für eine Patientin abgeben«, sagte er zu der Angestellten im blauen Kittel, die an der Information saß.

»Wie lautet der Name?«, erkundigte sie sich freundlich.

»Skye Renwick.«

»Sie meinen Whitford«, korrigierte ihn die Frau lächelnd. »Sie ist verheiratet.« Sie musste nicht einmal Skyes Namen in den Computer eintippen, und Joe wurde klar, dass in einer Kleinstadt jeder jeden kennt und nichts verborgen bleibt.

»Tut mir Leid, aber sie darf noch keinen Besuch empfangen.«
»Oh, ja«, sagte Joe erleichtert, weil er ohnehin keinen Wert darauf legte, ihr persönlich zu begegnen. Er schrieb ein paar Zeilen auf einen Zettel und gab ihn der Frau zusammen mit den Blumen. »Würden Sie freundlicherweise dafür sorgen, dass sie das bekommt?«
»Sind die aber schön! Ja, natürlich, gerne!«
»Danke.« Joe drehte sich um und eilte aus der Klinik. Die Klimaanlage war voll aufgedreht, und er hatte das Gefühl, zu einem Eiszapfen zu erstarren. Er konnte es kaum noch erwarten, wieder Meeresluft zu atmen. Spätestens in einer Stunde wollte er im Wasser sein und zum Schiff hinuntertauchen. Dann würde er alles hinter sich lassen, würde frei sein.

Caroline wusste, dass Skye eigentlich keinen Besuch haben durfte, nicht einmal Familienangehörige, aber sie trat mit gebieterischer Miene aus dem Fahrstuhl, einen Aktenordner unter dem Arm, bedachte die Schwester mit einem knappen Gruß und eilte an ihr vorüber, ohne anzuhalten und sich zu erkundigen, ob sie auf einen Sprung hineindürfe. Keiner hielt sie auf. Sie wusste aus der Zeit, als ihr Vater im Krankenhaus lag und sie sich zu ihm geschlichen hatte, dass niemand sie mit Fragen behelligen würde.
Skye war wach. Sie saß auf Kissen gestützt im Bett und betrachtete eine Karte, die ihr jemand geschickt hatte. Es war eine große, teure Grußkarte mit Drosseln, Rosen, einem Wasserfall und einem Regenbogen auf der Vorderseite. Sie war handgemalt und wäre ein Genuss gewesen, wenn der Künstler, vielleicht unbeabsichtigt, den großen Augen der Drosseln nicht einen lasterhaften Ausdruck verliehen hätte. Sie schauten aus wie geflügelte Wüstlinge.
»Ich sehe schon, die Buschtrommel hat ganze Arbeit geleis-

tet«, sagte Caroline zur Begrüßung. »Die erste Fanpost ist eingetroffen.«
Skye schaute mit einem gezwungenen Lächeln auf. Die Prellungen hatten sich dunkel und gelblich verfärbt. Der Verband um ihren Kopf war im Schlaf verrutscht; sie hatten ihn heute Morgen noch nicht gewechselt. Caroline fand es schmerzhaft, mit anzusehen, wie die Hände ihrer Schwester in Folge des Entzugs zitterten, aber sie konnte den Blick nicht abwenden.
»Von wem stammt die Karte?«, fragte sie, obwohl sie es ahnte.
»Von Mom.« Nun lächelte Skye wirklich. Sie reichte Caroline die Karte. Ihre Mutter war dafür bekannt, dass sie Grußkarten für alle erdenklichen Anlässe kaufte und verschickte, je rührseliger und pompöser, desto besser. Wenn Augusta ihrerseits eine Karte im Briefkasten vorfand, überprüfte sie immer die Rückseite, um zu sehen, wie viel der Absender für sie ausgegeben hatte.
Caroline drehte die Karte um und warf einen Blick auf den Preis.
»Wow, du bist wirklich erste Sahne.«
»Vier Dollar hat sie gekostet.« Skye lächelte noch mehr. »Du bist doch nicht etwa eifersüchtig, oder?«
»Reib's mir nur unter die Nase!«, sagte Caroline und tat, als ob sie schmollen würde. Sie las, was handgeschrieben darauf stand.

Liebling,
wann lernst du endlich, den Mund aufzumachen, wenn du etwas brauchst? Du kannst meinen Wagen haben, wann immer du willst. Du hättest mit der alten Schrottkiste keinen Meter mehr fahren dürfen – und schon gar nicht die weite Strecke zum Moonstone Point. Welcher Teufel hat dich nur geritten, dorthin

zu fahren? Komm bald nach Hause! Ohne dich fühle ich mich in dem großen Haus verloren!

Alles Liebe
Mom

»Typisch Mom«, sagte Caroline und legte die Karte neben Skyes Frühstückstablett.

»Sie vermisst mich, wie du siehst!«

»Ich sehe nur, dass sie wieder mal die Augen verschließt.«

»Hm.«

»Kein einziges Wort auf der ganzen Vier-Dollar-Karte über den Wodka!«

»Ich fühle mich auch so schon schlecht genug, reite also bitte nicht mehr darauf herum, ja? Ich muss von allen guten Geistern verlassen gewesen sein, überhaupt mit dem Auto zu fahren. Joe Connor wird mich für verrückt erklären. Ich weiß, du verstehst es nicht, und im Moment ist mir nicht danach, es zu erklären, aber es gibt etwas, das ich ihm sagen wollte.«

»Sag es *mir.«* Caroline war gespannt, wie sich Skye aus der Situation herausreden wollte. Skyes Miene wurde mürrisch.

»Quäl mich nicht. Ich hatte zu viel intus. Ich gebe es zu.«

»Du erinnerst dich nicht?«

»Mir fehlt ein Streifen.«

»Das ist nicht komisch, Skye. Gestern Nacht hat uns der behandelnde Arzt mitgeteilt, dass du Alkoholikerin bist.«

»Das behaupten sie von jedem. Schau doch, wo ich mich befinde – in der Reha-Abteilung. Das ist keine Intensivstation, sondern die reinste Entzugsklinik. Damit verdienen sie ihr Geld. Sie denken, jeder, der mehr als zwei Bier trinkt, sei alkoholabhängig.«

»Glaubst du, dass du es bist?«

»Nein! Natürlich nicht! Aber ich werde die Finger davonlassen.«

»Wirklich?« Caroline war überrascht. Das hatte sie von Skye nicht erwartet.
»Ja. Ich habe zu viel getrunken. Ich gebe es zu, in Ordnung? Aber die Sache mit Simon … und meine Arbeit läuft nicht so, wie ich es mir vorstelle. Vermisst Homer mich?«
»Ganz sicher. Ich bin heute Morgen zu dir gefahren und mit ihm spazieren gegangen.«
»Gut. Er war zu Hause?« Skye wollte Caroline mit Spekulationen über Homers geheimnisumwittertes Doppelleben ablenken. Er pflegte zu verschwinden, und niemand konnte sagen, wann er zurückkehren würde. Aber Caroline war nicht gewillt, vom Thema Skye abzuschweifen. Sie saß reglos da und schwieg. »Ich habe mir Sorgen gemacht. Was ist, wenn er nicht zurückkehrt? Ich meine, er ist inzwischen ja ziemlich alt. Findest du nicht auch, dass die Zeit wie im Flug vergangen ist? Manchmal kommt es mir vor, als wäre er immer noch ein junger Hund.«
»Wir hatten davon gesprochen, dass Joe in der Stadt ist«, sagte Caroline, Skyes Worte bewusst übergehend.
»Ja, und?«
»Dass er alles wieder aufrührt, dich aufregt.«
»Nicht mich«, entgegnete Skye und lächelte unverhofft.
Skye, die ihr Bestes tat, um Caroline um den Bart zu gehen, hatte nicht bemerkt, dass ihr Verband über das eine Auge gerutscht war. Caroline streckte die Hand aus und rückte ihn behutsam zurecht.
»Als du betrunken warst, sagtest du, vielleicht habe Joes Vater sich gar nicht umbringen wollen, und ich wusste, dass du an das denkst, was dir passiert ist. Als du Andrew Lockwood erschossen hast.«
»Das Gute daran ist, dass ich mich nicht erinnern kann, was ich vorhatte«, sagte Skye. Sie saß aufrecht im Bett, die Knie angezogen. Eine weiße Baumwolldecke war über das Laken

gebreitet, und sie hatte einen der Fäden aufgeribbelt und sich um den Zeigefinger gewickelt.
Beide Schwestern schienen in die Betrachtung der Fadenschlinge versunken. Nach ein paar Minuten schloss Skye die Augen und tat, als ob sie schliefe. Caroline saß stumm an ihrer Seite und überlegte, was sie sagen könnte. Eine ehrenamtliche Helferin trat mit einem Rollwagen voller Blumen ein. Sie stellte eine große Vase mit einem herrlichen Strauß auf Skyes Nachttisch.
»Schau«, sagte Caroline und nötigte Skye, die Augen zu öffnen. Sie reichte ihr eine kleine Karte.
»Oh!« Skye musterte die Blumen stirnrunzelnd, las die Karte und lächelte dann. »Sie sind von deinem Freund.«
Caroline las die Karte ebenfalls. »Gute Besserung. Rufen Sie mich an, wenn Sie wieder mit mir reden möchten. Joe Connor.« »Mein Freund sagst du? Weit gefehlt!«
»Er hat eine schöne Schrift.« Skye nahm ihr die Karte aus der Hand. »Sehr maskulin. Warte, ich werde sie für dich deuten.« Sie kniff die Augen zusammen und analysierte die Worte.
Caroline war gegen ihren Willen neugierig. Skye war keine Handschriften-Expertin, sondern tat nur so. Trotzdem war Carolines Interesse geweckt. »Und, was meinst du?«
»Er ist sehr einsam.« Skye bemühte sich, geheimnisvoll zu klingen. »Er hat niemandem, mit dem er reden kann. Die Schatzsuche ist nur ein Ersatz für das, was in seinem Leben fehlt.«
»Und das wäre?«
»Hoffnung? Liebe? Seine Liebste, die er vor langer Zeit verloren hat? Ich habe keine Ahnung. Du wirst ihn fragen müssen. Das macht drei Dollar.«
»Tut mir Leid, ich habe mein Scheckheft vergessen.«
»Schon in Ordnung. Ich bin dir ohnehin noch einiges schuldig.«

Als Caroline in Firefly Hill vorfuhr, war der Wagen ihrer Mutter weg. Sie ging die Verandatreppe hinauf und durch die Küchentür ins Haus. Homer lag auf seiner Decke. Als er Caroline kommen hörte, hob er den Kopf und sah sie, wie es schien, mit einem überglücklichen Blick an. Er begann mit dem Schwanz zu wedeln, der einmal, zweimal über den gefliesten Boden peitschte. Mühsam rappelte er sich hoch und stand auf unsicheren Beinen da. Dann durchquerte er den Raum, um sie zu begrüßen.

»Hallo, mein Alter. Braver Hund. Du bist ein braver Hund, Homer«, lobte sie ihn und kraulte seinen Kopf.

In seiner Schnauze trug er ein zerrissenes blaues Handtuch. Das Handtuch, oder vielmehr ein ähnliches Exemplar, war sein erstes Spielzeug gewesen, als er vor vierzehn Jahren nach Firefly Hill kam. Ihr Vater hatte es ihm damals geschenkt. Caroline ging auf das Spiel ein und zog nach Leibeskräften an dem Stofffetzen. Homer legte den Kopf schief und zerrte in die andere Richtung.

»Du hast gewonnen, Homer«, sagte Caroline.

Er stand an der Tür und wartete darauf, hinausgelassen zu werden. Caroline ging durch den Garten, und Homer wich nicht von ihrer Seite. Heute war offenbar nicht der richtige Tag für seine geheimnisvollen Ausflüge. Die Schiffe waren am Horizont zu sehen. Caroline betrachtete sie einen Moment, aber Homer brannte darauf, an den Strand zu kommen.

Er ließ sein Handtuch auf der obersten Stufe der langen Treppe zurück, die in den grasbewachsenen Felsen gehauen war. Es tat ihr in der Seele weh zu sehen, wie langsam er sich bewegte, wie jeder Schritt seine Beine ermüdete und seinem Rücken zur Qual wurde. Sein ehemals dichtes goldfarbenes Fell war gelichtet und borstig, an manchen Stellen kahl. Während Caroline beobachtete, wie er die Treppen hinunterging, erinnerte sie sich an den jungen Hund, dessen kummervolles Gesicht dunkel vom Blut seines Besitzers war.

Sie schlenderten am Firefly Beach dicht neben der Flutlinie entlang. Riementang und Seegras hatten sich in seinem Fell verfangen, aber es kümmerte ihn nicht. Er war froh, mit Caroline, dem Menschen, den er seit Andrew Lockwood am meisten liebte, draußen zu sein. Als sie nach Hause zurückkehrten, hörte Caroline, wie jemand ihren Namen rief.

Es war Maripat. Ihre Nichte war neun, und sie rannte so schnell ihre Beine sie trugen den Strand entlang, mit einem Buch in der Hand. Homer bellte, überglücklich beim Anblick eines weiteren Familienmitglieds. Seine Hinterbeine knickten ein, doch er raffte sich wieder auf und hechelte selig, als Maripat sie erreichte.

Sie trug blaue Shorts und ein T-Shirt, das Caroline ihr aus Nantucket mitgebracht hatte. Ihre seidigen braunen Haare waren lang, zurückgekämmt und zu einem Zopf geflochten. Sie hatte die typischen Renwick-Augen, groß und klar, und sie trug eine Brille mit grün emailliertem Gestell.

»Ich hab dir was mitgebracht!«, rief Maripat, küsste ihre Tante und tätschelte den Hund.

»Mir und Homer?«

»Dir«, erwiderte Maripat lächelnd.

»Was ist das?« Caroline nahm das Buch in die Hand, das Maripat ihr entgegenhielt.

»Mom hat mir von deinem Freund erzählt. Sie hat gesagt, dass er Pirat ist. Stimmt das wirklich?«

»Behauptet er zumindest. Schau, da draußen, das ist er!«

Maripat beschattete ihre Augen, um die großen weißen Schiffe besser sehen zu können, die in der Spätnachmittagssonne schimmerten.

»Die schauen aus wie Segelyachten«, sagte sie zweifelnd.

»So sind sie, diese modernen Piraten. Die wissen nicht, was

ihnen entgeht. Zu viel Luxus und zu wenig knarzende alte Holzplanken. Was ist das für ein Buch?«

»Hast du mal was von dem Schiff gehört, das hier untergegangen ist?« Maripats Augen funkelten vor Freude, ihrer Tante etwas zu erzählen, was sie allem Anschein nach nicht wusste. »Die *Cambria?* Das war eine englische Schonerbarke, kann aber auch eine Brigantine gewesen sein, hab ich vergessen, jedenfalls die mit mehr Masten.«

»Eine Schonerbarke, denke ich«, erwiderte Caroline und dachte an ihre eigene Schulzeit und die dritte Klasse zurück.

»Der Kapitän war ein Stinktier. Stell dir vor, er ist zum Leuchtturm marschiert und hat sich in die Frau verknallt, die dort lebte. Die mit dem Leuchtturmwärter verheiratet war.«

»So ein Stinktier«, pflichtete Caroline ihr bei.

»Die Frau hatte eine kleine Tochter.«

»Richtig. Das hatte ich vergessen.« Caroline sah zu, wie Homer eine Kuhle in den kühlen Sand buddelte und sich hineinlegte. »Wie hießen die drei gleich wieder?«

»Der Kapitän hieß Nathaniel Thorn, die Frau Elisabeth Randall und das kleine Mädchen Clarissa.« Maripat hielt inne, ihre Augen leuchteten. »Und das ist ihr Tagebuch!« Sie klopfte auf das Buch.

»Wessen Tagebuch?«

»Clarissas! Eine alte Frau – ihr Mann war bei der Küstenwache und wohnte im Leuchtturm – fand das Tagebuch und ließ es drucken. Ich würde meine Mutter umbringen, wenn sie auf so eine Idee käme! Aber wir mussten es in der Schule lesen, und als Mom von deinem Schatzsucher erzählte, dachte ich: Oh, das wäre was für ihn. Lies mal.«

Gemeinsam schlugen sie das Tagebuch auf, und Caroline las den ersten Eintrag.

19. Juli 1769
Heute habe ich einen gestrandeten Finnwal gefunden. Er war größer als ein Rettungsboot und hatte die gleiche Farbe wie die Felsen unserer Insel; er war an der Südküste angeschwemmt worden und starrte mit weit geöffneten Augen in den Himmel. Mama und ich haben stundenlang versucht, ihn wieder ins Wasser zu ziehen, bis es dunkel wurde. Wir haben ihn mit Meerwasser nass gehalten, das wir mit dem Feuerlösch-Eimer geholt haben, weil Mama gemeint hat, dass er stirbt, wenn die Haut austrocknet. Sie hat gesagt, dass ich dabei auf das Spritzloch aufpassen muss, weil er da durch atmet, und wenn Wasser hineingelangt, kann er ertrinken. Es hat lange gedauert, bis die Flut endlich kam! Heute habe ich Muskelkater in den Armen, weil die Wassereimer so schwer waren und weil wir ihn am Schwanz von den Felsen herunterziehen mussten. Aber es hat sich gelohnt. Mama und ich haben zugesehen, wie unser Wal wegschwamm, als die Flut endlich voll da war und ein dicker orangefarbener Vollmond über dem Wasser aufging.

»Ich mag sie«, sagte Maripat. »Du nicht auch? Ich finde, sie ist cool.«
»Und ob.« Caroline war gerührt, dass ihre Nichte sich die Mühe gemacht hatte, ihr Clarissas Tagebuch zu bringen. »Dieses Tagebuch gab es noch nicht, als ich in die dritte Klasse ging.«
»Vielleicht war es damals noch nicht gedruckt«, sagte Maripat entgegenkommend. »Hast du mit Mom und Tante Skye schon einmal einem gestrandeten Finnwal das Leben gerettet? Gab es damals viele in unserer Gegend?«
»Nein, haben wir nicht.« Caroline lächelte. Es versetzte ihr einen Stich, dass Maripat dachte, ihre Mutter und Tanten hätten damals gelebt, in der guten alten Zeit, in der spannende Geschichten geschrieben wurden wie die von Clarissa Ran-

dall und Finnwale so häufig im Wasser anzutreffen waren wie Elritzen.

»Wirst du dem Mann das Tagebuch zeigen?«

»Welchem Mann?«

Maripat deutete auf das Meer hinaus. Sie schien ein Lächeln zu unterdrücken, und Caroline fragte sich, was Clea ihr über Joe erzählt haben mochte. »Ihm.«

»Hm, jetzt, da du es sagst … möglich wär's.«

»Er ist da unten im Schiffswrack. Ich finde, er sollte etwas über die Leute wissen, die was damit zu tun hatten«, sagte Maripat altklug.

»Ja, da hast du Recht. Vielleicht leihe ich es ihm, wenn ich es gelesen habe. Hast du es aus der Bücherei?«

»Aus der Schulbücherei. Die ist eigentlich nur für Schüler, aber ich darf es bis September behalten. Ich hab es für dich mitgenommen«, erklärte Maripat verlegen, aber stolz.

»Danke, das finde ich sehr nett von dir.«

»Er war bestimmt wie ein Bruder für dich«, fuhr Maripat errötend fort. »Ihr wart doch Brieffreunde, oder?«

»Gewissermaßen, aber das ist lange her.« Caroline spürte, dass Maripat gerne weitere Fragen gestellt hätte. Ihre Nichte kam aus einer intakten Familie, ihre Eltern waren seit langem glücklich miteinander verheiratet, und die problematischen Beziehungen ihrer beiden Tanten zur Männerwelt schienen sie zu faszinieren. Exehemänner, stürmische Liebesaffären und zerbrochene Jugendfreundschaften interessierten sie brennend und stachelten ihre Neugierde an.

»Wo ist deine Mutter?«, fragte Caroline.

»Oben«, Maripat warf einen flüchtigen Blick auf das Haus.

»Komm, lass uns zu ihr gehen.«

Gemeinsam warteten sie, bis sich Homer hochgerappelt hatte. Caroline ging zur Wasserlinie hinunter, wo der Sand fester und das Laufen für ihn einfacher war. Eine Fliege umkreiste summend seine Nase, und es stimmte sie traurig, dass er sie ignorierte. Früher hätte er sie gejagt und nach ihr geschnappt.

»Armer Homer«, sagte Maripat. »Das Gehen fällt ihm schwer.«

»Er ist über vierzehn. Das ist ziemlich alt für einen Hund.«

»Du liebst ihn sehr, oder? Er ist wie dein Kind.«

»Ich hatte ihn schon als ganz jungen Hund.«

»Als er brandneu auf der Welt war?«

»Nun, ganz so brandneu auch wieder nicht.«

»Ich wünschte, Mom würde uns erlauben, einen Hund zu haben. Und dass sie auf meinem Bett schläft. Ich würde nämlich ein Weibchen nehmen. Nichts gegen Homer, er ist ganz in Ordnung – ich weiß, dass er ein Rüde ist und so –, aber ein Junge im Haus reicht. Ich könnte Mark manchmal erwürgen …«

Caroline nickte von Zeit zu Zeit und hörte Maripats Geplapper zu, die sich über ihren Bruder, den Mangel an Haustieren, ihre Konkurrentin im Schwimmkurs, das schüttere Haar ihres Vaters und das unlängst entdeckte Eis am Stiel mit Zitronengeschmack und der Form eines Hais ausließ. Sie war dankbar, dass Maripat keine weiteren Fragen bezüglich Homer stellte. Fragen waren bei Kindern genauso natürlich wie der nächste Atemzug, und sie war ziemlich sicher, dass ihre Mutter Homers früheren Besitzer mit keiner Silbe erwähnt hatte. Caroline hatte gewiss nicht die Absicht, ihr die Geschichte jetzt zu erzählen.

Maripat führte die kleine Gruppe schwungvoll an, als sie die steile Felsentreppe hinaufstiegen. Während sie den Hund tätschelte und zum Durchhalten ermutigte, warf Caroline einen letzten Blick auf die Schiffe. Joe Connor. Wenn man die Wahrheit über Leben und Tod sagte, konnte man sich Ärger einhandeln, ganz gleich, wie man es auch drehte und wendete.

Als sie oben angelangt waren, legte Homer eine kurze Verschnaufpause ein. Das Anwesen grenzte im Westen an ein Naturschutzgebiet mit einem kleinen Wäldchen aus Eichen und Zwergkiefern. Das Gehölz, kühl und überwuchert wie ein Urwald, besaß eine geheimnisvolle Anziehungskraft. Homer bedachte Caroline mit einem hingebungsvollen Blick, dann drehte er sich um und verschwand eilends im Unterholz. Caroline sah ihm nach; sie vergaß nie, dass sie ihm zum ersten Mal in einem Wald begegnet war.

2. April 1978
Lieber Joe,
ich kann nicht glauben, dass ich Dich überhaupt noch nicht gefragt habe, ob Du Haustiere hast! Angeblich sollen Menschen entweder Katzen oder Hunde lieben, aber nie beides. Ich glaube, dann bin ich nicht normal. Ich mag Katzen und Hunde. Das Problem ist, ich lebe am Meer und bin eine Wasserratte, und das müssen meine Tiere auch sein. Ich habe einen Hund, dem habe ich das Schwimmen beigebracht, als er noch ganz klein war. Zuerst ist er untergegangen, und ich habe ihn im Wasser gesucht. Er strampelte im Seetang herum. Als er wieder auftauchte, schwamm er wie ein Weltmeister. (Genau genommen musste ich ihn retten – aber er sprang gleich darauf wieder ins Wasser!) Katzen stehen auf einem anderen Blatt. Sie rollen sich lieber auf der Fensterbank zusammen und hören den Wellen zu.
Ich muss jetzt los. Meine Schwestern drängeln, dass ich den Brief endlich beende und mit ihnen nach draußen gehe. Bis später!
Alles Liebe
Caroline

15. April 1978
Liebe Caroline,
ich muss mich kurz fassen, weil der Wind perfekt ist

zum Segeln. Im Augenblick habe ich nur ein Haustier, mein Boot. Es ist fünf Meter lang, blitzschnell und frisst nicht viel. Wenn ich für den Rest meines Lebens auf dem Wasser sein könnte, wäre ich glücklich. Vielleicht mache ich das auch. Du bist ein Mensch, der Hunde und Katzen liebt; ich bin ein Mensch, der Schiffe liebt.

Alles Liebe
Joe

6

Warum starrst du Löcher in die Luft?« Augusta Renwick hasste die Stille. Ihre älteste Tochter stand vor dem großen Panoramafenster, das aufs Meer hinausging, und spähte durch Hughs Jagd-Feldstecher zur Long Island Bucht hinüber. Als Augusta vor einigen Stunden nach Hause gekommen war, trat ein beklommenes Schweigen ein, das sich wie eine graue Nebelbank im Raum ausgebreitet und Clea und Maripat bewogen hatte, den Besuch schleunigst zu beenden.
»Moment«, sagte Caroline. Augusta war gekränkt wegen des schroffen Tons. Sie setzte sich auf das kleine Zweiersofa, kuschelte sich unter eine Kaschmirdecke und nahm ihre Stickerei zur Hand, ein Kissen für Skye mit Schwänen und einem Schloss, das Leitmotiv aus *Schwanensee*.
»Die Hälfte ist bereits geschafft«, sagte Augusta, krampfhaft bemüht, eine Unterhaltung in Gang zu bringen. *»Schwanensee*. War das nicht ein wunderbares Erlebnis? Weißt du noch, wie euer Vater mit euch ins Ballett gegangen ist? Nach New York City, und ihr hattet eure schwarzen Samtkleider an. Danach wolltet ihr alle drei Ballerina werden. Vielleicht hätten wir Skye ermutigen sollen, Ballettunterricht zu nehmen.«
»Hm.«
»Sie ist immer so selbstkritisch. Sie glaubt, dass ihr das Talent zum Malen fehlt, und seit sie unter einer schöpferischen Blo-

ckade leidet, macht sie auch keine Skulpturen mehr. Da wäre es schön, wenn sie in harten Zeiten auf eine andere künstlerische Betätigung zurückgreifen könnte.«

»Primaballerina ist man ganz oder gar nicht, Mom. Darauf kann man nicht nach Lust und Laune zurückgreifen.«

Augusta warf ihr einen raschen Blick zu. Natürlich hatte sie wieder einmal das Falsche gesagt. Wenn die Rede von Skye war, musste sie bei Caroline einen Eiertanz vollführen; sie besaß auch keine Spur Selbstbewusstsein.

Doch plötzlich lächelte Caroline, als hätte sie die Gedanken ihrer Mutter erraten und wollte wieder gutmachen, dass sie ihre Gefühle verletzt hatte. »Ich meine nur, Tanz ist eine Lebensaufgabe, genau wie die Bildhauerei. Man muss sich entscheiden, entweder oder, und kann nicht beides haben. Das sind Tätigkeiten, die einen mit Haut und Haaren fordern.«

»Wie die Liebe zu deinem Vater«, erwiderte Augusta scherzhaft.

Aber Caroline lachte nicht. Sie war verschlossen wie eine Auster, sobald dieses Thema zur Sprache kam. Dabei hatte sie sich immer rührend um ihre Schwestern gekümmert, wenn Augusta ihr diese Pflicht übertragen hatte, in Zeiten, in denen die Beziehung zu Hugh auf Messers Schneide stand. Rückblickend konnte Augusta die Situation nicht genug bedauern, aber eines war gewiss – sie hatte ihre Töchter ebenfalls abgöttisch geliebt. Dieses Wissen gab ihr die Kraft, weiterzumachen.

»Jede von euch hätte es im Ballett zu etwas bringen können«, sagte Augusta. »Vielleicht nicht als Lebensaufgabe, aber ihr hattet schon als Kinder Anmut und Durchhaltevermögen. Ganz zu schweigen von euren Beinen! Euer Vater hat immer gesagt, dass sie schöner sind, als die Polizei erlaubt!«

Kein Kommentar. Augusta stickte weiter, Carolines Schweigen hinnehmend. Alle drei Mädchen waren außergewöhnli-

che, temperamentvolle Schönheiten; bei Caroline lag die Betonung auf temperamentvoll. Augusta musterte ihre Tochter. Sie konnte sich lebhaft vorstellen, welche Erziehungsmängel sie ihren missratenen Eltern insgeheim vorwarf.
Caroline war immer auf der Hut gewesen, hatte Angst gehabt, dass ihren kleinen Schwestern etwas Schlimmes widerfuhr, und sie gegen alles und jeden verteidigt. Sogar gegen die eigenen Eltern, dachte Augusta und versuchte sich nicht gekränkt zu fühlen. Caroline, die immer noch aufs Meer hinausblickte, kam ihr wie ein Wächter über das Wohl der Menschen vor, die ihr nahe standen. Ihr Herz flog ihrer Tochter zu, die in ihrem Leben zu wenig Liebe bekommen hatte. Immer war sie damit beschäftigt gewesen, andere zu beschützen.
Sie braucht einen Mann, dachte Augusta. Sie ist schön, aber viel zu ernst mit ihren schwarzen, streng hoch gesteckten Haaren und der Kleidung in den gedeckten Farben von Felsen oder architektonischen Bauwerken – Schattierungen in Granit, Schiefer, Ziegel- oder Sandstein. Als erfolgreiche Geschäftsfrau schüchterte sie zudem alle heiratsfähigen Männer in der Stadt ein. Sie machten einen großen Bogen um sie. In ihrer Freizeit war sie ständig auf Reisen, mehr, als ihr gut tat. Oder sie streifte durch die Wälder – alleine.
»Sag mal, Caroline, was gibt es da draußen eigentlich so Interessantes zu sehen?« Augusta stand auf.
»Schau selbst.« Caroline reichte ihr den Feldstecher und half ihr, ihn unbeweglich vor das rechte Auge zu halten. »So.«
Augusta hielt die Messingröhre in der Hand und blickte hindurch. Sie blinzelte, drehte am Okular und versuchte sich einen Reim auf das zu machen, was sie sah. Ein Stück offenes Meer, ein weiter Kreis, mit ein paar Booten in der Mitte. »Hochseefischer.«
»Nein, keine Hochseefischer.«

Augusta lachte. Sollte das ein Scherz sein? Sie lebte hier, hatte hundertmal am Tag aus dem Fenster geschaut. Sie erkannte Fischerboote auf den ersten Blick. Sie schaukelten in der Dünung am Moonstone Reef und warfen die Angeln aus, in der Hoffnung, Goldmakrelen oder Haie zu fangen. Genau wie Hugh, obwohl er als Sportfischer eher Jagd auf die große Beute im Canyon hinter Block Island gemacht hatte oder im Süden, um die Bahamas oder Key West. Trotzdem betrachtete sie die Boote noch einmal genau. Was war das für eine seltsame Rauchfahne, die wie eine Wasserfontäne emporstieg?
»Was machen die da?«, fragte sie.
»Nach einem Schatz tauchen.«
Augusta ließ den Feldstecher sinken. Sie blickte in Carolines graublaue Augen; diese waren plötzlich so lebendig und feurig, dass es ihr die Sprache verschlug. Irgendetwas ging in ihr vor. Sie war wie ausgewechselt, als hätte sie eine himmlische Erscheinung gehabt.
»Liebes, willst du mich auf den Arm nehmen?«
»Sie bergen ein Schiffswrack«, sagte Caroline.
»Wirklich?« Augusta liebte so romantische Dinge wie untergegangene Schiffe. Warum hätte sie sonst in einem gottverlassenen Herrenhaus am Sund gelebt? Außerdem bot sich hier eine Möglichkeit, die Beziehung zu Caroline zu festigen. Ein Schiffswrack war etwas, was sie gemeinsam genießen konnten. Neugierig hob sie den Feldstecher wieder ans rechte Auge.
»Woher weißt du das?«
»Ein Freund hat es mir erzählt. Es ist übrigens die *Cambria.«*
»Die *Cambria* …« Der Name kam Augusta bekannt vor.
»Die Fontäne, die du siehst, besteht nicht aus Wasser, sondern aus Sand. Sie haben einen Kompressor auf dem Schiff, der den Sand vom Wrack wegbläst, damit sie an das Gold herankommen.«

»Wie aufregend.« Augusta beobachtete die Sandgischt und versuchte die Leute an Bord auszumachen. Aus dieser Entfernung waren sie gesichtslos und klein wie Spielzeug. Selbst die großen Boote, die auf den Wellen tanzten, sahen wie Miniaturschiffe aus. Augusta lächelte stolz. Caroline wusste immer genau Bescheid, was in der Umgebung vor sich ging. »Wie kommst du bloß an deine Informationen heran!«, sagte sie strahlend. »Das ist doch bestimmt eine streng geheime Operation. In der Zeitung wurde nichts davon erwähnt. Und auch sonst nirgendwo.«

»Ja, ich nehme an, dass es nicht an die große Glocke gehängt werden soll.«

»Du weißt, dass ich ein Geheimnis bewahren kann«, entgegnete Augusta. Doch ein Blick auf Carolines missbilligende Miene genügte, und der Mut verließ sie.

»Das kann man wohl sagen.« Aus Carolines Mund hörten sich die Worte wie eine Anklage vor Gericht an. Sie durchquerte den Raum und ging zu dem Windsor-Schaukelstuhl hinüber. Als sie darin Platz nahm, hatte sie sich wieder voll im Griff. Ihre Miene wirkte kühl und gelassen. Augusta schluckte. Sie wusste, dass ihr etwas Unangenehmes bevorstand.

»Wir müssen uns über Skye unterhalten«, begann Caroline.

Unwillkürlich berührte Augusta die Perlenkette, die sie um den Hals trug. Warum sie wohl als »schwarz« bezeichnet wurden, besaßen sie doch eine einmalige taubengraue Schattierung? Sie blickte Caroline an.

»Habe ich dir eigentlich schon einmal gesagt, dass deine Augen die gleiche Farbe wie meine Perlen haben?«, fragte sie lächelnd, die Hand noch immer an der Kette.

»Ja.« Caroline schaukelte geduldig hin und her.

»Manchmal sind sie genauso dunkel wie schwarze Perlen. Eine Seltenheit … Eines Tages wird ein wunderbarer Mann daherkommen und entdecken, was für ein Juwel er vor sich hat. Ganz sicher. Gewöhnliche Männer würden behaupten, dass deine Augen blau sind oder blaugrau, aber wenn es der Richtige ist, weiß er auf Anhieb Bescheid. Er wird erkennen, dass deine Augen die gleiche Farbe wie schwarze Perlen haben.«

»Mom, du hast gehört, was Dr. Henderson gesagt hat«, unterbrach Caroline sie und beugte sich vor. »Dass sie Alkoholikerin ist.«

Augusta schüttelte den Kopf. Sie hatte Zeit gehabt, die Worte des Arztes zu verarbeiten. Sie wusste, dass Skye labil war, aber sie weigerte sich, den Gedanken auch nur in Betracht zu ziehen, dass sie alkoholabhängig sein könnte. Aber Caroline schaukelte unverdrossen weiter, entschlossen, das Thema bis zum bitteren Ende zu erörtern.

»Er ist verrückt. Er kennt sie doch überhaupt nicht. Sie ist Künstlerin wie ihr Vater. Künstler trinken alle, das ist ganz normal.«

»Vergleich sie nicht mit Dad.«

»Immer noch dieser furchtbare Groll«, sagte Augusta bekümmert. »Ich weiß, du und deine Schwestern tragt eurem Vater die Jagdausflüge nach, und dabei wollte er doch nur ein wenig Zeit mit seinen Töchtern alleine verbringen.«

»Wenn es nach ihm gegangen wäre, wären wir Jungen geworden«, erwiderte Caroline und tätschelte den Hund.

»Das ist nicht wahr. Er hätte jedem die Hölle heiß gemacht, der behauptet hätte, ihm wären Söhne lieber als Töchter gewesen. Er wollte nur, dass ihr die Natur genießt, die er so geliebt hat.«

»Es war ein bisschen komplizierter«, entgegnete Caroline nach einer winzigen Pause freundlich.

»Nun«, begann Augusta, aber ihre Stimme verklang. Sie war nicht für einen Streit gerüstet. Augusta war sanft wie ein Lamm. Sie hielt nichts von Gewehren oder Messern, und sie hatte nicht gewollt, dass ihre Töchter Gefahren, wilden Tieren oder der eisigen Nachtluft ausgesetzt waren, aber sie hatte ihren Mann angebetet, mehr als sich jemand vorstellen konnte. Wenn er die Mädchen über Nacht in die Berge zum Jagen mitnahm, hatte sie keinen Einwand erhoben, obwohl sie tief in ihrem Innern wusste, dass nichts Gutes dabei herauskommen konnte.

»Was machen wir jetzt, Mom? Wie können wir ihr helfen, ohne Dad die Schuld zu geben oder Skye als Alkoholikerin zu bezeichnen?«

»Wir holen sie nach Hause. Wir werden sie aufmuntern und liebevoll umsorgen.«

»Klar. So wie wir es immer getan haben. Aber das reicht nicht mehr aus.«

Augusta sah, wie Caroline sich neben Homer kniete, der angefangen hatte sich zu kratzen.

Caroline zog eine Klette, die sich in einem Haarbüschel verfangen hatte, aus seinem Fell, doch offensichtlich etwas zu fest, denn er blickte aufjaulend über ihre Schulter zu Augusta hinüber.

»Ich war das nicht!«, sagte Augusta zu dem Hund.

»Weißt du noch, wie wir ihn mit nach Hause gebracht haben?« Caroline streichelte Homer. Seine Augen waren jetzt geschlossen, und man sah die Rippen durch sein zottiges goldgelbes Fell.

»Er ist eine Nervensäge«, entgegnete Augusta. Sie ließ nichts von der Zuneigung erkennen, die sie in Wirklichkeit für den Hund empfand, und überhörte geflissentlich Carolines Frage. Homer hatte Caroline und Skye geholfen, die ersten schrecklichen Wochen nach dem Jagdunfall durchzustehen, obwohl Caroline allem Anschein nach vom Gegenteil überzeugt war und meinte, sie hätten dem Hund geholfen, *seinen* Kummer zu überwinden.

»Du liebst ihn, Mom. Uns machst du nichts vor.«
»Wenn ich nicht gewesen wäre, hätte er sein Leben im Tierheim verbracht«, sagte Augusta und sah zu, wie der Hund Caroline ableckte. »Falls ich dich daran erinnern darf.«
Der junge Mann hatte in New Hampshire gewohnt und ein Stipendium für Dartmouth gehabt, doch seine Familie war aus San Francisco und nicht bereit gewesen, den Hund quer durchs ganze Land zu transportieren und ihn aufzunehmen, da sie mitten in der Großstadt lebte. Die Polizei hatte ihn nach Hanover in ein Tierheim gebracht. Augusta hatte Homer aufgenommen, weil Caroline den Gedanken nicht ertragen konnte, dass der Hund in ein Heim abgeschoben wurde, und sie davon überzeugte, dass es Skye helfen würde, wenn sie den Hund vor einem kümmerlichen Dasein bewahrten. Und weil es letztlich auch in Hughs Sinn gewesen war, ihm ein neues Zuhause zu geben.
»Also, was machen wir jetzt mit Skye, Mom?«
»Ich habe keine Ahnung, was in sie gefahren ist«, sagte Augusta, sorgfältig jedes Wort abwägend. »Warum sie plötzlich so außer sich ist. Ich denke, wir sollten sie nach Hause holen und dafür sorgen, dass sie ihre Ruhe hat, ohne noch mehr Probleme heraufzubeschwören. Es ist an der Zeit, die Vergangenheit ein für alle Mal zu begraben, und was mich betrifft, ich will nichts mehr davon hören.«
»Mom …«
»Irgendwann muss man einen Schlussstrich ziehen. Hörst du, Caroline?«, sagte Augusta scharf. Sie setzte ihre Brille ab und funkelte Caroline über Homers Kopf hinweg an.
»Du befindest dich auf dem Holzweg, Mom. Die Geschichte ist noch lange nicht zu Ende.«
»Nein? Wollt ihr jedem, der bereit ist, zuzuhören, euer Leid klagen? Während ich hier sitze und versuche euren Vater zu verteidigen? Er hat euch geliebt. Und ich verbiete euch, ir-

gendjemandem, vor allem euch selbst, etwas anderes einzureden.«

»Mom, Skye wollte einen Schlussstrich ziehen – und ihr Leben beenden.« Carolines Stimme war brüchig vor Wut und Tränen. Ihre perlenfarbenen Augen blitzten.

»Wie kannst du es wagen!«

»Vielleicht fällt sie unglücklich in betrunkenem Zustand und stirbt an einem Schädelbruch, oder sie schluckt versehentlich zu viele Tabletten. Vielleicht ist es nächste Woche nicht mehr damit getan, dass sie ihr Auto zu Schrott fährt. Sie hat einen Mann umgebracht, Mom, und ich denke, dass sie deshalb sterben will.«

»Caroline!« Augustas Stimme klang gefährlich leise. Sie spürte, wie ihr Kopf zu zittern begann, ein untrügliches Zeichen dafür, dass sie sich aufregte.

Caroline durchquerte den Raum. Sie kniete sich vor den Stuhl ihrer Mutter und nahm ihre Hand. Ihre selbstbewusste Tochter in einer solchen Demutshaltung vor sich zu sehen war für Augusta unerträglich. Sie versuchte Caroline wegzustoßen, aber Caroline rührte sich nicht vom Fleck. Sie blickte Augusta unverwandt in die Augen.

»Bitte, Mom.« Tränen liefen über Carolines Wangen. »Ich denke dabei nicht nur an Skye, sondern auch an dich. Ich kann mir nur zu gut vorstellen, wie es dir gehen würde, wenn ihr wirklich etwas passieren würde. Du würdest es nicht ertragen. Du liebst Skye so sehr. Wir sollten endlich an einem Strang ziehen und alles tun, was notwendig ist, um ihr zu helfen. Lass uns den Anfang damit machen, aufrichtig zu sein, ja?«

Augusta holte tief Luft. Sie beugte sich vor und berührte mit ihrer Nasenspitze Carolines. Ihre Blicke trafen sich, und wie immer war Augusta betroffen von dem Glanz, der Seelentiefe und dem Mitgefühl, die sie in Carolines Augen wahrnahm.

Hugh hatte diesen Ausdruck eingefangen, ein einziges Mal, in dem Porträt, das er von ihr gemalt hatte, seinem berühmten Bild *Mädchen im weißen Kleid*.

Augusta lehnte sich wieder zurück und strich eine rabenschwarze Haarsträhne aus Carolines Stirn. Dann legte sie ihre Stickerei beiseite und erhob sich. Als sie auf Caroline hinabsah, die immer noch kniete, dachte sie an ihre eigene Kindheit zurück, wie sie in die Kirche gegangen war und Gott um Hilfe gebeten hatte. Sie fragte sich, ob ihre Kinder sich wohl an ihre katholische Erziehung erinnerten und hin und wieder beteten. Oder ob sie den Glauben zur gleichen Zeit verloren hatten wie Augusta und Hugh, nach dem Jagdunfall auf dem Redhawk Mountain.

»Euer Vater hat euch geliebt«, sagte Augusta noch einmal und beobachtete Carolines Gesicht. Ihre Miene blieb ausdruckslos. »Die Jagdausflüge entsprachen seiner Art … Er war ein außergewöhnlicher Mann, unvergleichlich, und er zeigte seine Liebe auf seine eigene Weise.«

»Ja.«

»So, und jetzt ist Schluss damit. Wie wäre es mit einem Cocktail? Ich könnte einen gebrauchen.«

Caroline senkte den Kopf. Sie sagte nicht Ja, aber auch nicht Nein, schien darüber nachzudenken. Sie sah andächtig aus, wie im Gebet versunken. Augusta würde zwei Cocktails mixen. Sie tätschelte Caroline unbeholfen den Kopf. Dann ging sie hinaus ins Badezimmer, in dem sich die Bar befand.

Er zeigte seine Liebe auf seine eigene Weise. Caroline saß mit Homer auf der obersten Stufe der Felsentreppe, die zum Strand hinunterführte, und dachte an ihren Vater. Auf dem Weg zum Redhawk Mountain war sie der Fährtensucher gewesen. Es wurde von ihr erwartet, dass sie »Nordost« statt »rechts halten« sagte, und wenn sie an eine Kreuzung kamen und in beiden Richtungen nach dem Verkehr Ausschau hielten, sagte sie »Roger!« wie der Copilot nach der Überprüfung der Checkliste vor dem Landeanflug. Sie wusste, was ihm gefiel, und trug gerne ihren Teil dazu bei, ihn glücklich zu machen.

Einmal hatte sie Fieber bekommen. Bei Antritt der Fahrt in die Berge war sie kerngesund und voller Begeisterung gewesen, aber abends, alleine in ihrem Zelt, hatte sie sich krank gefühlt. Ihr Hals brannte wie Feuer, und ihr Kopf pochte. Die Schmerzen reichten bis in die Haarspitzen, und sie hatte Schüttelfrost. Sie war fünfzehn, und wenn sie zu Hause krank wurde, wusste sie sich durchaus zu helfen, aber da draußen in der Wildnis hatte sie Angst gehabt. Sie hatte geweint und gewartet, dass endlich die Sonne aufging.

Ihr Vater hatte sie gehört. Er kam in ihr Zelt, fühlte ihre Stirn und wiegte sie in den Armen. Da sie immer in weit voneinander getrennten Zelten übernachteten, hatte sie gedacht, sie sei ganz allein auf sich gestellt. Dass ihr Vater kam, wenn sie ihn brauchte, überraschte sie, und in ihrem fiebrigen Zustand weinte sie deshalb noch mehr.

»Du bist krank, Liebes«, sagte er. »Wir müssen sofort nach Hause zurück.«

Er packte sie warm ein und befahl ihr, sich nicht von der Stelle zu rühren, während er ihre Schwestern holte. Caroline wartete, unfähig, ihr Glück zu fassen. Sie war nicht daran gewöhnt, dass jemand sie umsorgte. Die Jagdausflüge waren eine gute Gelegenheit, mit ihrem Vater zusammen zu sein, aber sie hatte ihn nie so geliebt wie in dem Augenblick, als er sagte, dass sie nach Hause zurückkehren würden. Er wusste, dass sie krank war und was sie brauchte.

Während ihre Schwestern die Zelte abbauten, trug er Caroline zum Auto. Er startete den Motor, schnallte sie auf dem Beifahrersitz an und fühlte ihre Stirn, um zu sehen, ob das

Fieber heruntergegangen war. Er war aus hartem Holz geschnitzt, seine grauen Augen verrieten nichts über seine wahren Empfindungen, aber Caroline erinnerte sich, wie besorgt sein Blick in jener Nacht gewesen war. Es war weit nach Mitternacht, und ihre Schwestern hätten eigentlich todmüde sein müssen, doch sie waren aufgekratzt. An ihren Vater gelehnt, zitternd trotz des voll aufgedrehten Heizgebläses, hatte sich Caroline rundum glücklich gefühlt.

Sie war an Scharlach erkrankt.

Doch dann dachte sie an eine andere Zeit, an eine andere Heimfahrt Jahre später von demselben Berg, nachdem Skye Andrew Lockwood erschossen hatte.

Sie hatten den ganzen Tag auf der Polizeiwache zugebracht. Skye befand sich in einem der Vernehmungszimmer, Caroline in einem anderen. So viele Fragen. Kanntest du den Mann? Hast du ihn vorher schon einmal gesehen? Haben die beiden miteinander geredet, bevor der Schuss fiel? Gab es einen Streit? Sah es so aus, als wäre deine Schwester wütend? In welcher Stimmung befand sie sich?

Caroline stand unter Schock. Das begriff sie nun, aber damals hatte sie gedacht, es sei Müdigkeit. Sie wollte nur eines, den Kopf auf den Schreibtisch legen und schlafen. Sie sah den Mann immer wieder vor sich, hörte sich mit ruhiger Stimme nach seinem Namen fragen. Hörte, wie er »Andrew« sagte. Seine Augen, sein Mund, das Gefühl seiner Hand in der ihren. Sie waren auf immer und ewig miteinander verbunden. Niemand hatte ihn so gut kennen gelernt wie sie. Während sie an Andrew dachte, schwor sie sich, dass sie seinen Hund in ihre Obhut nehmen würde.

Nach Abschluss der amtlichen Untersuchung durften sie nach Hause fahren. Sie stiegen in den Kombi, ernst, aber erleichtert. Alle umringten Skye. Sie war soeben von der Anklage des Totschlags freigesprochen worden. Augusta wartete auf Firefly Hill, um sie willkommen zu heißen. Caroline war – wie immer – als Ersatzmutter zur Stelle. Sie wickelte Skye in eine karierte Decke, schob ihre Schwester auf den Rücksitz des Wagens und wies Clea an, neben ihr Platz zu nehmen. Caroline saß mit ihrem Vater vorne.

Auf dem Heimweg holten sie Homer. Sie hielten an dem Tierheim an. Als sie das Betongebäude betraten, hörten sie ein jämmerliches Heulen. Der Wärter gab Hugh Papiere, die er unterzeichnen musste, und holte dann den Hund. Caroline war schlecht vor Aufregung. Sie fürchtete, dass er die Zähne fletschen würde, wenn er die Menschen sah, die seinen Herrn auf dem Gewissen hatten. Doch bei ihrem Anblick hörte Homer mit dem Heulen auf.

Clea hatte die Heckklappe geöffnet, damit der Hund hineinklettern konnte. Sie hatte ihm ein Lager aus einem alten Strandlaken bereitet. Doch als Hugh mit ihm zum Wagen kam, schloss er die Klappe wieder.

»Er mag dich«, sagte er zu Caroline.

»Ich weiß nicht, warum. Ich war dabei, als …«

»Du bist ihm vertraut, Caroline. Lass ihn vorne bei dir mitfahren. Da wird er sich sicher fühlen.« Die Miene ihres Vaters war ungewöhnlich, und rückblickend wusste Caroline, dass sie die ersten Anzeichen eines untröstlichen Schmerzes darin gesehen hatte.

Homer hatte die ganze Strecke bis Connecticut seinen Kopf an Carolines Oberschenkel gepresst. Zuerst winselte er noch, doch dann verstummte er. Clea, Skye, Hugh und Caroline schwiegen. Aber hin und wieder hatte Hugh die Hand ausgestreckt und Homers Kopf getätschelt und danach Caroline angeschaut und versucht in ihren Augen zu lesen, was sie dachte. Und getan, als ob er lächeln würde.

Er hatte seine Liebe wirklich auf seine eigene Weise gezeigt.

Joe Connor stand in der Kabine der *Meteor,* in den Anblick der ruhigen See versunken. Den ganzen Tag über hatte ein kräftiger Wind geweht, die Wellen aufgepeitscht und die Wassermassen aufgewühlt. Erst gegen sechs Uhr abends hatte er nachgelassen, und nun, da es zu dunkel zum Tauchen war, war die Oberfläche spiegelglatt. Er schaute zum Horizont, als sich die Buglinie hob, um mit dem Himmel zu verschmelzen und gleich darauf wieder sanft in ein Wellental hinabzugleiten. Das Firmament war mit Sternen übersät. Joe ließ den Tag Revue passieren und wünschte, er hätte ihn besser nutzen können, um mit der Arbeit voranzukommen.

Starke Meeresströmungen hatten seine Mannschaft vom Wrack fern gehalten. Eine Wetterfront, die von Hatteras heraufzog, erzeugte haushohe Wellen vor der Küste und schuf einen lebensgefährlichen Sog. Joe hatte stündlich Taucher hinuntergeschickt, um die Lage zu sondieren, und war morgens und ein zweites Mal kurz vor Einbruch der Dunkelheit selbst getaucht. Aber die See war zu rau gewesen für Experimente gleich welcher Art.

Trotzdem hatten sie in Anbetracht der kurzen Zeit gute Fortschritte bei ihrer Bergungsaktion erzielt. Das Wrack war vermessen, kartiert und weitgehend von Schlick und Sand befreit. Sie hatten Unterwasseraufnahmen gemacht, Proben des verwendeten Holzes analysieren lassen und die Schiffskonstruktion unter die Lupe genommen. Sie gelangten einhellig zu dem Schluss, dass es vor 1800 in England gebaut worden war, wahrscheinlich noch vor 1750. Der Brief, den Caroline 1971 an Joe geschrieben hatte, war ein weiteres Indiz, dass es sich bei dem Fund um die *Cambria* handelte. Carolines Brief und das Gold.

Sie hatten vereinzelte Goldmünzen ausgegraben, doch die Arbeit war gefährlich. Der Meeresgrund erwies sich als trügerisch, glich einem undurchdringlichen Wald aus geborstenen Spieren – die zersplitterten Masten und Rahen des Schoners. Im zerklüfteten Holz konnte sich der Luftschlauch eines Tauchers verfangen oder der Kälteschutzanzug bis auf die Haut aufgeschlitzt werden. Durch die Trümmer des Wracks zu schwimmen erforderte ein Höchstmaß an Achtsamkeit und Konzentration, als ob man sich einen Weg durch den Dschungel bahnen würde. Aber dabei fanden sie nach und nach den Schatz.

Solche Bergungsaktionen kosteten ein Vermögen. Joe zahlte sie aus eigener Tasche und hasste es, wenn ein Tag ohne nennenswerte Erfolge verstrich. Es lag in seinem Interesse, das Projekt so schnell wie möglich zu beenden. Einige seiner Männer waren an Land gegangen, um die Catspaw Tavern unsicher zu machen, und in ihm begann sich der Gedanke zu regen, ob er ihnen folgen sollte.

Eines der Beiboote kehrte gerade zurück. Joe hörte das Dröhnen des Motors, als es sich näherte. Er sah zu, wie es um die *Meteor* herumfuhr und achtern festmachte. Dan stieg über das Fallreep an Bord.

»Hallo, Skipper!«, rief er, als er das Ruderhaus betrat.

»Nanu, hast du was vergessen?«

»Nein, mir ist bloß nicht danach, mit den anderen auf die Pauke zu hauen. Ich brauche meine Ruhe, schätze ich.«

»Kann ich dir nachfühlen«, sagte Joe. Seine Männer waren gereizt an den Tagen, an denen sie untätig herumsitzen mussten. Sie hockten zu eng aufeinander, hörten sich notgedrungen die Klagen der anderen an, begannen ihrem Leben an Land nachzutrauern, ihren Frauen, Kindern, Freundinnen oder wem auch immer, und das Heimweh offenbarte sich. Obwohl sich Joe nie ein richtiges Zuhause an Land geschaffen hatte, vermisste er es ebenfalls schmerzlich.

»Da, für dich, Boss.« Dan schob ihm mehrere Briefe und einen großen braunen Umschlag über den Kartentisch. »Der Dockmeister bat mich, dir die Post mitzubringen.«

Ein Brief von seinem Bruder Sam war dabei. Joe hatte sich einsam und ruhelos auf dem Meer gefühlt, und der Anblick des Briefs stimmte ihn froh. Der große Umschlag hatte einen amtlichen Anstrich. Vermutlich die Ergebnisse der Laboranalysen von den Segel- und Holzfragmenten, die er nach Woods Hole geschickt hatte, oder eine historische Dokumentation von seinem Freund in der kartografischen Abteilung von Yale. Er wollte ihn gerade weglegen, doch da fiel sein Blick auf die Handschrift. Sie war ihm so vertraut, dass er sie jederzeit und überall erkannt hätte. Er wunderte sich, warum ihm Caroline plötzlich wieder schrieb. Es gab nur eine Möglichkeit, es herauszufinden. Er legte den Rest der Post beiseite und riss den Umschlag auf.

Er enthielt einen dicken Packen fotokopierter Dokumente. Joe blätterte flüchtig die Seiten durch. Sie trugen das Datum 1796 und waren in einer zierlichen, gestochenen Schönschrift mit einem Federhalter geschrieben. Caroline hatte auf blassblauem Briefpapier ein paar Zeilen beigefügt. Die Kleckse ließen darauf schließen, dass sie mit Tinte geschrieben waren, und Joe fiel wieder ein, dass sie auch damals schon hin und wieder einen Füller benutzt hatte.

Lieber Joe,

meine Nichte hat mir dieses Tagebuch gezeigt, und ich dachte, es könnte Dich interessieren. Es stammt von Clarissa Randall. Ihre Mutter war die Frau, die mit dem Kapitän der Cambria *durchgebrannt ist. Ich habe es noch nicht zu Ende gelesen, aber man bekommt einen ersten Eindruck vom Leben in einem Leuchtturm während des 18. Jahrhunderts, aus der Sicht eines Kindes, das von seiner Mutter verlassen wurde, weil sie einen anderen liebte. Klingt irgendwie vertraut …*

Ich frage mich natürlich, ob Du deshalb nach der Cambria *tauchst. Nicht, dass es mich etwas anginge, das ist mir klar. Ich habe keine Ahnung, wie Du auf mein Päckchen reagierst, aber ich hoffe, Du nimmst es an. Betrachte es nicht als Geschenk, sondern als Informationsmaterial. Ich fühle mich zum Teil dafür verantwortlich, dass Du hier bist. Als ich meine Mutter auf Firefly Hill besuchte, habe ich am Fenster gestanden und Deine Boote gesehen. Ich gestehe, ich war ziemlich stolz.*
Die Blumen, die Du Skye geschickt hast, waren wunderschön.
Caroline

Joe starrte das Dokument an. Es dauerte, bis er seine Gefühle wieder unter Kontrolle hatte. Dann las er die ersten Einträge. Sie sahen echt aus. Allem Anschein nach handelte es sich um die originalgetreue Kopie eines handschriftlich verfassten Tagebuchs von einem Familienmitglied der Leuchtturmwärtersfrau. Es enthielt Landschaftsbeschreibungen und ein paar Einzelheiten aus dem Familienleben. Erst jetzt ging ihm die Bedeutung von Carolines Brief auf, und er spürte, wie die Hitze in seinen Nacken kroch. Da Dan direkt neben ihm stand, bemühte er sich, eine unbeteiligte Miene aufzusetzen.
»Die Frau hat Nerven«, sagte er.
»Was?«, fragte Dan.
»Nichts.« Entweder ist sie mutig oder verrückt, dachte er. Was zum Teufel fiel ihr eigentlich ein, Vergleiche zwischen der *Cambria* und seiner Familie zu ziehen? Tod und Treulosigkeit. Genau die Dinge, über die er lieber nicht nachdenken wollte. Als er hierher gekommen war, hatte er geahnt, dass er wieder mit den vielschichtigen Gefühlen konfrontiert sein würde, die in Zusammenhang mit seinem Vater standen. Aber er war ein erwachsener Mann, seit langem nüchtern und realistisch. Er hatte die Vergangenheit hinter sich gelas-

sen, und Caroline Renwicks Meinung konnte ihm gestohlen bleiben.
Um das Maß voll zu machen, öffnete er Sams Brief. Er wusste genau, was darin stand, las ihn aber trotzdem. Vermutlich hatte er leise gestöhnt, denn Dan blickte zu ihm herüber.
»Will er immer noch kommen?«
»Ja, er ist nicht davon abzubringen.«
»Vielleicht gefallen ihm Schiffswracks. Wie fühlt man sich denn so als großes Vorbild?«
»Herrlich beschissen!«, antwortete Joe mit einem schiefen Grinsen.
»Der Junge hat Mumm, das muss man ihm lassen«, sagte Dan kichernd. »Gibt nicht auf, obwohl er sich eine Abfuhr nach der anderen holt.«
»Ja, ein zäher Bursche.«
Die Nacht war windstill. Die *Meteor* schaukelte auf der glatten See. Joe stand am Kartentisch und starrte die Briefe an. Die Lampe mit dem grünen Schirm verbreitete ein sanftes Licht, wohl tuend für die Augen. Die Wellen schwappten gegen den Rumpf des Schiffs. Vielleicht sollte er Caroline an Bord einladen, damit sie sich selbst überzeugen konnte, dass es bei der Bergungsaktion nicht um chaotische Familienverhältnisse und Gefühle ging, sondern um die Suche nach Gold und wissenschaftlichen Erkenntnissen. Er sehnte das Tageslicht herbei, damit er endlich weiterarbeiten und abtauchen konnte. Er hatte keine Lust, über die Menschen nachzusinnen, die in seinem Leben eine Rolle gespielt hatten, Menschen, die Empfindungen in ihm auszulösen vermochten, wie er sie gerade jetzt verspürte – Trauer und Wut und das Gefühl, als hätte er etwas verloren, was er nicht richtig ausdrücken konnte.

Caroline legte auf dem Gipfel des Serendipity Hill eine Verschnaufpause ein und blickte aufs Meer hinaus. Sie war außer Atem nach dem Aufstieg über den steilen, schmalen Fußsteig. Dann glitt ihr Blick über die kleinen Ortschaften Hawthorne und Black Hall, folgte dem Ibis River bis zu der Stelle, wo der Fluss in den Connecticut und dieser in den Long Island Sound mündete. Überall funkelten Lichter. Caroline zählte zwei Leuchttürme an der Küste von Connecticut und vier auf der anderen Seite des Sunds, auf Long Island. Sie sah ein hell erleuchtetes Schiff und fragte sich, ob es wohl die *Meteor* war.

Der Ruf eines Nachtvogels drang zum Gipfel empor. Er klang einsam und herzergreifend und erinnerte Caroline an die Nächte, die sie auf einem anderen Berg verbracht hatte. Sie hielt den Atem an, saß reglos da und versuchte den Vogel in den Bäumen zu orten. Sein Gesang war klar und kam aus einem dunklen Kieferngehölz. Die Luft roch würzig. Eine Eule flog mit lautem Flügelschlag vorüber.

So sehr Caroline die Jagdausflüge auch gehasst hatte, es gab Augenblicke, die unvergesslich waren. Das Gefühl, alleine in der unberührten Natur zu sein, schmale Pfade hinaufzuklettern, an deren Ende sich atemberaubende Ausblicke boten, bläuliche Schluchten unter einem schweren sommerlichen Dunst. Unter freiem Himmel zu schlafen, zu spüren, wie die Nachtluft über die bloßen Arme strich, hatte ihr ein Gefühl grenzenloser Freiheit vermittelt. Und erst die Überraschungen, auf die man bei solchen Streifzügen allenthalben stieß, die wild lebenden Tiere oder Vögel, denen man unverhofft begegnete. Die Jagd aber hatte ihr zutiefst widerstrebt. Sie konnte weiß Gott keinen Gefallen daran finden, Lebewesen zu töten.

Ihr Vater hatte versucht seine Töchter für diese Sportart zu erwärmen, aber man kann niemandem die Lust am Blutvergießen beibringen, der sie nicht in sich verspürt. Caroline erinnerte sich, wie sie den Fuchs erlegt hatte. Sie war sich wie eine Mörderin vorgekommen. Es war im Dezember gewesen. In jener Nacht hatte sie zum ersten Mal das Nordlicht gesehen. Sie hatte den toten Fuchs in den Armen gewiegt. Sein Körper hatte sie gewärmt.

Allein auf ihrem Berggipfel, hielt sie nun nach einer Sternschnuppe Ausschau, um sich etwas zu wünschen, in Erinnerung an Andrew Lockwood. Das vergaß sie nie. Als sie eine erspähte, erschauerte sie, obwohl die Sommernacht lau war. Dann entdeckte sie eine zweite, für ihren Vater. An ihn zu denken fiel ihr nicht immer leicht. Aber sie zwang sich dazu.

Während sie tief die Seeluft einatmete, fragte sich Caroline, ob Joe ihr Päckchen bereits erhalten hatte. Ob ihre Notiz ihn in Wut versetzt hatte? Und wenn schon. Sie hatte sie nicht geschrieben, um eine wie auch immer geartete Reaktion bei ihm auszulösen. Während sie auf dem Gipfel des Berges stand und das Schiff betrachtete, von dem sie sich vorstellte, es wäre Joes, empfand sie eine unerklärliche Verbundenheit mit ihm. Gewiss liebte er die Natur genauso wie sie, wenn er so viel Zeit auf dem Meer verbrachte.

Caroline hasste die Jagd und hatte schon ein schlechtes Gewissen, weil sie gerne angelte. Zu warten, bis ein Fisch angebissen hatte, den Zug an der Leine zu spüren und das Kräftemesen zwischen ihr und der Beute empfand sie als spannend. Wenn sie ihm in die Augen sah, fühlte sie sich auf rätselhafte Weise mit allen Lebewesen verwandt. Doch in der Regel ließ sie den Fisch wieder frei. Sie hatte eine Zeit lang mit der Schleppangel im Moonstone Reef gefischt. Streifenbarsche und Blaufische tummelten sich im August in diesem Gewässer, auf dem Meeresgrund verbargen sich Lippfisch und Flunder. Sie wusste, dass ein Schiffswrack Fischschwärme anzog, und fragte sich, ob Joe sie wahrnahm oder ob er nur Augen für das Gold hatte.

Vielleicht hatte er auch für Clarissas Tagebuch keinerlei Verwendung. Gut möglich, dass ihn nur die Aussicht auf den Schatz fesselte und nicht die Tragödie, die sich dahinter verbarg. Er war bereits vor seiner eigenen Geschichte davongelaufen. Als Caroline sie ihm erzählen und erklären wollte, welche Rolle sie darin gespielt hatte, hatte er sich geweigert, ihr Gehör zu schenken, weil seine Wut zu groß war.

Oder seine Angst vor der Wahrheit.

Als sich Caroline an den Abstieg machte, hatte der Halbmond den Himmel durchquert. Sie hörte Nachttiere im Gehölz rascheln, aber sie fürchtete sich nicht. Ihre Schritte waren sicher auf dem steilen Pfad, und außerdem hatte sie einen Wanderstab in der Hand. Sie folgte dem Ibis River, bis sie an das Anwesen gelangte, auf dem sich der Gasthof befand und wo die Gäste offenbar feierten. Sie hörte die Musik, die trunkenen Zurufe. Ein paar von ihnen hatten die Kleider abgelegt und standen im seichten Wasser des Flusses.

Als sie das Cottage erreichte, läutete ihr Telefon.

Um ein Haar wäre sie nicht rangegangen. Ihre Mutter war die Einzige, die zu so später Stunde anrief. Caroline starrte das Telefon an. Sie zählte die Klingelzeichen mit: fünfmal, sechsmal …

Und wenn etwas mit Skye war? Wenn etwas passiert war? Caroline hob ab.

»Hallo?«

Keine Antwort. In der Leitung knisterte und rauschte es. Der Anruf schien von weit her zu kommen, vom anderen Ende der Welt oder aus einer anderen Hemisphäre, aus einem Flugzeug über dem Ozean …

Oder von einem Schiff.

Caroline meinte Wind und Wellen zu vernehmen. Sie spitzte die Ohren. Ihr war, als hörte sie jemanden atmen. Aber niemand meldete sich. Der Anruf war nichts weiter als zwei Drähte, die sich gekreuzt hatten. Die Leitung, statisch aufge-

laden, summte wie ein ganzer Bienenschwarm, dann trat Stille ein.
Die Verbindung war unterbrochen.
Caroline legte auf.

Am nächsten Morgen stieg Michele in aller Frühe auf eine Holzleiter und begann die japanischen Lampions aufzuhängen. Bis zum Ball waren es noch einige Tage hin, aber die Vorbereitungen brauchten ihre Zeit. In den Bäumen mussten Hunderte von Lampions befestigt und das hölzerne Podest errichtet werden, das als Tanzboden diente. Caroline hatte die alljährlich stattfindende Lustbarkeit Firefly Ball genannt, zu Ehren ihrer Eltern, und auf Kerzenlicht bestanden, das der Nacht schmeichelte. Sie hatte bei Bridal Barn Kerzen aus echtem Bienenwachs bestellt, die soeben von May Taylor geliefert worden waren.
May Taylor und ihre Familie – Frauen aus drei Generationen – führten den kleinen Familienbetrieb, der Hochzeiten für die Frauen in der Umgebung der Küste ausrichtete und Produkte aus dem eigenen Kräutergarten verkaufte. May und ihre fünfjährige Tochter Kylie freuten sich schon auf den Ball, weil das helle Licht ihrer handgedrehten Kerzen auf sämtlichen Tischen leuchten sollte.
Hinter der Scheune waren dreißig runde Tische aufgestellt; die langen weißen Damasttischdecken wurden am Nachmittag aus der Wäscherei zurückerwartet. Die japanischen Lampions waren farbenfroh und zart; sie tanzten an dem Draht, der rund um die Rasenfläche hinter dem Gasthof gespannt worden war. Michele hoffte, dass es am Abend des Balls wieder angenehm warm sein würde wie jedes Jahr.
Ein tropisches Tiefdruckgebiet zog von Savannah herauf, mit schwüler Luft und Temperaturen über dreißig Grad. Michele wusste, dass Caroline sich für den Abend des Balls nichts an-

deres wünschte. Ihr gefielen Männer ohne Jackett, mit gestärkten weißen Hemden, die an den verschwitzten Rücken klebten, und Frauen mit nackten Schultern und bloßen Füßen, die barfuß im kühlen Gras tanzten. Der Firefly Ball war eine Nacht, in der die Künstler ausgelassen feierten und ihren Gefühlen freien Lauf ließen, ohne konventionelle Beschränkungen oder Hemmungen.

Jedes Jahr wählte Caroline ein anderes Thema, das sie verschiedenen Kunstformen entlehnte. Dieses Jahr stand der Ball unter dem Motto »Mein Lieblingsgemälde«. Die Gäste hatten die Möglichkeit, unterschiedliche Stilrichtungen zu präsentieren. Clea und Peter kamen immer kostümiert. Letztes Jahr, als es um ihr Lieblingslied ging, hatten sie sich als »Rhapsodie in Blue« verkleidet, zwei Liebende, in blauen Chiffon gehüllt. Skye und Simon, direkt aus ihren Ateliers in der Scheune kommend, waren in ihrer mit Farbe und Ton verschmierten Arbeitskleidung geblieben, die sie im Lauf der Nacht in verschiedenen Büschen auf dem Gelände verstreuten. Caroline als Gastgeberin war schlicht in Abendrobe erschienen.

Michele fragte sich, was die Gäste wohl dieses Jahr trugen. Sie und Tim hatten geplant, als Figuren aus Seurats Gemälde *Isle de la Grande Jatte* zu kommen. Michele hatte ein langes weißes Kleid mit Sonnenschirm aufgetrieben, und Tim sah mit seinen Gamaschen und Bowler-Hut herrlich altmodisch aus. Caroline bestand darauf, dass sie am Ball teilnahmen – nicht um zu arbeiten, sondern als Gäste.

Als Michele auf halber Höhe der Leiter stand, einen karmesinroten Lampion in der Hand, erblickte sie plötzlich eine Gestalt, die Simon Whitford glich. Tatsächlich, er war es! Er stand auf der Veranda des Gasthofs, die Arme in die Hüften gestemmt, und sah blinzelnd in die Sonne. Er besaß ein düsteres Flair, das vielen brillanten Künstlern eigen ist, die nicht

mit den Maßstäben gewöhnlicher Sterblicher gemessen werden können. Aber Simon war ein Trompe-l'œil, eine Augentäuschung, eine schlechte Kopie von Hugh Renwick.
Arme Skye, dachte Michele, einen Mann zu heiraten, der genauso exzentrisch wie ihr Vater, aber nicht so zart besaitet war. Michele fragte sich, was er hier noch zu suchen hatte. Bestimmt wollte er Skye sehen. Caroline hatte ihn mit Sicherheit nicht zum Firefly Ball eingeladen. Die Konfrontation war unvermeidlich. Von ihrem Hochstand auf der Leiter sah Michele Caroline aus dem Gasthof kommen. Sie steuerte geradewegs auf Simon zu. Ihr Gang war aufrecht und der Kopf leicht nach vorne gestreckt. Wahrscheinlich kniff sie die Augen zusammen, um besser zu sehen.

Caroline hatte in der vergangenen Nacht lange wach gelegen. Der Anruf, bei dem niemand in der Leitung war, hatte sie aus dem Konzept gebracht. Sie hatte sich schlaflos herumgewälzt, konnte keine Ruhe finden. Nach Mitternacht kam dichter Nebel auf und hatte das Anwesen umhüllt. Nebelhörner durchbrachen die Stille. Caroline hatte halb erwartet, dass das Telefon erneut läuten würde, aber es war stumm geblieben.
Als sie am nächsten Morgen ihr Büro betrat, lag bereits eine Nachricht von Michele auf ihrem Schreibtisch. Sie stammte von Joe Connor – eine Einladung zum Abendessen an Bord der *Meteor*. Die Telefonverbindung sei grauenhaft gewesen, sagte Michele. In der Leitung habe ein solches Getöse geherrscht, als wäre das Schiff in ein Unwetter geraten. Aus Angst, dass die Verbindung mittendrin abbrach, habe Joe wie ein Maschinengewehr geredet und Michele gebeten, Caroline auszurichten, sie möge am Donnerstagabend um Acht unten am Dock sein, falls sie sich für die Bergungsarbeit interessiere.

Benommen und erschöpft durch den Schlafmangel, wusste Caroline nicht recht, was sie davon zu halten hatte. Zuerst grenzte er sie aus seinem Leben aus, und nun lud er sie zum Abendessen ein. Verunsichert, was sowohl das eine als auch das andere betraf, ging sie die Treppe hinter dem Gasthof hinunter, wo sie über ihren Schwager stolperte.
»Was zum Teufel machst du denn hier?« Caroline traute ihren Augen nicht.
»Ich wünsche dir auch einen guten Morgen, Caroline.« Simon drückte die brennende Zigarette mit dem Absatz auf den Steinfliesen aus.
»Du hast hier Hausverbot!«
»Ich will zu Skye. Wo soll ich denn sonst hin? Unser Haus haben wir aufgegeben. Und im Haus deiner Mutter werde ich schwerlich willkommen sein.«
»Und da dachtest du, du könntest dich bei mir einnisten? Ich nehme an, dass du nicht vorhast, dich als zahlender Gast einzuquartieren, oder? Als du meine Schwester verlassen hast, hast du deine Privilegien als Schwager verloren.«
»Bitte lass mich hier bleiben, Caroline. Ich würde auch in der Scheune schlafen, in meinem ehemaligen Atelier. Zur Zeit wird sie doch von niemandem genutzt, wie ich mich bereits überzeugen konnte. Ich muss zu Skye. Ich möchte ihr helfen.«
Caroline kaute unschlüssig auf ihrem Kugelschreiber. Sie musterte Simon. Er war groß und hager, mit einer wilden schwarzen Haarmähne und Wangenknochen, die ihm ein asketisches Aussehen verliehen. Seine schwarzen Augen lagen tief in den Höhlen, und in ihnen glomm ein verborgenes sinnliches Feuer, das Skye den Verstand raubte und bei Caroline und Clea tiefes Misstrauen weckte. Er war ein Mann, der zu schmeicheln und zu manipulieren verstand. Er trug schwarze Jeans, die ihm ständig auf die knochigen Hüf-

ten rutschten, und ein sauberes weißes T-Shirt mit Farbflecken, die vom häufigen Waschen verblasst waren. Er sah ausgehungert, heruntergekommen und meisterhaft gequält aus.

In einem Anflug von Zynismus dachte Caroline, ob er Skye wohl geheiratet hatte, um das Bild zu vervollständigen, das er der Welt bot.

»Ich sag's ja, wenn man vom Teufel spricht!«

Beim Klang von Cleas Stimme drehte sich Caroline um. Ihre hübsche Schwester schritt leichtfüßig über den Rasen. Sie sah umwerfend aus in ihrem lachsrosa Sommerkleid mit der großen dunklen Sonnenbrille. Sie umkreiste Simon wie ein Hai einen blutenden Surfer.

»Hallo, Clea«, sagte Simon. Caroline war nicht bereit, Milde walten zu lassen, aber es hörte sich tatsächlich an, als ginge es ihm hundeelend. Kein Wunder – Clea und Caroline im Doppelpack waren für ihn ein Albtraum. Er hatte ihre kleine Schwester verletzt – grausam verletzt –, und sie fragte sich, wie er sich fühlen möchte, als er nun zwischen ihnen stand, ihrer geballten Verachtung und ihrem Hohn ausgesetzt.

»Was führt dich in unsere heimatlichen Gefilde? Gibt es vielleicht noch ein Bankkonto, das du abzuräumen vergessen hast?«, spottete Clea.

»Clea, ich wiederhole noch einmal, was ich Caroline soeben gesagt habe. Ich möchte Skye helfen. Mir ist klar geworden, dass ich einen Fehler begangen habe, in Ordnung? Ich liebe sie und möchte noch einmal mit ihr von vorne anfangen.«

»Tatsächlich?« Caroline runzelte die Stirn. Davon hatte er bisher kein Wort erwähnt.

»Ja. Was ist, kann ich bleiben? In der Scheune?«

»Ich will dich nicht hier haben.«

»Skye schon.«

»Warum zum Teufel sollte sie dich wieder sehen wollen?« Caroline, verdutzt über seine Arroganz, fragte sich, inwiefern die Konfrontation mit einem Mann, der ihre Liebe mit Füßen getreten hatte, Skye helfen sollte.

»Was glaubst du, wie ich von ihrem Unfall erfahren habe?« Simon zerrte die nächste Zigarette aus dem Päckchen, gierte so danach, dass seine Hand beim Anzünden zitterte. »Sie hat mich angerufen. Sie braucht mich, genauso wie ich sie brauche.«

»Aha, angerufen hat sie ihn«, sagte Caroline zu Clea. Die Schwestern tauschten einen Blick, bemüht, die für sie neue Information zu ermessen.

»Das ändert die Situation natürlich«, meinte Clea schließlich. »Obwohl es so aussieht, als hätte sie nicht mehr alle Tassen im Schrank.«

»Selbst wenn es stimmt, dass sie dich angerufen hat, sie braucht dich nicht.« Carolines Augen verengten sich. »Nur um das klarzustellen.«

»Denkt doch, was ihr wollt.«

»Also gut, du kannst bleiben«, sagte Caroline. »Ich werde ein Zimmer für dich frei machen.«

»Ich nehme auch mit der Scheune vorlieb …«

Caroline schüttelte den Kopf. »Du wohnst im Gasthof. Und das ist deine letzte Chance, ein guter Ehemann zu sein.«

»Danke.« Er trat einen Schritt vor, als wollte er Caroline umarmen, aber ihr eisiger Blick ließ ihn innehalten. Mit gesenktem Kopf wich er zurück. Dann drehte er sich um und ging zum Parkplatz, um seine Sachen zu holen.

»Der größte Mistkerl aller Zeiten«, seufzte Clea. »Aber was will man machen, Skye liebt ihn.«

»Noch.«

Die Schwestern überquerten das satte Grün des Rasens und betraten die alte Scheune, die Caroline angesteuert hatte, bevor sie mit Simon zusammentraf. Die Scheune mit ihrer pittoresk abblätternden roten Farbe, umgeben von halbhohen Steinmauern und weißen Zäunen, bot ein malerisches Bild. Viele Künstler, allen voran Hugh Renwick, hatten ihr zu Weltruhm verholfen. Gemälde von der Renwick-Scheune hingen im Clark Institute, in der Phillips Collection im Guthrie Museum, im Farnsworth, in der Corcoran Gallery und im Metropolitan Museum of Art.

In der Scheune war es kühl und dunkel. Es roch nach Heu. Carolines Großvater hatte Pferde und Kühe gehalten. Ihr Vater hatte ihnen hier das Reiten beigebracht. Heute dienten die Pferdeboxen als Miniaturateliers. Sie waren im Preis inbegriffen, wenn man die teureren Zimmer im Gasthof bewohnte. Die Boxen waren ausnahmslos besetzt. Sie wurden zum Malen, Bildhauern und als Treffpunkt genutzt, um einander besser kennen zu lernen. Nun drangen die unmissverständlichen Geräusche der Leidenschaft aus einem der Miniaturateliers am anderen Ende der Scheune an ihr Ohr, und Caroline und Clea lachten leise.

»Ich habe meine Unschuld in der Scheune verloren«, flüsterte Clea.

»Mindestens zweimal«, sagte Caroline lachend.

»Der Firefly Ball macht uns ganz kribbelig.« Clea betrachtete die Kulisse und spürte, wie die Spannung Besitz von ihr ergriff. Sonnenstrahlen fielen schräg vom Heuboden ein.

»Was meinst du, war es richtig, Simon zu erlauben, hier zu bleiben?«, fragte Caroline.

»Skye ist erwachsen. Das sollten wir nicht vergessen, auch wenn es manchmal schwer fällt. Wir können sie nicht ein Leben lang beschützen.«

»Oder überhaupt jemals.« Dann hörte sich Caroline plötzlich sagen: »Ich habe Joe übrigens eine Kopie von dem Tagebuch geschickt, das Maripat mir mitgebracht hat.«

»Aha.«

»Und er hat mich Donnerstag zum Abendessen auf sein Schiff eingeladen.«
»Wer hätte das gedacht!« Clea lächelte, und ihre Augen blitzten.
»So ist es. Aber ich weiß nicht, ob ich hingehen soll. Oder hingehen will.«
»Wieso nicht?«
»Ach, wir kommen nicht besonders gut miteinander aus, würde ich sagen.« Carolines Stimme klang wie ein Reibeisen.
»Vielleicht stellst du ja fest, dass der Schein trügt und er gar nicht so übel ist. Von dir weiß ich es. Warte ab, möglicherweise werdet ihr beide angenehm überrascht!«
»Außerdem hatte ich überlegt, ob ich nicht kurz nach Schottland fliege. Nur für ein paar Tage. Ich wollte mir eigentlich ein Hotel anschauen, das gerade auf einer der westlichen Inseln eröffnet worden ist. Ein ehemaliges Kloster mit einem herrlichen Blick auf die Berge und aufs Meer und einem echten Irrgarten. Ein Irrgarten, klingt das nicht spannend? Ich habe bei meinem letzten Rückflug von Venedig in einer Reisebroschüre einen Artikel darüber gelesen, und ich brauche ein paar neue Ideen für meinen Gasthof …«
»Und du musst morgen weg? Wie passend. Ich finde, du solltest bleiben und mit Joe zu Abend essen.«
»Vielleicht.« Das Bedürfnis nach einem Tapetenwechsel war stark. Sie hatte ihm immer entsprochen, wenn sie aus ihrem eigenen Leben aussteigen wollte. Sie besichtigte idyllische Landgasthöfe mit einer beinahe zwanghaften Besessenheit, auf der Suche nach Inspiration, wie sie jedermann erklärte. Doch hatten ihre Reisen mehr Ähnlichkeit mit einer Flucht. Sie hetzte von Ort zu Ort, mietete sich kurzfristig irgendwo ein, blickte ständig über die Schulter, als würde sie verfolgt. Wenn sie unterwegs war, hatte sie weniger Gelegenheit zum Grübeln. Und nun befand sich Joe Connor in der Stadt, und

vielleicht war es Zeit für einen Tapetenwechsel. Caroline gähnte und zuckte mit den Schultern.

»Du siehst müde aus«, sagte Clea.

»Bin ich auch. Ich war gestern Abend auf dem Serendipity Hill …«

»Mein Gott, Caroline …«

»Was ist?«, fragte Caroline, verwundert über Cleas Gesichtsausdruck.

»Ich finde den Gedanken beunruhigend, dass du nachts mutterseelenallein auf den Felsen herumkletterst. Was ist, wenn du abstürzt? Abgesehen davon weiß man nie, wer sich sonst noch da oben herumtreibt. Heutzutage kann einem allerhand zustoßen. Gerade erst stand ein Bericht von zwei jungen Mädchen in der Zeitung, die eine Wanderung durchs Appalachengebirge gemacht haben. Sie wurden vergewaltigt und ermordet …«

»Clea, du kannst ganz beruhigt sein. Auf dem Serendipity Hill droht keine Gefahr«, unterbrach sie Caroline.

»Nein, aber du willst nach Schottland fliegen, weil du offenbar Angst hast, mit einem Mann auf seinem Boot zu Abend zu essen.«

Caroline öffnete den Mund, um etwas zu entgegnen, doch dann schloss sie ihn wieder.

»Was?«

»Du hast mich eiskalt erwischt«, sagte sie lächelnd. »Ich habe gerade Flugpläne im Kopf gewälzt.«

»Ich habe dir ein paar alte Fotos mitgebracht«, sagte Augusta zu Skye.

»Mom, ich bin müde.« Skye lag in ihrem Bett im Krankenhaus. Die Schmerzmedikamente waren abgesetzt worden, bis auf das Tylenol. Aber sie fühlte sich ausgelaugt und matt und wollte nur schlafen.

»Sie werden dich aufmuntern.«
Skye starrte das Album an. Ihre Eltern hatten alles Erdenkliche fotografiert. Skye hatte keinen Grund sich zu beschweren, dass ihre Eltern wie viele andere nur Aufnahmen von den älteren Geschwistern gemacht und danach das Interesse verloren hatten, sodass die Nachzügler zu kurz kamen. Ganz und gar nicht. Die Renwicks besaßen allein vier Alben mit Bildern von Skye. Sie glichen sich wie ein Ei dem anderen, hatten ausnahmslos einen Einband aus marokkanischem Leder mit dem Monogramm H & A.
Augusta blätterte die Seiten um. Die von ihr ausgewählten Fotos waren zu Beginn der siebziger Jahre aufgenommen worden, als Skye klein war. Sie zeigten die Mädchen am Strand, auf dem Karussell, in einem Ruderboot. Und Hugh an der Staffelei; er sah jung und beflissen aus.
»Wie Simon«, sagte Augusta und deutete mit dem Finger auf das Bild. »Wir haben offensichtlich den gleichen Geschmack, was Männer anbelangt.«
»Hm.«
Eine Schwester kam zur Tür herein. Schichtwechsel. Sie musste Skyes Werte messen. Sie legte ihr die Blutdruckmanschette an und drückte ein paar Mal kräftig auf die schwarze Handpumpe.
»Was haben wir denn da?«, fragte sie mit Blick auf das Album.
»Familienfotos«, antwortete Augusta strahlend.
»Schön.« Die Schwester notierte etwas auf ihrem Klemmbrett, schob das Thermometer in Skyes Ohr, las die Temperatur ab und schrieb sie auf.
»Das ist Ihre Patientin, als sie zwei war.« Augusta tippte auf ein Foto von Skye, die einen Pinsel in der Hand hielt.
»Früh übt sich«, meinte die Krankenschwester.
»Das kann man wohl sagen!«, erwiderte Augusta stolz. Sie

blätterte um. »Und das sind Skyes Schwestern. Die beiden beten sie an, wie man unschwer erkennt. Das ist ihr Vater … und das da auch. Ach du meine Güte, schauen Sie lieber nicht hin, das bin ich, mit kurzen Haaren. Wie konnte ich nur! Und das ist auch mein Mann, zu Pferde, und das ist die Scheune … und dort malt er auf dem Quai de Tournelle …«

»Und was ist das?« Die Krankenschwester beugte sich hinunter, um besser zu sehen.

Auf dem Schwarzweißfoto war eine Gruppe von Männern im schwarzen Smoking abgelichtet. Sie wirkten elegant und siegessicher. Einige hielten einen Pinsel, eine Palette oder eine kleine Leinwand in der Hand, andere trugen Gewehre, Bogen und Pfeile. Sie standen unter freiem Himmel vor einem imposanten Steingebäude, das an ein französisches Chateau erinnerte.

»Oh, die gehören einem Männerclub an.« Augusta spähte besorgt zu Skye hinüber. Sie spürte das Unbehagen ihrer Tochter und schien umblättern zu wollen, aber beim Anblick von Hugh leuchteten ihre Augen auf. Augusta seufzte. Ihre Finger glitten über die Plastikhülle, das Foto liebkosend.

»Das da ist mein Mann«, sagte sie leise.

Die Schwester betrachtete Hugh Renwick, der in der Mitte der zweiten Reihe stand. Seine breiten Schultern drohten die Smokingjacke zu sprengen, sein Gesicht war starr, seine Augen fixierten die Kamera, als wollte er sie angreifen. Er hielt seinen Marderpinsel wie ein Zepter in der Hand. Skye sah auf den ersten Blick, wo das Foto aufgenommen war, und ihr Herz begann zu hämmern. Sie schloss die Augen.

»Sie schauen sehr elegant aus«, meinte die Krankenschwester. »Altmodisch, aber chic.«

»Ja, richtig nobel.« Augusta war froh, das zutreffende Wort beisteuern zu können. »Sie trafen sich zweimal im Jahr, immer in Abendgarderobe. Sie sprachen über ihre Arbeit, nehme ich an. Sie waren alle ziemlich erfolgreich. Mein Mann war ein bekannter Maler, wissen sie.«

»Wo ist das Foto aufgenommen worden? Ist das ein Schloss in Europa? Es sieht märchenhaft aus.«

»Nein, hier in der Gegend, in New Hampshire. Oben in den Bergen, im Redhawk Club. Dort gibt es prachtvolle Gärten und lauschige Plätze zum Malen. Ein gutes Revier zum Jagen. Einige der Männer liebten die Jagd.«

»War das ein reiner Männerclub?«

»Ja.« In Augustas Ton schwang eine Mischung aus Stolz und Angriffslust mit. »Obwohl mein Mann die Zugangsbeschränkung lächerlich fand. Unsere Töchter schossen genauso gut wie ein Mann.«

Skyes Herz klopfte zum Zerspringen. Sie hatte die Augen zugekniffen. Sie brauchte einen Drink, einen Schuss Morphium, egal, was, Hauptsache, es brachte Vergessen.

»Künstler und Jäger?«, fragte die Krankenschwester. »Eine interessante Kombination, wie mir scheint.«

»Beiden ist die leidenschaftliche Liebe zum Leben gemein. Mein Mann war immer der Meinung, dass die beiden Hand in Hand gehen.« Rasch blätterte sie die Seite um, als wäre ihr gerade noch rechtzeitig eingefallen, dass Skye anwesend war und welche Auswirkung die Unterhaltung auf sie haben könnte.

Skye keuchte; es klang wie ein unterdrücktes Schluchzen.

Die Krankenschwester, die ihren Puls gefühlt hatte, runzelte die Stirn und verstärkte ihren Griff, als könnte sie nicht glauben, dass sich der Herzschlag ihrer bettlägerigen Patientin aus heiterem Himmel beschleunigt hatte. Skyes Augen waren geschlossen. Ihr Kopf ruhte auf dem Kissen, das Gesicht war abgewandt. Sie versuchte an Caroline zu denken, um ihr Herz zu beruhigen, das zu zerspringen drohte.

»Hm, noch mal das Ganze«, murmelte die Schwester und

veränderte den Griff, mit dem sie Skyes Handgelenk umspannte. Skye spürte, wie ihre Finger die Vene entlangglitten, um den Puls zu ertasten. »Ich hatte nur Augen für diese gut aussehenden Männer und war abgelenkt. Ich muss falsch gemessen haben.«

Gut aussehende Männer, dachte Skye. Das einzige Gesicht, das sie sah, gehörte Andrew Lockwood mit seinen braunen Augen, der geraden Nase und dem vollen Mund. Er war am Wegrand fünf Meilen unterhalb des Märchenschlosses gestorben. Sie versuchte das Bild aus ihrem Gedächtnis zu verbannen, den Schleier des Vergessens über seine Augen zu breiten. Sie versuchte den Frieden einer finsteren mondlosen Nacht heraufzubeschwören, in der die Geschöpfe des Berges vor den Jägern sicher sind.

Was heißt hier sicher, dachte Skye, während sie in ihrem Krankenhausbett lag und ihre Gedanken bei Andrew in seinem Grab waren.

4. Juni 1978
Lieber Joe,
es gibt so viele Orte auf der Welt, wo man sich verstecken kann. Hast Du, wenn Du durch die Berge, Wälder und unter den Klippen entlangstreifst, jemals darüber nachgedacht, wohin die verborgenen Wege wohl führen mögen? Einige reiche Männer haben hier einen Palast erbaut, der eigentlich nach Europa gehört. Sie behaupten, es sei ein Ort, der Sport und Kunst dient, aber in Wirklichkeit ist das reine Angeberei. Er ist abgelegen, befindet sich mitten in der Wildnis, wo es eigentlich nur Kiefern und Granitfelsen geben dürfte, aber nicht Mahagoni und Marmor. Ich denke, wenn es echte Künstler wären, müssten sie es besser wissen.

Meine Schwester Skye ist eine echte Künstlerin. Nicht nur, was ihren Charakter angeht, der unbeschreiblich feinfühlig und emp-

findsam ist. nein, nicht nur das. Du solltest erst ihre Arbeiten sehen. Mit einem einzigen Bleistiftstrich kann sie einen Strand, einen Felsen oder ein Gesicht auf ein Blatt Papier zaubern. Ich kenne niemanden, der mehr Talent hat als sie. Nicht einmal mein Vater kommt an sie heran. Was hältst Du davon? Von der Kunst, meine ich.

Alles Liebe
Caroline

15. Juni 1978
Liebe Caroline,
Kunst ist Klasse. Orte, an denen man sich verstecken kann, auch. Das ist ein spannendes Thema. In Newport gibt es davon jede Menge. Ich kann mir Zutritt zu jedem alten Herrenhaus an der Bellevue Avenue verschaffen. Ich kenne einige der Leute, die sie in Schuss halten. Diese uralten Bauwerke haben alle einen Weinkeller, unterirdische Tunnel und Geheimtreppen.
Sam hat ein Bild von meinem Boot für Dich gemalt, aber dann hat er versehentlich Orangensaft darauf gekippt. Schade. Ich selbst habe überhaupt keine künstlerische Ader. Es weht ein prima Wind – ich muss los.

Alles Liebe
Joe

7

Ihre Mutter hatte das Album dagelassen, und als sie alleine war, öffnete Skye es erneut an der Stelle, an der sich das Foto vom Redhawk befand. Der Anblick hatte ihr vorhin einen Schock versetzt; sie hatte vergessen, dass ein Foto davon existierte. Nun sah sie es an, den kalten Stein und die Männer, in einer Momentaufnahme erstarrt und ihr Herz hämmerte nicht mehr, das Bild berührte sie nicht mehr.

Der Redhawk Club. Es hatte ihren Vater erzürnt, einem Club anzugehören, der seine Töchter ausschloss. Er hatte sie überallhin mitgenommen, hatte ihnen beigebracht, mit einer Waffe umzugehen, besser als jeder Junge, und mit Stolz darauf hingewiesen, was sie alles konnten. Wenn die Leute im Scherz sagten, es wäre vielleicht besser gewesen, wenn er Söhne gehabt hätte, hatte er wütend reagiert.

Eines Tages war Hugh mit seinen Töchtern durch das breite Eingangstor des Clubs gefahren, hatte seinen Wagen geparkt und sie zum Tontaubenstand mitgenommen. Vor aller Augen hatten sie Tontauben geschossen, und jeder Schuss war ein Volltreffer gewesen. Als sie gerade gehen wollten, war der Clubmanager herbeigeeilt, um ihm in aller Stille eine Rüge zu erteilen, und Hugh hatte ihm die schriftliche Kündigung seiner Mitgliedschaft überreicht.

Für ihren Vater war es ein Sieg auf ganzer Linie. Wenn ihnen sein Sport nur Spaß gemacht hätte. Augusta hatte von der »leidenschaftlichen Liebe zum Leben« gesprochen. Skye erinnerte sich daran, dass ihr Vater diesen Ausdruck gebraucht hatte. Er fühlte sich ungeheuer lebendig, wenn er malte, die Inspiration erfüllte jede Faser seines Daseins, floss in seine Leinwand. Und den gleichen Nervenkitzel empfand er bei der Jagd, wenn er lebende Geschöpfe verfolgte, die unter dem funkelnden Schein der Sterne vor ihm flohen.

Er hatte ihr das Zeichnen beigebracht. Sie hatten gemeinsam die Anatomie studiert, hatten die von ihr erlegten Tiere seziert. Sie hatte Muskeln, Knochen und Sehnen gezeichnet, während er ihr erklärte, das sei *sie*. Auch sie sei ein Wesen mit animalischen Instinkten, wie die Tiere, die sie jagten. Er wollte ihr begreiflich machen, wie urwüchsig die mit Erregung gepaarte Freude am Zeichnen und Modellieren war, wie eng verknüpft mit dem tief verwurzelten Jagdtrieb, der so alt war wie die Menschheit. Und falls sie jemals vergessen würde, wer sie war und *dass* sie lebte, sollte sie sich daran erinnern, dass die schöpferische Leidenschaft nicht mehr oder weniger wunderbar oder triumphierend sei als der Tod.

Da Skye ihren Vater liebte, hatte sie versucht Gefallen an der Jagd zu finden. Sie liebte die Spannung und Selbstvergessenheit, die sie im Atelier verspürte, und hatte sich nach besten Kräften bemüht, die Angst vor dem Berg zu bekämpfen. Sie empfand Scham und Widerwillen, wenn sie ein Lebewesen tötete, aber sie hatte Angst, es ihm zu sagen. Als sie nun das Foto vom Redhawk Mountain betrachtete, fiel ihr wieder ein, wie verzweifelt sie nach Ausreden gesucht hatte, um den Jagdausflügen zu entgehen. Da sie wusste, wie wirksam Carolines Fieber gewesen war, täuschte sie immer Halsschmerzen vor und hoffte, ihre Mutter würde darauf bestehen, dass sie zu Hause blieb.

»Hallo, Baby«, sagte Simon.
Sie zuckte zusammen, überrascht vom Klang einer menschlichen Stimme, als hätte einer der Männer auf dem Foto aus dem Grab zu ihr gesprochen.
»Hallo.« Skyes Stimme klang krächzend.
Sie starrten sich an, Mann und Frau. Sie schluckte bei seinem Anblick. Er sah melancholisch, sexy und besorgt aus. Allem Anschein nach hatte er seit langem nichts Anständiges mehr gegessen.
»Hast du dir mal überlegt, was du mir antust?« Er lehnte mit betrübtem Blick am Türrahmen. Langsam näherte er sich dem Bett, schlug vorsichtig die Laken beiseite und beugte sich hinab, um sie probeweise zu küssen.
»Dir?«
»Du hast das Auto zu Schrott gefahren«, flüsterte er. »Es wäre mein Tod gewesen, wenn du dich dabei umgebracht hättest.«
»Dein Tod? Dass ich nicht lache. Wie kannst du so etwas behaupten?«
»Wollen wir wetten?« Seit er bei ihr war, konnte er nicht umhin, sie ständig zu berühren – ihre verfärbte Wange, ihre Hände, ihre Lippen. Sie spürte die Hitze seines Körpers, die Luft, die zwischen ihnen zu knistern schien, und plötzlich drängten sie sich aneinander, die Haut eine beinahe unerträgliche Barriere, die sie trennte.
»Ich liebe dich, Skye«, flüsterte er. »Mehr als alles in der Welt. Es tut mit Leid, so schrecklich Leid.«
Sie wollte seine Entschuldigungen nicht hören. Sie spürte seine Arme, die sie umfingen, seine Hände, die ihren Rücken streichelten, und sie spürte, dass sie ohne ihn nicht gelebt, sondern nur vegetiert hatte – wie ein Tier, das weidwund am Wegrand lag.
»Sag etwas«, drängte er.
»Warum?«, fragte sie, weil es das Einzige war, was ihr einfiel.

»Weil ich ein Idiot bin. Wolltest du mich das fragen? Warum ich dich verlassen habe?«
Skye wusste es nicht. Sie wünschte sich nur eines, dass er sie fest hielt. Sie spürte ihr Blut im gleichen Takt pulsieren, unmittelbar unter der Haut, spürte, wie der Trost der Liebe, der Zuneigung, des menschlichen Kontakts sie überflutete. Er linderte ihren Kummer und ihre Verzweiflung. Er verdrängte ihre Gedanken an Andrew. Doch da er eine Antwort erwartete und weil sie Angst hatte, ihn wieder zu verlieren, wenn sie schwieg, sagte sie: »Ja.«
»Es war allein ihre Schuld, weißt du. Bibas.« Skye reagierte nicht darauf. Sie schloss die Augen und spürte, wie er ihren Rücken streichelte. »Sie hat es darauf angelegt. Du kennst ja die Aktmodelle. Was will man auch von einer erwarten, die sich für Geld auszieht? Dass sie unsere Ehe respektiert?«
»Das sollte eigentlich unsere Aufgabe sein«, rutschte es Skye heraus.
Simon hörte augenblicklich auf, ihren Rücken zu streicheln, setzte sich kerzengerade hin und sah Skye abschätzend an. »Alles in Ordnung bei dir? Haben sie vor, dich bald zu entlassen, oder was?«
»Ich hoffe es.«
Nun, da sich Simon von ihr zurückgezogen hatte, wandelten sich ihre Gefühle. Sie kühlten ab. Es war, als ob seine physische Nähe eine betäubende Wirkung auf sie hätte, als ob die Illusion von ihrer Liebe sie beruhigen und den Sturm, der in ihrem Innern tobte, besänftigen könnte. Sie sehnte sich nach seiner Umarmung, aber sie erkannte ganz klar, dass Alkohol die gleiche Wirkung gehabt hätte. Oder eine Schmerztablette.
»Was ist denn das?«, fragte Simon, auf das Fotoalbum schauend.
»Nur Familienfotos.« Skye blätterte um und betrachtete eine Reihe von Kinderbildern, die auf St. Lucia entstanden waren.

Sie vertiefte sich in den Anblick der Palmen, der großen weißen Wolken am strahlend blauen Himmel und des schwarzen Speerfisches, den ihr Vater gefangen hatte und der über dem Dock neben der gecharterten Hochseeyacht hing.

»Hugh wie er leibt und lebt«, meinte Simon mit einem bewundernden Lachen. »Oder hast du den Speerfisch erlegt?«

»Nein, er.« Und dann sagte sie: »Um noch einmal auf das zurückzukommen, was du vorhin bemerkt hast. Dass es dein Tod wäre. Ich würde deinen Tod nicht wollen. Ich würde nie etwas tun, was dich verletzt. Das weißt du doch, oder?«

»Klar, Baby.« Er streichelte ihren Rücken und saß so dicht neben ihr, dass ihre Körper beinahe eins waren. »Das weiß ich.«

Augusta Renwick war neugierig, was die Schatzsucher und ihr Treiben anging. Seit Caroline da gewesen war und sie auf die Schiffe vor dem Moonstone Reef aufmerksam gemacht hatte, hielt Augusta ihren Aussichtsposten am Fenster besetzt. Durch Hughs Feldstecher spähend, hoffte sie, einen Blick auf die glitzernden Objekte zu erhaschen, die aus der Meerestiefe heraufgeholt wurden.

Solange sie sich auf diese berückende Beschäftigung konzentrierte, konnte sie die Tatsache vergessen, dass ihre jüngste Tochter im Krankenhaus lag. Nein, nicht vergessen, aber vorläufig hintanstellen. Sie war Dr. Henderson im Gang vor Skyes Zimmer begegnet, und sie hatten einen großen Bogen umeinander gemacht. Sie misstraute ihm. Seine pflichteifrige Stimme mit der vorgetäuschten menschlichen Wärme jagte ihr einen Schauer über den Rücken.

Während Augusta am Panoramafenster stand, versuchte sie zu erkennen, was die Männer auf dem Boot begutachteten. Sie beugten sich über irgendetwas und hoben es ans Licht. Muss etwas Aufregendes sein, dachte sie. Sie stellte das Okular schärfer ein.

Diese unbedeutende Geste, nicht mehr als eine leichte Bewegung ihrer beiden Hände, erinnerte sie an eine Begebenheit vor zwanzig Jahren. Sie hatte ebendiesen Feldstecher mitgenommen, um Hugh und einer Frau auf einer Wiese nördlich von Hawthorne nachzuspionieren, und sie spürte, wie Scham- und Wutgefühle sie erneut überkamen. Sie hatte die Mädchen im Schlepptau gehabt, die damals noch klein waren – neun, sieben und vier Jahre alt. Sie hatte ihnen nicht erklärt, was sie tat, aber vermutlich ahnten sie etwas.

Ihre Töchter besaßen eine ausgeprägte Intuition, eine Gabe, die zuweilen ein Fluch sein konnte.

Sie kniff die Augen zusammen und konzentrierte sich auf das Schiff, aber die Spannung war verpufft, vertrieben von ihrem schlechten Gewissen. Was für eine Mutter war das, die ihre Töchter mitnahm, um deren Vater nachzuspionieren?

Vielleicht sollte sie sich eine Tasse Tee machen. Sie ging in die Küche. Eine kühle Brise blähte die weißen Gardinen an den Fenstern auf. Die Luft war frisch und roch nach Meer und Kräutern aus dem Garten. Augusta setzte den Wasserkessel auf, dann ging sie durch die Fliegengittertür in den kleinen, vertieft angelegten Kräutergarten. Homer folgte ihr hechelnd.

Kreisförmig angeordnet, wuchsen Pflanzen im Garten, die bereits hundert Jahre alt waren. Augusta hatte Schösslinge und Ableger aus dem Garten ihrer Mutter in Jamestown und aus dem Garten ihrer Großmutter in Thornton. Immer wenn sie nach draußen kam, um Rosmarin, Salbei oder Thymian zu pflücken, spürte sie die Liebe dieser beiden Frauen, die ewig währte. Augusta hatte keine Geschwister. Sie war ein Einzelkind, und als sie drei Mädchen zur Welt brachte, war das für sie ein Segen und das schönste Geschenk gewesen, das sie sich vorstellen konnte.

Dass die Schwestern sich so nahe standen, wie Augusta es

selbst nie erleben durfte, hatte sie glücklich gemacht, als wäre es ihr Verdienst gewesen, ihnen etwas so Kostbares mit auf den Weg zu geben. Seufzend nahm sie auf einer Steinbank Platz. Sie bückte sich und ließ ihre Finger durch ein Büschel Minze gleiten, mit dunkelroten Stängeln und Blättern von einem stumpfen Grün. Als sie an ihrer Hand roch, fühlte sie sich in den Garten ihrer Großmutter zurückversetzt, bei der sie all die Liebe und Geborgenheit erfahren hatte, die sich ein Kind nur wünschen konnte. Genau die Gefühle, die sie ihren eigenen Töchtern und deren Kindern so gerne vermittelt hätte.
Sie hörte ein Auto die Auffahrt heraufkommen. Das brach den Bann, doch Augusta blieb trotzdem, wo sie war. Sie erkannte am Motorengeräusch, dass es Carolines alter Jeep war. Augusta hätte ihr entgegengehen können, um sie zu begrüßen, aber sie rührte sich nicht vom Fleck. Sie wusste, dass es gut war, wenn Caroline sie im Kräutergarten antraf. Das würde sie milde stimmen. Die Kräuter stellten eine stillschweigende Verbindung zu einer glücklichen Vergangenheit her, zu Carolines geliebter Großmutter und Urgroßmutter.
Homer lief zu Caroline, und Augusta wusste, dass er sie zu ihr führen würde.

»Hallo, Mom.«
Augusta öffnete die Augen. Sie sah verwirrt aus, als hätte sie geschlafen. Sie saß auf einer Bank im Garten, trug ihre Perlen und einen Strohhut gegen die Sonne, und in der Hand hielt sie ein Bündel Kräuter. Der Anblick ihrer Mutter, die im Kräutergarten der Großmütter saß und die Sonne und die Meeresbrise genoss, rührte Caroline.
»Caroline!«, rief sie lächelnd aus.
»Ich dachte, ich gehe eine Runde schwimmen. Hast du Lust, deinen Badeanzug anzuziehen und mich zum Strand zu begleiten?«

»Das ist eine gute Idee. Lass mich nur schnell den Teekessel vom Herd nehmen.«

Caroline ging nach oben, um sich umzuziehen. Sie benutzte das Schlafzimmer, das ihr Mädchenzimmer gewesen war. Es bot einen Ausblick auf den Strand, und von hier aus konnte sie auch Joes Schiff sehen. In ihrem schwarzen Badeanzug durchquerte sie barfuß den Flur im rückwärtigen Trakt von Firefly Hill. Dieser Teil des Hauses war kahl und dämmrig. Die Fußböden bestanden aus dunkler Eiche, die holzgetäfelten Wände waren geschwärzt vom Alter. Die Schlafzimmer und Wohnzimmer waren dagegen hell und voll mit Bildern und Möbeln. Dieser Bereich des Hauses, als Dienstbotentrakt angelegt, war ihnen immer unheimlich erschienen, und Caroline und ihre Schwestern hatten sich vor den Gespenstern gefürchtet, die in der Dunkelheit lauerten.

Sie stieg die Verandastufen hinunter und wartete draußen auf ihre Mutter. Gemeinsam überquerten sie die Wiese, liefen durch das hohe Gras und die Wildblumen. Caroline ging voraus, über die lange Felsentreppe zum Strand hinab, der dreißig Meter unter ihnen lag. Als sie ein Viertel der Strecke hinter sich hatten, hörte sie, dass ihre Mutter stehen blieb.

»Kommst du, Homer?«, rief sie.

Der alte Hund stand auf der obersten Stufe. Die Sonne zauberte goldene Lichtreflexe auf sein schütteres Fell. Aus diesem Winkel sah er jung und quicklebendig aus. Caroline erinnerte sich, wie gerne er im ersten Sommer am Strand entlanggelaufen war. Als Berghund geboren, hatte er den Strand bald lieben gelernt.

»Homer?«, rief Augusta noch einmal. Sie zögerte, während sie zu ihm hinaufblickte. Ihre Haltung wirkte angespannt, drängend. Es schien, als wollte sie ihn zwingen, sich endlich in Bewegung zu setzen. »Er ist müde, Mom«, sagte Caroline sanft.

»Vermutlich hast du Recht.« Wortlos folgte sie Caroline die Felsenstufen hinab.
Die Zeit, die sie miteinander beim Schwimmen verbrachten, war für beide kostbar. Caroline nahm sich im Sommer mindestens zwei- bis dreimal im Monat frei, um den Spätnachmittag mit ihrer Mutter am Strand zu verbringen. Sie gingen ins Wasser. Es war kalt und sehr salzhaltig, und Caroline schwamm zu dem großen vorgelagerten Felsen hinaus und zurück. Sie spürte, wie das Meer ihren Körper umspülte, und fühlte sich wie neugeboren, wenn sie bei Flut mit ihrer Mutter schwimmen ging. Sechsunddreißig Sommer lang hatten sie dieses Ritual gepflegt, und immer betete sie aufs Neue, dass ihnen ein weiteres Mal vergönnt sein möge, ein weiteres Mal miteinander schwimmen und ein weiterer gemeinsamer Sommer.
Danach legten sie sich am Strand auf getrennten Tüchern in die Sonne. Es war fast fünf, aber es war noch warm, und das Licht wirkte wie vergoldet. Es glitzerte auf dem Meer und verlieh den kleinen Kieselsteinen, die nass waren von den Wellen, das Aussehen von Bernsteinperlen. Während ihre Mutter ein Buch aufschlug und zu lesen begann, blickte Caroline aufs Meer hinaus. dort hinten lag die *Meteor,* schaukelte auf den Wellen. In nur wenigen Stunden würde sie an Bord des Schiffs zu Abend essen.
Caroline nahm Clarissas Tagebuch aus ihrer Tasche. Es war das Original, das Maripat ihr gegeben hatte, weshalb sie es vorsichtig in einiger Entfernung vom Sand hielt.

1. August 1769
Heute sieben Schoner, eine Brigg und ein Barkschiff gezählt. Zweiundzwanzig rote Seesterne gefunden. Nach dem Mittagessen zwei Joe Froggers gegessen. Drei Adler, zwanzig Fischadler und mehr als hundert Silbermöwen gesehen. Mehr als tausend

Silbermöwen. Mehr als siebentausend Silbermöwen. Aber weit und breit keine Freunde! Kein Mädchen in meinem Alter, mit dem ich spielen könnte. Nur Mama und Pa, wenn er nicht zu müde ist. Morgen Früh wollen wir Venusmuscheln suchen.

4. August 1769
Pa hat vier Gänse geschossen. Bei dem Knall aus seinem Gewehr bin ich furchtbar erschrocken und habe geweint, doch keine Spur von Mama. Sie war nicht da. Ich habe überall nach ihr Ausschau gehalten, aber sie erst gefunden, als es schon fast dunkel war, an der Südküste, wo der Wal gestrandet ist. Ich wollte die Suche schon fast aufgeben. Mama war genauso traurig wie damals, als Großmutter starb und wir nach Providence fahren mussten, um sie zu beerdigen, aber heute ist niemand gestorben. Sie hat behauptet, dass sie nicht geweint hat, aber das stimmt nicht, denn als ich ihr einen Kuss gegeben habe, hat sie nach Tränen geschmeckt. Ich habe ihr von den Gänsen erzählt und dachte, sie würde sich freuen, weil wir Weihnachten immer Gänsebraten essen, aber sie weinte nur noch mehr.

»Was ist denn das?«, fragte Augusta neugierig.
»Ein uraltes Tagebuch«, antwortete Caroline zögernd. »Von einem kleinen Mädchen, das sein Leben beschreibt. In diesem Teil geht es um ihre Mutter.«
»Liebt es sie?«
»Sehr.«
»Gut«, sagte Augusta zufrieden.
Merkwürdige Frage, dachte Caroline. Vor allem von einer Frau, die selbst Mutter war.
Wieso war sie so verunsichert? War sie das auch schon gewesen, als die Mädchen noch klein waren? Vielleicht war das eine Erklärung für viele Geschehnisse, für die Jagdausflüge, die ewigen Streitereien, die Trennungen und Versöhnungen

zwischen Augusta und Hugh. Caroline litt mit ihrer Mutter, damals wie heute.

»Das Tagebuch stammt von Clarissa Randall, der Tochter der Frau, die bei dem Schiffsuntergang ums Leben kam.«

»Da draußen auf dem Wrack?« Augusta beschattete ihre Augen, während sie die Schiffe am Horizont betrachtete.

»Ja.«

»Faszinierend, Liebes! Ich beobachte sie seit Tagen. Sie scheinen Fortschritte zu machen. Sie arbeiten Tag und Nacht. Oh, ich habe eine wunderbare Idee …«

»Und die wäre?«

»Du solltest dem Kapitän des Schiffs eine Kopie dieses Tagebuchs schicken. Wäre das nicht toll? Ich bin sicher, dass er es außerordentlich hilfreich finden würde. Vielleicht gibt es irgendeinen Geheimkode in dem Tagebuch, eine Art verschlüsselte Botschaft darüber, wo der Schatz vergraben ist.«

»Mom!«

»Liebes, ich meine es ernst. Ich bin sicher, der Kapitän würde dir vor Freude um den Hals fallen.«

Caroline überlegte, ob sie ihrer Mutter sagen sollte, dass der Kapitän Joe Connor war. Sie hatte das Bedürfnis, ihr zu erzählen, dass er das Schiff befehlige, dass sie ihm bereits eine Kopie des Tagebuchs geschickt habe und dass er wegen der Briefe, die sie ihm vor langer Zeit geschrieben hatte, den Schatz der *Cambria* bergen wolle. Aber Skye lag im Krankenhaus, und ihre Mutter hasste alles, was den Namen Connor trug. Sie waren für Augusta der Feind, die Verkörperung des Bösen schlechthin.

»Erinnerst du dich an den Schatz, den wir gefunden haben, Liebes? Ich meine den goldenen Armreif?«, fragte Augusta, das Thema wechselnd.

»Ja, den Vater dir geschenkt hat.«

»Fliegst du nun nach Schottland?«, nahm Augusta die Unterhaltung wieder auf, nachdem sie lange geschwiegen und an Hugh gedacht hatte. »Sagtest du nicht irgendetwas von einer Spritztour?«

»Ja.« Mit einem Mal wünschte Caroline, sie würde heute Abend verreisen. »Aber im Moment kann ich nicht weg.«

»Du bist ständig auf Achse. Wenn ich Michele anrufe, heißt es dauernd, dass du gerade nach ich weiß nicht wohin geflogen bist.«

»Nicht dauernd.«

»Ich bin froh, Caroline, dass du jetzt nicht weg musst. Skye braucht dich. Ich gebe mir die größte Mühe, immer für sie da zu sein, aber ich weiß, dass sie im Grunde nur dich um sich haben will.«

Caroline hörte den Schmerz in der Stimme ihrer Mutter. Sie hätte ihr gerne gesagt, sie sei eine wunderbare Mutter und sie irre sich, Skye brauche sie mehr als jeden anderen Menschen auf der Welt. Aber sie wusste, dass Augusta ihr nicht geglaubt und die Lüge lediglich zur Folge gehabt hätte, dass sie sich noch schlechter fühlte.

»Sie liebt dich, Mom«, sagte Caroline wahrheitsgemäß.

»Ich weiß. Aber ich wünschte, ich wäre früher mehr für sie da gewesen, hätte meine Chance nicht verpasst.«

Die Worte hingen in der Luft und erinnerten Caroline an die Fehler und Versäumnisse, die trotz aller Liebe vorkamen. Zögernd blickte sie aufs Meer hinaus, zu dem weißen Schiff, das in der Sonne glänzte. Sie dachte an Skye, die betrunken gewesen war und sich auf dem Weg zu Joe befunden hatte. Dass ihre beiden Tragödien miteinander verknüpft waren, lag auf der Hand, eine Tatsache, der man sich nicht entziehen konnte.

Auch nicht durch einen Nachtflug nach Schottland.

»Das war herrlich. Danke, dass du hergekommen bist, um eine Runde mit mir zu schwimmen«, sagte Augusta.

»Das war die beste in diesem Sommer.« Caroline wünschte, sie hätte ihrer Mutter ein größeres, ein wichtigeres Geschenk machen können.

»Ich bin müde.« Augusta packte ihre Sachen zusammen. »Es war schön, mit dir am Strand zu sitzen. Einfach nur beieinander zu sein. Das ist alles, was zählt, Caroline. Unter dem Strich ist das Beisammensein das Einzige, was wichtig ist.«

Augusta rappelte sich hoch. Ihre Füße rutschten im Sand weg, aber sie erlangte ihr Gleichgewicht wieder. Als Caroline die Hand ausstreckte, um ihr beim Aufstehen zu helfen, empfand sie eine überwältigende Liebe für ihre Mutter, für ihre Lebensweise, für die Ängste, die zu begraben sie sich so große Mühe gab, für alles, was sie niemals kennen und erleben würde. Die Zärtlichkeit für ihre Mutter, die langsam alt wurde, war so groß, dass sie sich auf die Lippe beißen musste.

Homer hatte die beiden Frauen wohl kommen sehen. Er hatte sich erhoben und bellte vor Freude. Auf dem Felsplateau stehend, über der ersten Treppenstufe, wirkte er wie der Wächter von Firefly Hill. Er bellte wie verrückt.

»Er hat bestimmt Hunger«, sagte Caroline.

»Nein, Liebes.« Augusta überprüfte lächelnd, ob sich die Perlenkette noch an ihrem Hals befand. »Er ist nur glücklich, weil wir nach Hause kommen.«

Caroline schwieg und verzog keine Miene. Doch als sie am Strand entlanggingen, spürte sie eine tiefe Zufriedenheit. Bald würden sich die Feuerfliegen aus ihrem Versteck wagen und ihren nächtlichen Tanz beginnen. Die *Meteor* lag draußen auf dem Meer zu ihrer Rechten; sie hatte keine Ahnung, wie das Treffen heute Abend verlaufen würde. Doch der Sand unterhalb der Gezeitenlinie fühlte sich kühl unter ihren nackten Füßen an, und sie musste an sich halten, um nicht Augustas

Hand zu ergreifen. Sie war sechsunddreißig Jahre alt, aber immer noch glücklich, wenn ihre Mutter sich auch wie eine Mutter verhielt.

7. Juli 1978
Lieber Joe,
natürlich wünschen wir uns auch weiterhin, dass der Schatz der Cambria *geborgen wird, aber gestern ist etwas Aufregendes passiert. Meine Mutter und ich waren schwimmen, als ich plötzlich etwas Goldenes im Sand glitzern sah. Ich dachte, eine Feuerfliege sei vom Himmel gefallen! Ich lief hin, um es aufzuheben, und da war es ein Armreif. Nicht von der* Cambria, *sondern von meiner eigenen Familie! Mein Vater hatte ihn vor langer Zeit meiner Mutter geschenkt, und sie hatte ihn im letzten Sommer verloren. Er war den ganzen Winter unter dem Sand begraben, sicher und geborgen, und wartete darauf, von uns gefunden zu werden.*
Gib die Hoffnung nicht auf, Joe, das nächste Mal sind es Goldmünzen, und dann werde ich Dir eine schicken.
Alles Liebe
Caroline

15. Juli 1978
Liebe Caroline,
apropos sicher und geborgen – unter dem Sand liegt bestimmt noch mehr begraben als der Armreif Deiner Mutter. Die alten Spieren der Schiffe sind vermutlich immer noch erstklassig erhalten. Trotzdem, das mit dem Armreif finde ich wirklich Klasse. Ich wünschte, ich könnte einen Strandspaziergang machen und dabei die goldene Uhr meines Vaters finden. Er trug sie immer, und manchmal fände ich es schön, wenn ich sie hätte.

Es ist wie verhext. Wenn man nicht aufpasst, beginnt man plötzlich Dinge zu vermissen, an die man sich kaum erinnert. Pass auf Dich auf, C.

Joe

PS: Ihr habt wirklich Feuerfliegen, die verzaubert sind.

8

Kurz vor acht saß Caroline in ihrem Wagen auf dem Pier und wartete darauf, dass Joe sie abholte. Der Abend war kalt und kristallklar geworden, die See spiegelglatt, und kein Lüftchen wehte. Die Sonne war soeben untergegangen, und der Horizont glühte noch tiefrot und purpurfarben, während der Himmel verschiedene Silberschattierungen annahm und dann zu Violett und Pechschwarz überwechselte. Das Meer erinnerte an eine sanft schimmernde Fläche aus Onyxmarmor.

Caroline sah, wie sich ein Beiboot mit Außenbordmotor näherte. Seine Lichter zeichneten sich hell gegen den Horizont ab. Sie stieg aus und ging zum Pier hinunter. Caroline war nervös, sie zitterte innerlich vor Anspannung, und ihre Wachsamkeit war erhöht. Ihr Vater hatte ihnen beigebracht, ihrer Angst Aufmerksamkeit zu schenken, sich auf ihren Instinkt zu verlassen.

Sie winkte ihm zu. Als Joe bei ihr war, streckte er die Hand aus, um ihr ins Boot zu helfen, und sie gab ihm die Flasche Wein, die sie mitgebracht hatte. Sie trug Jeans und eine beigefarbene Kaschmirjacke über einem Seiden-T-Shirt. Dann schlüpfte sie in die dicke marineblaue Wolljacke, die sie aus dem Auto mitgenommen hatte.

»Gute Idee«, sagte er nickend. »Draußen auf dem Wasser ist es kühl.«

»Dachte ich mir schon.«
»Es wird eine klare, wolkenlose Nacht.« Er musterte den Himmel.
»Klare Nächte sind oft die kältesten«, entgegnete Caroline und fragte sich, ob sie den ganzen Abend über das Wetter reden würden. »Danke für die Einladung.«
»Ich danke für das Tagebuch«, sagte Joe, ihr Lächeln erwidernd.
Er startete den Motor. Das Boot schoss so schnell davon, dass es Caroline beinahe von den Füßen gezogen hätte. Sie hielt sich an der Seite des Boots fest. Das hätte gerade noch gefehlt, vor Joe eine Bauchlandung zu machen. Sie befand sich schließlich nicht zum ersten Mal auf See. Aber kein Wunder, dass sie nicht standfest war, wenn er wie ein Verrückter fuhr! Gischt spritzte vom Bug herüber, und Carolines Gesicht prickelte. Das Röhren des Motors machte ein Gespräch unmöglich. Joe konzentrierte sich darauf, das Boot zu lenken. Sie ertappte sich dabei, wie sie seine bloßen Handgelenke anstarrte. Er hatte ein dunkelgrünes Hemd aus Sämischleder an, das vom vielen Tragen abgenutzt war, und die Ärmel hochgekrempelt. Seine Handgelenke waren kräftig, mit gelocktem blondem Flaum bedeckt. Sie zu fixieren war sicherer als ihm ins Gesicht zu blicken. Als sie zurückschaute, entdeckte sie Firefly Beach mit seinem grüngolden glänzenden Gras.
Mehrere größere Boote tauchten in der Ferne auf. Helle Lichter erleuchteten den Rumpf des einen, und die Sandfontäne, die Caroline von Firefly Hill aus gesehen hatte, schoss in hohem Bogen aus dem Meer empor. Gestalten bewegten sich an Bord hin und her. Joe drosselte den Motor und sagte etwas ins Mikrofon, was sie nicht verstand. Eine Antwort ertönte, die eher einem Rauschen als einer menschlichen Stimme glich. Joe nahm noch mehr Gas weg, sodass ihr Boot ruhig lag und über die leichten Wellen glitt.

Rot-weiße Tauchwimpel markierten die Oberfläche an zwei Stellen. Joe fuhr vorsichtig um sie herum, machte das Boot an einer Leiter am Heck des kleineren Schiffs fest, und sie kletterten an Bord.

Das Bild, das sich ihr bot, war spannend und chaotisch; es sah aus wie auf einem Schlachtfeld. Ein Kompressor hämmerte wie eine Dampfmaschine. Die Fontäne aus Sand und Meerwasser, die direkt vor ihrer Nase in die Luft gespien wurde, knarzte und hätte aus einem geplatzten Boiler oder einer heißen Springquelle stammen können. Taucher in Kälteschutzanzügen standen an der Reling Spalier. Andere schwammen zwischen dem Schiff und den Wimpeln hin und her, ihre glatten schwarzen Köpfe glänzten wie Seehunde. Zwei Männer saßen an Deck und entfernten mit weichen Pinseln den Sand von Gegenständen, die wie Baseballbälle aussahen, auf denen Rankenfußkrebse eine Kruste gebildet hatten.

»He, Skipper, ich hab da was!«, rief einer der Männer. Joe forderte Caroline mit einer Geste auf, ihm zu folgen, und ging hinüber. Er beugte sich hinunter, hörte aufmerksam zu, nickte und antwortete. Dann nahm er einen der Bälle und reichte ihn Caroline. Er passte gerade in Joes Handfläche und schien lange Zeit unter Wasser gelegen zu haben. Krebse und moosgrüne Algen bedeckten die gesamte Oberfläche.

Der Ball wog mehr als eine Hantel. Er war so schwer, dass Caroline ihn kaum halten konnte und ihn beinahe fallen gelassen hätte. Joe sagte etwas zu ihr, aber sie konnte nichts verstehen, weil der Kompressor solchen Lärm machte. Sie zuckte mit den Schultern. Joe grinste. Vermutlich belustigte es ihn, dass ihr das Monstrum um ein Haar auf den großen Zeh gefallen wäre.

»Eine Kanonenkugel. Wir haben sie heute gefunden!«, rief er, den Mund dicht an ihrem Ohr.

»Wow!«, stieß Caroline aus, wider Willen begeistert. Sie bückte sich, um die Gegenstände genauer in Augenschein zu nehmen. Ein Stapel Münzen war darunter, ebenfalls von Meeresgetier bedeckt. Joe hob eine auf. Er ließ die Münze in ihre Hand gleiten. Die Schalen der Rankenfußkrebse fühlten sich scharf und rau an.

»Von der *Cambria!«,* sagte sie. Es war eine Feststellung, keine Frage.

»Genau.«

Sie drehte die Münze um und betrachtete sie eingehend. Als sie sie zurückgeben wollte, schloss sich Joes Hand um ihre. Sein Griff war so hart, dass sich die Krebsschale in ihre Hand bohrte.

»Für dich.«

»Danke.« Caroline blies auf die Kratzer in ihrer Handfläche. Die Lichter, die das Meer ringsum erhellten, waren gleißend und weißblau. Die beiden großen Boote waren miteinander vertäut. Joe half Caroline über die Reling zu klettern, um vom kleineren auf das größere Schiff zu gelangen. Es war siebzig Fuß lang, schnittig, hochseetüchtig und mit allem ausgestattet, was man für die Arbeit braucht. Weit und breit nichts als glasverstärkter, glänzender Kunststoff, rostfreier Stahl, Aluminium. Caroline spähte ins Ruderhaus, wo überall Instrumente und Messgeräte blinkten. Es erinnerte sie an die Kommandozentrale eines verrückten Meeresforschers aus einem Science-Fiction-Film.

Die Männer hatten alle Hände voll zu tun, waren aber neugierig, wie sie aus ihren Blicken ersehen konnte. Joe ging mit ihr von einem zum anderen und stellte ihr in voller Lautstärke seine Crew vor. Caroline nickte herzlich und schüttelte nasse, kalte Hände. Sie spürte, dass die Männer sie einzuordnen versuchten. Wurde sie mit anderen Frauen verglichen, die Joe mit aufs Schiff gebracht hatte? Oder waren sie nicht

daran gewöhnt, dass Joe eine Frau an Bord hatte? Egal, was für einen Unterschied machte das schon.
Sie stand im Ruderhaus, während Joe seine Männer an Deck zusammentrommelte. Er wartete, bis sich alle eingefunden hatten, und sagte dann ein paar Worte. Plötzlich verstummte der Kompressor, die Lichter erloschen, und die Männer verließen *en masse* das Schiff wie Nachtschwärmer ein Fest und gingen an Bord des kleineren Boots. Jemand startete den Motor, die Männer winkten ein letztes Mal, und das Boot preschte davon.
»So ist es besser. Jetzt kann ich dich wenigstens hören. Der Lärm war ja nicht auszuhalten«, sagte Joe. Er stand eine Handbreit von Caroline entfernt. Seine Haare waren zerzaust und fast so nass, als wäre er gerade von einem Tauchgang zurückgekommen. Er lachte unbekümmert und verwegen, und seine dunkelblauen Augen blitzten.
»Was ist passiert?«
»Nichts. Sie sind auf dem Weg zu deinem Gasthof. Ich habe ihnen heute Abend freigegeben.«
»Aha. Allein auf hoher See mit Joe Connor. Hast du vor, mich über Bord zu werfen?«
»Nein. Ich dachte nur, wir haben uns nach all den Jahren einiges zu erzählen, und wollte nicht, dass die ganze Mannschaft die Ohren spitzt.«
»Meinetwegen wäre das nicht nötig gewesen«, entgegnete Caroline, obwohl sie sich insgeheim darüber freute. Es war eine nette Geste, wenn ein Mann über seinen eigenen Schatten sprang und die Arbeit unterbrach, nur um sich in Ruhe mit ihr zu unterhalten.
»Wie wäre es mit einem Glas Wein?«, fragte er, und Caroline sah, dass er die Flasche, die sie mitgebracht hatte, in der linken Hand hielt. »Oder lieber etwas anderes?«
»Für mich bitte Wein.«

Er verschwand nach unten und kehrte gleich darauf mit einem Weinglas, einem Korkenzieher und einem weiteren Glas zurück, dessen Inhalt nach Saft aussah. Sie gingen an Deck, in die Nachtluft hinaus. Sie war klar und von schneidender Kälte. Die ersten Sterne funkelten am Himmel.

Sie lehnten sich an die Reling. Ohne die Mannschaft wirkte das Schiff plötzlich still und dunkel. Die Wellen schwappten leise gegen den Rumpf. Der Generator summte unten, aber das Geräusch störte nicht, wirkte in seiner Eintönigkeit sogar beruhigend. Aus dem Ruderhaus drang gedämpftes grünes Licht vom Radarschirm des Loran-Navigationssystems zu ihnen herüber und verbreitete gemeinsam mit dem warmen Schein der Messinglampe eine anheimelnde Atmosphäre. Caroline merkte, wie verkrampft vor lauter Anspannung ihre Schultern waren.

»Herrlich ist es hier.«

»Ich weiß, du hast das Wasser immer geliebt«, erwiderte er. »Salzwasser vor allem.«

»Das tue ich heute noch.«

»Ich auch.«

»Es freut mich, dass du eine Möglichkeit gefunden hast, deinen Lebensunterhalt auf See zu verdienen. Wann ist dir der Gedanke zum ersten Mal gekommen, die Schatzsuche zum Beruf zu machen?«

»Als ich den Brief von dir erhielt, in dem du die *Cambria* erwähnt hast.«

Sie lachte und trank einen Schluck Wein. »Nein, im Ernst.«

»Ja, wirklich. Allerdings nahm der Gedanke erst nach dem Studium richtig Gestalt an, während meiner ersten großen Fahrt im Indischen Ozean auf einem kleinen Forschungsschiff, das Studien über Sedimente und Salzgehalt durchführte. Dabei sind Wrackteile von einem Schiff in unser Netz gelangt, das vor rund tausend Jahren untergegangen war, und das weckte mein Interesse. An dem Tag haben wir eine Menge Gold heraufgeholt.«

»Vor tausend Jahren, sagst du?«

»Ja. Es handelte sich um ein türkisches Schiff, die Eigner waren Seidenhändler, und es war beladen mit Saphiren und Rubinen, Goldmedaillons, vergoldeten Statuen, Goldbarren, Bernsteintropfen und Münzen aus dem Jahre 990.«

»Sensationell!« Caroline stellte sich vor, wie aufregend es für Joe gewesen sein musste, auf einem Schiff zu fahren, das einen Schatz ans Tageslicht beförderte. »Hast du danach überhaupt noch als Meeresforscher gearbeitet?«

»Ein paar Jahre. Ich war im Scripps Institute in La Jolla und in Woods Hole, im Ozeanographischen Institut. Aber in meiner Freizeit habe ich alles verschlungen, was mir über Schiffswracks in die Hände fiel. Die alten Legenden aus aller Herren Länder, erfolglose Tauchversuche, kurzum alles, was ich dazu fand. Im Urlaub habe ich die Örtlichkeiten abgeklappert, die mir am wahrscheinlichsten erschienen, und sie vermessen. Ich habe eisern gespart und bin dann zum ersten Mal mit einer richtigen Bergungsausrüstung getaucht. Ich hatte Glück und konnte mit dem Verkauf der Fundstücke das nächste Projekt finanzieren.«

»Hast du die Forschungsarbeit ganz aufgegeben?«

Joe schüttelte den Kopf. »Nein. Ich konnte meine Kenntnisse immer gut gebrauchen. In gewisser Weise führe ich heute sogar mehr Forschungsprojekte durch als früher. Aber in freier Mitarbeit. Ich will mein eigener Herr bleiben und nicht an eine Forschungsinstitution gebunden sein.«

»Und jetzt forschst du nach dem Schatz der *Cambria.*« Caroline betrachtete gedankenverloren das dunkle Wasser.

»Ich habe sie nie vergessen können, trotz all der Jahre, die seither vergangen sind, und ganz gleich, in welchem Ozean ich mich auch befand. Ich dachte oft an die *Cambria,* die in den Gewässern vor Neuengland lag, und wusste, dass ich irgendwann hierher kommen musste.«

»Und, entspricht sie deinen Erwartungen?«

»Ja.« Joe starrte aufs Meer, als wollte er seine unergründliche Tiefe mit Blicken durchdringen.

»Es ist gut, dass du hier bist«, hörte sich Caroline zu ihrer eigenen Verwunderung sagen. »Besser du als ein anderer. Ich finde es richtig … ich meine, dass *du* nach dem Schatz der *Cambria* tauchst. Es überrascht mich allerdings, dass vor dir noch kein anderer auf die Idee gekommen ist.«

»Es gab schon einige Versuche. Aber sie befindet sich an einer Stelle, die ihre Tücken hat. Man braucht … nun, eine gewisse Erfahrung, um an sie heranzukommen, ohne dabei Kopf und Kragen zu riskieren.«

»Hast du nicht behauptet, dass du etwas von deinem Metier verstehst?« Caroline lachte und trank einen Schluck Wein.

»Das ist nicht der springende Punkt«, erwiderte Joe. »Wichtig ist vielmehr eine erstklassige Crew und ein gutes Schiff. Und nicht zu vergessen das nötige Kleingeld, um die Bergungsaktion richtig aufzuziehen.«

»Und nun hast du auch noch Clarissas Tagebuch.«

»Es ist nicht so einfach zu tauchen, wenn man das Tagebuch gelesen hat. Man fühlt sich unwillkürlich in das Leben der Menschen einbezogen, die in Zusammenhang mit dem Wrack stehen.«

»Ist das für dich ein Problem?«

Joe dachte einen Moment nach und betrachtete die Sterne über dem Horizont. »Ja«, sagte er. »Ich finde es beunruhigend. Aber trotzdem möchte ich mehr darüber erfahren.«

»Warum beunruhigend?«

»Es ist schwer, neutral zu bleiben. Ich bin bei meinen Bergungsprojekten schon früher auf menschliche Überreste gestoßen, aber …«

»Aber was?«
»Das waren für mich nur Skelette, anonym, ohne Namen. Durch das Tagebuch wird die ganze Aktion persönlicher. Und ich rede nicht von den Parallelen, die du in deinem Begleitbrief erwähnt hast.«
Caroline hätte sich gerne über ihre gemeinsame Geschichte unterhalten, Joes und ihre, aber sie wusste nicht recht, wie sie die Sprache darauf bringen sollte. Einzelne Worte gingen ihr durch den Kopf, Bindeglieder zwischen der Vergangenheit, in der sie die Briefe geschrieben hatte, und der Gegenwart. Wie hatten sie Zeit und Raum überbrückt? Der Wind frischte auf. Carolines Finger am Glas waren eisig, Wangen und Stirn prickelten vor Kälte. Joe sah, dass sie zitterte.
»Komm, lass uns hineingehen.«
»Mir gefällt es aber hier draußen«, entgegnete sie und sah sich um. Der Wind wehte ihr ins Gesicht. Er peitschte ihr die langen dunklen Haare in die Augen, und sie strich sie zur Seite. Es gab da etwas, das sie ihm sagen musste.
»Genauso habe ich es mir immer vorgestellt«, unterbrach er ihre Überlegungen. »Du unter freiem Himmel. Energiegeladen und lebendig, den Elementen trotzend. Wie bei euren Ausflügen ins Gebirge.«
»Ich bin eben ein naturverbundener Mensch«, sagte sie verlegen.
Er lachte und öffnete eine Tür. Sie durchquerten das Ruderhaus. Caroline spürte, dass er dicht hinter ihr war. Er nahm nicht ihren Arm, um sie sicher durch den Gang zu geleiten, aber berührte ihn beinahe. Die Luft zwischen ihnen schien elektrisch aufgeladen zu sein, und die Haut an ihrem Handgelenk prickelte.
Sie folgte ihm durch den Niedergang; es war, als beträte sie ein anderes Schiff. Der Hochtechnologieglanz und Glamour,

der oben vorherrschte, machte im unteren Teil des Schiffs einer anheimelnden Wärme und Eleganz Platz, die einer längst vergangenen Welt angehörten. Der große Salon war ganz in Teak gehalten. Das polierte Holz schimmerte im sanften Schein der Messinglampen. Bücherschränke mit alten Schriften und Navigationstabellen füllten eine Wand aus. Über den Sitzbänken hingen gerahmte Zeichnungen von Segelschiffen. Das Mobiliar war eingebaut und mit Kardangelenken versehen, dem Leben auf dem Meer angepasst. Die Sitzbänke waren mit moosgrünem Segeltuch bespannt, und auf ihnen lagen Kelim-Kissen. Barometer, Windmesser und die Beschläge rund um die Bullaugen waren aus Messing, auf Hochglanz poliert. In einer Ecke des Salons befand sich ein kleiner, von Delfter Kacheln umgebener Keramikofen, in dem bereits ein Feuer prasselte.

»So sah sie früher aus«, sagte er. Er reichte ihr eine kleine Skizze. Sie zeigte eine prachtvolle Schonerbark, einen Dreimaster mit querschiffs angebrachtem Rahsegel, der mittlere und hintere Mast mit Gaffelsegel getakelt.

»Die *Cambria?*«

»Nein, aber der gleiche Typ. Die *Cambria* war ein englisches Schiff, voll beladen mit Waffen und Gold. Es ging 1769 in einem Sturm unter. Zerschellte am Moonstone Reef.«

»Genau hier.« Caroline dachte an das Schiff, das direkt unter ihren Füßen im Schlick und Schlamm begraben lag. Nachdem sie die Zeichnung gesehen hatte, kam es ihr wirklicher vor. Um jedes Schiffswrack rankte sich eine menschliche Tragödie, aber diese ging ihr näher.

»Eine Art Liebesgeschichte, die traurig endet.«

Joe atmete aus und schüttelte den Kopf. »Wen meinst du, die Lady und den Kapitän?«

»Ja.«

»Und was ist mit dem Leuchtturmwärter, ihrem Mann, und

ihrem Kind? Wie du siehst, habe ich das Tagebuch sehr genau gelesen. Deine Botschaft über Ähnlichkeiten sind bei mir angekommen, laut und deutlich.«

»Hast du jemals den Leuchtturm auf Wickland Rock gesehen?«

Joe zuckte mit den Schultern.

»Ein trübseliges Gefängnis. Ohne Boot kommt man nicht weg. Die Arme muss todunglücklich gewesen sein. Ich will ihr Verhalten nicht rechtfertigen, aber die Verzweiflung hat sie vermutlich dazu getrieben.«

Caroline betrachtete die Zeichnung und stellte sich dabei eine junge Frau vor, die in einem Leuchtturm auf einer Felseninsel im Meer lebte und sich in einen Schiffskapitän verliebte. Sie merkte, dass sie Elisabeth Randall verteidigte, aber das lag unter Umständen nur daran, dass sie Lust hatte, mit Joe die Klingen zu kreuzen. Im Grunde verachtete sie Elisabeth für das, was sie getan hatte. Auch wenn ihr Leben noch so schlimm gewesen sein mochte, wie konnte sie ihre Tochter im Stich lassen? Caroline war völlig anders geartet. Ihr Kampfgeist regte sich, und sie wusste, es hatte mit dem alten Groll gegen Joe zu tun, wegen der Schuld, die er ihr ungerechterweise gegeben hatte.

»Sollten Eltern nicht zuerst an ihre Kinder denken«, entgegnete Joe, »auch wenn sie eigene Pläne haben? Ich denke, du und ich müssten es eigentlich am besten wissen, wie die Antwort lauten sollte.«

»Joe«, begann sie und hob den Blick. Aber er war verschwunden. Sie hörte, wie er sich in der Bordküche zu schaffen machte. Caroline versuchte tief durchzuatmen, um den Gefühlsaufruhr unter Kontrolle zu bringen. Sie schaute sich die Bücher an, um sich zu beruhigen.

Joe kehrte mit einem dampfenden Gericht in einer orangefarbenen emaillierten Auflaufform aus der Küche zurück. Er stellte sie auf den Tisch, der ebenfalls eine Kardanaufhängung hatte und für zwei gedeckt war. Er füllte Carolines Glas nach und schenkte sich selbst ein weiteres Mal Saft ein. Dann hob er ein Holzpaneel zur Seite und drückte ein paar Knöpfe. Mozart ertönte aus Lautsprecherboxen in allen vier Ecken des Salons. Der Klang war perfekt, von unvergleichlicher Qualität. Zum Schluss schürte er das Feuer.

»Ich komme aus dem Staunen nicht mehr heraus«, sagte Caroline, sich zusammennehmend und bemüht, verbindlich zu sein. »Kaum zu glauben, dass ich mich auf einem Schiff befinde. Ein Keramikofen mit offener Feuerstelle!«

»Hier wird es oft empfindlich kalt. Sogar jetzt, im Sommer. Ganz zu schweigen vom November. Der Spätherbst in den nördlichen Gewässern hat nichts mit unserer landläufigen Vorstellung von einer Kreuzfahrt zu tun. Aber ich weiß, du bist der arktische Typ.«

»Was heißt hier arktisch?«

»Wo war noch gleich der Berg, auf den er euch zum Jagen mitgenommen hat? Irgendwo hoch oben im Norden von Kanada, oder?«

»New Hampshire.« Einen Moment lang sah sie den Redhawk wieder vor sich. »Das liegt nicht ganz am Polarkreis.«

Der Tisch war quadratisch und befand sich in einer Ecke des Salons. Caroline setzte sich auf die gepolsterte Bank, Joe nahm ihr gegenüber Platz. Caroline fühlte sich noch vom vorherigen Schlagabtausch mitgenommen. Ihre Knie berührten sich leicht, als Joe beiden eine Portion geschmorte Lammkeule auftat. Dazu gab es knuspriges Stangenweißbrot, grünen Salat, in einer Vinaigrette geschwenkt, und gebackenen Ziegenkäse.

»Köstlich. Hast du das gemacht?«

»Ich wollte, ich könnte Ja sagen, aber das Verdienst gebührt unserem Schiffskoch.«

»Ich würde ihn gerne für Renwick Inn abwerben«, meinte Caroline scherzhaft.
Joe lachte. »Das wäre nicht nach seinem Geschmack. Er stammt aus St. Croix und kann es jetzt schon kaum noch erwarten, wieder in den Süden zu kommen. Für ihn ist der Sommer in Neuengland ungewohnt und hart, eine regelrechte Strafe.«
»St. Croix«, sagte Caroline, »dort habe ich im letzten Winter Hotels mit ländlichem Flair besichtigt. Es gibt da ein wunderschönes, ganz entlegenes, in einer alten Zuckerrohrmühle am Ende einer Landzunge. Überall blühen Bougainvillea, und es hat einen eigenen Strand mit schwarzem Sand. Einfach herrlich.«
»Wie ich sehe, fährst du manchmal auch in den Süden«, sagte Joe mit ausdrucksloser Miene. »Nicht nur in den Norden.«
»Es gibt auch ein Leben außerhalb der Arktis«, erwiderte Caroline ruhig. »Ich bin nicht so kalt, wie du denkst.«
Joe lächelte. Er sah, dass ihr Glas leer war, und schenkte ihr Wein nach.
»Magst du keinen Wein?« Caroline deutete auf die Flasche Merlot.
»Ich trinke keinen Alkohol.«
»Nie?« Caroline dachte an Skye.
»Nicht mehr. Früher war das anders. Ich bekam keine Probleme, wenn ich trank. Aber ich trank immer dann, wenn ich Probleme hatte. Das Muster lag klar auf der Hand. Und ich hatte eine Menge Probleme.«
»Wirklich?« Caroline spielte mit dem Stiel des Glases. Sie stellte sich die Flasche vor, die neben Skye im Autowrack gelegen hatte, und wusste, dass an den schlimmsten Abenden in ihrer Familie Alkohol im Spiel gewesen war.
»Ja. Eine Zeit lang hat es mir Spaß gemacht zu trinken, aber

irgendwann hatte der Spaß ein Ende. Ich trank und brauchte immer mehr Alkohol, um zu vergessen. Ich fühlte mich innerlich leer, und die einzige Lösung des Problems, die mir einfiel, war ›mehr‹.«

»Oh«, sagte Caroline. Die innere Leere – sie kannte sie gut. Auch sie verspürte gelegentlich abgrundtiefe Traurigkeit, Seelenqualen, Sehnsucht und Einsamkeit. Dann versuchte sie, die Leere zu füllen – mit Wein, Reisen, beruflichem Erfolg oder indem sie ihren Schwestern bei irgendwas half.

»Wie dem auch sei, irgendwann kam ich an den Punkt, an dem ein Glas zu viel und hundert zu wenig sind. Deshalb hörte ich damit auf«, fuhr Joe fort.

»Bei mir gibt es jemanden, um den ich mir große Sorgen mache, weil er zu viel trinkt.«

»Das tut mir Leid.«

Caroline hätte ihm gerne von Skye erzählt, hielt sich jedoch zurück. Es war besser auf der Hut zu sein, die Worte genau abzuwägen.

Nach dem Abendessen begaben sie sich auf ungefährliches Terrain, indem sie Geschichten von ihren Eskapaden auf dem College austauschten, von den Katastrophen auf Reisen, den Kinofilmen, die sie gesehen, und wo sie das letzte Weihnachtsfest verbracht hatten – Caroline im Gasthof und mit ihrer Familie auf Firefly Hill, Joe mit seiner Mannschaft auf der Silver Bank am Südende der Bahamas.

Caroline trank einen Schluck Wein, aber er schmeckte ihr nicht mehr so gut wie vorher. Sie merkte, dass Joe sie betrachtete, und blickte hoch. Sie versuchte zu lächeln, doch sie spürte, wie sich die Gespenster ihrer beider Vergangenheit um den Tisch scharten, auf eine Einladung wartend.

Den Kaffee nahmen sie vor dem offenen Feuer ein. Draußen blies inzwischen ein kräftiger Wind, und sie merkte, wie das

Schiff heftiger zu krängen begann. Joe schürte das Feuer und schloss die Glastür vor dem Feuerloch. Er ging an Deck, um die Ankerkette zu überprüfen.

»Bist du die ganze Zeit auf See, oder hast du irgendwo eine feste Bleibe?«, erkundigte sich Caroline, als er zurückgekommen war.

»Beides. Ich habe ein Haus in Miami, aber neun Monate im Jahr verbringe ich auf dem Schiff.«

»Miami. Das ist weit von deinem alten Zuhause in Newport und der Zeit entfernt, als ich dich kennen lernte.« Caroline musterte verstohlen seine sorgenvollen Augen. Sie streiften flüchtig Carolines Gesicht, dann wandte er den Blick ab.

»Ich fühlte mich dort nicht …« Er suchte nach einer diplomatischen Erklärung, gab aber schnell auf. »Nun, ich wollte jedenfalls weg. Es überrascht mich, dass du in der Nähe deines Elternhauses Wurzeln geschlagen hast. Offenbar ist es dir gelungen, die Vergangenheit abzuschütteln, ich meine, deinen Vater und die Jagdausflüge.« Er hob fragend die Brauen, womit er ihr zu verstehen gab, dass er nicht vorhatte, das Thema so bald fallen zu lassen.

»Du erinnerst dich an die Jagdausflüge?«

»Was dachtest du denn? Schließlich hast du sie zweimal im Jahr in deinen Briefen beschrieben. Er hat euch auf dem Berg ausgesetzt, mitten in der Wildnis, mit nichts als einer Feldflasche und einem Federmesser, um euch zu verteidigen.«

»Er wollte, dass wir uns im Notfall selbst helfen können.« Caroline stellte verwundert fest, dass sie ihren Vater verteidigte. Sie versuchte sich an die Briefe zu erinnern, die sie Joe geschrieben hatte. Mindestens einer enthielt eine Schilderung der gnadenlosen Einzelheiten, spiegelte die Schrecken der Jagd. Und nun, nach all den Jahren, hatte sie die Wahrheit geschönt. Sie wünschte, sie hätte ihm nie etwas davon erzählt. Schließlich hatte ihr Vater mit dem Überlebenstraining begonnen, weil Joes Vater die Familie bedroht hatte. Sie setzte sich kerzengerade auf.

»Du warst ungeheuer wütend, als er Skye zum ersten Mal mitnahm. Sie sei noch nicht so weit gewesen, hieß es in deinem Brief. Sie habe nicht schießen wollen. Ist sie diejenige mit dem Alkoholproblem?«

»Warum fragst du?« Carolines Herz klopfte zum Zerspringen.

»Weil sie ihr Auto zu Schrott gefahren hat«, antwortete Joe.

Caroline nippte an ihrem Kaffee, aber er war inzwischen kalt geworden. Sie stellte ihre Tasse auf den Tisch zurück und blickte Joe direkt in die Augen.

»Warum bin ich hier?«

»Ich möchte mich bei dir bedanken. Für das Tagebuch und dass du mich überhaupt auf das Wrack aufmerksam gemacht hast. Dir habe ich den Fund der *Cambria* zu verdanken ...«

»Aber warum hast du mich auf die *Meteor* eingeladen?«, hakte Caroline nach. Ihr Herz klopfte immer noch wie verrückt. Ihr Mund war trocken. Sie saß mit Joe Connor zusammen, nach all den Jahren des heimlichen Grolls, und wusste nicht, was sie davon halten sollte.

»Um mit dir über den besagten Abend zu reden«, antwortete Joe mit leiser, entschlossener Stimme.

»Den Abend, an dem dein Vater starb.«

»Als deine Schwester anrief und diese Nachricht für mich hinterließ, dachte ich, dass sie mir vielleicht etwas über den Hergang erzählen wollte. Etwas Neues.«

»Sie spürt, dass uns etwas verbindet«, entgegnete Caroline. »Wir alle tun das.«

»Weil ihr dabei wart.«

»Ich kann mich kaum daran erinnern.« Nach all den Jahren legte sie keinen Wert darauf, diejenige zu sein, die ihm die Augen öffnete.

»Erzähl mir, was du weißt.«
Caroline versuchte den Anschein von Gelassenheit zu wahren. »Okay, ich werde es tun, wenn du mir auch etwas erzählst.«
»Und das wäre?«
»Warum hast du mich plötzlich gehasst?«
Er hielt ihrem Blick stand, und seine Stimme klang beherrscht. »Bis zu meinem siebzehnten Lebensjahr hat man mich in dem Glauben gelassen, mein Vater sei an einem Herzanfall gestorben. Ich wusste, dass es in deinem Elternhaus passiert ist, aber ich dachte, er hätte deinen Vater auf dem Pier kennen gelernt, sich mit ihm angefreundet und sich eine Pause vom Fischen gegönnt, um ihn zu Hause zu besuchen. Ich fand den Gedanken tröstlich, dass er bei Freunden war, als er starb, in Gegenwart von Menschen, denen sein Schicksal nicht gleichgültig war.«
»Ich war damals noch ein Kind, Joe, genau wie du. Dir die Wahrheit zu sagen wäre zu viel verlangt gewesen, die Verantwortung hätte ich nicht übernehmen können.«
»Dann sag sie mir jetzt. Bitte.«
Caroline war durchaus in der Lage, binnen Sekunden die Erinnerung an den verhängnisvollen Abend heraufzubeschwören. Sie schloss die Augen, sah die Küche auf Firefly Hill, roch die Weihnachtsplätzchen im Ofen und hatte James Connors Augen wieder vor sich.
»Er war verzweifelt. Daran erinnere ich mich am deutlichsten. Unendlich verzweifelt, weil er deine Mutter so sehr liebte. Man hätte meinen können, er habe den Verstand verloren.«
»Hat er das gesagt?«
Caroline nickte. Durch seine Fragen fühlte sie sich wieder an den Schauplatz des Geschehens zurückversetzt. Sie sah die Waffe in seiner zitternden Hand, die Mehlspuren der Finger

auf dem gewölbten Leib ihrer hochschwangeren Mutter. Die Todesangst in Cleas Augen.

»Er weinte. Ich hatte vorher noch nie einen Erwachsenen weinen sehen. Er sagte meiner Mutter, dass mein Vater sie nicht mehr liebe, weil ihm deine Mutter mehr bedeute. Er war völlig durcheinander.«

»Und dann erschoss er sich?«

»Er wollte *uns* erschießen.« Caroline merkte an Joes Gesichtsausdruck, dass ihm dieser Teil der Geschichte unbekannt war. Er sah bestürzt aus.

»Dich und deine Mutter?«

»Und Clea und Skye. Obwohl Skye zu dem Zeitpunkt noch nicht geboren war. Sie kam Weihnachten zur Welt, zwei Tage später, also rechne ich sie mit dazu.«

»Aber warum?«

Caroline blickte ihn an. Seine blauen Augen waren umwölkt in banger Vorahnung, sein voller Mund verzerrt. Er fürchtet sich vor der Wahrheit, dachte sie. Plötzlich sah sie wieder den Sechsjährigen auf dem Foto in der Hand seines Vaters vor sich, über das ganze Gesicht strahlend.

»Weil mein Vater ihm die Frau genommen hatte, die er liebte«, sagte sie mit fester Stimme. »Und deshalb wollte er Gleiches mit Gleichem vergelten.«

»Er wollte sich an seiner Frau und seinen Töchtern rächen. Mein Vater wollte *dich* töten.«

»Aber er hat es nicht getan, Joe. Er brachte es nicht übers Herz.«

Joe schloss die Augen.

»Ich habe ihn in guter Erinnerung behalten«, sagte Caroline. Ihre Kehle brannte. »Er war kein schlechter Mensch, nur völlig verzweifelt. Verrückt vor Liebe, verstehst du.«

»Hm.«

»Das da hatte er bei sich.« Caroline griff in ihre Tasche.

Sie hatte gehofft, dass sich die Gelegenheit ergeben würde. Trotzdem zitterten ihre Finger, als sie Joe das Kinderbild reichte, verschmiert vom Blut seines Vaters.
Joe nahm das Foto. Er hielt es in der Hand und betrachtete es lange. Als er aufschaute, loderte sein Blick vor Zorn. Er wischte sich über die Augen.
»Zum Teufel damit!«
»Er hat dich geliebt«, sagte Caroline. Sie sah, wie viel Anstrengung es Joe kostete, die Tränen in ihrer Gegenwart zurückzuhalten. Er fixierte einen Punkt über ihrem Kopf, sich zusammenreißend. Dann schloss er die Augen und die dunklen Wimpern ruhten auf seinen von Wind und Wetter gegerbten Wangen. »Das hat er wirklich«, sagte Caroline unbeirrt, als er schwieg.
Die einzige Reaktion war ein Zucken seiner Mundwinkel. Die See war zusehends kabbeliger geworden. Eine Leine an Deck hatte sich aus ihrer Verankerung gelockert und peitschte gegen die Planken wie der Schwanz eines lebendigen Tiers, was Joe veranlasste, aufgeschreckt die Augen zu öffnen. Ein Fall schlug im Wind, Metall schabte über Metall. Joes Blick wurde schlagartig klar, die blauen Augen kehrten zu der alten Fotografie zurück.
»Ich mag das Bild«, sagte sie. »Ich kann verstehen, wenn du es behalten möchtest. Es gehörte schließlich deinem Vater, aber es gefällt mir sehr. Und es bedeutet mir sehr viel.«
»Mein Bild?« Joes Stimme klang härter als je zuvor. »Warum?«
»Es erinnert mich an einen alten Freund. Joe Connor.«
»Das war einmal.«
»Ich konnte es nicht fassen, als du mir verboten hast, dir zu schreiben. Ich hatte keine Ahnung, dass du glaubtest, unsere Väter wären befreundet gewesen. Ich dachte, du wüsstest, was geschehen war. Als ich merkte, dass du die

Wahrheit nicht kanntest, fand ich, es sei nicht an mir, sie dir zu sagen.«

»Das war es auch nicht. Früher habe ich anders darüber gedacht, aber das war falsch. Wir waren schließlich noch Kinder.«

Caroline schlug die Augen nieder, bemüht, das Zittern ihrer Hände unter Kontrolle zu bekommen. Sollte das bedeuten, dass er ihr vergab? Dass er ihr ein Unrecht verzieh, das zu begehen nie ihre Absicht gewesen war? Warum konnte sie sich des Gefühls nicht erwehren, dass es ihm ungemein schwer fiel, auch nur eine Spur Nachsicht mit ihr zu haben? Seine Lippen waren zusammengepresst, die Augen unerbittlich und abweisend. Wahrscheinlich wollte er nun, da er die gewünschte Auskunft von ihr erhalten hatte, nur noch, dass sie ging. Als sie wieder aufschaute, sah sie, dass er das Foto anstarrte, das er immer noch in der Hand hielt.

»Es muss schrecklich für deine Familie gewesen sein«, sagte Caroline.

Der Anflug einer Gefühlsregung huschte über Joes Gesicht. Er legte das Bild auf den Tisch, blickte es aber weiter an und berührte dann den Blutfleck mit einem Finger.

»Oder? Was ist passiert?«, hakte Caroline nach.

»Nicht viel. Meine Mutter heiratete nach ein paar Jahren wieder. Aus der Ehe stammt ein Sohn, und sie hatte die Chance, es bei ihm richtig zu machen.«

»Sam.«

Für Caroline waren Geschwister ein Segen. Sie konnte sich ein Leben ohne sie nicht vorstellen. Vielleicht erging es Joe mit seinem Bruder genauso, denn seine Augen wurden weicher, sein Mund entspannte sich. Er schob das Foto mit einer heftigen Bewegung über den Tisch zu Caroline hinüber, als wäre er ein für alle Mal fertig damit. Vielleicht war es keine Absicht, aber es landete auf dem Fußboden.

»Ja. Er ist zwar eine Nervensäge, aber ganz passabel. Und Ozeanograph, ausgerechnet, war an derselben Uni wie ich. Ganze siebenundzwanzig Jahre ist er alt, unser Doktor Allwissend.«

»Klingt so, als wärst du sein Vorbild gewesen«, entgegnete Caroline lächelnd.

Joe zuckte mit den Schultern. Sein Lächeln erlosch, als eine andere Erinnerung sich seiner bemächtigte. Er blickte Caroline in die Augen, als wolle er erneut die Klingen mit ihr kreuzen. »Ich habe deinem Vater die Schuld für alles gegeben, was damals geschah.«

»Und ich deiner Mutter«, entgegnete sie.

»Trotzdem hatte er kein Recht, euch den Umgang mit Waffen beizubringen. Unter gar keinen Umständen, und schon gar nicht nach dem, was mit meinem Vater passiert war. Direkt vor euren Augen.«

Er schüttelte den Kopf.

Caroline fragte sich, was er wohl gesagt hätte, wenn er alles gewusst hätte. Sie hatte nicht vor, es ihm zu erzählen, und sie bezweifelte, dass Skye ihn noch einmal anrufen würde. Sie schloss die Augen und dachte daran zurück, was auf dem Redhawk Mountain geschehen war.

»Ich kann mir vorstellen, was du empfindest.« Ihre Stimme klang gepresst. Sie verstummte, als Joe den Kopf schüttelte.

»Nein, das kannst du nicht.«

»Was meinst du damit?«

»Mein Vater hat sich umgebracht. Es ist schlimm, herauszufinden, dass der eigene Vater sich lieber eine Kugel in den Kopf schießt als nach Hause zu kommen.«

»Ich weiß.« Carolines Herz klopfte, ihre Hände zitterten. Der Wellengang war immer höher geworden, und das Schiff schwankte auf und ab.

»Das weißt du nicht, Caroline«, erwiderte Joe, um einen ruhigen Ton bemüht. Sie sah ihm an, dass er der Meinung war, er sei der Einzige, der gelitten hatte, und Caroline könne nicht mitreden. »Tut mir Leid, das sagen zu müssen, aber du hast keine Ahnung.«

»Ich war dabei, als es geschah!«, rief sie heiser. Er schien nicht zu begreifen, wie es für sie gewesen war, schien nicht zu glauben, in welchem Maß sie mitgelitten hatte. »Ich war bei ihm! Der Tod deines Vaters gehört zu meinen frühesten Kindheitserinnerungen! Er hat mir so Leid getan, Joe. Dein Vater und du.« Die Gefühle überkamen sie mit einer solchen Macht, dass sie explodierten. »Wir waren ungefähr im gleichen Alter, du und ich, und ich dachte immer wieder: ›Sein Vater ist tot.‹« Sie brach ab und rang um Fassung.

Joe beobachtete sie schweigend und reglos.

»Unsere Eltern waren wütend auf ihn und meinten, wir hätten ebenfalls allen Grund dazu. Mein Vater rastete aus, wenn er auch nur daran dachte, dass er uns bedroht hatte. Deshalb brachte er uns den Umgang mit der Waffe bei; das war der einzige Grund.«

»Und deshalb hat er euch mit auf die Jagd genommen?«

Caroline fuhr fort, als hätte sie seine Worte nicht gehört. »Meine Eltern hassten deinen Vater, und sie wollten, dass Clea, Skye und ich das Gleiche empfanden. Aber Gefühle lassen sich nicht erzwingen. Du kannst dir nicht vorstellen, wie entrüstet sie waren, als ich dir schreiben wollte. Aber ich musste es tun.«

»Warum?«

»Um dich zu trösten.«

»Du warst erst fünf. Warum hätte es deine Aufgabe sein sollen, mich zu trösten?«

»Es war nicht meine Aufgabe. Aber ich musste immer an dich denken!«, entgegnete sie.

Das Schiff stampfte einen Wellenberg hoch und sackte gleich

darauf weg. Sie überlegte, ob sich so ein Erdbeben anfühlen mochte, wenn sich die Erde unter den Füßen auftut. Sie spürte, wie Joes Arm sie umfing, grob und zupackend. Er zog sie hoch und stellte sie auf die Füße. Sie brachte es nicht fertig, ihn anzusehen, da Tränen in ihren Augen brannten, aber seine Hand, die auf ihrem Nacken ruhte, war plötzlich ganz sanft. Seine Fingerspitzen fuhren über ihre Haut unter dem Haaransatz, und sie ertappte sich dabei, wie sie aufstöhnte.

Seine Lippen streiften ihre Wange, als sie ihm ihr Gesicht entgegenhob. Er hatte sich mindestens zwei Tage nicht rasiert, und sein Gesicht war stopplig, als er sie an sich riss. Sie küssten sich wie zwei Ertrinkende. Der Kuss schmeckte nach Salz, nach Meer, Tränen und Blut, war besitzergreifend und gewalttätig. Er weckte in Caroline das Gefühl, in einem Sturm an Deck zu stehen. Joes Berührung löste einen Schauer aus, der sie von Kopf bis Fuß erbeben ließ, ihre Haut prickelte, und sie zitterte, als er ihren Namen flüsterte.

Erschrocken über ihre eigenen Empfindungen, versuchte Caroline sich aus seiner Umarmung zu befreien. Joes Augen waren dunkel, zorniger als zu Beginn ihres Gesprächs, aber er ließ sie nicht los. Seine Miene war verwirrt, als könnte er nicht glauben, dass er sie soeben geküsst hatte. Er packte ihre Arme und hielt sie fest. Wieder streiften seine Lippen über ihre Wange, und er flüsterte etwas, was sie nicht verstand. Als er sich zurücklehnte, waren seine Augen beinahe sanft. Der Ausdruck währte gleichwohl nur einen Moment. Abrupt gab er sie frei.

»Es ist besser, wenn ich jetzt zurückfahre«, sagte sie aufgewühlt.

Sie verspürte eine Mischung aus Schmerz und Sehnsucht, Anspannung und Erleichterung. Aber sie fühlte sich besser als je zuvor, seit sie das Schiff betreten hatte. Ohne Joe anzusehen, bückte sie sich, um das Foto vom Boden aufzuheben. Sie wischte es ab und schob es in ihre Tasche. Wenn er es gesehen hatte, gab er es mit keiner Silbe zu erkennen.

Sie gingen an Deck und spürten den Wind auf ihren Gesichtern. Eine Kaltfront war von Kanada heraufgezogen, eisige Luft fegte über den Ozean. Caroline zog ihre Jacke enger um sich. Das Schiff hob und senkte sich. Der Sturm hatte die Wellen gepeitscht und ihnen weiße Schaumkronen aufgesetzt. Caroline konnte sie im Sternenlicht erkennen. Sie stand an Deck und hätte am liebsten geweint, ohne erklären zu können, warum.

Die See war aufgewühlt und rau. Wenn sie noch länger warteten, könnte es gefährlich sein, mit dem Beiboot zurückzufahren. Caroline kletterte über die schwankende Reling, die Nerven angesichts der drohenden Gefahr wie Drahtseile gespannt. Das Meer war schwarz, schäumte und wogte. Die Angst besaß eine archaische Macht. Caroline war eine erstklassige Schwimmerin, doch wenn sie über Bord ging, würde sie höchstwahrscheinlich auf Nimmerwiedersehen in den Wellen verschwinden. Sie setzte sich dicht neben Joe, als er den Motor startete, und ihre Arme in den dicken Jacken berührten sich.

Er fuhr weniger verwegen als auf dem Hinweg, als hätte er inzwischen den einen oder anderen Teufel ausgetrieben. Vielleicht war er aber auch nur vorsichtig bei dem schweren Seegang. Carolines Hand umklammerte die Münze, die er ihr geschenkt hatte. Ein Talisman, der sie beschützen würde, während das kleine Beiboot über das offene Meer raste und sich der Küste näherte. Ein Meeresbewohner durchpflügte die Wogen, grell wie Neonlicht, und sie erschrak. Er hinterließ eine Leuchtspur im Wasser, ein phosphoreszierendes Feuer.

Als sie an Land gingen, stand Joe stumm vor ihr, als wüsste er nicht, was er sagen sollte. Sie hatte das Gefühl, er hätte sich gerne für den Kuss entschuldigt. Ihre Stimme zitterte, aber sie ergriff trotzdem das Wort, um ihn aus seiner Lage zu befreien.

»Danke für das Abendessen.«

»Ich danke dir für deinen Besuch.«

»Bist du sicher, dass du es bis zur *Meteor* schaffst?« Sie blickte auf die weißen Schaumkronen und das kleine Beiboot, das im Hafenbecken auf und ab schaukelte.

»Ja, kein Problem.«

Warum war sie enttäuscht? Der Kuss hatte ihr Blut in Wallung gebracht. Sie brannte lichterloh und wünschte sich, Joe möge sie abermals in die Arme nehmen. Caroline zitterte, so unerwartet, mächtig und fremd war das Begehren, das sie empfand.

Die Wellen brandeten gegen die Kaimauer, und Gischt sprühte ihr ins Gesicht. Sie hatte eine kühlende, beruhigende Wirkung, und Caroline hoffte, dass sie ihre Gefühle für Joe hinwegspülte. Ein Dichter hatte einmal geschrieben, dass Kathedralen nie am Meer erbaut wurden, weil der Anblick so fesselnd war, dass er die Menschen vom Beten abgelenkt hätte. Caroline pflichtete ihm bei. Ihre Reisen hatten sie meistens zu anderen Meeren geführt, und sie empfand das dringende Bedürfnis nach einem Tapetenwechsel. Sie musste so rasch wie möglich Abstand gewinnen.

Sie sah Joe an, der offenbar etwas sagen wollte. Er trat einen Schritt näher, doch dann hielt er inne.

Ein Wagen preschte die Straße hinunter. Sie konnten ihn trotz des Windes hören, und als sie sich umdrehten, sahen sie ein gelbes Taxi auf den unbefestigten Parkplatz einbiegen. Ein einzelner Fahrgast saß im Fond. Er bezahlte den Fahrer, stieg aus und hievte eine weiche schwarze Reisetasche und einen riesigen Seesack aus dem Kofferraum.

Der Mann blieb auf dem Pier stehen, eine einsame Silhouette, die sich gegen das Licht aus dem Büro des Hafenmeisters abzeichnete. Das Taxi brauste davon.
»Wie nett, ein Begrüßungskomitee!«, rief er. Seine Stimme war überschwänglich und voller Humor.
»O Scheiße!«, sagte Joe.
Er vergrub die Hände in den Taschen seiner Jeans, die muskulösen Schultern waren gestrafft. Der Anflug eines Lächelns huschte über seine Lippen, aber er tat sein Bestes, die Freude nicht zu zeigen.
Der Mann war jung. Er sah aus wie ein College-Student. Auf dem Kopf trug er eine Baseballmütze, mit dem Schirm nach hinten. Er war groß und schlaksig, hatte eine Nickelbrille auf der Nase und ging mit einem Grinsen auf die beiden zu. Als er die Mütze abnahm, wurden kurze blonde Haare sichtbar.
»Woher wusstet ihr, dass ich heute Abend komme?« Er ließ sein Gepäck fallen und umarmte Joe stürmisch. »Es sollte eine Überraschung werden. Und jetzt steht ihr hier draußen und wartet auf mich. »Mist!«
»Ich hatte keine Ahnung«, erwiderte Joe. Er ließ sich von dem jungen Mann umarmen, und Caroline lächelte. Sie wusste aus eigener Erfahrung, wie es ist, wenn sich Geschwister nach langer Zeit wieder sehen.
»Hallo«, sagte der Neuankömmling, trat einen Schritt zurück und musterte Caroline. Er hatte ein ansteckendes, offenes Lächeln, und ihr schoss der Gedanke durch den Kopf. So würde Joe aussehen, wenn er rundum glücklich wäre.
»Caroline, darf ich dir meinen Bruder vorstellen, Sam Trevor. Sam, das ist Caroline Renwick.«
Sie gaben sich zur Begrüßung die Hand. Hatte sie es sich eingebildet oder war Sam tatsächlich zusammengezuckt, als er ihren Familiennamen hörte? Eines war ihr heute Abend klar

geworden: Der Name Renwick war in Joes Augen ein Fluch, und vermutlich erging es seinem jüngeren Halbbruder nicht anders.

»Nett, Sie kennen zu lernen«, sagte Caroline.

»Gleichfalls.« Sam grinste von einem Ohr zum anderen. »Wolltet ihr gerade zum Schiff hinausfahren?«

»Nein, ihr Bruder hat mich an Land gebracht«, antwortete Caroline.

»Ja, sie hatte gerade vor, sich zu verabschieden«, sagte Joe ungewollt barsch. Vielleicht behandelte er sie aber auch absichtlich rüde und abweisend.

»Immer noch der alte Griesgram«, meinte Sam lachend. »Bei mir macht er es genauso, aber ich stelle mich mittlerweile taub.«

»Ich wollte nicht ...« Joe blickte Caroline zerknirscht an.

Caroline lächelte schief. Sie wusste nicht mehr, welches der echte Joe war, Joe der Boshafte oder Joe der Reumütige. Ungeachtet dessen verstand sie den Wink mit dem Zaunpfahl. Sie wünschte den beiden eine Gute Nacht, stieg in ihren Wagen und verließ den Parkplatz.

Erst als sie die Hauptstraße erreichte, sah sie östlich am Himmel einen Lichtblitz, ein kurzes, grelles Aufzucken dicht am Horizont. Dann ein weiterer Lichtblitz, höher am Firmament. Sternschnuppen, dachte sie. Es war die Nacht der Perseiden, und sie hatte ihre ganze Aufmerksamkeit auf Joe Connor gerichtet, auf Vergangenheit und Gegenwart – und auf den Kuss –, und nicht die Sternschnuppen am Himmel gezählt und sich etwas gewünscht.

Die mit Rankenfußkrebsen überkrustete Münze umklammernd, die Joe Connor ihr geschenkt hatte, fuhr Caroline Renwick langsam zu ihrem Gasthof zurück.

5. August 1978
Lieber Joe,
gestern Nacht habe ich von Dir geträumt. Etwas sehr Seltsames. Ich stand auf einem Felsen mitten im Sund, und die Wellen brandeten ringsum gegen die Klippen. Sie drohten mich mitzureißen, als ich plötzlich Dein Boot hörte. Du warst gekommen, um mich zu holen. Ich hörte, wie die Riemen ins Wasser eintauchten, und mein Herz klopfte zum Zerspringen; ich dachte, ich müsste ertrinken. Aber ich wusste die ganze Zeit, dass Du kommen würdest, Joe. Du auch. In meinem Traum sahst Du genau wie Du aus. Komisch, dabei wüsste ich in Wirklichkeit nicht, ob ich Dich überhaupt erkennen würde. Ich denke aber schon, nur aus Deinen Briefen. Bin ich froh, dass ich diesen grässlichen Traum überlebt habe.

In Dankbarkeit
C.

14. August 1978
Liebe C,
meinst Du, ich würde rudern, wenn ich wüsste, dass Du kurz vor dem Ertrinken bist? Ich würde das schnellste Motorboot nehmen, das ich kriegen kann.

Alles Liebe
Joe

PS: Ich habe auch schon darüber nachgedacht, wie es wohl wäre, wenn wir uns im wirklichen Leben begegneten.

9

Skye, die immer noch in der Klinik lag, brannte darauf, alles zu erfahren. Wenn sie den Geruch nach Desinfektionsmitteln, die vorbeieilenden Krankenschwestern und die Tatsache ignorierte, dass Skye mitten am Tag einen Pyjama trug, konnte sich Caroline beinahe vorstellen, sie wären zwei Schwestern, die beim Kaffeeklatsch saßen. Nur dass es sich in Wirklichkeit um Tee handelte, lauwarm und in Pappbechern. Und das Gesicht ihrer Schwester war mit blauen Flecken übersät, gelb und purpurfarben schattiert an den Stellen, wo sie verblassten.

»Wie ist er so?«

»Er hat ein beeindruckendes Schiff«, antwortete Caroline ausweichend. »Es sieht aus wie ein schwimmendes Labor, mit Hochtechnologie voll gestopft, einfach unglaublich. sie können die Sedimente und Objekte an Ort und Stelle analysieren …«

»Ich rede nicht vom Schiff, sondern von ihm.«

»Schwer zu sagen, er hält sich bedeckt.« Caroline errötete, als sie sich an seine Umarmung erinnerte, an den leidenschaftlichen Kuss. »Sehr bedeckt … Aber jetzt zu dir. Wie geht es dir?«

»Warum lässt du eigentlich niemanden an dich heran?«

»Wovon redest du?«, fragte Caroline erschrocken.

»Immer wenn ich wissen möchte, wie du dich wirklich fühlst, weichst du mir aus.«
»Ich habe deine Frage doch beantwortet ...«
»Ja, oberflächlich, um mich abzuwimmeln. Das machst du ständig. Vielleicht wird dir das nicht mal mehr bewusst. Hat er endlich gemerkt, dass er in dich verliebt ist?«
»Skye!« Caroline schüttelte den Kopf.
»Er ist in dich verliebt! Hundertprozentig. Warum wäre er sonst nach Black Hill gekommen? Erzähl mir nicht, es sei wegen des Wracks. Es gibt jede Menge versunkene Schätze auf der Welt. Er ist deinetwegen hier. Er hat dich in all den Jahren nicht vergessen können, und nun ist er gekommen, um mit dir davonzusegeln.«
»Da täuschst du dich.«
»Es ist Liebe.« Skye blickte zum Fenster hinaus.
»Liebe ist nicht die Lösung für alle Probleme.« Caroline war noch immer verwirrt. »Auch wenn du es noch so gerne glauben möchtest.«
»Ist er so, wie du dachtest? Ich meine, entspricht er dem Bild, das du dir von ihm gemacht hast?«
»Ich weiß nicht.« Caroline dachte an den Jungen mit der widerspenstigen Locke und verglich ihn mit dem ernsten blauäugigen Mann. Sie waren nicht grundverschieden voneinander, nur hatte der Mann das liebevolle offene Lächeln des kleinen Jungen verloren.
»Das ist bestimmt ein Gefühl, als ob ein lang gehegter Wunsch in Erfüllung geht«, sagte Skye. »Endlich jemandem persönlich zu begegnen, der eine so wichtige Stellung in deinem Leben eingenommen hat. Genauso ein Gefühl wäre es, wenn ...«
»Wenn was, Skye?«, sagte Caroline, beunruhigt durch den veränderten Ton ihrer Schwester.
Skye hatte den Kopf gesenkt, doch als sie zu sprechen be-

gann, wusste Caroline, dass sie sich bemühte, die Tränen zurückzuhalten.

»Wenn Andrew Lockwood wieder von den Toten auferstehen würde.«

Die Schwestern saßen schweigend da. Was wäre, wenn diese Möglichkeit bestünde? Caroline sah ihn vor sich, den zweiten jungen Mann aus ihrer gemeinsamen Vergangenheit, den ein tragisches Schicksal ereilt hatte. Seine Augen waren braun und nicht blau, und er hatte im Gebirge gelebt und nicht am Meer. Sie legte tröstend den Arm um Skye.

»Ist Homer nach Hause gekommen?«, erkundigte sich Skye. »Mom hat mich heute Morgen besucht und gesagt, er sei die ganze Nacht weg gewesen.«

»Er ist wieder da.«

»Was meinst du, wo er sich herumtreibt, Caroline?«

»Keine Ahnung.«

»Simon hat mir erzählt, dass er fürs Erste bei dir im Gasthof wohnen darf. Danke.«

»Du brauchst dich nicht zu bedanken, das ist doch selbstverständlich.«

»Hat Joe nach mir gefragt? Wollte er wissen, warum ich ihn angerufen habe?«

»Ja.«

Skye schüttelte den Kopf. Ihr Gesicht schien noch blasser zu werden. Caroline kannte ihre Schwester gut genug, um zu wissen, dass ihr der Anruf in betrunkenem Zustand peinlich war. Ihr erster Impuls war, sie zu beschwichtigen, aber sie hielt sich zurück.

»Das mit dem Anruf war saublöd von mir! Was soll ich dazu sagen?«

»Was willst du dagegen unternehmen?«

Skye öffnete die Schublade des Nachtkästchens. Sie holte eine graue Broschüre mit dem Titel *Vierzig Fragen* heraus. Ein flüchtiger Blick genügte, um festzustellen, dass sie abklären sollten, ob jemand Alkoholprobleme hatte.

»Bescheuert, diese Fragebögen!«, meinte Skye.

»Wieso?«

»Ich komme mir wie eine Alkoholikerin vor.«

Caroline ließ die Aussage im Raum stehen. Draußen im Gang rief eine Stimme über Lautsprecher Dr. Dixon aus, der in der Notaufnahme gebraucht wurde. Irgendjemand auf der Station hatte den Fernseher auf volle Lautstärke gedreht. Das Klingeln, das die nächste Runde einer Gameshow anzeigte, untermalt mit Gelächter aus dem Publikum, verbreitete Lärm und Fröhlichkeit.

»Dad wollte, dass wir das Leben in vollen Zügen genießen und den Rausch kennen lernen, der damit verbunden sein kann. Hast du ihn jemals empfunden, Caroline?«

»Ja.« Caroline dachte an die mondhellen Nächte, an die Rufe der Nachtvögel. Sie dachte an die einsamen Waldwege und dornigen Uferböschungen, an die wilden Tiere und ihre gellenden nächtlichen Schreie, an das Adrenalin in ihrem Blut.

»Unglaublich«, sagte Skye. »Ich hasste es und hatte furchtbare Angst, aber ich gewöhnte mich daran.«

»Woran?«

»An den Rausch. An das Gefühl, lebendig zu sein. Aber wir können es nicht bewahren.«

Caroline dachte an den gestrigen Abend, an Joes Kuss. »Vielleicht doch.«

»Ich glaube, dass es mir bestimmt ist, früh zu sterben«, flüsterte Skye.

»Wie wär's, wenn du stattdessen mit dem Trinken aufhören würdest!«

»Das ist sehr schwer. Auch wenn es aus deinem Mund klingt, als wäre es ein Kinderspiel.«

»Ich denke nicht, dass es leicht ist.«

»Ich weiß nicht einmal, ob ich überhaupt aufhören will.«
»Die Entscheidung liegt ganz allein bei dir.« Caroline hörte sich friedfertig an, aber in Wirklichkeit empfand sie das genaue Gegenteil.
Skye reagierte nicht. Sie starrte die Broschüre mit den vierzig Fragen an und runzelte die Stirn, als würde sie sich wünschen, dass sie wie von Zauberhand verschwänden.

Michele warnte Clea: Vorsicht!
Mit Caroline war heute nicht gut Kirschen essen. Sie weigerte sich, den Lachs zu akzeptieren, den der Fischhändler brachte, eröffnete Michele, dass sie Gänseblümchen auf den Tischen in der Bar hasse, und rief eine Gruppe ungebärdiger junger Künstler aus Montreal zur Ordnung, obwohl sie nicht mehr Lärm machten als alle ungebärdigen jungen Künstler im Verlauf der letzten hundert Jahre.
Clea war mit einem Kofferraum voll alter Kleider aufgekreuzt, weil sie von Caroline wissen wollte, was sie und Peter zum Kostümball anziehen sollten. Sie überlegte halbherzig, ob es nicht besser war, sich aus dem Staub zu machen und zu einem günstigeren Zeitpunkt wieder zu kommen, aber Probleme zu ignorieren hatte keinem Mitglied der Renwick-Familie gut getan. Deshalb betrat sie schnurstracks Carolines Büro, ihr Allerheiligstes.
»Da das Motto dieses Jahr ›Mein Lieblingsgemälde‹ lautet, dachte ich, wir sollten uns wie auf einem von Dads Bildern kostümieren. Meinst du nicht auch?«
»Wenn Dads Bilder allesamt in der Hölle schmoren würden, wäre ich der glücklichste Mensch auf Erden«, erwiderte Caroline und tippte erbost Zahlen in ihre Rechenmaschine ein.
»Dad mag kein Engel gewesen sein, aber eines muss man ihm lassen, er hat wunderbare Bilder gemalt.« Clea trat einen Schritt zurück. Ihre Stimme wurde leise und eindringlich, wie

ein SWAT-Unterhändler, der versucht hitzköpfige Terroristen zur Vernunft zu bringen.

»Ich habe Skye heute Morgen besucht«, sagte Caroline.

»Und, wie geht es ihr?«

»Sie wägt ihre Möglichkeiten ab. Ob sie jung sterben will oder lieber das Trinken aufgeben soll.«

»Ist das dein Ernst?«

»Ja. Jung sterben klingt romantisch, findest du nicht? Sich nach allen Regeln der Kunst zu Tode trinken. Schade, dass die Leute dabei immer ein heilloses Durcheinander anrichten. Und so widerwärtig werden.«

»Wie Dad.«

»Wir sollen so tun, als ob wir nicht bemerkt hätten, dass er trank. Oder besser gesagt, wir sollen es ihm nachsehen, weil er Hugh Renwick war.«

»Was meinst du damit?«

»Er hat sich Dinge erlaubt, mit denen kein anderer ungestraft davongekommen wäre. Er hielt sich nicht mit Kleinigkeiten auf; seine Sorge galt den großen Problemen, an denen die Welt krankte. Aus seiner Warte war das Leben düster, unmenschlich und harsch, von den Mächten der Finsternis beherrscht. Stimmt's? Sein Blick ging in die Tiefe, wie es sich für einen großen Künstler geziemt. Für alles andere war er blind.«

»Warum bist du so schlecht gelaunt?« Clea war verblüfft über Carolines Ausbruch.

»Uns wurden ständig Lügen aufgetischt, um die Wahrheit zu kaschieren. Ist dir das nie aufgefallen?«

»Zum Beispiel?«

»Zum Beispiel, dass Dad trank, nachdem Skye einen Menschen erschossen hat. Er war voller Schuldgefühle, weil er sie mit auf die Jagd genommen hat, und verschanzte sich in seinem Atelier oder in meiner Bar mit einer Flasche Scotch.

Angeblich liebte er uns und wollte uns beschützen, aber stattdessen zerstörte er unser Leben. Was für eine Lüge!«
»Wieso das?«
»Wenn er uns wirklich geliebt hätte, hätte er an unserem Leben teilgenommen. Er war zwar körperlich anwesend, aber innerlich hatte er sich ausgeklinkt.«
»Er hatte keine Hoffnung mehr«, erwiderte Clea leise.
»Aber warum? Wir liebten ihn, trotz alledem. Ich weiß nicht, wie es bei dir war, aber ich hätte ihn gebraucht.«
Caroline kniff die Augen zu. Sie wischte die Tränen verstohlen mit den Zeigefingern weg, während sie ein Schluchzen unterdrückte. Clea sah dem Ringen stumm zu. Caroline würde ihren Gefühlen nie freien Lauf lassen. Warum ihr Vater beschlossen hatte, sich abzuschotten, war eine Sache, die keine der Schwestern verstand. Er war für alle sichtbar, aber gleichzeitig Welten entfernt, in einem Whiskeynebel.
»Er hat Töchter in die Welt gesetzt, und die war barbarisch. So viel, was seinen hochgepriesenen ›Rausch des Lebens‹ angeht. Pech für ihn, dass seine Macho-Philosophien damit unvereinbar waren. Erst zwang er uns, ihn von Kindesbeinen an auf die Jagd zu begleiten, und dann nahm er uns nie wieder in die Berge mit. Aus und vorbei.«
»Es war nicht vorbei. Er war krank. Krank vor Kummer – so sehe ich das zumindest.«
»Du bist verständnisvoller als ich«, sagte Caroline.
»Bitterkeit führt zu nichts.« Clea legte ihre Hand auf die ihrer Schwester. Caroline ließ es zu. Niemand außer Clea hätte es gewagt, so mit ihr zu reden. Vielleicht lag es daran, dass sie nicht dabei gewesen war, als Andrew starb. Clea war weicher, vertrauensvoller, weniger argwöhnisch als ihre Schwestern. Sie hatte nicht im gleichen Maß wie Caroline und Skye gelitten.
»Er wollte in deiner Nähe sein, Caroline. Deshalb kam er so oft in den Gasthof.«

»Er kam, um zu trinken!« Caroline drängte die Tränen zurück.
»Was ist los mit dir? Das klingt ja furchtbar!«
»Findest du, dass ich unnahbar bin? Dass ich keine Nähe zulassen kann?«
»So würde ich das nicht formulieren«, antwortete Clea, auf der Hut angesichts der Dringlichkeit in Carolines Ton.
»Wie denn?«
»Du bist ungeheuer ... tüchtig. Das ist der Grund. Du hast alles voll im Griff, sodass die Leute meinen, du wärst wunschlos glücklich und würdest niemanden brauchen.
»Das ist ein kolossaler Irrtum!« Verärgert zerknüllte Caroline ein Blatt Papier und fing noch mal von vorne an. »Ich wünsche mir vieles, unter anderem, dass sich Skye wieder fängt.«
Clea kannte die Widersprüchlichkeit ihrer Schwester. Selbst wenn sie wütend war, gelang es ihr nicht, ihre Bedürfnisse zum Ausdruck zu bringen. Caroline übertrug wieder einmal ihre eigenen Gefühle auf die Menschen, die sie liebte.
»Es tut mit Leid«, sagte Caroline. »Aber wenn du Skye gehört hättest, wüsstest du, was ich meine. Sie ist in denkbar schlechter Verfassung. Du kennst ja unsere Familiensaga von der Kunst und dem Alkohol, die angeblich untrennbar miteinander verbunden sind. Bei Skye und Dad. Was für eine Lüge!«
»Vielleicht habe ich deshalb einen Pfarrer geheiratet.« Clea lächelte. »Endlich einmal ein Mann, dem ich trauen kann.«
In dem Moment, als sie die scherzhaften Worte aussprach, wusste sie, dass sie ernst gemeint waren. Sie hätte nie einen Mann von der Sorte lieben können, die Notlügen für entschuldbar hielten, die meinten, gegen einen Seitensprung sei nichts einzuwenden, solange er diskret erfolgte und unentdeckt blieb, oder die sich zu Tode tranken und sich selbst und ihrer Familie etwas vormachten.
Caroline richtete ihre Aufmerksamkeit auf die Rechenma-

schine und den Stapel Quittungen. Clea sah zu, wie sie die Rechnungen durchblätterte und ihre Finger über die Tasten huschten. Das ist Caroline, wie sie leibt und lebt, dachte sie, Caroline, die Tüchtige. Clea kannte sämtliche Versuche ihrer Schwester, dem allen zu entfliehen, und dieses Ablenkungsmanöver war eines der wirksamsten.

»War es schön gestern Abend?«

»Wie bitte?« Carolines Finger hielten mitten im Tippen inne.

»Gestern Abend. Ob es schön war.« Als Caroline stumm blieb, fuhr sie fort: »Du warst doch auf der *Meteor,* oder?«

»Ja.« Caroline schloss kurz die Augen, dann platzte es aus ihr heraus: »Du hättest ihn hören sollen! Er ist genauso verrückt wie Skye. Oder noch verrückter. Man könnte meinen, ich sei Schuld an der verkorksten Kindheit aller Menschen von hier bis Boston!«

»Nicht an meiner!«

»Er wollte von mir eine genaue Schilderung der Geschehnisse an dem Abend, als sein Vater starb. Es war grässlich.«

»Das kann ich mir vorstellen.«

»Er hat mich regelrecht ins Kreuzverhör genommen. Ich habe ihm erzählt, woran ich mich noch erinnern kann, und danach spielte er den Überlegenen und meinte, ich hätte keine Ahnung, was er durchgemacht habe. Aber wahrscheinlich tat es ihm hinterher Leid. Ja, so wird es wohl gewesen sein, weil er mich packte – so grob, dass meine Schulter schmerzte – und mich küsste.«

»Er hat dich geküsst?«

Caroline nickte bedrückt. Sie musterte ihre Hände. Clea hielt sich zurück und schwieg aus Angst, etwas Falsches zu sagen. Caroline hatte noch nie so impulsiv auf einen Mann reagiert. Sie war immer auf der Hut gewesen, unnahbar und verschlossen. Ihr Vater hatte ihnen vorgelebt, wie die Beziehung zwischen Männern und Frauen beschaffen war, und Caroline hatte sich früh einen undurchdringlichen Schutzpanzer zugelegt. Doch der war nicht mehr da, wie Clea sehen konnte; das war so klar wie das Amen in der Kirche.

»Das hätte er sein lassen sollen«, sagte Caroline. »Er kann mich nicht ausstehen.«

»Warum hat er dich geküsst, wenn er dich nicht ausstehen kann?«

Caroline blinzelte. Ihre Wimpern waren lang und dunkel. Sie lagen einen Moment auf ihren blassen Wangen, dann hob sie den Blick. »Damit ich den Mund halte. Oder animalischer Trieb, was auch immer. Ich glaube, er hätte mir am liebsten den Hals umgedreht, aber stattdessen hat er mich geküsst.«

»Du hast ihn vermisst«, sagte Clea.

Caroline nickte traurig.

»Kein Grund, sich zu schämen«, erwiderte Clea sanft.

»Es besteht immer noch, dieses Gefühl der Verbundenheit. Wir kennen uns gegenseitig in und auswendig. Er weiß Bescheid über Skye, ich meine, dass sie trinkt. Ich wollte ihm nicht zu viel erzählen, aber er hat es erraten. Sie ist am Ende, Clea. Ich habe sie heute im Krankenhaus gesehen, und ich glaube nicht, dass sie jemals wieder gesund wird.«

»Doch, das wird sie.«

»Woher willst du das wissen?«

»Weil wir sie lieben. Und Liebe ist das A und O im Leben.«

Caroline hob erneut den Blick. Ihre Schwester lächelte sie voller Zuneigung an. Clea sah, wie sich Carolines Gesichtsausdruck veränderte. »Ich habe Skye heute das Gegenteil gesagt. Dass Liebe nicht alle Probleme lösen kann.«

»Du irrst.« Clea glaubte an die Liebe. Sie glaubte fest und unerschütterlich daran, mit jeder Faser ihres Seins. Trotz des Kummers in ihrem Leben und der Gewalt, mit der sie aufgewachsen waren, hatte sich die Liebe, welche die Schwestern füreinander empfanden, bisher immer als Rettungsanker erwiesen. Sie hatte ihnen innere Stärke verliehen. Und als sie Caroline nun ansah, wusste Clea, dass ihre große Schwester im gleichen Maß wie Skye gelitten hatte. Vielleicht sogar noch mehr. Und Clea war der Überzeugung, dass die Liebe, die Caroline brauchte und die ihr helfen würde, sich just in diesem Moment vor der Küste befand. Auf einem Schiff auf den Wellen, über einem mörderischen Riff in Sichtweite des Hauses, in dem alles angefangen hatte, wartete Caroline Renwicks große, einzig wahre Liebe. Clea erkannte es auf den ersten Blick. Ihr Gesicht glühte, während sie ihre Schwester ansah.

»Er hat einen Bruder«, sagte Caroline. »Ich habe ihn kennen gelernt.«

»Das freut mich für ihn. Schwestern sind besser, aber Brüder sind auch nicht zu verachten.«

Caroline schwieg. Ihre Augen wanderten umher, während sie krampfhaft vermied, Clea anzuschauen.

»Joe Connor hat dich also endlich geküsst.«

»Hm.« Caroline wischte sich über die Augen. »Was ist daran so komisch?«

»Nichts.« Cleas Lächeln wurde noch breiter. Sie wusste im selben Moment, dass sie soeben gelogen hatte. Sie hatte das falsche Wort benutzt; sie hätte sagen sollen: alles.

An diesem Abend saß Clea mit Peter auf der Veranda, trank Limonade und sah zu, wie ihre Kinder Feuerfliegen fingen. Sie hätten längst ins Bett gehört, aber sie waren überdreht und tollten selbstvergessen durch den Garten, der sich neben dem Haus befand. Sie rauften und lärmten und versuchten die Schlafenszeit noch ein paar Minuten hinauszuschieben. Als Clea und Peter ein Machtwort sprachen und sie ins Bett steckten, zuckten ihre Lider, und binnen Sekunden fielen ihnen die Augen zu.

»Warum bist du so still?«, fragte Peter. Sein Schaukelstuhl knarrte auf den breiten Holzplanken des Verandafußbodens.
»Ich mache mir Sorgen um meine Schwester.«
»Skye? Sie ist in guten Händen und bekommt genau die Hilfe, die sie braucht, falls sie bereit ist, sie anzunehmen. Du weißt, dass die Entscheidung letztendlich bei ihr liegt.«
»Es geht nicht um Skye. Ich meine Caroline.«
»Caroline?«
Cleas Augen füllten sich mit Tränen. »Sie ist so diszipliniert, richtig eisern gegenüber sich selbst. So war sie schon, als wir noch klein waren. Immer hat sie sich nur um uns gekümmert und dafür gesorgt, dass Skye und ich glücklich waren und genug Zuwendung bekamen.«
»Sie ist eben eine ideale Schwester.«
»Die beste, die man sich vorstellen kann.«
»Warum machst du dir dann Sorgen um sie?«
»Ich möchte, dass sie sich verliebt.«
»Das wird sie schon, zum richtigen Zeitpunkt.«
Clea sah Caroline wieder vor sich, mit gehetztem Blick, die Arme um Skye geschlungen. Sie waren auf dem Redhawk gewesen, und Skye hatte gerade einen Menschen erschossen.
»Caroline war immer für uns da. Beide Male …«
»Als die beiden Männer starben?, fragte Peter.
»Ja.« Clea war erst drei gewesen, als James Connor in ihr Haus eingedrungen war, aber sie erinnerte sich, wie Caroline sie im Arm gehalten, sich zwischen Clea und das Gewehr gestellt, sie mit dem eigenen Körper geschützt hatte.
»Sie liebt euch eben.«
»Warum hat Gott so viel Gewalt in unser Leben gebracht?«, fragte Clea und nahm seine Hand. »So schreckliche Erlebnisse? Warum hat er zugelassen, dass wir zweimal hautnah mit dem Tod konfrontiert wurden?«
»Vielleicht wollte er euch damit zeigen, wie sehr ihr einander

liebt«, antwortete Peter und trocknete Cleas Augen mit seinem Taschentuch.
»Das tun wir wirklich«, flüsterte sie. Während sie an Caroline dachte, wünschte und betete sie, dass es ihr irgendwann gelingen möge, ihren Panzer abzulegen und sich in gleichem Maße lieben zu lassen, wie sie ihre Schwestern liebte.
»Caroline hat Angst«, meinte Peter. »Deshalb geht sie ständig auf Reisen. Sie läuft davon.«
»Sie gibt sich immer so mutig, aber in Wirklichkeit ist sie es nicht.«
»Da hast du Recht.«
»Wir haben Glück«, sagte Clea schniefend. »Du und ich.«
Statt einer Erwiderung zog Peter sie enger an sich. Es bedurfte keiner Worte. Clea blickte zum Himmel empor, gerade rechtzeitig, um eine Sternschnuppe zu erspähen. Mit einem Mal fühlte sie sich so glücklich, dass sie nur mit Mühe neue Tränen zurückhalten konnte.

30. August 1978
Liebe Caroline,
hast Du in der letzten Zeit etwas Schönes geträumt? Vielleicht magst Du keine Motorboote. Ich frage mich, ob das der Grund ist, weshalb ich lange nichts mehr von Dir gehört habe.
Gestern war ich draußen vor der Küste von Breton Point beim Speerfischen. Die Brandung kann dort ziemlich rau sein, und es hat mich furchtbar gebeutelt. Die Boote, die am America's Cup teilnahmen, fuhren vorbei, und ich fragte mich, ob Dir Segeln gefallen würde. Vielleicht hast Du ja Lust, nach Newport zu kommen und Dir die Boote anzusehen, die beim Cup mitmachen. Es sind Zwölf-Meter-Yachten, schnittig und wunderschön. Mein Vater hat mich früher immer

mitgenommen, um sie anzuschauen. Die nächste Regatta findet 1980 statt, und ich hoffe, bis dahin eine Mannschaft zu finden, die mich aufnimmt.
Schreib mir bald. Übrigens, gibt es einen Jungen, für den Du schwärmst?
Noch immer Dein Freund
Joe

24. November 1978
Lieber Joe,
tut mit Leid, dass ich mich so lange nicht gemeldet habe. Ich muss gestehen, es war mir peinlich, dass ich Dir meinen Traum geschildert habe. Ich habe noch nie jemandem etwas davon erzählt. Nein, es gibt keinen Jungen, für den ich schwärme.
Ich habe noch nie eine richtige Zwölf-Meter-Yacht gesehen. Mein Vater hat welche gemalt und sich mit den Seglern angefreundet. Er redet oft von Ted Hood und Baron Bich und Ted Turner, diesen Draufgänger, der ihn an seine eigene Jugendzeit erinnert. Er sagt, Kunstsammler lieben Gemälde mit Zwölf-Meter-Yachten.
Das ist eine ziemlich umständliche Art, Ja zu sagen. Ich würde sehr gerne nach Newport kommen. Aber wie?

Alles Liebe
Caroline

10

Mann, bist du gut ausgestattet«, sagte Sam, der seinen Morgenkaffee mit Joe im Kartenraum trank. Er staunte nicht schlecht, als er die elektronische Ausrüstung der *Meteor* in Augenschein nahm. Er musterte die Satellitenanlage, von den Kommunikationsgeräten bis zum Monitor, der den Maschinenraum überwachte. Ein Blick auf die Übertragungsgeschwindigkeit der Navigationssysteme wie INMARSAT und AMSC entlockte ihm ein beifälliges Nicken.

Er beugte sich über die Computerkonsole und machte sich mit dem Navigationsprogramm vertraut. Dann schlug er ein paar Tasten des Keyboards an und holte sich eine Karte vom Long Island Sound auf den Bildschirm.

»Man kann die Karte entweder nach Kompassnord oder nach Kompasskurs lesen, genau wie beim Radar«, erklärte Joe. »Das Programm ist mit unserem Echolot und dem Autopiloten verbunden und berechnet automatisch Gezeiten und Strömungen. Im Laufe dieses Prozesses können wir Standort und Kurs via GPS-Empfänger bestimmen und wichtige Positionsdaten austauschen.«

»Das ist der Unterschied zwischen Goldsuchern und Forschern, die auf staatliche Mittel angewiesen sind«, sagte Sam. »Wenn ich draußen auf dem Meer bin, um mit einem uralten verrosteten Kahn Buckelwale aufzuspüren, besteht die so genannte moderne Elektronik aus einem Radargerät und dem ältesten GPS-System, das es gibt. Alles Schrott, Joe.« Sam lud die Tiefenmessungskarten herunter und sah fasziniert zu, wie die Grafiken in Windeseile wechselten. »Meine Güte, so schnell kann kein Mensch schauen.«

Joe lächelte, dann trank er einen großen Schluck Kaffee. Er hatte seinen Bruder seit Monaten nicht mehr gesehen, und alles, was Sam interessierte, war die neueste Technologie an Bord! Joe fühlte sich unbehaglich angesichts der offenkundigen Verehrung, mit der Sam zu ihm aufsah. Der Junge hatte sich eine kurze Verschnaufpause von seinem aktuellen Forschungsprojekt gegönnt. Er war von Nova Scotia hergeflogen, um Vorstellungsgespräche an verschiedenen Universitäten im Umkreis zu führen und den Rest seines Urlaubs an Bord von Joes Schiff zu verbringen. Eine Anhänglichkeit, die Joe lästig fand, aber gleichzeitig auch freute, wenn er ehrlich war.

»Und, wie läuft's da unten? Machst du Fortschritte auf dem Wrack?«

»Ja, aber nur langsam. Ich hatte vergessen, wie trüb das Wasser vor der Küste von Neuengland ist, und kalt und voller Planktonpartikel. Das erschwert die Arbeit.«

»Seltsam, wenn man bedenkt, dass du ein waschechter Neuengländer bist.«

»Das war einmal«, erwiderte Joe.

Sam lachte. »Mag sein, aber man merkt dir deine Herkunft noch an. Raue Schale und grimmig. Wenn du gerne einer von diesen Leisetretern aus Florida wärst, die Fett ansetzen, weil sie den ganzen Tag am Strand herumlungern und ihre Angeln vor den Keys auswerfen, vergiss es! Einmal Brummbär, immer Brummbär.«

»Brummbär. Aha.« Joe bemühte sich streng zu klingen. Niemand durchschaute ihn so wie Sam, und niemand hätte sich solche Frechheiten herausnehmen dürfen. Joe tat sein Bestes, die Barriere aufrechtzuerhalten, die zu errichten einem älteren Bruder zustand, und Sam tat sein Bestes, sie niederzureißen.

»Denkt Caroline genauso?«, erkundigte sich Sam lachend.

»Caroline?«

»Ja. Ich war ziemlich überrascht, dich mit ihr zu sehen. Ich meine, sie ist schließlich eine Renwick, und ich weiß, wie du über ihren alten Herrn denkst …«

»Da war noch eine Sache, die geklärt werden musste.« Joe presste die Lippen zusammen.

»Ich fand sie nett. Früher zu Hause, als ich noch ein Kind war, entnahm ich deinen und Moms Worten, alle Renwicks seien eine Ausgeburt des Teufels. Geradezu gemeingefährlich.«

»Sie ist nicht gemeingefährlich, sondern hat sich nur den falschen Vater ausgesucht.«

»Was sagt das eigentlich über mich aus, wenn du andere nach ihrem Erzeuger beurteilst?« Joe beugte sich wieder über den Computer und wählte die Zoom-Funktion aus, um die Karte zu vergrößern und genauer zu studieren. Dann schlug er eine weitere Taste an, um sich die Temperatur der Wasseroberfläche anzeigen zu lassen. Sein Mund war trocken. Joe und sein Stiefvater waren nicht gut miteinander ausgekommen. Sam wusste das, und mit seiner Frage wies er ihn auf ein Problem hin, dem er sich lieber nicht stellen wollte.

»Lassen wir das Thema«, erwiderte Joe ruhig.

»Ich schneide es auch nur deshalb an, weil ich gestern Abend den Eindruck hatte, zum falschen Zeitpunkt aufgetaucht zu sein. Schien so, als hätte ich euch bei etwas Wichtigem gestört.«

»Ich sagte bereits, wir hatten uns ausgesprochen. Was ist, willst du dich nicht langsam anziehen?«

»Ich bin angezogen«, sagte Sam verdutzt; er trug Shorts und ein T-Shirt mit dem Aufdruck WHOI, einem Kürzel für das Ozeanographische Institut in Woods Hole. Seine Augen hinter den Brillengläsern waren groß und wirkten noch verschlafen.

»Zieh den Tauchanzug an. Ich nehme dich mit zum Wrack, dann kannst du dir selbst ein Bild von unserer Arbeit machen.«

»Prima!« Sam ließ seinen Kaffeebecher auf dem Kartentisch stehen und stolperte über einen Ersatzscheinwerfer, der darauf wartete, installiert zu werden. Kopfschüttelnd nahm Joe die Becher und ging in die Bordküche hinunter. Sam glich einem tollpatschigen jungen Hund, dem seine Pfoten noch ein paar Nummern zu groß waren. Aber er hatte einen messerscharfen Blick. Er durchschaute Joe wie kein anderer.

Während Joe den Hauptsalon durchquerte, dachte er an den gestrigen Abend. Er hatte Caroline Renwick geküsst. Genau an dieser Stelle. Ein Hauch ihres Parfums lag noch in der Luft. Das Schiff roch nach Salz, Dieselöl, Kaffee und Fisch, doch der Duft von Jasmin ließ Joe einen Moment lang reglos verweilen. Dann schüttelte er erneut den Kopf und ging weiter.

Caroline. Es war nicht richtig gewesen, sie zu küssen, eine unüberlegte Handlung. Aber er hatte keine andere Wahl gehabt. Seine Arme hatten sie ohne sein Zutun umschlungen, sein Mund hatte ihre Lippen gefunden, seine Stimme ihren Namen geflüstert. Es war, als wäre Joe von einer fremden Macht gesteuert worden.

Joe Connor wäre nie von alleine auf die Idee gekommen, Caroline Renwick zu küssen. Hass war ein starkes Wort, aber man konnte ohne Übertreibung behaupten, dass Joe die Familie Renwick hasste. Ihretwegen hatte er getrunken, hatte

sich den Scotch in rauen Mengen einverleibt, um den brennenden Hass mit dem Alkohol hinunterzuspülen.
Aber was passiert war, ließ sich nicht mehr ungeschehen machen. Joe war Wissenschaftler, und er verstand die unwiderlegbare Wahrheit bestimmter Fakten. Er hatte gestern Abend in diesem Raum gestanden, in enger Umarmung mit einer schönen Frau, die sich an ihn geschmiegt und ihn leidenschaftlich geküsst hatte, und er hatte sie mehr als jede andere in seinem Leben begehrt. Ihr Stöhnen hatte ihm einen Schauer über den Rücken gejagt und die Haare auf seinen Armen zu Berge stehen lassen. Er hatte sie mit einer Zärtlichkeit geküsst, die ihm unbekannt war; er hätte sie am liebsten nie wieder gehen lassen.
Der Augenblick gegen Ende des Abends, als sie ihm erzählt hatte, wie viel ihr sein Vater und Joe selbst bedeutet hatten – dass es ihr nicht gelungen war, Joe zu vergessen –, hatte ihm den Rest gegeben. Die Anteilnahme in ihrer Stimme, was seine Person betraf, war mehr, als er verkraften konnte. Er hatte die Möglichkeit gehabt, zu gehen oder sie zu küssen, und er hatte sich für beides entschieden. Verdammt, warum saß ihm die Wut immer noch im Nacken? Er wünschte, endlich darüber hinwegzukommen; er wünschte mehr als alles in der Welt, er möge endlich verschwinden, dieser lebenslange Groll, der ihm so vertraut war.
»Fertig!« Sams Gesicht war vor Aufregung gerötet. Er stand auf der Niedergangstreppe und zog den Reißverschluss seines Taucheranzugs hoch. Als Joe seinen Bruder betrachtete, dachte er an die jüngste Renwick-Schwester. Er hatte Carolines Sorge gespürt und war dankbar, dass er sich nicht über Sam den Kopf zerbrechen musste.
»Hier, die darfst du abwaschen«, sagte Joe und drückte Sam die Kaffeebecher in die Hand. »Was bist du eigentlich für ein Seemann? Wartest darauf, dass andere hinter dir herräumen!«

»Tut mir Leid, Käpten.« Sam nahm die Becher, damit Joe sich umziehen konnte. Aber er wirkte nicht im Geringsten zerknirscht, sondern liebevoll und nachsichtig, als wüsste er, dass Joes barsche Art nur vorgetäuscht war. Als würde er ahnen, dass sich hinter der rauen Schale ein weicher Kern verbarg, ein grundanständiger Mensch, ein einsamer Wolf, der verzeihen würde, wenn er dazu im Stande wäre.

Skye und Simon gingen im Park der Klinik spazieren. Es wimmelte von Schwestern in weißer Tracht, die Patienten im Rollstuhl vor sich herschoben. Hohe Ahornbäume spendeten Schatten, und die gepflasterten Wege waren von niedrigen Spindelstrauchhecken gesäumt. Zitronengelbe Ringelblumen und leuchtende Zinnien füllten Reihe um Reihe die streng geometrisch angelegten Blumenbeete. Skye hatte nur wenige Gärten gesehen, die sie nicht malen wollte, aber dieser gehörte dazu.

Als sie eine unbesetzte Steinbank fanden, nahm Skye erleichtert Platz. Obwohl sie weniger als zehn Minuten auf den Beinen war, fühlte sie sich erschöpft. Nach der Anstrengung war ihr so schwindlig, dass sie sich vornüberbeugen musste. Wenn es irgendwo ein Fleckchen Gras gegeben hätte, hätte sie sich hingelegt und wie ein Kätzchen zusammengerollt.

Simon holte eine Zigarette aus seiner Tasche. Er zündete sie an und blies den Rauch über Skyes Kopf. An der Art, wie er ihn ausstieß, konnte sie hören, dass er verärgert war. Sie blickte hoch.

»Was ist los?«

Er zuckte mit den Schultern.

Sie versuchte die Unruhe zu verdrängen, die Besitz von ihr ergriff. Schließlich war sie die Kranke, die Person, die liebevolle Zuwendung und Schonung brauchte. Aber sie war auf Simons Stimmungsschwankungen, auf seine Bedürfnisse und

Gemütszustände geeicht. Sie hatte sich angewöhnt, ihm jeden Wunsch von den Augen abzulesen.
Als Kind hatte sie miterlebt, wie ihr Vater in seinem Atelier tobte, wenn er wütend war, oder tagelang stumm vor sich hin brütete. Ihre Mutter war gesprungen, wenn er pfiff, ungeachtet dessen, wie er sich aufführte. Das Gleiche galt für Caroline, Clea und Skye.
»Wie lange willst du dich hier noch einsperren lassen?«, fragte Simon.
»Keine Ahnung. Meine Verletzungen sind im Abklingen begriffen, aber sie wollen mich zu einem Entzug überreden.«
Simon lachte sarkastisch; in seinen Augen lag ein lauernder Ausdruck. »Gemeinsam mit Trunkenbolden und Drogensüchtigen?«
»Ja. Auf der Entzugsstation.«
»Das ziehst du doch wohl nicht ernsthaft in Erwägung, oder?«
»Ich habe noch nicht zugestimmt.«
»Dann kannst du dir deinen persönlichen Stil ein für alle Mal abschminken, Skye. Du wirst dich in eine von diesen mittelmäßigen Nullachtfünfzehn-Hobbykünstlerinnen verwandeln, die es wie Sand am Meer gibt. Du trinkst also zu viel, wenn ich dich recht verstehe. Wie kommen die überhaupt darauf? Du bist schließlich kein Heimchen am Herd, das sich mit den Nachbarn zu einer Fahrgemeinschaft zusammengeschlossen und eine Hypothek aufs Eigenheim aufgenommen hat. Du bist Bildhauerin!«
»Meistens bin ich so verkatert, dass ich nicht arbeiten kann.«
Skye starrte ihre Hände an und versuchte sich darauf zu besinnen, wann sie das letzte Mal Ton angerührt hatte.
»Schau dir die Künstler an, die tranken. Oder die Schriftsteller. Du bist ein Mensch mit tiefen Gefühlen, und das offenbart sich in deiner Arbeit. Wenn der Alkohol dich beflügelt,

musst du es akzeptieren, wie es ist.« Er rückte näher zu ihr und stupste sie mit der Hüfte an. »Ich möchte meinen Zechkumpanen nicht verlieren.«

»Ich weiß.« Er sprach einen Punkt an, vor dem sie ebenfalls Angst hatte. Wie würden Simon und sie miteinander auskommen, wenn sie keinen Tropfen mehr anrührte? In ihrer Beziehung hatte der Alkohol stets eine wichtige Rolle gespielt. Wilde Nächte, in denen die Ideen schneller flossen als der Scotch, dekadente toskanische Mittagessen mit Wein und Grappa, die an ihre Flitterwochen in Alta Badia erinnerten. Oder die leidenschaftlichen, vom Alkohol ausgelösten Streitereien an den Abenden, wenn sich der teure Wein in billigen Fusel verwandelte. Auch diese wollte sie nicht missen.

»Denk an eine köstliche Flasche Calon-Ségur. Sie zeigt dir, dass du lebendig bist. Oder ein schöner frischer Frühlingswein aus Portugal. Erinnerst du dich an unsere Reise in die Algarve? Wir liefen sechs Tage splitterfasernackt herum, aßen Garnelen und tranken diesen kühlen Weißwein dazu.«

»Ich erinnere mich.«

Er holte Bleistift und Papier hervor und breitete ein Blatt auf seinem Knie aus. Nach einem flüchtigen Blick auf Skye begann er zu zeichnen.

Skye lehnte sich zurück und versuchte sich zu entspannen. Er war ein guter Maler. Heute befand er sich in Hochstimmung, weil ein namhafter Sammler seine Bilder gelobt und seinen Besuch im Atelier angekündigt hatte. Trotzdem hatte Skye ein schlechtes Gewissen, weil ihre Werke in der Kunstwelt höher im Kurs standen als seine. Sie wusste, dass es ihn kränkte, von seiner Frau übertrumpft zu werden.

Ihre Augen schlossen sich; sie hörte, wie sein Bleistift über das Papier flog. Dass er sie an einem sonnigen Tag unter freiem Himmel malte, war in ihren Augen eine liebevolle

Geste, ein hoffnungsvoller Neuanfang. Sie hatte mehrere Kartons mit wundervollen Skizzen aufgehoben, die er von ihr gemacht hatte, genau wie ihre Mutter, die viele Bilder von Hugh besaß. Skye war stolz und glücklich, von einem Maler geliebt zu werden. Ihre blonden Haare waren zerzaust, und sie wusste, dass ihr Gesicht bleich war, aber sie beschloss, Simon zu vertrauen.

»Hier«, sagte er schließlich.

Die Skizze war gelungen. Simons Stil war minimalistisch, seine Linien schlicht; der Körper war in der Horizontalen dargestellt, das Haar hing herab, die Augenlider waren geschlossen. Er hatte Skye auf dem Totenbett gezeichnet, auf einer Gruft liegend.

»Du bringst dich um, wenn du hier bleibst, abgeschottet von der Welt, von deiner Inspiration.«

»Ich brauche Hilfe«, erwiderte Skye.

»Du brauchst deine Arbeit. Das ist dein Talent. Verschwende diese einzigartige Gabe nicht in dem Versuch, dich dem Rest der Welt anzupassen. Bring sie in Ton zum Ausdruck, sonst würgst du deine eigenen Möglichkeiten ab. Und jetzt komm. Wir gehen auf der Stelle.«

»Ich kann nicht.«

»Du kannst.« Simon streckte die Hand aus. »Tu's einfach. Wir brauchen uns gegenseitig. War das nicht immer so?« Er schenkte ihr einen leidenschaftlichen Blick.

Skye nickte benommen. Er hatte Recht, der Weg lag klar vor ihr. Das Bild, das er gezeichnet hatte, war ein unheilvolles Omen, das sie verstörte. Skye konnte es nicht ertragen, in der Klinik zu bleiben, einsam und alleine. Sie würde auf eigene Faust versuchen mit dem Trinken aufzuhören.

Er breitete die Arme aus, und als Skye sich von ihnen umfangen ließ, war ihr bewusst, dass sie ihre Schwestern enttäuschte. Wie hatte Caroline es geschafft, keinen Kompro-

miss einzugehen, was die Liebe betraf? Aber Caroline lebte allein. Ihr Vater hatte sie gewarnt und ihnen dringend nahe gelegt, sich zu schützen, um nicht verletzt zu werden. Ihre Mutter hatte sie dagegen gelehrt, einem Mann alles zu opfern.
Skye ergriff die Hand ihres Mannes. Gemeinsam verließen sie den Park.

Clea warf gerade eine Ladung Wäsche in die Waschmaschine, als das Telefon klingelte. Sie goss Waschmittel hinein und lief los, um den Hörer abzunehmen.
»Hallo?«, rief sie in einem Ton, der die Hoffnung erkennen ließ, dass der Anrufer noch nicht aufgelegt hatte.
»Clea, ich bin's«, sagte Caroline.
»Was ist passiert?«
»Skye hat die Klinik verlassen. Auf eigene Verantwortung. Sie ist einfach verschwunden, ohne jemandem ein Wort zu sagen.«
»Wo steckt sie?« Clea spürte, wie ihr eiskalt wurde.
»Keine Ahnung. Ich wollte auf einen Sprung zu ihr, und sie war nicht mehr da. Niemand hat sie weggehen sehen …«
»O Caroline.« Clea hörte die Panik in der Stimme ihrer Schwester. Sie hatten wenig Einfluss auf Skye. Clea hörte einen Ton in der Leitung, der anzeigte, dass ein weiteres Gespräch wartete.
»Moment«, sagte sie. »Vielleicht ruft sie gerade an.« Sie klinkte sich aus. »Hallo?«
»Hallo, Liebes.« Es war Augusta.
»Mutter, kann ich dich gleich zurückrufen?«, sagte Clea. Ihr Herz klopfte zum Zerspringen. »Hast du etwas von Skye gehört?«
»Skye? Sie ist oben in ihrem Zimmer. Sie hatte genug von der Klinik und ist nach Hause gekommen, wo sie hingehört. Mit

Simon. Ich muss unbedingt mit dir über unsere Kostüme reden.«
»Kostüme? Ich habe Caroline in der anderen Leitung. Ich muss ihr sagen, wo Skye ist. Sie ist außer sich vor Sorge.«
Clea kehrte zu Caroline zurück. »Sie ist bei Mom. Es geht ihr gut.«
»Was ist passiert? Warum hat sie die Klinik verlassen? Wenn dieser verdammte Simon sie dazu bringt, irgendetwas Verrücktes anzustellen, dreh ich ihm den Hals um. Ist sie das in der anderen Leitung? Sag ihr, ich will mit ihr reden. Kannst du uns verbinden?«
»Es ist Mom. Ich beeile mich. Bleib in der Nähe des Telefons, ich rufe so schnell ich kann zurück und erzähle dir dann die ganze Geschichte. In Ordnung?«
»Verdammt noch mal, ja.« Caroline legte auf.
»Das war Caroline in der anderen Leitung«, teilte Clea Augusta noch einmal mit.
»Prima. Ich muss es ihr ja auch sagen. Ich habe endlich eine Idee, als was ich zum Firefly Ball komme.«
»Ball?« Clea strich sich über die Stirn. »Mom, was ist mit Skye? Caroline und ich machen uns große Sorgen um sie.«
»Ich finde es wunderbar, dass ihr euch so nahe steht«, erwiderte Augusta mit Wärme in der Stimme. »Das ist ein Geschenk, für das man dankbar sein kann. Weißt du, wie froh du sein kannst, dass du Schwestern hast? Habe ich dir jemals erzählt, wie brennend ich mir als kleines Mädchen Schwestern gewünscht habe, wie ich ganz allein mit meinen Puppen spielen musste und wie traurig ich oft war?«
»Ja, Mom, aber …«
»Nun gut. Also, Liebes, was den Ball angeht – ich dachte, ich komme als Figur aus Picassos Rosenperiode. Als Harlekin, genauer gesagt. Alle erwarten, dass ich mich wie auf einem Bild deines Vaters kostümiere – für sie ist das offenbar selbst-

verständlich –, aber ich werde ihnen einen Strich durch die Rechnung machen. Die schockierten Gesichter möchte ich sehen! Das wird eine herrliche Überraschung werden.«

»Als Harlekin«, wiederholte Clea resigniert.

»Oder findest du das zu verspielt? Zu ausgefallen für eine Frau in meinem Alter? Ich meine, wer würde auf die Idee kommen, dass sich Hugh Renwicks Witwe als Picasso-Figur kostümiert? Noch dazu als Harlekin!«

»Klingt perfekt.«

»Ich stelle mir eine kleine schwarze Maske vor, Karos in kühnen Farben, Schnabelschuhe. Einfach himmlisch …«

Clea hörte zu und unterhielt sich noch ein paar Minuten mit ihrer Mutter, bis sie das Thema abgehakt hatte. Augusta war bester Laune. Die Beschäftigung mit dem bevorstehenden Ball war angenehmer als der Gedanke, dass Skye auf eigene Verantwortung die Klinik verlassen hatte, und Clea war froh, dass Caroline das Gespräch nicht mitgehört hatte.

»Du wirst fantastisch aussehen«, sagte Clea.

»Hm.«

Schweigen trat auf beiden Seiten der Leitung ein. Clea holte tief Luft. Doch in dem Moment, als sie das Thema Skye noch einmal zur Sprache bringen wollte, würgte Augusta sie ab.

»Hättest du nicht Lust, mit Peter und den Kindern auf einen Cocktail zu mir zukommen? Ich könnte Caroline anrufen. Wir sollten Simons Rückkehr im Schoß der Familie feiern. Auch wenn ich ihn dafür verachte, was er Skye angetan hat, er ist nun mal ihr Ehemann.«

»Keine Cocktails, Mom.«

»Dann grillen wir eben. Irgendetwas Festliches.«

»Vielleicht wäre es besser, wenn sie sich ausruht.«

»Es geht ihr blendend. Du solltest sie sehen. So strahlend wie früher. Mein Gott, bin ich froh, dass sie wieder zu Hause ist.«

»Ich weiß, Mom.«

»Lass uns bloß nicht damit anfangen, sie zu verhätscheln. Sie braucht unsere Stärke und Unterstützung, aber ihr ist nicht damit gedient, wenn wir auf Zehenspitzen durchs Haus schleichen. Sie muss wieder auf die Füße kommen, muss wieder Freude am Leben haben.«

»Es geht ihr nicht gut.« Clea merkte, wie schmerzvoll es für Augusta war zu akzeptieren, dass Skye von einer Krankheit genesen musste, die über ihre körperlichen Verletzungen hinausging.

»Aber inzwischen ist sie wieder auf dem Damm. Jetzt kann es nur noch besser werden. Bis zum Firefly Ball wird sie in Topform sein. Caroline wird sich freuen, meinst du nicht auch? Sie wäre bestimmt enttäuscht, wenn Skye nicht dabei sein könnte.«

»Ich glaube, dass Caroline Verständnis dafür hätte.« Clea konnte sich vorstellen, wie schwer es Skye fallen musste, nüchtern zu bleiben bei einem Fest, bei dem der Alkohol in Strömen floss, die Champagnerflaschen in Eiskübeln überall auf dem Rasen standen und die ganze Nacht Tabletts mit Getränken herumgereicht wurden.

»Nun, wenn du es dir anders überlegen solltest, würden wir uns freuen, wenn ihr kommt. Wir könnten uns einen netten Abend machen und die Kostüme für den Ball planen.«

»Trink bitte nicht in Skyes Gegenwart, Mom.«

»Nicht einmal ihr Arzt hat so einen absurden Vorschlag gemacht«, sagte Augusta erschüttert. »Mein Gott, Clea, glaubst du wirklich, die Welt geht unter, nur weil sich deine Schwester letzte Woche betrunken hat? Das ist schließlich kein Beinbruch.«

»Nein, aber das sollte es sein.« Clea verabschiedete sich und legte auf. Dann rief sie Caroline an, um ihr die Einzelheiten mitzuteilen.

Als sich Caroline mit Augusta in Verbindung setzte, um sie

ebenfalls zu ermahnen, war es bereits zu spät. Die Cocktailstunde war angebrochen. Alles stehe zum Besten. Sie und Simon würden Martinis trinken, Skye begnüge sich mit einer Diät-Cola. Sie wisse, dass sie nicht trinken dürfe. Es störe sie nicht im Geringsten. Und Skye habe darauf bestanden, dass ihretwegen niemand auf seinen Martini verzichtete. Sonst rege sie sich noch mehr auf.

Ein paar Abende später erschienen einige Mannschaftsmitglieder der *Meteor* zum Abendessen im Gasthof. Sie hatten einen Tisch reserviert, aber als sie eintrafen, war klar, dass sie zwei brauchten, die zusammengeschoben werden mussten. Während sie in der Bar warteten, half Caroline Michele beim Umbau. Sie mussten eine Gruppe von vier Personen bitten, Tische zu tauschen, aber mit einer Runde Getränke aufs Haus wurde ihnen der Umzug versüßt.

Caroline eilte in die Bar, die Speisekarten unter den Arm geklemmt. Sie versuchte sich den Anschein von Gelassenheit zu geben, während ihr Blick über die Männer schweifte. Joe war nicht mitgekommen. Die Mitglieder seiner Crew lachten und unterhielten sich lebhaft über die Objekte, die sie an diesem Tag auf dem Wrack gefunden hatten. Sie waren aufgeregt in Anbetracht der Fortschritte, die sie mit ihrer Bergungsaktion machten. Als Caroline Sam erspähte, ging sie zu ihm, um ihn zu begrüßen.

»Hallo!«, sagte sie lächelnd.

Strahlend erwiderte er ihren Gruß. Dann strich er die dunkelblonden Haare zurück, die ihm in die Augen hingen, und schlug sich dabei versehentlich die Brille von der Nase. Als er sich bückte, um sie aufzuheben, verschüttete er Bier auf dem Fußboden.

»Oh, tut mir Leid«, entschuldigte er sich. »Caroline, richtig?«

»Richtig. Und Sie sind Sam.«

»Ich war mir nicht sicher, ob Sie es sind.« Sams Bierkrug schwankte hin und her, als er ihr die Hand schüttelte. »Bei unserer letzten Begegnung war es ziemlich dunkel.« Immer noch strahlend, musterte er sie. Caroline merkte, wie sie verlegen wurde.

»Was ist?«

»Sie sehen nicht aus, als wären Sie des Teufels.« Sam blickte auf ihren Scheitel hinab und duckte sich, um ihr in die Augen schauen zu können.

»Wer sagt das?«

»Das habe ich mein ganzes Leben zu hören gekriegt. Diesen Moment sollte man rot im Kalender anstreichen, ich meine, dass ich hier stehe und mich mit einer Renwick unterhalte. Wenn ich neulich nicht gesehen hätte, dass Joe mit Ihnen spricht, würde ich mir jetzt wie ein Verräter vorkommen. Als würde ich gemeinsame Sache mit dem Erzfeind machen, verstehen Sie?«

»Dann denken Sie mal darüber nach, wie ich mich fühle, wenn ich Ihnen das Abendessen serviere.«

»Ich weiß schon, was Sie meinen. Joe und Sie haben sich also versöhnt?«

»Sagt er das?«

»Joe? Joe ist verschlossen. Haben Sie das noch nicht bemerkt?« Sam nickte, als er Carolines ausdruckslose Miene gewahrte. »Es sei denn, es geht um Geophysik, sein Lieblingsthema, aber er redet auch gerne über den Salzgehalt im Meer und die Fortschritte in der Meerestechnologie. Er ist ziemlich beschlagen auf dem Gebiet der Satellitennavigation, und man bringt ihn nicht zum Schweigen, wenn es um die neuen Radiokarbon-Methoden geht, mit deren Hilfe man das Alter der Funde in Schiffswracks bestimmen kann. Aber sonst …«

»Ist er ein wortkarger Mann.«

»Sie haben's erfasst.«

Einige der Wissenschaftler und Piraten unterhielten sich an der Bar mit einer Gruppe attraktiver Aquarellmalerinnen aus Atlanta, die wie jedes Jahr eine Woche im Renwick Inn verbrachten. Caroline sah Sam Trevor an und merkte, dass sie nicht umhinkonnte zu lächeln. Diese Wirkung hatte er vermutlich nicht nur auf sie, sondern auf alle, denen er begegnete. Zwischen seinen vorderen Schneidezähnen befand sich eine Lücke, die ihm das Aussehen eines kleinen Jungen verlieh. Die blauen Augen waren in den Winkeln von Lachfältchen umgeben. Sein Brillengestell war verbogen, als ob er sich ständig darauf setzte.

»Warum ist er ausgerechnet hierher gekommen? Warum hat er beschlossen, nach dem Schatz der *Cambria* zu tauchen, obgleich es im Meer von Schiffswracks nur so wimmelt!«

»Das soll wohl ein Witz sein!« Sam stieß sie mit dem Ellbogen an.

»Nein.«

Sam wurde ernst. »Dieses Wrack ist etwas Besonderes, sowohl historisch als auch aus der Sicht des Schatzsuchers. Joe hat es auf das Gold der *Cambria* abgesehen. Er würde nie tauchen, wenn dabei kein Vermögen zu verdienen wäre, ungeachtet aller anderen Einflussfaktoren.«

»Wirklich?«

»Wirklich. Die *Cambria* ist an einer Untiefe untergegangen, und deshalb sollte man meinen, das Wasser wäre an dieser Stelle flach. Aber sie ist in einen Graben abgesackt, einen der tiefsten in der Litoralzone …«

»Litoralzone?«

»In der Gezeitenzone, unweit der Küste«, erklärte Sam entschuldigend. Er war kein Aufschneider, wie Caroline feststellen konnte. Er war jung und linkisch, ein ungeschliffener Diamant. Er und Joe hätten denselben Beruf ausüben können, aber ihr Stil war so unterschiedlich wie Tag und Nacht.

Während sie den bebrillten jungen Wissenschaftler musterte, dachte sie unwillkürlich an Joe, an seine gebräunte Haut und die von der Sonne gebleichten Haare, seine Piratenaugen und muskulösen Arme, und sie lächelte bei dem Gedanken, wie verschieden zwei Menschen bei aller Ähnlichkeit sein konnten. Genau wie sie und ihre Schwestern.

»Der Graben ist tief, aber Joe hat die entsprechende Ausrüstung. Die Gezeiten und Strömungen schwanken stark an der Stelle. Das Wasser ist kalt, und die meisten Crewmitglieder stammen aus dem Süden, sind an warme Gewässer gewöhnt. Die Lage des Wracks ist nicht gerade stabil – der Bug sitzt auf einem Felsen auf, und das Heck ist eingekeilt; es bedarf ständiger Analysen, um zu ergründen, wie sich die gesamte Konstruktion unter Belastung verhält …«

»Das klingt für mich, als wäre das Projekt von vornherein zum Scheitern verurteilt.« Caroline lachte nervös.

»Das dachten andere Bergungsteams auch. Deshalb ist es ein Anreiz für Joe. Er hat das beste Schiff, das es gibt, und eine entsprechende Mannschaft. An der Fundstelle sind zufälligerweise auch noch geologische Formationen, die ihn als Geologe interessieren. An allererster Stelle ist mein Bruder Ozeanograph, müssen Sie wissen. Er nimmt Risiken auf sich, die niemand eingehen würde, und es hat sich immer für ihn ausgezahlt.«

»Waren das die anderen Einflussfaktoren, die Sie erwähnt haben? Die Risiken?«

»Nein.« Sams Eulenaugen blinzelten. »Der andere Faktor sind Sie.«

Caroline spürte, wie sie errötete. Sie sah auf ihre Schuhe, dann kehrte ihr Blick zu Sam zurück. Sein Gesicht war mitfühlend, als hätte er ihr soeben eine Hiobsbotschaft überbracht und würde darauf warten, dass sie den Schlag verdaute.

»Ich?«
»Ja, Sie. Das müssen Sie doch wissen. Ich habe keine Ahnung, was damals zwischen Joe und Ihnen passiert ist, aber es hat ihn völlig aus der Bahn geworfen. In Ihrer Nähe zu sein war ein wichtiger Faktor in seiner Entscheidung, die *Cambria* zu bergen.«
»Aus der Bahn geworfen.«
»Ja. Ehrlich gesagt, ich bin überrascht, dass wir hier zu Abend essen. Im Renwick Inn. Das soll keine Beleidigung sein, bitte missverstehen Sie mich nicht. Aber der Name Renwick …«
»Weckt Furcht in den Herzen der Piraten.«
»Genau«, erwiderte Sam mit ernster Miene.
»Heißt das, dass er heute Abend nicht hier isst?« Caroline versuchte gleichmütig zu klingen.
»Nein, er kommt«, sagte Sam.

Caroline wusste nicht genau, was sie empfand, als sie ihn erblickte. Joe Connor parkte seinen Pick-up, stieg aus und reckte sich. Sie sah, wie sich seine gebräunten Unterarme beugten, wie sich die Schultermuskeln unter dem blau karierten Hemd anspannten. Er steckte die Hemdzipfel in seine Jeans, und sie konnte nicht umhin, den flachen Bauch und den breiten Brustkorb zu bemerken. Er war groß und attraktiv, und als sie sich an den Kuss an Bord der *Meteor* erinnerte, spürte sie, wie sie errötete.
Aber Sams Worte »sie sehe nicht aus, als wäre sie des Teufels« gingen ihr nicht aus dem Kopf, und auch nicht, dass sie Joe damals »aus der Bahn geworfen« hatte oder dass Sam überrascht war, weil sein Bruder auch nur in Erwägung zog, in ihrem Gasthof zu essen. Sie spürte, wie sich ihr Rücken versteifte.
Er stand im Vestibül, mit gespreizten Beinen, die rauen Hän-

de in den Taschen seiner Jeans vergraben. Sie fühlte ein Kribbeln im Nacken.

»Hallo, Joe.«

»Hallo!« Er schien überrascht zu sein, sie zu sehen. »Du arbeitest noch so spät am Abend?«

»Ich bin die Besitzerin. Ich bin meistens hier.«

»Wie der Kapitän eines Schiffs. Immer im Dienst.« Er rang sich ein Lächeln ab.

»Euer Tisch ist fertig«, sagte sie und ging ihm ins Restaurant voraus.

Alle bestellten Steaks und Salat, obwohl das Renwick Inn ganz offensichtlich eher ein Gourmettempel war, auf Austern und Gänseleberpastete spezialisiert. Joe ließ seine Männer gewähren, die ein Bier nach dem anderen kippten, das noch blutige Rindfleisch verschlangen und sich Schauergeschichten vom Meer erzählten, aber er spürte, wie die Künstler vor Abscheu erstarrten. Zweimal forderte er seine Mannschaft auf, leiser zu reden und ihre Zunge im Zaum zu halten, aber die Lautstärke nahm in gleichem Maß zu wie die Flüche.

Joe hatte sich einzureden versucht, Caroline sei heute Abend nicht im Gasthof, doch seit er sie gesehen hatte, verfolgte er sie mit seinen Blicken. Seine ungeteilte Aufmerksamkeit galt der Restauranttür. Zweimal glitt sie an ihm vorbei, schlank und anmutig in ihrem langen schwarzen Kleid. Beide Male warf sie einen kurzen Blick zum großen Tisch hinüber, aber das lag wahrscheinlich am Verhalten seiner Männer. Sam erzählte gerade in epischer Breite, wie er bei der National Science Foundation Forschungsgelder locker gemacht hatte, und Dan unterbrach ihn ständig mit einer Anekdote über die Prostituierten auf den Fidschi-Inseln. Joe hörte kaum hin. Seine Augen waren auf die Tür gerichtet.

Nach dem Essen fielen sie in die Bar ein. Mehrere Künstler

aus New York luden sie ein, an ihrem Tisch Platz zu nehmen. Sie verglichen ihre Tätowierungen. Die Künstler zogen Blumen, Schmetterlinge und Stacheldraht vor, die Seeleute Frauennamen, Schiffsembleme und Schlangen. Das Bier floss in Strömen, und einige Männer rundeten es mit dem einen oder anderen Glas Southern Comfort ab. Joe erinnerte sich an die Zeit, in der er noch dem Alkohol zugesprochen hatte, und spürte geradezu das Brennen, das durch die Kehle rann. Als er zusah, wie sich Sam ein Glas genehmigte, wurde ihm bewusst, dass er nie mit seinem Bruder getrunken hatte.

Ohne irgendjemandem etwas zu sagen ging Joe nach draußen. Die frische Luft tat ihm gut. In Bars herumzustehen war nichts mehr für ihn. Dort lief man nur Gefahr, wieder von den alten Begierden heimgesucht zu werden. Da er meistens auf See war, vermochte er nicht oft an den Zusammenkünften der Anonymen Alkoholiker teilzunehmen. Er versuchte Orte zu meiden, die ihm gefährlich werden konnten, um keinen Rückfall zu riskieren.

Joe stand im Kräutergarten. Der durchdringende Geruch nach Thymian und Verbenen rief Erinnerungen an Griechenland wach. Es war ein lauer Sommerabend, kein Lüftchen regte sich. Der Gasthof war hell erleuchtet. Musik und Stimmen wehten aus der Bar herüber, und er hatte das vertraute Gefühl, meilenweit von den Geschehnissen entfernt zu sein. Als er durch die alten Glasfenster spähte, sah er Caroline die Bar betreten. Sie blickte sich suchend um, und Joe fragte sich, nach wem sie Ausschau halten mochte. Vielleicht nach ihm, dachte er. In genau diesem Moment wurde der Duft der Kräuter intensiver, und ihm war kurz schwindlig.

Ein klappriger alter Porsche fuhr vor. Zwei Insassen stiegen aus. Sie hielten einander umschlungen, lehnten sich taumelnd gegen ihren Wagen und küssten sich lange und leidenschaftlich. Dann lösten sie sich voneinander und eilten lachend in den Gashof. Auf unsicheren Beinen wankten sie in die Bar und bestellten etwas zu trinken. Das Mädchen war schön. Zierlich und schlank, hatte sie Ähnlichkeit mit Caroline, nur war sie blond. Sie hob ihr Glas, um mit dem Mann anzustoßen, aber Caroline trat dazwischen. Neugierig geworden, ging Joe hinein.

»Tu's nicht, Skye«, sagte Caroline gerade, ihre Hand auf dem Handgelenk des Mädchens. »Erinnerst du dich, wie Dad genau an derselben Stelle stand und wir das Gefühl hatten, zuzusehen, wie er verschwand?«

»Caroline, sie ist erwachsen«, sagte der Mann. Er hatte einen ausdruckslosen Blick, war knochig und ganz in Schwarz gekleidet. Lange schwarze Haarsträhnen fielen ihm über das krankhaft bleiche Gesicht. Einige der anwesenden Künstler kannten ihn offenbar. Sie hatten sich zu dem Pärchen gesellt, um die beiden zu begrüßen, sich aber beim ersten Anzeichen einer drohenden Auseinandersetzung zurückgezogen.

»Halt dich da raus, Simon«, fauchte Caroline.

Das Glas war bis zum Rand mit Champagner gefüllt. Joe sah, wie sich das Licht darin fing. Blasen perlten in einem unablässigen Strom an die Oberfläche. Das Mädchen schwankte. Ihr Blick wechselte zwischen Caroline und dem knochigen Künstler hin und her.

»Nur ein Glas!«, sagte sie.

»Denk an Dad!« Carolines Stimme klang gepresst.

»Was hat das mit ihm zu tun?« Skye warf ihrer Schwester einen zornigen Blick zu. »Lass mich in Ruhe.«

»Wir können auch gehen, wenn es dir lieber ist«, sagte Simon. »Wir wollten uns hier mit Freunden treffen, die, nebenbei bemerkt, in deinem Gasthof abgestiegen sind, Trent und Anya, du kennst sie bestimmt. Sie leben am St. Mark's Place in New York und machen hier jeden Sommer zwei Wochen Urlaub ...«

»Simon, halt den Mund«, unterbrach ihn Caroline mit einem drohenden Unterton.
»Ich hasse es, wenn ihr streitet«, sagte Skye. »Bitte hört auf damit.« Sie trank einen Schluck, dann noch einen. Mit einem Aufstöhnen, das wie ein Schluchzen klang, verließ Caroline die Bar.
Joe machte Anstalten, ihr nachzugehen. Aber Sam war schneller. Joe sah, wie sein kleiner Bruder hinter Caroline Renwick durch die Doppelglastür trat. Sie lief durch den Kräutergarten, den Weg entlang, der zum Fluss hinunterführte, gefolgt von Sam.

»Caroline!«
Caroline hörte die Stimme des Mannes, hatte aber keine Lust, stehen zu bleiben, hatte keine Lust, mit jemandem zu reden. Noch vor zehn Minuten hatte sie nach Joe Connor Ausschau gehalten, doch im Moment war er der letzte Mensch, den sie sehen wollte. Sie brauchte keine Hilfe, von niemandem. Mit schwimmenden Augen legte sie noch einen Schritt zu.
»Caroline!«
»Es geht mir gut!«, erwiderte sie, um Fassung ringend. Sie drehte sich um, zwang sich, ihn anzusehen und Ruhe zu bewahren. Da bemerkte sie überrascht, dass nicht Joe, sondern Sam ihr gefolgt war.
»Alles in Ordnung?«
»Es geht mir gut«, wiederholte sie. Von Sam in einer schwachen Minute ertappt zu werden, gab ihr den Rest, und sie spürte, wie ein Schluchzen in ihrer Kehle aufstieg.
»Es geht Ihnen nicht gut. Sie sind mit den Nerven am Ende.«
»Nein, ich …«
»Sie können sie nicht vom Trinken abhalten.«
»Ich hätte Anweisung geben müssen, dass man sie nicht be-

dient, hätte meinen Barmixern sagen müssen, dass sie ihr nichts ausschenken dürfen, kein einziges Glas …«

»Sie hätte sich anderswo etwas zu trinken besorgt. Wer ist sie, Ihre Schwester?«

Caroline nickte. Sie wischte die Tränen mit dem Handrücken fort. Als Skye in der Klinik lag, hatte sie gedacht, dort sei sie in Sicherheit und alles würde gut. Vielleicht war sie bereit, Hilfe anzunehmen, vielleicht gab es noch Hoffnung. Aber dann war Simon zurückgekehrt, und sie hatte das Krankenhaus auf eigene Verantwortung verlassen und wieder mit dem Trinken angefangen.

»Ich weiß, wie das ist«, sagte Sam. »Ich habe jahrelang mit ansehen müssen, wie sich mein Bruder beinahe umgebracht hat.«

»Joe?«

»Ja. Ich sollte Ihnen das vermutlich nicht erzählen, aber er hatte früher ein Alkoholproblem.«

»Er hat es mir gesagt.«

»Es ging ihm sehr schlecht. Er trank, um sich besser zu fühlen, aber damit wurde alles nur noch schlimmer. Ich kriegte ihn damals nicht oft zu Gesicht, aber manchmal … Weihnachten kam er meistens nach Hause, und einmal, während der Sommerferien, hat er mich nach Maine zum Segeln mitgenommen …« Sams Augen waren umwölkt bei der Erinnerung. »Er hatte zwei Gesichter, wie Dr. Jekyll und Mister Hyde – in der einen Minute der beste Bruder der Welt, in der anderen völlig durchgeknallt. In der Zeit hat er oft von Ihnen geredet. Wenn er betrunken war.«

»Oh.« Caroline fragte sich, was das zu bedeuten hatte.

»Dann hat er sich aufgeführt wie ein Verrückter, stand völlig neben sich, wusste nicht, was er wollte oder wie er sich Hilfe verschaffen sollte.«

»Sie sind damals noch sehr jung gewesen.« Caroline wischte

sich über die Augen und bemitleidete den kleinen Jungen, der die Selbstzerstörung seines älteren Bruders mit ansehen musste. Sie spürte, wie ihr die Tränen über die Wangen liefen.

»Ja. Das ging mir an die Nieren.«

»Joe hat schlimme Zeiten durchgemacht«, sagte Caroline langsam und dachte an ihre Unterhaltung auf der *Meteor.* »Ich nehme an, dass sie Ihnen erspart geblieben sind. Aber …« Sie wählte ihre Worte sorgfältig. »Warum Skye und nicht ich? Unsere Kindheit verlief ähnlich. Wir haben beide die gleichen Erfahrungen gemacht. Oder beinahe.«

»Vielleicht liegt es an dem ›beinahe‹.«

Caroline hatte nie gewusst, wie man um Hilfe bittet. In schlimmen Situationen war immer sie diejenige gewesen, die andere stützte. Das war gut so, und sie hätte es nicht anders gewollt, aber im Augenblick war ihr, als hätte sie den Boden unter den Füßen verloren.

»Wer weiß?«, fuhr Sam fort. »Ich weiß nur eines: Alkoholiker müssen von sich aus aufhören. Das können wir ihnen nicht abnehmen.«

»Alles in Ordnung?«

Beim Klang von Joes Stimme reichte Sam Caroline sein Taschentuch. Sie putzte sich die Nase. Das Geräusch war so laut, dass die Enten auf dem Fluss in Panik gerieten. Sie suchten ihr Heil in der Flucht und erhoben sich in die Lüfte, während die Füße mit den Schwimmhäuten zwischen den Zehen hektisch das Wasser durchpflügten.

»Alles in Ordnung.« Sams Stimme klang merkwürdig stolz, als wäre er zu Carolines Leibwächter ernannt worden und würde Joe Bericht erstatten.

»Wirklich? Bist du sicher?«

»Ganz sicher«, erwiderte Caroline.

»Du machst dir Sorgen um deine Schwester«, sagte Joe. Es war eine Feststellung, keine Frage.

»Ja.«
Joe nickte. Gedämpftes Licht fiel durch das Geäst der Bäume. Die Enten hatten eine Runde gedreht und setzten wieder zur Landung an. Ihre Silhouetten zeichneten sich gegen den Mond ab. Auf der anderen Seite des Flusses schrie ein Ziegenmelker.
»Es wäre besser, wenn sie beschließen würde, künftig anderswo zu trinken«, sagte Sam hilfsbereit.
Caroline nickte, sich hundeelend fühlend. Sie wäre gerne in den Gasthof zurückgegangen, doch ihr bangte vor Skyes Anblick. Sie verspürte Angst, Wut und Hoffnungslosigkeit. Sam machte einen Schritt in Richtung Gasthof. Joe und Caroline standen sich gegenüber. Die Zweige der Bäume verdeckten den Mond, doch sein Gesicht wirkte betroffen im Halbdunkel.
»Was ist denn das?«, fragte Sam und deutete auf die japanischen Lampions.
Eine ganze Kette war erleuchtet. Sie reichte von der Veranda auf der rückwärtigen Seite des Gebäudes bis zur Scheune. Die Lampions hingen unbeweglich da, als hätten sie sich in den Bäumen verfangen, und sprenkelten den windstillen Abend mit pflaumenblauen, bernsteinfarbenen, türkisfarbenen und scharlachroten Tupfen.
»Lampions für den Firefly Ball«, antwortete Caroline.
»Ein Ball?«
»Nur ein kleines Fest.« Caroline schluckte. Joe sah sie an, und sie konnte den Blick nicht von ihm lösen. Sie dachte an Skye, und Tränen traten ihr in die Augen und liefen über ihre Wangen. Sam betrachtete die Lampions, und so entging ihm, wie sein Bruder Carolines Hand nahm und sie hielt. Carolines Finger streiften Joes zerschundene Knöchel, und sie fragte sich, wie viel Überwindung ihn diese tröstliche Geste kosten mochte.

»Findet der Ball jedes Jahr statt?«, fragte Sam.
»Ja.«
»Sind wir eingeladen?«
»Sam!«, ermahnte ihn Joe barsch und wandte den Blick lange genug von Caroline ab, um das Lächeln zu verpassen, das ihre Augen erhellte.
»Natürlich. Ich würde mich freuen.«
»Ich alleine? Oder Joe auch?«
»Ihr seid alle eingeladen. Die ganze Crew. Es ist ein Kostümball.«
»Und als was sollen wir kommen?«
»Als Piraten, was sonst«, sagte Caroline und blickte in die verhangenen blauen Augen seines älteren Bruders, des unerbittlichsten Piraten, den man sich vorstellen konnte.

6. Januar 1979
Liebe Caroline,
wie bringen wir Dich nach Newport … das ist die Frage. Ich wollte Dich überraschen und nach Connecticut fahren, um Dich abzuholen, aber ich habe mich gewissermaßen selbst ausmanövriert. Daran waren das Bier, der Wagen meiner Mutter und mein kleiner Bruder schuld, eine unheilvolle Kombination.
Ich wünsche mir sehr, dass Du kommst. Ich habe mir jede Menge Karten besorgt und daran gedacht, Dich mit dem Segelboot abzuholen. Narragansett Bay, Block Island Sound, Fishers Island Sound und dann am Thames River vorbei nach Black Hall.
Und Firefly Hill.
Verdammt, wen halte ich eigentlich zum Narren? Es würde endlos lange dauern, bis ich bei Dir bin, mitten im Winter. Ich war ein Idiot und habe Mist gebaut; der Unfall war allein meine Schuld. Das Prob-

lem ist, Idioten wiederholen ihre Fehler meistens. Ich vermisse Dich, C.

Alles Liebe
Joe

4. Februar 1979
Lieber Joe,
ich würde es Dir nie verzeihen, wenn Du selbst bei dem Autounfall verletzt worden wärst oder wenn Sam etwas passiert wäre. Du musst mich unbedingt holen! Das ist für mich der einzige Weg, nach Newport zu kommen und bei Dir zu sein. Ich vermisse Dich auch, so sehr, dass ich es kaum aushalten kann. Aber wie kann das sein, wir kennen uns nicht einmal? Oder doch? Beeil Dich, J.

Ungeduldig wartend
C.

11

Im Sonnenzimmer nähte Augusta lange schwarze Filzstreifen an ein Paar Ballerinas. Vor sich, auf dem Fußpolster, lag ein Kunstband; sie hatte eines der Harlekinbilder von Picasso aufgeschlagen, das sie nun mit großer Sorgfalt kopierte. Sie liebte Harlekine. Sie waren so verschlossen und lakonisch, unergründliche Spötter. Sie beglückwünschte sich zu dem Einfall.
Eine Figur von Picasso war auf den ersten Blick als solche erkennbar. Sie wollte keinen von Carolines weniger gebildeten Hausgästen bloßstellen, indem sie ein Kostüm fragwürdiger Herkunft für den Ball auswählte. Sie hätte sich ein Gemälde von Karsky oder Cubzac als Vorlage aussuchen können, Maler, von denen noch niemand etwas gehört hatte, doch dann würde sie den ganzen Abend Erklärungen abgeben müssen. Und danach stand ihr nicht der Sinn.
Augusta wusste, dass sie eine tadellose Figur hatte. Der Harlekin war wie Augusta groß und schlank, und sie würde anmutig und elegant in dem Rautenanzug aussehen. ein attraktives, witziges, geistreiches Kostüm.
Das einzige Problem war, dass Hugh Picasso verabscheut hatte.
Als Künstler hatte Hugh wie alle anderen seine Werke bewundert. Wer würde es auch wagen, auf einen Mann herab-

zusehen, der die Malerei des 20. Jahrhunderts im Alleingang auf den Kopf gestellt hatte, den Meister der Linie, den Wegbereiter des Kubismus? Wer würde einen Künstler verachten, der in der Lage war, die Menschen gleichzeitig von vorne und im Profil wahrzunehmen?

Nein, es ging nicht um die Kunst. Hugh hatte Picasso um sein Leben beneidet. Für Hugh Renwick war der große Pablo Picasso »Pablo« gewesen, ein Gleichrangiger. Und da die englische Übersetzung von Pablo »Paul« lautete, hatte er ihn insgeheim Paul genannt. Ihn Pablo zu nennen, oder schlimmer noch Picasso, wäre in seinen Augen einem Kotau vor einem überheblichen Spanier gleichgekommen.

Hughs Neid auf Picasso hatte geradezu krankhafte Ausmaße angenommen. Er war neidisch auf die Frauen, die Bewunderung, das Lob der Fachwelt, auf Südfrankreich, wo er lebte, auf die Stierkämpfe und die Legende, die er schon zu Lebzeiten war. Hugh konnte ebenfalls auf ein gerüttelt Maß an Frauen, Bewunderung und Lob verweisen, aber die Küste Neuenglands ließ sich kaum mit der Riviera vergleichen, und der Stierkampf war allen anderen blutigen Sportarten haushoch überlegen.

Fischen und Jagen waren einfach nicht das Gleiche, vor allem seit beides zum Markenzeichen von Hemingway geworden war, den Hugh persönlich gekannt hatte und »Papa« nannte. Papa Hemingway hätte gelacht, wenn er gewusst hätte, dass Hugh seine Töchter auf die Jagd mitnahm. Töchter waren keine Söhne, wenn es ums Jagen ging. Besonders, wenn sie sensibel waren und das Leben ihnen einen schwer zu verkraftenden Schlag versetzt hatte.

Hugh war nicht annähernd so hart im Nehmen gewesen, wie er gedacht hatte. Er hatte zahllose Affären gehabt, hatte Tiere getötet und versucht wie Picasso zu leben. Doch nach dem, was seinen Töchtern zugestoßen war, hatte er sich in einen

Schatten seiner selbst verwandelt und zu Tode getrunken. Und er hatte Augusta verlassen.

Dr. Henderson würde vermutlich behaupten, dass Augustas Kostümwahl einer gewissen Feindseligkeit gegenüber ihrem verstorbenen Mann nicht entbehrte. Ihrem heiß geliebten verstorbenen Mann – dem sie heimlich grollte.

Augusta nähte ihre Harlekinschuhe und malte sich aus, wie Hugh reagieren würde, wenn er ihr Kostüm sehen könnte. Sie hatte ihren Mann leidenschaftlich und mit bedingungsloser Hingabe geliebt. Jeden Tag vermisste sie ihn mehr. Manchmal gestand sie sich gleichwohl ein, dass es ihr heute leichter fiel, ihn zu lieben, als zu seinen Lebzeiten. Die harsche Wirklichkeit brach nicht so häufig über sie herein. Sie war eifersüchtig gewesen.

Nicht nur auf andere Frauen, sondern auch auf ihre eigenen Töchter. Gott steh mir bei, dachte sie, als sie sich daran erinnerte, was sie empfunden hatte, als er Caroline malte. Sie hörte die Küchentür ins Schloss fallen und schaute hoch. Skye und Simon waren zurück.

»Hallo, ihr zwei.« Ein einziger Blick genügte, um zu wissen, wie es um Skye stand. Sie hatte getrunken. Ihre Augen waren gerötet, ihre Haare wirr. Es war fünf Uhr nachmittags, aber sie sah aus, als wäre sie grade erst aufgestanden – verkatert und zerknirscht. Augusta sank das Herz.

»Wo wart ihr heute Nacht?«, erkundigte sie sich.

»Wir haben im Gasthof übernachtet«, erklärte Simon. »Haben alte Freunde getroffen, die ein paar Tage dort ausspannen.«

»Skye, möchtest du etwas Kaltes trinken?«

Skye nickte. Augusta ging ins Blumenzimmer. Sie füllte einen Kristallkrug mit Eiswasser. Überrascht stellte sie fest, dass ihre Hände zitterten. Sie legte drei Aspirin in ein kleines Keramikschälchen, stellte alles auf ein Tablett und trug es ins Sonnenzimmer.

»Ich bin am Verdursten.« Skye trank ein großes Glas auf einen Zug leer. Sie füllte es erneut, nahm die drei Aspirin und spülte sie mit Wasser hinunter.

»Was ist gestern Abend passiert?«, sagte Augusta bestürzt. »Ich dachte, du hättest beschlossen, eine Weile auf Alkohol zu verzichten.«

»Habe ich auch. Ich habe eine Woche lang keinen Tropfen angerührt. Aber es ist alles so sinnlos …«, erwiderte Skye mit einem kläglichen Lächeln.

»Sinnlos, aha … meine hübsche kleine Nihilistin. Möchtest du über Camus und seinen Existenzialismus diskutieren?«, sagte Simon und zündete sich lässig eine Zigarette an.

»Nur, wenn du uns vorher einen Martini mixt. Mom, du möchtest doch sicher auch einen, oder?«

»Jaaa«, antwortete Augusta zögernd. »Aber ich bin mir nicht sicher, ob das gut ist.«

»Mom, hast du vor, Abstinenzler zu werden? Die reinsten Spießer mit Heiligenschein. Widerlich«, entgegnete Skye kopfschüttelnd.

»Ich persönlich glaube, dass Mäßigung der beste Weg ist«, erklärte Augusta. »Aber deine Schwestern haben in dieser Hinsicht klar Stellung bezogen. Sie sind der Meinung, du solltest die Finger vom Alkohol lassen, ein für alle Mal.«

»Sie sind nur neidisch auf Skyes Kreativität.«

Augusta bekam eine Gänsehaut angesichts seiner Kühnheit, aber sie zog die Möglichkeit in Betracht, dass er Recht hatte.

»Hörst du endlich auf zu palavern? Mix uns lieber einen Drink.«

Skyes Stimme zitterte. Ihre Lippen warfen fast weiß, wie Augusta beunruhigt bemerkte. Sie fuhr Simon selten über den Mund, genau wie Augusta nur selten ihre Wut an Hugh ausgelassen hatte. Es musste sich einiges in ihr aufgestaut haben, dass sie so mit ihm redete, aber sie machte bereits einen Rückzieher.

»Tut mir Leid, Simon.«

Simon warf ihr einen funkelnden Blick zu. Sein finsteres Gesicht bestand nur noch aus Haut und Knochen, die dunklen Augen waren eingesunken und verliehen ihm das Aussehen eines Waschbären, der ein ausschweifendes Leben führte. Dass er sich einzubilden wagt, er gehöre als Maler der gleichen Liga wie Hugh an, ist eine tragische Fehleinschätzung, dachte Augusta. Sie ertrug seine Anwesenheit nur, weil sie Skyes Liebe zu ihm verstand, die sich nicht erklären und erst recht nicht unterdrücken ließ.

»Bin schon unterwegs«, erwiderte Simon mit düsterer Miene.

»Simon hat Recht«, sagte Augusta und drückte Skyes Hand, während das Gefühl einer an Panik grenzenden Angst in ihr aufstieg. »Es wird dir viel besser gehen, wenn du wieder in deinem Atelier arbeitest.«

»Ach Mom«, flüsterte Skye.

Nichts weckte in Augusta ein größeres Gefühl der Ohnmacht als der vergebliche Versuch, sich einer ihrer Töchter verständlich zu machen.

»Ich will keine Alkoholikerin sein«, sagte Skye. Tränen liefen ihr übers Gesicht.

»Du bist keine.«

»Ich hasse dieses Wort.«

»Ich auch.«

»Ich werde weniger trinken; ich weiß, dass mir keine andere Wahl bleibt. Ich schaffe es doch, oder?«

»Natürlich, Liebes. Ich werde dir dabei helfen. Wir werden nur ein einziges Glas trinken, nicht mehr. Einverstanden?«

Skye nickte. Aber die Tränen flossen weiter.

Simon kehrte mit einem silbernen Tablett zurück, auf dem alles stand, was man für einen trockenen Martini brauchte. Er hatte sogar daran gedacht, ein Schälchen mit gemischten Nüssen zum Knabbern mitzubringen. Und nicht zu vergessen den silbernen Shaker, dem der Geruch nach Gin und Wermut anhaftete, und drei kleine Oliven. Skyes Augen waren ausdruckslos, als sie zusah, wie er die Martinis in die eisgekühlten Gläser füllte. In diesem Moment kam Augusta der kristallklare Gedanke: Skye sollte nicht trinken. Keinen einzigen Tropfen.

Augusta war verzweifelt. Sie hatte Angst, wusste nicht, wie sie der Sache einen Riegel vorschieben sollte, die durch ihr Verhalten ausgelöst worden war. Caroline würde am Boden zerstört sein, wenn sie davon erfuhr.

Sie hoben die Gläser und streckten die Arme aus, um miteinander anzustoßen.

»Auf Skye!«, sagte Augusta. »Und darauf, dass sie wieder zu Hause ist, wo sie hingehört.«

Caroline saß alleine auf ihrer Veranda an der Rückseite des Hauses. In ein Schultertuch gewickelt, wippte sie langsam im Schaukelstuhl hin und her und dachte an den vergangenen Abend. Sie war mit Joe und Sam am Flussufer spazieren gegangen, während sich Skye in der Bar betrank. Sam und Joe hatten ihr versichert, dass sie nicht das Geringste dagegen tun könne. Das es allein Skyes Sache sei.

Eine kleine Öllampe brannte auf dem Tisch neben ihr. Die Nacht war dunkel und schwül, und die Künstler verhielten sich ruhig. Ein Hund bellte in der Ferne; der Schrei der Nachtvögel drang über die Marsch und weckte unangenehme Erinnerungen, die lange, lange zurücklagen.

Sie dachte an Joe. Gestern Abend war er bei ihr gewesen. Hier unten, am Fluss. Er hatte ihre Hand gehalten. Wortlos, schweigend hatten sie es beide zur Kenntnis genommen. Sam schien nichts bemerkt zu haben, und als sie in den Gasthof

zurückgekehrt waren, hatte Joe ihre Hand losgelassen und war einen Schritt beiseite getreten. Doch während des Spaziergangs durch das Schilf hatte er ihr mit dieser Geste Trost geboten. Und den nahm Caroline von fast niemandem an.
Nicht zu fassen, dachte sie. Sie stemmte ihre Füße auf den Boden und schaukelte hin und her, wie ein Boot auf den Wellen. Sie saß auf ihrer Veranda, hatte sich nicht aus dem Staub gemacht. Nicht zu fassen. Das sah ihr überhaupt nicht ähnlich. Sie schlug den Aktenordner auf, der neben ihr lag, und nahm Clarissa Randalls Tagebuch heraus.
Während Joe meilenweit entfernt auf See war und das Schiffswrack ausgrub, das Elisabeth Randalls sterbliche Überreste enthielt, saß Caroline zu Hause, sicher und geborgen, und las die Aufzeichnungen ihrer Tochter. Caroline hatte das unerklärliche Gefühl, das kleine Mädchen beschützen, ihre schmerzvollen Erinnerungen bewahren zu müssen. Kleine Mädchen brauchten jemanden, der sich liebevoll ihrer annahm, wie Caroline seit jeher wusste.
Clarissa hatte eine zierliche Handschrift. Sie bedeckte die Seite wie ein zartes Spinnengewebe. Sie hatte einen Federkiel zum Schreiben benutzt. Caroline erkannte dies auf den ersten Blick, da sie selbst gelegentlich noch einen verwendete. Als kleines Mädchen hatte sie eine Möwenfeder gefunden und sie mit dem X-acto-Messer ihres Vaters, das eine rasiermesserscharfe Skalpellklinge besaß, zugespitzt und in Tinte getaucht, um damit Tagebuch zu schreiben.

15. August 1769
Heute war ein schweres Unwetter. Die höchsten Wellen, die ich seit dem letzten Winter gesehen habe, und ein Sturm, der den Turm ins Wanken brachte; ich hatte Angst, das Leuchtfeuer würde erlöschen. Pa hat uns erzählt, dass ein Schiff auf den Wickland Shoals gestrandet sei; aber es gibt keine Menschenle-

ben zu beklagen, alle Besatzungsmitglieder sind zum Glück gerettet worden. Ich bin froh, dass wir hier sind, um das Leuchtfeuer in Gang zu halten.

17. August
Mama war fast den ganzen Tag weg. Ich habe sie überall gesucht. Ich dachte, sie sei vom Sturm ins Meer geweht worden, und hatte große Angst. Pa hat uns von Piraten erzählt, die an vielen Küsten ihr Unwesen treiben, böse Männer, die rauben und vor Gewalt nicht zurückschrecken, um sich zu bereichern. Mama besitzt viele schöne Dinge; was wäre, wenn die Piraten sie verschleppt haben, dachte ich. Sie trägt immer Großmutters Kameenbrosche am Hals. Und sie hat einen Anhänger mit Perlen und Granaten, ein Hochzeitsgeschenk von Pa. Piraten würden solche Kostbarkeiten bestimmt unwiderstehlich finden. Ich dachte, was wäre, wenn sie Mama verletzt und ihr den Schmuck geraubt haben? Oder wenn sie sie auf ihrem Seeräuberschiff mitgenommen haben, damit sie ihnen das Essen kocht und die Frau ihres Anführers wird?
Aber es ist nichts passiert. Mama ist nach Hause gekommen. Als ich wissen wollte, wo sie war, hat sie mich so merkwürdig angesehen. Sie sagte, dass Frauen auch ihre Geheimnisse hätten, genau wie kleine Mädchen, und dass sie manchmal eine Weile alleine mit ihren Geheimnissen sein müsse. Die Geheimnisse würden dafür sorgen, dass es ihr gut gehe, hat sie gesagt. Ich verstehe das nicht. Aber sie scheint glücklich zu sein. Ich sollte es wohl auch sein.

18. August
Mama ist schon wieder verschwunden! Inzwischen kommt es mir spannend vor, wie ein Spiel. Sie hat ein Geheimversteck! Wo es wohl sein mag? Wäre es nicht schön, wenn ich es auch benutzen könnte? Ich habe schon ein paar beisammen: Lightning Rock,

den größten Granitfelsen am Nordende der Insel, und die Gezeitentümpel an der Südküste, wo wir zu Beginn des Sommers den Finnwal gefunden haben. Außerdem das Ödland, wo nur Kiefern wachsen, die grüne Talsenke, den Dachboden über dem Leuchtfeuer. Soll ich Mama das Geheimnis lassen oder versuchen es zu lüften?

20. August
Captain Thorn von der Cambria *hat uns einen Antrittsbesuch abgestattet. Er hat Walöl und Lavendel mitgebracht. Ich mag ihn nicht.*

22. August
Windig. Habe beim Bootshaus gespielt und Mama gesehen; sie hat sich mit Captain Thorn unterhalten. Ich kann ihn nicht ausstehen. Er ist aus England und redet so komisch, dass es Pa zum Lachen bringt. Mama hat mich gebeten, Pa nichts von dem Zusammentreffen zu erzählen. Auf dem Nachhauseweg haben wir einen Hummer gefunden, der seine Schale im Seetang abstreifte. Mama hat ihn für Pa gekocht, und er hat mir die Scheren zum Essen überlassen. Ich habe Mamas Geheimversteck immer noch nicht gefunden.

Während Caroline diese Zeilen las, atmete sie schwer. Clarissa hatte das Geheimversteck ihrer Mutter entdeckt, ohne es zu wissen. Captain Thorn war ihr Geheimnis, aber Clarissa war zu naiv, um es zu erkennen. Wie Caroline, die gedacht hatte, Hugh male irgendwo, während er sich in Wirklichkeit mit Joes Mutter oder einer anderen Frau herumtrieb.

24. August
Heute sind Tümmler an der Bucht vorbeigezogen, direkt vor einem Wal. Ich wäre am liebsten mit ihnen geschwommen, aber

Mama hat es verboten. Sie saß so still und traurig am Strand wie seit Wochen nicht mehr. Die Seeschwalbenjungen, die bei ihren Müttern um Futter bettelten, haben sie zum Weinen gebracht, und ich sagte: Was hast du, Mama? Für gewöhnlich bringen uns die Vögel zum Lachen. Aber sie meinte nur, dass ich ein braves Mädchen sei und gut auf mich Acht geben solle, was immer auch geschehen werde. Weil Mamas wissen müssen, dass es ihren Kindern gut geht, auch wenn sie sich nicht um sie kümmern können.

29. August
Ich kann es nicht glauben. Mama ist fort! Captain Thorn hat sie auf der Cambria *mitgenommen, und sie ist mit dem Schiff untergegangen und auf dem Moonstone Reef ertrunken. Lieber Gott gib mir meine Mama zurück!*

Caroline las die grauenvollen Worte, und Tränen liefen ihr über die Wangen. Das arme kleine Mädchen. Von der eigenen Mutter verlassen, und wofür? Damit das Schicksal sich erfüllte und die Frau mit ihrem Geliebten einem Sturm zum Opfer fallen konnte? Clarissa musste ihr Leben alleine bewältigen, ohne die Hilfe der Menschen, deren Aufgabe es gewesen wäre, sie zu unterstützen. Und noch schlimmer war, dass sie ihre Mutter verloren hatte, die sie über alles liebte.
Der Schrei des Ziegenmelkers drang erneut über die Marsch. Seemöwen und andere Küstenvögel krächzten, aber der Ruf des Ziegenmelkers war unverkennbar. Er gellte durch die Nacht und rief in Caroline die Erinnerung an den Redhawk wach. An den Bergpfad, mit gelbem Laub bedeckt, wo sie begonnen hatte ihren Vater zu verlieren.
Das schnurlose Telefon neben ihr läutete.
Caroline starrte es an, an Skye denkend. Dann nahm sie den Hörer ab.

»Ja, bitte?«
»Hallo, Joe hier.«
»Hallo.« Caroline zitterte, obwohl der Abend schwül war. Sie hielt den Hörer in beiden Händen und fragte sich, wie das Meer heute Abend wohl aussehen mochte.
»Alles in Ordnung? Du warst gestern ziemlich aufgelöst.«
»Mir geht's gut.«
»Wahrscheinlich stimmt das nicht, aber du kannst trotzdem nichts an ihrem Verhalten ändern.«
»Das sagtest du bereits. Und Sam auch.«
»Er sollte es am besten wissen. Er hat meine Trinkerei lange genug mit ansehen müssen.«
»Er ist ein lieber Kerl.«
Joe gab ein Geräusch von sich, das zwischen Schnauben und Lachen schwankte.
»Er ist ein komischer Heiliger.«
Caroline lächelte. Sie hatte die Brüder beobachtet, wenn sie zusammen waren, und erfreut festgestellt, dass Joe weicher wurde, sobald Sam auftauchte. Sie hörte, wie Joe in den Hörer atmete, und schloss die Augen. Eine warme Brise wehte, und ihre Nackenhaare sträubten sich. Ich habe mir immer nur eines gewünscht, einen Freund, dachte sie. Warum war das so schwer?
»Ich habe dich angerufen, weil mir etwas eingefallen ist, was dir helfen könnte«, sagte er. »Nicht unbedingt Skye, aber dir.«
»Und das wäre?«
»Sei einfach nur ehrlich. So ehrlich wie möglich, in allem.«
»Das bin ich«, erwiderte sie gekränkt.
»Ich weiß. Ich glaube auch, dass du das bist. Aber …«
Caroline schwieg und lauschte seinem Atem. Irgendetwas in ihrem Innern veränderte sich, ein grundlegender Wandel, der mit ihrer Isolation zu tun hatte, mit ihrer Vergangenheit. Es hatte angefangen, als Joe nach Black Hall gekommen war,

und stand mit Skye in Verbindung, die sich nach und nach umbrachte. Caroline war immer für die Menschen da gewesen, die sie liebte, aber nun wusste sie, dass sie selbst Hilfe brauchte.

»Manchmal muss man tiefer schürfen«, sagte Joe. »Ich kann es nicht erklären, aber für mich hat sich diese Methode bewährt. Sobald ich herausgefunden hatte, wovor ich mich zu verstecken versuchte, war ich … eher bereit, ans Aufhören zu denken.«

»Aufhören?«

»Mit dem Trinken. Es gibt da ein altes Sprichwort: ›Die Wahrheit macht frei.‹«

Caroline nickte. Sie schloss wieder die Augen und dachte über seine Worte nach. In ihrem Kopf formte sich ein Bild von Skye, zehn Jahre alt, alleine auf dem Berg. Sie lag in ihrem Zelt. Es war August, eine kühle Nacht. Neben ihrem Schlafsack, unter dem dünnen Zeltboden, wanden sich Schlangen. Draußen heulten Kojoten. Skye lag mit weit aufgerissenen Augen da und umklammerte ihr Messer.

Andrew Lockwood sollte erst in einigen Jahren ihren Weg kreuzen, aber dennoch lag Tod in der Luft. Sie waren noch Kinder, fühlten sich alleine. Caroline hatte gelernt, sich nie zu beklagen.

»Die Wahrheit ist oft schwer zu ertragen«, flüsterte sie.

»Nein, das ist sie nicht.« Zum ersten Mal wurde Joe bewusst, dass das Gegenteil zutraf. »Man hat vielleicht das Gefühl, aber das stimmt nicht. Die Wahrheit macht frei.«

Caroline lauschte dem Echo im Telefon. Sie hörte ein Knistern in der Leitung, Stimmen im Hintergrund. Sie schienen miteinander zu streiten, als kämpfte Joe um den Hörer.

»Bleib dran«, sagte Joe widerwillig. »Da will dich jemand sprechen.«

»Caroline, hallo!«

»Hallo, Sam«, sagte sie, sich zusammenreißend.
»Ich wollte nur fragen, was Sie morgen Nachmittag machen.«
Sie konnte Joe im Hintergrund hören. Sie stritten sich um das Telefon. Der Hörer schepperte, er schien über eine Tischplatte zu schlittern. Sie vernahm Gelächter, einen unterdrückten Ausruf, Joe, der mit strenger, eindringlicher Stimme sprach. Dann hatte Sam das Telefon zurückerobert.
»Also, was ist?«, sagte er, als wäre nichts geschehen. »Haben Sie schon etwas vor?«
»Ich habe morgen Früh eine Besprechung mit dem Vorstand der Bank. Aber danach ist nichts weiter geplant.«
»Joe hält einen Vortrag in Yale. Die breite Öffentlichkeit hat Zutritt.«
»Wann?«
»Nachmittags um drei. In der Crawford Hall.«
»Kann man in Yale sein Examen als Schatzjäger machen?«
Sam lachte. »Nein, aber morgen verwandelt sich der Schatzjäger wieder in einen Wissenschaftler. Wenn Sie kommen, werden Sie hören, wie er sich über die Freuden des Sedimentgesteins auslässt. Ich werde dort lehren, wissen Sie.«
»In Yale? Wirklich?«
»Nun, sie haben mir noch keine Stelle angeboten, aber irgendwann …« Sam kicherte und verlor die Kontrolle über das Telefon. Caroline hörte, wie Joe ihm befahl, den Mund zu halten, aber sein Ton war scherzhaft, und in seiner Stimme schwang ein Lachen mit.
»Ich werde versuchen zu kommen.« Caroline wartete, dass Joe den Hörer wieder nahm, aber Sam legte vorher auf. Das Freizeichen ertönte.

Am darauf folgenden Tag nach dem Mittagessen fuhr Caroline zu Clea, um sie abzuholen. Gemeinsam machten sie sich auf den Weg in Richtung Westen, die 95 hinunter nach New

Haven. Clea schien es nicht verwunderlich zu finden, dass sie sich an der Yale University einen Vortrag von Joe Connor über Sedimentgestein anhören wollten. Sie lächelte nur und sagte Caroline, sie sehe fantastisch aus in ihrem marineblauen Kleid und mit den Perlenohrringen und dem dazu passenden Armband.

»Danke.« Caroline warf einen flüchtigen Blick zum Beifahrersitz hinüber. »Bin ich zu sehr aufgedonnert?«

»Du siehst perfekt aus.«

»Ich weiß eigentlich nicht genau, warum wir hinfahren. Außer, dass Sam aufgeregt klang, und da ich versprochen habe zu kommen, möchte ich ihn nicht enttäuschen. Er ist ein lieber Kerl.«

»Das ist ein guter Grund, um den weiten Weg bis New Haven bei fünfunddreißig Grad im Schatten zurückzulegen und sich dann einen Vortrag über Schlamm anzuhören«, erklärte sie mit einem unergründlichen Lächeln.

»Wenn du keine Lust hast ...«

»Ich würde mir dieses Ereignis um keinen Preis der Welt entgehen lassen.«

Auf der Route 95 herrschte dichter Verkehr. Der Stau begann in Guilford, und als sie endlich die große geschwungene Brücke erreichten, die an den Öltanks vorbei zur Spitze des Hafenbeckens von New Haven führte, mussten sie sich beeilen.

»Siehst du den großen steinernen Turm, der ausschaut wie eine Kathedrale?« Clea deutete auf die dicht gedrängte Skyline auf der anderen Seite von New Haven. »Das ist Harkness. Direkt in der Mitte von Yale, zwei Blocks von Crawford Hall entfernt.« Und nach einer kurzen Pause sagte sie: »Weißt du noch, wie wir direkt nach Dads Tod in Yale waren?«

»Ja. Er hatte dem Museum dieses Bild vermacht, und wir

mussten alle im Sonntagsstaat erscheinen und mit den Mitgliedern des Treuhandfonds Tee trinken. Mom hat die Bedienung gebeten, ihr die Teetasse mit Sherry zu füllen.«

»Sie benahm sich nur deshalb so empörend, damit niemand bemerkte, wie traurig sie war.«

»Und wie sehr sie es hasste, solchen Veranstaltungen ohne Dad beizuwohnen.«

»Lass uns das Thema wechseln«, sagte Clea schaudernd. »Schwamm drüber, ein für alle Mal.«

Caroline bog von der Schnellstraße nach rechts in die York Street ein. Sie fuhr an den Colleges von Yale vorüber, an den Granitgebäuden und großen schmiedeeisernen Toren und fand einen Parkplatz an der Ecke Prospect und Grove Street. Ohne ein weiteres Wort über die Vergangenheit zu verlieren, schlugen Clea und sie den von Bäumen gesäumten Weg zur Crawford Hall ein.

Granitstufen führten in eine weitläufige Eingangshalle mit Gewölbe und Kuppeldach. Graduierte Studenten und Mitglieder der breiten Öffentlichkeit ergingen sich in dem kühlen Raum. Joes Vortrag, der zu einer bekannten und beliebten Reihe meeresbiologischer Themen gehörte, war in mehreren regionalen Tageszeitungen und in der *New York Times* angekündigt worden. Die Zuschauer begannen sich nach und nach ins Auditorium zu begeben.

Sam winkte ihnen zu. Er saß in der zweiten Reihe und hatte einen Platz für Caroline freigehalten.

»Das ist meine Schwester Clea«, sagte Caroline, und sie begrüßten sich mit Handschlag. Sam brachte die ganze Reihe dazu, einen Sitz aufzurücken, und sie nahmen Platz, Caroline in der Mitte zwischen Clea und Sam. Sam trug Khakihosen, ein Hemd aus Baumwolldrillich und eine Krawatte. Sein Haar war sorgfältig gekämmt, aber es fiel ihm trotzdem ständig in die Augen. Er hatte ein Notizbuch aufgeschlagen,

als würde er beabsichtigen, das eine oder andere mitzuschreiben.
Dr. Joseph Connor betrat das Podium und nahm seinen Platz hinter dem Rednerpult ein. Er trug ein braunes Tweedjackett, ein weißes Hemd und eine gestreifte Krawatte. Er schien sich in seinem Element zu fühlen, wie ein junger College-Professor, der weiß, dass er von seinen Schülerinnen angehimmelt wird. Er räusperte sich und umfasste mit seinen gebräunten Händen das Pult. Als er den Blick auf die Zuschauer richtete, wirkte seine Haltung völlig entspannt, als hätte er schon vor vielen Studenten gestanden und viele Vorlesungen gehalten.
Er schilderte, wie er die Meere mit seinem Forschungsschiff *Meteor* befahren, nach Wracks getaucht und Proben vom Meeresboden genommen hatte. Die wissenschaftliche Arbeit war für ihn ein Nebenprodukt der Schatzsuche. Er erklärte, wie Klima und Meeresspiegel auf frühere Veränderungen reagierten, wie immer neue keilförmige Sedimentschichten mit komplizierten Mustern entstanden. Der graue Schlamm wurde in Stahlzylindern an die Meeresoberfläche befördert und das Alter der Ablagerungen anhand der darin enthaltenen Mikrofossilien von den Paläontologen an Bord bestimmt.
»Die tiefen Bohrlöcher im Meeresboden, die dazu dienen, Schlamm- und Gesteinsproben zu entnehmen, ermöglichen uns, Aufschluss über die Frühzeit der Erde zu gewinnen, die bis zu fünfunddreißig Millionen Jahre zurückreicht. Wenn man zu einem Schiff wie die *Cambria* taucht, hat man die Möglichkeit, mehr über die vergangenen zweihundert Jahre zu erfahren.«
Er sprach von dem Zusammenhang zwischen Geologie und Archäologie, die in seiner Arbeit zum Tragen kam, und verglich sein Interesse an der Beschaffenheit des Meeresgrunds

mit seinem Interesse am menschlichen Verhalten. Auf sein Zeichen hin wurden die Lichter im Saal gedimmt, und er begann Dias auf eine Leinwand zu projizieren, die sich an der Stirnseite des Auditoriums befand.

»Unser augenblickliches Projekt ist ein anschauliches Beispiel. Die *Cambria* war eine englische Schonerbark, mit königlichem Gold beladen. Sie ging 1769 in einem Sturm unter, mit Mann und Maus, einschließlich des Kapitäns und einer Frau, die sich in ihn verliebt hatte.« Joe hielt inne und räusperte sich.

Auf der Leinwand tauchte ein Dreimaster auf. Es war die Zeichnung, die Caroline im Kartenraum der *Meteor* hängen sehen hatte. Auf Knopfdruck hin erschienen Bilder von Goldmünzen und Kanonen, die mit Rankenfußkrebsen verkrustet waren. Ein weiteres Klicken, und eine Seite von Clarissas Tagebuch füllte die Leinwand.

»Die Frau war Ehefrau und Mutter, und sie ließ ein kleines Mädchen zurück. Das Kind führte Tagebuch, und unlängst geriet eine Kopie dieses wichtigen Zeitdokuments in meinen Besitz.«

»Das Tagebuch, das Maripat dir gegeben hat«, flüsterte Clea.

Caroline nickte, den Blick unverwandt auf Joe gerichtet.

»Es stellt einen Zusammenhang her.« Seine Stimme war tief und sonor, sie füllte spielend das Auditorium. »Die Geschichte der Erde ist nirgendwo so authentisch verzeichnet wie auf dem Grund des Ozeans. Außer vielleicht im Tagebuch eines kleinen Mädchens, das seine Mutter verlor. Das Dokument ist historisch genau und unverfälscht, kummervolle Worte, geschrieben von einem Menschen, der gewiss nie damit gerechnet hat, dass irgendjemand sie lesen würde. Clarissa hat uns geholfen, die Geschichte der Objekte, die wir vom Meeresgrund bergen, wie die Steinchen eines Mosaiks zusammenzufügen.

Das Tagebuch erhielt ich von derselben Person, die mich überhaupt erst auf das Wrack aufmerksam machte; das ist lange her«, sagte Joe und Caroline spürte, wie sie im Dunkeln rot wurde. »Unsere eigenen Geschichten überschnitten sich auf eine Weise, die Parallelen zur Geschichte des havarierten Schiffs aufweist. Es gab eine Zeit, in der wir gute Freunde waren. Später wäre der Begriff Feinde zutreffend gewesen. Alles ändert sich, sogar die Wahrheit oder das Bild, das man sich im Laufe der Zeit von ihr macht. Bei einer Bergungsaktion wie dieser mag eine derartige Erkenntnis keine unmittelbare Hilfe sein, aber sie scheint bedeutungsvoll zu sein.

Wir holen viele Gebrauchsgegenstände an Bord der *Meteor* und viele Gesteinsproben. Erst später kristallisiert sich heraus, was für unsere Forschungsarbeit wirklich von Wert ist. Wenn es im Labor untersucht wurde, wissen wir, ob das Metall, das wir finden, Gold oder Nickel ist. Und ob unsere Probebohrungen eine entschlüsselbare Aufzeichnung der Veränderungen des Meeresspiegels oder nur Schlamm enthalten. Aber dann« – er holte tief Luft – »hat sich die Schlammschlacht gelohnt.«

Die Zuhörer lachten, und als sie merkten, dass Joes Vortrag zu Ende war, begannen sie zu klatschen. Caroline sank auf ihrem Sitz zusammen. Sie hätte schwören mögen, dass Joe sie trotz der Dunkelheit ausgemacht hatte und ansah. Seine blauen Augen waren hell und klar und blinzelten hinter dem grellen Lichtstrahl des Diaprojektors. Die Lichter im Auditorium flammten auf, und er fixierte sie mit seinem Blick, während ihn die Zuhörer umringten.

»Das war interessant«, sagte Clea und beugte sich vor, um das Wort an Sam zu richten. »Ihr Bruder ist ein hervorragender Redner.«

»Sie haben angefragt, ob er nicht im nächsten Jahr nach Yale

kommen will. Eine Gastprofessur. Aber nicht dass Sie denken, ich wäre maßlos eifersüchtig oder so.«
»Ich dachte, Sie wären derjenige, der sich in Yale bewerben wollte«, sagte Caroline.
»Sie sind Professor?«, fragte Clea ungläubig.
»Nein, doch ich möchte es werden. Aber momentan bin ich auf einem Forschungsschiff im Nordatlantik unterwegs und verschicke Bewerbungsschreiben von jeder Ortschaft in Neufundland und Labrador, die eine Poststelle hat. Ich war zu einem Bewerbungsgespräch eingeladen, aber noch habe ich keinen Bescheid. Mein Bruder dagegen ...«
»Hier in Yale? Joe?« Caroline beobachtete Joe und fragte sich insgeheim, ob er wohl ernsthaft in Erwägung zog, das Angebot anzunehmen. Würde er sich wirklich häuslich niederlassen und eine Zeit lang auf seine fortwährenden Reisen verzichten wollen? Sie bemühte sich, mangelndes Interesse an der Antwort vorzuschützen, obwohl Joe nun auf sie zukam und sein Blick so durchdringend war wie seine Probebohrungen.
»Hallo. Du hast es also geschafft. Danke, dass du gekommen bist«, begrüßte er sie.
»Ich fand deinen Vortrag sehr interessant, *Dr. Connor«,* sagte Caroline und sah ihn an.
»Ich hoffe, es hat dir nichts ausgemacht, dass ich dich als anschauliches Beispiel benutzt habe.«
»Kommt darauf an«, erwiderte Caroline langsam.
»Worauf?« Joe legte den Kopf zur Seite. In seinen Augen war die leise Andeutung eines Lächelns. Er wartete.
»Das liegt doch wohl auf der Hand, Joe«, ließ sich Sam vernehmen.
»Wirklich? Sag's mir trotzdem.«
»Ob ihr Freund oder Feind seid.« Nun konnte sich Clea nicht zurückhalten.

»Meine Güte, jetzt mischt sich schon die ganze Familie ein«, sagte Caroline scherzhaft, um ihr Unbehagen zu kaschieren.
»Freunde«, sagte Joe ruhig. »Wir sind Freunde.«

Während der Heimfahrt ließ Caroline die Worte »Wir sind Freunde« immer wieder Revue passieren.
»Der Vortrag war interessant. Ich glaube, er gäbe einen guten Professor ab«, meinte Clea.
»Ja.«
»Wäre es nicht schön, wenn er und sein Bruder gemeinsam lehren könnten?«
»Ja.«
»Yale ist ganz in der Nähe. Wir würden ihn sicher hin und wieder zu Gesicht bekommen«, fuhr Clea in unbeteiligtem Ton fort. »Jetzt, da ihr wieder Freunde seid …«
»Clea!« Carolines Stimme klang streng, aber ein Lächeln huschte über ihr Gesicht.
Nachdem sie den Highway verlassen hatten, fuhren sie durch die kleine Stadt Black Hall. Vorbei an den hübschen weißen Häusern, die von den Schiffbauern errichtet worden waren, mit schwarzen Fensterläden und Blumenkästen, in denen rote Geranien, weiße Petunien und blaue Lobelien blühten; vorbei an weißen Lattenzäunen; einem gelben Herrensitz im georgianischen Stil mit weißen Säulen, einst ein Gästehaus für die amerikanischen Impressionisten, nun ein Museum; vorbei an einer Tankstelle, mächtigen Rotbuchen und Ahornbäumen; an amerikanischen Flaggen, die überall gehisst waren, und an zwei weißen Kirchen, von denen die eine zu einer Gemeinde von Independenten gehörte und für ihre Wandmalereien berühmt war, und die andere ein katholisches Gotteshaus war. Als sie die Stadtgrenze hinter sich gelassen hatten und nach Süden fuhren, passierten sie die Marschen und Zuflüsse des Connecticut River. Kurz darauf

tauchte die dritte weiße Kirche auf, dieses Mal eine episkopalische, und danach der Megalith in Form eines Fisches, mit einem blauen Fisch als Wetterhahn.

»Möchtest du auf einen Sprung bei Mom vorbeischauen?«, fragte Caroline aus einer Laune heraus. »Um Skye zu sehen?«

»Gute Idee.«

Die Kirchentürme links und die Flussmarschen rechts liegen lassend, kamen sie schließlich auf die Straße, die am Meer entlangführte. Sie wand sich durch einen dunklen Tunnel aus Schierlingstannen und uralten Eichen, deren Geäst über ihren Köpfen einen Baldachin bildete. Klippen ragten zu ihrer Rechten auf, und plötzlich war die Straße von ihrem schützenden Dach befreit. Der Blick ging weit aufs Meer hinaus, das schäumende Wasser tanzte im Sonnenlicht, und Joes Schiff ritt auf den Wellen.

Eine lange Zufahrt schlängelte sich durch den Wald. Schmiedeeiserne Laternenpfähle, von unheimlich wirkenden Fledermäusen gekrönt, säumten den Weg. Ihr Vater hatte sie bei einem Künstler in Vermont, den er persönlich kannte, in Auftrag gegeben. Sie hatten skelettartige schwarze Schwingen, einige ausgebreitet, andere an den knochigen Körper gepresst; wenn die Laternen brannten, glühten ihre Augen wie Feuer. Hugh hatte sie anbringen lassen, um unbefugte Eindringlinge abzuschrecken und Firefly Hill vor erneutem Unheil zu schützen.

Caroline spürte ein Flattern im Magen. Was würden sie bei ihrer Ankunft vorfinden? Sie ermahnte sich, Ruhe zu bewahren und sich herauszuhalten. Skye war schließlich eine erwachsene Frau, die ihr Leben selbst in die Hand nehmen musste. Sie versuchte sich den Anschein zu geben, als wären sie nicht eigens aufgekreuzt, um zu sehen, in welchem Zustand sie sich befand.

Als sie ankamen, war Skye betrunken.
Augusta arbeitete an einer Stickerei und machte einen aufgewühlten Eindruck. Simon und Skye saßen auf dem Sofa und blätterten in einem Einrichtungsmagazin. Skye konnte kaum den Kopf aufrecht halten.
»Hallo«, sagte Caroline entmutigt. Clea stand stumm neben ihr.
»Skye hat den ganzen Tag in ihrem Atelier verbracht«, meinte Augusta unsicher. Ihre Augen waren gerötet und wirkten gehetzt. Sie sah Skye an, dann wandte sie den Blick ab. Skye hatte eine Flasche Bier hinter das Sofabein geklemmt. Sie beugte sich hinab, blickte Caroline herausfordernd an und trank einen Schluck.
»Die Arbeit hat ihr gefehlt«, sagte Simon träge.
»Du hast mir gefehlt, Baby«, flüsterte Skye. »Du und dein großer …«
Wie betrunken war sie? überlegte Caroline, als sie hörte, wie Skye Simon schlüpfrige Versprechen ins Ohr flüsterte. Es tat ihr in der Seele weh, mit anzusehen, wie ihre schöne Schwester sich derart erniedrigte. Augusta stellte sich taub, doch in ihren Augen lag ein schmerzlicher Ausdruck. Clea atmete so schwer, als wäre sie gerade einen Hügel hinaufgelaufen. Die ganze Familie leidet darunter, dachte Caroline.
»Skye!«, sagte Caroline scharf.
Skye schenkte ihr keine Beachtung. Sie fuhr fort, Simon zu kitzeln, und flüsterte ihm anzügliche Worte ins Ohr, eine Spur zu laut.
»Skye, Schluss damit!«
Skye verzog das Gesicht, als hätte sie jemand geohrfeigt. »Er ist mein Mann!«
»Dann respektiere ihn und warte mit deinen Bettgeschichten, bis ihr alleine seid.« Die Worte kamen wie aus der Pistole geschossen, so spontan, dass Caroline selbst verblüfft war. Ist

das die Wahrheit? dachte sie. Sage ich sie jetzt? Clea drückte ihr ermutigend die Hand.

Skye errötete. »Ach du liebe Güte!«, rief Simon grollend und verließ den Raum. Aber Augusta wirkte erleichtert. Caroline beobachtete ihre Mutter, sah, wie sich ihr Mund entspannte und die Finger aufhörten unablässig mit den schwarzen Perlen zu spielen.

»Du bist doch bloß neidisch, weil du selbst keinen Mann hast«, konterte Skye finster.

»Und du bist widerlich, wenn du trinkst. Weißt du das?«

»Was hast du heute in deinem Atelier gemacht?«, warf Clea hastig ein, bemüht, Frieden zu stiften.

Das Schweigen lag drohend im Raum, das Unwetter konnte sich jeden Augenblick entladen. Caroline und Skye funkelten sich wutentbrannt an. Homer stupste Skye mit seiner feuchten Nase. Irritiert streichelte sie ihm den Kopf. Die Unterbrechung schien zu bewirken, dass sie den Streit vergaß. »Was hast du gesagt?«

»Clea wollte wissen, woran du heute gearbeitet hast. Mom sagte, dass du heute im Atelier warst«, half ihr Caroline auf die Sprünge.

»Daran«, erwiderte Skye mit einer Kopfbewegung.

Carolines Blick fiel auf ein Stück Ton, das sich auf einem Tisch neben einer geschliffenen Glasvase befand, prall gefüllt mit Taglilien, Bibernellrosen, Geißblatt, Rittersporn, Gartenwicke und Minze. Ungefähr fünfzehn Zentimeter hoch, erinnerte der Tonklumpen an eine Bergkette mit drei Gipfeln. Skyes Kunstwerke waren in der Regel nicht abstrakt. Die menschlichen Gestalten, die unter ihren Händen entstanden, waren meistens sehr lebendig und emotional, angefüllt mit Sehnsüchten. Im Allgemeinen ließ sie sich von Frauengestalten inspirieren, die für ihr Feuer und ihre Leidenschaft bekannt waren: Johanna von Orleans, die griechische Dichterin

Sappho, die amerikanische Sängerin Lena Horne und Amelia Earhart, die als erste Frau den Atlantik überflog.
»Was ist das?« Caroline kniete sich hin.
Clea kniete sich neben sie. Sie drehte das Werkstück, um es von allen Seiten zu betrachten.
»Der Redhawk«, antwortete Skye; ihre Stimme klang bitter. »Seht ihr die Gipfel nicht?«
»Nein.« Clea blickte ihr in die Augen. »Das stellt etwas anderes dar.«
Skye nickte. Plötzlich schwammen ihre Augen in Tränen.
»Mein Gott, diese Berge«, seufzte Augusta am anderen Ende des Raums. »Ich habe mich damals immer ausgeschlossen gefühlt. Aber ich wollte, dass meine Mädchen Zeit mit ihrem Vater verbringen …«
»Das ist also nicht der Redhawk!« Caroline fragte sich, ob Skyes künstlerische Schaffenskraft endgültig versiegt war, eine unumkehrbare Folge des Alkohols.
Skye schüttelte den Kopf, und die Tränen rannen ihr über die Wangen. Sie holte ihr Bier hervor, trank aber nicht, sondern umklammerte nur mit weißen Knöcheln die Flasche. »Das sollen Schwestern sein«, flüsterte sie.
»Wir?«, flüsterte Caroline erschrocken zurück, bemüht, die Enttäuschung in ihrer Stimme zu verbergen.
Skye nickte. »Du, ich und Clea.«
»Wunderbar«, sagte Clea mit Nachdruck.
Caroline starrte die Skulptur an. Sie sah primitiv und unfertig aus, hätte von einem Kind stammen können. Die drei Formen waren zwar miteinander verbunden, standen aber jede für sich. Sie berührten sich nur an der Basis und strebten an der Spitze auseinander. Die Skulptur ließ nichts von dem Talent oder der ausgefeilten Technik erkennen, die Skyes künstlerisches Markenzeichen geworden war, aber sie weckte in Caroline ein Gefühl der Erschütterung.

»Erkennst du sie? Die drei Schwestern?«, fragte Skye durch einen Schleier von Tränen.
Carolines Bestätigung löste bei Skye eine Lawine von Tränen aus, die sich nicht eindämmen ließen. Schluchzend saß sie auf dem Sofa und umklammerte die braune Bierflasche. Clea und Caroline setzten sich zu ihr, sie in ihre Mitte nehmend. Die drei Renwick-Schwestern hielten einander eng umschlungen.
Wir sind wie Skyes Skulptur, dachte Caroline. Drei Tonklumpen, bunt zusammengewürfelt. Joes Meeresschlamm. Drei Schwestern. Sie dachte an Skyes anfängliche Erklärung, dass ihre Skulptur Berge darstellte, und wusste, dass sie ebenfalls ein Teil der Wahrheit war.
Bei drei Schwestern kommt die Wahrheit bruchstückhaft ans Tageslicht. Skyes Alkoholprobleme waren möglicherweise eng mit Carolines Reisen verwoben; beides diente als Zuflucht. Wenn eine der Schwestern bereit war, die Wahrheit zu sagen, waren die anderen vielleicht noch darauf bedacht, sie zu verbergen. Wir sollten aufhören, uns zu verstecken, dachte sie, während sie ihre Schwestern umarmte.

Nach dem Vortrag in Yale konnte Joe es kaum noch erwarten, wieder zum Schiffswrack zurückzukehren.
»Wirst du die Professur annehmen?«, fragte Sam. Er hatte den linken Fuß versehentlich ins rechte Hosenbein seines Tauchanzugs gesteckt.
»Das bezweifle ich«, antwortete Joe, der ihm zusah. Sam verhedderte sich immer mehr.
»Und warum nicht?« Sam zerrte seinen Fuß heraus und stieß ihn dabei an einer Klampe an. Joe zog den Reißverschluss am Knöchel seines Bruders auf. Er erinnerte sich vage daran, wie er ihm, als er klein war, in den Schneeanzug geholfen hatte.
»Warum sollte ich? Meine Arbeit macht mir Spaß. Dass du

gerne in Yale lehren würdest, bedeutet noch lange nicht, dass alle anderen den gleichen Wunsch haben.«

Der Himmel über dem Meer war klar, und die Sicht reichte bis zum Horizont. Joe atmete durch. So wünschte er sich sein Leben – klar bis zum Horizont. Nichts, was ihn einengte. Nur er, das Wrack, der Ozean und der Schlamm auf dem Meeresgrund.

»Du solltest langsam erwachsen werden«, sagte Sam. »Du spielst den Piraten, obwohl es massenhaft Studenten an der Uni gibt, die es gar nicht erwarten können, etwas über deine Schlammschlachten zu erfahren. Ich meine die mit Fossilien beladenen Gesteinsbrocken und Sedimentablagerungen, die uns etwas über die Geschichte der Zeit erzählen. Wie du in deinem Vortrag gesagt hast. Das war toll, Mann.«

»Danke«, erwiderte Joe trocken. Er zog Hemd und Hose aus und schlüpfte in seinen eigenen Tauchanzug. Sam reichte ihm eine Pressluftflasche, die er sich umschnallte. Sie waren bereit für den Tauchgang.

»Ich meine es ernst, Joe«, sagte Sam streng. »Du solltest dich an Land niederlassen. Am besten hier in der Gegend. In der Nähe von Black Hall.«

»Warum Black Hall?«

»Denk mal nach, du Schwachkopf. Denk einfach mal darüber nach.«

Joe stieß Sam über Bord. Er sah, wie sein Bruder wild um sich schlug und Wasser ausspie. Joe folgte ihm in das kalte Nass. Die Brüder spuckten in ihre Tauchermasken und verrieben den Speichel auf der Sichtscheibe, damit sie nicht beschlug, bevor sie die Masken überstreiften. Sam wollte Joe gerade untertauchen, da stieß ihn sein großer Bruder zur Seite, aber er schwamm friedfertig zurück. Das Wasser an Joes Händen und Hals fühlte sich eisig an. Er schnappte nach Luft und versuchte sich an die Temperatur zu gewöhnen. Der jahrelange Aufenthalt in wärmeren Gewässern hatte den Neuengländer in ihm ausgetrieben.

»Black Hall«, sagte er zu Sam und trat auf der Stelle. »O mein Gott!«

»Denk darüber nach.«

Sie schoben das Mundstück des Lungenautomaten zwischen die Zähne und tauchten ab.

Das Sonnenlicht dringt bis auf eine Tiefe von zweihundert Fuß vor, aber für das menschliche Auge herrscht schon vorher Dunkelheit. Joe, der an Sams Seite tauchte, spürte das Wrack, das drohend vor ihnen aufragte. Es hing auf einem Riff fest, am so genannten Geschiebe einer Moräne aus der Eiszeit, einem abgestorbenen Wald aus schwarzem Nutzholz. Die drei Spieren waren in der Mitte zerbrochen, die Rahen und Fallleinen schleiften im Sand.

Taucher, Mitglieder seiner Crew, gingen ihrer Arbeit nach und schwirrten emsig wie die Bienen im Stock ein und aus. Es sah aus, als flögen sie, wenn sie auf der Stelle verweilten und plötzlich seitwärts abdrifteten, wobei Luftblasen aufstiegen. Sie schwammen durch ein klaffendes Loch mit scharfen Zacken in den Bug des gesunkenen Schiffs, eine dunkle, gähnende Höhle auf dem Meeresgrund. Und wenn sie herausschwammen, hielten sie Bruchstücke und Einzelteile des Schiffs und seiner Beute in den Händen.

Sam paddelte vorwärts. Er konnte es kaum erwarten, endlich in den Rumpf zu gelangen. Joe streckte warnend die Hand aus, um ihn zurückzuhalten. Das Licht des Scheinwerfers erhellte Sams weit aufgerissene Augen hinter der Maske, und Joe verspürte den Drang, seinen Bruder zu beschützen. Mit seiner Begeisterung brachte sich der Junge jedes Mal in Schwierigkeiten, wenn er sich beispielsweise mit seinem Motorrad ins Verkehrsgewühl stürzte oder den erstbesten Job annahm, der ihm angeboten wurde.

Joe bedeutete Sam, an Ort und Stelle zu warten. Das Wrack war zu gefährlich. Sam versuchte mit Blicken zu protestieren, aber Joe blieb standhaft. Er setzte eine erboste Miene auf, und seine Augen blitzten bedrohlich, doch er blieb zurück. Joe wünschte, er hätte sich als Sieger fühlen können, aber stattdessen hatte er ein schlechtes Gewissen, weil er seinen jüngeren Bruder wieder einmal enttäuscht hatte.

Während Joe durch die lautlose Tiefe schwamm, fühlte er sich seltsam ernüchtert, weil er Sam zurückgelassen und das Gefühl hatte, ein Mausoleum zu betreten. Was er gewissermaßen auch tat. Als er in das Wrack der *Cambria* schwamm, kam es ihm vor, als würde er eine schmerzliche Pflicht erfüllen. Er wollte Clarissas Mutter die letzte Ehre erweisen. In seiner Vorstellung war Clarissa immer ein kleines Mädchen geblieben, ein elfjähriges Kind, von der Mutter verlassen, die auf einem Segelschiff davongefahren und nicht mehr nach Hause zurückgekehrt war. Bei der Lektüre des Tagebuchs war er auf Informationen gestoßen, die ihm ermöglichten, die sterblichen Überreste ihrer Mutter einwandfrei zu identifizieren. Eine Arbeit, bei der es galt, seine persönlichen Gefühle aus dem Spiel zu lassen.

Joe schwamm in das schwarze Loch hinein. Er befand sich in einem langen Gang, der durch den trügerisch verzerrten, auf dem Kopf stehenden Rumpf des Schiffs führte, und folgte dabei dem trüben Licht, das die Bergungsstätte markierte. Sein Herz klopfte, aber er bemühte sich, Ruhe zu bewahren. Er war froh, dass er Sam verboten hatte, ihn zu begleiten. Es galt, unter Wasser so flach und gleichmäßig wie möglich zu atmen. Er hatte die Auswirkungen der Caisson- oder Dekompressionskrankheit bei Tauchern miterlebt. Sie explodierten beinahe in Folge des Stickstoffs, der sich in ihrem Körper angesammelt hatte, weil sie in Panik geraten und ohne Druckausgleich zu rasch aus großen Tiefen aufgetaucht waren, um

nach Luft zu schnappen. Deshalb dachte er an Clarissa und zwang sich, richtig zu atmen.
Hellblaue Lichter flammten über ihm auf. Sie beleuchteten das zermalmte Heck der *Cambria*. Das alte Mahagoniholz, zersplittert und mit Krebsen und Muscheln verkrustet, war inzwischen Teil des Riffs geworden. Fische schwammen pfeilschnell ein und aus. Die Sandmaschine saugte Trümmer von der Stelle, an der sich der Schatz befand. Die Taucher schaufelten Münzen frei. Sie arbeiteten gewissenhaft.
Dann erspähte Joe die beiden Skelette. Sie lagen eng umschlungen nebeneinander auf der Seite. Ihre Münder waren weit aufgerissen, die Knochen traten spitz hervor. Vielleicht hatten sie um Hilfe gerufen oder um Vergebung gefleht.
Joe befahl sich, seine Gefühle auszuschalten.
Wie ein Fisch schwamm er um sie herum, um Gleichmut bemüht. Sein Herz raste. Er wandte den Blick ab, dann betrachtete er die beiden erneut. Die Liebe hatte sie das Leben gekostet. Sie waren davongesegelt, hatten davon geträumt zu entfliehen. Die Sehnsucht nacheinander war größer gewesen als jede andere Bindung. Die Frau hatte eine Tochter gehabt.
War es das wert? Auf diesem Riff zu sterben, von einem unverhofften Sturm überrascht? hätte Joe sie gerne gefragt. Nicht einmal zwanzig Meilen von dem Leuchtturm entfernt, in dem Elisabeth gelebt hatte. Joe dachte an seinen Vater, der fünfzig Meilen von zu Hause entfernt gestorben war. Er dachte an seine Mutter und Hugh Renwick, an das Chaos und die Wut, die diese Affäre mit sich gebracht hatte.
Joes Herz hämmerte. Frauen waren für ihn immer ein sicherer Hafen gewesen, den man bei Sturm anlaufen konnte, einen nach dem anderen. So ließen sich Bindungen vermeiden, die chaotisch oder dauerhaft waren und nichts als Qualen verursachten, wie man sah. Er schwamm näher an die beiden Skelette heran. Eine Lampe von Dan in der Hand, richtete er

den Lichtstrahl suchend auf die beiden Totenschädel mit den weit aufgerissenen Mündern.
Da war es, das Schmuckstück, anhand dessen er Elisabeth Randall eindeutig zu identifizieren vermochte. Joes Hände waren schwer, seine Kehle brannte. Wenn man Clarissas Tagebuch Glauben schenken durfte, hatte sie es Tag und Nacht getragen. Stofffetzen klebten an den Brustwirbeln, und dazwischen lag es, direkt am Schlüsselbein, mit Algen und uralten Rankenfußkrebsen bedeckt. Joe griff hinein und entfernte es behutsam. Im Laufe der Jahre, in denen er viele Schiffswracks zu Gesicht bekommen hatte, hatte er sich angewöhnt, dem Tod ohne Sentimentalität zu begegnen. Er hatte es hundertmal getan, in einen Haufen Knochen gegriffen, um eine Goldkette, einen Diamantanhänger oder eine Taschenuhr hervorzuholen. Kaltblütig, im Interesse der Wissenschaft. Er hatte die Beute an sich genommen und war auf und davon, ohne einen Blick zurückzuwerfen.
Doch Elisabeths Kameenbrosche hätte eigentlich Clarissa gehört. Die Zeit wäre vergangen, wie es üblich war zwischen Mutter und Kind, und die Mutter wäre alt geworden und hätte ihre kostbarsten Besitztümer ihrer Tochter vermacht. Joe dachte an die goldene Uhr seines Vaters. Er hatte sie nach dessen Tod nie wieder gesehen. Eltern starben weit weg von zu Hause und nahmen ihre Habe mit ins Grab, Dinge, die ihren Kindern Trost spenden, ihre Trauer lindern oder ihnen sogar die eine oder andere Frage beantworten könnten.
Nicht, dass solche Hinterlassenschaften genügten, aber sie waren etwas, woran man festzuhalten vermochte. Gegenstände, die man in die Hand nehmen und betrachten konnte, Erinnerungen an einen Menschen, von dem man früher einmal geliebt worden war. Und manchmal waren sie alles, was einem blieb. Joe starrte das Gebein an. Er versuchte, für die

Frau zu beten, aber irgendwie schloss sein Gebet Caroline und Sam ein. Seine Kehle brannte. Der Gürtel mit den Gewichten zog ihn hinab, sein Atem rasselte in seinen Ohren. Aufgewühlt, die Kameenbrosche sicher verstaut, drehte er sich um und verließ das Wrack.
Sobald er draußen war, hielt er nach Sam Ausschau. Als er ihn nicht gleich entdeckte, begann sein Herz zu klopfen. O nein, dachte er. Mit jemandem zu tauchen, der einem gefühlsmäßig nahe stand, war schlimmer, als einen Sack Flöhe zu hüten. Er schwamm einmal um das Wrack herum, immer schneller, und musterte die Taucher, die grüppchenweise bei der Arbeit waren.
Er entdeckte Sam auf dem Riss. Ein Stück vom Wrack entfernt, unbeeindruckt vom Gold, hatte er seinen eigenen Schatz gefunden – einen Fisch. Als Biologe galt sein Interesse den Meeresbewohnern, genau wie Joes dem Schlick und Sedimentgestein auf dem Meeresgrund. Was wäre, wenn wir beide in Yale landeten? dachte Joe. Wenn wir eine Möglichkeit fänden, in unmittelbarer Nähe zu leben statt zwei Ozeane voneinander entfernt? Wenn wir unseren erlernten Beruf ausübten und an einer Eliteuniversität unterrichteten? Nicht für immer, dachte Joe, denn dann gälte es zu viel auf einmal zu bedenken. Aber eine Zeit lang … wer weiß?
Sam sagte etwas zu ihm. Zweihundert Fuß unter der Meeresoberfläche schwamm sein Bruder zwischen den Fischen auf dem Moonstone Reef umher, riss den Mund auf und deutete mit den Lippen Worte an. Er hatte das Mundstück herausgenommen und versuchte ihm durch übertriebene Aussprache etwas mitzuteilen. Sein Mund bewegte sich, er schien die Worte zu wiederholen. Joe beobachtete, wie er die Silben formte, und las sie seinem Bruder von den Lippen ab.
»Black Hall«, sagte Sam, während die Blasen platzten. »Black Hall.«

14. März 1979
Lieber Joe,
ich gebe zu, in meinem letzten Brief sind die Pferde mit mir durchgegangen. Wahrscheinlich ist es verrückt, dass ich es gar nicht erwarten kann, Dich zu sehen, kenne ich Dich doch nicht einmal. Aber seit Du erwähnt hast, dass Du herkommen willst, halte ich am Horizont nach Segeln Ausschau. Ich kann Dir nicht beschreiben, was in mir vorgeht.

Alles Liebe
Caroline

20. April 1979
Liebe Caroline,
in mir geht auch etwas vor, was ich nicht beschreiben kann. Halte die Augen weiterhin offen, ich komme, sobald ich das Geld beisammen habe, um mein Großsegel reparieren zu lassen. Es ist letzte Woche während einer Böe gerissen. Eigentlich hätte ich gar nicht auf dem Wasser sein dürfen, aber ich dachte, ich mache mir den Wind zu Nutze, um nach Connecticut zu segeln (d. h. zu Dir).

Alles Liebe
Joe

12

Skye saß in ihrem Atelier und versuchte sich auf die Arbeit einzustimmen. Der Raum, an der Nordseite gelegen, war kühl.

Der Ton lag bereit. Sie saß auf ihrem üblichen Platz, einem hohen Metallschemel, den sie dicht vor einen Tisch mit einer ebenmäßigen Steinplatte geschoben hatte. Ihre rauen Fingerspitzen streiften über die glatte Oberfläche. Ihre Zunge fühlte sich geschwollen an, und ihr Kopf hämmerte zum Zerspringen. Sie spürte ein fortwährendes dumpfes Pochen in der linken Schläfe. Unbewusst berührte sie die Stelle immer wieder und drückte darauf, um zu sehen, ob sie dann noch mehr schmerzte.

Sie war gestern Abend gestürzt. Auf dem Weg vom Garten zum Haus war sie gestolpert, hingefallen und hatte sich die Knie aufgeschrammt und den Kopf an einem Stein angeschlagen. An beiden Handballen hatte sie Schürfwunden. Sandkörner und winzige Kieselsteine hatten Abdrücke auf ihrer Haut hinterlassen. Als sie wieder klar denken konnte, hatte Homer ihr Gesicht abgeleckt.

Der Sturz machte ihr Angst. Ihr war nicht schwindlig, und ein Blick in den Spiegel hatte keine blauen Flecken enthüllt. Aber die Seite des Kopfes, auf die sie gefallen war, fühlte sich anders an als sonst, beinahe so, als hätte sie sich einen Schädelbruch zugezogen. Sie schmerzte höllisch. Ihre Mutter und Simon waren im Haus gewesen. Skye war hinausgegangen … um was zu tun? Sie erinnerte sich nur noch verschwommen daran. Aus welchen Gründen auch immer war sie wütend gewesen und hinausgerannt, um das Meer zu betrachten. Homer war zufällig zu dem Zeitpunkt von einem seiner Streifzüge heimgekehrt.

Als Skye den Ton auf dem Tisch ansah, ließ er sie völlig kalt, beflügelte sie in keiner Weise. Ihr fehlte heute der schöpferische Funke, der erforderlich war, um als Bildhauerin zu arbeiten. Er war in letzter Zeit immer häufiger ausgeblieben. Der kreative Impuls musste sie vom Gehirn bis zu den Fingerspitzen durchströmen, um dem Ton in ihrer Hand Form zu geben und Leben einzuhauchen. Der Alkohol blockierte diese schöpferische Energie. Er dämpfte den Schmerz, aber auch die Liebe.

Jeden Morgen wachte sie mit einem Kater auf und gelobte sich, an diesem Tag keinen Tropfen anzurühren. Auch vor ihrem Sturz hatte sie häufig Kopfweh gehabt. Sie hatte sich in den schlimmsten Farben ausgemalt, wie sich der Alkohol von innen nach außen durch ihren Schädel fraß. Doch im Verlauf des Tages wurde das Verlangen immer größer. Die Leere in ihrem Innern war noch schwerer zu ertragen als die Kopfschmerzen, und sie wusste, ein Drink würde die schlimmsten Gefühle vertreiben. Zumindest für eine Weile.

Jetzt brauchte sie dringend etwas zu trinken. Sie blickte auf die Uhr, die auf ihrem Arbeitstisch stand – drei Uhr nachmittags. Sie schloss mit sich selbst einen Pakt. Nur noch zwei Stunden arbeiten, bis fünf, dann würde sie sich mit einem Glas Wein belohnen. Dagegen war nichts einzuwenden. Davon ging die Welt nicht unter.

Simon trat ein. Er roch nach Zigaretten und Terpentin, und seine trüben Augen verrieten ihre eigene Trinkergeschichte.

Er beugte sich über den vor Skye liegenden Ton und betrachtete ihn schweigend. Was mochte in seinem Kopf vorgehen, überlegte Skye. Wusste er, dass sie ein Problem hatte? Das Wort erstaunte sie, und sie fragte sich, wie sie darauf gekommen war, dass sie ein Problem haben könnte.

»Wie läuft's?« Simon schenkte sich ein Glas Wasser ein und trank es in einem Zug leer.

»Bestens.«

»Deine Mutter ist unten und macht ein Riesengetue wegen ihres Kostüms.« Skye lächelte bei der Vorstellung. »Sie will wissen, was wir zu Carolines Ball anziehen. Sind wir überhaupt eingeladen?«

»Natürlich. Wieso sollten wir nicht eingeladen sein?«

»Weil sie mich hasst. Und weil sie neidisch auf dich ist.«

Skye schüttelte den Kopf. Es machte sie traurig, wenn Simon Kritik an ihren Schwestern übte, und heute betrübten sie solche Spitzen besonders. Worauf sollte Caroline neidisch sein? Auf eine Bildhauerin, die aufgedunsen und ständig so verkatert war, dass sie ihr Handwerk nicht mehr beherrschte? Skye griff nach einem der Gegenstände, die auf dem Tisch lagen – ein flacher grauer Stein, eine schneeweiße Feder, das Gerippe einer Schlange, eine Patronenhülse und ein blassblaues und fadenscheiniges Seidenband.

»Warum bewahrst du diesen Ramsch auf?« Simon nahm ihr den Stein aus der Hand. »Wir sind seit fünf Jahren verheiratet, und ich weiß kaum etwas von dir. Was hat es mit dieser Geheimniskrämerei auf sich? Sind das Familienfetische der Renwicks? Du sprichst nie darüber.«

»Es sind nur Erinnerungsstücke, weiter nichts. Dinge, die man hin und wieder anschaut.«

Simon starrte sie mit blutunterlaufenen, argwöhnischen Augen an. Das Leben – die alkoholischen Exzesse, die Welt der Kunst, der Versuch, Skye zu lieben – hatte seinen Tribut gefordert, und man sah es ihm an. Seine dunklen langen Haare waren strähnig und ungepflegt. Er schien sich zu einem Entschluss durchzuringen und gestattete ihr einen flüchtigen Blick auf die Gedanken, die in seinem Kopf umhergingen: Soll ich bleiben oder gehen? Simon spielte gerne Katz und Maus mit ihr. Und das Schlimme war, dass Skye sich zu ausgelaugt fühlte, um sich dagegen zu wehren.

»Was ist hiermit?« Simon nahm die Patronenhülse in die Hand. »Warum hebst du sie auf?«

»Um mich an eine Hirschkuh zu erinnern, die ich erlegt habe.« Skye sah die mondhelle Nacht auf dem Berg wieder vor sich, die Damhirschkuh, die gegen die Felswand geschleudert wurde, das schwarze Blut, das aus ihrer Kehle sickerte, das Geräusch der Hufe des verendenden Tiers, die im Todeskampf gegen den Felsblock trommelten. Das erste Wild, das sie geschossen hatte. Lange Zeit hatte allein der Anblick der Patronenhülse ihr die Tränen in die Augen getrieben.

»Und das da?«, fragte er, die weiße Feder berührend.

»Sie stammt von einem Schwan. Mein Vater hat allen dreien eine geschenkt, an dem Abend, als er uns in *Schwanensee* mitgenommen hat.«

»Er gab euch Schwanenfedern.« Simon schürzte die Lippen, fasziniert von der Geschichte, die mehr über Hugh Renwick enthüllte, wie fragwürdig sie auch sein mochte.

»Um uns an die Natur zu erinnern. Sie ist eine fantastische Quelle der Inspiration und der Liebe – sogar für Tschaikowsky.«

»Ballettbesuch und Schwanenfedern. Nicht zu fassen.« Simon schüttelte den Kopf. »Und was hat es mit der Schlange auf sich?«

»Die Schlange erinnert mich daran, dass überall Gefahren lauern. Und dass ich aufmerksam sein muss.«

Sie starrte das Gerippe an. Lang und gekrümmt, war es der größte Gegenstand, der hier auf ihrem Tisch lag. Der Schädel war flach und dreieckig. Aus einer anderen Warte hätte man in ihr Maul schauen und ihre Fangzähne sehen können.

»Ist das die Schlange, die dich erwischt hat?«

»Nein. Aber sie schaute genauso aus.«

Simon berührte Skyes Kopf. Seine Finger glitten durch ihr Haar und strichen es hinter die Ohren. Sie schloss die Augen und versuchte das Zittern zu unterdrücken, das ihren ganzen Körper ergriff. Sie erinnerte sich, wie sie in ihrem Zelt geschlafen hatte und abrupt aufgewacht war, spürte noch heute, wie die Schlangen unter dem dünnen Zeltboden entlang krochen.

»Wie war das, als sich das Gift in deinem Körper ausbreitete? Hast du dich warm und schläfrig gefühlt wie nach einem Glas Scotch? Oder nach einem Joint?

»Nein. Mir wurde schwarz vor Augen, und es tat weh. Es war so, als würde die Luft aus dem Körper gepresst, und ich dachte, ich müsste sterben. Aber Caroline hat das Gift aus der Wunde ausgesaugt.«

Simon ließ seine Finger sanft und schwerelos auf ihrem Nacken ruhen, wie eine Schlange. Skye zuckte unwillkürlich zusammen.

»Dein Vater hat euch mitten in der Wildnis eurem Schicksal überlassen. Caroline war die Einzige, die sich um dich gekümmert hat. Clea hat, da gehe ich jede Wette ein, keinen Fuß vors Zelt gesetzt. Er hätte sie in irgendeiner langweiligen Vorstadt aussteigen lassen sollen. Eine Blinde, die zwei Blöde führt.«

»Hör auf, Simon.«

Sie blickte die Skulptur an, mit der sie vor ein paar Tagen begonnen hatte. Die drei Schwestern. Caroline, Clea und Skye.

Eng aneinander geschmiegt, drei Tonklumpen, die sich gegenseitig auf dem Berg beschützen.

»Caroline war älter. Sie hätte sehen müssen, dass du dein Zelt direkt über einer Schlangengrube aufbaust. Ist ihr das nicht aufgefallen?«

»An der Stelle befanden sich Grassoden. Sie dachte, es wäre eine gute Unterlage für das Zelt, weich wie eine Matratze. Es wuchs nicht viel Gras auf dem Berg.«

»Ein Klapperschlangen-Nest.« Simon begann wieder ihren Nacken zu streicheln. »Du bist sicher hysterisch geworden, als sie aus der Grube kamen. Nach Einbruch der Dunkelheit, alleine in deinem Zelt, ohne deine Schwestern. Arme Skye. Du bist bestimmt ausgerastet, als die elenden Viecher unter deinem Schlafsack herumgekrochen sind. Vielleicht war das für Caroline ein Nervenkitzel. Sie könnte es gewusst und dir absichtlich geraten haben, dein Zelt an der Stelle aufzustellen, da sie es satt hatte, Mutterersatz bei dir zu spielen.«

»Das hätte sie nie getan.«

»Ach richtig, ich vergaß, die heilige Caroline! Was ist mit dem blauen Band?«

»Oh, das Halsband.« Sie wollte nicht daran zurückdenken. »Ich habe es irgendwann einmal getragen.«

»Als du mit einem anderen Mann zusammen warst, einem, den du mehr geliebt hast als mich?«

Skye schüttelte den Kopf.

»Wann dann?«

Skye schwieg. »Als ich auf dem Redhawk war«, sagte sie schließlich.

»Ach ja, der Berg. An dem Wochenende, als du den Kerl erschossen hast?«

»Ja.«

»Ich bin also mit einer Mörderin verheiratet«, flüsterte er ihr ins Ohr.

Tränen liefen Skye über die Wangen. Sie starrte das Band an. Sie hatte ihr Haar damals lang getragen, zum Pferdeschwanz gebunden, damit es ihr nicht in die Augen fiel. Um besser zielen zu können.

»Hast du manchmal das Gefühl, allmächtig zu sein? Herr über Leben und Tod? Schließlich hast du einen Menschen getötet«, flüsterte Simon.

»Nein, das ist schrecklich«, flüsterte sie zurück.

»Ich weiß. Ich weiß, dass du dafür gebüßt hast. Aber tief drinnen, verborgen unter dem schlechten Gewissen, gibt es da nicht einen Teil von dir, der sich Gott ähnlich fühlt? Der sich danach sehnt, eigene Erfahrungen zu sammeln … alles, aber auch alles bis ins Letzte auszukosten?«

»Nein, Simon.« Skye konnte den Blick nicht von dem blauen Band lösen. Der dunkle Fleck an dem einen Ende, verblasst und rostfarben, war Andrew Lockwoods Blut. Während Caroline neben dem Sterbenden gesessen und bis zum Schluss seine Hand gehalten hatte, hatte Skye sich gebückt und Homer fest gehalten, und dabei hatte sie ihr Haarband unbemerkt durch das Blut gezogen.

»Ich glaube dir kein Wort!«

»Du bist mein Mann, du solltest mich inzwischen besser kennen.« Skyes Stimme zitterte. Sie sah sich außer Stande, noch länger über das Thema zu reden. Sie brauchte dringend etwas zu trinken, wollte spüren, wie sich Wärme und Erleichterung in ihrem Kopf ausbreiteten und die quälenden Gedanken verscheuchten.

»Dann zeig mir, dass du mich liebst.« Er verstärkte den Druck auf ihre Schulter. »Mach schon, zeig es mir.«

Sie kletterte vom Schemel und ließ sich auf die Knie hinab. Vor Simon kniend, schlang sie die Arme um seine Taille und legte die Wange an seinen Schenkel. Sie fühlte sich erschöpft und krank. Doch mehr als alles in der Welt wollte sie sich un-

sichtbar machen, spurlos verschwinden. Wie konnte ich es nur so weit kommen lassen? dachte sie. Warum lasse ich mich so erniedrigen?
»Was ist, willst du oder nicht?«
»Ja«, flüsterte sie. Die Lüge kam ihr einfacher über die Lippen als die Wahrheit.
Er krallte seine Finger in ihre Haare und riss ihren Kopf zurück. Sie spürte Tränen auf ihren Wimpern, schmeckte Salz in ihrer Kehle. Er ist mein Mann, dachte sie. Ist das Liebe? Ich tue es nur, damit wir nicht mehr reden müssen. Sie öffnete seinen Reißverschluss und griff hinein. Homer stupste sie mit der Nase ins Gesicht; seine großen braunen Augen blickten sie sanft und mit bedingungsloser Liebe an.
»Hallo, Homer«, sagte sie.
»Verdammt noch mal, schaff ihn raus!«, herrschte Simon sie an.
Skye versuchte Homer beiseite zu schieben, aber er wich nicht von der Stelle. Sie bemerkte zum ersten Mal, dass seine Ohren nahezu kahl waren – das Fell war schütter wie bei einem Plüschtier, das viel gestreichelt worden war. Homer schob sich zwischen Skye und Simon. Er drängte sie zurück, weg von Simon.
»Mistvieh!«, schrie Simon und versetzte Homer einen Fausthieb.
Der alte Hund stand reglos da und blickte Simon abgeklärt mit seinen verhangenen braunen Augen an. Simon hob erneut die Hand. Homer zuckte mit keiner Wimper und fletschte auch nicht die Zähne. Er blickte Simon nur an, als würde er das Schlimmste von einem solchen Menschen erwarten.
»Rühr ihn nicht an!«, schrie Skye.
»Ihr dämlicher Köter hat uns einen Strich durch die Rechnung gemacht, und zwar besser, als wäre sie höchstpersönlich

auf der Bildfläche erschienen!« fauchte Simon und zog den Reißverschluss seiner Hose wieder zu.

Skye hätte am Liebsten laut losgeprustet. Sie hatte den Kopf gebeugt, spürte, wie das lachen in ihrer Brust explodierte, und fragte sich, ob sie langsam aber sicher den Verstand verlor. Eine verkaterte Alkoholikerin, die bis zum Umfallen trank, sich von ihrem Mann erniedrigen ließ, um nicht der Wahrheit ins Gesicht sehen und sich eingestehen zu müssen, dass sie ihn widerwärtig fand, und die sich von dem sanften Golden Retriever ihrer Schwester beschützen ließ.

Simon stürmte wutentbrannt aus dem Atelier. Skye hörte, wie die Tür hinter ihm ins Schloss fiel, seine eiligen Schritte auf der Treppe und wie er den Wagen anließ und davonbrauste. Homer legte sich neben sie auf den Fußboden. Er schien ihr den Unfall, der sie zusammengeführt hatte, schon lange verziehen zu haben. Als Skye neben ihm lag, die Wange auf dem kühlen Steinboden und die Hand auf seiner Pfote, schloss sie die Augen und wünschte, sie könnte sich selbst verzeihen.

Caroline inspizierte noch einmal das festlich geschmückte Gelände. Der Firefly Ball würde in der Abenddämmerung eröffnet werden, und sie wollte sich vergewissern, dass sämtliche Vorbereitungen getroffen waren. Flirrende Hitze lag wie ein Film auf den Bäumen, den Lampions und dem Gemäuer des Gasthofs. Die langen weißen Tischdecken wehten in der leichten Brise. Die Mitglieder der Kapelle hatten ihre Instrumente aufgebaut. Der Bassist stand ohne Hemd alleine auf der Bühne und machte seinen Soundcheck.

Zu beiden Seiten des Tanzbodens wurden Bars aufgebaut. Der Champagner wurde in der Scheune kalt gestellt und wartete darauf, nach Einbruch der Dunkelheit mit Serwagen nach draußen befördert zu werden. Caroline gesellte sich zu Michele, die mit einem Klemmbrett die Runde machte.

»Bitte schärf den Barmixern ein, dass sie Skye keinen Tropfen ausschenken dürfen«, sagte sie.

»Was soll ich?«

»Sie ist krank. Sie darf keinen Alkohol trinken, solange sie Medikamente einnimmt.«

Michele durchschaute die Lüge. Aber sie war Caroline treu ergeben und wusste, dass sie sich große Sorgen um ihre Schwester machte. »In Ordnung. Kommt deine Mutter?«

»Natürlich.« Caroline lächelte trotz allem Stress. Augusta würde sich das glanzvolle Ereignis um keinen Preis der Welt entgehen lassen.

»Die Bootsbesatzung behauptet, du hättest sie eingeladen – die Schatzsucher, meine ich. Sie freuen sich wie die Schneekönige.«

»Wirklich?«

»Wirklich. Halt, noch was, Caroline.«

Caroline drehte sich um und sah Michele an. Diese drückte das Klemmbrett an ihre Brust und lächelte wie eine stolze Mutter.

»Du siehst fantastisch aus.«

»Danke.« Caroline errötete. Da sie wusste, dass noch einiges vor Beginn des Balls zu tun war, hatte sie sich bereits umgezogen. Das dunkle Haar war kunstvoll hochgesteckt. Sie trug ein langes weißes Abendkleid mit Schleppe und keinen Schmuck, außer ein Paar Perlenohrringen.

»Stellt das eine Figur aus einem bestimmten Gemälde dar? Das *Mädchen im weißen Kleid,* das dein Vater gemalt hat?«

»Reiner Zufall.« Caroline wusste, dass Michele richtig geraten hatte. Sie hatte bewusst ein Kostüm gewählt, das dem berühmten Porträt ihres Vaters glich, für das sie Modell gestanden hatte.

»Das ist das Kleid, das du damals getragen hast, oder?«

»Nein.« Das Original hatte sie schon vor langer Zeit dem Wadsworth Atheneum für eine Ausstellung von Kleidungsstücken geschenkt, die in bekannten Gemälden vorkamen. Doch als sie nun an sich hinunterblickte, merkte sie, dass ihr Kleid vom Stil her ähnlich war.

»Sicher werden alle Leute auf Anhieb wissen, was du darstellst«, sagte Michele. »Ich denke, es ist das bekannteste Bild deines Vaters.«

»Möglich.« Caroline rückte das Blumenbukett auf einem der Tische zurecht. Sie hatte das Gemälde ihres Vaters nicht deshalb gewählt, weil es bekannt und die Wahrscheinlichkeit groß war, dass viele Gäste sofort daran dachten. Ihre Wahl war auf das weiße Kleid gefallen, weil eine ganz bestimmte Person es erkennen würde.

Caroline wusste, dass Joe Connor ihr Porträt im Met gesehen hatte. Er hatte es ihr selbst gesagt. Es war eine Kleinigkeit, aber sie festigte die Bindung, die zwischen ihnen bestand. Und Bindungen waren oft das Wichtigste im Leben.

8. September 1979
Lieber Joe,
ich muss Dir unbedingt etwas sagen. Aber persönlich. Warum ist Newport so weit von Black Hall entfernt? Beeil Dich! Aber pass gut auf Dich auf.

Alles Liebe
Caroline

30. September 1979
Liebe C.,
Newport ist in Wirklichkeit gar nicht so weit von Black Hall entfernt. Das Problem ist bloß, dass Du dort bist und ich hier. Aber nur, bis wir beide hier oder

dort sind; Du weißt schon, was ich meine. Ein neues Großsegel übersteigt meine derzeitigen Ersparnisse.
Was musst Du mir unbedingt sagen? Ich glaube, ich weiß es schon, weil ich Dir das Gleiche sagen möchte. Manchmal habe ich das Gefühl, dass ich niemanden auf der Welt habe außer Dir, C. Meine Mutter hat ihre neue Familie – Sam und seinen Vater. Ich lebe bei ihnen, aber ich gehöre nicht auf die gleiche Weise zu ihnen wie Sam.
Mit Dir ist das anders. Du kannst mich wie kein anderer zum Lachen bringen. Immer wenn ich Deine Handschrift sehe, weiß ich, dass alles gut werden wird. Es gibt einen Menschen auf der Welt, dem ich hundertprozentig vertraue, und das bist Du. Ich weiß, das ist ein langer Brief, aber ich kann nicht schlafen, obwohl es schon spät ist. Ich denke an Dich, Caroline. Ich wünschte, Du wärst hier. Ich kann es genauso gut sagen:

Ich liebe dich.
Joe

13

Den ganzen Tag hatte eine Bruthitze geherrscht. Bei Einbruch der Dämmerung war der Himmel perlweiß und die Sonne ein glühender Feuerball. Als sie unterging, kam der Mond heraus. Er stand hoch und weiß am dunkel verhangenen Firmament, und über den Köpfen der Gäste beleuchteten Papierlampions den Firefly Ball, während die Nacht von den Klängen leiser Musik erfüllt war.

Auf dem kalten Büfett schimmerten frische Muscheln und Austern auf Eis. Caroline und Michele hatten einige der Schalentiere wie in einem Stillleben von Degas arrangiert. Die Gäste hatten Heuhaufen wie bei Monet zusammengetragen und Sonnenschirme und weiße Zelte wie bei Boudin errichtet. Kerzen flackerten im Wind, und die Kapelle spielte Evergreens wie »Every Time We Say Goodbye«.

Die Gäste machten die Runde. Sie hatten Figuren aus ihren Lieblingsgemälden kopiert. Viele Kostüme stammten aus den Werken der alten Meister: man sah *Das Frühstück der Ruderer* von Renoir und mehrere *Madame X* von Sargent in anmutigen langen Kleidern, die für Frauen besonders inspirierend waren. May Taylor kam als ihre Großmutter Emily Dunne, die Hugh Renwick porträtiert hatte. Clea und Peter hatten sich als irisches Paar aus Hugh Renwicks *Galway Dance* kostümiert. Skye und Simon kamen ganz in Schwarz, als sie selbst,

und verbreiteten wieder einmal Unbehagen. Sie trafen zusammen mit Augusta ein und nahmen an einem Tisch zwischen dem Fluss und dem Tanzboden Platz.
Caroline sah ihre Familie kommen, blieb aber beobachtend im Hintergrund. Sie wusste nicht, wie sie sich Skye gegenüber verhalten sollte. Sie kannte ihre Schwester wie ihre Westentasche und liebte sie sehr, aber im Moment gelang es ihnen nicht, sich miteinander zu verständigen. Bei ihren letzten Zusammentreffen war es, als würden sie verschiedene Sprachen sprechen.
»Caroline!«, rief Augusta, als sie ihre Tochter entdeckte. Lächelnd begab sich Caroline zu ihrer Familie. Augusta sah keck mit ihrem Harlekinkostüm und ihren schwarzen Perlen aus. Alle standen auf, und sie küsste ihre Mutter, ihre Schwestern und deren Männer zur Begrüßung. Sie machten sich gegenseitig Komplimente über ihre Kostüme, und alle waren voll des Lobes für Caroline, die sich mit ihren Arrangements für den Ball wieder einmal selbst übertroffen hatte.
»Dein Vater wäre stolz auf dich«, sagte Augusta und drückte ihre Hand. Ihre Augen schimmerten feucht hinter der Harlekinmaske. Augusta wurde mit jedem Jahr rührseliger. »Erstklassige Arbeit, Liebes.«
»Danke, Mom«, erwiderte Caroline glücklich. Die Zustimmung ihrer Eltern war immer wichtig für sie gewesen, und daran hatte sich bis heute nichts geändert.
»Dieses Kleid!« Augusta musterte Caroline. »Es sieht genauso aus wie das, das du getragen hast … Erinnerst du dich, wie du Modell gesessen hast? Auf der Veranda von Firefly Hill?«
»Ja, ich habe es nicht vergessen.« Wie konnte sie auch? Es war gegen Ende des Jahres gewesen, in der letzten Woche bevor es zu schneien begann. Andrew Lockwood war seit einem Monat tot, und die Familie hatte den Schock noch nicht überwunden. Es war das letzte Gemälde ihres Vaters, das die-

sen Namen verdiente. Als er die Arbeit an *Mädchen im weißen Kleid* beendet hatte, rührte er seine Farben nie wieder an.
»Es hat ihm den Rest gegeben«, sagte Augusta.
»Was?«
»Dieses Bild. Es kostete ihn den letzten Funken Kraft. Danach fühlte er sich innerlich ausgebrannt. Er war nie wieder der Alte. Aber er hat etwas Wichtiges darin eingefangen ...«
Caroline warf ihrer Mutter einen prüfenden Blick zu. Ihre Stimme klang bitter, als hätte Carolines Kostüm sie an zu viele Verluste, Fehlschläge und Ungerechtigkeiten erinnert, unter denen sie und Hugh gelitten hatten.
»Was hat er eingefangen?«
»Den innersten Kern deines Wesens. Die Distanz, die du manchmal an den Tag legst ...«
»Meinst du Gefühlskälte?«, unterbrach Caroline sie in einem Anflug von Angst. Sie erinnerte sich an Skyes Worte und wartete darauf, dass ihr jemand widersprach.
»Nein. Du warst jung und emotional, aber du hast deine Gefühle unter Verschluss gehalten. Das hat dir eine geheimnisvolle, sehr reizvolle Aura verliehen. Ich weiß noch, wie ich dein Gesicht betrachtete, so wie es dein Vater gemalt hatte, und dachte, alle Welt würde glauben, er sei in sie verliebt gewesen. In das Mädchen auf dem Bild, meine ich.«
»Mom!«
Augusta drehte sich um, bestrebt, die Enttäuschung in ihren Augen zu verbergen. Wenn Caroline es nicht besser gewusst hätte, hätte sie den herben Ton ihrer Mutter für Eifersucht gehalten. Aber das konnte nicht sein.
»Mädchen im weißen Kleid. Du siehst wunderbar aus«, sagte Skye ruhig. Sie hatte ein Glas in der Hand; der Inhalt sah nach Mineralwasser aus.
»Du auch.«
Sie gingen befangen miteinander um, umkreisten sich wie

zwei Hunde, die sich vorsichtig beschnuppern. Clea beugte sich vor. »Hört doch!«, sagte sie. Die Kapelle spielte »Goodnight, My Someone«. Skye hatte das Lied schon in der achten Klasse gesungen, bei einem Frühlingskonzert, und Caroline und Clea hatten die High School geschwänzt, um dabei zu sein und sie zu hören. Mit dem Stück verbanden die Schwestern gemeinsame Erinnerungen, und Caroline und Skye lächelten sich zaghaft zu.

»O Gott, nein!«, rief Augusta in diesem Moment.

Die Besatzung der *Meteor* war im Gasthof eingetroffen. Eine Horde Seeräuber mit zerrissenen T-Shirts, Augenklappen und salzverkrusteten Hosen bahnte sich ihren Weg durch die Menge in Richtung Bar. Die übrigen Ballbesucher, die in Grüppchen zusammengestanden hatten, wichen zurück und bildeten eine Gasse, als wären die Männer leibhaftige Piraten. Die Crewmitglieder umringten die Bar, klammerten ich an ihr Bier und beäugten das Fest aus sicherer Entfernung.

»Was machen diese Männer hier?«, fragte Augusta misstrauisch.

»Das sind Freunde von Caroline«, klärte Clea sie auf.

Ein zaundürrer Pirat setzte sein Bier mit Schwung auf dem Tresen ab und näherte sich ihnen. Er bewegte sich so zielstrebig auf Caroline zu, als schwänge er an einem zerfetzten Bramsegel quer über das Deck. Mit seinem roten Kopftuch, dem kurzen blonden Schopf und dem weißen Hemd, dessen Ärmel eigentümlich aufgebläht wirkten, stand Sam vor Caroline, die Arme in die Hüften gestemmt.

»Ahoi!« Eine Augenklappe bedeckte das linke Glas seiner Nickelbrille.

»Hallo, Sam«, begrüßte ihn Caroline. »Darf ich Sie mit meiner Familie bekannt machen? Das ist Sam Trevor.« Ihre Stimme klang wie immer, und sie lächelte Sam an, aber innerlich spürte sie, wie sich etwas veränderte. Sam war hier und Joe, und Joes Anwesenheit änderte alles.

»Ich bin gekommen, um dem schlechten Ruf der Piraten in aller Welt gerecht zu werden«, sagte Sam entschuldigend.

»Indem Sie was tun?«

»Sie zum Tanz entführen.« Sam reichte ihr die Hand.

Caroline folgte ihm auf die Tanzfläche. Die Kapelle spielte ein etwas langsameres Stück, und sie hatten viel Platz, um sich zu bewegen. Sam tat sein Bestes, daran war nicht zu zweifeln. Er wusste, wo seine Hände hingehörten und welche Schritte er machen musste, aber er tanzte in einem völlig anderen Rhythmus als Caroline und die Musik. Caroline sah an seiner Miene, wie verlegen er war. Sie passte sich seinen Bewegungen an, dankbar, dass er sich so große Mühe gab.

»Tut mir Leid«, sagte er, rot vor Verlegenheit.

»Wieso? Ich habe mich doch freiwillig bereit erklärt, mit Ihnen zu tanzen.«

»Das ist aber gefährlich. Ich verheddere mich andauernd.«

»Mögen Sie Musik?«

»Über alles Maßen.«

»Das ist das Einzige, was zählt«, sagte Caroline, als würde sie einen jüngeren Bruder ermuntern. »Das Wichtigste ist, dass es Spaß macht.«

»Danke.« Sie tanzten stumm weiter. Er entspannte sich, aber sein Gefühl für Rhythmus besserte sich nicht. Während sie sich über die Tanzfläche bewegten, warf Caroline einen raschen Blick in die Menge. Sie sah die Piraten, die an der Bar standen und tranken, aber keine Spur von Joe.

»Wie geht's mit dem Wrack voran?«, fragte Caroline.

»Prima. Ich war zweimal unten. Joe hat mich mitgenommen.«

»Oh. Ist er …«

Da war er, der Anführer der Piraten. Joe Connor stand abseits vom Trubel an einen Baum gelehnt. Er trug ein weißes

Hemd, an Schultern und Brust zerrissen. Seine schwarzen Hosen saßen hauteng, und er war barfuß. Er hatte einen schwarzen Schlapphut auf, die Krempe über ein Auge heruntergezogen. Caroline zitterte wie bei einem unverhofften Temperatursturz um zwanzig Grad.

»Wir haben die Überreste von Skeletten gefunden«, sagte Sam, »teilweise im Schlick eingegraben und bemerkenswert gut erhalten. Und wir haben schon einen Großteil des Goldes geborgen …«

Vor lauter Begeisterung geriet Sam immer mehr aus dem Takt. Sie wirbelten im Kreis herum, und Caroline verlor Joe aus den Augen. Als Sam sich mit ihr in die entgegengesetzte Richtung drehte, erspähte sie ihn erneut. Er bahnte sich einen Weg durch die Menge. Seine blauen Augen waren dunkel und ließen sie nicht los. Die Gäste traten beiseite und blickten ihm nach. Er bewegte sich geschmeidig wie ein Raubtier, wirkte verwegen wie ein echter Pirat.

Die Nachtluft duftete nach Geißblatt und Rosmarin. Sam sah Joe kommen und grinste. Caroline spürte, wie eine Hitzewelle in ihr aufstieg.

»Hast du Lust zu tanzen?«, sagte Joe und sah ihr in die Augen.

»Der Klügere gibt nach«, seufzte Sam ergeben und trat beiseite. »Sonst kann es mir noch passieren, dass er mich kielholt, wie es früher die Piraten mit ihren Gefangenen gemacht haben.«

Caroline stand reglos da und lauschte der Musik. Die Paare tanzten um sie herum, rempelten sie versehentlich an, aber sie nahm es kaum wahr, auch nicht, wie Sam sich entfernte. Joe fixierte sie, ohne Erwartungen oder Wünsche, was ihre Antwort betraf. Er hätte ein Wildfremder sein können, der zufällig hereingeschneit war. Caroline nickte. Joe trat näher und legte den Arm um sie.

Er überragte sie um Haupteslänge, und sie holte tief Luft, in dem Bemühen, ihre Fassung wiederzugewinnen. Sie tanzten miteinander, so eng, dass sie seinen Atem warm an ihrem Ohr spürte. Die Kapelle spielte eine langsame, sentimentale Melodie. Sie schwiegen, aber sie bewegten sich im Gleichklang, biegsam wie Gräser im Wind. Ihre Kehle brannte, ohne dass sie wusste, warum.

»Danke, dass du mit Sam getanzt hast«, sagte Joe schließlich.

»Das habe ich doch gerne getan«, erwiderte sie verwundert.

»Der Junge kann nicht tanzen. Er hat zwei linke Füße.«

»Aber er versucht es zumindest. Das allein zählt.« Caroline warf einen Blick an Joes Schulter vorbei auf ihre Familie. Simon und Skye hatten den Tisch verlassen. Sie hoffte, dass die beiden tanzen wollten, aber Simon steuerte die Bar an, und Skye stand am Rande der Tanzfläche und beobachtete das Treiben.

»Sam hat mir erzählt, dass du ihn zum Wrack mitgenommen hast.« Caroline verspürte das dringende Bedürfnis, Skye fürs Erste aus ihren Gedanken zu verbannen.

»Stimmt.«

Joes Arm umfing ihre nackten Schultern, sein Mund berührte ihr Ohr. Er hatte ihre Hand gegen seine Brust gepresst und hielt sie in seiner rauen schwieligen Hand. Sie spürte die Anspannung in ihrem eigenen Körper und in seinem. Sie schwiegen. Caroline lehnte ihre Wange gegen Joes Brust. Sie schloss die Augen und fragte sich, ob er spürte, wie ihr Herz hämmerte.

Augusta plauderte mit den Gästen und schlürfte Martinis. Als Hugh Renwicks Witwe war sie die ungekrönte Ballkönigin. Sie erzählte gerade einer Gruppe junger Künstler, dass das Glas, das sie in der Hand hielt, Hugh gehört hatte.

»Hugh Renwick hat daraus getrunken?«, fragte ein junger

Mann ehrfürchtig. Wie Augusta hatte er sich nach einer Picasso-Vorlage kostümiert, als Stier aus dem Gemälde *Guernica*. Er trug eine alberne, schief sitzende Maske aus Pappmaché, aber vom Hals abwärts sah er in seiner Torero-Kleidung hinreißend aus.

»Ja, wirklich!«, flunkerte Augusta. »Möchten Sie einen Schluck aus Hughs geliebtem Kelch trinken?«

»Nur wenn ich danach wie Hugh Renwick male«, sagte der junge Mann. Eifrig nahm er das Glas in beide Hände, als wäre es ein kostbarer Schatz, und versuchte durch die Mundöffnung in der Stiermaske seine Lippen zu treffen.

»Das kann ich Ihnen bedauerlicherweise nicht garantieren, mein Lieber«, meinte Augusta trocken. »Hugh wäre sehr verärgert über uns beide, weil wir Picasso den Vorzug gegeben haben. Er hat Paul verabschcut, wissen Sie.«

»Paul?«, fragte der Stier.

»Pablo Picasso, mein Lieber«, sagte Augusta, nach ihren Töchtern Ausschau haltend. Sie entdeckte Clea und Peter, gesellig, wie erwachsene Kinder bei einem Kostümball sein sollten. Skye war verschwunden, was Augusta ein wenig beunruhigte. Sie erblickte Simon, der gerade mit einer jungen Kellnerin flirtete und sie mit der für ihn typischen trägen Schwermut aus der Reserve zu locken versuchte. Caroline tanzte mit einem Mann, der sich im Gewühl Augustas Sicht entzog.

»Ich hätte mich ja gerne als Renwick-Figur kostümiert«, bekannte der Stier, »aber er hat ja überwiegend Landschaften und Frauen gemalt. Und ich hatte keine Lust, als rote Scheune oder weiblicher Akt zu erscheinen.«

»Verständlich«, sagte Augusta. Sie entschuldigte sich bei ihrem Stier, denn ihre Aufmerksamkeit war jetzt auf ihre älteste Tochter gerichtet. Caroline sah heute Abend hinreißend aus. Sie schien von innen heraus zu glühen. Ihre Haut hatte einen rosigen Schimmer, ihre großen Augen waren strahlend und klar, das weiße Abendkleid saß wie angegossen. Augusta hatte ein schlechtes Gewissen wegen der Eifersucht, die sie vorhin empfunden hatte. Aber es stimmte – *Mädchen im weißen Kleid,* kurz nach dem Tod des unseligen jungen Mannes gemalt, war für Hugh der Anfang vom Ende seiner Karriere gewesen. Und Augusta hatte sich sehnlichst gewünscht, sie hätte für das Porträt Modell gesessen, für das berühmteste Gemälde ihres Mannes.

Als die Menge sich ein wenig verlief, konnte Augusta in aller Ruhe Carolines Tanzpartner in Augenschein nehmen.

Er war ungeheuer attraktiv, über einsachtzig groß, mit breiten Schultern. Einer der Piraten, wie es schien. Sein Körper wirkte gestählt wie der eines gemeinen Matrosen, aber er trug eine lässige Eleganz zur Schau, die Selbstsicherheit verriet. Er hatte die Sonnenbräune eines Seemanns und die strahlendsten blauen Augen, die Augusta jemals gesehen hatte. Was ihr einen Schock versetzte, war gleichwohl der Blick, mit dem er Caroline bedachte. Der Ausdruck in seinen Augen war grimmig und wild, leidenschaftlich und sehnsuchtsvoll zugleich.

»Mutter?«

Augusta spürte Cleas Hand auf ihrem Arm.

»Liebes, wer ist der Mann, mit dem Caroline tanzt?«

»Ein Pirat.«

»Das sehe ich selbst. Aber wer ist er?«

»Ein Freund, denke ich. Mom, hast du Skye gesehen?«

»Sie benehmen sich wie zwei Liebende. Schau dir nur an, wie er sie ansieht.«

»Es ist ein langsamer Tanz, Mom …«

»Ich habe keine Ahnung, wo Skye steckt. Ich halte selbst schon seit geraumer Zeit nach ihr Ausschau.« Augusta riss sich von dem Anblick los, den Caroline und der Pirat boten, und sah sich suchend um. Beunruhigt nippte sie an ihrem Martini. Litt sie wieder unter einer Anwandlung von Eifersucht oder vermisste sie Hugh? Sie blickte erneut zu den beiden hinüber. Die Sehnsucht in den Augen des Mannes stand der Carolines in nichts nach. Sie erinnerte Augusta daran, wie leidenschaftlich sie ihren Mann begehrt hatte und wie groß ihre Angst gewesen war, ihn zu verlieren.

»Skye wirkte ziemlich bedrückt. Hat sie sich über irgendetwas aufgeregt?«, fragte Clea.

Augusta seufzte. Warum konnte sie das Fest nicht in Ruhe genießen? Warum musste immer alles ernst und mit einem Missklang enden? So hatte sie ihre Mädchen nicht erzogen. Sie hatte ihnen Raum gelassen, sich frei zu entfalten.

Während andere Mütter ihre Töchter mit Argusaugen überwachten, hatte sie dafür gesorgt, dass sie ihre Welt erkunden und nach ihrer eigenen Fasson selig werden konnten. Sie hatte gegen ihren Gluckeninstinkt angekämpft und Hugh gestattet, die Mädchen mit auf die Jagd zu nehmen. Er hatte ihnen beibringen wollen, sich selbst zu verteidigen, im Leben ihren Mann zu stehen, und das war ihm offensichtlich gelungen in all den Nächten, die sie allein auf dem Berg verbracht hatten. Trotzdem machte sie sich nun Sorgen, weil sie Skye nirgends zu entdecken vermochte.

»Ich bin sicher, dass alles in Ordnung bei ihr ist«, sagte Augusta.

»Schau dir Simon an.«

Er führte gerade die Kellnerin auf die Tanzfläche. Sie hatte das Tablett mit den Getränken auf einem der Tische abgestellt, die Schuhe von den Füßen gestreift und sich in seine Arme geschmiegt. Simon rauchte, redete mit der Zigarette im Mundwinkel auf sie ein, und bläuliche Rauchkringel stiegen auf. Augusta fand, dass er gemein, ungepflegt und wie ein Hohlkopf aussah.

»Warum hat Skye diesen Mann geheiratet?«, überlegte Clea laut. »Als ob sie sich absichtlich einen ausgesucht hätte, der sie schlecht behandelt.«

Augusta stöhnte auf, als sie sah, wie Simon der Kellnerin die Hände auf die Hüften legte. »Dein Vater hätte ihn umgebracht.«

»Er hätte Skye umgebracht. Er war kompromisslos, was Männer anging. Wir sollten stark sein, uns nicht zum Opfer machen lassen. Wie oft hat er uns das eingebläut!«

»Du hast die Lektion gelernt«, sagte Augusta. Hugh hatte sie betrogen und behauptet, er sei schwach geworden wie alle Männer. Aber seinen Töchtern hatte er um jeden Preis ersparen wollen, verletzt zu werden.

»Ich?«

»Du hast einen Mann geheiratet, wie man ihn sich nur wünschen kann. Peter ist ein Schatz. Aber du bist die Einzige. Skye hat einen Widerling geheiratet, und Caroline lebt alleine.«

Während sie sich unterhielten, beobachteten Augusta und Clea, wie Caroline in den Armen des Piraten über die Tanzfläche glitt. Er schien als Mann all das zu verkörpern, wovor Hugh Renwick seine Töchter gewarnt hätte. Groß und lässig, strahlte er eine gefährliche erotische Anziehungskraft aus, und er hielt Caroline umschlungen, als hätte er seine Beute in die Enge getrieben und beabsichtige, sie in Besitz zu nehmen. Aber eines war seltsam und unerklärlich für Augusta – der Ausdruck in seinen Augen.

Es hatte ganz den Anschein, als wäre der Pirat, der mit ihrer Tochter tanzte, unsterblich in sie verliebt.

Die Musik endete. Caroline trat einen Schritt zurück. Joe stand reglos da, ohne ein Wort zu sagen. Er hätte sie gerne um den nächsten Tanz gebeten, doch als Besitzerin von Renwick Inn und Gastgeberin des Balls musste sie sich sicher um alles Mögliche kümmern. Einige Männer trieben sich in der Nähe herum und warteten offenbar darauf, mit ihr zu tanzen. Aber sie rührte sich nicht vom Fleck. Sie trug ein weißes Kleid, wie auf dem Bild ihres Vaters, an das Joe sich erinnerte, und er wünschte sich nur eines – mit ihr an den Fluss hinunterzugehen und dort mit ihr zu tanzen, ganz alleine.

»Danke«, sagte er schließlich.

»Es war mir ein Vergnügen.«

Joe blickte sie an. Seltsam, aber seine Wut war wie weggeblasen. Zum ersten Mal seit Jahren konnte er ohne Groll an Caroline Renwick denken. Ganz im Gegenteil, er empfand eine ungewohnte Zärtlichkeit, die so großes Unbehagen in ihm weckte, dass er zurückwich.

Die Musik setzte wieder ein. Die Papierlampions schaukelten in der leichten Brise, die plötzlich aufgekommen war. Joe räusperte sich. Caroline sah ihn erwartungsvoll an. Er griff in seine Tasche. Seine Finger umschlossen den Gegenstand, den er vom Schiff mitgebracht hatte und ihr zeigen wollte. Er konnte sie um den nächsten Tanz bitten und ihn ihr geben, während sie sich im Takt zur Musik bewegten. Er konnte versuchen ihr zu erklären, was für Gefühle der Fund in ihm geweckt hatte …

Jemand rempelte ihn von hinten an.

Ihr Schwager, der Widerling, den Joe vor einer Woche mit Skye in der Bar gesehen hatte, prallte zuerst gegen Joe und dann gegen Caroline. Dem Kerl sah man schon von weitem an, dass er an der Flasche hing und Drogen nahm. Er hatte alle Hände voll damit zu tun, die junge Frau zu betatschen, mit der er tanzte, sodass er seine Ungeschicklichkeit nicht bemerkte.

»Oh«, sagte die Aushilfskellnerin, als sie Caroline gewahrte.

»Wo ist Skye?«, fragte Caroline Simon, die Frau ignorierend.

»Macht einen Spaziergang«, antwortete Simon, die Zigarette noch immer im Mundwinkel. Joe hätte sie ihm am liebsten in den Hals gerammt und ihm gesagt, es sei bekömmlicher für ihn, sich schleunigst auf die Suche nach seiner Frau zu begeben.

»Dora, hast du keine Arbeit?« Caroline vermochte ihre Wut kaum zu zügeln.

»Tut mir Leid«, sagte Dora und verließ im Eilschritt die Tanzfläche.

»Ich mache mir Sorgen um Skye«, sagte Caroline zu Simon. »Komm mit, wir suchen sie.«

»Ich bin nicht ihr Kindermädchen, und du bist es auch nicht«, protestierte Simon, wobei er die Kellnerin im Auge behielt.

»Trotzdem sollten Sie Ihre Frau suchen«, mischte sich Joe ein. »Vor allem, wenn Ihre Schwägerin Sie darum bittet.«

»Wer zum Teufel …« Simons Muskelstränge am Hals schwollen vor Wut an. Sein Blick war verschlagen. Er war eine Ratte, und Joe brauchte wenig Fantasie, um sich vorzustellen, dass er Skye schlug. Wortlos schob sich Joe zwischen Simon und Caroline.

»Du sollst doch nur schauen, wo sie ist, Simon! In Ordnung?«, fragte Caroline angespannt.

»Toll.« Er warf seine Zigarette auf den Boden, machte auf dem Absatz kehrt und ließ die glimmende Kippe zurück. Caroline blickte Joe entschuldigend an und folgte ihm. Joe hob die Zigarette auf und drückte sie in einem Aschenbecher auf dem Tresen aus. Er sah Caroline nach, dann schlug er die entgegengesetzte Richtung ein, um Skye zu suchen.

Der Baumstamm erstreckte sich über den ganzen Fluss. Er lag schon seit langem dort. Zweige, Vogelfedern und Schutt hatten sich in dem zersplitterten Geäst verfangen, das an einem Ende aus dem Wasser ragte. Der Fluss wälzte sich unter dem Baumstamm dahin, träge und schwarzgrün, bevor er breiter wurde und in den Connecticut River mündete. Kiefern säumten die Böschung, während Riedgräser am anderen Ufer raschelten.

Skye stand auf dem einen Ende des Baumstamms. Eine leichte Brise kitzelte ihre nackten Beine. Sie beobachtete die Strömung des Flusses. Ein Fisch tauchte an der Oberfläche auf und hinterließ Kreise im dunklen Gewässer. Skye betrachtete die Kreise, an einen anderen Abend und ein anderes Flussufer denkend, zweihundert Meilen nördlich von hier. Die Sterne am Himmel über den sanften Hügeln hatten gefunkelt. Ihr Vater hatte sie in der Wildnis ausgesetzt, hungrig, damit sie ihr Abendessen selbst jagten. Sie hatte mit dem Messer einen Stock zugespitzt und lautlos in den Binsen gewartet.

Der Frosch war fett gewesen. Sie wusste, dass sie ihn töten musste. Sie stach zu, spießte seinen Körper auf, dessen Fleisch so weiß war wie der Mond. Ihr Vater hatte ihr gezeigt, wie man ein Feuer entzündet, und ihr erklärt, dass zwischen der Zubereitung von Fröschen und Fischen kein Unterschied bestehe. Aber dem war nicht so. Der dicke Frosch hatte schläfrige Augen und ein breites Maul, das aussah, als würde er lächeln. Nachdem sie ihn durchbohrt hatte, zuckte er und schnappte nach Luft. Obwohl sie geschwächt war vor Hunger, hatte sie keinen Bissen runtergebracht. Sie hatte für nichts und wieder nichts ein Tier getötet.

»Nicht zum letzten Mal«, sagte sie laut.

Dunst hing über dem Fluss, und Skye balancierte auf dem Baumstamm, die silberne Taschenflasche in der Hand haltend. Musik drang durch die Bäume herüber. Sie konnte sich beinahe vorstellen, im Ballett zu sein. Sie gehörte zum Ballett, stand auf einem Fuß, drehte eine Pirouette zur Musik und trank Wodka. Russischen Wodka, wie es sich für *Schwanensee* geziemte.

Feuerfliegen blinkten in den Bäumen. Sie trank noch einen Schluck. Wohl wissend, dass Caroline sich Sorgen machte und sie vom Trinken abbringen wollte, hatte sie sich vorsorglich ihre eigene Ration mitgebracht. Zum einen wollte sie ihre Schwester nicht in einen Gewissenskonflikt bringen, indem sie ihr Alkohol ausschenkte, der ihr nach Carolines Meinung schadete. Zum anderen wollte Skye nicht dabei beobachtet werden, wie sie aus dem Flachmann trank. Deshalb hatte sie sich in den Wald zurückgezogen, tanzte auf einem umgestürzten Baumstamm und erinnerte sich an das erste und einzige Mal, als sie mit ihrem Vater im Ballett gewesen war. *Schwanensee*. Der sterbende Schwan. Es wäre schön gewesen, wenn er sie häufiger ins Ballett statt auf die Jagd mitgenommen hätte. Und doch hasste Skye *Schwanensee*. Das Stück war schön, aber tragisch und brachte zu viele Saiten bei ihr zum Klingen.

»Der Tanz findet da drüben statt.«

Die tiefe Stimme kam aus dem Schatten. Skye war so erschrocken, dass sie um ein Haar das Gleichgewicht verloren und vom Baumstamm gefallen wäre. Sie verspürte einen Anflug von Panik, der ihr die Luft abschnürte.

»Wer ist da?«

Ein Mann trat aus dem Gebüsch. Er musterte sie mit seinen lebhaften blauen Augen. Hoch gewachsen, mit einem zerrissenen Hemd, das gebräunte muskulöse Schultern entblößte, wirkte er bedrohlich. Er sah aus wie ein Pirat, aber es hatte nicht den Anschein, als wäre er kostümiert.

»Vorsicht! Fallen Sie nicht hinunter.«

»Bleiben Sie, wo Sie sind!«

»Keine Angst, das hatte ich auch vor.«

Skye schwankte auf dem Baumstamm. Die Entfernung zum Wasser betrug nicht einmal zwei Meter. Falls er näher kam, konnte sie immer noch springen. Das schwarze Wasser würde über ihrem Kopf zusammenschlagen. Sie konnte die Luft anhalten und ans Ufer schwimmen. Der sterbende törichte Schwan. Trotzdem, die Rolle war ihr wie auf den Leib geschnitten, auch wenn ihr der Wodka bereits zu Kopf gestiegen war.

»Setzen Sie sich lieber hin.«

»Kommen Sie ja nicht näher!« Wollte er ihr helfen? Oder sie von hinten packen, ihr das Kleid herunterreißen und ihr den Mund zuhalten, um ihre Schreie zu ersticken? Der Gedanke, der ihr durch den Kopf raste, bewirkte, dass sie sich umdrehte und loslief. Ihr Fuß verhedderte sich in einem abgeknickten Ast, und sie strauchelte.

Der Mann fing sie auf. Zwei Schritte, und er war neben ihr. Sie mit den Armen umfassend, wollte er ihr Halt geben. Skye wehrte sich wie rasend. Sie kreischte, kratzte, versuchte ihm die Finger in die Augen zu bohren. Trotz des Kampfes auf dem Baumstamm gelang es dem Mann, beide im Gleichgewicht zu halten.

»Loslassen!«, schrie sie.

»Skye …«

»Ich schwöre Ihnen, ich bringe Sie um! Glauben Sie mir …«

Hatte er gerade ihren Namen genannt?

»Skye, setzen Sie sich hin. Ist ja gut, Sie haben nichts zu befürchten. Aber setzen Sie sich endlich hin, um Himmels willen!«

»Wer zum Teufel sind Sie?«

Der Mann packte ihre Oberarme. Skyes Füße berührten den Baumstamm kaum. Sein Griff war eisern. Sie hatte sein Gesicht zerkratzt, er blutete. Zitternd blickte sie ihn an. Er kam ihr irgendwie bekannt vor. Sie wusste nicht, wo, aber sie hatte ihn schon einmal gesehen.

»Bitte setzen Sie sich hin, ja?«, sagte er. Er berührte seine Wange und sah das Blut an seinen Fingern.

Skyes Schädel hämmerte, ihre Kehle brannte. Ihr war speiübel, und sie würgte und übergab sich ins Wasser. Sie traute ihm nicht über den Weg, doch ihr blieb keine Wahl. Sie war betrunken, schwach auf den Beinen, krank. Sie brauchte einen Schluck Wodka, aber sie hatte den Flachmann bei dem Gerangel fallen lassen. Der Mann half ihr, sich auf den Baumstamm zu setzen.

Skye schluchzte.

Der Mann reichte ihr sein Taschentuch. »Hier.«

Skye schüttelte den Kopf. Sie schaute sich suchend nach der Flasche um. Vielleicht war sie im Fluss gelandet.

»Sie ist weg. Ich habe gesehen, wie sie hineingefallen ist«, sagte er.

Skye warf ihm einen verzweifelten Blick zu. Woher wusste er, wonach sie suchte? Als sie sich nach vorne beugte, sah sie Blut an seiner Wange hinablaufen. Sie schlug die Hände vors Gesicht und stöhnte.

»Lassen Sie uns von dem Baumstamm runtergehen.« Er streckte die Hand aus und wartete auf sie.

»Warum kommen Sie mir so bekannt vor?«, erwiderte Skye unschlüssig.

»Wir haben uns neulich im Gasthof gesehen. Sie standen mit Ihrem Mann an der Bar.«

Skye starrte ihn an. Das war es nicht. Sie kannte das Gesicht, kannte es seit langem. Er war älter geworden, aber diese blauen Augen … die kräftigen Kiefermuskeln, die gerade Nase. Sie versuchte sich zu besinnen. Es gelang ihr, den Wodkanebel zu durchdringen, ihre Angst vor seiner unverhofften Gegenwart zu überwinden.

»Nein, das meine ich nicht.« Er war ihr immer noch unheimlich, aber irgendetwas in seinen blauen Augen beruhigte sie, versicherte ihr, dass er nichts Böses im Schilde führte. Sie reichte ihm die Hand. Er half ihr vom Baumstamm herunter.

Der Boden unter ihren Füßen fühlte sich fest an, aber der Himmel über ihr bewegte sich. Sie schwankte.
»Skye, ich weiß, dass Sie mich jetzt nicht hören können«, sagte er rau.
»Ich höre Sie sehr wohl.«
»Nein, Sie sind betrunken. Aber später, wenn Sie wieder nüchtern sind, möchte ich, dass Sie sich an etwas erinnern.«
»Ich bin nicht betrunken …«
»Doch. Aber morgen, wenn Sie rasende Kopfschmerzen haben und Ihnen so speiübel ist, dass Sie am liebsten sterben möchten, werden Sie sich an etwas erinnern, einverstanden?«
»Woran?« Ihre Finger zitterten.
»Daran, dass Sie sich nie wieder so elend fühlen müssen.«
»Sie haben kein Recht …«
»Es gibt immer einen Ausweg.«
Die Augen des Mannes waren tiefgründig und offen. Er hielt Skye an den Schultern fest, und obwohl seine Stimme rau klang, war sie freundlich. Er wirkte ruhig und gelassen. Skye wusste, dass sie ihn von irgendwoher kannte, aber noch merkwürdiger war, dass er sie durch und durch zu kennen schien. Sie war der Lösung des Rätsels ganz nahe, starrte ihn an und versuchte mit aller Kraft sich zu erinnern.
Sie kehrten zum Fest zurück. Der Mann bog die Zweige zur Seite, damit Skye ungehindert passieren konnte. Kaum waren sie aus dem Wald aufgetaucht, entdeckten sie Caroline, die ihnen entgegeneilte. Sie sah Skye an, dann den Mann hinter ihr. Sein Blick veränderte sich. Er war hart, beinahe grimmig gewesen, aber er wurde weich, als er auf Caroline fiel.
»Skye!«, rief Caroline, und Skye warf sich in ihre Arme.
Sich an Caroline fest zu halten gab ihr ein Gefühl der Sicherheit und Geborgenheit. Skye zitterte, weil sie zu viel Wodka getrunken und den Schrecken der Begegnung mit dem Fremden im Wald noch nicht überwunden hatte, weil sie *Schwanen-*

see getanzt und sich an eine andere Zeit und einen anderen Wald erinnert hatte, in dem Caroline sie tröstend in den Armen gewiegt hatte.
»Du hast sie gefunden.«
»Wie man sieht.«
»Danke.« Skyes Kopf ruhte an der Brust ihrer Schwester, und sie spürte, wie Caroline zitterte.
»Wer sind Sie? Ich kenne Sie …«
»Skye, das ist Joe Connor«, sagte Caroline.
Der Name entzündete tief in ihrem Innern den Funken der Erkenntnis. Skye sah Caroline an. Sie hielt Skyes Hand, aber ihre Augen ruhten auf dem Mann. Die japanischen Lampions hüpften an dem Draht über ihren Köpfen auf und ab und tauchten die beiden in blaues und rotes Licht.
»Ich wusste doch, dass ich Sie kenne!« Skyes Augen füllten sich mit Tränen.
Joe stand reglos da, ohne zu lächeln. Er blutete aus der Kratzwunde, die Skye ihm zugefügt hatte. Sie dachte an den kleinen Jungen auf dem Foto, an sein offenes, vertrauensvolles Gesicht, sein Lächeln, die Zahnlücke, die Sommersprossen auf seinen Wangen.
Der Mann, der nun vor ihr stand, war verschlossen. Deshalb sieht er so verändert aus, dass ich ihn nicht wieder erkannt habe, dachte Skye. Das Leben hat ihn misstrauisch gemacht. Skye wusste es, weil es ihr nicht anders erging.
»Alles in Ordnung?«, fragte er.
Skye nickte.
»Versuchen Sie sich an meine Worte zu erinnern. Morgen.«
Skye senkte den Kopf. Sie schämte sich, dass er gesehen hatte, wie sie aus der Taschenflasche trank.
»Sie waren immer einer von uns«, flüsterte sie.
»Wie bitte?«
»Einer von uns. Eine Art großer Bruder. Ich wusste, dass Ca-

roline Briefe an Sie schrieb, und ich dachte, Sie könnten nachfühlen, wie uns zu Mute war.«

»Nur bis zu einem gewissen Grad. Ich gehörte zum feindlichen Lager.«

Skye schüttelte den Kopf. »Nein, das stimmt nicht. Unsere Eltern, ja, aber Sie nicht. Sie waren einer von uns.«

Plötzlich machte alles Sinn. Der Sommerabend war warm, die Feuerfliegen blinkten zwischen den Bäumen, und sie bildete einen Kreis mit Caroline und Joe Connor. Was sie verband, waren Gewehrschüsse, der Tod anderer Menschen.

Ihre Mutter kam über den Rasen auf sie zu. Simon begleitete sie mit verdrossener Miene. Skye konnte seine Wut selbst aus der Entfernung spüren, und ihr Magen verkrampfte sich. Sie würde für diese Demütigung büßen müssen, später. Clea und Peter waren unmittelbar hinter den beiden. Das Schlusslicht bildete ein junger Mann mit Piratenkopftuch und Augenklappe.

»Großer Gott, wo hat sie gesteckt?«, rief Augusta. »Als ich aufschaue, torkelt sie mit diesem Piraten da aus dem Wald …« Augusta funkelte Joe empört an. »Zuerst tanzt er mit Caroline, und gleich darauf kommt er mit Skye aus dem Wald geschlichen!«

»Mom, er hat mich gerettet!«, entgegnete Skye hastig, um die Anzüglichkeiten zu unterbinden. »Ich wäre um ein Haar ins Wasser gefallen.«

»Was soll die Scheiße?«, fragte Simon und packte sie am Arm. »Ein Stelldichein im Wald?«

»Pass auf, was du sagst, Mann.« Ruhig löste Joe Simons Finger von Skyes Arm.

Simon war high. Skye erkannte es an seinen Augen. Sie funkelten mordlustig, aber er war so verdattert über die versteckte Drohung, dass es ihm die Sprache verschlug.

»Wenn das so ist, bedanke ich mich, dass Sie meiner Tochter

geholfen haben«, sagte Augusta und verlieh der Situation einen Hauch von Anstand. »Mr. …«
»Joe Connor.«
Der Name hing in der Luft.
»Connor?«
»Ja.«
»Connor!«, wiederholte Augusta. Ihre Augen wurden eisig, als es bei ihr zu dämmern begann.
»Richtig.«
»Doch nicht James Connors Sohn?«, fragte Augusta ungläubig.
»Doch. James Connor war mein Vater.« Joes Stimme klang plötzlich stahlhart, als würde er sich zum Kampf rüsten. Wut flammte in seinen Augen auf. Caroline trat einen Schritt vor, bemüht, eine Auseinandersetzung zu vermeiden, aber Joe würdigte sie keines Blickes.
»Großer Gott!« Augustas Augen waren schmerzerfüllt.
»Mrs. Renwick, lassen Sie die Vergangenheit endlich ruhen«, mischte sich Sam Trevor ein und richtete sich zu voller Größe auf. Sein Ton war der eines Friedensstifters, fest, aber freundlich. »Sie haben wunderbare Töchter, wir waren soeben dabei, uns besser kennen zu lernen. Joe und ich sind mit Caroline befreundet. Sie hat uns zum Ball eingeladen.«
»Das ist richtig. Bitte, Mom, die beiden sind meine Freunde …«
Augusta sah sie an, als hätte sie soeben ihre Familie ans Messer geliefert, ohne es zu merken. Sie warf Sam einen prüfenden Blick zu und versuchte sich einen Reim auf seine Worte zu machen. Dann packte sie Carolines Handgelenk.
»Weißt du nicht mehr, was passiert ist? Du kannst es doch nicht vergessen haben … Wie schrecklich es war. Die Grausamkeit, die sein Vater in unserem Haus begangen hat. Bitte kommt mit mir. Auf der Stelle.«

»Mom, hör mich an!« Caroline blickte Joe an und trat noch einen Schritt vor, um zu verhindern, dass ihre Mutter weitersprach.
»Wozu?«, rief Augusta verzweifelt. »Was bedeuten schon Worte? Sie können den Schaden nicht wieder gutmachen, den der Mann angerichtet hat. Ich hatte zwei kleine Kinder, und er drang in unser Haus ein, um uns alle umzubringen.«
»Aber er hat es dann doch nicht getan«, sagte Caroline flehentlich.
»Er hat es versucht! Mörder!«, entgegnete Augusta.
»Sie sprechen von meinem Vater!«, rief Joe, ihren flammenden Blick erwidernd.
»Ihr Vater …«
»Joe!«, sagte Sam ganz ruhig.
»Es tut mir Leid, dass er Ihre Töchter bedroht hat, aber ich kann nicht zulassen, dass Sie so über ihn reden. Ist das so schwer zu verstehen?«
»Ich verstehe nur eines, dass ich Sie nie wieder in der Nähe meiner Töchter sehen will!«
»Komm, Sam.« Joe machte auf dem Absatz kehrt.
»Joe, warte, Mann.« Sam sah offensichtlich noch immer eine Chance, den Frieden wieder herzustellen.
Joe ging unbeirrt weiter. Er entschuldigte sich nicht bei Augusta, verabschiedete sich nicht von Clea und Peter, wartete nicht auf seinen Bruder. Simon warf er einen letzten verächtlichen Blick zu. Er erinnerte Skye nicht mehr daran, woran sie sich am nächsten Morgen entsinnen sollte. Aber vor allem sagte er Caroline nicht auf Wiedersehen, so viel nahm Skye trotz ihres umnebelten Gehirns wahr.
Caroline blickte ihm nach. Sie hatte die Hand auf ihre Brust gepresst. Elegant mit ihrem dunklen aufgesteckten Haar und dem weißen Kleid, das ihre langen Beine eng umschloss, stand sie im Kreis ihrer Familie, einen Ausdruck tiefster Ver-

zweiflung in den Augen, und sah Joe Connor ein zweites Mal aus ihrem Leben entschwinden.

1. November 1979
Lieber Joe,
ich habe noch nie so etwas erlebt. Als ich Deinen letzten Brief öffnete, dachte ich, es gäbe wieder etwas zu lachen, weil Du Witze machst oder Neuigkeiten über dich und Sam berichtest.
Aber ich habe nicht erwartet, genau das zu lesen, was ich selbst empfinde. Ich liebe Dich auch, Joe. Ich weiß, dass wir sehr jung sind, uns kaum kennen und uns noch nie gesehen haben. Aber diese Dinge finde ich nicht wichtig, auch wenn ich nicht sagen kann, warum.
Gemälde haben etwas Seltsames. Manchmal gehe ich in eine Galerie und betrachte Mädchenbilder. Sie sitzen in einem Sessel und schauen aus dem Fenster, oder sie machen einen Spaziergang am Strand, und irgendetwas geht mir unter die Haut. Ich spüre, dass sie verliebt sind. Ich habe mich immer gefragt, was mich auf diesen Gedanken bringt, da ich selbst noch nie verliebt war.
Aber jetzt kenne ich das Gefühl und weiß, dass ich Recht hatte. Wenn ich die Mädchen auf den Bildern betrachte, kommt es mir vor, als würde ich in einen Spiegel blicken und mich selbst sehen, wie ich an Dich denke. Ich denke an Dich. In Liebe, Joe. So sehr.

C.

14

»Wie konntest du nur, Caroline!«, sagte Augusta entrüstet.

Sie waren im Kräutergarten auf Firefly Hill. Die Verbenen dufteten betäubend in der salzigen Luft. Wellen brachen sich an den schroffen Klippen und schwappten an den Sandstrand. Draußen vor der Küste lag die *Meteor,* eine schimmernde Silhouette, und das blaue Meer glitzerte in der grellen Sonne. Caroline konnte den Anblick nicht ertragen. Sie drehte sich um und sah ihre Mutter an.

»Ich habe keinen blassen Schimmer, wovon du redest, Mom. Joe und ich haben uns versöhnt. Er ist auf meine Einladung hin zum Ball gekommen.«

Augusta schüttelte den Kopf. Sie trug ein langes Musselinkleid und einen Strohhut gegen die Sonne. Zusammengesunken saß sie auf der Gartenbank, an ihren schwarzen Perlen nestelnd. Dann beugte sie sich hinab und zupfte Unkraut aus einem Beet mit Thymian und Bibernell. Plötzlich hielt sie inne und rückte die Schalen der Kammmuscheln zurecht, die auf einem kleinen Haufen lagen.

»Ihn zum Ball einladen«, fuhr Augusta fort, als hätte Caroline nichts gesagt. »Ihn mit offenen Armen empfangen, obwohl seine Familie so großes Unglück über uns gebracht hat. Unsägliches Leid.«

»Seine Familie?«
»Du weißt schon, was ich meine.« Mit einem Ruck nahm Augusta ihre dunkle Sonnenbrille ab und blickte Caroline gekränkt an. »Seine Mutter hat deinen Vater verführt. Widerwärtig. Es hat mich unbeschreiblich verletzt. Diese Affäre, die dein Vater hatte, Liebes. Sie hat mir das Herz gebrochen und den Ehemann dieser Frau um den Verstand gebracht. Im wahrsten Sinne des Wortes. Dringt einfach in unser Haus ein und bringt sich vor den Augen meiner Kinder um!«, sagte Augusta erregt und deutete auf die Küchentür.
»Das ist doch Ewigkeiten her!«, entgegnete Caroline heftig. »Wie lange liegt das zurück?«
»Wie lange? Das spielt keine Rolle! Wir haben den Schock bis heute nicht überwunden. Meine Ehe wäre darüber beinahe in die Brüche gegangen, Caroline. Dein Vater setzt sich in den Kopf, seinen Töchtern den Umgang mit einem Gewehr beizubringen, und deine Schwester erschießt aus Versehen einen Menschen! Gewalt erzeugt Gewalt, und sein Vater hat diesen Teufelskreis in Gang gesetzt.«
»Das war Dad, wenn du dich vielleicht erinnern kannst. Der Seitensprung ging auf sein Konto, und damit fing alles an.«
»Solche Wortklaubereien führen zu nichts.«
»Sollen Joe und ich für *deine* Vergangenheit büßen?«
»Ich bin krank vor Sorge um Skye, und nun muss ich mich vor dir auch noch rechtfertigen.«
»Dann lass es«, entgegnete Caroline.
»Ich meine es doch nur gut mit dir. Ich will nicht, dass du verletzt wirst.«
»Ich bin stark, Mom.«
»Ich weiß. Und wir verlassen uns alle auf dich. Vielleicht zu sehr.« Sie tätschelte Caroline, und Caroline ergriff ihre Hand. Wie konnten Menschen nur so machtvolle und widersprüchliche Gefühle füreinander hegen? Wie oft hatte Caroline als

Heranwachsende ihre Eltern und Schwestern gehasst, obwohl sie in ihrem tiefsten Innern wusste, dass sie für ihre Familie durchs Feuer gegangen wäre? Sie saß neben ihrer Mutter auf der Gartenbank und atmete den beruhigenden Duft von Salbei und Rosmarin ein. Ihre Mutter strich ihr besänftigend mit dem Daumen über den Handrücken.

»Ich habe beobachtet, wie du mit ihm getanzt hast. Bevor ich wusste, wer er war.«

»Ja?«

»Ja. Ich habe …« Augusta hielt versonnen inne.

»Was?«

»Caroline wird doch nicht etwa …«

Caroline schloss die Augen. Eine Brise wehte vom Meer herüber, und sie hob das Gesicht. Vielleicht hatte sie das Deck der *Meteor* gestreift, Joes Schiff, seine Haut …

»Rede nur weiter?«

»… sich in einen Mann verliebt haben, der ihr gefährlich werden kann.«

Caroline schüttelte den Kopf.

»Ein Mann wie dein Vater. Schüttle nicht den Kopf, mir ist es genauso ergangen, und deiner Schwester Skye … Ich habe schließlich gesehen, wie ihr euch angeschaut habt. Ein Mann mit Format – groß, gestählter Körper. Und Liebe in den Augen. Vielleicht macht mir das mehr zu schaffen als alles andere. Du warst so lange ungebunden. Ungebunden und sicher. Liebes, ich kann den Gedanken nicht ertragen, dass du verletzt wirst.«

»Ich bin stark, Mom«, sagte Caroline noch einmal. Ja, das stimmte. Sie hatte ihre Lektionen gelernt, hatte eine Schutzmauer errichtet, sich keine Bindung gestattet – und sich einsam gefühlt. Aber es gab nichts, worüber sich ihre Mutter Sorgen machen musste. Joe und sie würden niemals ein Paar werden, das war ein für alle Mal vorbei.

»Gott sei Dank«, sagte Augusta schniefend. »Verzeihst du mir?«
»Was?«
»Gestern Abend. Nicht meine Gefühle, aber mein Verhalten. Dass ich derart die Kontrolle über mich verloren habe.«
»Das war der Schock«, sagte Caroline und stellte sich Joes Gesicht vor. Und Sams. Die Fähigkeit zu verzeihen ist nicht das Einzige, was wichtig ist, dachte sie, sich an Joes Worte erinnernd. Zuerst müssen wir bereit sein, der Wahrheit ins Gesicht zu sehen und Verständnis für andere aufzubringen. Sie drückte die Hand ihrer Mutter.
»Ja, das stimmt«, pflichtete Augusta ihr dankbar bei.
»Wo ist Skye?«
»Drinnen. Ich glaube, sie schläft.«
»Ich muss mit ihr reden.«
Augusta nickte. Die Sonne schien ihr in die Augen, und sie blinzelte. Sie blickte sich verwundert um, als wüsste sie nicht, wie sie in den Kräutergarten geraten war. Sie strich über die Spitzen der Lavendelblüten und atmete den Duft ihrer Hand ein.
»Das Lieblingskraut deiner Großmutter.« Ihre Augen füllten sich mit Tränen. »Manchmal vermisse ich meine Mutter und meine Großmutter sehr. Sie waren kluge Frauen, ein Fels in der Brandung, richtige Mütter, wie es früher üblich war.«
»Du bist eine richtige Mutter.«
»Aber keine gute.«
»O Mom …«, sagte Caroline, und auch ihr traten Tränen in die Augen, weil sie es bisweilen genauso empfunden hatte.
»Ich wüsste nicht, was ich ohne meine Töchter täte.«
»Und wir wüssten nicht, was wir ohne dich täten.«
»Skye …« Augustas Stimme erstarb. Ihr Blick wanderte zu einem der Fenster in dem weißen Haus hinüber, an dem weiße Vorhänge im Wind flatterten.

»Ich weiß.« Caroline folgte dem Blick ihrer Mutter zu dem Fenster, hinter dem sich Skyes Zimmer befand.
»Ich habe viel falsch gemacht.« Augustas Stimme klang belegt. »Und großen Schaden angerichtet.«
»Aber auch viel Gutes bewirkt«, sagte Caroline ruhig und dachte an den gestrigen Abend, an Joe, der Skye gerettet hatte, an Sam, der ihr zur Hilfe geeilt war, an Clea und Peter, die ratlos zugeschaut hatten. »In unserer Familie gibt es einiges, worauf wir stolz sein können.«

Joe blickte aufs Meer hinaus. Die Wellen glitzerten. Der Tag war so sonnig, wie man sich einen Sommertag nur wünschen kann, aber die alte Wut war wieder in ihm aufgestiegen, hüllte ihn ein wie der Nebel in Maine. Sie lastete schwer und lähmend auf ihm. Er ging wie gewohnt seiner Arbeit nach, aber seine Gedanken kehrten immer wieder zu den Renwicks zurück.
Es war ein Fehler gewesen, hierher zu kommen. Die Bergungsaktion auf der *Cambria* hatte sich als Erfolg erwiesen, aber alles andere wühlte ihn auf. Er hatte die Vergangenheit begraben wollen, als er die Herausforderung annahm, vor der Küste von Black Hall zu tauchen. Stattdessen waren alte Wunden in ihm wieder aufgerissen. Als er die Hände in die Taschen steckte, stieß er auf einen Gegenstand, der sich fremd anfühlte. Stirnrunzelnd zog er die Kameenbrosche heraus.
Blass und schimmernd war das Profil einer Frau auf der Brosche abgebildet. Ihr Gesicht wirkte würdevoll und stolz, mit einem unverkennbaren Hauch von Traurigkeit und Entschlossenheit um den Mund. Selbst auf einem so alten und kleinen Schmuckstück offenbarten sich diese Gefühle. Sie hatte üppige Haare und eine hohe Stirn. Sie erinnerte Joe an Caroline, und seine Miene verfinsterte sich.

»Diese Mrs. Renwick war wirklich fuchsteufelswild«, sagte Sam, der soeben das Deck überquerte.
»Ja.« Joe ließ die Brosche in seine Tasche zurückgleiten.
»Konnte sich gar nicht mehr einkriegen!«
Joe nickte. Er beobachtete, wie sich Seemöwen auf den Rücken von Blaufischen sammelten, die gerade damit beschäftigt waren, nach Nahrung zu tauchen. Das Meer war aufgewühlt und silbern von ihren peitschenden Bewegungen. Joe musterte Sam verstohlen. Der Junge schien das Herz auf dem rechten Fleck zu haben und sich nicht aus der Ruhe bringen zu lassen. Er grinste sogar von einem Ohr zum anderen.
»Eine richtige Spielverderberin! Setzt uns doch glatt vor die Tür!«
»Sie hatte Recht«, sagte Joe.
»Womit?«
»Wir hatten dort nichts zu suchen.«
Sam hob eine Augenbraue, was zur Folge hatte, dass sein Brillengestell zum ersten Mal nicht verbogen, sondern gerade aussah.
»Entschuldige, aber Caroline hat uns eingeladen.«
Joe runzelte die Stirn. Er sah zu, wie die Möwen Stücke vom Köderfisch verspeisten, und hielt angestrengt nach Haien Ausschau. Es gab nicht viele gefährliche Spezies in diesen Gewässern, aber hin und wieder traf man auf einen Mako.
»Stimmt doch!«, sagte Sam mit Nachdruck.
»Ich weiß, Schwachkopf. Aber es geht nicht um die Einladung. Der gesunde Menschenverstand hätte mir sagen sollen, dass wir bei einem Fest der Renwicks nichts zu suchen haben.«
»Mrs. Renwick ist doch bloß stinkig, weil ihr Mann was für Mom übrig hatte. Na und? Das ist Schnee von gestern! Mom hat meinen Vater geheiratet, Mr. Renwick wurde der Hemingway unter den Malern, und das Leben ging weiter.

Wieso macht sie einen derartigen Aufstand? Wo liegt das Problem?«

»Sam …«, sagte Joe warnend. Er dachte an die blutigen Einzelheiten, die mit dem Tod seines Vaters verbunden waren, und starrte zornig auf die Wellen.

»Es ist nicht Carolines Schuld, dass ihre Mutter so eifersüchtig und neurotisch ist.«

»Ich weiß.« Niemanden traf die Schuld an der Situation, weder ihn noch Caroline. Sie hatten lediglich die falschen Eltern.

»Bedeutet das, du wirst das Angebot aus Yale nicht annehmen?«

Joe warf ihm einen flüchtigen Blick zu. »Das hatte ich nie vor.«

»Scheiße. Ich hatte mir Hoffnungen gemacht.«

»Ja? Worauf denn?«

»Dass du Mitglied der Fakultät wirst und ein gutes Wort für mich einlegst.«

»Du brauchst meine Fürsprache nicht, Sam.« Joe lachte wider Willen. »Du kannst ganz gut für dich selbst sprechen.«

»Trotzdem wäre es schön gewesen, wenn wir beide in der Nachbarschaft gewohnt und an derselben Uni gelehrt hätten. Ich fände es nicht schlecht, dich ein bisschen besser kennen zu lernen.« Sam spielte mit einer Heftklammer, die er aus seiner Tasche gefischt hatte.

»Du kennst mich gut genug.«

»Das meinst du! Aber als du von zu Hause weggegangen bist, war ich erst drei. Und dann die Trinkerei …«

Die Blaufische durchbrachen immer wieder die Wasseroberfläche, ihre Rücken blitzten silbern in der Sonne. Die Vögel fraßen und tauchten. Joe berührte die Kameenbrosche in seiner Tasche. Sie fühlte sich heiß in seiner Hand an. Er würde weiterhin Gold suchen. Yale. Gott bewahre!

»Willst du mitkommen? Ich gehe tauchen.« Sam schüttelte den Kopf. Er musterte einen Niednagel, der ihn allem Anschein nach störte. »Nein, ohne mich. Ich habe zu tun. Mein Forschungsprojekt … es wird höchste Zeit, dass ich nach Nova Scotia zurückkehre.«

»Ja, ich weiß noch gut, wie das war.« Joe rang sich ein Lächeln ab. »Immer unter Zeitdruck arbeiten, damit sie einem nicht den Geldhahn zudrehen.«

»Bloß nicht, das wäre das Allerletzte.« Sam lächelte schief. Eine schwache Leistung, verzog er doch kaum den Mund. Seine Augen waren bitter vor Enttäuschung. Sein Blick kehrte zu dem Niednagel zurück. Joe versuchte sich wieder auf das Treiben der Vögel zu konzentrieren, sich selbst hassend. Black Hall.

Er erinnerte sich an seinen letzten Tauchgang mit Sam, als er die Kameenbrosche gefunden hatte. Damals hatte sein Bruder bereits versucht ihm Yale schmackhaft zu machen. Er war lachend um Joe herumgeschwommen, Blasen stiegen aus seinem Mund auf, trieben an die Oberfläche des Wassers, und er hatte mit den Lippen lautlos die Worte Black Hall geformt. Was zum Teufel wollte er? Dass sie sich gemeinsam eine Wohnung in der Stadt nahmen, um das Familienleben nachzuholen, das sie nie gehabt hatten? Gemeinsam unterrichteten? Sich auf dem langen Hin- und Rückweg über ihre Vorlesungen unterhielten? Ein Gespann wurden, zwei Brüder, die an einem Elite-College lehrten und sich in ihrer Freizeit als Schatzsucher betätigten? Die sich in Black Hall niederließen, damit sich Joe in Caroline verlieben konnte?

Joe atmete aus, stand auf und krümmte seinen Rücken. So ein ausgemachter Blödsinn! Sam war ein Träumer, war es von Kindesbeinen an gewesen, zumindest hatte Joe immer diesen Eindruck gehabt. Aber möglich, dass er ihn wirklich nicht gut kannte. Trotzdem liebte er seinen Bruder, und das

war die Wahrheit, so sehr, wie er einen Menschen zu lieben vermochte – sofern er überhaupt wusste, was das Wort bedeutete.
Joe warf einen Blick auf das Meer, das Gesicht Black Hall zugewandt, wo sich Caroline jetzt mit Sicherheit befand. Er hatte ihr Gesicht gesehen, als ihre Mutter ihr eine Szene machte. Die graublauen Augen, die ruhig sein konnten wie ein sicherer Hafen und erregt vor Liebe und Sorge um ihre Mutter und Schwester, Empfindungen, die Joe verstand, aber nie Zeit gehabt hatte, selbst auszukosten. Wie konnte er auch? Er war ständig unterwegs gewesen, hatte nach Abschluss seines Studiums Schätze geborgen und Vorträge an geheiligten Institutionen wie Yale gehalten.
Joe hatte die Gefühle gesehen. Sie standen in Carolines Gesicht geschrieben. Aber er war machtlos gewesen, konnte nur das tun, was er am besten beherrschte – die Flucht ergreifen. Wie jetzt.
Er ließ seinen Bruder alleine an Deck und schickte sich zum Gehen an. Er berührte erneut die Kameenbrosche, und ihm war, als würde sie seine Hand versengen. Das Salz, das der Wind mit sich trug, brannte in seinen Augen und auf der Kratzwunde, die Skye ihm beigebracht hatte. Black Hall lag in weiter Ferne, jenseits des Meers. Yale war für Akademiker. Sollte Sam doch Professor werden. Joe war mit Leib und Seele Schatzsucher, nicht mehr und nicht weniger.
Und Schatzsucher arbeiteten alleine.

Caroline wartete auf Clea.
Augusta hatte sich mit ihrer Petit-Point-Stickerei in den Schatten zurückgezogen, als wüsste sie, dass ihre Töchter etwas Wichtiges zu besprechen hatten, bei dem ihre Gegenwart nicht erforderlich war. Oder nicht erwünscht. Caroline und Clea gingen die Treppe im hinteren Teil des Hauses hinauf.

Das Treppenhaus, dunkel und kühl, roch nach den Gespenstern der Vergangenheit und nach Sommer.
»Was sagen wir ihr?«
»Keine Ahnung.«
Augusta hatte Caroline erzählt, dass Simon gestern Nacht nicht nach Hause gekommen war. Von seinem Wagen fehlte noch immer jede Spur. Da Skye allein war, betraten sie ohne anzuklopfen ihr Zimmer. Sie blieben am Fußende des Bettes stehen und beobachteten sie, während sie schlief. Carolines Herz schlug bis zum Hals.
Skye hatte die Beine angewinkelt und das weiße Laken bis zum Kinn hochgezogen. Sie sah sehr jung aus. Homer lag zusammengerollt am Fußende. Bei Carolines Anblick hob er den Kopf, sprang vom Bett und streckte sich. Seine Knochen waren steif, und er bewegte sich wie ein klappriger alter Mann. Er trottete zu Caroline hinüber und hob seine weiße Schnauze, um sich streicheln zu lassen. Sie blickten sich an, und Caroline sah, wie stumme Laute des Behagens in seiner Kehle vibrierten. Sie empfand eine tiefe Liebe zu dem alten Hund und seiner Herrin, die zu beschützen er sich zur Aufgabe gemacht hatte.
»Skye«, sagte Caroline leise.
»Aufwachen. Es ist Morgen«, fügte Clea mütterlich hinzu.
Skye drehte sich um. Sie öffnete die Augen, sah ihre Schwestern, dann schloss sie sie wieder mit einem Stöhnen. Ihre Augen wirkten eingefallen, der Mund war zusammengepresst. Sie lag reglos da, stellte sich tot wie ein Kaninchen in höchster Not.
»Raus aus den Federn, Skye!« Caroline riss die Vorhänge auf. »Wir gehen an den Strand.«
Skye ließ sich Zeit.
Sie duschte und machte sich anschließend eine Tasse Pulverkaffee, aber ihr war so übel, dass sie ihn nicht trinken

konnte. Sie führte mehrere Telefonate in der Bibliothek – ihre Schwestern nahmen an, dass sie nach Simons Verbleib fahndete. Sie stellten keine Fragen. Simon war Nebensache.
Während Clea den Garten goss, saß Caroline im Schaukelstuhl auf der Veranda vor dem Haus und dachte daran, wie sie als Kinder an den Firefly Beach gegangen waren. Sie hatten einfach die Badeanzüge angezogen und waren auf und davon, die ausgetretene Felsentreppe hinunter. Nun saß sie auf der Veranda, Homer neben sich, und versuchte sich in Geduld zu üben. Er lag mit geöffneten Augen auf der Seite und sah zu, wie sie hin und her schaukelte.
Endlich war Skye fertig, und sie gingen gemeinsam die Stufen hinab. Homer trottete durch den Garten und schnupperte an sämtlichen Rosenbüschen.
»Die Sache mit Joe tut mir Leid«, sagte Skye. »Ich habe das Gefühl, es war meine Schuld, dass Mom …«
»Lass nur, Skye«, unterbrach Caroline sie. »Es war nicht deine Schuld. Aber das ist sowieso egal.«
Die Wellen brachen unmittelbar vor dem Ufer und strömten bei Ebbe in schäumenden weißen Rinnsalen über den Sand. Die Meeresluft war frisch und kühl auf ihren bloßen Armen und Beinen, als sie durch das seichte Wasser wateten. Die *Meteor* schaukelte weit draußen vor der Küste an ihrer Muring auf und ab, und Caroline bemühte sich, nicht hinzusehen. Sie fühlte sich auch so schlecht genug.
Als sie im hohen Spartina-Gras, in dem die Feuerfliegen ihr Unwesen trieben, einen silbrigen Baumstamm oberhalb der Gezeitenlinie erreichten, Treibholz, das vor vielen Wintern hier angeschwemmt worden war, setzten sie sich hin. Schnepfen schlitterten über den nassen Sand, der wie ein Spiegel glänzte. Skye barg den Kopf in den Händen. Homer hatte sich langsam die Treppe hinunterbegeben. Sobald seine Pfo-

ten den Sand berührten, preschte er los, rannte wie ein junger Hund entlang der Gezeitenlinie.
Caroline stieß Skye mit dem Ellbogen an.
Skye hob den Kopf. Ihre trüben Augen hellten sich mit einem Mal auf. Sie lächelte, während sie zusah, wie Homer die Seemöwen von einem toten Molukkenkrebs verscheuchte. Seine Schultern wirkten müde, aber seine Miene war stolz. Mit hängender Zunge warf er den Schwestern einen prüfenden Blick zu.
»Er vergewissert sich, dass wir auch hinschauen«, sagte Caroline.
»Braver Hund!«, rief Clea. »Jag den Seemöwen ordentlich Angst ein!«
Er stupste den Rückenschild des Krebses mit der Schnauze an. Es war ein riesiges Exemplar, von der Größe eines Esstellers, der steife Schwanz mindestens dreißig Zentimeter lang. Er rollte ihn auf den Rücken, um sicherzugehen, dass er nicht zwickte. Dann packte er die Schale mit den Zähnen, brachte ihn zu Caroline und legte ihn vor ihre Füße, wobei sein Schwanz wie ein Pendel hin und her schlug.
»Er ist dein Hund«, sagte Skye. Caroline wusste auch ohne hinzusehen, dass Skye weinte.
»Nein, er liebt dich«, entgegnete Caroline. »Er kann es nicht ertragen, dass es dir schlecht geht.«
Skye erwiderte nichts. Sie starrte den Sand zwischen ihren Füßen an und wischte die Tränen mit dem Zeigefinger fort.
»Was können wir tun, Skye?«, fragte Caroline.
»Tun?« Skye blickte hoch. Ihr Gesicht war gerötet vom Weinen. Die Prellungen, die sie sich bei dem Autounfall zugezogen hatte, waren inzwischen bräunlich verfärbt.
»Als Dad starb, war er betrunken«, fuhr Caroline fort. »Wir sprechen nicht darüber. Wir sagen, dass er Magenkrebs hat-

te, dass die Bestrahlung nicht anschlug, aber das ist nicht die ganze Wahrheit.«

»Hör auf, Caroline!«, rief Skye flehentlich.

»Lass sie, Skye«, warf Clea ein.

»Hast du dich jetzt auch noch gegen mich verschworen?« Skyes Stimme klang, als würde sie sich von allen verraten fühlen.

»Erinnerst du dich an die letzten Monate vor seinem Tod? Er hockte andauernd bei mir in der Bar. Er durfte keinen Tropfen Alkohol trinken wegen der Medikamente, aber er scherte sich nicht darum.« Caroline machte eine Pause, doch Skye reagierte nicht. »Wenn er trank, war er unausstehlich, und Dad war alles andere als unausstehlich.«

»Er hatte nur noch kurze Zeit zu leben, Caroline!«

»Aber es wäre nicht nötig gewesen, im Vollrausch zu sterben, Skye. Er hätte wie ein Mann sterben und der Wahrheit ins Gesicht sehen können, hätte *uns* ins Gesicht sehen können. Er hätte sich von uns helfen lassen können. Wir hätten die Gelegenheit gehabt, ihm zu sagen, dass wir ihm verzeihen, was immer es auch war, weswegen wir ihn seiner Meinung nach hassten. Weswegen er sich selbst hasste.«

»Sag nicht, dass er sich hasste«, flüsterte Skye.

»Aber das tat er. Gestern Abend hat Mom mich an etwas erinnert. Er hörte auf zu malen. Er hörte einfach auf!«

»Wisst ihr noch, wie schwer es früher war, ihn aus seinem Atelier zu locken, um wenigstens zum Essen herunterzukommen?«, sagte Clea.

»Sogar an Thanksgiving oder Weihnachten«, fügte Caroline hinzu. »Wenn er zu Hause war, war er in seinem Atelier und malte. Ich hätte gerne Fangen mit ihm gespielt oder einen Ausflug im Auto mit ihm gemacht, aber wenn die Tür zu war, kam man nicht an ihn heran. Die Dinge änderten sich in der Zeit, als er zu trinken begann. Urplötzlich arbeitete er nicht mehr. Er erlaubte es sich nicht mehr. Und Dad malte leidenschaftlich gerne.«

»Ja, für sein Leben gerne«, sagte Clea.

»Vielleicht hatte er eine schöpferische Blockade«, meinte Skye. »Ihr könnt euch nicht vorstellen, was das für ein Gefühl ist.«

»Es war so, als hätte er aufgehört, uns zu lieben«, sagte Caroline. »Ich weiß nicht, wie es bei euch war, aber ich hatte jedenfalls den Eindruck. Vielleicht war er so blockiert, dass er nicht mehr malen, dass er seine Familie nicht mehr lieben konnte, nur noch trinken, ununterbrochen. Wir haben ihn *geliebt,* Skye.«

»Vielleicht konnte er sich nicht einmal selbst helfen.«

»Ich habe das nie verstanden«, meinte Caroline. »Ein großer Künstler, der alles ausdrücken konnte, was wichtig im Leben ist, und dann schottet er sich innerlich ab. Genau das hat er getan. Er hat sich abgeschottet und uns ausgeschlossen.«

»Er hatte Mom.«

»Er hat Mom auch nicht besser behandelt. Sie hat ihn über alle Maßen geliebt, sie wird ihn bis in alle Ewigkeit in Schutz nehmen, aber er hat sie genauso aus seinem Leben ausgeschlossen.«

»Hör auf!« Skye hielt sich die Ohren zu. Tränen strömten aus ihren Augen. »Es war meinetwegen, ich weiß es. Weil ich diesen Jungen erschossen habe. Dad wurde damit nicht fertig. Er hatte Schuldgefühle, weil er mir die Waffe gegeben hatte. Glaubt ihr, es macht mir etwas aus, wenn mich der Alkohol umbringt?«

»Das sollte es aber!«, sagte Caroline und ergriff Skyes Hand.

»Warum?«

»Weil wir dich brauchen. Wir lieben dich …«

»Du brauchst niemanden!«, rief Skye und sprang auf. »Du

bist bloß verbittert, Caroline. Du müsstest dich hören! Dad dermaßen anzugreifen!«
»Ich greife ihn nicht an. Ich …«
»Er kann einem Leid tun, weil er nicht mehr zu malen in der Lage war. Das war bestimmt genauso schlimm wie sterben. Für Dad sogar noch schlimmer. Du bist egoistisch, hast doch nur deine eigenen Interessen im Kopf! Und *mir* willst du ein schlechtes Gewissen machen! Ich habe versucht mich für die Sache mit Joe zu entschuldigen, aber das ist dir ja offenbar scheißegal!«
»Skye!«, rief Caroline fassungslos.
»Du sitzt auf einem verdammt hohen Ross! Caroline, die Perfekte, ohne Fehl und Tadel. Das hat Simon schon immer gesagt, und ich muss ihm Recht geben.«
»Jetzt reg dich ab!«, sagte Clea und berührte Skyes Arm.
»Ich bin nicht perfekt. So etwas würde ich nie behaupten …«
»Du hast mehr Ähnlichkeit mit Dad als ich. Ich trinke, na und? Zumindest habe ich Gefühle! Du bist so abgehoben, hast dir einen so dicken Panzer zugelegt, dass du nicht einmal eine Entschuldigung annehmen kannst!«
»Du musst dich nicht ent …«
»Von *müssen* kann keine Rede sein. Ich fühle mich schrecklich wegen der Dinge, die beim Ball passiert sind. Einfach grässlich! Aber was ist mit dir? Dir ist es doch völlig egal, ob Joe aus deinem Leben verschwindet, habe ich Recht? Soll er doch abhauen, wenn er meint! Er würde sowieso bald feststellen, was für ein Stockfisch du bist. Aber das interessiert dich ja nicht. Du hast ja genug damit zu tun, mein Leben zu leben.«
»Ich beneide dich nicht um dein Leben.«
»Das sehe ich aber ganz anders. Du versuchst doch die ganze Zeit mir vorzuschreiben, was ich zu tun und zu lassen habe …«
»Skye …«

»Und was passt dir nicht an meinem Leben?«, sagte Skye schluchzend. »Ich tu wenigstens etwas. Ich habe die Chance wahrgenommen, mich in jemanden zu verlieben, ihn zu heiraten. Du versuchst doch nur mich dazu zu bringen, ihn zu verlassen. Du bist frustriert und spielst die Heilige! Caroline, die Märtyrerin. *Ich* habe Andrew Lockwood getötet, nicht du, Caroline. Du hast seine Hand gehalten, als er starb, hast mir beigestanden. Aber umgebracht habe ich ihn.«

»Skye. Ich habe nie behauptet …« Caroline bemühte sich, gleichmütig zu klingen.

»Kannst du nicht endlich einmal wütend werden, Caroline, reagieren wie ein normaler Mensch, Herrgott noch mal!? Sei nicht so verdammt gelassen und darauf bedacht, mich zu schonen!«

Caroline stand schweigend da, wie vom Donner gerührt.

»Und hör endlich auf, dich in mein Leben einzumischen«, fügte Skye hinzu. »Von Gefühlen hast du doch keine Ahnung, und schon gar nicht von meinen.«

Und damit drehte sie sich um und rannte den Strand hinunter.

2. Januar 1980
Lieber Joe,
ich habe lange nichts mehr von Dir gehört. Bitte melde Dich. Ich vermisse Dich und liebe Dich noch immer.

C.

30. April 1980
Liebe Caroline,
das ist mein letzter Brief an Dich. Du hast es gewusst. Von wegen Vertrauen, Freundschaft, unsere Familien, die viel miteinander verbindet, unsere LIEBE! Alles erstunken und erlogen! Du hast es gewusst, von Anfang an.

Du warst dabei, als mein Vater in eurer Küche starb. Ich kenne jetzt die ganze Geschichte. Deine Familie ist nicht die einzige, die eine Waffe besitzt. Hast Du den Schuss gehört, C? Hast Du zugesehen, wie er starb?
Am meisten trifft mich, dass Du es mir die ganze Zeit verschwiegen hast. Wolltest Du mich für dumm verkaufen? Hast du Dich mit deinen Schwestern über mich lustig gemacht? Oder habt Ihr gemeint, ich würde es nie erfahren?
Wie Du siehst, weiß ich jetzt, was Sache ist.
Gib Dir gar nicht erst die Mühe zu antworten. Ich hasse Dich, Deinen Vater und Dein verfluchtes Zuhause, das Ihr Firefly Hill nennt.

Joe Connor

12. Mai 1980
Lieber Joe,
bitte hass mich nicht. Ich habe es vor Dir geheim gehalten, weil ich Dich nicht verletzen wollte. Dein Vater kam her, das ist richtig, wie Du bereits weißt. Aber glaube mir, Joe, ich wollte Dir nicht wehtun, nie im Leben. Ganz im Gegenteil.
Es tut mir so Leid. Wenn ich es ungeschehen machen könnte – alles und jedes –, würde ich es tun. Bitte, bitte hass mich nicht. Du kannst Dir nicht vorstellen, was mir Deine Freundschaft bedeutet. Wenn Du mich nicht mehr lieben kannst, verstehe ich das. Aber hass mich nicht. Ich bin erst sechzehn und du siebzehn. Ich kann den Gedanken nicht ertragen, dass Du mich bis an mein Lebensende hasst.

In Liebe
Caroline

PS:Bitte schreib zurück, Joe. Ich werde Dir alles erzählen, was Du wissen möchtest. Ich bin für Dich da, immer.

15

Jedes Jahr halfen Clea und Skye Caroline nach dem Ball, klar Schiff zu machen. Es war zu einer Tradition geworden, die keine von ihnen missen mochte. Dieses Mal graute Skye fast davor. Sie hatte keine Lust, Caroline nach der Szene am Strand unter die Augen zu treten. Doch als Skye im Gasthof ankam, eröffnete ihr Michele, Caroline habe sich krankgemeldet und darum gebeten, nicht gestört zu werden. Skye wollte sich gerade auf den Weg zum Cottage machen, als Clea sie abfing.

»Hallo, kleine Sturmwolke.« Clea küsste sie zur Begrüßung.

»Ist sie sauer?«

»Sie ist müde.«

»Ich muss mit ihr reden …«

»Sie schläft noch. Gönn ihr die Verschnaufpause.«

»Ist es meinetwegen?«

»Selbst wenn es so wäre, solltest du sie jetzt wirklich in Ruhe lassen.«

Unter der Anleitung von Michele machten sich Clea und Skye alleine ans Aufräumen. Es war jedes Jahr das Gleiche. Die Planung, die Organisation, die Aufregung und die Dekoration hatten Monate in Anspruch genommen. Das ganze Jahr sah jeder im Renwick Inn dem Firefly Ball mit Spannung entgegen. Sobald er vorüber war, bauten Caroline und ihre

Schwestern das Ganze wieder ab. Doch in diesem Jahr fehlte Caroline.
Das Abnehmen der Papierlampions erinnerte Skye an das Entfernen der Lichterketten am Christbaum. Sie stand auf der Leiter und legte die elektrische Leitung zu einer Schlange um den Arm. Schwalben flogen in der Scheune ein und aus und streiften ihr Haar. Ihr war schwindlig. Sie hatte einen Kater und ein schlechtes Gewissen, weil sie Caroline die Leviten gelesen hatte. Sie wusste nicht, was in sie gefahren war. Vermutlich hatte ihr Alter Ego die Oberhand gewonnen.
Als das Telefon im Gasthof läutete, wäre sie beinahe von der Leiter gefallen. Ihre Mutter wusste, wo sie steckte, und sie hoffte, dass sie Simon Bescheid gesagt hatte, dass er es war, der anrief. Seit dem gestrigen Abend war er wieder einmal spurlos verschwunden. Aber es war nur jemand, der einen Tisch bestellen wollte.
»Michele, haben die Männer von der *Meteor* für heute Abend reserviert?«, fragte sie, als die Managerin vorbeikam, und legte die Schnur zu einer weiteren Schlinge.
»Nein!«, rief Michele.
Skye sah ihr nach, wie sie die weitläufige Veranda überquerte und durch die große Tür mit dem Lünettenfenster verschwand. Die Erfahrung hatte sie gelehrt, sich durch nichts überraschen zu lassen. Aber tief in ihrem Innern versetzte ihr die Auskunft einen Stich. Sie hatte von Anfang an befürchtet, dass Joes Rückkehr in Carolines Leben von kurzer Dauer sein könnte.
»Hast du gehört?«, rief Skye Clea zu.
»Ja.«
»Mist.«
»Er wird wieder kommen«, sagte Clea mit stiller Zuversicht.
Als sie sich nach getaner Arbeit die Hände abwischten und den Gasthof betraten, schmerzte Skyes Rücken, und ihre

Beine waren lahm. Sie ging in die Bar, um ein Bier zu trinken, doch entschied sich stattdessen für ein Glas Eiswasser. Als sie einen Moment innehielt, fiel ihr Blick auf ein Bild ihres Vaters. Es war eine Miniatur, ungefähr zehn Zentimeter im Quadrat, und stellte eine Sumpflandschaft dar.

Skye betrachtete das Aquarell, die Grün- und Goldtöne, die ineinander flossen wie die Salzausblühungen. Sie erkannte das Motiv – die Marschen von Black Hall, mit dem schimmernden Leuchtturm von Wickland Shoals im Hintergrund. Während Skye das Bild betrachtete, wurde ihr bewusst, dass ein bestimmter Augenblick in Zeit und Raum darin eingefangen war. Die dunkle Wolke würde vorüberziehen, die Sonne wieder scheinen, und alles würde sich verändern.

»Er war ein großartiger Maler«, sagte Clea.

»Wirklich erstaunlich.«

»Du hast sein Talent geerbt.«

»Danke.«

»Du hast mitbekommen, worüber wir uns gestern unterhalten haben, oder?« Clea deutete auf das Glas Wasser in Skyes Hand.

»Teilweise.« Skye trank einen Schluck.

»Du kannst nicht kreativ arbeiten, wenn du …«

Skye lächelte, dankbar, dass Clea ihr das Ende des Satzes erspart hatte. Caroline hätte »tot bist« oder »betrunken bist« hinzugefügt.

»Ich weiß.«

An der anderen Wand hingen drei Porträts von Skye und ihren Schwestern, die Hugh nach den Jagdausflügen gemalt hatte. Skye starrte das Bild von Caroline an, die den toten Fuchs im Arm hielt. Das Winterlicht war kalt und blau, die Landschaft tief verschneit, der Fluss zu dunklem Eis gefroren. Der Fuchs hing erschlafft in ihren Armen, Blut tropfte aus seinem Maul.

»Schau mal, Clea!«
Skye hatte etwas in Carolines Porträt entdeckt, was ihr bisher entgangen war – ihr Vater hatte eine Träne gemalt. Es konnte ein Schatten sein, aber aus dieser Perspektive war es eindeutig eine Träne.
»War die schon immer da?«
»Ja.«
»Bist du sicher?«
»Ganz sicher. Ich habe mich oft gefragt, warum nur auf Carolines Porträt.«
Das Bild zu betrachten hatte Skye immer traurig gestimmt, aber die Träne war ihr nie aufgefallen. Hatte Caroline wirklich an dem Tag geweint, als sie den Fuchs tötete? Hatte ihr Vater geahnt, dass die Jagdausflüge Tragödien heraufbeschwören, dass sie Unheil über seine Familie bringen würden? Oder hatte Caroline es gespürt?
»Dad pflegte normalerweise keine derartigen Aussagen in seinen Werken zu machen. Er überließ alles der Phantasie des Betrachters. Er muss das Bedürfnis gehabt haben, Carolines Tränen im Bild festzuhalten.«
»Als ob sie das Gewicht der ganzen Welt auf ihren Schultern trüge«, sagte Clea leise und verschlimmerte damit noch Skyes Schuldgefühle. »Dad malte einfach, was er sah.«

Joe Connor, von seinem Tauchgang zurück, kletterte an Bord und ließ das Wasser an seinem Körper hinunterrinnen. Es lief über das Deck ins Speigatt hinab. Zwar fror er, aber er fühlte sich wie neugeboren. Die Sonne war untergegangen, während er sich im Wrack aufgehalten hatte. Der Nebel war dichter geworden, hüllte die *Meteor* schwer und grau ein, und die Klänge der Glockenbojen und des Nebelhorns auf Moonstone Point trugen weit über das Meer. Joe hielt nach Sam Ausschau, aber er befand sich nicht an Deck.

Für heute waren die Arbeiten beendet. Der Kompressor war abgestellt. Die Taucher entledigten sich ihrer Kälteschutzanzüge und gingen zum Abendessen nach unten. Und sie sollten feiern. Heute waren sie auf die Hauptader ihrer »Goldmine« gestoßen.

Die Truhen waren unter etlichen Tonnen Schlick und Trümmern begraben. Nach den Messungen am Kiel zu schließen, wog das Schiff annähernd zweihundertzwanzig Tonnen, als es das Riff rammte. Das meiste Gewicht befand sich achtern, wo der hinterste Mast eine Gaffeltakelung hatte. Der Schauplatz des Dramas war ein Albtraum aus zerbrochenen Spieren, zersplitterten Planken und Bergen von Gestein, das als Ballast mitgeführt worden war. Doch dank eines mit großer Sorgfalt angelegten Tunnels, wissenschaftlicher Berechnungen und schierem Glück hatte Dan heute Morgen die erste Truhe gesichtet.

Joe war als Zweiter am Schauplatz gewesen. Sie tauchten mit Lichtern hinunter, an den sterblichen Überresten von Elisabeth Randall vorüberschwimmend. Joes Gedanken schweiften ab, zu Clarissa, der Kameenbrosche und Caroline. Sich in Erinnerung rufend, dass die Kontrolle über die Gefühle das A und O für eine gleichmäßige Atmung unter Wasser und einen sparsamen Umgang mit dem Sauerstoff war, zwang er sich, solche Gedanken aus seinem Kopf zu verbannen.

Dan hatte weiter vorne das Signal gegeben, ihm zu folgen. Joe tauchte im Zickzack durch einen Hindernis-Parcours aus zerklüfteten Felsen und zerschmettertem Holz. Dann fiel der Schein ihrer Lampen in eine Höhle, die gespenstisch aussah. Im Innern war es stockfinster, der Zugang wurde von spitzen und messerscharfen Bruchstücken des Wracks verwehrt. Doch in dieser Höhle, halb im sandigen Meeresboden vergraben, befand sich die Schatztruhe.

»Woran denkst du, Käpten?«, fragte Dan nun, der hinter ihm an Deck gekommen war.
»An den aufregenden Tag. Das war gute Arbeit, Dan.«
»Danke.« Dan grinste. Er nahm einen kräftigen Schluck aus seiner Bierflasche. Von unten drang der Lärm der Mannschaft herauf, die feierte und die Augenblicke des Triumphs immer wieder aufleben ließ.
»Wo steckt Sam?«
»Er isst gerade.«
Joe nickte. Sam hatte seine Sachen gepackt. Als Joe an seiner Kabine vorbeigegangen war, hatte er den Rucksack und den Seesack in einer Ecke stehen sehen, reisefertig.
»Wir werden das Holzgerippe morgen mit Strebebalken schützen, nur zur Sicherheit«, sagte Joe.
»Ich würde vorschlagen, wir gehen nachher noch einmal mit der Winde runter und holen die Truhe hoch. Wir können heute Nacht tauchen, Joe, Wir sollten …«
»Morgen, Danny.« Joe mochte es nicht, wenn seine Männer ihm ungebetene Ratschläge erteilten. Er war der Kapitän, und er hatte beschlossen, mit wissenschaftlicher Umsicht vorzugehen. Dan war Bergungsspezialist aus Miami, einer von den professionellen Piraten. Er verstand etwas von seinem Handwerk, kreuzte aber gerne die Klingen mit den Meeresforschern. Piraten waren von Berufs wegen und von Natur aus auf Beute bedacht.
»Joe, das ganze Wrack könnte ins Rutschen geraten und absaufen!«
»Ich sagte morgen«, erwiderte Joe und ließ ihn stehen.
Er ging zur Reling hinüber und versuchte seinen Ärger in den Griff zu bekommen. Er hatte an vielen Bergungsaktionen teilgenommen und miterlebt, wie die Ungeduld einen Schlussstrich unter das ganze Unternehmen gesetzt hatte. Das Wrack war zusammengebrochen, das Gold unwieder-

bringlich verloren. Crewmitglieder hatten dabei den Tod gefunden. Deshalb war Vorsicht geboten, es galt, Schritt für Schritt vorzugehen. Aber Dan hatte auch Recht. Das Gold war zwar gefunden, doch das bedeutete nicht, dass es morgen noch da war. Das Meer stand nie still.

Joe war kein Ausbund an Geduld. Er brannte darauf, die Sache zum Abschluss zu bringen, von Black Hall wegzukommen. Wäre das Wrack stabiler gewesen, wäre er sofort getaucht, hätte die Truhe mit der hydraulischen Winsch hochgezogen, sein Geld bis zum Morgengrauen gezählt und sich davongemacht. Die Versuchung war groß.

»Willst du nichts essen?« Sam war mit einem Stück Pfirsichkuchen an Deck gekommen.

»Doch, gleich; ich habe die Karten überprüft.«

Sam runzelte die Stirn. Bei dem Versuch, seine schief sitzende Brille gerade zu rücken, fiel die Gabel, die er auf dem Teller balancierte, klirrend zu Boden. »Hier, für dich.«

»Danke.« Joe nahm den Teller, während Sam die Gabel mit dem Zipfel seines T-Shirts abwischte. Die Blicke der Brüder trafen sich, und sie grinsten. In den Semesterferien, wenn Joe zu Hause gewesen war, hatte es immer Kämpfe wegen des Abwaschs gegeben. Da beide diese Arbeit hassten, hatten sie Möglichkeiten gefunden und perfektioniert, sich vor ihr zu drücken.

»Oh, gut«, erklärte Joe, als er einen Bissen probierte. »Übrigens, wolltest du mir sagen, dass du von Bord gehst, oder hattest du vor, dich sang- und klanglos aus dem Staub zu machen?«

»Nein, ich hätte es dir schon gesagt.« Sam versuchte mit dem Daumennagel die winzige Schraube am Bügel des Brillengestells festzudrehen.

Joe wartete gespannt und sah zu, wie sein Bruder ungeschickt versuchte die Schraube in den Griff zu bekommen. Er musste sich zurückhalten, um Sam die Brille nicht aus der Hand zu nehmen.

»Ich hatte vor, morgen zu gehen.«

»Hm.«

»Hatte ich mir jedenfalls überlegt.«

»Ja?«

Sam blickte hoch. Er wartete darauf, dass Joe ihn zum Bleiben überredete. Joe spürte eine eiserne Faust in seiner Magengrube. Er aß weiter, um sich abzulenken, aber es fiel ihm schwer, auch nur einen Bissen runterzubringen. Der Appetit war ihm vergangen, und außerdem hatte er seit Tagen nicht mehr richtig geschlafen, seit dem Ball, genauer gesagt. In seinem Innern tobten die widersprüchlichsten Gefühle.

Joe wollte, dass Sam blieb, aber gleichzeitig konnte er es kaum erwarten, alleine zu sein. In den kurzen Augenblicken gestern Nacht, als er vom Schlaf übermannt worden war, hatte er von Caroline geträumt. Er hatte die Arme um sie gelegt und sie geküsst, doch beim Erwachen hatte er an ihrer beider Eltern gedacht, an das Drama, an die Szene, die ihre Mutter gemacht hatte.

»Du kannst dich offenbar nicht entscheiden«, sagte Joe schließlich.

»Nicht ganz.«

»Dann erzähl mir einfach, was für das eine und was für das andere spricht«, sagte Joe bedächtig.

»Okay.« Sam hockte sich auf die Reling. Er zog das Unglück an wie ein Magnet und war so tollpatschig, dass Joe sich beherrschen musste, ihn nicht zu packen, herunterzuziehen und so zu verhindern, dass er über Bord ging. Sich zurückzuhalten war eine Übung, die seine Duldsamkeit auf eine harte Probe stellte. »Es wird höchste Zeit, dass ich an meine Arbeit zurückkehre. Die Wale sind noch nicht da, aber ich könnte schon mal Wasserproben entnehmen, den Salzgehalt bestimmen …«

»Und ähnliche Dinge erledigen.«

»Oder aber ich bleibe hier …«

»Ja?«

»Ein bisschen länger zumindest. Dass wir das Gold gefunden haben, ist toll, und heute haben wir die Truhe gefunden. Ich wäre gerne dabei, wenn wir den Schatz bergen.«

»Hm.« Joe lächelte innerlich über das »wir«.

»Du siehst also, in welchem … Dilemma ich stecke. Ich möchte nicht, dass du denkst, ich verspräche mir etwas davon. Ich meine, einen Anteil am Gold!«

»Tu ich nicht.«

»Was ist schließlich Gold im Vergleich zu anderen Dingen im Leben? Du weißt schon, was ich meine. Dinge, die wichtig sind.«

»Zum Beispiel?« Joe dachte an seine eigene Prioritätenliste.

»Zum Beispiel die Familie. Die Natur. Das Meer. Die Liebe.«

Joe nickte. Er blickte über das Meer zu den blinkenden Leuchttürmen auf dem Festland hinüber. Die Nachtluft ließ ihn frösteln. Liebe.

»Ach ja, noch was. Pfirsichkuchen.«

»Der Kuchen war prima, da stimme ich dir zu. Danke, dass du mir ein Stück gebracht hast.«

»Schon gut. War er nur prima oder wichtiger als Gold?«

»Schwer zu sagen.«

Sam gab auf, was seine Brille betraf. Er setzte sie wieder auf, schielte über den Rand und sah, wie Joe seine Hand ausstreckte.

»Lass mal sehen.« Sam reichte ihm die Brille. Joe holte sein Messer aus der Tasche. Er war der große Bruder gewesen, der zur Schule ging und in Sams Kindheit fehlte. Er hatte ihm kein Spielzeug zusammengebaut, wie es ältere Brüder zu tun pflegten, und kein Fahrrad repariert. Daran dachte er nun, als er an Deck der *Meteor* stand und die Schraube an Sams Brille festzog.

»Fertig.« Er gab ihm die Brille zurück.

»Klasse!« Sam setzte sie auf. Obwohl das Gestell strammer saß, war es immer noch ganz schön krumm und schief, und Sam grinste.

»Sieht nicht schlecht aus«, sagte Joe lahm.

»Ich glaube, ich muss mir eine neue besorgen.«

Die *Meteor* schaukelte heftiger auf den Wellen, die immer höher geworden waren; der Wind frischte auf. Sie standen an Deck eines Bergungsschiffs und redeten über Brillen, obwohl Abschied in der Luft lag, über Pfirsichkuchen. Nicht zu fassen.

»Wie lange werdet ihr noch hier bleiben?«, erkundigte sich Sam.

Die Frage überraschte Joe. Er hatte nicht an den Kalender gedacht. Seine Aufmerksamkeit hatte dem Schiffswrack, dem Gold und einer unerledigten Angelegenheit an Land gegolten. Er wollte Firefly Hill einen Besuch abstatten und den Ort sehen, an dem sein Vater gestorben war. Er war der einzige Sohn, und es war ihm ein Bedürfnis, ihm die letzte Ehre zu erweisen. Aber er konnte sich ausrechnen, dass keines dieser Vorhaben länger als eine Woche in Anspruch nehmen würde.

»Zehn Tage etwa. Höchstens«, sagte Joe.

»Ich frage deshalb, weil ich mir überlegt habe, ob ich nicht noch ein paar Tage anhänge. Vielleicht kann ich euch ja helfen, das Gold zu bergen. Oder die Gesteinsproben katalogisieren. Aber nur, wenn ich nicht störe.«

Joe ließ seinen Blick vom Horizont zu seinem Bruder wandern. Er schüttelte den Kopf.

»Du störst nicht.«

Sam nickte.
Joe freute sich, dass er blieb. Aber er verstand sich nicht gut darauf, zu bitten oder sich diejenigen Dinge zu verschaffen, die für Sam wichtiger als Gold waren. Wenn es sich um einen verborgenen Schatz handelte, eingebettet in Schlammablagerungen auf dem Meeresboden, mit Abdrücken, den die Jahrhunderte im Metall hinterlassen hatten, fühlte sich Joe in seinem Element. Aber wenn es um Lebewesen ging, die lebten und atmeten, einen Namen besaßen und wussten, was Liebe bedeutet, kam er sich vor wie ein Fisch auf dem Trockenen.
Trotzdem wollte sein Bruder bleiben. Joe hatte ihn nicht einmal darum bitten müssen. Angenommen, es gelänge ihm, über seinen eigenen Schatten zu springen? Sich an Land zu begeben und an die Tür einer bestimmten Person zu klopfen?
Ihr zu sagen, was ihm durch den Kopf ging, wovon er träumte? Nur einmal angenommen.

Skye saß auf der Fensterbank im Schlafzimmer, das sie immer noch mit Simon teilte. Sie liebte die nebelverhangenen Abende. Sie gaben ihr ein Gefühl von Sicherheit und Geborgenheit, denn sie glaubte fest daran, dass der Nebel die Frevel der Menschen verbarg, ihnen ein Versteck bot. Skye hatte lange Zeit Angst- und Schuldgefühle gehabt und den Nebel immer als Zuflucht empfunden.
Sie hatte Ton unter den Fingernägeln. Heute hatte sie vier Stunden im Atelier gearbeitet. Das Blatt schien sich endlich gewendet zu haben. Sie konnte nicht genau sagen, woran es lag, aber mit der Standpauke, die sie Caroline gehalten hatte, war eine Lawine in ihrem Innern ins Rollen gekommen. Oder Caroline hatte es endlich begriffen. An die Arbeit zurückgekehrt, hatte sie sich auf die *Drei Schwestern* konzentriert,

eine Skulptur, in die sie ihre Gefühle gegenüber sich selbst, Clea und Caroline einzubringen hoffte.

Sie wollte zeigen, wie nahe sie sich standen, aber auch die Distanz spiegeln, die zwischen ihnen herrschte. Skye hatte mit jeder nur erdenklichen Stilrichtung experimentiert – abstrakt, völlig abstrakt, symbolisch, surrealistisch. Sie hatte die Formen aus einem zusammenhängenden Block herausgemeißelt, der ihr Gefühl zum Ausdruck bringen sollte, dass sie eine fest gefügte Einheit bildeten. Einmal hatte sie in einem Anfall von Wut drei getrennte Tonklumpen auf die Tischplatte geklatscht, ungeformt und unzusammenhängend, um zu demonstrieren, wie unreif sie und ihre Schwestern in Wirklichkeit waren und wie wenig sie über sich selbst und andere wussten.

Doch seit jenem Morgen am Firefly Beach mit Caroline hatte eine neue Idee Gestalt angenommen. Skye schuf drei Frauen, die einen Kreis bildeten. Sie hielten sich an den Händen, wobei eine der Schwestern zur Mitte des Kreises schaute, die andere nach außen und die dritte wieder nach innen.

Diese Kombination erschien ihr reizvoll. Da sie zu dritt waren, würden immer zwei Schwestern, die sich die Hände reichten, in dieselbe und die Dritte in die entgegengesetzte Richtung blicken. Ungeachtet der Perspektive des Betrachters waren zwei Schwestern stets ein Herz und eine Seele, und die Dritte stand alleine. Aber wer waren die zwei? Und wer war die Dritte?

Skyes Sicherheitsgefühl wuchs mit jedem Handgriff. Sie wusste, dass es ein Kampf war. Sie brauchte die enge Bindung an ihre Schwestern, aber gleichzeitig schreckte sie davor zurück.

Sie war lange Zeit überzeugt gewesen, ihr größtes Problem sei der heimliche Groll, den sie gegen Joes Vater verspürte, der sich unten in der Küche umgebracht hatte, und gegen

ihre Mutter, die ihr eigenes Leben – und Skyes – in die Waagschale geworfen hatte, sich geopfert hätte, um Caroline zu retten. Lebenslust ist etwas Wunderbares, dachte sie. Doch wie konnte man bei so vielen traumatischen Erfahrungen im Leben diejenigen bestimmen, die den Wunsch zu sterben weckten?
Jahrelang hatte sie geglaubt, die Einzige zu sein, die litt. Die anderen hatten eine Möglichkeit gefunden, dem Kummer ein Schnippchen zu schlagen, seinem Bann zu entkommen. Drei Schwestern, aber warum ausgerechnet sie? Sie hatten alle an den Jagdausflügen teilgenommen, hatten alle ein Gewehr. Warum war sie diejenige gewesen, der ein nicht wieder gutzumachender Fehler unterlaufen war? Der einen Menschen das Leben gekostet hatte?
Sie sprach nie darüber, hatte keiner Menschenseele etwas über ihre Nöte erzählt. Ihre Schwestern und ihr Vater ahnten es mehr oder weniger, aber weder ihr Mann noch ihre Mutter wussten, wie es wirklich um sie stand. Die Einzelheiten jenes Tages waren zu persönlich und zu schrecklich. Wenn sie sie jemandem anvertraut oder auch nur angefangen hätte, sich die Last von der Seele zu reden, würde sie möglicherweise an der ungeschminkten Wahrheit zu Grunde gehen.
Tot, dachte sie. Das Wort klang wie das, was es beinhaltete: hart, kurz und grausam, wie die Kugel aus einem Gewehr. Sie holte die Wodkaflasche hinter einem Buch auf der Fensterbank hervor, füllte das kleine Kristallglas ein weiteres Mal und trank.
Betrunken oder trinkend hatte Skye viele Stunden damit verbracht, die Jagd, das Gewehr und Andrew Lockwood aus ihren Gedanken zu verbannen und alles, was damit in Zusammenhang stand. Sie hatte getrunken, um betrunken zu werden, um zu vergessen, um glücklich oder traurig zu werden. Sie hatte getrunken, weil ihr der Alkohol schmeckte, weil sie

dagegen war, Tiere zu töten, weil ihr Mann ungezügelten Sex mochte, weil sie Albträume von Schlangen unter dem Zeltboden hatte, weil ihr Vater aufgehört hatte sie zu lieben, weil sie *Schwanensee* hasste, weil sie auf dem Redhawk Mountain gewesen war, weil sie immer noch Wut auf ihre Mutter hatte, die ihr Leben zum Tausch gegen Carolines angeboten hatte, weil sie einen Menschen umgebracht hatte.

Während sie an der kleinen Skulptur arbeitete, ihrem impressionistischen Werk von den *Drei Schwestern,* spürte Skye, wie sich etwas in ihrem Innern veränderte. Sie atmete tief durch, der Schmerz ließ nach. Die Beute, die sich gegen den Jäger wehrt. An das Schlimmste denken und wissen, dass man nicht alleine ist. Nichts, was außergewöhnlich wäre. Außer dem Wunsch, ein außergewöhnliches Leben zu führen. Skye hatte das Gefühl, auf einer Wippe zwischen lebensfroh und lebensmüde zu sitzen – an manchen Tagen wollte sie leben, an vielen anderen wäre sie am liebsten gestorben.

Während sie auf dem Fensterbrett saß und die Wodkaflasche umklammerte, dachte Skye an das Leben. Sie trank einen Schluck, und Tränen liefen ihr über die Wangen. Der Wodka stumpfte ihre Gefühle ab, er verringerte ihre Angst, aber dabei blieben auch andere Empfindungen auf der Strecke. Wann hatte sie zum letzten Mal den Morgen genossen? Etwas gegessen und nicht das Gefühl gehabt, sich übergeben zu müssen? Das Haus verlassen und nicht das Bedürfnis gehabt, sich vor dem ersten Menschen, dem sie begegnete, zu verstecken? Eine Skulptur geschaffen, auf die sie halbwegs stolz sein konnte?

… dass Sie sich nie wieder so elend fühlen müssen …,

Sie dachte an Joe Connors Worte und fragte sich, was sie bedeuten mochten. Sie starrte ihr Glas an und nahm abermals einen Schluck. Es musste endlich Schluss sein mit dem Elend! Sie fühlte sich ausgebrannt, verzweifelt, krank, verängstigt

und bereit, ihr Scherflein beizutragen, damit es ihr endlich besser ging.
Sie fragte sich, wie ihr das gelingen könnte, und überlegte gleichzeitig, wie man jemanden auf einem Schiff anruft, das sich auf dem Meer befand.

16

Augustas Enkel verbrachten den Tag bei ihr. Sie waren draußen und tollten im Garten. Sie liebten Firefly Hill, wie ihre Mutter und Tanten, als sie noch Kinder waren. Augusta saß auf der Veranda, mit einem Tablett, auf dem sich Getränke und alte Alben befanden, und wünschte, die Kinder würden endlich müde werden und ihr Gesellschaft leisten. Wenn sie nur vor dreißig Jahren den gleichen Wunsch gehabt hätte.

Augusta hatte dem spielerischen Umgang mit ihren eigenen Kindern nicht viel abgewinnen können, als sie klein waren. Das Schlimmste war, dass sie es schon damals wusste. Sie konnte nicht anders. Wie eine Krankheit, gegen die nichts zu machen war, hatte ihre ungeteilte Aufmerksamkeit dem Vater ihrer Töchter gegolten. Das Beste, was sie für ihre Töchter tun konnte, war, sie zu *erziehen*. Sie mit Farben und Papier irgendwo hinzusetzen, ihnen Samen, Erde und einen Blumentopf in die Hand zu drücken, ihnen vorzuschlagen, ein Gedicht über ihren Schultag zu schreiben. Das Zusammensein mit Hugh hatte für sie immer Vorrang gehabt.

Als sie klein waren, durften sie alleine Kekse backen und Wackelpudding in Eiswürfelbehältern einfrieren, auch wenn es in ihrer Küche ausgesehen hatte wie auf dem Schlachtfeld. Sie bekamen ihre Lieblingsgerichte vorgesetzt und wurden nie gezwungen, Gemüse oder Fisch zu essen. Als Caroline zwölf war, hatte sie sich selbst jeden Abend Makkaroni mit Käse gemacht.

Augusta hatte alles getan, damit sie beschäftigt waren und sie Zeit mit Hugh verbringen konnte. Sie hatte unsägliche Angst gehabt, ihn zu verlieren. Nach allen Regeln der Kunst verführte sie ihn, sobald sich die Gelegenheit dazu bot, trug Negligés am helllichten Tag, um seine Aufmerksamkeit zu erringen. Und sie las kunstgeschichtliche Abhandlungen und studierte die Sammlungen in den namhaften Museen, um seine Karriere als graue Eminenz im Hintergrund zu fördern, statt ihren Töchtern bei den Hausaufgaben zu helfen.

Sie war besessen von Hugh. Wenn er das Haus verließ, argwöhnte sie, dass er sich mit anderen Frauen herumtrieb. Die Vorstellung raubte ihr den Verstand, beherrschte ihre Gedanken. Sie hatte versucht sich auf ihre Töchter zu konzentrieren, was an ihrer eigenen Unsicherheit scheiterte. Wenn Skye darum bettelte, eine Geschichte vorgelesen zu bekommen, oder Clea Hilfe beim Üben eines Musikstücks brauchte, verwies Augusta sie an Caroline, damit sie bei Hugh sein konnte.

Augustas Augen füllten sich mit Tränen, wenn sie nur an ihn dachte. Sie hatte ihn geliebt, obwohl das Zusammenleben mit ihm schwierig gewesen war. Zuerst kam seine Arbeit, dann sein Vergnügen, und irgendwo weit unten auf der Liste standen Augusta und die Mädchen. Oder besser gesagt, die Mädchen und Augusta. Sie war sich der Reihenfolge nie ganz sicher gewesen, und die Eifersucht und Schuldgefühle, die sie deswegen hatte, waren nach dem tragischen Unfall auf dem Blackhawk noch schlimmer geworden.

Hughs Liebe zu den Mädchen offenbarte sich in den Porträts. Vor allem in Carolines. Mit *Mädchen im weißen Kleid,* seinem berühmtesten Werk, war es ihm gelungen, ihre Schönheit,

Zerbrechlichkeit und Ernsthaftigkeit im Bild festzuhalten. Augusta erinnerte sich noch an den Tag, als er sie auf Firefly Hill skizziert hatte. Augusta hatte zugeschaut, hatte sich wie die böse Stiefmutter in *Schneewittchen* gefühlt und sich brennend gewünscht, Hugh möge sie an Carolines Stelle malen. Caroline hatte ein schlichtes weißes Abendkleid getragen. Sie hatte auf der Veranda gestanden, an eine der Säulen gelehnt, und auf das Meer hinausgeblickt. Ihre Augen waren leidenschaftlich und zugleich gramerfüllt. Sie glich den jungen Heldinnen in den griechischen Tragödien. Augusta erinnerte sich, dass sie sich beim Anblick ihrer ältesten Tochter gefragt hatte, ob sie wohl an einer tiefen, unstillbaren Sehnsucht litt. Ihre Miene war so traurig, dass es Augusta das Herz zerrissen hatte. Hugh hatte diese Empfindungen perfekt wiedergegeben.

Während Augusta in den Alben blätterte, nippte sie an ihrem Martini und rief dabei eine Erinnerung nach der anderen wach. Sie stieß auf die Zeitungsartikel, die sie ausgeschnitten hatte, als sich *Mädchen im weißen Kleid* bei der Biennale in Venedig als Sensation entpuppte. Sie überflog den Text in der *ARTnews* und strich mit dem Finger über das Foto von dem Porträt. Die Farben waren wirklichkeitsgetreu – Carolines schimmerndes schwarzes Haar, das weiße Etuikleid mit dem leichten Blaustich, die dunkelblauen und grauen Schattierungen von Meer und Himmel.

Aber es war der Ausdruck in Carolines Augen, der Augusta noch heute den Atem raubte – verstört und gequält. Augusta und die bekanntesten Kunstkritiker ihrer Zeit hatten noch nie ein so außergewöhnliches Porträt gesehen. Während Augusta Carolines Gesicht betrachtete, fragte sie sich noch immer, was ihr damals so viel Kummer bereitet haben mochte. Bestimmt waren es die beiden tragischen Todesfälle – James Connor und Andrew Lockwood.

Augusta hatte keine Lust mehr, sich noch länger den Kopf zu zerbrechen. Sie büßte für die Fehler der Vergangenheit, jeden Tag, an dem sie hilflos zusehen musste, wie Skye immer mehr verfiel. Sie konnte die Uhr nicht zurückdrehen, aber wenigstens versuchen eine gute Großmutter zu sein.

»Kinder, seid ihr gar nicht müde? Mark, Maripat! Kommt her! Ich habe eine kleine Stärkung für euch.«

»Was denn?«, rief Mark atemlos.

»Zitronenschnitten.« Augusta hielt ihnen den blauen Porzellanteller entgegen. »Selbst gebacken.«

Die Kinder nahmen sich jedes eine, bedankten sich artig und kauten genussvoll.

»Greift zu. Keine Angst, das verdirbt nicht den Appetit aufs Abendessen, und ich verpetze euch auch nicht bei euren Eltern. Was ist, habt ihr Lust, euch alte Fotos anzuschauen?«

Die Kinder nickten. Augusta machte rechts und links neben sich Platz. Sie waren blond, mit Cleas makelloser Haut und Peters ernsten Augen. Mark legte seinen Kopf auf Augustas Schulter; sie lächelte erfreut.

Sie schloss das Album mit dem Bild vom *Mädchen im weißen Kleid* und griff nach einem, das wirklich aus uralter Zeit stammte, aus ihrer Schulzeit in Providence und Narragansett. Augusta war in bescheidenen Verhältnissen aufgewachsen, hatte aber eine glückliche Kindheit gehabt. Wie sie es sich für ihre Töchter gewünscht hätte.

»Das ist meine Mutter und mein Vater, und das ist mein Hund. Er hieß Spunky …«

»Sind das deine Katzen?«, fragte Maripat und deutete auf Mew-Mew und Licorice.

»Ja. Die Tiere waren mein Ein und Alles. Sie gehörten zur Familie.«

»Mommy ist früher auf die Jagd gegangen«, sagte Mark stolz. »Einmal hat sie ein Wildschwein geschossen.«

Augusta blinzelte. »Wilde Tiere sind nicht dasselbe«, erwiderte sie. »Die können sehr gefährlich werden.«
Bemüht, zu glücklicheren Erinnerungen zurückzukehren, blätterte Augusta um, und sie betrachteten gemeinsam Fotos von ihrer Familie auf der Block-Island-Fähre, in den Arkaden zwischen Westminster und Weybosset Street, am Strand von Newport und bei ihrer Ballettvorführung im Gemeindesaal der Kirche.
»Wer ist das?«, fragte Mark und zeigte auf das körnige Foto von einem kleinen Hund.
»Oh, das ist Tiny.«
»Süß. Ist das ein Chihuahua?« Maripat lächelte, während sie den schmalen Körper, den übergroßen Kopf und die heraushängende Zunge betrachtete. Der kleine Hund saß auf einem Satinkissen auf Augustas Bett.
Die Kinder warteten auf eine Antwort und sahen mit großen Augen zu Augusta auf.
Diese seufzte. »Tiny. Möchtet ihr wissen, was für ein Hund er war?«
»Ja!«, antworteten Mark und Maripat wie aus einem Munde.
Und da sie so inständig darum gebeten wurde, erzählte ihnen Augusta die Geschichte.
Sie begann an einem Morgen Anfang Juni, als Augusta neun Jahre alt war. Sie war in ihrem Dingi unterwegs, um Blaufische zu angeln. Die Sonne stand hoch am Himmel, aber der Tag war kühl. Sie hatte direkt hinter Pequot Island geankert und ihre Angel ausgeworfen. Zahllose Blaufische zogen vorüber und fraßen sich gegenseitig wie wild gewordene Kannibalen. Augusta holte einen rund fünfzehn Zentimeter langen ein, der gerade von einem größeren Artgenossen verspeist werden sollte.
Das Meer war aufgewühlt, überall sah man Blut und Fischeingeweide. Möwen kreischten über ihrem Kopf. Unvorstell-

bar gierig waren diese Blaufische. Plötzlich sah sie etwas an der Wasseroberfläche schwimmen. Zuerst dachte sie, es sei die Rückenflosse eines Hais, der auf die Blaufische zuhielt, angelockt vom Geruch der Fischabfälle. Aber der Hai hatte Ohren.

»Granny!«, rief Maripat aus.

»Ja, Liebes. Es war Tiny.«

»Ein Hund? Mitten im Sund?«, fragte Mark.

»Er schwamm schnurstracks auf die Blaufische zu. Ihr müsst wissen, dass Blaufische rasiermesserscharfe Zähne haben. Sie bilden riesige Schwärme, und sie fressen alles, was ihnen vors Maul kommt.«

»Granny, wir wissen alles über Blaufische«, sagte Maripat geduldig.

»Na gut. Wie dem auch sei, ich rettete Tiny vor dem sicheren Tod. Er war spindeldürr und zitterte wie Espenlaub. Er war mehr tot als lebendig. Armer kleiner Chihuahua, dachte ich. Wahrscheinlich gehörte er auf eine Segelyacht und war über Bord gegangen.«

»Du hast ihn also mit nach Hause genommen«, meinte Mark.

»Ich habe ihn ins Haus *geschmuggelt.* Wir hatten bereits einen Hund und zwei Katzen, und meine Eltern hatten gesagt, dass sei genug. Ich brachte ihn in mein Zimmer …« Augusta schloss die Augen und erinnerte sich an die Katzen. Sie hatte einen Kloß im Hals und trank einen Schluck. »Ich gab ihm von Spunkys Futter, aber er wollte nicht fressen.«

»Er war bestimmt furchtbar erschöpft, nachdem er über Bord gegangen war.« Maripat berührte Tinys Bild mit dem kleinen Finger. »Armer Kerl.«

»Das kann man wohl sagen.« Augusta betrachtete das Foto, das sie von Tiny gemacht hatte, auf ihrem rosa Satinkissen. Er hatte still gehalten, hatte brav und gehorsam dagesessen. Sie seufzte. »Er wollte nicht fressen, wollte kein Wasser trinken. Er zitterte wie verrückt, war durchgefroren, weil er so lange im Wasser gewesen war. Ich hatte Angst, dass er sterben würde.«

»Und, ist er gestorben?«, erkundigte sich Maripat Bang.

»Nein. In der Nacht habe ich ihn zu mir unter die Bettdecke genommen. Und die Kätzchen auch, damit sie ihn wärmten. Wir kuschelten uns aneinander wie eine Fuchsfamilie im Bau. Es war gemütlich und warm unter meiner Daunensteppdecke.«

»Du hast ihn gewärmt? Und er hat überlebt?«, fragte Mark hoffnungsvoll.

»Ja. Er hat überlebt.« Augusta runzelte die Stirn und gab den beiden eine weitere Zitronenschnitte. Maripat zögerte, aber Mark vertilgte sie eilends.

»Und er hat sich mit Spunky und Mew-Mew und Licorice vertragen?« Maripat leckte den Puderzucker von ihren Fingern.

»Hm, nein.«

»Nein?«, sagten beide Kinder gleichzeitig mit beunruhigter Miene. Augusta begann sich zu fragen, ob es wirklich eine gute Idee gewesen war, die Geschichte zu erzählen. Sie versuchte abzulenken und brachte die Sprache auf ein erfreulicheres Thema.

»Doch er trank endlich. Zuerst Milch aus einer Puppenflasche, dann aus einer Schale. Ich musste zur Schule, aber vorher brachte ich ihm den Rest von dem Müsli, das ich zum Frühstück gegessen hatte.«

»Er hat sich pudelwohl bei dir gefühlt.«

»Hm. Ich ging sogar mit Spunky zur Schule; er folgte mir auf Schritt und Tritt. Und ich hatte erstklassige Noten«, schweifte Augusta vom Thema ab. »Meine Lehrer sagten, ich sei eine Einserschülerin.«

»Und was war mit Tiny?«, fragte Maripat zaghaft.

»Er musste in meinem Zimmer bleiben, damit er meiner Mutter nicht über den Weg lief.«

»Weil du sie noch nicht überredet hattest, dir zu erlauben, ihn zu behalten«, sagte Mark einsichtsvoll. »Hast du ihm die Katzen zur Gesellschaft dagelassen?«

»Ja.«

»Und, sind sie Freunde geworden?« Maripat war froh, dass die Geschichte ein gutes Ende hatte.

»Nein.« Augusta wusste, dass sie sich bereits zu weit vorgewagt hatte, um noch einen Rückzieher machen zu können. »Er hat sie gefressen.«

Maripat sperrte Mund und Nase auf. Mark blickte verstört das Fotoalbum an. Bei dem ungeschickten Versuch, die Kinder zu trösten, landeten einige lose Fotos auf dem Fußboden. Maripat bemühte sich vergebens, die Tränen zurückzuhalten. »Aber warum?«, schluchzte sie.

»Tiny war kein Chihuahua«, erklärte Augusta so einfühlsam wie möglich. »Es war schrecklich. Als ich nach der Schule heimkam, fand ich nur noch Katzenfell und Blut. Überall auf dem Boden lagen abgenagte Knochen.

»Mew-Mew, Licorice!«, flüsterte Maripat weinend.

Mit Tränen in den Augen erzählte Augusta, wie Tiny am Fußende des blutüberströmten Bettes gesessen und sie angegrinst hatte, mit hängender Zunge, das Gesicht verzerrt wie eine Teufelsfratze. Blut tropfte von seinen Fangzähnen, als er ihr an die Kehle springen wollte. Es war ihr mit knapper Not gelungen zu entkommen und die Tür hinter sich zuzuschlagen.

»Er war eine Malabarratte, Kinder. Eine große vietnamesische Wasserratte, eines der blutrünstigsten Säugetiere der Welt. Der Tierarzt, der ins Haus kam, um die Katzenkadaver abzuholen, vermutete, dass sie auf einem Frachter aus Asien über das Meer gelangt und in unsere Bucht gefallen war.«

In diesem Moment kam Clea, um die Kinder abzuholen. Die beiden begrüßten sie mit lautem Geheul. Clea ließ die Tasche mit dem Gemüse fallen, die sie in der Hand gehalten hatte. Sie breitete die Arme aus und drückte die schluchzenden Kinder an sich.
»Mom, was ist passiert?«, fragte Clea erschrocken.
»Mommy, Granny hatte früher ein Haustier, das ihre Katzen gefressen hat«, schluchzte Mark. »Ein böses Tier, das genauso aussah wie ein Chihuahua.«
»Hast du ihnen die Geschichte von Tiny erzählt?« Clea war fassungslos.
»Nun, ja«, gestand Augusta zögernd. »Habe ich. Sie wollten sie unbedingt hören.«
»Würdest du ihnen auch erlauben, mit Streichhölzern zu spielen, nur weil sie es unbedingt wollen? Oder Nachtisch vor dem Abendessen?«
Augusta presste die Lippen zusammen. Sie hatte ein schlechtes Gewissen. Die Zitronenschnitten würde sie mit Sicherheit nicht erwähnen. Sie hatte doch nur ein paar ungetrübte Stunden mit ihren Enkeln verbringen und ihre Liebe spüren wollen. Sie war der Ansicht gewesen, sie würden die Geschichte von Tiny spannend finden.
»Ich dachte, Kinder lieben spannende Geschichten!«
Clea schüttelte verständnislos den Kopf. Sie hob Mark und Maripat von der Veranda herunter in den Garten. Augusta sah zu, wie sie sich bückte und zuerst ihre Tochter, dann ihren Sohn an die Hand nahm und mit ihnen zur Steintreppe ging, die zum Strand hinabführte. Sie blieben oben stehen, betrachteten das Meer und lauschten den Wellen. Die Stimmen trugen weit, und nach ein paar Minuten war die Angst aus ihnen verschwunden. Es hörte sich an wie eine Mutter mit zwei Kindern, die eine ganz gewöhnliche Unterhaltung führten.
Mit zitterndem Kinn nippte Augusta an ihrem Martini. Er

war warm und schmeckte verwässert. Sie hatte nicht die Absicht gehabt, die Kinder zum Weinen zu bringen. Sie hatte sich ihre Liebe mit Zitronenschnitten und alten Fotos sichern wollen. Liebe – das war alles, was sich Augusta von jedem Kind in ihrem Leben, von allen Menschen in ihrem Umkreis gewünscht hatte.

Sie blickte sich suchend nach Homer um, dem einzigen Geschöpf, das sie so zu nehmen schien, wie sie war, mitsamt ihren Fehlern und Unzulänglichkeiten. Aber er war verschwunden, hatte sich wieder einmal auf einen seiner rätselhaften Streifzüge begeben. Sogar er hatte die Nase voll von ihr, und sie konnte es ihm nicht verdenken. Sie kam sich wie ein Versager vor. Ganz gleich, was sie auch anfasste, alles ging schief.

»Ich kann dir gar nicht sagen, wie wütend ich auf meine Mutter bin!«

»Was hat sie angestellt?«, fragte Peter.

Clea hielt inne. In seine Arme geschmiegt, sah sie zu, wie die Kinder im Pool schwammen. Es war ein lauter, klarer Abend. Die Plejaden waren direkt über dem Schornstein zu sehen, und ungezählte Sterne standen am Firmament.

»Sie hat den Kindern Angst eingejagt und ihnen eine Schauergeschichte von einem Haustier erzählt, das sie als kleines Mädchen hatte.«

»Eine Schauergeschichte? Von einem Tier?«

»Ein Ungeheuer, das ihre Katzen massakriert hat und in der Lage gewesen wäre, meine Mutter im Schlaf umzubringen. Ich würde meinen, das reicht für mehrere Albträume.«

»He, die Geschichte kenne ich ja gar nicht.«

»Arme Mom. Sie kapiert es einfach nicht. Es ist immer das Gleiche. Sie will etwas richtig machen, weiß aber nicht, wie. Das wusste sie nie.«

»Sie lebt in ihrer eigenen Welt.«
»Sie ist so versessen darauf, geliebt zu werden, dass sie das genaue Gegenteil bewirkt.«
»Ihr mangelt es offenbar an Vertrauen.«
»Ich weiß nicht … mein Vater war nicht der Typ, dem man trauen konnte. Alles andere als ein Ausbund an Treue.«
»Ich meinte Selbstvertrauen. Sie hat das Herz auf dem rechten Fleck, aber sie sollte auf ihren Instinkt hören. Sie sagte, sie hätte nicht zulassen dürfen, dass euer Vater euch auf die Jagd mitnimmt.«
»Da wäre ihr Vertrauen aber auf eine harte Probe gestellt worden«, erwiderte Clea trocken. Statt ihrem Mutterinstinkt zu folgen, hatte Augusta ihrem Mann jeden Wunsch von den Augen abgelesen. Wie war das möglich gewesen?
Peter und Clea saßen schweigend da. Clea fühlte sich schläfrig, eingelullt von Peters Hand, die ihr über das Haar strich, und dem leisen Planschen ihrer Kinder, die im Pool spielten. Sie konnte sich im Mitleid für ihre Mutter verlieren. Es musste schlimm sein, abgeschottet von der Wahrheit durchs Leben zu gehen, sich so sehr vor den eigenen Gefühlen zu fürchten, dass es einem nicht einmal gelang, seine Kinder zu beschützen.
»Möchtest du eine Runde schwimmen?«, fragte Peter.
»Nein danke. Ich fühle mich auch so entspannt. Ich habe keine Lust, meinen Badeanzug anzuziehen.«
»Schau nur!«
»Was?«
»Wie sicher Maripat seit diesem Sommer im Wasser wirkt. Weißt du noch, wie viel Angst sie früher hatte?«
»Sie wollte nie ans tiefe Ende.« Im vergangenen Jahr, als der Swimming-Pool gebaut worden war, hatte Maripat stundenlang auf den geschwungenen Stufen gesessen. Dann hatte sie sich am Rand festgeklammert, während sie rund ums Becken

paddelte. Sie schwamm nur einmal quer durch das Becken, wenn sich ihr Vater in Reichweite befand, japsend und mit Todesangst in den Augen.
Doch in diesem Sommer war alles anders gewesen. Clea hatte sie jeden Morgen zum Schwimmunterricht gefahren. Während Mark Fußball spielte oder mit seinen Freunden an den Strand ging, war Maripat stundenlang im Wasser gewesen, hatte Freunde gewonnen und war mit ihrem Lehrer um die Wette geschwommen.
Peter und Clea sahen zu, wie ihre Tochter aufhörte, ihren Bruder nass zu spritzen, aber nicht weil sie Angst hatte oder auf seine Hilfe angewiesen war. Sie schwamm alleine, gedankenverloren, kam mit ihren starken Schlägen überallhin.
»Sie ist eine richtige Wasserratte geworden.«
»Ja«, sagte Clea stolz. Sie hatte alles getan, um ihrer Tochter zu helfen, ihre Angst zu überwinden. Maripat fühlte sich stark und sicher in einem Element, das zu erobern sie sich vorgenommen hatte. Es war nicht nötig, sie zu zwingen, auf einem Berg alleine zu bleiben, ein Zelt aufzustellen, zu jagen, um etwas zu essen zu haben, oder stundenlang wach zu liegen und zu lauschen, wenn draußen Tiere vorbeistrichen. Es reichte aus zu lernen, wie man sich freischwimmt.

Caroline war außer Atem. Sie hatte den Abend damit verbracht, den Mount Serendipity zu besteigen, auf dem Nordpfad, der von der Granitschlucht steil nach oben führte. Es war stockfinster, eine Nacht, die den Gehetzten entgegenkam. Die Sterne standen über dem Gipfel, zum Anfassen nahe. Auf dem schmalen Grat angelangt, hatte sie im Südosten die Lichter der *Meteor* erspäht, die wie Sterne im Sund funkelten. In den Anblick versunken, hatte sie sich gefragt, wie lange Joe wohl noch hier bleiben würde.
Sie hatte eine Eule entdeckt, die in niedriger Höhe durch die

Kiefernwälder flog. Sternenlicht auf ihren kastanienbraunen Schwingen. Geißblatt säumte den schmalen Pfad, und als sie sich an den Abstieg machte, atmete sie tief den berauschenden Duft des Sommers ein. Der Pfad teilte sich auf halber Höhe. Der breitere Weg führte geradewegs zum Black Hall Center. Ohne zu überlegen, schlug Caroline den anderen, schmaleren ein, der eine Biege nach links machte zum Ibis River.

Caroline sah den Fuchs beinahe im selben Augenblick.

Er jagte, an einer alten Steinmauer entlangschleichend, so tief an den Boden geduckt, dass sie ihn zunächst für einen Schatten hielt. Sein Fell war leuchtend rot, die Schweifspitze schneeweiß. Caroline blieb reglos stehen. Sie beobachtete, wie er sich an ein Backenhörnchen heranpirschte. Er kroch langsam vorwärts, Stein für Stein. Sein Nackenfell war gesträubt, die Schnauze direkt auf die Beute gerichtet. Doch dann hörte er Caroline.

Sie blickten einander an. Carolines Herz schlug bis zum Hals. Er sah aus wie ein Miniatur-Collie, fletschte die Zähne, sprang mit einem Satz auf Caroline zu, peitschte mit dem Schwanz und setzte dann über die Mauer. Caroline hatte keine Angst verspürt. Sie fand den Fuchs nur wunderschön. Die Möglichkeit, wilde Tiere aus nächster Nähe zu beobachten, war das Beste beim Bergsteigen, und sie verstand nicht mehr, wie sie ein solches Geschöpf jemals hatte töten können. Es widerstrebte ihr zutiefst, entsprach nicht ihrem Wesen. Dennoch vermochte sie sich in allen Einzelheiten an das rauchende Gewehr und die Wimpern auf Ihren Wangen zu erinnern. Sie hatte die Augen geschlossen, um sich den Anblick zu ersparen.

Zu Hause angekommen, stand Caroline schwer atmend in der Küche. Sie trank ein Glas kaltes Wasser und versuchte ruhig zu werden. Von den eigenen Erinnerungen und dem Geist des Fuchses verfolgt, blickte sie aus dem Fenster.

Sie trug Khakishorts und ein langärmliges blaues Männerhemd mit aufgerollten Ärmeln. Ihre Haare waren offen und hingen ihr auf die Schultern. Sie kickte ihre Bergschuhe von den Füßen, zog sich aus und dachte gerade, wie gut ihr die heiße Dusche tun würde, als das Telefon läutete. Nackt ging sie ins Schlafzimmer und hob ab.
»Ja bitte?«
»Hallo, Caroline, ich bin's. Joe.«
Sie hatte nicht erwartet, seine Stimme zu hören, und brachte kein Wort über die Lippen.
»Bist du noch dran?«
»Ja, natürlich. Hallo.«
»Wie geht es deiner Schwester?«
»Keine Ahnung.« Caroline hatte Skye seit der Szene am Strand nicht mehr gesehen.
»Es tut mir Leid, dass ich mich nicht verabschiedet habe, und ich bedaure sehr, was auf deinem Ball passiert ist. Ich wollte dir das Fest nicht verderben …«
»Du musst dich nicht entschuldigen. Ich hätte meiner Mutter sagen sollen, dass du kommst. Ich hatte mir wohl eingebildet, ich könnte verhindern, dass ihr euch begegnet.«
Es knisterte in der Leitung; wahrscheinlich waren die atmosphärischen Störungen bei einem Anruf auf See normal.
»Unsere Familien. Das ist einer der Gründe für meinen Anruf«, sagte er. »Ich würde mir gerne Firefly Hill ansehen.«
»Ich verstehe.«
»Glaubst du, das wäre möglich? Ich weiß, dass deine Mutter mich nicht in ihrem Haus haben will, und ich kann es ihr nicht verdenken. Aber ich möchte den Ort sehen …« Er brach ab.
»Das kann ich arrangieren.« Bedeutete das, dass er sich anschickte, die Gegend zu verlassen? »Wann?«
»So bald wie möglich. Morgen werden wir die große Truhe

heraufholen. Das wird den ganzen Tag in Anspruch nehmen. Danach sind wir fertig. Also ab übermorgen.«

»Wie wär's mit Mittwoch?«

»Mittwoch passt mir ausgezeichnet.«

Sie verabredeten, sich bei ihr zu treffen, und Caroline erbot sich, ihn nach Firefly Hill zu fahren. Sie würde dafür sorgen, dass ihre Mutter nicht zu Hause war, um weitere dramatische Auseinandersetzungen zu vermeiden.

»Caroline?«

»Ja?«

Einen Moment lang herrschte Stille in der Leitung, bis auf das atmosphärische Knistern.

»Danke«, sagte er. Dann legte er auf.

Zwei Nächte später machte Simon sich nicht einmal die Mühe, sich ins Haus zu schleichen. Der alte Porsche röhrte mit voll aufgedrehter Stereoanlage die Auffahrt hinauf, sodass Skye aus dem Tiefschlaf gerissen wurde. Er kam durch die hintere Tür ins Haus, die mit einem Knall ins Schloss fiel. Er öffnete den Kühlschrank, schenkte sich ein Glas Wein ein, dann stapfte er die Treppe hoch.

Als er das gemeinsame Schlafzimmer betrat, besaß er wenigstens den Anstand, sich leiser zu bewegen. Da er nicht damit rechnete, dass Skye wach war, stand er einen Moment lang am Fenster, trank seinen Wein und betrachtete den Mond auf dem Wasser. Vermutlich dachte er an das Bild, das er malen wollte. Er würde es *Nocturne Nr. 62* nennen. Oder wie immer die Zahl auch lauten mochte, weil er alle seine Bilder Nocturne irgendwas nannte. Vermutlich kalkulierte er bereits im Kopf den Preis, den er verlangen würde.

Er knüpfte sein Hemd auf und ließ seine Hand über die nackte Brust gleiten. Dann drehte er sich halb vom Fenster weg und begann den Reißverschluss seiner Jeans zu öffnen.

Er wirkte geistesabwesend. Sein Gesicht, vom Mondlicht erhellt, sah versonnen aus. Vielleicht dachte er daran, wie berühmt er eines Tages sein würde. Oder an die Kellnerin, die er soeben verlassen hatte.

»Hast du dich gut amüsiert?« Skyes Stimme aus der Dunkelheit ließ ihn zusammenzucken.

»Oh, du bist noch wach?«

»Ja.«

»Normalerweise bist du schon weggetreten.«

Der Hieb saß. Skye wusste, er meinte damit, dass sie um diese Zeit normalerweise betrunken war und einen Filmriss hatte. Aber sie hatte den ganzen Abend keinen Tropfen angerührt. Sie fühlte sich, als hätte sie Schüttelfrost, ihre Hände zitterten unter der Bettdecke. Ihr Körper befand sich in der Entgiftungsphase, und der Entzug war nicht leicht. Sie hatte einen trockenen Mund und Kopfschmerzen, aber es war einen Versuch wert. Sie wollte achtsam sein, wollte die Dinge wahrnehmen, wie sie waren, alles, selbst ihren Mann, der mitten in der Nacht von einem Rendezvous nach Hause kam. Skye hatte es satt, sich zu verstecken.

»Ich bin wach, wie du siehst«, sagte sie ruhig.

»Aha.«

»Wo warst du?«

»Wie bitte? Soll ich dir über jeden Schritt Rechenschaft ablegen? Wenn du die Sorte Mann willst, hättest du Peter heiraten sollen.«

»Das ist mir inzwischen auch klar, aber ich möchte es trotzdem wissen. Also, wo warst du?«

»In meinem Atelier. Ich habe in der Scheune gemalt.«

»Das sind nicht die Sachen, die du sonst beim Malen trägst.«

»Woher willst du denn das wissen? Die Ärzte haben Recht, es wird offenbar allerhöchste Zeit für einen Entzug, Skye. Du scheinst wirklich ein Problem zu haben. Meistens bist du nämlich viel zu betrunken, um zu merken, was ich beim Malen trage.«

»Heute Abend bin ich nicht betrunken«, erwiderte Skye ruhig.

»Was sonst?«

»Ich will die Scheidung.«

Das brachte ihn zum Schweigen. Er zog sich weiter aus und nippte an seinem Wein. Vermutlich überlegte er krampfhaft, wie er beides haben konnte – Skye mit ihrem Geld, ihrem Namen und ihrem Prestige, und eine Frau im Bett, die er begehrte.

Simon stand nackt im Mondlicht. Er war groß und hager, und sein Körper sah in dem bläulichen Licht nass aus. Wieder trank er von seinem Wein und strich sich über die Brust. Dann kam er langsam auf Skye zu. Er setzte sich auf die Bettkante und bot ihr einen Schluck an. Sie schüttelte den Kopf. Er stellte das Glas auf den Nachttisch und griff unter die Bettdecke.

Er ließ seine Hände unter ihr Nachthemd gleiten, strich über ihre Haut, liebkoste ihre Brüste. Skye war lange nicht mehr auf diese Weise berührt worden. Sie biss sich auf die Lippe, wölbte sich ihm entgegen. Er küsste ihren Hals, seine Zunge tanzte über ihre Haut. Sie begehrte ihn so sehr, dass sie am liebsten aufgestöhnt hätte. Aber sie riss sich zusammen.

»Simon?«

»Ja?« Er liebkoste weiter ihren Hals, während seine warmen Hände ihre Hüften und ihren Bauch streichelten.

»Geh von meinem Bett runter.«

»Das ist doch nicht dein Ernst!«

»Runter, habe ich gesagt! Heb deine Klamotten vom Fußboden auf und hau ab, und zwar sofort. Glaubst du etwa, es würde mir Spaß machen, mich von dir anfassen zu lassen, nachdem du mit einer anderen zusammen warst? Hast du nicht gehört, was ich gesagt habe? Ich will die Scheidung.«

»Das soll doch wohl ein Witz sein!« Er richtete sich kerzengerade auf und funkelte sie an.

»Es ist mein voller Ernst.«

Er sprang auf. Eilends stieg er in seine Kleider, lief kopflos im Zimmer umher und fluchte, hasserfüllte Worte ausstoßend. Er konnte ihr seinen Willen nicht mehr aufzwingen. Nie wieder. Der Mut, den sie am Strand Clea und Caroline gegenüber aufgebracht hatte, schien sich auf den Rest ihres Lebens zu übertragen. Sie war gerüstet, einen Schlussstrich unter alles zu ziehen, was ihr schadete.

Simon verließ den Raum. Skye hörte seine Stiefel auf der Treppe und dann die Tür hinter ihm ins Schloss fallen, als er das Haus verließ. Zitternd griff sie nach dem Telefon, das neben ihrem Bett stand.

Es war fünf Uhr morgens, ein Mittwoch – kurz vor Tagesanbruch –, aber sie wählte trotzdem Carolines Nummer. Sie wusste, dass Caroline stets für sie da war, wo und wann auch immer. Seit der Auseinandersetzung am Strand hatten sie nicht mehr miteinander gesprochen, aber das war Skye egal. Sie musste sich mit ihrer Schwester versöhnen. Sie versuchte den Hörer ruhig zu halten, dann vernahm sie Carolines verschlafene Stimme am anderen Ende der Leitung.

»Ich bin's.«

»Alles in Ordnung?«, fragte Caroline besorgt.

»Mir geht's gut. Caroline, es tut mir Leid, dass ich dich so früh am Morgen anrufe.«

»Ich bin froh, dass du es getan hast.«

»Ich habe Simon gerade vor die Tür gesetzt. Es hat sich so ergeben. Kannst du dir das vorstellen? Ich habe ihm gesagt, dass ich die Scheidung will. Ich habe es satt.«

»O Skye!«

»Ich will gesund werden.« Sie hatte einen Kloß im Hals. Die Wahrheit zu sagen war schwer. Genau wie gesund zu werden, vor allem um fünf Uhr morgens, wenn man zitterte und nach einem Drink lechzte, um den Schmerz nicht an sich heranzulassen, um ihn zu vergessen.
»Ich wünsche mir so sehr, dass du gesund wirst«, flüsterte Caroline.
»Ich habe den ganzen Tag nichts getrunken.«
»Ich bin stolz auf dich.« Skye erinnerte sich an die vielen Male, als Caroline stolz auf sie gewesen war – bei den Frühjahrskonzerten und Theateraufführungen in der Schule, als sie in der ersten Klasse war und im Sportunterricht das beste Rad schlug, als sie mit zwölf ihre erste Skulptur machte, als sie aufs College ging, als sie nach Rom zog, als sie die erste Ausstellung in New York hatte.
Caroline war immer für sie da gewesen, und sie war immer stolz auf sie gewesen. Skye packte den Hörer fester, um das Zittern ihrer Hände zu kontrollieren.
»Es tut mir Leid. Ich meine die Dinge, die ich am Strand zu dir gesagt habe.«
»Du musst dich nicht entschuldigen. Ich gebe es nicht gerne zu, aber du hattest Recht.«
»Du meinst … dir tut es Leid?«
»Habe ich das gesagt?« Caroline lachte leise.
»Was für ein Glück, dass es dich gibt.«
»Du hast mir die Worte aus dem Mund genommen. Ich bin froh, dass es *dich* gibt.«
»Ich werde jetzt versuchen noch ein bisschen zu schlafen.«
»Möchtest du, dass ich komme und an deinem Bett sitze?«
»Nein, es geht schon«, sagte Skye zögernd. Sie wusste, es würde vorübergehen. Sie wusste es ganz einfach.
»Sicher? Ich bin gleich da, wenn du möchtest. Wir könnten zum Strand gehen und schwimmen.« Obwohl die Worte lieb

gemeint waren, hörte Skye, wie sie innehielt. Sie versuchte schon wieder Skyes Leben zu planen.
Skye lachte, und dieses Mal erwiderte Caroline das Lachen aufrichtig.
»Mach dir keine Sorgen. Ich komme ganz gut alleine zurecht«, sagte Skye.
»Ich weiß.«
»Wie dem auch sei …« Skyes Stimme wurde leiser, klang müde. »Alles wird gut, solange du …«
»Solange ich was?«
»Mich liebst«, flüsterte Skye.
»Das ist leicht«, flüsterte Caroline zurück.

17

Caroline stand vor der Fliegengittertür ihres Hauses, wo sie nach Joes Jeep Ausschau gehalten hatte. Sie hatte ein Sommerkleid aus buttermilchfarbenem Leinen und flache beige Sandalen an, Kleidung, die sie auch bei der Arbeit getragen hätte. Als er die Verandatreppe heraufkam, raste ihr Puls. Bei seinem Anblick wurde sie nervös und wünschte, sie hätte ihm das Angebot nicht gemacht.

Er wirkte gleichermaßen nervös, wie er auf der anderen Seite des Fliegengitters stand, als wäre er sich nicht sicher, was er hier überhaupt verloren hatte. Er lächelte benommen. Sie sah die Fältchen um seine Augen und seinen Mund; er verbrachte offenbar viel Zeit damit, in der Sonne zu lächeln. Er trug lässig geschnittene Hosen und ein Oxford-Hemd aus Baumwolle. Es war frisch gebügelt, trotz des ausgefransten Kragens.

»Können wir?«

Caroline hatte vorgehabt, ihn kurz hereinzubitten, aber dafür gab es eigentlich keinen triftigen Grund, und so nahm sie ihre Handtasche. Er hielt ihr die Tür auf. Ihre Hände berührten einander flüchtig, ihre Blicke trafen sich. Caroline errötete, sich an den Kuss erinnernd. Am Jeep angekommen, schickte er sich an, die Tür auf der Beifahrerseite zu öffnen.

»Ich nehme meinen eigenen Wagen. Du kannst mir nachfahren«, sagte sie rasch. Auf diese Weise vermochte er schneller von Firefly Hill zum Hafen zurückzukehren.

»Das geht schon in Ordnung.« Er öffnete die Tür. »Du erweist mir einen großen Gefallen. Das Mindeste, was ich tun kann, ist fahren.«

Er fuhr rückwärts die Auffahrt hinunter, um den Gasthof herum, dann bog er nach Osten in die Beach Road ein, vorbei an den Ibis Marschen, wo der Fluss brackig wurde und in den Sund mündete. Während sie an der einzigen Ampel von Black Hall warteten, sahen sie vier Jugendliche auf ihren Fahrrädern vorüberflitzen. Seemöwen hatten sich auf dem Dach der Tankstelle niedergelassen.

Joe fuhr zügig, den Ellbogen aus dem geöffneten Fenster gestreckt. Die blonden Haare wehten ihm in die Augen, und er strich sie fortwährend zurück. Er schaltete das Radio ein und gleich darauf wieder aus. Caroline starrte aus dem Fenster; sie fühlte sich angespannt, wusste nicht, was sie sagen sollte.

»Habt ihr die Kiste mit dem Gold gestern noch heraufgeholt?«, fragte sie schließlich.

»Nein, leider nicht. Wir wollten, aber das Meer hat uns einen Strich durch die Rechnung gemacht. Der Wind hat gestern Morgen aufgefrischt, und damit verändern sich die Strömungen. Meine Männer meutern, wenn wir die Arbeit nicht bald beenden.«

»Und wie ist es heute?«

»Heute hatte ich etwas anderes vor. Und davon abgesehen sind die Strömungen immer noch unberechenbar.« Mit zusammengepressten Lippen rang er sich ein Lächeln ab. Er blickte verstohlen zu Caroline hinüber. Seine Miene war angestrengt, unter seinen Augen lagen bläuliche Ringe.

Kein Wunder, sie waren auf dem Weg nach Firefly Hill, dem Ort, an dem das Unheil begonnen hatte.

»Weiß deine Mutter, dass ich komme?«

»Nein. Ich dachte, es sei besser so. Aber sie wird nicht zu Hause sein. Meine Schwestern sind mit ihr zum Teetrinken nach Providence gefahren.«

»Sie wissen Bescheid?«

Caroline nickte. »Ich habe es ihnen gesagt. Sie sind froh, sich nützlich machen zu können.«

»Es hat ja auch keinen Sinn, deine Mutter unnötig aufzuregen.«

»Bist du okay?«, fragte sie.

»Ja.« Er nickte und sah kurz zu ihr hinüber, dann kehrte sein Blick zur Fahrbahn zurück. Sie befanden sich an der Stelle, wo sich die gewundene Straße dicht an die Felsenküste schmiegte. Die Fahrt war nicht ungefährlich, aber Joes Augen wanderten immer wieder zu Caroline.

»Wir sind da«, sagte sie, als sie die letzte Kurve genommen hatten. Sie wies ihn an, in die Auffahrt einzubiegen, die den Hügel hinauf in ein Dickicht aus dunklen Bäumen führte. Oben angekommen, tauchten sie wieder in strahlendes Sonnenlicht ein. Caroline wollte ihn gerade auf die *Meteor* aufmerksam machen, die man am Horizont sehen konnte, aber Joe starrte auf das große weiße Haus, das sich zwischen ihm und dem Meer befand. Vermutlich dachte er an seinen Vater, an seine letzte Stunde. James Connor war ebenfalls den Hügel hinaufgefahren, hatte seinen Wagen abgestellt und war durch den Garten ins Haus gegangen.

Als er Caroline entdeckte, trottete Homer mit seinem Handtuch im Maul herbei. Er ließ es vor ihre Füße fallen, ein altes Begrüßungsritual, und blickte Caroline hechelnd und ergeben an. Joe kannte sich offenbar mit Hunden aus. Er hielt Homer die Hand hin. Der Hund schnupperte daran, dann sah er Caroline fragend an. Sie umfasste seinen großen Kopf und schüttelte ihn leicht. Dann bückte sie sich und berührte mit ihrer Stirn die seine.

»Alles in Ordnung, Homer.«

»Er möchte sich vergewissern, dass ich dir nichts tue«, sagte Joe.

»Das weiß er.«

Sie überquerten die Veranda an der Rückseite des Hauses und betraten den Windfang. Die Holzvertäfelung brauchte dringend einen neuen Anstrich. Das Linoleum war alt und brüchig. Gerahmte Bilder, von den drei Schwestern mit Fingerfarben gemalt, hingen an den Wänden. Caroline hätte ihn auch durch den Vordereingang ins Haus bringen können, durch das weitläufige Vestibül mit der geschwungenen Freitreppe, aber das war der Eingang, den die Familie zu benutzen pflegte. Und diesen Weg hatte sein Vater genommen.

Die Küche war offen und luftig. Große Fenster gaben den Blick auf einen mit Gras bewachsenen Hang frei. Er führte bis zu den Klippen, die schroff in den Long Island Sund abfielen. Der Fußboden war rot gefliest. Auf dem großen Eichentisch standen zwei Kaffeetassen, von Augustas und Skyes Frühstück stehen geblieben. An einer Wand hingen Familienfotos, aufgenommen in Paris, Siena, St. Lucia, Colorado. Zwischen zwei Fenstern befand sich ein silberfarbener Fisch, ausgestopft und auf einem Sockel befestigt. Ein Süßwasserlachs, den Caroline gefangen hatte, als sie dreizehn war.

Joe schaute sich um. Caroline sah, wie die Ader an seinem Hals pulsierte. Seine blauen Augen waren gefasst und nahmen alles auf. Er stand stumm mit fragender Miene in der Mitte der Küche.

»Da drüben.« Caroline nahm seine Hand. Sie fühlte sich groß und rau an, war mit Narben und Schwielen bedeckt. Man merkte auf Anhieb, dass der Mann, zu dem sie gehörte, sein täglich Brot auf dem Meer verdiente. Sanft zog sie ihn zu der Stelle, wo sein Vater gestorben war.

»Hier?« Joes Stimme klang leidenschaftslos, als hätte er eine Frage über eine historische Stätte gestellt, die nichts mit ihm persönlich zu tun hatte. Doch als Caroline nickte, verrieten ihn seine Augen. Sein Blick war umwölkt. Er senkte die Lider, um seine Gefühle vor ihr zu verbergen.

»Ich erinnere mich nicht mehr an alles, aber ich weiß noch, wie ich dachte, dass er dich und deine Mutter sehr geliebt haben muss.«

»Mit fünf willst du das schon gewusst haben?«

»Ich war zu jung, um es zu verstehen …« Caroline hielt inne, nach Worten suchend. Ihre Kehle fühlte sich wie ausgetrocknet an. »Aber ich spürte, was die Tränen zu bedeuten hatten.«

Joe sah sie nicht an. Er lehnte sich gegen die Frühstücksbar und betrachtete eingehend die Kieselsteine, die jemand dort liegen gelassen hatte.

»Er weinte?«

»Ja.« Caroline brachte es nicht fertig, ihn zu belügen.

»Und er war wütend?«

»Zuerst schon.« Sie versuchte sich die Situation ins Gedächtnis zurückzurufen. Das Gesicht des Mannes, das gerötet war, die Waffe, die über ihrem Kopf in der Luft hin und her schwankte. »Aber dann wirkte er … traurig. Sehr, sehr traurig.«

Joe ging zum Küchenfenster. Er stand reglos da und starrte aufs Meer hinaus, das sich dunkelblau vor dem hellen Himmel abzeichnete. Er hatte die Hände in den Taschen vergraben. Weit draußen, jenseits der Brandung, lag die *Meteor*. Er blickte angestrengt zu ihr hinüber. Am liebsten hätte er Firefly Hill fluchtartig verlassen, um sich auf seinem Schiff in Sicherheit zu bringen. Er warf Caroline einen raschen Blick zu.

»Und du? Wo warst du?« Seine Stimme klang argwöhnisch wie immer.

»An dem Abend?«, fragte sie überrascht. Dann deutete sie da-

rauf, eine Handbreit von der Stelle entfernt, an der sein Vater gestanden hatte. »Da drüben.«
»Ganz schön hart für ein kleines Mädchen.« Sein Blick war immer noch auf die Kieselsteine gerichtet, die er in die Hand genommen hatte.
»Nichts im Vergleich zu dem, was du durchgemacht hast.«
»Ich war nicht einmal hier.«
»Glaubst du, das hätte etwas geändert? Meinst du, du hättest ihn von seinem Vorhaben abbringen können?«
Er zuckte mit den Schultern und drehte sich wieder zum Fenster. Die Sonne ging unter, der Schatten der Klippe fiel über die breite Bucht. Caroline blickte ihn an. Ihr war, als könnte sie seine Gedanken lesen.
»Er hatte dein Bild bei sich. Er holte es heraus, und einen Moment lang hielten wir es gemeinsam in der Hand, er und ich. Ich dachte immer …«
»Sprich weiter.«
»Ich dachte immer, dass dein Vater dich auf diese Weise bei sich hatte. Das Letzte, was er sah, war dein Gesicht. Er liebte dich sehr.«
Joe drehte sich langsam um und dann schüttelte er stumm den Kopf.
»Nein«, sagte er schließlich. »Das Letzte, was er sah, war dein Gesicht. Du warst bei ihm, Caroline. Du warst bei ihm, als er starb.«
Zwei Schritte, und sie war in Joes Armen. Als er sie umfing, hörte sie, wie die Kieselsteine zu Boden fielen. Sie verstand seine Gefühle, weil auch sie sich gewünscht hatte, sie wäre bei ihrem Vater gewesen, als er starb, aber er hatte sie schon lange vorher aus seinem Leben ausgeschlossen. Sie spürte ihre heißen Tränen an Joes Hals. Seine starken Arme pressten sie an sich, seine Hände umklammerten ihre Schultern. Er schluckte schwer, bemüht, seine eigenen Tränen zu unter-

drücken. Das Meer hinter ihm war silberfarben und schwarz, die Mondsichel stand über dem Horizont.

»Wir haben sie geliebt«, sagte Caroline und meinte beide Väter. »Es wäre nur schön gewesen, wenn wir sie etwas länger gehabt hätten.«

Sie klammerten sich aneinander. Joe strich über Carolines Haar. Sie hatte ihn trösten wollen, doch nun tröstete er sie, hielt sie in den Armen, flüsterte ihren Namen, sagte ihr, wie viel es ihm bedeute, dass sie bei seinem Vater gewesen war, als er starb.

Die Küchenuhr tickte laut. Wellen brandeten an den Strand, mit wirbelnden Felsbrocken in ihrem Kielwasser. Es war Zeit zu gehen. Augusta würde bald nach Hause zurückkehren, und Caroline hatte keine Lust, einen weiteren Wutausbruch mitzuerleben, der bei ihrer Ankunft fällig sein würde.

Joe blickte in Carolines Augen und fuhr sich mit dem Handrücken über das Gesicht. Dann holte er sein Taschentuch heraus und reichte es ihr. Sie trocknete ihre Tränen, faltete es zusammen und gab es ihm zurück. Sie spürte, dass er zögerte, den Ort zu verlassen, an dem sein Vater gestorben war, und wartete.

Schweigend drehte er sich um und ging langsam zur Tür hinaus.

Er fuhr sie nach Hause. Als sie sich dem Gasthof näherten, wusste sie, dass sich die gemeinsam verbrachte Zeit dem Ende zuneigte. Sie blickte Joe verstohlen an. Die Linien auf seiner Stirn und um seinen Mund waren tief. Irgendetwas ging in ihm vor.

»Danke, dass du mich hingebracht hast«, sagte er, als er ihren Blick gewahrte.

»Ach Joe«, flüsterte sie überwältigt.

»Ich bin froh, dass ich mir selbst ein Bild machen konnte.«

Caroline nickte. Joe hatte sich wieder hinter seiner harten

Schale verschanzt. Er klang reserviert. Eine kühle Brise wehte durch den Jeep und zerzauste sein Haar.

Als sie den Gasthof erreichten, bog er in die breite Auffahrt ein und hielt sich links, dem Privatweg folgend, der zu Carolines Haus führte. Sorgfältig gestutzte Ligusterhecken säumten den Weg, und die Zweige der hohen Ahornbäume bildeten einen verschlungenen Baldachin über ihren Köpfen. Die Zufahrt vermittelte ein Gefühl der Abgeschiedenheit, und zu dieser Tageszeit, unmittelbar nach Sonnenuntergang, war es bereits stockdunkel.

Joe stellte den Motor ab und wandte sich ihr zu. Sein rechter Arm lag ausgestreckt auf der Rückenlehne des Beifahrersitzes. Er hatte sich ein Lächeln abgerungen, als gälte es, ein letztes Mal Lebewohl zu sagen. Er blickte sie lange an, und sie spürte, wie sie errötete. Sie hatten ein hartes Stück Arbeit geleistet, sie und Joe. Sie wünschte, sie könnte ihm sagen, was sie empfand, aber er würde es nicht hören wollen.

»Also dann …«

»Also dann …« Er trommelte mit den Fingern auf das Lenkrad.

Möwen kreischten. Am anderen Ufer des Flusses begann ein Ziegenmelker zu schreien. Die Geräusche der Nacht wurden lauter.

»Ich muss aufs Schiff zurück, sie warten auf mich.«

»Ich weiß.« Caroline versuchte zu lächeln.

Joe sah sie an, dann blickte er aus dem Fenster. Eine Minute verstrich.

»Grüß Sam von mir«, sagte sie.

»Eigentlich müsste ich jetzt fahren, aber das Problem ist, ich kann nicht.«

Caroline blickte ihn an, ihr Puls raste.

»Wir könnten noch einen Tee …«

Er hatte die Beifahrertür aufgerissen, noch bevor sie den Satz beenden konnte. Sie gingen den mit Steinplatten ausgelegten Weg hinauf, und Caroline sperrte den Vordereingang auf. Augusta ließ auf Firefly Hill immer alle Türen offen, aber Caroline hatte in ihrem Haus Sicherheitsschlösser und Alarmsysteme installieren lassen.

Joe trat ein und sah sich um. Auf Firefly Hill hatte seine Aufmerksamkeit einer einzigen Stelle gegolten, hier schien ihn alles zu interessieren. Die Räume waren sparsam möbliert und kühl, in dunklen Farben gehalten. Die Fußböden aus dunkelbraunem Holz waren auf Hochglanz poliert.

Die cremefarbene Couch im Wohnzimmer hatte einen dunkelblau gesprenkelten Überwurf. Ein dazu passender Sessel befand sich neben dem Kamin aus grauem Naturstein. Auf einem Mahagonitisch stand eine blaue Glasvase mit Wildblumen, die sie auf dem Mount Serendipity gepflückt hatte. Es gab keine Teppiche.

Sie gingen in die Küche, und Caroline machte Licht. Es war die Küche einer passionierten Köchin. Ofen und Kühlschrank waren aus Edelstahl, Kupferpfannen und -töpfe stammten aus Paris, und an Arbeitsfläche herrschte kein Mangel. Die Schränke waren aus naturbelassenem Holz in einem warmen Honigton gefertigt. Sie schienen inwendig zu leuchten. Der Küchentisch war rund und schwarz lackiert. In der Mitte standen kleine Pfeffer- und Salzstreuer aus Silber, eine silberne Zuckerdose und ein gerahmtes Foto von Caroline, Clea und Skye.

Caroline füllte einen großen Kupferkessel mit Wasser. Sie schaltete den Gasherd ein, und ein blauer Flammenring erschien. Als sie sich zu Joe umdrehte, sah sie, wie er das Bild betrachtete. Die drei Mädchen auf dem Foto trugen warme Jacken, und jede hielt einen Fisch in der Hand, den sie geangelt hatte. Caroline war damals etwa elf gewesen.

Nachdem er das Foto auf den Tisch zurückgestellt hatte, musterte Joe den Raum.
»Hier sieht es ganz anders aus als im Haus deiner Mutter.«
Caroline nickte und füllte Milch in ein silbernes Kännchen.
»Ihr Haus ist gemütlich, voller Leben. Hier ist es …«
Sie hatte sagen wollen »kühl und abweisend wie ich«, doch er sollte nicht denken, sie schwelge in Selbstmitleid, und nicht das Gefühl haben, aus Höflichkeit widersprechen zu müssen. Aber Caroline fühlte sich trotzdem leer und einsam, als hätten sie bereits Tee getrunken und endgültig Abschied genommen.
»Es ist schön. Es wirkt irgendwie geheimnisvoll.«
»Wirklich?«
»Ja.«
Das Gebälk in Carolines Küche war schiefergrau gebeizt, ein Teil der Wand kürbisfarben gestrichen. Joe ging zum Küchenfenster, wo er eine Dekoration aus sechs Mondschalenmuscheln entdeckte. Er griff in seine Tasche, holte etwas heraus, musterte den Gegenstand, legte ihn dann zu den Muscheln auf das Fensterbrett und warf Caroline einen Blick über die Schulter zu.
Langsam trat sie näher. Ihr Herz klopfte. In den Muscheln, die im Abstand von acht Zentimetern und in einer schnurgeraden Linie angeordnet waren, spiegelte sich ihr Ordnungssinn wider. Genau Acht Zentimeter von der letzten Muschel entfernt hatte Joe eine Kameenbrosche hingelegt.
»Sie stammt von der *Cambria«,* sagte er leise. »Sie gehörte Clarissas Mutter.«
Caroline trat näher, um sich die Brosche anzusehen. Joe nahm sie von der Fensterbank und drückte sie ihr in die Hand. Sie betrachtete die zarte Goldfassung, abgenutzt vom Tragen. Die Kameenbrosche selbst hatte ihren ursprünglichen Glanz bewahrt.

Gegen das Licht gehalten, sah Caroline, dass die Schnitzerei aus Elfenbein bestand und der Hintergrund durchscheinend und aus blassgrünem Glas war. Die Frau sah würdevoll aus mit ihren ausgeprägten Wangenknochen, der geraden Nase, dem straff zurückgekämmten Haar und dem stolz erhobenen Kinn.
»Sie hat Ähnlichkeit mit Clea«, sagte Caroline.
»Sie hat Ähnlichkeit mit dir.«
Caroline konnte kaum etwas erkennen. Zum zweiten Mal an diesem Abend wischte sie sich die Tränen weg. Sie fühlte sich tief berührt von dem Schmuckstück in ihrer Hand. Die Familie, der es gehört hatte, war ihr ans Herz gewachsen. Sie dachte an Elisabeth Randalls sterbliche Überreste im Seegras, von Wellen umspült. Die Kameenbrosche fühlte sich federleicht an. Sie wirkte zerbrechlich und zart, aber selbst zweihundert Jahre unter Wasser hatten sie nicht zerstören können.
»Wunderschön«, sagte sie und gab ihm die Brosche zurück.
»Ich möchte, dass du sie behältst.« Er drückte sie ihr in die geöffnete Hand.
Verdutzt sah sie Joe an. »Das kann ich nicht annehmen!« Sie räusperte sich.
»Und warum nicht?«
»Ist sie nicht von Rechts wegen Teil eines Nachlasses? Gehört sie nicht Clarissas Nachfahren? Oder der Stadt?«
»Wir haben keine Randalls mehr ausfindig machen können. Und die Stadt … die hat keinerlei Ansprüche.« Er lachte. »Ich bin Schatzsucher, falls du das vergessen hast. Ich habe eine offizielle Genehmigung, den Schatz der *Cambria* zu bergen. Und die Brosche gehört dazu.«
»Dann solltest du sie für deine Tochter aufbewahren …«
»Ich habe keine.«
»Nun, falls du irgendwann eine bekommen solltest.«

Joe blickte Caroline an. Ein Lächeln spielte um seine Mundwinkel. Er schien sich über die Verlegenheit zu amüsieren, mit der sie ein Geschenk entgegennahm, aber so war sie nun einmal. Weihnachten fühlte sie sich immer unbehaglich, wenn es an ihr war, die Päckchen unter dem Christbaum zu öffnen.

»Ich kann nicht …« Sie betrachtete die Kameenbrosche in ihrer Hand.

»Du musst! Ich bestehe darauf!«

Sie dachte an die vielen Gründe, warum sie nichts von Joe Connor annehmen sollte, an die Wut und den Schmerz, der zwischen ihnen gestanden hatte, an die vorsichtige freundschaftliche Annäherung bis zum Firefly Ball, als er seine wahren Gefühle offenbart hatte.

»Manchmal ist es großmütiger zu nehmen als zu geben«, sagte er.

»Wieso das?«

»Wenn man beispielsweise einem anderen Menschen gestattet, einem das zu geben, was er zu bieten hat. Wenn du immer der Gebende bist, kannst du nicht enttäuscht werden, da du keine Gegenleistung erwartest. Aber das zeigt, dass man mit sich selbst geizt, weil man nicht offen ist, nichts annehmen kann, dem anderen keine Chance lässt.«

Caroline nickte. Sie dachte an ihren Vater und an sich selbst. Skye hatte Recht gehabt.

»Das Gleiche behaupten meine Schwestern.«

»Von dir?«

»Ja.«

»Das sagt mein Bruder auch über mich.«

»Da haben wir etwas gemeinsam. Kluge Geschwister …«

Sie sah ihn nicht kommen, den Kuss. Plötzlich schlang er seine Arme um sie, zog sie an sich und küsste sie, als hinge sein Leben davon ab. Sie stellte sich auf die Zehenspitzen,

streckte die Arme aus und fuhr mit ihren Fingern durch seine zerzausten Haare.
Der Teekessel begann zu pfeifen.
Joe trat zur Seite und schaltete die Flamme aus. Dann sah er sie wieder an, schwer atmend, als hätte er gerade einen Dauerlauf vom Mount Serendipity zum Gasthof hinter sich.
Und wieder nahm er sie in die Arme. Sein muskulöser, geschmeidiger Körper war starr, als stünde er unter einer übermenschlichen Anspannung. Wie wenn man Stahl umarmt, dachte Caroline. Sie ließ ihre Finger über seinen Rücken gleiten, die Wirbelsäule hinab. Durch das dünne blaue Baumwollhemd konnte sie seine Knochen und Muskeln spüren. Sie begehrte ihn mit allen Sinnen, aber nicht nur das.
Die Gefühle, die sich seit dem fünften und sechsten Lebensjahr zwischen ihnen entwickelt hatten, waren unvermindert da. Joe Connor hungerte nach ihrer Wärme und Liebe, genau wie sie nach seiner. Sie berührte sein Gesicht, streichelte mit ihrer linken Hand zärtlich seine Wange.
Dann nahm sie seine Hand und ging ihm durch den Flur voraus. Die spartanische Einrichtung in Carolines Haus erstreckte sich nicht auf das Schlafzimmer. Hier war ihr Refugium, ihr Allerheiligstes. In diesem Raum wurde ihr wahres Selbst am stärksten offenkundig, und ihm Zugang zu gewähren verlieh ihr ein Gefühl der Verletzlichkeit.
Überall war dunkles Holz und weiße Spitze. Die weißen Spitzenvorhänge und der Bettüberwurf mit Lochstickerei hatten ihrer Großmutter gehört. Das Himmelbett aus dunklem Mahagoni war meisterhaft mit geschnitzten Rosen und Engeln verziert. Die wuchtige Kommode, mit mehreren Schubladen auf der linken und einem großen Schubfach auf der rechten Seite, und der dazu passende Kleiderschrank stammten aus Schottland. Es gab Bücherregale, die aus allen Nähten platz-

ten, und auf den Nachttischchen gerahmte Fotos von den Menschen, die ihr nahe standen.
Er küsste sie voller Leidenschaft, zog sie in seine Arme, stöhnte, und es klang wie ein Seufzer, als er sie langsam auf das Bett gleiten ließ. Die Sehnsucht, die sie seit dem sechzehnten Lebensjahr nach ihm verspürt hatte, war geradezu unerträglich. Sie klammerte sich an Joe, presste sich an ihn, und sie küssten sich immer wieder, während sie sich in fliegender Hast gegenseitig entkleideten.
»Verzeih mir«, sagte er.
»Was?«
»Meine Hände sind viel zu rau für deine zarte Haut.«
Joes Hände waren schwielig von der Bergungsausrüstung und der Arbeit unter Wasser auf dem Wrack. Die Berührung ließ Caroline erschauern. Sie spürte die Haare auf seinem Körper, seidig und weich, und seine Männlichkeit verschlug ihr den Atem.
Sie lehnte sich zurück und ließ ihn gewähren, als er die sanften Kurven und Mulden ihres Körpers mit Mund und Händen erkundete. Er nahm ihre beiden Hände und hielt sie über ihrem Kopf fest.
»Bitte!«, flüsterte sie und versuchte sich zu befreien.
»Bitte«, flüsterte er zurück. Es gelang ihr nicht, ihn zu berühren noch sich zu bewegen. Er hielt sie fest, während er seine Lippen über ihren Körper wandern ließ.
Er streichelte sie immerfort und langsam, während sich Caroline unter dem Druck seiner Zunge wand. Ihre Brustwarzen wurden hart. Sie wölbte sich ihm entgegen, und schließlich gelang es ihr, seine Hände zu lösen und auf ihre Brüste zu ziehen. Seine schwieligen Fingerspitzen streichelten und pressten ihre Brustwarzen zusammen, und ein lustvolles Schaudern durchrieselte sie. Sie umfasste seinen Kopf, ermutigte ihn, stemmte ihre Hüften hoch, um seiner Zunge entgegenzu-

kommen. Rote und blaue Sterne explodierten hinter ihren Lidern, und sie stieß zitternd den Atem aus.
Er bewegte sich nach oben, seine Hände um ihre Schultern gelegt, und sein flacher harter Körper presste sich gegen sie. Sie spürte, wie er in sie eindrang, so leicht wie Wasser, das einen Felsen umspült. Sie war feucht von ihrer eigenen Erregung und seinem Mund, und er war hart. Abermals stöhnte er. Caroline hätte es nie für möglich gehalten, dass ein Mensch so viel Sehnsucht, Liebe und Lust in einem einzigen Laut zum Ausdruck zu bringen vermochte.
Sie klammerten sich aneinander. Das Blut, das in ihren Schläfen pochte, gab ihr das Gefühl, sich im gleichen Rhythmus wie Joe zu bewegen. Ihre Körper waren schweißnass, voller Verlangen und Feuer. Sie hatte die Beine um seine Taille geschlungen, und sie liebten sich mit solcher Leidenschaft und Hingabe, dass Caroline wieder die enge Verbundenheit spürte, die sie immer gehabt, die sie nie ganz verloren hatten.
»Caroline, ich liebe dich«, flüsterte Joe an ihrem Hals, während er sie in den Armen hielt.
»Und ich liebe dich«, sagte Caroline.
Sie berührte sein Gesicht. Den meisten Menschen ist es nicht vom Schicksal bestimmt, einander so nahe zu sein, dachte sie, aufgewühlt von der Tiefe ihrer Empfindungen. Sie hatte das Gefühl, am Rande eines steilen Abgrunds zu stehen – eine einzige falsche Bewegung und sie würde abstürzen, würde nie mehr aufhören zu fallen.
Sie hatte noch nie etwas Ähnliches empfunden. Ja, sie hatte die körperliche Nähe eines Mannes zugelassen, aber ihre Emotionen hatten nie Schritt mit der Entwicklung gehalten und waren ihr selten gefolgt. Doch Joe und sie hatten »Ich liebe dich« zueinander gesagt und jedes Wort so gemeint.

»Joe.« Sie blickte ihm in die Augen, ergriffen von dem Aufruhr der Gefühle.
»Ich weiß.« Er lächelte. Sein Gesicht glänzte vor Schweiß, seine Augen strahlten im kühlen Licht der Nacht.
Was weißt du? hätte sie ihn am liebsten gefragt. Sie wünschte sich, dass er die magischen Worte aussprach, den Augenblick nannte, als alles begonnen hatte, ihr sagte, was die Worte *für sie* bedeuteten. Aber das konnte er nicht. Das konnte nur einer, sie selbst. Das Gefühl war immer da gewesen, seit sie Joe den ersten Brief geschrieben hatte. Er war der Mann, der ihr mehr als jeder andere Mensch auf der Welt bedeutete, für den sie dieses Gefühl ein Leben lang aufgespart hatte.
»Schau.«
Joe stützte sich auf den Ellbogen und blickte auf den Nachttisch. Dort stand in der ersten Reihe der gerahmten Bilder das Foto, das ihn als Kind zeigte.
»Ich wusste schon immer, dass ich dich liebe.«
»Ich habe keine Ahnung, warum, habe ich es dir doch so schwer gemacht.« Seine Stimme klang brüchig vor Bedauern.
»Und ich dir.« Carolines Kehle brannte. Sie dachte an Skyes Worte. »Aber nun haben wir endlich zueinander gefunden.«
Während sie neben Joe lag, spürte sie, dass es wirklich so war – sie liebte. Zum ersten Mal in ihrem Leben hatte sie einem Mann die Macht eingeräumt, sie zu verletzen. Es stand Joe frei, sie zu verlassen. Es stand ihm frei, davonzusegeln auf der Suche nach einem anderen Schatz, und es gab nichts, was sie dagegen tun konnte.
»Was ist mit dir?«, fragte er, als er sah, wie sich ihr Gesichtsausdruck veränderte.
Caroline brachte keinen Ton über die Lippen. Seine Augen waren klar und blau wie das Meer nach einem Sturm im Oktober, aber in einem Monat würde es frieren und der erste Schnee fallen. Sie hatte Angst vor diesem Moment, fühlte

sich wie erstarrt. War es das, wovor ihr Vater sie stets gewarnt hatte, als er seinen Töchtern beibrachte, sich gegen das Leben zu wappnen? Gegen dieses Gefühl der abgrundtiefen Liebe und Sehnsucht?

»Woran du auch gerade denken magst, alles wird gut. Das verspreche ich dir, Caroline.« Joe blickte ihr lächelnd in die Augen.

»Wieso bist du dir so sicher?«

»Weil es vorüber ist«, sagte er sanft. »Die schlimmen Zeiten sind vorüber.«

18

Während der Kaffee am nächsten Morgen durchlief, ging Caroline barfuß zum Gasthof hinüber, um zu sehen, was sie zum Frühstück auftreiben konnte. Die ersten Gäste waren bereits aus den Federn, aber sie eilte an ihnen vorüber in die Küche, um einen Korb mit Pfirsich-Muffins zu füllen. Ins Haus zurückgekehrt, deckte sie den Tisch auf der Veranda mit einer Damasttischdecke. Das Licht der Morgendämmerung veränderte sich, das Silber verwandelte sich in Rosa und Blaugold, und sie wollte, dass Joe dieses atemberaubende Schauspiel sah. Doch als sie das Schlafzimmer betrat, um ihn zu holen, packte er sie am Handgelenk und zog sie wieder ins Bett.

Nach einer Weile kleideten sie sich an und machten einen Spaziergang zum Fluss hinunter. Die Fische sprangen, und Fischadler gingen auf die Jagd. Ein Eisvogel, kräftig gebaut und blau, setzte zum Sturzangriff auf einen Elritzenschwarm an und tauchte mit einem Schnabel voll Silber wieder auf. Joe hielt Carolines Hand. Sie blieben stehen, um sich unter der großen Weide zu küssen. Dann gingen sie ein paar Schritte und blieben erneut stehen, um sich im dichten Fichtenwald zu küssen.

»Ich muss aufs Schiff zurück. Ich hatte nicht damit gerechnet, dass ich so lange ausbleiben würde.«

»Macht Sam sich Sorgen?«
»Sam? Nein. Aber einige meiner Männer werden mir den Hals umdrehen. Wir sind ein paar Tage im Rückstand mit den Bergungsarbeiten, und sie haben Blut geleckt. Normalerweise mache ich so etwas nicht.«
»Was?«
»Das Schiff über Nacht verlassen. Die Arbeit aufhalten.« Er schüttelte den Kopf. »Aber es wird wohl niemanden überraschen. Sie haben es kommen sehen.«
»Was?«
»Beim Ball, so wie du ausgeschaut hast … Ich musste meine Männer zusammenstauchen wegen der Kommentare, die sie losgelassen haben. Eine Seeräuberbande, mit Manieren wie Rowdys. Sie haben mich aufgezogen, weil ich dich verteidigt habe; sie meinten, du hättest mich am Haken. Aber du warst wirklich hinreißend, *Mädchen im weißen Kleid.*
»Was?«
»So heißt das Porträt doch, oder? Es ist das einzige Gemälde von Hugh Renwick, das ich ertragen kann. Ich sagte dir ja, dass ich es mir angesehen habe. Ich ging damals durch die Galerie, in der es hängt, und da war es, am Ende des Raums. Ich stand davor wie angewurzelt. Mir war, als befände ich mich im selben Raum mit dir. Nur, dass ich gerne gewusst hätte, was du damals dachtest. Irgendetwas war in deinen Augen …«
»Er hat das Bild gemalt, nachdem wir unseren Briefwechsel beendet hatten, du und ich.«
»War da irgendetwas passiert?«
»Ja.« Caroline dachte an Andrew Lockwood.
»Komm mit aufs Schiff. Du kannst es mir ja auch dort erzählen.«
»Ich kann nicht.« Sie schüttelte den Kopf. »Ich würde gerne, aber ich habe heute alle Hände voll zu tun.«

»Ich hätte dich gerne dabei, wenn wir die Kiste mit dem Gold bergen. Ich möchte, dass du sie siehst.«
»Was ist das für ein Gefühl? Ich meine, einen Schatz zu finden?« Caroline hatte sich bei ihm untergehakt und blickte auf den Fluss hinaus.
»Ich wünschte, ich könnte es beschreiben.« Joe bückte sich, um einen Stein aufzuheben. Er war flach und glatt; und er rieb mit dem Daumen über die Oberfläche. »Aber das geht nicht. Das muss man mit eigenen Augen gesehen haben.«
»Ist es schöner als das hier?« Caroline nahm die Kameenbrosche aus ihrer Tasche und hielt sie ans Licht.
»Als Marco Polo aus China zurückkehrte, erzählte er von den Wundern dieser Erde, die er gesehen hatte. Da seine Berichte das Vorstellungsvermögen der Menschen in seiner Heimatstadt überstiegen, bezichtigten sie ihn der Lüge. Als er auf dem Sterbebett lag, forderten sie ihn auf, seine Sünden zu bekennen, bevor er seinem Schöpfer gegenübertrat. Und weißt du, was Marco Polo gesagt hat? ›Ich habe euch nicht einmal die Hälfte berichtet.‹«
Joe nahm Carolines Gesicht in seine Hände und sah ihr tief in die Augen. »So empfindest du das?« Ihr Herz klopfte zum Zerspringen. Damit sagte er ihr durch die Blume, warum er zur See fuhr, welche Wunder der Erde er gesucht und gefunden hatte und warum es ihn immer wieder trieb, Abschied zu nehmen.
»Komm aufs Schiff, um dir selbst ein Bild zu machen.«
»Ich weiß nicht.«
»Heute Abend? Morgen? Ich schicke dir das Boot.«
Caroline zögerte. Sie dachte an Skyes Worte, dass sie niemanden an sich heranließ, dass sie immer das Leben ihrer Schwestern statt ihr eigenes gelebt hatte. Und sie dachte an das, was Joe ihr gesagt hatte – Großmut zeige sich nicht nur im Geben, sondern auch im Nehmen.

»Ich habe heute Morgen noch einiges zu tun«, erwiderte sie bedächtig. »Aber ich könnte heute Nachmittag kommen.«
»Wir holen dich am Moonstone Point ab.«
Sie kehrten ins Haus zurück. Caroline behielt die Kameenbrosche die ganze Zeit in der Hand, selbst als sie ihn zum Abschied küsste.

Irgend jemand war gestern während ihrer Abwesenheit in der Küche gewesen. Augusta fand Kieselsteine auf dem Boden verstreut. Die Bilder auf dem Tisch waren verrückt. Und im Spülstein standen zwei Gläser. Sie hatte einen Verdacht, und der gefiel ihr nicht. Es war später Vormittag, und sie wartete auf Skye, um sie zu befragen.
»Setz dich«, sagte Augusta, als sie erschien, bot ihr die Wange zum Kuss und schob sie zu ihrem Platz am Tisch. »Ich habe Frühstück für dich gemacht.«
»O Mom, ich kann nichts essen. Ich möchte nur Kaffee.«
Augusta tat so, als hätte sie nichts gehört. Wenn Skye erst den köstlichen Duft der Muffins roch und sah, dass Augusta Blaubeeren von den Büschen neben der Felsentreppe zum Strand gepflückt hatte, würde sie ihre Meinung ändern. Die Muffins waren klein, mit goldbrauner Kruste. Augusta nahm vier aus dem Backofen, die sie dort warm gehalten hatte, legte sie in einen Brotkorb mit einer karierten Serviette und stellte sie vor Skye hin.
»Ich wollte, ich könnte behaupten, der Orangensaft sei frisch gepresst, Liebes.« Augusta füllte ein Glas. »Aber das entspricht nicht ganz der Wahrheit. Ich habe zu spät bemerkt, dass ich nicht genug Saftorangen habe. Deshalb habe ich sie ausgepresst und mit Saft aus der Dose gemischt.«
»Ist doch prima. Ich möchte keine Um …«
»Ich bin tödlich beleidigt, wenn du deinen Orangensaft nicht trinkst. Er enthält alle Vitamine, die der Mensch braucht.«

»Mom, mein Magen ist …«
»Wir könnten uns einen Screwdriver mixen«, schlug Augusta vor, in der Annahme, ihre Tochter sei verkatert. Ein einziges Glas Wodka mit Orangensaft konnte schließlich nicht schaden, auch wenn Skye ihren Alkoholkonsum unter Kontrolle bringen sollte.
Gestern nach dem Ausflug mit Clea und Skye war sie beunruhigt und erschöpft gewesen. Sie hatten sie regelrecht gedrängt, mitzukommen, aber den ganzen Tag waren die beiden nervös und geistesabwesend gewesen. Augusta hatte im Fond gesessen und gestickt; sie hatte geahnt, dass irgendetwas nicht stimmte. Nach ihrer Rückkehr war sie sich wie Mama Bär vorgekommen: Irgend jemand hat in meiner Küche gesessen.
»Wer war gestern hier?«, fragte sie, als Skye ein paar Mal von ihrem Kaffee getrunken hatte.
Skye antwortete nicht.
»Deine Schwester?«
Die Tasse mit beiden Händen umklammernd, senkte Skye den Blick.
»Sag es mir, Skye. Ich möchte es wissen.«
»Darf sie nicht kommen und gehen, wann sie will?«
»Nicht, wenn Joe Connor dabei ist. War er hier? Antworte mir, Skye!«
Skye schwieg, weil sie ihr Mutter nicht belügen wollte. Augusta merkte erschrocken, dass sie mit ihrer Annahme richtig lag.
»Ich wusste, dass so etwas passieren würde. Warum sollte er sonst nach Black Hall gekommen sein? Doch nur, um herumzuschnüffeln. Das war mir schon in dem Moment klar, als er beim Ball auftauchte.«
»Vielleicht wollte er nur sehen, wo sein Vater starb«, erwiderte Skye unschlüssig und biss in den Muffin. Das Zittern

war nicht mehr so schlimm wie in den letzten Tagen. Trotzdem ertrug Augusta den Anblick nicht.
»Wieso kann man die Vergangenheit nicht endlich ruhen lassen? Das ist ja grässlich.«
»Der Mann war sein Vater, Mom.«
Augusta spürte den versteckten Vorwurf und hätte am liebsten wild um sich geschlagen. Sie stellte sich Skyes Atelier vor, die neue Skulptur, an der sie arbeitete. Sie sah die Glücksbringer auf ihrem Arbeitstisch vor sich, die sie hasste. Für Augusta symbolisierten sie die Trümmer einer schmerzlichen Vergangenheit und alles, was mit Skye nicht stimmte.
»Ich habe dein Atelier aufgeräumt, während du schliefst«, bemerkte Augusta beiläufig.
»Was sagst du?« Skye blickte abrupt hoch.
»Das alte Zeug. Das blaue Band und das widerliche Klapperschlangenskelett, das du aufbewahrt hast.«
»Mom …«
»Ich habe sie weggeworfen.«
»Nein!«
Augusta nickte eindringlich. »Sich mit so düsteren Dingen zu umgeben! Kein Wunder, dass du niedergeschlagen bist. Wie kann man kreativ arbeiten und ein sinnvolles Leben führen, wenn man ständig Schlangenkadaver vor Augen hat?«
»Ich wurde von einer Schlange gebissen.«
Augusta bemühte sich, gleichmäßig zu atmen, und schenkte Saft nach. »Jetzt übertreib nicht. Es war nicht diese Schlange …«
»Sie war giftig.« Skyes Stimme wurde lauter. »Es geschah auf dem Berg, als du zugelassen hast, dass Dad mich mit auf die Jagd nahm. Caroline hat das Gift ausgesaugt.«
»Sie war nicht giftig. Wäre sie giftig gewesen, müsste ich es doch wissen. Du wärst ins Krankenhaus eingeliefert worden,

und wenn du glaubst, ich hätte das zugelassen, ohne dich zu begleiten, zweifle ich an deinem Verstand.«

»O Gott!« Skye fing an zu lachen.

»Was ist daran so komisch?«

»Du hast mich nicht begleitet, Mom, sondern Caroline.«

»Unsinn, Skye. Ich bin sicher …«

»Sie war bei mir! Im Zeltlager und später in der Klinik. Und sie war auch bei mir, als ich Andrew Lockwood erschossen habe und als die Polizei kam und als seine Eltern den Raum betraten und ich ihnen in die Augen blicken musste.«

»Ich war hier! Ich habe auf dich gewartet!«

»Aber Caroline war bei mir«, sagte Skye ruhig. »Sie war immer für mich da. Sie war wie eine Mutter zu mir.«

»*Ich* bin deine Mutter.« Augusta spürte, wie Panik in ihr hochstieg.

»Aber du warst nicht da, Mom. Du warst nie für mich da. Ich war in Not und hätte dich gebraucht. Die Begegnung mit Andrews Eltern war furchtbar.«

»Es war ein Unfall, Skye. Selbst ihnen war das klar …«

»Du hättest kommen können. Vermagst du dir nicht vorzustellen, wie schrecklich es für mich war, den Eltern von Angesicht zu Angesicht gegenüberzutreten? Ich hätte mich am liebsten im nächsten Mauseloch verkrochen, Mom. Ich konnte keinen klaren Gedanken fassen.«

»Liebes, ich hatte solche Angst um dich. Dass man Anklage wegen Mord erheben könnte und du ins Gefängnis müsstest.«

»Mom, ich hatte einen Menschen umgebracht! Ans Gefängnis oder andere Folgen dachte ich in dem Moment nicht! Es war ein strahlend schöner, sonniger Tag, und er war *tot*.«

»Ein strahlend schöner, sonniger Tag, sagst du? Mag sein, aber ich habe nur an *dich* gedacht. Im Gefängnis eingesperrt, mit weiß Gott was für einer Zellennachbarin, hinter Gittern, ohne sich frei bewegen zu können, ohne strahlend schöne, sonnige Tage. Ich war wie gelähmt.«

»Aber Caroline nicht. Sie war bei mir.«

Plötzlich wusste Augusta: Das war die Wahrheit. Die schmerzliche Erkenntnis traf sie wie der Blitz aus heiterem Himmel. Sie war nie da gewesen, wenn Skye sie gebraucht hatte. Sie hatte es gewollt, geplant, sich vorgestellt, aber dabei war es geblieben.

Zitternd zog Augusta die Nadel aus ihrer Stickerei. Sie hatte sie vor Skye versteckt und vorgehabt, sie Weihnachten damit zu überraschen.

»Schau, was ich für dich mache, Skye.« Mit ernster Miene zeigte sie Skye das Symbol ihrer Liebe, in dem Versuch, die grauenvolle Vergangenheit ein für alle Mal zu begraben. Schluss mit den knöchernen Rasseln der Klapperschlange. Sie zog es vor, zur tröstlichen Welt der Schutzamulette zurückzukehren, zu den überlieferten Traditionen, die ihr stets ermöglicht hatten, die Illusion einer heilen Welt aufrechtzuerhalten.

Ausgebreitet auf dem Tisch lag Augustas beinahe fertiges Kissen – eine Szene aus *Schwanensee,* mit einem geheimnisvollen Wald, einem blauen See, anmutigen Schwänen, einem Märchenschloss. Darunter hatte sie zwei Jahreszahlen gestickt – zwei Weihnachten, im Abstand von dreißig Jahren.

»Weißt du, was damit gemeint ist?« Augustas Stimme zitterte. Sie legte die Arme um Skyes Schultern und zeichnete die Zahlen mit dem Zeigefinger nach, als würde sie mit einem kleinen Kind reden. »Weihnachten in dem Jahr, als mein Vater mich in *Schwanensee* mitgenommen hat, und das Jahr, in dem du und deine Schwestern mit eurem Vater mitgehen durftet.«

»Ich bin völlig fertig, und du redest davon, dass du mir ein Kissen schenken willst!«

»Liebes, es wird alles gut werden.« Augusta hatte Angst, die

Wahrheit zu hören. Sie umarmte Skye, fuchtelte ihr mit der Stickerei vor dem Gesicht herum und wollte sehen, dass sie sich darüber freute, dass es noch nicht zu spät war.
»Mom, lass es! *Schwanensee* erinnert mich nur an den Redhawk Mountain.«
»Aber das Ballett ... Dein Vater hat dich mitgenommen. Du warst hingerissen. Du hättest dir am liebsten die ganze Nacht die Musik angehört, weit nach Mitternacht, bis ich ein Machtwort gesprochen habe ...«
»Du kapierst es einfach nicht. Du bist blind für alles, was nicht in dein Bild passt!«
»Liebes!«
»Mom ich hasse *Schwanensee!* Es erinnert mich an Dad. Es erinnert mich an den Herbsttag, als ich Andrew Lockwood erschossen habe. Daran denke ich jedes Mal, wenn ich die Musik höre.«
Schweigend ergriff Augusta die Schere. Ohne zu überlegen, schnitt sie die Stickerei mitten durch, dann schnitt sie die Hälften ein weiteres Mal entzwei. Mit erstarrtem Blick betrachtete sie die vier Teile, zwei in jeder Hand.

19

Joe ging Caroline entgegen, als sie aus dem Beiboot stieg. Er bückte sich und reichte ihr die Hand. An Bord der *Meteor* schloss er sie in die Arme. Er trug nur die untere Hälfte eines schwarzen Kälteschutzanzugs. Seine nackte Brust fühlte sich warm in der Sonne an, Salzkristalle glitzerten in seinen blonden Haaren. Die Mannschaft ließ alles stehen und liegen, um die beiden zu beobachten.

»Normalerweise bringe ich keine Frauen mit aufs Schiff«, sagte Joe. »Und schon gar nicht zweimal dieselbe.«

»Und ich mache normalerweise nicht mitten in der Woche blau.«

»Hallo, Caroline!« Sam gesellte sich in seinem Taucheranzug zu ihnen. Er schüttelte den Kopf, wobei er Wasser versprühte, küsste sie auf die Wange und war offensichtlich erfreut, sie zu sehen. »Einen besseren Tag hätten Sie sich für Ihren Besuch nicht aussuchen können.«

»Tatsächlich?«

»Ja, wenn ich es Ihnen sage! Warten Sie erst, bis Sie den Schatz sehen! Eine richtige Schatztruhe, wie bei den Piraten, uralt, mit Messingbeschlägen. Wir haben bereits alles klar gemacht, um sie hochzuhieven. Zeig ihr die Winsch, Joe.«

Joe lächelte angesichts der Begeisterung seines Bruders. »Da drüben.« Er deutete auf eine große Stahltrommel, um die ein fingerdickes Drahtseil gewickelt war. »Wir werfen den Motor an, und Abrakadabra, schon ist das Gold da.«

»Wir haben nur noch auf Sie gewartet«, fügte Sam hinzu. »Wir brannten darauf, endlich anzufangen, als Joe zurückkam von wo immer er die letzte Nacht auch verbracht hat. Aber wir mussten warten. Befehl vom Käpten.«

»Na so was!«, sagte sie errötend.

»Finde ich auch!«

Caroline lächelte.

»Haben Sie einen Taucheranzug dabei?«, erkundigte sich Sam.

»Nein.«

»Sie kann sich bestimmt einen ausleihen, Joe. Du nimmst sie doch mit nach unten, oder?«

Joe zögerte. »Tauchst du?«

»Natürlich!« Caroline hatte früher oft getaucht. Sie hatte einen Tauchschein und schon häufig die Riffs in der Umgebung erkundet. Doch sie war nicht mehr in Übung und wollte, dass die Bergungsaktion zügig über die Bühne ging. »Aber ich schaue mir das Ganze lieber von oben an.«

»In Ordnung. Wird ohnehin nicht lange dauern.« Joe zog den Reißverschluss im Oberteil seines Neoprenanzugs zu, während er den Bildschirm des Echolots überprüfte. Die Meeresoberfläche war glatt, strahlend blau im Sonnenlicht. Es war ein perfekter Sommertag ohne Wellen. Die einzige Bewegung war der natürliche Rhythmus des Meeres, eine sanfte Dünung.

»He, Skipper, können wir jetzt endlich, oder was?«, rief ein Mitglied der Crew ungeduldig.

»Immer mit der Ruhe, Danny.« Joe schnallte seine Pressluftflaschen um. »Nach dem Abendessen könnt ihr eure Sachen für Athen packen.«

»Athen?«

»Die nächste Bergungsaktion findet in Griechenland statt«, sagte Sam. »Wir beide hätten nach Yale gehen können, aber Gold ist Gold.«
»Du ziehst heute Abend weiter?«
»Heute Abend noch nicht.« Das Lächeln auf seinen Lippen und in seinen Augen erlosch, und Caroline wusste, dass die Stunde der Trennung nicht mehr fern war.
»Ich verstehe.« Black Hall war zehn Meilen entfernt, auf der anderen Seite der spiegelglatten Meerenge. Die Silhouette der Kiefernwälder ragte dunkel hinter der Stadt empor. Firefly Hill lag im Norden. Caroline erspähte einen Lichtschimmer. Die Sonne fiel auf das Panoramafenster ihres Elternhauses. Sie kniff die Augen zusammen und blickte hinüber.
Die Piraten versammelten sich an Deck. Sie hielten Kriegsrat, legten ihre Vorgehensweise fest. Dann schwärmten sie aus, ließen sich über die Seitenwand des Schiffs ins Wasser fallen. Sam rief ihr einen Abschiedsgruß zu, und Joe grinste. Dann machte er einen Salto rückwärts von der Reling.
Caroline starrte ins Wasser. Ein paar Luftblasen und ein Ring mit konzentrischen Kreisen waren die einzigen Anzeichen, dass gerade noch jemand da gewesen war. Die Männer waren spurlos verschwunden. Als Joe letzte Nacht den Schmerz in ihren Augen gesehen hatte, hatte er sie mit den Worten getröstet, alles würde gut, die schlimmen Zeiten würden ein für alle Mal der Vergangenheit angehören. Wie war sie nur auf die aberwitzige Idee gekommen, er würde bleiben?
Ihr Vater hatte versucht sie vor Gefahren aller Art zu schützen, aber davor hatte er sie nicht gewarnt. Vor dem Risiko, das man einging, sobald man sich zugestand, jemanden zu lieben. Man öffnete der Angst Tür und Tor. Der Gedanke an Joes Abreise war schlimmer als die schlimmste Nacht, die sie alleine auf dem Berg verbracht hatte.
Sie wurde von einer Bewegung an der Wasseroberfläche aus

ihren Überlegungen gerissen. Angestrengt versuchte sie etwas zu erkennen. Das Meer begann zu wogen und silberne Funken zu sprühen. Zwei, drei Körper tauchten auf. Dann die Rückenflosse eines Fisches. Eine Möwe kreiste über ihm in der Luft und stieß einen triumphierenden Schrei aus. Ein alltäglicher Anblick im Sommer – die Blaufische waren da. Caroline sah zu, wie sie fraßen, und versuchte tief durchzuatmen.

Sonnenlicht drang durch die oberste Wasserschicht, blinkte, wenn es auf Plankton und Sandpartikel fiel. Die Taucher bewegten sich zielstrebig zum Meeresgrund hinunter und schalteten ihre Lampen ein, die ihnen den Weg in die schlammige Tiefe wiesen. Sam folgte Joe. Beim Tauchen war er immer erregt und atmete viel zu schnell, statt Ruhe zu bewahren. Denk an Tibet, schalt er sich. Und an Zen. Meditiere und richte deine Aufmerksamkeit auf die spirituelle Erfahrung. Sei im Hier und Jetzt.

Das Hier und Jetzt. Kaum zu glauben, dass er tatsächlich mit seinem großen Bruder nach einem hochkarätigen Wrack mit einem sagenumwobenen Schatz tauchte! Für Sam war Joe schon seit Kindertagen ein Vorbild gewesen, er hatte keinen Hehl daraus gemacht. Es war ihm nie gelungen, mit seinen Gefühlen hinter dem Berg zu halten. Auch nicht, was Yale betraf. Er war bitter enttäuscht gewesen, als Joe ihm sagte, das Angebot komme für ihn nicht in Betracht. Er hatte versucht so zu tun, als wäre ihm das egal, aber Joe konnte man nichts vormachen.

Seine Atmung geriet aus dem Takt, sobald er an Yale dachte und an die Möglichkeit, ein ganzes Jahr mit seinem Bruder zu verbringen. Aber daraus wurde nichts. Wie immer würde Sam kommen und Joe gehen. Nimm es nicht persönlich, sagte er sich. Das ist typisch Joe. Sams Brustkorb schmerzte.

Er schob den Gedanken an Yale weit von sich, aus der Gefahrenzone. Während er eine Kette von Luftblasen ausstieß, verengten sich seine Augen. Er spähte durch das dunkle Wasser, doch alles, was er sah, waren die Spieren der *Cambria.*

Das Wrack schaute aus wie ein Zauberwald aus zersplittertem Holz. Die Taucher schwammen in einer langen Reihe am Riff vorbei und bildeten einen Kreis um das havarierte Schiff. Es lag auf der Seite, riesig und abweisend wie ein verendeter Wal. Die Rippen seines hölzernen schwarzen Rumpfs waren nach außen gebogen, Bug und Heck liefen spitz zu. Die Masten waren abgebrochen; sie ragten wie Dornen aus dem Sand, durch tödliche Drahtschlingen mit dem Schiff verbunden. Blaufische und Lippfische schwammen ein und aus.

Joe drehte sich nach Sam um. Er bedeutete ihm, an Ort und Stelle zu warten. Sam nickte, obwohl er Joe gerne begleitet und die Bergung aus allernächster Nähe miterlebt hätte. Aber als Taucher spielte er nicht in Joes Liga mit. Seine Arbeit erforderte keine Tauchaktionen in tiefen Gewässern, und er wusste, er hatte es allein seinem Bruder zu verdanken, dass er bei diesem Tauchgang mitkommen durfte.

In der einsturzgefährdeten Höhle des Wracks wäre er nur im Weg.

Joe sagte etwas zu ihm. Sam blinzelte, durch das blassgrüne Wasser spähend. Luftblasen stiegen aus Joes Mund auf. Maske an Maske mit Joe, versuchte Sam die Worte von seinen Lippen abzulesen: Black Hall.

So ein Blödsinn. Joe sagte mit Sicherheit nicht, was Sam dachte. Er hatte Joe beim letzten gemeinsamen Tauchgang mit den Worten aufziehen, ihn in Versuchung führen wollen, das Angebot in Yale anzunehmen, sich häuslich in der Stadt niederzulassen, in der Caroline Renwick lebte. Er hatte schließlich Augen im Kopf und sah, wie Joe sich veränderte, wenn er in ihrer Nähe war.

Black Hall. Es war ihm so vorgekommen, als ob Joe die beiden Worte wirklich gesagt hätte, aber das konnte nicht sein. Sam grinste, stieß einen Schwall Luftblasen aus und zuckte mit den Schultern, um anzudeuten, dass er ihn nicht verstand. Alles andere war reines Wunschdenken. Joe war ein einsamer Wolf, ein Pirat, ein Schatzsucher. Er würde sich weder von einer Frau noch von seinem Bruder an die Kette legen lassen.

Joe drehte sich um und ergriff das Stahlseil. Es lief von der Winsch an Bord der *Meteor* senkrecht nach unten zum Wrack. Er würde es mit Dan an der Truhe befestigen, die durch Polstermaterial geschützt und mit Riemen umwickelt war, und das Gold hochhievcn. Er schwamm in den aufgerissenen Rumpf des Schiffs. Die Taucher folgten einer nach dem anderen. Als Ingenieure, Geophysiker, Archäologen und Bergungsexperten waren sie in ihrem Element, waren mit der kniffligen Aufgabe befasst, eine Truhe mit Gold unversehrt aus dem einsturzgefährdeten morschen Holzlabyrinth herauszuholen.

Sams Platz im Meer war ein anderer. Er war Biologe, studierte die Flora und Fauna der Meere. Sobald sich das Gold an Bord befand, würde er die nächste Maschine besteigen und auf seinen Posten im hohen Norden zurückkehren. Die Wale vor Neufundland mussten gezählt, die Robben beobachtet, der Heringsbestand geschätzt werden. Seinen Traum, gemeinsam mit Joe in Yale zu lehren, konnte er in den schlammigen Tiefen des Moonstone Reef begraben.

Geduldig wartend, erspähte Sam Trevor einen Menhadenschwarm. Die silbrigen Schuppen der kleinen Heringsfische funkelten wie ein Feuerwerk. Ihnen folgten die Blaufische auf den Fersen, zinnfarbene Torpedos, die reinsten Fressmaschinen. Sie jagten ihre Beute mit weit aufgerissenen Mäulern. Der Biologe hielt sich reglos im Hintergrund, beobachtete das Treiben der Fische und versuchte nicht mehr daran zu denken, ob sein Bruder wirklich Black Hall gesagt hatte.

In ihrem Atelier auf Firefly Hill arbeitete Skye an ihrer Skulptur von den drei Schwestern. Sie trug ein eng anliegendes schwarzes Top, verblichene Jeans und war von Kopf bis Fuß mit einer dünnen Tonschicht bedeckt. Neben ihr standen eine Flasche Wodka und ein Glas. Das Glas war voll.

Skye kam mit ihren Gefühlen nicht zurecht.

Sie hatte ihrer Mutter einen tödlichen Schlag versetzt. Noch immer sah sie ihr Gesicht vor sich, von Verzweiflung überschattet. Sie hätte es modellieren können, die Büste einer Frau, die soeben ihrer jüngsten Tochter bis auf den Grund ihrer leeren Seele geblickt hatte. Das war nichts Neues, aber Augusta war dennoch entsetzt gewesen. Skye hatte es an ihren Augen gesehen. Wodka war der schnellste Weg, sich dem zu entziehen. Sie nippte an ihrem Drink und spürte, wie alles andere verblasste.

Aber ihr neues Projekt erfüllte sie mit Liebe und Stolz. Obwohl die Schwestern keine Gesichter hatten, wusste Skye, welche der Figuren Caroline, Clea und sie selbst darstellten. Alle drei hatten den Kopf in den Nacken gelegt und blickten heiter und dankbar zum Himmel empor. Sich eines Tages so zu fühlen, war Skyes größter Wunsch.

Heiter und dankbar. Skye hob das Glas abermals an die Lippen und trank.

Die Renwicks hatten die Geheimniskrämerei und Lügerei zu einer Kunstform erhoben. Blieb ihnen denn eine andere Wahl? Die Wahrheit hätte sie zerstört. Ihre Eltern hätten sich scheiden lassen, dessen war sie sich sicher. Sie wünschte, sie könnte die beiden als liebendes Paar in Erinnerung behalten,

so wie es in den Geschichten anklang, die über sie in Umlauf waren. Sie hatten gemeinsam die ganze Welt bereist, mit ihren Kindern, hatten Häuser in schönen Landschaften gemietet, die Hugh malen wollte. Sie hatten eine Phantasiewelt erschaffen, die sich nun auflöste.
Skyes Name leitete sich von dem Ort her, an dem sie gezeugt worden war, der sagenumwobenen Isle of Skye im Westen Schottlands. Ihre Eltern pflegten ihr von dem winzigen Cottage zu erzählen, gerade groß genug für ein Paar mit zwei kleinen Mädchen, in dem Tag und Nacht ein Torffeuer brannte. Sie hatten eine Zeit des unbeschwerten Glücks an diesem Ort verbracht. Augusta und die Mädchen waren auf dem schmalen Pfad am Meer spazieren gegangen, während Hugh Lachs fischte und jeden Tag malte.
Weihnachten – neun Monate später – hatte sich ihr Vater mit einer anderen Frau eingelassen. Der Ehemann war nach Firefly Hill gekommen, in der Absicht, Rache zu nehmen und die ganze Familie auszulöschen, und so hatte das Schicksal der Renwicks seinen Lauf genommen.
Als sie Schritte auf der Treppe hörte, drehte sie sich um. Simon stand auf der Schwelle, ihrer Sicht verborgen. Sie gewahrte nur den hageren Schatten, den das Licht im Flur warf, und atmete erleichtert auf, dass es nicht ihre Mutter war. Er stand lange Zeit reglos da, schien seinen ganzen Mut zusammenzunehmen. Sie hörte, wie er tief Luft holte.
Er betrat ihr Atelier mit einer roten Rose in der Hand und einer Entschuldigung in den Augen. Er trug schwarze Jeans, ein grünes T-Shirt und verschlissene Arbeitsstiefel. Langsam durchquerte er den weitläufigen Raum, in dem seine Schritte widerhallten. Als er vor Skye stand, kniete er vor ihr nieder und reichte ihr die Rose.
»Für dich.«
»Danke.« Sie hielt die Rose an die Nase und atmete ihren be-

täubenden Duft ein, fest entschlossen, sich nicht erweichen zu lassen.

»Ich habe sie im Garten gepflückt«, gestand er mit entwaffnender Offenheit.

»Warum?«

»Ich wollte beweisen, dass ich hierher gehöre, dass ich Teil deiner Familie bin. Das bin ich, und du weißt es.« Er barg den Kopf in ihrem Schoß. Langsam legte sie ihre vom Ton verkrusteten Hände auf seinen Kopf.

»Dein Vater hatte auch seine Fehler, trotzdem hat deine Mutter ihn mit offenen Armen wieder aufgenommen.«

»Vielleicht hätte sie das nicht tun sollen.«

»Hast du mir nicht erzählt, dass er die Rosen draußen als Symbol gepflanzt hat? Er wollte seinen Fehler wieder gutmachen, sie für alles entschädigen, was er ihr angetan hatte. Ich werde dich in Zukunft auf Händen tragen.«

Wieder atmete sie den Duft der Rose ein. Sie roch nach Moschus und Sex, wie die Liebe und das Ende des Sommers. Skye dachte an Caroline und Clea, und heiße Tränen brannten hinter ihren Lidern. Sie spürte, wie sie der Wirklichkeit entglitt. Sie wollte Simon glauben. Mehr als alles in der Welt wollte sie sich in der Liebe verlieren und Redhawk, das blaue Haarband, *Schwanensee* und den Blick in den Augen ihrer Mutter vergessen.

»So läuft das nicht bei mir.« Sie stieß ihn weg. »Geh, ich möchte alleine sein.«

»Gib mir eine Chance, mach Liebe mit mir.«

»Nein, Simon.«

»Was ist los? So warst du ja noch nie!«

»Ich bin müde. Ich möchte weiterarbeiten.« Die beiden Lügen prallten aufeinander. Sie wollte Simon so schnell wie möglich loswerden, damit sie sich mit Wodka abfüllen und für den Rest des Nachmittags im Bett verkriechen konnte.

»Was nun?« Er grinste, als er sie beim Lügen ertappte.
»Die Wahrheit ist, ich möchte alleine sein.« Sie überlegte krampfhaft. »Ich hatte letzte Nacht einen Traum, der mich inspiriert hat, und ich will endlich an meiner neuen Skulptur arbeiten.« Ihr Bedürfnis nach Rückzug war so groß, dass ihr die Lüge genauso leicht über die Lippen kam wie der nächste Atemzug.
»Da ist Sex genau das Richtige. Du solltest dich entspannen.« Simons Zunge fuhr spielerisch über ihre Wange, und seine Finger glitten an ihren Jeans hinab.
»Hör auf!« Sie zuckte zurück und stieß seine Hand beiseite.
»Ich habe aber keine Lust, aufzuhören.« Sein Atem war heiß auf ihrer Wange.
Ein Anflug von Panik überkam sie. Sie spürte Simons Hand auf ihren Brüsten, seinen Mund an ihrem Hals und erschauerte.
»Hör auf Simon! Ich sagte Nein!«
»Du verdammtes Miststück!«
Skye holte tief Luft. Sie schloss die Augen, aber nur für einen Moment. Sie wollte nicht in ihre Phantasiewelt flüchten, in einen vorübergehenden Verlust der Realität. Ihr Mann führte Böses im Schilde, hatte sie als Miststück beschimpft. Die Erkenntnis war beinahe eine Erleichterung.
»Wenn du mein Atelier nicht sofort verlässt, rufe ich die Polizei!« Sie hob das Kinn und richtete sich zu voller Größe auf.
»Was glaubst du, was die Polizei machen wird?« Der Schlag ins Gesicht kam so plötzlich und hart, dass sie Sterne sah. »Du bist schließlich meine Frau.«
»Simon!«
Benommen berührte Skye ihr Auge, ihren Mund. Die linke Gesichtshälfte brannte, pochte an der Stelle, an der Simons Handfläche einen Abdruck hinterlassen hatte. Er packte ih-

ren Ausschnitt und zerriss das Oberteil. Sie spürte, wie ihr Gehirn explodierte, während sich ihre Augen vor Schrecken weiteten.

Die Räuber richteten ein Gemetzel an. Caroline stand an Deck, die Hände an der Steuerbord-Reling, und beobachtete das Treiben. Die Blaufische stürzten sich auf den Heringsschwarm und wirbelten ihre Beute wie Schrotkugeln durch die Luft. Ihre Gier war unersättlich, die spitzen Zähne schnappten unentwegt zu, und Tran- und Blutlachen wurden mit den Überresten der Beute von der Strömung ins Meer gespült.
Caroline fragte sich, was weiter unten vor sich gehen mochte. Einige wenige Mitglieder der Mannschaft waren an Bord geblieben, um die Winsch zu bedienen und Funkkontakt mit Joe und den anderen Tauchern auf dem Meeresgrund zu halten. Hin und wieder ließen sie mehr Leine nach, drehten an der Winsch, brachten den Motor auf Touren, überprüften die Position der *Meteor* über dem Wrack und richteten das Schiff aus, ein paar Meter im Rückwärtsgang.
Sie sah den Fischen zu, bemüht, das flaue Gefühl in der Magengrube zu vergessen. Die Männer an Deck unterhielten sich über Griechenland, den Schatz von Mykonos, nach dem sie tauchen würden, über die Wärme des Wassers und die Schönheit der einheimischen Frauen.
»Los geht's!«, schrie plötzlich der Mann an der Winsch. »Sie haben die Truhe befestigt!«
Die Mannschaft rannte herbei. Die Winsch war mit einem Stahlseil bestückt, das Ähnlichkeit mit einer riesigen Angelrute besaß. Es lief durch einen langen Ausleger, der über das Wasser schwang, und von dort senkrecht nach unten, zu dem sich darunter befindenden Wrack.
»Ist das gefährlich?«, fragte Caroline einen der Männer.

»Scheiße, ja! Das Stahlseil ist zum Zerreißen gespannt, wenn wir die Truhe hochziehen.«

»Das Wrack ist wie ein Kartenhaus«, erklärte ein älterer Mann, der eine Zigarette in den Mundwinkel geklemmt und ein Schlachtschiff auf den Arm tätowiert hatte. »Und das Gold befindet sich mitten drin. Wir müssen das Drahtseil durch das ganze Schiffsgerüst führen, um die Truhe damit zu verschnüren, ohne dass es irgendwo anstößt, denn sonst bringen wir das Kartenhaus zum Einsturz.«

»Keine Angst, das passiert schon nicht«, sagte der Mann, der die Winsch bediente. »Joe versteht eine Menge von seinem Handwerk. Er hat viel Erfahrung mit solchen Bergungsaktionen.«

»Nächsten Monat geht's gleich weiter in Griechenland«, warf ein anderer ein.

Der Mann an der Winsch sprach ins Mikro. Er presste den Finger gegen den Kopfhörer, um besser zu verstehen. »Roger. Winsch anlassen!« Dann betätigte er verschiedene Schalter am Steuerstand.

Caroline sah, wie sich das Drahtseil spannte. Die Truhe wurde offenbar hochgezogen. Ihr Magen verkrampfte sich vor Angst, als sie an das Kartenhaus dachte. Sie wandte den Blick ab, sah wieder zu den Blaufischen hin, die das Wasser aufpeitschten. Sie waren dichter an das Schiff herangerückt. Eine dunkle Silhouette näherte sich ihnen.

Es war ein Hai.

Im Wrack war es stockfinster. Kein Sonnenstrahl drang bis zum Meeresgrund durch. Der schwache Lichtschein der Taucherlampen fiel auf die Truhe, und Joe strengte seine Augen an, während er und Dan sie mit dem Stahlseil umwickelten. Sie hatten Seilführungen aufgestellt, Metallbögen, um das Stahlseil reibungslos durch das morsche Schiff zu befördern

und zu verhindern, dass es das Wrack zum Einsturz brachte. Sie schienen zu halten.
Joe zählte seine Männer. Er hielt nach Sam Ausschau und war erleichtert, dass er sich an seine Anweisung gehalten hatte und dem Wrack ferngeblieben war. Sam hatte sich von klein auf an seine Fersen geheftet wie ein tollpatschiger junger Hund, aber wenn Joe verlangt hatte, in Ruhe gelassen zu werden, war er der Aufforderung nachgekommen. Joe zog an dem Stahlseil, um zu prüfen, ob es sicher in den Führungen lag. Das mache ich viel zu oft, dachte er, Sam sagen, dass ich in Ruhe gelassen werden möchte. Und anderen. Seine Gedanken wanderten zu Caroline, die auf Deck wartete, und er beeilte sich. Dann gab er das Signal zum Hochziehen.
Das Stahlseil spannte sich. Es schabte an der Führungsschiene und den Stützen entlang. Joes Herz hämmerte, und er verspürte den Drang, schneller zu atmen. Er war froh, dass Sam sich außerhalb des Wracks befand, in Sicherheit. Das Gold aus einem morschen Wrack hinauszuschaffen war der gefährlichste Teil der Schatzsuche. Der Teil, bei dem man sein Leben aufs Spiel setzte.
Das Stahlseil war nun straff. Die fest gegurtete Truhe holperte über den Meeresgrund. Die Taucher kreisten sie ein und hoben die alte, wie ein Paket verschnürte Kiste über die zerbrochenen Spieren. Dan behielt das Stahlseil im Auge, den Druck gegen die Seilführungen überprüfend. Er streckte die Daumen hoch, ein Zeichen für Joe, dass alles in Ordnung war. Joe schwamm hinter der Truhe nach oben; sie zog einen Schweif von Münzen nach sich, die aus einer Spalte im Holz zwischen den schützenden Gurten hervorquollen.
Sein Hauptaugenmerk war darauf gerichtet, die Truhe mit dem Gold an die Wasseroberfläche zu bringen. Das Hochziehen war nun leichter, seit sich die Truhe vom Meeresgrund gelöst hatte und durch das dunkle Wrack geleitet wurde.

Überall lagen Gebeine verstreut, die sterblichen Überreste der Besatzung. Clarissas Mutter befand sich unter ihnen, aber Joe verdrängte den Gedanken an sie. Jetzt war er nicht Forscher, sondern Pirat, und es galt, den Schatz zu heben.
Als er das Wrack hinter sich ließ, wurde das Wasser heller. Joe war erleichtert. Er sah Sam, der in sicherer Entfernung wartete. Das Schlimmste war vorüber. Einer nach dem anderen kamen seine Männer heraus und folgten der Truhe mit dem Gold. Sie schwankte im Wasser hin und her, in dem Loch hängend, das sich im Rumpf der *Cambria* befand.
Das Stahlseil hatte sich verhakt.
Joe sah auf Anhieb, dass es sich nicht um ein schwerwiegendes Problem handelte. Das Stahlseil war zwischen den Seilführungen und einem zersplitterten Holz eingeklemmt. Dan signalisierte, dass er mehr Leine brauchte. Der Mann an der Winsch nahm die Spannung vom Stahlseil, wobei sich der Gurt von einer zerbrochenen Spiere löste. Das Stahlseil hing schlaff herab. Joe schwamm hinüber. Er hatte gerade die Hand nach oben gestreckt, um es zu lösen, als er den Hai sah. Er war pfeilschnell. Schlank wie ein Torpedo, mit schwarzer Oberseite und weißem Bauch, glitt er direkt auf Sam zu. Ein ruckhafter Schwenk des Körpers, dann riss er das Maul auf, entblößte spitze, messerscharfe Zähne und strich dicht an Sam vorbei. Joe sah die verblüffte Miene seines Bruders. Sams Augen hinter der Tauchermaske weiteten sich. Er öffnete den Mund, aus dem ein Schwall Luftblasen entwich.
Joe packte eine zerbrochene Spiere, die auf dem Meeresgrund lag. Er hatte keinen Plan, handelte ohne nachzudenken. Er hatte nur eines im Sinn, seinen Bruder zu beschützen. Er stürzte sich auf den Hai, in dem Versuch, ihn mit dem nutzlosen Holzprügel zu verscheuchen.
Plötzlich verfing sich Joes Luftschlauch in der Metallführung. Das Drahtseil hatte sich wieder gestrafft und zerrte an der

Kiste. Joe wurde zurückgerissen und spürte, wie die Luftzufuhr unterbrochen wurde. Nicht weiter schlimm, er musste sich nur aus seinen Gurten befreien und die Sauerstoffflasche hängen lassen. Aber der Hai und Sam lenkten ihn ab. Sam stand reglos da und beobachtete den Hai, der ihn umkreiste. Dann schlug der Hai mit der Schwanzflosse und drehte blitzartig ab. Joe behielt ihn im Auge.

Während er an seinen Gurten zerrte, lächelte er Sam beruhigend zu. Der Junge war völlig aufgelöst, einer Panik nahe wegen des Hais und weil er seinen älteren Bruder zum ersten Mal in Aufruhr erlebt. Er schwamm zu Joe und nahm sein Mundstück heraus, um die Luft mit ihm zu teilen.

Joe bedeutete ihm, sich nicht zu bewegen. Er hatte tief Luft geholt, genug, um langsam aufzutauchen. Aber Sam schwamm unbeirrt auf ihn zu. Er kannte die ungeschriebenen Regeln, wusste, dass man seine Luft mit einem Taucher teilt, der sich in einer Notlage befindet. Sams Augen waren unverwandt auf Joe gerichtet, und er hielt ihm das Mundstück wie ein Geschenk entgegen.

In diesem Moment kam die Truhe mit einem Ruck frei. Sie schwang an Joe vorbei auf dem Weg nach oben. Ein Zittern lief durch das Wrack, als sich das Stahlseil losriss. Die *Cambria* erschauerte, die Schockwellen glichen einem Unterwasserbeben. Joe hatte sich wieder voll im Griff. Er streckte die Hand aus, um Sam wegzustoßen.

Das Wrack sackte in sich zusammen, als hätte sich der Meeresboden verschoben. Es stürzte ein wie ein Kartenhaus, Holzteile wirbelten umher. Die Taucher stoben auseinander wie ein Schwarm Köderfische. Die Blaufische schossen in alle Himmelsrichtungen davon, der Hai war verschwunden. Joe spürte, wie eine Spiere auf seine Schulter krachte. Sam erwischte es schlimmer. Joe sah, wie das Stahlseil über seinen Hinterkopf peitschte.

Sams Blut rann in das aufgewühlte Wasser.
Joe wollte zu seinem Bruder schwimmen, um ihm zu helfen, aber er kam nicht von der Stelle. Er konnte den Arm nicht bewegen.

Niemand hatte sich groß Gedanken gemacht, als Caroline auf den Hai deutete. Die Männer sagten, hier draußen bekomme man ständig Haie zu Gesicht, kein Grund zur Panik, das gehöre dazu, wenn man sein Brot als Taucher verdiene. Nur Städter, die keine Ahnung hätten, würden sich von Filmen wie *Der weiße Hai* Angst einjagen lassen. Caroline hatte gelacht. Sie wusste, dass sie den Männern Glauben schenken konnte. Sie war am Meer groß geworden und hatte nie gehört, dass Haie in den Gewässern um Black Hall einen Menschen angefallen hätten. Wie damals bei unseren Jagdausflügen, dachte sie. Wir waren zwar Bären und Wölfen begegnet, aber keiner hat uns gefressen.
Caroline sah nun die Truhe. Sie befand sich dicht unter der Wasseroberfläche, die Metallbeschläge schimmerten. Sie war so groß wie ein Dingi, das Holz vom Alter geschwärzt. Mit grünen Algen und schartigen Rankenfußkrebsen überzogen, kam sie aus dem Meer, baumelte am Stahlseil hin und her, rundum von Tragegurten unterstützt. Der Mann an der Winsch hievte sie geschickt an Deck. Wasser strömte aus allen Nahtstellen.
Vier schwarze Köpfe tauchten auf und hüpften auf dem Wasser auf und ab. Die Taucher kamen. Sie hielt nach Joe und Sam Ausschau und freute sich darauf, mit ihnen gemeinsam das Gold zu betrachten.
Die Taucher schrien wild durcheinander. Sie kletterten auf die schwimmende Plattform und sprangen an Deck. Jemand benachrichtigte über Funk die Küstenwache und forderte einen Rettungshubschrauber an. Caroline rannte zur Reling.

Sie starrte auf die Wasseroberfläche, betend, Joe und Sam zu sehen.
»Der Hai?«, fragte sie. Sie dachte an die Jäger und ihre Beute, an ihre schlimmsten Ängste.
»Das Wrack ist zusammengebrochen«, brüllte jemand und rannte an ihr vorbei.
»Wo ist Joe?«, schrie sie. Das Herz schlug ihr bis zum Hals. »Wo sind die beiden?«
Weniger als eine Minute verging, dann tauchten sie auf. Die Männer, die sich noch im Wasser befanden, bildeten einen Ring um Sam. Sein Gesicht war leichenblass und blutverschmiert. Die Lider waren halb geschlossen, die Augen verdreht. Ein Blutschwall drang in regelmäßigen Abständen aus einer langen klaffenden Wunde hinter dem Ohr.
Joe schnappte nach Luft. Er versuchte Sam über Wasser zu halten, doch sein linker Arm hing schlaff hinab. Sein Neoprenanzug war zerfetzt. Caroline sah den Riss an der Schulter. Dan schwamm zu ihm hinüber und stützte ihn. Caroline streckte die Arme aus und versuchte zu helfen, als zuerst Sam und danach Joe an Deck gehievt wurde. Die Männer liefen ins Ruderhaus und kamen mit Decken zurück.
»Er hat versucht mich zu retten«, keuchte Joe. Sein Blick irrte zwischen Caroline und Sam hin und her. »Er wollte mich aus der Gefahrenzone ziehen.«
»Ihn hat's ganz schön erwischt, Mann.« Dan starrte Sam an. »Verliert massenhaft Blut.«
»Die Küstenwache ist bereits unterwegs!«, schrie Jeff. »Sie haben den Hubschrauber losgeschickt.«
»Sam!« Joes Stimme klang rau. Beim Anblick seiner Verletzung erschrak Caroline. Ein Holzsplitter hatte sich durch seinen Oberarm gebohrt, bis zum Knochen ins Fleisch getrieben. Joes Gesicht war bleich, seine Lippen blau. Er verlor ebenfalls eine Menge Blut, aber er wich nicht von Sams Seite.

Jemand fand ein Handtuch und tupfte damit behutsam Sams Kopf ab. Das Blut bildete eine Lache auf dem Deck. Die Mannschaft war wie gelähmt.

»Verdammt, wir brauchen einen Arzt!« Dan spie Wasser aus. »Da hocken wir auf diesem Scheißmeer, die Haie wimmeln um uns herum, und haben keinen Arzt an Bord! Lauter Siebengescheite, aber kein Mediziner weit und breit.«

»Wo bleibt bloß der Hubschrauber?«, rief ein junger Mann, der mit den Augen den Himmel absuchte.

Caroline durchbrach den Kreis, den die Taucher gebildet hatten. Sie kannte sich aus mit Erster Hilfe, ging neben Sam in die Hocke und berührte sein Gesicht. Es war eiskalt. Sie hatte einen Kloß im Hals. Sie dachte an Redhawk Mountain, an Andrew Lockwood. Die Erinnerungen brachen ihr das Herz, aber sie wusste, sie konnte es sich nicht leisten, sie ausgerechnet jetzt wieder aufleben zu lassen.

Caroline zog ihr weißes Hemd aus. Darunter trug sie einen Badeanzug. Der Wind war kühl auf ihrer Haut. Sie presste das Hemd gegen Sams Kopf, drückte es mit aller Kraft auf die Wunde, während sein Blut den Stoff tränkte, und zwang sich, ihm ins Gesicht zu blicken, damit sie Andrews Bild nicht vor sich sah.

»Lockert den Taucheranzug«, befahl sie Dan und Jeff. »Wickelt ihn in die Decke, und holt noch ein paar mehr.« Sie legte die Finger auf Sams Schläfe, konnte den Puls aber nicht fühlen. Sie wusste, dass er schwer verletzt war, möglicherweise war eine Arterie getroffen worden.

»Wird er sterben?«, fragte Joe, und Tränen liefen ihm über die Wangen.

Caroline blickte ihn an. Joe hielt sich mit letzter Kraft auf den Beinen. Seine Lippen waren blau und zusammengepresst. Er hatte nicht nur seine Gelassenheit, sondern auch seine harte Schale eingebüßt. Die emotionale Distanz,die sie an ihm beobachtet hatte, seit sie ihm begegnet war, war verschwunden. Es gehörte Mut dazu, im Kreis seiner Männer auf Deck zu sitzen und den Tränen freien Lauf zu lassen, ohne Anstalten zu machen, sie verstohlen wegzuwischen. Er war selbst verletzt und nahe daran, die Besinnung zu verlieren, aber seine einzige Sorge galt Sam.

Endlich, der Hubschrauber. Das Geräusch der Rotoren war noch weit entfernt und schwach wie bei einem Vogelschwarm.

»Wird er sterben?«, fragte Joe abermals, den Blick unverwandt auf Caroline gerichtet. Sie musste vorsichtig sein mit ihrem Mienenspiel. Sie wusste, wie wichtig ihm Ehrlichkeit war. Er ertrug es nicht, belogen zu werden, aber sie brachte es auch nicht übers Herz, ihm zu sagen, welche Erfahrungen sie mit Sterbenden gemacht hatte, was sie wirklich glaubte. Deshalb blieb sie stumm und hielt seinem Blick stand.

Die Tränen in ihren Augen waren das einzige verräterische Zeichen. Es sagte Joe, dass sie schon einmal mit ansehen musste, wie ein junger Mann verblutet war, und die Antwort auf seine Frage sehr wohl Ja lauten könnte.

Schwer atmend ging Augusta die Treppe hinauf, um nach Skye zu sehen. Sie hätte es niemandem eingestanden, nicht einmal Caroline oder Clea, aber sie fühlte sich am Boden zerstört, hatte das Empfinden, als Mutter auf ganzer Linie versagt zu haben.

Die Mädchen hatten eine unbeschwerte Kindheit gehabt. Sie sah die drei wieder vor sich, wie sie in der Abenddämmerung über die Wiese liefen und Feuerfliegen fingen. Augusta ließ die Bilder vor ihrem inneren Auge Revue passieren. Sie hatte auf den Verandastufen gesessen und ihnen zugesehen, voller Liebe und Heiterkeit. Ihre Töchter tanzten und vollführten Freudensprünge, und Augustas Augen füll-

ten sich mit Tränen der Dankbarkeit, weil sie so wunderbare Kinder hatte.
Nie wäre ihr der Gedanke gekommen, dass sie fünfundzwanzig Jahre später ihre Jüngste, ihr Nesthäkchen Skye, auf Schritt und Tritt überwachen musste, damit sie nicht noch mehr Unheil anrichtete. Damit sie den Alkohol nicht direkt aus der Flasche trank, ein X-acto T–Messer nahm und sich mit der Skalpellklinge die Adern aufschnitt. Wegen eines Todesfalls, der Jahre zurücklag.
Skye, eine Mörderin.
Großer Gott, dachte Augusta. So viel Unglück in ihrer eigenen Familie. Sie beugte den Kopf und wischte die Tränen fort. Wieso war sie bis heute nicht in der Lage, ihren Pflichten als Mutter zu genügen, ihren drei Mädchen beizustehen? Aber wenigstens waren die Schwestern stets füreinander da. Caroline, die Ersatzmutter. Gott sei Dank, dass es sie gab, dass die beiden anderen nicht alles alleine durchstehen mussten, weil ihre leibliche Mutter zu selbstsüchtig und feige gewesen war, um sie zu schützen.
Am oberen Ende der Treppe angekommen, hielt Augusta inne. Sie lehnte sich an das Geländer, einen Stapel weißer Handtücher auf dem Arm. Sie fühlte sich wie eine ausgelaugte alte Waschfrau.
Die Tür zu Skyes Atelier war geschlossen. Augusta starrte sie an. Der Augenblick, vor dem sie sich gefürchtet hatte, war gekommen. Sie würde die Tür aufstoßen, eintreten und entdecken müssen, dass Skye betrunken war.
Augusta richtete sich kerzengerade auf. Sie atmete tief durch und setzte eine geschäftige Miene auf. Sie würde hineingehen und laut beklagen, dass die Welt nie von den Müttern berühmter Bildhauerinnen erfuhr und der zusätzlichen Arbeit, die sie verrichteten, damit ihre Töchter unbelastet und mit sauberen Händen zu Werke gehen konnten.

Sie stieß die Tür auf und trat über die Schwelle. In dem Moment ertönte ein gellender Schrei, und ihr Herz setzte aus.
»O Gott!« Sie ließ die Handtücher fallen.
Blut lief aus Skyes Nase, während Simon mit gespreizten Beinen über ihr stand, keuchend wie ein Bulle. Er hatte ihr die Hände auf den Rücken gedreht, und Augusta sah, dass sie verletzt war. Er hatte seine Hosen runtergelassen, der Gürtel schleifte auf dem Boden.
»Verschwinde, Augusta! Das ist eine Sache, die nur mich und meine Frau etwas angeht.«
»Skye?« Augusta schenkte ihm keine Beachtung. Sie nahm eines der sauberen Handtücher und näherte sich damit ihrer Tochter. Hatte ein Streit zwischen den beiden stattgefunden oder Schlimmeres? Hatte er etwa vorgehabt, seine ehelichen Rechte mit Gewalt einzufordern?
Skyes Nase sah schief aus, und unter dem linken Auge hatte sie eine Beule. Augusta ging neben ihr in die Hocke, um die Verletzung zu begutachten, und strich ihr übers Haar. »Hat er dich geschlagen?« Tränen liefen über Skyes Wangen. Entrüstet drehte sich Augusta um. »Hast du sie geschlagen? So wahr mir Gott helfe, wenn du …«
Sie funkelte Simon an. Wie hässlich sein Gesicht aussah, verzerrt und rot, die hervorstehenden Adern an seinem Hals dick wie Taue. Seine Zähne waren gebleckt wie die eines Tigers, und Augusta spürte, wie auch in ihr der Raubtierinstinkt erwachte. Sie hatte dieses Gefühl nur ein einziges Mal im Leben gehabt – als James Connor in ihre Küche eingedrungen war und ihre Kinder bedrohte.
Augusta, die sich vor Skye geworfen hatte, und Simon blickten einander an, und sie sah den Schlag kommen. Sie wusste nicht, ob er ihr galt oder Skye, aber sie riss die Hände hoch, um sie beide zu schützen. »Niiiiicht!«, schrie Skye; ihre

Stimme hallte nach wie das Pfeifen einer Lokomotive, die eine lange Kurve nimmt, bevor sie in einen Tunnel einfährt. Es war Augusta, auf die er es abgesehen hatte. Der Schlag war dumpf, und er stieß einen knurrenden Laut aus. Augusta hörte und spürte mit allen Sinnen, wie Simons Faust ihre Schläfe traf. Sie roch und schmeckte ihre eigene Angst, und sie sah, wie Skye, ihr Küken, die größte Künstlerin in der Familie, die Kindlichste von allen, plötzlich eine Schere in der Hand hielt.

»Skye!« Augusta versuchte die Worte auszusprechen, aber ihrem Gehirn gelang es nicht, sie über die Lippen zu bringen. Skye! Nicht, Liebes! wollte sie ihr zurufen. Tu's nicht! Tu's nicht! Augusta spürte, wie sie die Besinnung verlor, die Worte waren nur noch ein Gurgeln, erstickt in Speichel oder Blut. Sie würde ohnmächtig werden oder sterben, aber das war ihr in diesem Augenblick völlig egal. Sie wollte nur eines, Skye beschützen. Sie wollte sie wenigstens jetzt beschützen, nachdem sie es vierzehn Jahre zuvor versäumt hatte.

Unfähig zu sprechen, geschweige denn einen Finger zu rühren, lag Augusta Renwick zusammengekrümmt auf dem Fußboden in Skyes Atelier, hilflos und nicht in der Lage, ihre Tochter vor den dunklen Mächten zu bewahren, die ihre Familie immer noch heimsuchten. Doch bevor sie in eine ihr unbekannte Welt hinüberglitt, sah sie, wie Skye, schreiend und mit blutverschmiertem Gesicht, mit einer Schere auf Simon Whitford losging.

20

Der Lifestar Hubschrauber flog Joe Connor und Sam Trevor den Sund entlang zum General Hospital, das an der Küste lag. Dan folgte mit Caroline im Beiboot und Jeep. Bei der Ankunft in der Notaufnahme war sie außer sich vor Angst und Sorge. Eine Krankenschwester teilte ihr mit, beide müssten operiert werden, mehr könne sie noch nicht sagen. Und so richtete sich Caroline auf eine längere Wartezeit ein.

Nach einer Stunde erkundigte sie sich, ob Peter Dienst habe. Er war zwar im Krankenhaus, betreute aber irgendwo eine andere Familie. Sie versuchte Clea anzurufen und danach Skye, aber niemand ging ans Telefon.

Es war sehr kalt, doch der orangefarbene Vinylsitz klebte an ihren Schenkeln. Jedes Mal, wenn ein Arzt zur Tür herauskam, sprang sie auf. Die Ärzte trugen weite grüne OP-Kittel, hatten die Maske unter das Kinn gezogen und einen müden Blick. Sie sprachen mit wartenden Angehörigen, erklärten den Ablauf des chirurgischen Eingriffs und beantworteten Fragen. Die Gefühle spiegelten sich in den Gesichtern der Angehörigen wider, und Caroline spürte, dass ihre Hände eiskalt vor Angst waren.

Schließlich kam eine Ärztin auf sie zu.

»Sind Sie Caroline?«

Caroline trat einen Schritt vor. »Ja.« Sie las das Namensschild auf dem Kittel.

»Sind Sie die Ehefrau oder die Schwester von Joe Connor?« Dr. Nichols blickte auf das Klemmbrett mit dem Krankenblatt.

»Keins von beidem. Aber ich war dabei, als der Unfall geschah. Ich bin eine Freundin der Familie.«

»Ich verstehe.«

»Ist alles in Ordnung mit den beiden?«

»Ja. Joe Connor ist bereits operiert. Es wird einige Zeit dauern, bis der Muskelriss verheilt und der Arm wieder voll funktionsfähig ist, aber um die Nachsorge kann er sich selbst kümmern, sobald er wieder zu Hause ist. Er lebt in …« Sie warf einen prüfenden Blick auf das Krankenblatt. »Miami?«

»Ja.« Caroline schluckte. »Wie geht es Sam, Sam Trevor?«

»Das Schlimmste ist überstanden, aber er ist noch nicht ganz über den Berg. Er hat viel Blut verloren und erhält gerade eine zweite Transfusion. Er kann von Glück sagen. Zwanzig Minuten länger, und er hätte es nicht mehr geschafft. Aber er ist eine Kämpfernatur und unglaublich dickschädelig.«

»Dickschädelig?«

»Ja.« Erneut warf die Ärztin einen Blick auf das Krankenblatt. »Er hat sich die schlimmste Schädelverletzung zugezogen, die ich in diesem Sommer zu Gesicht bekommen habe, und lässt sich nichts gegen die Schmerzen geben, bevor er nicht weiß, wie es seinem Bruder geht.« Sie lächelte. »Und der Bruder ist keinen Deut besser – befindet sich im Aufwachraum und fragt andauernd, wann er endlich zu Sam kann.«

»Brüder!« Caroline lächelte ebenfalls und dachte an ihre Schwestern.

»Außerdem wollte er wissen, wann er Sie sehen kann.«

»Darf ich denn zu ihm? Ich dachte, nur die Familie …«

»Er hat Sie als nächste Angehörige angegeben«, sagte Dr. Nichols grinsend. »Gehen Sie nur rein.«

Joe schlief. Er lag auf der Trage, mit einem Laken zugedeckt. Im Aufwachraum war es kühl, und er zitterte. Caroline bat die Dienst habende Krankenschwester um eine Decke, und diese überprüfte Joes Schulter und legte sie über ihn. Der Verband war dick, weiß und starr auf seiner gebräunten Haut. Der Druck, den die Finger der Schwester ausübten, war bereits zu viel, und Joe zuckte zusammen.

Seine Lider flatterten, dann öffnete er die Augen. Caroline beugte sich hinunter und berührte seine Wange. Seine Augen waren blutunterlaufen und verschleiert von der Narkose. Als er Caroline erkannte, versuchte er zu lächeln. Ein Zittern fuhr durch seinen Körper. Er biss die Zähne zusammen und wartete, bis der Schmerz vorüber war.

»Sam«, sagte er rau.

»Es geht ihm gut. Die Ärztin hat gerade erzählt, dass er im Moment eine Bluttransfusion bekommt und ständig nach dir fragt.«

»Es geht ihm gut.« Joe schloss die Augen. »Er lebt, es geht ihm gut.« Die Schwester kam mit einer Spritze. Sie injizierte das Mittel in den bereits gelegten Venenkatheter, und die Schmerzen ließen gleich darauf nach.

»Schlaf jetzt.« Caroline strich ihm sanft über die Wange. Sie küsste ihn, den Zweitagebart spürend. Nachdem er am Morgen in ihrem Haus aufgewacht war, hatte er sich nicht rasiert. Die Erinnerung versetzte ihr einen Stich, und sie küsste ihn erneut.

»Geh noch nicht«, flüsterte Joe schläfrig.

Caroline blieb. Sie sah zu, wie er einschlief, und saß an seinem Bett, bis die Schwester sie zum Gehen aufforderte. Als Caroline auf den Gang hinaustrat, blieb sie einen

Moment stehen, schloss die Augen und schickte ein lautloses Dankgebet zum Himmel. Sie hörte, wie jemand ihren Namen rief. Als sie die Augen öffnete, stand Peter vor ihr. Joe verletzt zu sehen, das war das Schlimmste, was Caroline sich vorstellen konnte, aber es wartete noch ein weiterer Schock auf sie.
»Komm«, sagte Peter und legte den Arm um sie. »Es ist etwas passiert; deine Mutter ist unten.«

Clea traf vor dem Eingang zur Notaufnahme mit ihr zusammen. Rote Geranien blühten in hohen Steinguttöpfen. Zwei Streifenwagen standen in der Parkbucht, die Polizisten waren ausgestiegen und unterhielten sich. Drei Krankenschwestern machten gerade eine Pause. Sie lehnten an der Ziegelsteinmauer und rauchten.
»Die Polizei ist auch schon da«, sagte Clea. »Sie wollen mit Skye sprechen.«
»Wieso mit Skye?«, fragte Caroline entgeistert. Joes Anblick im Aufwachraum hatte sie bereits völlig aus dem Gleichgewicht gebracht. »Peter hat gesagt, Mom …«
»Simon hat sie geschlagen, Caroline. Skye hat mir erzählt, dass er versucht hat, sie zu vergewaltigen. Wenn du sie siehst …«
»Wo ist sie?«
»Da drinnen.« Sie deutete auf die Notaufnahme. »Mom hat sich dazwischengeworfen, und Simon hat sie voll erwischt, richtig k. o. geschlagen. Dann ist Skye mit einer Schere auf ihn losgegangen. Er hat kaum einen Kratzer abbekommen, und außerdem war es Notwehr, aber die Sache ist trotzdem schrecklich. Die Polizei …«
»Sie wollen *Skye* verhaften?«
Clea sah Caroline an und fuhr sich mit der Hand über die Augen. »Im Zuge der Ermittlungen müssen sie alle Beteilig-

ten befragen. Für sie ist das Ganze nichts weiter als ein häuslicher Streit.«
Plötzlich fühlte sich Caroline überfordert; zu viel war heute geschehen. Sie hatte sich tapfer gehalten, doch nun schlug sie die Hände vors Gesicht. An Joe und Sam, an ihre Mutter und Skye denkend, lehnte sie sich gegen die Wand.
Clea legte die Arme um Caroline. »Es muss schrecklich gewesen sein, ich meine, der Unfall und der Anblick.«
Caroline schüttelte den Kopf.
»Ich bin froh, dass ich da war. Joe hat nach mir gefragt, Clea. Du bist daran gewöhnt, du hast Peter und die Kinder. Ich meine, gebraucht zu werden, wenn sie verletzt sind oder Angst haben, aber, Clea …«
Clea blickte Caroline an, wartend, bis sie wieder zu Atem kam.
»Joe hat nach mir Ausschau gehalten. Ich habe ihn gesehen, genau in dem Moment, als sie ihn nach oben brachten. Und er hat mich die ganze Zeit angeschaut, als ich versuchte Sam zu helfen.«
»Er ist ein Prachtkerl, Caroline.«
»Er hat mich als seine nächste Angehörige angegeben.«
»Wirklich?«
»Ja.« Caroline blickte zum Himmel. »Hier im Krankenhaus. Sie sind zu mir gekommen, weil mein Name auf dem Formular stand. Aber er bleibt nicht, Clea. Sobald es ihm besser geht, zieht er nach Griechenland weiter.« Sie rang sich ein Lächeln ab.
»Was?«
»Ist das nicht komisch? Endlich habe ich einmal den Wunsch zu bleiben, und Joe steigt ins nächste Flugzeug.«
Es gab nichts, was Clea darauf erwidern konnte. Sie stand schweigend da, in dem Wissen, dass Caroline die ganze Vielschichtigkeit der Gefühle spüren musste, die sie innerlich aufwühlten.

Caroline stieß sich von der Wand ab und hakte sich bei Clea unter. Ihre Angst unterdrückend, ging sie mit ihrer Schwester in die Notaufnahme. Sie fragte die Dienst habende Krankenschwester, wo sie Skye und Augusta finden könne, und erhielt die Auskunft, Augusta sei zur Computertomographie gebracht worden und Skye werde von der Polizei vernommen. Sie wollten gerade das Wartezimmer ansteuern, als Caroline Simon entdeckte, der in eine der Untersuchungskabinen geführt wurde.

In einem verschlissenen OP-Hemd stand er am anderen Ende der Notaufnahme. Um zu ihm zu gelangen, musste Caroline an vielen Patienten, Ärzten und Krankenschwestern vorüber. Als er sie erspähte, zuckte er zusammen. Seine Arme hingen wie zwei Bindfäden zu beiden Seiten hinab, seine Beine sahen knochig und erbarmungswürdig aus. Er hatte einen Mitleid heischenden Ausdruck in den Augen. Caroline stellte sich direkt vor ihn hin und zwang ihn, sie anzuschauen.

»Hallo, Simon.«

»Hallo, Caroline«, erwiderte er, auf der Hut.

»Warum bist du hier?«

Er zog den OP-Kittel von der Schulter und enthüllte einen Mullverband knapp unterhalb des Schlüsselbeins. »Schau dir an, was deine Schwester gemacht hat! Sie hat versucht mich umzubringen! Ich bin schwer verletzt.«

»Tatsächlich? Wie ich sehe, kannst du noch gehen. Auf deinen eigenen Füßen.« Caroline bemühte sich, ihre Wut unter Kontrolle zu bringen.

»Sie haben mich wieder zusammengeflickt.«

»Sieh mich an, Simon.« Sie legte den Kopf in den Nacken und blickte in seine blutunterlaufenen Augen. »Ich bin größer als Skye.«

»Na und? Sie hat auf mich eingestochen!«

»Ich bin auch größer als meine Mutter.«
»Du bist verrückt, Caroline. Weißt du das? In eurer Familie hat niemand mehr alle Tas …«
»Du hast sie verletzt!« Carolines Stimme wurde gefährlich leise. Sie streckte die Hand aus und packte ihn am Kinn. Sie hätte ihn am liebsten erwürgt, um dem höhnischen Grinsen in seiner hässlichen Visage ein Ende zu setzen.
»Du hast meine Schwester und meine Mutter verletzt. Die beiden haben nicht die Kraft, sich zu wehren. Sie haben dir mehr Liebe entgegengebracht, als du jemals verdient hast, und du hast es ihnen damit vergolten, dass du sie krankenhausreif geschlagen hast.«
»Sie haben mich angegriffen!« Er versuchte ihre Hand wegzustoßen.
»Dich angegriffen? Wer?«
»Die beiden Miststücke! Die sind doch nicht mehr ganz dicht!«
In dem Moment hakte es bei Caroline aus. Sie stürzte sich auf Simon, trommelte mit den Fäusten auf ihn ein und riss an seinen Haaren. Bei der Vorstellung, wie er Skye zugesetzt und ihre Mutter geschlagen hatte, sah sie rot. Sie hörte sich selbst schreien, spürte, wie die Schläge seine Brust trafen, die Brust eines Ungeheuers.
»Hast du versucht meine Schwester zu vergewaltigen?«, schrie sie.
»Aufhören!«, befahl eine laute Stimme. Sie spürte, wie sie zurückgerissen wurde, und blickte in das breite Gesicht eines Wachmanns.
»Leck mich am Arsch!«, brüllte Simon und wich vor ihr zurück.
»Alles in Ordnung?«, fragte eine junge Krankenschwester besorgt. Caroline dachte, Simon sei gemeint, doch dann sah sie, dass sie mit ihr sprach.

»Holt die Polizei, verdammt! Dieses Miststück gehört hinter Gitter!«
»Er hat meine Mutter und meine Schwester verletzt!« Caroline funkelte ihn wutentbrannt an.
»Ich brauche ein Mittel gegen die Schmerzen. Meine Brust brennt wie Feuer!«
»Ganz ruhig«, erwiderte die Schwester. »Der Arzt kommt gleich.«
Sie nahm Caroline am Arm und führte sie ins Wartezimmer. »Überlassen Sie das der Polizei«, sagte sie. »Ich kann Sie gut verstehen. Wenn meine Mutter und meine Schwester ins Krankenhaus eingeliefert worden wären, würde ich dem Kerl auch am liebsten den Kragen umdrehen. Aber so bringen Sie sich nur mit dem Gesetz in Konflikt, und wem wäre damit geholfen?«
»Sie haben Recht, niemandem.« Caroline zitterte am ganzen Körper. Sie hoffte, dass sie Simon Schmerzen zugefügt hatte. Sie empfand keine Gewissensbisse oder Bedauern, nur den Wunsch, sie wäre in der Lage gewesen, ihm noch schlimmere Prügel zu verabreichen. Als sie aufschaute, sah sie Clea auf sich zulaufen.
»Kann man dich nicht eine Minute alleine lassen!«
»Nein.«
»Du bringst dich nur in Schwierigkeiten. Ich würde es vorziehen, dich nicht im Gefängnis besuchen zu müssen.«
»Du bist doch bloß sauer, weil du ihn nicht als Erste zwischen die Finger gekriegt hast.«
»Hast du getroffen?«
»Ich glaube schon. Meine Fäuste tun jedenfalls höllisch weh.«
»Das ist ein gutes Zeichen«, erwiderte Clea lächelnd.
Caroline schüttelte ihrer Schwester die Hand, dann setzten sie sich und warteten, etwas über das Befinden der Menschen zu hören, die sie liebten.

In Sams Kopf pochte es, als ob tausend Wale mit der Schwanzflosse gegen seine Schädeldecke schlügen. So schlecht hatte er sich seit seinem zwölften Lebensjahr nicht mehr gefühlt, als er beim Segeln einen Unfall gehabt hatte. Er befand sich im Krankenhaus, lag im Bett und starrte das Fernsehgerät an, das er nur verschwommen wahrnahm. Er hatte seine Brille in Reichweite, doch als er sie aufsetzte, wurden die Kopfschmerzen noch schlimmer. Er nahm sie wieder ab, auch wenn er alles dreifach und so unscharf wie unter Wasser sah.

Irgendjemand betrat sein Zimmer. Eine kleine, dicke Nonne. Ein Gnom, so breit wie hoch. Sam tastete nach seiner Brille, um sie genauer in Augenschein zu nehmen. Die Nonne hatte eine sehr tiefe Stimme.

»Zum Teufel, wieso sitzt du im Bett?«, fragte die Stimme. Es war Joe.

»Die Schwester hat gesagt, dass ich das darf.«

»Blödsinn. Du sollst in den nächsten vierundzwanzig Stunden flach auf dem Rücken liegen.«

»Mal sehen, wer das sagt.« Sam setzte die Brille auf, sie unter den Verband klemmend. Es war wirklich sein Bruder, der in einem Rollstuhl saß »Du solltest längst im OP sein, damit sie dir den Arm richten.«

»Schon passiert, Schlauberger. Gleich heute Morgen. Deshalb muss ich in diesem Ding sitzen. Um ein Kentern zu verhindern.« Er stand auf, reckte sich und schob den Rollstuhl beiseite. »Wie fühlst du dich?«

»Großartig. Und du?«

»Großartig.«

Die Brüder lächelten angesichts der Lüge. Noch immer fassungslos, dass sie dem Tod in letzter Minute von der Schippe gesprungen waren, blicken sie einander an.

Der Händedruck, der folgte, artete in einer ungeschickten

Umarmung aus. Sie waren bandagiert und mit blauen Flecken übersät, hatten offene Brüche und waren genäht worden. Sie wären um ein Haar gestorben, um den anderen zu retten. Sie machten mit ihren Blicken Bestandsaufnahme, um sich zu vergewissern, dass der andere noch an einem Stück war.

Sam schluckte, er hatte einen Kloß im Hals. Joes Arm war von oben bis unten bandagiert und in einer Schlinge ruhig gestellt. Selbst im OP-Hemd sah er wie ein ganzer Kerl aus, ein Nimbus, den Sam nicht einmal in seinen wildesten Träumen zu erreichen vermochte. Eine hübsche blonde Krankenschwester kam herein, um Sams Blutdruck zu prüfen, doch als sie seinen Bruder erblickte, trat sie zu ihm und rückte Joes Schlinge zurecht. Joe stand reglos und mit einem schiefen Grinsen da. Seine forsche Miene sollte verbergen, dass er den Tränen nahe gewesen war.

»Sie sollten doch im Rollstuhl sitzen!«, schalt die Schwester lächelnd, wobei sie zwei Grübchen sehen ließ. Sie zog Joe an der Hand, der zusammenzuckte. »Dass Sie heute Morgen keine Vollnarkose bekommen haben, bedeutet nicht, dass Ihr Körper nicht geschwächt ist. Also, hinsetzen!«

Joe schüttelte den Kopf. Er tat das freundlich, aber in seinen blauen Augen war unmissverständlich zu lesen: Raus mit Ihnen. Die Schwester errötete, tätschelte ihm den Arm und vergaß, weshalb sie gekommen war.

»Also?« Sam sah ihr nach, als sie den Raum verließ. »Was wolltest du mir Wichtiges sagen, bevor das Wrack zusammengekracht ist?«

»Dir sagen? Ich habe mich bei dir bedankt, weil du mir dein Mundstück geben wolltest.«

»Nein, davor. Bevor du dich um ein Haar mit deinem Luftschlauch stranguliert und versucht hast, den Hai niederzuknüppeln. Übrigens, das war ein Schwarzspitzenhai. Ein Riffhai, den man in nördlichen Gewässern selten findet, aber er stellt keine Gefahr für den Menschen dar.«

»Der Hai war gefährlich. Er gehört zu einer der Spezies hier in der Gegend.«

»Das war ein Schwarzspitzenhai!«

»Der dir an die Gurgel gegangen wäre.«

Sam schüttelte den Kopf. »Völlig harmlose Art. Aber trotzdem danke.«

»Immer diese Biologen. Gern geschehen. Und danke für die Luft.«

»Nichts zu danken. Also?« Sam atmete tief ein. Er sah Joe wieder vor sich, unmittelbar bevor er in das Wrack hineingeschwommen war. Er hatte Wasser getreten, von einem Ohr zum anderen gegrinst und mit den Lippen das Wort Black Hall geformt. In den ersten Stunden nach dem Unfall, als er vor sich hin dämmerte, hatte sich Sam wie ein Ertrinkender an den Gedanken geklammert, dass diese Worte seines Bruders ein Versprechen enthielten.

Nicht nur sein Körper befand sich auf dem Weg der Besserung, sondern auch sein Gedächtnis. Er war überzeugt, dass Joe versucht hatte, ihm etwas zu sagen. Er hatte Yale gemeint und nicht nur Black Hall. Er hatte beschlossen, die Schatzsuche aufzugeben, in Neuengland zu bleiben, in der Nähe von Caroline und Sam. Sam merkte, wie er grinste, und war machtlos dagegen.

»Wann wolltest du es mir sagen?«

»Dir was sagen?«

»Das mit Caroline.«

Joe wurde rot. Er versuchte ein Lächeln zu unterdrücken, was ihm aber misslang. Er nickte betont beiläufig. »Ach so.«

»Liebst du sie?«

»Ja.«

»Und du ziehst mit ihr zusammen?«

»Was?« Das Lächeln verschwand.
»Black Hall.« Sam grinste jetzt so breit, dass seine Schläfen brannten, sein Schädel pochte und seine Ohren schmerzten.
»Wovon redest du?«
»Ich weiß, was ich da unter Wasser gesehen habe.« Sams Lächeln verflüchtigte sich ein wenig. Er wollte, dass Joe es aussprach, ihm sagte, dass er seine Meinung geändert und sich zum Bleiben entschieden habe. Dass die Berührung mit dem Tod einen Sinneswandel beschleunigt habe, der bereits in den Anfängen vorhanden gewesen sei, dass er endlich herausgefunden habe, was in seinem Leben wichtig sei.
»Was denn?« Joe schien keine Ahnung zu haben und auf einen Tipp zu warten.
»Du hast Black Hall gesagt. Und noch etwas anderes.«
Joe runzelte die Stirn. »Gleich zu Beginn des Tauchgangs? Bevor ich ins Wrack geschwommen bin?«
»Ja. Genau.«
»Ich habe gesagt ›Geh da rüber!‹, ›Warte draußen‹, etwas in der Art. Ich wollte nicht, dass du uns ins Wrack folgst. Das Gold heraufzuziehen ist gefährlich.«
»Du meinst, du gehst nicht nach Yale?«
»Das sagte ich bereits, Sam …«
»Aber ich dachte …« Sams Stimme verklang. Er blickte zum Fenster hinaus. Aus irgendeinem Grund hatte er gehofft, dass Caroline alles ändern würde. Er hatte gesehen, wie liebevoll und fürsorglich Joe in ihrer Gegenwart war, als würde er schließlich doch noch seinen Panzer ablegen, seine Schutzwälle so weit niederreißen, dass er sich verlieben konnte. Sam hatte gedacht, Caroline sei im Stande, ihn zu halten.
»Ich habe dir gesagt, dass ich kein Lehrer bin. Du bist der Intellektuelle von uns beiden. Ich bin nicht für das Leben an einer Universität, für Forschung und Lehre, für die Arbeit mit

Studenten geschaffen.« Joe hielt inne. »Nicht einmal in einer geheiligten Institution wie Yale.«
Sam nahm seine Brille ab. Sein Kopf hämmerte unerträglich; die Wale waren wieder am Werk. Liebe und Kopfschmerzen, die Gedankenverbindung weckte die Erinnerung an seinen Segelunfall. Er hatte sich zum ersten Mal verliebt und das Mädchen verloren. Zugegeben, er war damals erst zwölf gewesen, aber nun, da er Joe wieder zu verlieren drohte, hatte er das Gefühl, ins Trudeln zu geraten.
»Sam?« Joes Stimme klang sanft.
»Was ist?«
»Es hat nichts mit dir zu tun. Wenn ich jemals auf die Idee käme zu unterrichten, dann nur gemeinsam mit dir.«
»Ist schon gut.«
»Wirklich!«
»Vergiss es, Joe.«
»Wir werden uns auch so häufiger sehen. Ich verspreche es.«
»Das sagst du immer.« Sam ließ sich ins Kissen zurücksinken. Er war geschwächt und brauchte Ruhe, das spürte er jetzt. Er besaß nicht einmal die Kraft, so zu tun, als würde es ihm nichts ausmachen, dass Joe sein Vagabundenleben wieder aufnahm, irgendwo auf der anderen Halbkugel sein würde und er ihn nur zu Gesicht bekäme, wenn die Initiative von ihm ausging.
Sam versuchte zu sagen, dass er müde sei, aber er brachte nicht mehr als ein unverständliches Murmeln über die Lippen.
»Es ist mir Ernst damit, Sam.« Sams Augen waren geschlossen, doch er spürte, wie sein Bruder ihm die Hand drückte. »Dieses Mal halte ich mein Versprechen.«

Augusta lag in ihrem Bett, zwischen Schlaf und Dämmerzustand hin und her driftend. Sie hatte eine Gehirnerschütterung und zwei Krampfanfälle erlitten – ein gewaltiges Erdbeben und zwei Nachbeben. Ihr Kopf schmerzte wie verrückt, aber sie würde sich nichts anmerken lassen. Caroline saß an ihrem Bett und betrachtete Augusta mit dem klaren, unverwandten Blick, auf den sich die ganze Familie zu verlassen pflegte. Sie zu sehen erfüllte Augusta mit Dankbarkeit, und sie lächelte, obwohl sie ihre Brücke herausgenommen hatte.

»Caroline.« Die Worte klangen krächzend.

»Hast du Durst, Mom?«

»Ein wenig.« Sie ließ zu, dass Caroline den Knopf drückte, um das Kopfteil an ihrem Bett höher zu stellen, und öffnete gehorsam den Mund, als Caroline ihr das Glas an die Lippen hielt und Eiswasser in ihre ausgedörrte Kehle rann. Sie schluckte und öffnete erneut den Mund, um anzudeuten, dass sie mehr trinken wollte.

Caroline stützte ihr behutsam den Kopf und passte auf, dass nichts aufs Kinn tropfte. Als Augusta genug hatte, tupfte sie ihr die Lippen mit einem Papiertuch ab. Die Liebe in den Augen ihrer ältesten Tochter zu sehen war für Augusta fast unerträglich, hatte sie selbst doch so wenig zu bieten.

»Wir zwei sind ein Gespann!«

»Das sind wir«, erwiderte Caroline lächelnd.

»Ich sehe furchtbar aus. Zahnlos und kahl.« Es war eine Feststellung. Augusta war zu müde, um eitel zu sein. Sie hatten ihr den Schädel rasiert, um die Platzwunde zu nähen, und ihr fehlte die Kraft, um die Brücke einzusetzen. Sie wollte nur eines: schlafen.

»Du bist auch so schön, Mom.«

Augusta schüttelte den Kopf, aber das Kompliment tat ihr gut, und sie fühlte sich gleich besser.

»Was ist mit Skye? Hast du sie heute schon gesehen?«

»Es geht ihr gut.«

Augusta nickte, den Blick abwendend.

»Was ist, Mom?«
»Ich habe nicht das Recht, danach zu fragen. Ihr seid schon lange flügge, seit wir euch auf die Universität geschickt haben. Wie komme ich nur auf die Idee, ich könnte euch jetzt ins Nest zurückholen?«
»Wir?«
»Dein Vater und ich.«
»Ach Mom. Das klingt ja, als hättest du uns im Pfandhaus versetzt.«
Augusta wartete darauf, dass Caroline fortfuhr, aber sie tat es nicht. Warum sollte sie auch? Das Schweigen war ihre Art, der Wahrheit zuzustimmen. Augusta war eine selbstsüchtige Mutter gewesen, unwillig und unfähig, ihren drei Töchtern dabei zu helfen, sich den Härten des Lebens zu stellen. Sie hatte sich nur für Kunst und Feste, Liebe, Spaß und den Vater der Mädchen interessiert.
»Mom, sieh zu, dass du wieder gesund wirst. Denk nicht an die schlimmen Dinge. Wir brauchen dich zu Hause.«
»Habt ihr mich jemals gebraucht? Ich wüsste nicht, wozu. Ich war eine Rabenmutter.«
»Das stimmt nicht.« Caroline lächelte. Sie meinte es ehrlich, das sah Augusta. Sie war todmüde, erschöpft von der Anstrengung, wach zu bleiben. Der Schlaf kam unaufhaltsam näher, sie spürte es tief in ihrem Innern.
»Weißt du, ich liege hier und denke über alles Mögliche nach. Sie haben mir Medikamente zum Schlafen gegeben, aber meine Gedanken kreisen ständig um euch Mädchen, um euren Vater und mich. Ich versuche mir auf alles einen Reim zu machen, warum alles so schief gelaufen ist, als ob irgendein kleines Steinchen im Puzzle fehlen würde.«
»Es ist nicht alles schief gelaufen.«
»Doch. Schau dir nur unser chaotisches Leben an. Und dabei haben wir euch mehr als alles auf der Welt geliebt. So viel ist

zumindest sicher. Euer Vater hat verzweifelt versucht, euch zu beschützen. Und als sich herausstellte, dass er das nicht konnte, hat er sich zurückgezogen. Und es gab nichts, was ich dagegen zu tun vermochte.«

Caroline berührte die Stirn ihrer Mutter und glättete die Sorgenfalte.

»Was bringt das? Ich meine, sich darüber den Kopf zu zerbrechen. Was passiert ist, lässt sich nicht mehr ungeschehen machen, Mom. Wichtig ist nur, dass du wieder gesund wirst.«

»Ein kleines Steinchen«, sagte Augusta. »Dann könnte ich mir einen Reim darauf machen.«

Als Joe aus dem Krankenhaus entlassen wurde, wusste er nicht, wohin. Er hatte die *Meteor* an eine Gruppe von Ozeanographen aus Woods Hole verchartert. Sie wollten Wellenanomalien im Atlantik aufzeichnen – die Höhe und Anzahl der Wellen vermessen, in der Hoffnung auf einen gelegentlichen »Ausreißer«. Sie waren bereit gewesen, die *Meteor* in Black Hall zu übernehmen, wollten sie nach Piräus überführen und bei der Überquerung des Atlantischen Ozeans ihre Forschungsarbeit verrichten.

Joe war es mehr als recht. Er war froh, dass die *Meteor* von anderen überführt wurde. Dann blieb ihm noch etwas Zeit, denn er musste erst am 1. Oktober in Griechenland und am 7. auf Mykonos sein. Das Wetter würde bis dahin für seine Zwecke optimal und das Wasser klar sein. Es handelte sich um ein Gemeinschaftsprojekt mit einem Archäologen aus Marseille. Ihre Taucherlaubnis war auf dreißig Tage begrenzt, und die griechische Regierung war bekanntlich nicht sehr flexibel, was Verlängerungen betraf.

Caroline hatte ihn eingeladen, bis zu seiner Abreise bei ihr zu wohnen.

Joe hatte gezögert, nicht, weil er sie nicht liebte oder seine letzten Tage in Neuengland nicht mit ihr verbringen wollte, sondern weil es ihm widerstrebte, sie zu verletzen. Er würde Black Hall den Rücken kehren, sobald Sam genesen war und aus dem Krankenhaus entlassen wurde. Und das hatte er Caroline auch gesagt. Sie hatte erwidert, das sei ihr klar, doch sie halte ihr Angebot trotzdem aufrecht. Skye befand sich ebenfalls in ihrer Obhut. Da sie nicht wollte, dass ihre Schwester alleine auf Firefly Hill blieb, hatte Caroline sie überreden können, ins Gästezimmer zu ziehen.

Joe und Caroline saßen in der Hollywoodschaukel auf der Veranda. Die Nacht war lau, ein leichter Dunstschleier hing über der Marsch. Caroline trug ein weißes Baumwollkleid. Joe hatte am Ende der Schaukel Platz genommen, und Caroline lehnte an seiner Brust. Homer lag zu ihren Füßen, den Kopf auf den Pfoten. Er war selig, bei Caroline zu sein.

»Es ist so still und friedlich.«

»Ja.« Joe spielte mit ihrem Haar.

»Sam sah heute gut aus. Die Brownies, die Clea für ihn gebacken hat, scheinen ihm zu schmecken.«

»Sam ist verliebt in Clea. Wenn Peter nicht so ein toller Kerl wäre, hätte er sie ihm längst ausgespannt.«

»Und jeder liebt Sam.«

»Du auch?«

»Als Freund, jemand, mit dem man durch dick und dünn gehen kann. Ich finde es schön, dass unsere Familien zusammen...«

»Zusammen was?«

»Ich wollte sagen, zusammengefunden haben«, fuhr Caroline ruhig fort.

Joe nickte. Er spürte ein Gefühl der Beklemmung, als wäre er zu lange unter Wasser geblieben. Am Nachmittag hatte ihn Peter nach Griechenland gefragt, und die Sehnen in seiner

Schulter hatten zu pochen begonnen, als er an die Abreise dachte.
»Ich mag deine Familie auch. Skye und Clea.« Er grinste. »Und was deine Mutter angeht ...«
»Sie ist ausnehmend höflich, was deinen Aufenthalt in meinem Haus betrifft«, erwiderte Caroline lächelnd. »Aber vermutlich nur deshalb, weil sie weiß, dass es nicht für lange ist.«
»So?« Joe war überrascht, dass es wie eine Frage geklungen hatte.
»Ist das eine Frage?«
»Nein, ich glaube nicht. Schade, dass du Geschäftsfrau und unabkömmlich bist. Sonst würde ich dich nach allen Regeln der Kunst zu überreden versuchen, mich nach Griechenland zu begleiten. Du hast mir doch immer erzählt, wie gerne du reist.«
Caroline hob den Blick. »Hör auf, darüber Witze zu machen.« Sie löste sich behutsam aus Joes Armen, nahm die leeren Wassergläser und ging ins Haus. Joe hörte, wie sie in der Küche hantierte. Er saß reglos da und fragte sich, wie es wohl sein mochte, hier Wurzeln zu schlagen, nicht die nächste Schatzsuche zu planen. Seine Schulter pochte, und er erhob sich.
Der alte Hund blickte ihn an. Joe streckte die Hand aus und tätschelte ihm den Kopf. Homer schmiegte sich an seine Hand. Sie hatten vieles gemein, unter anderem die Liebe zu Caroline. Joe streichelte das struppige Fell.
»Sollen wir sie suchen?« Homer rappelte sich mühevoll auf und humpelte in die Küche.
Joe ging zu Caroline und stellte sich hinter sie. Sie stand am Spülstein und wusch die Gläser unter fließendem Wasser. An ihrer Haltung merkte er, dass sie erregt war.
»Caroline, es tut mir Leid.«
Sie rührte sich nicht. Joe ergriff ihre Schultern und drehte sie

zu sich um. Ihre Wangen waren nass von Tränen. Aber ihre Augen waren unerbittlich.

»Es gibt nichts, wofür du dich entschuldigen müsstest. Ich bin nur ein wenig traurig. Was dagegen?«

»Nein«, sagte Joe, weil er ebenfalls traurig war.

Homer stand neben Caroline. Er blickte zu ihr hoch und spürte, in welcher Stimmung sie sich befand. Als verstünde er ihr Bedürfnis nach Trost, rieb er seinen Kopf an ihrem Oberschenkel. Sie bückte sich, um ihn zu streicheln, dann drückte sie ihre Stirn an seinen Kopf. Joe sah schweigend zu. Er erkannte, dass in der Beziehung zwischen den beiden etwas Unverbrüchliches lag. Homer war hochbetagt, hatte ein Alter erreicht, das den meisten Hunden nicht vergönnt war, und den Gedanken, dass er bald sterben würde, empfand Joe als schmerzlich.

»Hattest du ihn schon als Welpen?«

Caroline blieb noch eine Weile in der Hocke, und Homer schubste sie liebevoll mit dem Kopf an. Als sie sich aufrichtete, wischte sie sich die Tränen fort.

»Nicht ganz. Als ich ihn bekam, war er etwa ein Jahr alt.«

»Er war bestimmt ein wunderschöner junger Hund. Warum hat sein ursprünglicher Besitzer ihn weggegeben?«

»Er starb.«

»O nein.« Joe tätschelte Homers Rücken. Seine Wirbelsäule war durch das rötliche Fell sichtbar. Caroline ergriff ein Band, das auf dem Tisch lag. Skye hatte es im Krankenhaus am Handgelenk getragen, vorhin abgeschnitten und auf dem Küchentisch liegen lassen, als sie in ihr Zimmer gegangen war.

»Skye hat ihn getötet«, sagte Caroline ruhig.

»Großer Gott!«

»Es passierte während der Jagd, sie war gerade siebzehn. Sie hat ihn mit einem Reh verwechselt.«

»O wie schrecklich.«
»Sie hat es nie überwunden. Es war ein Unfall, aber das spielt keine Rolle.«
»Nein.«
»Ich war dabei. Sie war völlig benommen, konnte nicht glauben, dass sie ihn getötet hatte. Ich saß bei ihm, während er starb, und sie stand daneben, zur Salzsäule erstarrt. Arme Skye.«
»Er starb da draußen im Wald?«
»Ja. Ich hielt seine Hand. Er lag auf dem Waldweg, und ich erinnere mich, dass seine Augen strahlten und so lebendig aussahen. Lebendig, dieses Wort ging mir nicht mehr aus dem Kopf.«
»Caroline.« Joe war so bewegt, dass er keine Worte fand. Sie hatte sowohl seinen Vater als auch den jungen Mann sterben sehen. Er liebte eine Frau, die teilnahmsvoll und einfühlsam war, und er hatte all die Jahre einen heimlichen Groll gegen sie gehegt, weil sie ihm nicht sofort die Wahrheit gesagt hatte. Der Auslöser dafür, dass ihr Vater sie auf die Jagd geschickt hatte, war sein eigener Vater gewesen. »Wie hieß der junge Mann?«
»Andrew Lockwood.«
»Und Homer gehörte ihm?«
»Ja. Es war ein wunderschöner Tag, und die beiden hatten einen Spaziergang gemacht. Homer wich nicht von seiner Seite. Er leckte ihm das Gesicht, da er wohl dachte, dass es ihm helfen würde. Als sich Andrews Augen schlossen, leckte Homer ihm die Augen. Er ließ nicht von ihm ab.«
Joe betrachtete das weiße Gesicht des Hundes. Er sah ihn vor sich, neben seinem sterbenden Herrn, und wusste, warum Caroline ihn liebte. Und warum der Hund Caroline liebte.
»Wie kommt Skye damit zurecht?«
»Ich weiß es nicht. Es lässt sie einfach nicht los.«

»Glaubst du, sie würde sich bereit erklären, zu einem Treffen der Anonymen Alkoholiker zu gehen?«

Caroline blickte von Joe zu Homer wie jemand, der die Hoffnung verloren hatte, dass sich eine Tragödie abwenden ließ. Sie zuckte mit den Schultern. »Keine Ahnung. Aber ich bezweifle es.«

»Mir hilft es.«

»Ich wünschte …«

»Was?«

»Ich könnte ihr helfen«, flüsterte Caroline.

»Caroline.«

»Ja?«

»Komm mit mir.«

»Zu dem Treffen? Aber …«

»Nein, nach Griechenland.«

Sie sah erschrocken aus. Dachte sie, das sei wieder ein Scherz wie vorhin? Er schloss sie in seine Arme und blickte ihr in die Augen. »Komm mit mir nach Griechenland.«

»Mit so was macht man keine Scherze.«

»Das tu ich nicht. Sag mir einen Grund, der dagegen spricht.«

»Meine Familie. Ich kann sie nicht im Stich lassen. Und mein Gasthof. Wer soll sich darum kümmern, wenn ich weg bin?«

»Du bist oft verreist, wie jeder weiß. Michele kommt ganz prima ohne dich klar. Und deine Familie …«

Sic wartete. Sie wollte, dass er den Satz zu Ende sprach, dass er sagte: … wird ebenfalls ohne dich zurechtkommen. Aber beide wussten, dass niemand voraussehen konnte, was die Zukunft bereithielt. Das Schicksal machte den Menschen oft einen Strich durch die Rechnung, und es war eine Illusion zu glauben, es abwenden zu können. Auch wenn man direkt neben der eigenen Schwester stand, vermochte man nicht zu verhindern, dass sie einen Menschen tötete oder dass andere schlimme Dinge geschahen.

»Deine Familie weiß, dass du sie liebst. Und außerdem kommst du ja wieder.«

»Ja?«

»Ja. Ich werde mich mit den Leuten in Yale in Verbindung setzen. Nicht in diesem Herbst, aber vielleicht nächstes Jahr. Ich denke dabei auch an Sam. Wenn ich dich mit deiner Familie sehe, habe ich den Wunsch, meine Beziehung zu ihm zu verbessern. Ich bin viel zu lange davongelaufen.«

Caroline lehnte sich an die Frühstücksbar und sah Homer an, der sich auf eine alte blaue Decke in der Küchenecke zurückgezogen hatte. Er hatte sie nicht eine Sekunde aus den Augen gelassen, und angesichts ihrer unverhofften Aufmerksamkeit wedelte er heftig mit dem Schwanz. Caroline beugte sich hinunter, um ihn zu streicheln, und griff dabei in eine Falte der Decke. Sie zog ein kleines Handtuch hervor, zerrupft von vielen spielerischen Schlachten. Homer packte es an einem Ende, während Caroline das andere Ende festhielt.

»Mein Vater hat damit angefangen«, sagte sie und zerrte an dem Handtuch.

»Tatsächlich?«

»Ja. Als er zu uns kam, war er völlig verängstigt. Er winselte ständig und wollte die Spielsachen nicht anrühren, die wir ihm besorgt hatten, Bälle, Knochen und so. Dann gab ihm mein Vater ein altes Handtuch. Es war weich, und ich schätze, es roch wie wir.«

»Homer gefiel das Spiel?« Joe überlegte, was das Ganze wohl mit Griechenland zu tun haben mochte.

»Ja. Und wie. Er schleppte das Handtuch überall mit sich herum, und als das erste zerkaut war, schenkten wir ihm ein neues. Am liebsten spielte er damit mit meinem Vater.« Sie hielt inne und blickte Joe an. »Meinem Vater hat es auch Spaß gemacht. Bis er krank wurde. Dann hörte alles auf.«

»Krebskrank, meinst du?«
»Nein. Die Krankheit, die ihn veranlasste, zu trinken und sich abzukapseln. Wie Skye es jetzt tut. Ich habe Angst, sie alleine zu lassen.«
Joe ging zu ihr. Sein Herz hämmerte. Er hatte nie etwas in seinem Leben so sehr gewollt wie sie. Er wollte, dass sie bei ihm war, aber gleichzeitig hatte er das Bedürfnis, ihr beizustehen. Sie saß in der Falle, versuchte jemandem zu helfen, der sich selbst helfen musste. Er holte tief Luft, dann umfasste er behutsam ihr Gesicht mit seinen Händen.
»Weißt du, was das Gegenteil von Liebe ist?«
»Hass? Joe, ich könnte nie …«
»Nein, Angst.«
»Das Gegenteil von Liebe ist Angst?« Sie runzelte die Stirn.
»Wenn wir Angst haben, können wir nicht loslassen.«
»Ich glaube nicht, dass ich Angst …«
»Du hast gerade gesagt, dass du Angst hast, Skye alleine zu lassen.«
Caroline nickte, sie musste ihm Recht geben.
»Denk an deinen Vater.« Über Hugh Renwick zu sprechen fiel ihm nicht leicht, vor allem, weil er den Mann verstehen konnte, der in seinen Augen genauso fehlbar und unzulänglich wie er selbst gewesen war.
»Was ist mit ihm?«
»Mochte Homer deinen Vater?«
»Er war ganz vernarrt in ihn. Es war rührend und eine Ironie des Schicksals, aber als mein Vater starb, trauerte Homer genauso um ihn wie damals um Andrew. Tagelang, ohne Unterlass. Er stahl sich aus dem Haus, streunte herum, und wenn er heim kam, saß er auf der Veranda und winselte.«
»Weil er deinen Vater vermisste.«
»Ja.« Caroline begann zu begreifen.
»Obwohl dein Vater zum Schluss nicht mehr mit ihm gespielt

hat. Er hat sich abgeschottet, aber das hielt Homer nicht davon ab, ihn zu lieben.«

Caroline nickte mit Tränen in den Augen und senkte den Kopf. Joe wartete. Er hätte sie gerne in die Arme genommen, aber er wusste, dass sie die Entscheidung alleine treffen musste.

»Ich habe keine Angst«, sagte sie plötzlich und sah ihn dabei an.

»Hast du nicht?«

»Nein. Im Gegenteil.«

Joe lächelte. Er wusste, dass sie Liebe meinte und bereit war, die Fäden an der Stelle wieder aufzunehmen, an der sie vor langer Zeit zerrissen waren.

»Wann fahren wir?«

»Sobald Sam aus dem Krankenhaus entlassen wird«, sagte er und nahm sie in die Arme.

21

Augusta kam unmittelbar nach dem Labor Day, dem ersten Montag im September, aus dem Krankenhaus. Sie ließ sich zu Clea bringen, wo am besten gewährleistet war, dass sie die Pflege erhielt, die sie benötigte. Durch den kräftigen Schlag, den Augusta erhalten hatte, war ihre Motorik immer noch beeinträchtigt, und dreimal in der Woche stand eine Physiotherapie auf dem Plan. Das bedeutete, dass sie jemanden brauchte, der sie zum Rehabilitationszentrum fuhr und anspornte, daheim ihre Übungen zu machen.

Caroline schenkte ihr einen wunderschönen Weißdorn-Gehstock mit einem Knauf aus Sterlingsilber, den Augusta himmlisch fand. Antik und irisch, wäre er ganz nach dem Geschmack von Oscar Wilde gewesen, wenn er jemals einen Gehstock gebraucht hätte. Seit man ihr im Krankenhaus den Schädel rasiert hatte, genoss sie es mehr und mehr, kahl zu sein – oder zumindest machte sie das Beste daraus. Ihre Haare würden nachwachsen, doch vorerst nahm sie mit herrlichen Seidentüchern vorlieb, die an eine tragische Heldin erinnerten – Geschenke ihrer Töchter. Sie wickelte sie zu einem kunstvollen Turban und fand, dass sie darin sehr aristokratisch wirkte. Göttlich, genauer gesagt.

Aber Clea fühlte sich überfordert. Für ihre Familie war sie stets ein Fels in der Brandung. Sie galt als ausgezeichnete

Hausfrau und Meisterköchin. Sie kutschierte ihre Kinder von morgens bis abends hin und her, zwischen Pfadfinderlager, Flöten- und Trompetenunterricht und Kinobesuchen mit Freunden. Als Pfarrersfrau stand sie Peter bei Hochzeiten und Begräbnissen, am Krankenbett und bei Gottesdiensten zur Seite.

Doch mit ihrer Mutter unter einem Dach zu leben, raubte ihr den letzten Nerv. Es war nicht Augustas Schuld. Zum ersten Mal war ihre Mutter sanftmütig wie ein Lamm. Sie schien für jede Kleinigkeit dankbar zu sein. Ihre Ärzte hatten ihr eingeschärft, Alkohol zu meiden, solange sie Medikamente gegen die Krampfanfälle nehmen musste, und Augusta fügte sich klaglos. Jeden Nachmittag um fünf sagte sie »Zeit für einen Martini!«, aber Clea stellte sich taub, und ihre Mutter beharrte nicht darauf.

Augusta hielt sich überwiegend in ihrem Zimmer auf und hörte Musik. Clea fand es verwirrend, ihre Mutter so still und in sich gekehrt zu erleben. Eines Tages rief diese sie zu sich. Clea dachte, sie wollte eine zusätzliche Decke oder ein Glas Eiswasser, aber Augusta forderte sie mit einem Klopfen auf, sich neben sie auf die Tagesdecke zu setzen. Sie ergriff eine Schildpatt-Haarbürste und begann Cleas Haare zu bürsten.

»Erzähl mir was.« Augusta bürstete langsam und sehr leichmäßig.

»Was denn?« Clea verspürte eine Gänsehaut im Nacken angesichts des ungewohnten Liebesdienstes, den ihre Mutter ihr angedeihen ließ.

»Das ist egal. Eine Geschichte. Was du willst.«

»Maripat und Mark möchten in unsere neue Fußball-Nachwuchsmannschaft eintreten – beide!«

»Ich meinte über dich, Clea. Ich liebe Kinder, aber ich möchte etwas über dich hören.«

»Ach Mom.« Clea hatte keine Ahnung, wo sie anfangen sollte.
»Etwas über Clea. Erzähl mir von ihr.«
»Aber warum?«
»Es tut mir Leid, dass es überhaupt ein ›Warum‹ gibt. Das du es nicht völlig natürlich findest, dass ich mir Sorgen um dich mache.«
»Du musstest dir schon genug Sorgen um Dad machen.«
»Ja, das musste ich.« Augusta bürstete unermüdlich Cleas Haare. »Dass er mich langweilig finden könnte, dass er sich eingeengt fühlen könnte, dass er mich einer anderen wegen verlassen könnte. Und ihr Mädchen habt es ausbaden müssen.«
»Trotzdem ist etwas aus mir geworden, Mom. Und Caroline geht es auch prima.« Caroline hatte ihr Vorhaben angekündigt, nach Griechenland zu reisen. Obwohl niemand wirklich überrascht war, hatte der Gedanke an ihre bevorstehende Abreise – sie würde ein ganzes Jahr fort sein – etwas Erschreckendes.
»Aber Skye nicht.«
»Nein.« Skye war nach Firefly Hill zurückgekehrt, um alleine zu sein. Clea hatte sie einmal mit einer Extraportion Rindfleischeintopf besucht, und sie um vier Uhr nachmittags im Bett angetroffen, wo sie mit hoffnungslosem Blick aus dem Fenster starrte. Clea schloss die Augen und genoss die Bürstenmassage. Sie versuchte sich vorzustellen, wie sie reagieren würde, wenn Maripat ähnliche Probleme hätte wie Skye, und wusste, dass es ihrer Mutter das Herz brach.
»Was kann ich nur tun, Liebes?«, sagte Augusta. »Ich weiß, meine Hilfe kommt zu spät, aber ich ertrage es nicht, sie leiden zu sehen.«
»Ich weiß es nicht, Mom.« Clea ergriff die Hand ihrer Mutter, die sich zart und zerbrechlich anfühlte. Als sie sich umdrehte,

wurde ihr zum ersten Mal bewusst, wie alt ihre Mutter aussah. Augusta hörte auf, Cleas Haare zu bürsten, und legte ihre Hand in den Schoß.

»Ich weiß nicht, wie es weitergehen soll, vor allem, wenn Caroline in Griechenland ist.«

»Sie kommt ja zurück.«

»Ich habe ihr viel zu lange alles aufgebürdet. Sie hat sich immer um Skye gekümmert, während ich … so viel Zeit vergeudet habe.«

Sie blickten sich an, die beiden Mütter in der Familie. Sie verstanden einander auch ohne Worte, wussten, was es bedeutete, Töchter großzuziehen, kannten die Sorge, wenn es galt, sie in eine Welt voller Gefahren zu entlassen, und Clea hätte ihrer Mutter gerne etwas von ihrer eigenen inneren Stärke abgegeben. Auf diese Stärke konnte sie bauen, und sie stellte sich gerne vor, sie verdanke sie ihrer Mutter.

»Was ist nur mit uns geschehen?«, sagte Augusta gedankenverloren, wie ein Mensch, der soeben aus einem bösen Traum erwacht. »Die Frage habe ich Caroline bereits gestellt. Was ist mit unseren vielfältigen Talenten und der Liebe geschehen, die wir füreinander empfunden haben? Das würde ich gerne wissen. Welcher Stein fehlt in dem Puzzle?«

»Das Leben, Mom«, antwortete Clea, die Hand ihrer Mutter haltend. Sie dachte ständig über die Tücken des Lebens nach. Was wäre, wenn Peter sterben oder jemand ihre Kinder verletzen würde oder wenn sie durch das dünne Eis auf dem Weiher einbrechen würden? Schreckliche Dinge geschahen, und das meistens dann, wenn man am wenigsten damit rechnete. Aber es geschahen auch wundervolle Dinge, und es gab nicht nur Leid, sondern auch Freude. »Der fehlende Stein ist das Leben selbst«, sagte sie noch einmal.

»Das Leben«, wiederholte Augusta mit schräg gelegtem Kopf.

Skye war alleine auf Firefly Hill. Sie hatte sich überreden lassen, mit Caroline und Joe zu Abend zu essen. Am liebsten hätte sie die Vorhänge zugezogen, das Telefon ausgeschaltet und es hinter sich gebracht – sich umzubringen. Sie hatte das Leben so satt. Nichts konnte den Schmerz in ihrem Innern zum Verstummen bringen.

Das Haus war ein Mausoleum. Überall Erinnerungen. Homers Haare befanden sich auf sämtlichen Sitzmöbeln, aber von ihm selbst fehlte jede Spur. Er war bei Caroline und ihre Mutter bei Clea. Sie ging am Krückstock und musste sich einer Physiotherapie unterziehen, nur weil sie, Skye, ein Monster ins Haus gebracht hatte. Simon war in Boston, in Restaurants wie das Biba mit seinem kühnen künstlerischen Dekor zurückgekehrt, aber er würde sich wegen Körperverletzung und versuchter Vergewaltigung vor Gericht verantworten müssen. Doch das berührte Skye nicht. Sie liebte ihn nicht mehr. Sie brauchte ihn nicht – nicht mehr. Stattdessen hielt sie sich an ihren Vater. Sie hatte sich unlängst ausgemalt, mit seinem Geist zu trinken. Sie hatte laut mit ihm geredet und ihm erzählt, was sie empfand, hatte ihn um Verzeihung gebeten.

Es klopfte an der Tür. Überrascht, da sie erwartete, dass Caroline und Joe einfach hereinspazierten, warf sie einen flüchtigen Blick in den Spiegel. Ihr Gesicht wirkte aufgedunsen, sie hatte Ringe unter den Augen, und ihre Haare waren wirr wie ein Rattennest. Auf der Vorderseite ihres Pullovers erspähte sie einen dunklen Fleck, aber das war ihr egal. Langsam ging sie zur Tür, jedes Gelenk in ihrem Körper schmerzte.

Es war Joe. Er stand auf der Veranda an der Vorderseite des Hauses, alleine. Skye blickte sich nach Caroline um.

»Hallo!«

»Hallo. Wo ist Caroline?«

»Zu Hause. Darf ich reinkommen?«

Skye hielt die Tür auf. Wortlos trat Joe ein und ging an ihr vorbei. Er wartete, bis sich Skye daran erinnerte, ihn in die Küche zu bitten.

»Was ist los? Alles in Ordnung mit ihr?«

»Ihr geht es gut«, sagte Joe, mit Blick auf die Flasche. Skye errötete. Sie hatte keinen einzigen Schluck daraus getrunken, aber die letzte halbe Stunde hatte sie nichts anderes getan als sie angestarrt.

»Möchtest du etwas trinken?«

»Skye, hättest du nicht Lust, mich zu einem AA-Treffen zu begleiten?« Inzwischen duzten sie sich alle. Seine Stimme klang ruhig, gelassen und freundlich.

»AA?«

»Anonyme Alkoholiker.«

»Bist du einer?«

»Ja.« Er lächelte.

»Woher wusstest du das? Was hat dich veranlasst, Hilfe zu suchen?«

»Ich wollte nicht mehr so weitermachen. Nicht mehr trinken.«

»Ich habe alles so satt.« Skye dachte an die Flasche, daran, dass sie die ganze Nacht trinken konnte, ohne sich betrunken zu fühlen, und nichts den Schmerz zu vertreiben vermochte. Sie dachte an ihren Revolver, Kaliber.22. Sie hatte eine Weile nicht mehr nachgesehen, ob er sich noch im Schuppen hinter dem Haus befand, aber in den letzten eineinhalb Tagen hatte sie sich oft vorgestellt, wie es wäre, damit das Gleiche zu tun, was sie einem jungen Mann auf einem Bergpfad angetan hatte.

»Mir erging es ähnlich«, sagte Joe. »Ich hatte es satt, alles satt zu haben.«

»Du hast es erfasst.« Tränen liefen ihr über die Wangen. »Genauso fühle ich mich.«

»Niemand zwingt dich, solche Gefühle zu haben. Was ist, kommst du mit?«
Skye ließ ihren Blick durch die Küche wandern. Da waren die Handabdrücke aus Ton, die sie in der ersten Schulklasse für ihren Vater gemacht hatte, und die Büste ihrer Mutter, die aus ihrer High-School-Zeit stammte. Da waren die Fotos von ihr und ihren Schwestern, in rot karierten Mänteln, aufgenommen an einem Thanksgiving-Wochenende, bevor sie zur Jagd auf dem Redhawk Mountain aufbrachen. Und ein Bild von ihrem Vater, das letzte, das ihn lächelnd zeigte. Kurz darauf hatte sie Andrew Lockwood erschossen. Den Rest seines Lebens hatte er im Zustand der Trunkenheit verbracht.
»Dad«, sagte Skye.
»Er würde wollen, dass du damit aufhörst.«
»Ich habe das Gefühl, als würde ich ihn verraten.« Sie sah Joe trotzig an. »Ich liebe ihn.«
»Warum auch nicht? Er ist schließlich dein Vater.«
»Alle geben ihm die Schuld.«
»Trotzdem ist er dein Vater.«
Skye nickte. Genauso sah sie es auch. Vor den Jagdausflügen, bevor der verhängnisvolle Schuss gefallen war, war er ihr Ein und Alles gewesen. Er hatte sie zeichnen gelehrt, sie auf der Schulter getragen und zum Schwimmen an den Strand mitgenommen.
»Das ist kein Verrat, Skye.« Joe streckte die Hand aus. Sie nahm das Foto ihres Vaters und drückte es an ihre Brust. Sie hatte Angst, das Haus zu verlassen. Ihr Vater und sie waren sich sehr ähnlich gewesen, Künstler, die Fehler im Umgang mit den Menschen gemacht hatten, die sie liebten, und die tranken, weil sie den Schmerz nicht mit ansehen konnten, den sie ihnen zugefügt hatten.
»Komm mit, Skye. Bitte!«

Sie holte tief Luft und stellte das Foto ihres Vaters zurück. Sie traute sich nicht, Joe anzublicken, aus Angst, mehr Mitleid in seinen Augen zu entdecken, als sie im Moment verkraften konnte. Er half ihr aus Liebe zu Caroline, so viel war gewiss. Caroline wusste von seinem Vorhaben. Vermutlich saß sie in ebendiesem Augenblick mit Homer zu Hause und wünschte sich nichts sehnlicher, als dass Skye mit Joe zu dem AA-Treffen ginge. Es würde ihr die Abreise nach Griechenland beträchtlich erleichtern.

»Du nimmst sie uns weg«, sagte Skye.

»Nur mit nach Griechenland. Nicht *weg*. Sie würde euch nie im Stich lassen; dazu wäre sie gar nicht fähig.«

»Das ist zu weit.«

»Noch ist sie ja da. Nur fünf Meilen entfernt, am anderen Ende der Straße.«

Caroline fuhr nach Griechenland – ein weiterer Schlag, ein weiterer Grund, sich für den dunklen Weg zu entscheiden, sich zu verstecken, sich abzuschotten. Es war viel einfacher zu schlafen, als wach zu sein, es war viel einfacher zu trinken, als damit aufzuhören.

»Bei den AA lautet ein Spruch: Gib nicht auf, bevor das Wunder geschieht.«

»Worin besteht das Wunder?«

»Du erkennst es, wenn es so weit ist.«

»Und was ist, wenn der Zeitpunkt niemals kommt?«

»Wenn du aufgibst, wirst du nie wissen, was du versäumt hast.«

Skye schloss die Augen und dachte an den Revolver. Sie dachte an ihren Vater und an Joes Vater, dachte an Andrew Lockwood. Ihre Gesichter waren klar gewesen, doch nun begannen sie zu verblassen. Sie konnte sie nicht mehr in den Brennpunkt rücken. Das Gesicht, dass sie als Einziges deutlich vor sich sah, war Carolines.

Langsam öffnete sie die Augen und nickte.
»In Ordnung«, hörte sie sich sagen. »Ich komme mit.«

Caroline stellte fest, dass sie Michele jeden Morgen mehr Aufgaben übertrug. Sie nahm sie mit zur Bank & Trust, ihrer Hausbank, stellte sie als ihre Geschäftsführerin vor und weihte sie in die Funktionsweise der verschiedenen Konten ein.
Michele war ein heller Kopf und mit Feuereifer bei der Sache. Sie besaß eine rasche Auffassungsgabe und die Fähigkeit, die richtigen Fragen zu stellen. Ein weiterer Vorteil war, dass sie nach zehn Jahren Tätigkeit an der Rezeption den Betrieb bis ins Kleinste kannte. Caroline fiel auf, dass Tim ihr so manchen Nachmittag Gesellschaft leistete und ein Stammkunde der Bar geworden war. Am College hatte der Unterricht wieder begonnen, und manchmal kam er mit seinen Kollegen oder Kommilitonen auf einen Sprung vorbei, um sich über die Künstler in Black Hall zu unterhalten. Ihn zu sehen machte Caroline glücklich. Sie wusste, dass er in den Gasthof kam, um Michele zu unterstützen, und dass er diese Gewohnheit auch in ihrer Abwesenheit beibehalten würde.
An anderen Tagen kamen Caroline Zweifel, ob sie wirklich fahren sollte. Wie konnte sie sich mit Joe davonmachen und den Gasthof, aber auch ihre Familie sich selbst überlassen? Sie brauchten sie. Vielleicht war sie nicht die perfekte Schwester und Tochter gewesen, aber sie hatte ihr Bestes getan, damit alle einigermaßen zurechtkamen. Sie schlugen sich wacker durchs Leben, die Renwick-Frauen.
Sam sollte morgen aus der Klinik entlassen werden, und Joe und sie hatten geplant, wenige Tage später aufzubrechen. Skye nahm inzwischen regelmäßig an den Treffen der Anonymen Alkoholiker teil. Es gab keine Garantie, dass ihre Schwester trocken blieb, aber einen Hoffnungsschimmer. Ihr

schien bewusst geworden zu sein, dass sie ohnehin keine andere Wahl hatte.
Caroline fuhr regelmäßig zu Clea, um ihre Mutter zu besuchen. Augusta versuchte sich mit Anstand in das Unvermeidliche zu fügen. Ihr missfiel der Gedanke, dass Caroline weg wollte, vor allem nach Griechenland, und auch noch mit Joe Connor! Aber sie hielt ihre Zunge im Zaum, als wäre sie zu der Schlussfolgerung gelangt, dass schon genug Schaden angerichtet worden war. Es war nicht etwa so, dass sie Joe unsympathisch fand, sie grollte nur seinem Vater wegen der Gewalt, die er in ihrer Familie gesät hatte.
Drei Tage vor der geplanten Abreise fuhr Caroline Augusta in die Klinik zur Nachuntersuchung. Sie saßen im Wartezimmer des Neurologen, als Joe und Sam auftauchten. Augusta erstarrte. Es war ihre erste Begegnung mit Joe Connor seit dem Firefly Ball.
»Hallo, Mrs. Renwick.« Er streckte ihr zur Begrüßung die Hand entgegen.
»Hallo.« Argwöhnisch reichte sie zuerst ihm und danach seinem Bruder die Hand. Die beiden begrüßten Caroline mit einem Kuss, und das Eis schien gebrochen zu sein.
»Sieht ganz so aus, als hätten wir denselben Arzt, Mrs. Renwick«, sagte Sam leutselig.
»Nennen Sie mich doch Augusta. Und Sie auch, Joe.«
»Danke, Augusta«, erwiderte Joe.
Caroline und Joe hatten vor ihrer Abreise noch tausend Dinge zu erledigen. Sie stellten sich an die Rezeption und überprüften ihre Liste. Augusta und Sam blieben alleine zurück, unsicher, worüber sie sich unterhalten sollten. Augusta vergewisserte sich mit einem Griff an den Kopf, dass ihr Turban richtig saß.
»Ihr Kopfschmuck sieht Klasse aus«, sagte Sam lächelnd. Seine Haut war bleich, und er hatte dunkle Ringe unter den

Augen. Er hatte mindestens fünf Kilo abgenommen und war nur noch Haut und Knochen. Um den Kopf trug er einen großen weißen Verband, genau wie Augusta eine Woche zuvor.

»Danke. Ihrer auch.«

»Geht es Ihnen besser?«

»Ich fühle mich noch ein bisschen klapprig. Und Sie?«

»Wenn ich ehrlich bin, ziemlich besch… Entschuldigung.«

»Denken Sie sich nichts dabei.« Augusta musterte ihn verstohlen. Sie suchte nach Ähnlichkeiten mit seinem Bruder, konnte aber keine entdecken. Joe war muskulös und umwerfend männlich, Sam schmächtig und tollpatschig wie ein Schuljunge mit seinem schmalen Gesicht und dem Wust verstrubbelter Haare, die unter dem Verband hervorlugten.

»Ich habe dauernd Kopfschmerzen.« Er beugte sich zu ihr hinüber. »Sie geben mir Medikamente gegen Krampfanfälle, und die machen mich ganz schläfrig.«

»Mich auch. Schrecklich. Manchmal kommt es mir vor, als wäre ich in Watte gepackt, und Martinis sind auch verboten. Was ist mit Ihnen, hatten Sie mehrere Anfälle?«

»Einen.« Sam starrte auf seine Knie.

Augusta strich ihm sanft über den Handrücken. Armer Junge. Er war noch so jung. »Ist das nicht grauenvoll?«

»Ja. Ich hoffe nur, dass es dabei bleibt. Mein Arzt meinte, das komme bei Kopfverletzungen hin und wieder vor. Und wie viele waren es bei Ihnen?«

»Zwei. Ein richtiger Albtraum, wie Achterbahnfahrten. Man hat das Gefühl, dass sie nie mehr aufhören.«

»Ekelhaft! Mein Bruder würde ausrasten, wenn er das wüsste. Er bildet sich ein, er sei schuld an dem Unfall.«

»Ihr Bruder«, sagte Augusta, verschränkte die Arme und biss sich auf die Lippe, während sie Joe und Caroline beobachtete, die leise miteinander lachten.

»Mögen Sie ihn nicht?«
»Es gibt da bestimmte Geschehnisse in der Vergangenheit. Und nun will er auch noch Caroline nach Griechenland mitnehmen.«
»Machen Sie sich keine Sorgen, er wird gut auf sie aufpassen.«
»Das mag ja sein, aber Sie kennen nur einen Teil der Geschichte. Angefangen hat es mit seinem Vater, der am Tag vor Heiligabend gewaltsam in unser Haus eindrang und uns alle umbringen wollte. Ich hoffe, dass ich Sie nicht erschrecke …«
»Ich weiß Bescheid«, sagte Sam gleichmütig. »Aber das Beste haben Sie nicht erwähnt.«
»Und das wäre?« Augusta bemerkte eine Veränderung an sich, die ihr unverständlich war. Sie schloss sogar die Möglichkeit ein, dass dieser junge Kerl Licht in die rätselhafte Tragödie bringen könnte, die ihre Familie heimgesucht hatte.
»Ihre Tochter liebt ihn.«
Augusta drehte sich abrupt zu ihm um und starrte ihn an.
Sam zuckte mit den Schultern. »Ich fände es auch besser, wenn er nicht nach Griechenland ginge. Aber glauben Sie im Ernst, Sie könnten die beiden aufhalten? Deshalb ist es besser, gar nicht erst zu versuchen, ihnen Steine in den Weg zu legen. Spielen Sie lieber Ball.«
»Ich habe noch nie Ball gespielt.«
»Dann wird es aber höchste Zeit, Augusta. Darum geht es nämlich im Leben«, sagte Sam.

»Ich glaube, ich habe Augusta dazu gebracht, dir ihren Segen zu geben, Caroline nach Griechenland mitzunehmen«, sagte Sam. Es war sein erster Spaziergang und sein erster Tag nach Verlassen der Klinik. Die Septembersonne war warm, und er schlenderte mit Joe den schmalen Weg entlang, der zum Meer hinabführte.

»Du scheinst ein einflussreicher Mann zu sein.«
»Sie ist ziemlich dickköpfig, aber wer könnte es ihr verdenken? Ich meine, dass sie ihre Tochter nicht mit einem ausgemachten Schurken wie dir ziehen lassen will.«
»Gut gebrüllt, Löwe.« Joe kickte mit dem Fuß einen Kieselstein über den Weg. »Und was ist mit dir? Habe ich deinen Segen?«
Sam ging langsam neben ihm her, bis sie den Stein eingeholt hatten. Er versuchte ihn weiter zu kicken, traf daneben und schabte mit seinem Schuh über den Asphalt. Sein Sehvermögen war immer noch beeinträchtigt. Er kniff ein Auge zu, trat noch mal nach dem Stein und traf.
»Ist ja nicht für immer. Meine Tauchgenehmigung ist auf dreißig Tage beschränkt.«
»Dreißig Tage in der Ägäis, und danach geht es wohin?«
»Lamu«, antwortete Joe. Sie bogen um die Kurve und kamen zu einer Lichtung zwischen den Bäumen. Von hier aus sah man die Meerenge, glitzernd im Sonnenlicht und tiefblau.
»Wo liegt Lamu?« Sam versetzte dem Stein einen erbosten Tritt.
»Im Indischen Ozean. Das weißt du doch ganz genau.«
»Begleitet Caroline dich?«
»Ja.«
Sam atmete tief die Seeluft ein und spürte, wie der Schmerz seinen Nacken hinabschoss. Er würde am selben Tag, an dem Joe und Caroline nach Athen abreisten, nach Halifax fliegen. Sein Arzt hatte versichert, die Sehstörungen würden allmählich vergehen, die Schmerzen nachlassen, und mit weiteren Krampfanfällen sei nicht zu rechnen. Doch war es lange her, seit er das einzige Mädchen verloren hatte, dass ihm etwas bedeutete, und er freute sich nicht darauf, nun auch noch Joe zu verlieren.
»Du hast meinen Segen«, rang er sich schließlich ab.

»Danke.« Joe hob den Kieselstein vom Boden auf, nach dem sie gekickt hatten, und gab ihn Sam. Sam blickte ihn, dann Joe an.
»Was soll das?«
»Es gibt Dinge, die wichtig sind, als Erinnerungshilfe. Wie der Schatz der *Cambria*. Und die alte Uhr meines Vaters, von der ich immer noch nicht weiß, wo sie hingekommen ist.«
»Und woran soll mich der Stein erinnern?«
»An Black Hall.«
»Was ist damit?«
»Das ist der Ort, auf den man sich freuen kann.«
»Wir sind doch bereits hier. Worauf sollen wir uns da noch freuen?«
»Auf unsere Arbeit.«
»Ich habe meine Arbeit auf einem Forschungsschiff vor Nova Scotia.«
»Ich werde von Griechenland aus nach Yale schreiben, und du schickst deine Bewerbung von Kanada aus, und nächstes Jahr treffen wir uns hier.«
Sam hielt inne und starrte Joe an. Sein Mund stand vor Staunen offen, und Joe streckte die Hand aus und klappte ihn zu.
»Bist du taub oder was?« Joe versetzte Sam einen freundschaftlichen Stoß unters Kinn.
»Ich hab dich schon gehört! Aber du redest Schrott!« Sam stand immer noch wie angewurzelt da. Am liebsten wäre er wie ein wild gewordener Stier auf seinen Bruder losgegangen, um sich mit ihm zu prügeln und im Dreck zu wälzen. Als Kind hatte sich Joe manchmal unbarmherzig über ihn lustig gemacht, und Sam dachte, das sei auch nun der Fall.
»Glaub doch, was du willst.«
»Du nimmst alles auf die leichte Schulter«, sagte Sam rau.
»Bloß keine Familienbande. Aber seit Moms Tod bist du der

Einzige, den ich noch habe. Also lass deine Spielchen …«

Sam hielt inne, als er sah, wie Joes Lächeln breiter wurde. Und es dämmerte ihm, dass er sich vielleicht doch keinen Scherz erlaubte.

»Das sind keine Spielchen.«

»Ehrenwort?«

»Ehrenwort.«

»Yale? Meinst du wirklich, ich sollte mich bewerben?«

»Wenn du mit mir zusammen unterrichten willst, unbedingt.«

»Glaubst du, dass sie mich nehmen?«

»Kann ich mir nicht vorstellen.«

Sam lachte und blinzelte. Seine Augen waren feucht – von der grellen Sonne.

»Wer würde schon einen Biologen nehmen, der einen Mako nicht einmal dann erkennt, wenn er direkt vor seiner Nase herumschwimmt!«

»Schwarzspitzenhai!«, widersprach Sam.

»Mako!«, sagte Joe.

Caroline und Clea fuhren zu Skye, und gemeinsam machten sie einen Spaziergang am Firefly Beach. Homer suchte die Flutlinie nach toten Krebsen und alten Hummerpanzern ab. Die Schwestern wussten, dass es Abschied zu nehmen galt. Es war noch nicht Zeit für ein letztes Lebewohl, aber die Stimmung lag bereits in der Luft. Sie gingen gemächlich am Strand entlang, spürend, wie der laue Sommerwind einer kühlen Herbstbrise Platz gemacht hatte, und waren von ganzem Herzen dankbar, dass sich Skye allem Anschein nach auf dem Weg der Besserung befand. Insgeheim versuchten sie sich nicht allzu große Sorgen zu machen, dass Skye einen Rückfall erleiden könnte, ohne Caroline, die sie aufzufangen vermochte.

Durch die regelmäßige Teilnahme an den Zusammenkünften

der AA hatte sich Skyes starkes Verlangen nach Alkohol verringert. Aber das erste Treffen war ihr schmerzhaft in Erinnerung geblieben.

Zitternd infolge des zweiten Entzugs in diesem Sommer war Skye zusammen mit Joe hingegangen. Der Raum war klein und schäbig, in einem entlegenen Winkel des Gemeindezentrums einer Kirche in Eastbrook, das auch als Obdachlosenasyl diente. An den Wänden hingen fromme Sprüche, über die Simon und sie sich früher lustig gemacht hatten: *Eile mit Weile* und *Aller Anfang ist schwer.* Skye war nervös gewesen, aber sie hatte von der ersten Sekunde an das Gefühl, willkommen zu sein. Joe kannte die Gruppe nicht, doch er sprach mit der Leiterin, erklärte ihr, dass sie zum ersten Mal da war, und plötzlich sah sich Skye von Frauen umringt, die ihr ihre Telefonnummern gaben, ihr Mut machten und ihr bestätigten, dass sie aufhören könne, wenn sie nur wolle.

Eine Frau hatte gesagt: »Ich hoffe, dass es dir nach und nach besser geht«, und genau das trat ein. Winzige Fortschritte. Jeden Tag nahm sie an einer Zusammenkunft teil. Manchmal in Begleitung von Joe oder einer der Frauen, die sie am ersten Abend kennen gelernt hatte, aber meistens alleine. Und dann trank sie zum ersten Mal nach langer Zeit einen ganzen Tag nicht.

Das war an sich schon ein Wunder. Sie weinte viel. Sehr viel. Manchmal lag sie den ganzen Tag auf der Couch, aß Popcorn und ließ den Tränen freien Lauf. Sie führte lange Gespräche mit ihrer Mentorin, einer älteren Frau, die seit sechzehn Jahren trocken war und ihr fast so nahe stand wie ihre Schwestern und ihre Mutter. Sie konnte nachvollziehen, was Skye durchmachte, da sie die Alkoholsucht aus eigener Erfahrung kannte. Wenn Skye in Weltschmerz versank und ohne Unterlass weinte, sagte ihre Mentorin: »Ja, das kenne ich, aber hast du wieder zur Flasche gegriffen?« Und wenn die Antwort

Nein lautete, sagte sie triumphierend: »Dann war es ein guter Tag!« Und Skye wusste, dass sie Recht hatte.

»Hast du schon gepackt?«, fragte Skye Caroline.

»Das meiste.«

»Was braucht man groß für Griechenland außer einem Badeanzug?«, sagte Clea.

»Zwei, würde ich meinen.«

»Keinen«, konterte Skye. »Nur du und Joe und das Meer und die Sonne. Nackt«

Caroline lächelte. Sie hob einen flachen Stein auf und ließ ihn übers Wasser hüpfen; siebenmal sprang er hoch. Danach versuchte Clea ihr Glück und brachte es auf dreimal, eine schwache Leistung. Skye fand einen perfekten Stein, der über die Wellen flog – achtmal. Ihre Hand zitterte nicht die Spur.

Die Schwestern machten kehrt und begannen die steile Steintreppe hinaufzusteigen. Homer ging voran. Seine Bewegungen waren steif, doch dann fand er seinen Rhythmus. Bedächtig nahm er eine Stufe nach der anderen; als junger Hund hatte er vier auf einmal geschafft.

»Morgen reist du ab«, sagte Skye.

»Ich weiß.«

»Und Mom kehrt nach Hause zurück. Wir werden schon miteinander klarkommen. Wir bleiben zusammen.« Caroline war erleichtert.

»Prima, Skye.«

»Freust du dich schon?«

»Ja, sehr«, antwortete Caroline. Aber sie konnte niemandem etwas vormachen. Ihre Stimme klang zögernd. Homer strich um ihre Beine, als wüsste er, dass ihnen nicht mehr viel Zeit zusammen blieb.

»Was ist los?«, fragte Skye.

»Ich habe irgendwie das Gefühl, als hätte ich etwas vergessen.«

»Was denn?«
»Keine Ahnung.« Jetzt lächelte Caroline, als hätte man sie bei ihrer alten, eingefleischten Gewohnheit ertappt – sie spielte wieder einmal die ältere Schwester, die Perfektionistin und notorische Schwarzseherin. Und dabei hatte sie allen Grund zur Freude. Sie fuhr mit dem Mann ihrer Träume nach Griechenland. Sie musste sich nur innerlich lösen, sich selbst die Erlaubnis dazu erteilen.
»Du hast ja noch bis morgen Zeit, es herauszufinden«, sagte Clea.
»Richtig«, meinte Skye. »Mom kommt, und du gehst. Grund genug, ein kleines Fest zu feiern.«
Als sie die oberste Stufe der Steintreppe erreicht hatten, hielten sie an, um Atem zu schöpfen. Skye blickte aufs Meer hinaus. Sie fühlte sich frei. Sie hasste sich nicht mehr. Es war noch so neu, das Leben ohne Alkohol. Das Meer schimmerte blau, wirkte aber leer ohne Joes weiße Schiffe. Es war möglich, jemandem zu verzeihen, sogar sich selbst. Sie war innerlich ruhig, bereit, alles anzunehmen, was kam. Für den Augenblick zumindest. Für den heutigen Tag.
»Ich kann es immer noch nicht glauben«, sagte Caroline. Plötzlich lächelte sie, als würde sie es erst jetzt begreifen. »Ich gehe mit Joe weg.«
»Wird auch höchste Zeit«, meinte Clea.
»Die längste Liebesgeschichte, die ich kenne«, sagte Skye, »weil mir niemand weismachen kann, dass sie nicht schon angefangen hat, als du fünf warst.«
»Der Abschied wird mir schwer fallen«, gestand Caroline.
Homer hatte im Gras gelegen und sich ausgeruht, doch plötzlich hob er den Kopf, und seine schläfrigen Augen wurden munter. Er sprang auf, wobei seine schmerzenden Beine nur leicht einknickten. Vielleicht hatte er einen Vogel vernommen oder ein Tier im Unterholz, denn sein zerzaustes Na-

ckenfell sträubte sich und er bellte. Und dann rannte er so quicklebendig wie ein junger Hund über die Wiese zum Kiefernwald hinüber, und weg war er zwischen den Bäumen.

»Wohin er wohl verschwinden mag?«, fragte Caroline.

»Homer führt bestimmt ein Doppelleben«, antwortete Skye.

»Vermutlich hat er eine Freundin in Hawthorne«, meinte Clea.

»Ein hübsches Labradorweibchen, das gerne schwimmt und nichts gegen zerfetzte alte Handtücher hat«, sagte Skye.

»Jemand, dem Homer seine Liebe schenken kann.« Eine solche Bemerkung sah Caroline so wenig ähnlich, dass Skye sich abwenden musste, damit ihre Schwestern die Tränen in ihren Augen nicht bemerkten und sich wieder Sorgen um sie machten.

22

Als es Zeit war, Abschied zu nehmen, war Homer noch nicht zurückgekehrt. Alle anderen hatten sich auf Firefly Hill eingefunden: Augusta, Clea, Peter und die Kinder, Skye, Sam, Joe und Caroline. Augustas Verhalten war vorbildlich. sie machte keinen Versuch, Caroline zu einem Sinneswandel zu bewegen, und kam besser mit Joe aus, als alle zu hoffen gewagt hatten. Die Familie war komplett, bis auf Homer. Mark und Maripat waren an den Strand hinuntergeschickt worden, um ihn zu suchen. vielleicht war die Reaktion übertrieben – er war schließlich nur ein Hund –, aber er fehlte.

Die Männer verstauten das Gepäck im Wagen. Es war ein strahlender Septembernachmittag, kühl, doch wolkenlos. Die Renwick-Frauen nutzten die wenigen Minuten, die sie für sich allein hatten, saßen am runden Tisch in der Küche und tranken Tee. Caroline war bereits in Reisekleidung. Sie trug ein dunkelgraues Kostüm, eine gestärkte weiße Bluse mit Stehkragen und die Kameenbrosche. Ihre Miene wirkte unerschütterlich, typisch Caroline. Augusta hatte sich angewöhnt, sie als matriarchalisch zu bezeichnen, was ihr jedes Mal einen schmerzlichen Stich versetzte.

»Du siehst fantastisch aus, Liebes«, sagte Augusta.

»Danke, Mom.«

»Als stündest du über den Dingen, hättest alles im Griff. Ich wollte, ich wäre so heiter und gelassen wie du.«

»Der Schein trügt. In meinem Innern herrscht das reinste Chaos«, entgegnete Caroline beherrscht. »Mir ist hundeelend.«

»Vielleicht bist du schwanger«, meinte Clea freudestrahlend.

Caroline blies in ihren Tee. »Bin ich nicht. Ich habe nur so ein seltsames Gefühl … als ob ich etwas vergessen hätte.«

»Willst du denn nicht weg?«, fragte Augusta. »Du kannst es dir immer noch überlegen. Das sage ich aber nicht, weil ich Joe nicht mag. Das weißt du, oder?«

»Du warst sehr nett zu ihm, Mom.«

»Wenn du keine Lust hast, ihn zu begleiten, kannst du ja hier auf seine Rückkehr warten. Obwohl ich ihn, ehrlich gesagt, keine Sekunde aus den Augen lassen würde, wenn ich du wäre. Einen Mann, den man wirklich liebt, schickt man nicht alleine auf die griechischen Inseln. Viel zu gefährlich; er hat das gewisse Etwas!«

»Mom, du kannst ihn nicht mit Dad vergleichen«, warf Skye lächelnd ein. »Und Caroline nicht mit dir.«

»Das ist mir klar.« Augusta lächelte ebenfalls. Sie trug die bevorstehende Trennung mit Fassung. Wie hätte sie auch sagen können, was sie auf dem Herzen hatte? Ihre älteste Tochter verabschiedete sich genau in dem Moment, in dem sie Anstalten machte, endlich ihrer Rolle als Mutter gerecht zu werden.

»Mom.« Caroline nahm ihre Hand.

»Mach dir meinetwegen keine Sorgen«, sagte Augusta mit fester Stimme. Sie wusste, was sie ihren Kindern aufgebürdet hatte, die sie jahrelang sich selbst überlassen hatte.

»Wir passen schon auf sie auf«, versprach Clea.

»Oder sie auf uns«, sagte Skye.

»Ach Skye«, seufzte Augusta. Sie war tapfer gewesen, aber bei

Skyes Bemerkung und dem Anblick ihrer Tochter, deren schönes Gesicht kaum noch von den Prellungen entstellt war, hatte sie Angst, die Fassung zu verlieren.
»Stimmt doch. Du hast dich zwischen Simon und mich geworfen, um mich zu beschützen, Mom.«
»Ja, da hast du Recht. Dazu wäre ich früher nicht fähig gewesen. Euch Mädchen zu beschützen …«
»Aber jetzt«, bestätigte Caroline.
»Ich wünschte, euer Vater wäre bei uns.«
»Ich auch.« Caroline hatte einen Kloß im Hals. »Ich glaube, das ist es. Erinnerst du dich, Mom, worüber wir neulich gesprochen haben? Das fehlende Teil im Puzzle?«
»Du meinst Dad?«, fragte Clea.
»Ja, Dad«, antwortete Caroline.
»Ich vermisse ihn schrecklich«, gestand Augusta.
»In diesem Sommer haben wir oft an ihn gedacht«, fuhr Caroline fort. »Und an James Connor und Andrew Lockwood, an die Jagdausflüge …«
»Und an Homer, der alt wird«, warf Clea ein.
»Und daran, wie ich vom Alkohol loskommen kann«, sagte Skye.
»Er war ein außergewöhnlicher Mann«, erklärte Augusta.
»Aber ich verstehe ihn trotzdem nicht«, sagte Caroline. »Vieles ist mir in diesem Sommer klar geworden, doch er gibt mir immer noch Rätsel auf.«
Ihre beiden Schwestern blickten stumm in ihre Teetassen, und Augusta schniefte laut.

Caroline wusste, dass es an der Zeit war zu gehen.
Augusta rückte ihren Turban zurecht. Sie sah umwerfend damit aus, wie ein alternder Filmstar. Kunstvoll geschlungen, passten die Tücher perfekt zu ihrem Collier aus schwarzen Perlen, ihrem Neuengland-Hollywood-Look. Doch Caroline

kannte sie besser und wusste, dass Simons Angriff nicht spurlos an ihr vorübergegangen war. Zum ersten Mal sah Augusta alt aus.

»Mom, alles in Ordnung?«, fragte Caroline.

»Ich dachte nur an Hugh.«

»Wir haben ihn geliebt, Mom«, sagte Clea.

»Es war nie anders«, fügte Skye hinzu.

Augusta nickte. Sie wirkte abgespannt und resigniert, als hätte sie wie Caroline zu lange nach dem fehlenden Puzzleteil gesucht, nach der Erklärung, die alles zu einem stimmigen Bild fügen würde.

»Weißt du noch, wie wir Feuerfliegen gefangen haben?«, sagte Caroline. »Dad konnte stundenlang mit uns zusammen Jagd auf sie machen. Es war immer dunkel und schwül, mitten im Hochsommer, und die Sterne standen am Himmel.«

»Ach Liebes«, seufzte Augusta.

Caroline betrachtete ihre Mutter und versuchte sich ihr Gesicht einzuprägen. Sie würde es in ihrem Innern bewahren, um es stets vor Augen zu haben. Sie spürte den Sog der Liebe, aber auch den ewigen Konflikt, Tochter zu sein.

»Als du sechs warst, Caroline, hast du eine Feuerfliege gefangen und warst so aufgeregt, dass du hingefallen bist und es zerquetscht hast«, sagte Clea.

»Ja, ich fing an zu weinen, weil die Feuerfliege tot war. Dad kam von der Veranda herunter, über die Wiese, durch das ungemähte Gras. Er sah aus wie ein Riese.«

»Hugh konnte es nicht ertragen, dich weinen zu hören. Als du noch ein Baby warst, hat er dich schon beim kleinsten Laut hochgenommen. Wenn er zu Hause war, trug er dich abends stundenlang auf dem Arm spazieren, bis du ruhig warst.«

Caroline nickte. Auch daran glaubte sie sich zu erinnern, selbst wenn es nach menschlichem Ermessen nicht möglich war. Doch wenn sie die Augen schloss, spürte sie die Handfläche ihres Vaters, roch den Duft von Zigaretten und Ölfarbe, hörte ihn ein Schlaflied für sie singen. Sie sah ihn wieder vor sich, wie er sie heimfuhr, als sie Fieber gehabt hatte. Aber keines dieser Erinnerungsbruchstücke war das fehlende Puzzleteil.

»Feuerfliegen habt ihr nicht nur gefangen, als ihr klein wart, sondern auch noch in dem Sommer, als Homer zu uns kam«, erinnerte sich Augusta. »Euer Vater lief mit ihm durch das Salzgras. Die beiden waren hinter allem her, was glänzte.«

»Dafür habe ich Dad geliebt«, sagte Caroline. Doch später, als er getrunken und sich von ihnen abgeschottet hatte, war ihre bedingungslose Liebe zu ihm abhanden gekommen. »Und ich wünschte, Homer würde endlich auftauchen, damit ich mich von ihm verabschieden kann.«

Augusta nahm ihren Gehstock, machte ihren Töchtern aber ein Zeichen, sitzen zu bleiben. Sie stand mühsam auf, als müsste sie sich erst an ihre Füße gewöhnen, und verließ den Raum. Caroline hörte, wie sie die Treppe nach oben und den Flur hinunterging. Sie fragte sich, wie lange ihre Mutter das Haus behalten würde. Firefly Hill war groß und weitläufig, und vielleicht würde es irgendwann sinnvoll für sie sein, in ein kleineres Haus umzuziehen, das weniger Arbeit machte. Aber möglicherweise würde sie auch darin bleiben, bis sie starb.

»Ich werde den Postboten löchern, ob er einen Brief von dir hat«, meinte Skye.

»Du musst unbedingt anrufen, wenn es geht«, beschwor Clea sie.

»Ich habe meine Meinung geändert«, sagte Caroline. »Ich bleibe hier. Joe wird darüber hinwegkommen.«

»Gute Idee«, entgegnete Clea. »Soll ich ihm sagen, dass er abhauen kann?«

»Caroline?«
Caroline drehte sich um, als sie die Stimme ihrer Mutter hörte. Augusta stützte sich auf ihren Gehstock mit dem Silberknauf und lächelte sanft. Clea und Skye standen reglos da. Die Anstrengung hatte Augusta geschwächt, aber sie wirkte froh und heiter wie nie zuvor.
»Bitte die beiden herein, ja?«, forderte sie Skye mit einem Nicken auf.
»Wen?«, fragte Skye.
»Joe und Sam.«
Skye stand vor Überraschung wie angewurzelt da. Dann setzte sie sich in Bewegung. Barfuß lief sie zum Auto, um Joe Bescheid zu sagen.
»Was gibt's denn, Mom?«, wollte Caroline wissen.
»Ich habe etwas für deinen Freund.«
»Für Joe?«
Augusta nickte. Sie berührte ihre schwarzen Perlen und danach die Kameenbrosche. Caroline trug sie an einem schwarzen Samtband um den Hals.
»Erinnerungen an Menschen, die wir lieben. Sie sind wichtig«, sagte Augusta.
»Ich weiß.« Caroline hatte keine Ahnung, was das Ganze zu bedeuten hatte, doch wie es schien, bemühte sich ihre Mutter ernsthaft, Frieden mit Joe zu schließen.
Die Fliegengittertür öffnete sich. Der Septemberabend war kühl, und ein Windstoß fegte herein. Skye stand lächelnd auf der Schwelle, gefolgt von Sam, Peter und Joe, der zögerte und dem Frieden offenbar nicht ganz traute. Caroline spürte, wie ihr Herz bei seinem Anblick schneller schlug. Er war groß und sah ungemein attraktiv aus in Jeans und weißem Hemd, das er in die Hose gesteckt hatte. Lächelnd sagte er Hallo.
Augusta stand hoch aufgerichtet und majestätisch da, mit

würdevoller Miene. Caroline sah, dass Joe sich forschend umschaute. Sein Blick fiel auf den alten Küchentisch, den Terrakotta-Fliesenboden, die alten Familienfotos, die Handabdrücke der Mädchen in Ton. Doch Caroline wusste, dass er an seinen Vater dachte, und sie streckte ihre Hand aus, und Joe hielt sie fest.

»Hier war es«, sagte Joe.

Augusta nickte.

Joe blickte zu Boden, auf die Stelle, die Caroline ihm gezeigt hatte.

Vier Schritte, und Augusta stand dort, wo James Connors Leiche gelegen hatte. »Genau hier.«

Joe ging zu ihr. Caroline, die seine Hand losgelassen hatte, beobachtete ihn und ihre Mutter. Der Augenblick war bedeutungsschwer und sehr persönlich. Die Spannung zwischen der alten Frau und dem Sohn des Mannes, der am Tag vor Heiligabend in ihrer Küche gestorben war, war spürbar.

»Er hat von Ihnen gesprochen«, sagte Augusta leise.

Joe nickte mit gerunzelter Stirn.

»Es tut mir Leid, Joe.« Augusta drückte ihm etwas Schweres, Goldenes in die Hand. »Bitte verzeihen Sie mir.«

Joe musterte den Gegenstand, und als er ihn hochhielt, sah Caroline, dass es eine Uhr war.

»Die Uhr meines Vaters.«

»Ich habe sie an jenem Abend genommen. Wenn Sie wüssten …« Sie senkte den Kopf, bemüht, ihre Stimme wieder unter Kontrolle zu bringen. »Als es vorbei war, als Ihr Vater hier lag …«

Caroline blickte Joe an, der sich die Tränen wegwischte. Sie wäre am liebsten zu ihm gegangen, aber das war eine Sache zwischen ihm und ihrer Mutter.

»Caroline weinte bitterlich und sah immerzu auf Ihr Bild. Irgendetwas bewog mich, die Uhr an mich zu nehmen. Bitte verzeihen Sie mir, Joe. Ich weiß nicht, welcher Teufel mich damals geritten hat. Ihre Mutter hatte mir meinen Mann weggenommen, und deshalb nahm ich etwas, das von Rechts wegen ihr gehört hätte. Vielleicht war das der Grund. Ich weiß es nicht.«

Joe nickte. Er betrachtete die Uhr von allen Seiten. Caroline wusste, dass Augustas Erklärung keine Rolle spielte. Sie ahnte, was die Uhr für Joe bedeutete, dass sie selbst für einen Schatzsucher eine unvergleichlich kostbare Erinnerung darstellte – die Augusta ihm nun zurückgegeben hatte.

»Danke, Augusta«, sagte Joe. Dann umarmte er ihre Mutter, was Caroline völlig natürlich erschien. Augusta ließ ihren Stock fallen, um ihn ihrerseits in die Arme zu schließen.

»Da gibt es nichts zu danken, Joe«, sagte sie, als sie ihre Hände löste.

Aber Joe hielt sie fest und lächelte.

»Was ist, mein Lieber?«

»Ihre Perlen! Sie sind wunderschön.«

»Oh.« Augusta errötete und strich stolz mit den Fingerspitzen darüber. »Hugh hat sie mir geschenkt. Schwarze Perlen sind selten, sie stammen aus einer bestimmten Bucht in der Südsee, irgendwo bei Tahiti oder in einer ähnlich paradiesischen Gegend. Aber das wissen Sie bestimmt. Schließlich sind Sie ja Schatzsucher.«

»Sie erinnern mich eher an Carolines Augen.«

Augusta sah ihre Tochter nachdenklich an.

»Griechenland«, sagte sie nach einer Weile. »Hugh wollte immer mit mir dorthin.«

»Ich wünschte, ich könnte die beiden begleiten«, ließ sich Sam vernehmen.

»Sie kommen ja wieder«, entgegnete Clea. »Du weißt doch, Yale wartet.«

»Yale!«, sagte Peter. »Ausgezeichnete Universität.«

»Ach was«, meinte Sam. »Yale ist nichts weiter als ein Wort mit vier Buchstaben. Griechenland, das wär's!«
»Passen Sie gut auf sie auf.« Augusta sah Joe eindringlich an.
»Das werde ich«, beteuerte er, ihren Blick erwidernd.
»Das solltest du auch«, sagte Clea, die neben Joe stand, mit erstickter Stimme. Skye nickte schweigend.
»Ich verspreche es.«
»Er bessert sich langsam, was seine Versprechungen angeht«, meinte Sam. »Das kann ich bezeugen.«
»Jetzt reicht's aber, Bruderherz«, sagte Joe drohend, doch sein Blick war liebevoll. »Warum fängst du nicht endlich an?«
»Womit?«
»Das Mädchen zu suchen.«
»Was für ein Mädchen?«, fragte Sam errötend.
Joe lachte. »Siehst du, du bist so verbohrt, du neunmalkluger Akademiker, dass du sie vergessen hast.«
»Sam ist ein Schatz! Mit Sicherheit stehen die Mädchen vor seiner Tür Schlange«, sagte Clea.
»Mag sein«, erwiderte Joe, den Blick auf seinen Bruder gerichtet, »aber es gab nur eine, die ihm wirklich etwas bedeutet hat. Leider hat er sie völlig vergessen.«
»Nein, habe ich nicht«, widersprach Sam tonlos.
»Sam hat eine Freundin?«, fragte Augusta. »Das freut mich aber. Wie heißt sie denn?«
»Unwichtig«, sagte Sam nervös. »Wir wollten uns von Caroline und Joe verabschieden. Das ist doch wohl wichtiger.«
Caroline lächelte. Das Mädchen, das eines Tages Joes kleinen Bruder bekommen würde, durfte sich glücklich schätzen. Plötzlich spürte sie Joes Hand auf ihrem Arm. Er küsste sie auf den Mund und sagte, es sei Zeit. Wehmütig umarmte sie alle ein letztes Mal: Clea, Skye, Sam, Peter und die Kinder und sagte ihnen, dass sie sie liebe, und versprach zu schreiben.

Als die Reihe an ihrer Mutter war, zögerte sie.
»Liebes, du machst es richtig.«
»Danke, Mom.«
»Wofür?«
Dafür, dass du die Wahrheit angehört, Skye verteidigt, Joe ins Haus gebeten und den Mut aufgebracht hast, dich zu ändern, dachte Caroline. Und für das Geschenk, dass du deinen Töchtern heute Abend gemacht hast. Du hast uns einen Weg gezeigt, der uns unseren Vater wieder näher bringt. Wenn man mit Liebe beginnt, lässt das Verzeihen nicht lange auf sich warten. Aber diese Gedanken vermochte sie nicht in Worte zu fassen.
»Für das fehlende Puzzleteil.«
»Was ist es?« Augustas Augen leuchteten. »Es wäre schön, wenn wir es endlich gefunden hätten, aber ich sehe es nicht, Liebes.«
Caroline und ihre Mutter umarmten sich, bis Clea und Skye ihr ins Ohr flüsterten, nun sei es genug, Caroline müsse gehen.
»Immer noch keine Spur von Homer?«, fragte Caroline und blickte sich suchend um.
»Wir haben am Strand nachgesehen, Tante Caroline«, antwortete Mark. »Dort war er nicht.«
»Ich hätte mich so gerne von ihm verabschiedet.«
»Er ist alt, Liebes«, meinte Augusta. »Ich sage es nicht gerne, ausgerechnet vor deiner Abreise, aber es heißt, dass sie sich verkriechen, wenn sie spüren, dass ihr Ende naht.«
»Ich möchte ihn noch einmal sehen. Wir müssen ihn finden.«
»Dann gibt es nur eines«, erklärte Sam.
»Wir werden nicht abreisen, bevor du dich nicht von ihm verabschiedet hast«, sagte Joe.
»Lasst uns im Wald nachsehen«, schlug Caroline vor und lief los.

Sie eilten schweigend durch den Wald. Der Herbst hatte allenthalben Einzug gehalten. Es roch nach Laub, Fichtennadeln und Baumpilzen, die auf abgestorbenen Baumstümpfen wuchsen. Es war dieselbe Jahreszeit, in der sie Homer in ihrem Haus aufgenommen hatten, und die Erinnerungen weckten ein vages Gefühl der Wehmut in Caroline, eine leise Sehnsucht nach Dingen, die längst der Vergangenheit angehörten. Sie ging voraus, an dem trockenen Flussbett entlang, über den alten Friedhof, wo ihr Vater begraben war, bis zu dem kurvenreichen Weg, der den Hügel hinabführte, zurück nach Firefly Hill.

»Homer!«, rief sie.

Ihre Stimme hallte durch den Wald. Konnte er sie nicht hören? Homer kannte die Geräusche, wenn Koffer in den Wagen geladen wurden, die Aufregung vor einer Reise. Er hatte sie oft genug bei Caroline erlebt, und vermutlich hatte er gemerkt, dass sie abreisen wollte. Liebevoll dachte sie wieder daran, wie sie dem jungen Hund den Kopf getätschelt und ihn aus dem betonierten Zwinger im Tierheim geholt hatte.

In der Ferne erklang ein Bellen. War das Homer?

»Habt ihr gehört?« Sie spähte durch das dichte Gestrüpp. Eine breite Lichtung führte zum Sandstrand hinab. »Homer!«

Der alte Hund humpelte den Weg entlang. Caroline bückte sich und breitete die Arme aus, als er näher kam. Sein weißes Gesicht schien zu lächeln, die braunen Augen funkelten vor Freude.

»Wo hast du dich nur rumgetrieben?«, sagte sie, ihn in die Arme nehmend. Er rieb seine Nase an ihrem Gesicht, leckte Wangen und Hände. Und sie ließ ihn lecken, glücklich, ihn gefunden zu haben. Dann trabte er den Weg zurück, den er gekommen war, und wartete, dass sie ihm folgte. Er forderte sie zum Fangenspiel auf, mitten durch das Gestrüpp und Gras am Firefly Beach.

»Wohin führst du uns, Homer?«, rief Augusta, die in einiger Entfernung folgte. »Ist das der Weg, den du gehst, wenn du deine geheimnisvollen Ausflüge machst?«

»Du bist ein Reisender«, sagte Caroline, als sie ihn am Strand einholte. »Aber du kehrst immer nach Hause zurück.«

Der Abschied von Homer und ihrer Familie fiel ihr schwer. Wie konnte sie es übers Herz bringen, sie zu verlassen? Sich von allem trennen, was ihr lieb war – von ihrem Elternhaus, der magischen Küste, ihren Schwestern, ihrer Mutter und dem alten Hund? Homer saß jetzt neben einem Stück Treibholz und blickte sie so eindringlich an, dass sie wünschte, sie könnte seine Gedanken lesen.

»Liebes, ich will dich nicht zur Eile antreiben, aber ich fürchte, es wird höchste Zeit, wenn ihr euer Flugzeug noch erwischen wollt«, sagte Augusta.

»Deine Mutter hat Recht.« Joe ging in die Hocke, um Homer zu streicheln. Der alte Hund sah ihn lange und aufmerksam an. Er schien sich jeden Zug einzuprägen – die blauen Augen, die Form des Mundes, das kräftige Kinn. Dann schnüffelte er an den Haaren, und als wäre er zu einem Entschluss gekommen, leckte er Joe ab, einmal und ein weiteres Mal. Die Geste, weit von Liebe oder auch nur Zuneigung entfernt, war seine Art, Joe aufzufordern, gut auf die Frau, die sie beide liebten, Acht zu geben.

»Ich bringe sie bald zurück«, versprach Joe. Caroline nickte. Sie umarmte Homer ein letztes Mal, den Geruch des trockenen Laubs und der Seeluft in sich aufnehmend. Dann küsste sie den Hund auf die Nase und stand auf.

»Lass uns gehen«, sagte sie leise zu Joe. Sie wollte weg, bevor sie es sich doch noch anders überlegte.

»Okay.«

Aber Homer winselte. Er legte sich auf den Boden, als hätte er Schmerzen. Das Laub erinnerte Caroline an einen anderen

Waldweg, vor langer Zeit, und ihr Puls schlug schneller. Sie kauerte sich neben ihn und streichelte ihn, um ihn zu beruhigen, aber insgeheim tastete sie nach einem Knoten oder gebrochenen Knochen.

Er rollte sich in dem weißen Sand auf den Rücken und strampelte mit den Beinen. Sie sah, dass er spielen wollte, und wusste, dass er versuchte sie an der Abreise zu hindern. Sie war gerade im Begriff aufzustehen und ihn nach Hause zurückzubringen, als Joe sich bückte. Angestrengt spähte er unter einen großen gefällten Baumstamm, offenbar Treibholz, das vom Meer angeschwemmt worden war.

»Schau mal!«, rief er.

»Na toll«, sagte Sam. »Unser Geologe hat soeben ein seltenes Glas am Strand entdeckt, das eine sofortige Untersuchung erfordert. Bitte zurücktreten.«

»Nein, schau!« Joe nahm Caroline bei der Hand.

»Das ist die coolste Art, jemandem einen Verlobungsring zu schenken«, meinte Sam. »Noch besser, als ihn in einer Eisbombe zu verstecken. Wie bist du auf die glorreiche Idee gekommen? War Homer in deinen Plan eingeweiht?«

»Sam, halt den Mund«, sagte Joe sanft und deutete auf die Unterseite des alten Baums. Von Wind und Wetter gegerbt, inmitten von Sand und Meerespflanzen, war eine Botschaft tief ins Holz gekerbt.

Caroline wusste auf Anhieb, was sie zu bedeuten hatte, und kämpfte mit den Tränen. Sie tätschelte Homer und starrte die Worte an, dann ließ sie den Tränen freien Lauf. Sie sah das alte Messer ihres Vaters wieder vor sich. Der Griff war abgenutzt, aber die Klinge wurde vor jedem Gebrauch sorgfältig geschärft. Die Schnitzerei trug weder seine künstlerische Handschrift noch war sie mit seinen Initialen versehen, aber sie stammte von ihm, dessen war sie sicher.

»Mom?«

»Ja, Liebes?«
Alle umringten sie. Joe drückte Caroline an sich, und Homer leckte ihr die Hand.
»Dad war hier.«
Sie beugten sich hinunter, um die Worte zu entziffern, die Augusta nun laut vorlas: »Ich liebe euch alle.«
»Das war Dad?«, fragte Clea.
»Sicher.« Augustas Augen leuchteten.
Skye streckte die Hand aus und berührte die Buchstaben. Sie unterdrückte ein Schluchzen und blickte Caroline lächelnd an. Hinter ihnen strich der Wind durch das Schilf. Eine Möwe stieß einen gellenden Schrei aus, während sie über sie hinwegflog. Nach und nach wurde der Strand lebendig. Die Vögel schienen sich an die Anwesenheit der Menschen zu gewöhnen und näherten sich vorsichtig. Die Dämmerung senkte sich auf den Sandstrand herab, das letzte Licht des Tages löste sich im violetten Abendhimmel auf. Caroline hörte einen Zweig knacken und blickte hoch, gerade rechtzeitig, um ein Reh zu entdecken, das auf die Lichtung zukam. Sie dachte an ihren Vater, an seine Liebe zur Natur. Nun hatte er sie schließlich doch noch an ein idyllisches Plätzchen geführt.
»Warum hat er statt die Botschaft zu schnitzen uns nicht gesagt, dass er uns liebt?«, fragte Skye leise und starrte auf die Worte.
»Sie war die ganze Zeit hier, direkt vor unserer Nase«, erwiderte Caroline. Woher hatte Homer davon gewusst? War er ihrem Vater gefolgt? Hatte er ihn weinen hören, ihn Whiskey trinken sehen, versucht ihn zu trösten, als er am Firefly Beach entlangstapfte und niederkniete, um seine Botschaft zu schnitzen.
Augusta nickte. »Das ist nur ein äußeres Symbol, aber …«
»Symbole sind gut«, warf Clea lächelnd ein.

»Vor allem, wenn sie das fehlende Teil im Puzzle darstellen«, sagte Caroline.

Es war Zeit zu gehen, Zeit für ein letztes Lebewohl. Sie hatten versprochen zu schreiben und anzurufen, hatten sich geküsst und umarmt.

Sie waren eine Familie, die zusammenhielt. Es fiel Caroline schwer, loszulassen. In all den Jahren ihres Lebens, die sie auf Firefly Hill verbracht hatte, hatte sie nie den Wunsch verspürt, das Nest für lange Zeit zu verlassen. Vielleicht hatte sie Angst, dass in ihrer Abwesenheit Schüsse fielen, jemand verletzt wurde oder der alte Hund das Zeitliche segnete. Oder die Menschen, die sie liebte, spurlos verschwanden, ohne sie.

Nun wusste sie, dass ihre Ängste unbegründet waren. Die fehlenden Teile vervollständigen ein Puzzle nicht nur, sie füllen auch die Leere. Carolines Herz war nun angefüllt mit dem Wissen, dass die Liebe ihrer Familie sie auf allen ihren Wegen begleiten würde.

Sie trat aus dem Haus, Joes Hand haltend. Einen Augenblick lang standen sie reglos da und atmeten tief die salzige Luft und den Duft der letzten Kräuter des Sommers ein. Die Wellen schwappten sanft über den Strand; es war Ebbe. Möwen kreischten weit draußen auf dem Meer, und der Schrei eines vereinzelten Ziegenmelkers drang von einer entfernten Marsch zu ihnen herüber. Sam ging voran.

Caroline blickte zu den Klippen hinüber, wo das Wrack der *Cambria* auf dem Meeresgrund lag. Sie schloss die Augen und dachte an ihren Vater, der nicht mehr unter ihnen weilte, aber ein wichtiger Teil dieses magischen Abends war. Sie trug Clarissas Kameenbrosche um den Hals, und Joe hatte die Uhr seines Vaters in der Tasche. Der Himmel war mit Sternen übersät, und sie fand einen für Andrew Lockwood. Auf diese

Weise begleiteten die Toten sie auf Schritt und Tritt, wiesen ihnen den Weg.
»Caroline!«, rief Clea aus der Küche. »Schau mal!«
Als sie sich umdrehte, sah Caroline eine Feuerfliege. Es war September. Der Abend war kühl, und die Feuerfliegen waren um diese Jahreszeit normalerweise längst verschwunden. Aber es war eins, unverkennbar, im hohen Gras oberhalb des Strandes. Grüngolden, glühend und geheimnisvoll, ein Bote aus der Vergangenheit. Sie folgte seinem Zickzackkurs durch die Nacht. Homer jagte es, wie in seiner Jugend, als er mit Hugh im Sand gespielt hatte.
»Brav!«, rief Augusta. »Braver Hund!«
Caroline warf einen letzten Blick auf ihre Schwestern und ihre Mutter. Sie standen in der Küche, im Schatten der Fliegengittertür. Homer trottete langsam zur Veranda, wo er sich hinsetzte, das Gesicht ihr zugewandt. Sie blickten sich lange an. Das Meer brach sich an den Klippen, die Flut setzte ein. Joe drücke ihre Hand.
»Wir passen schon auf ihn auf, Liebes«, rief Augusta ihr zu.
»Ich weiß!«
Dann drehte sie sich um und ging mit Joe durch das hohe Gras von Firefly Hill. Er hielt ihr die Wagentür auf, und sie stieg ein. Sam nahm im Fond Platz und tätschelte ihr beruhigend die Schulter.
»Alles klar?«, fragte Joe lächelnd. Seine Augen strahlten.
»Alles klar.« Sie winkte ihrer Mutter und ihren Schwestern zu.
»Klarer geht's nicht«, sagte Sam. »Wir sehen uns in einem Jahr wieder.«
»Ein Jahr«, sagte Joe. »Was ist das schon.«
»Ein Jahr ist nicht lang«, erklärte Sam.
»Nein, es vergeht wie im Flug«, beteuerte Joe.
Er ließ den Motor an und fuhr langsam los, damit sie ein letztes Mal winken konnten. Der Kies knirschte unter den Auto-